Les Mille
et Une Nuits

Contes choisis

I

*Édition présentée, établie et traduite
par Jamel Eddine Bencheikh
et André Miquel
avec la collaboration
de Touhami Bencheikh*

Gallimard

PRÉFACE

*L'*Odyssée, *le* Cantique des Cantiques, Tristan et
Iseut, La Divine Comédie, Roméo et Juliette, Le Cid,
Faust, Guerre et Paix. *Il est, comme cela, des noms et des
œuvres qui chantent dans notre mémoire. Nous avons
l'impression que nous les connaissons, nous les connaissons bien parfois. Mais qu'en est-il des* Mille et Une
Nuits ? *Pour quelques contes comme Ali Baba, Aladin et
Sindbâd le Marin, combien d'autres, en fait, qui atten-
dent encore notre lecture ! C'est que l'œuvre, ici, est
immense, et défie peut-être nos forces, même celles du
plaisir. Dans son ouvrage classique sur les* Thèmes et
motifs des Mille et Une Nuits *(Beyrouth, 1949), Nikita
Elisseeff dénombre cent soixante titres de contes, certains
très brefs, mais d'autres constituant de véritables œuvres
de plusieurs centaines de pages. Au total, plusieurs
volumes. Qui pourrait prétendre les connaître sur le bout
du doigt ?*

*Mais la difficulté n'est pas que quantitative. Une autre,
plus grave encore, surgit du contenu même de l'œuvre.
Que sont* Les Mille et Une Nuits, *pourquoi, comment
sont-elles venues au jour ? Dans quels milieux ? En quels
pays ? A quelles dates ? A qui s'adressaient-elles ? Et
qu'attendait d'elles leur public ? De belles et bonnes
histoires, simplement ? Ou des leçons ? Les* Nuits *sont-*

elles une littérature du plaisir ou, plus ou moins, une littérature engagée ?

Ce serait folie de prétendre répondre rapidement à toutes ces questions. Essayons au moins de jeter quelques clartés sur cet océan, et pour cela, voyons un peu, dans les grandes lignes, d'abord, ce qu'est ce recueil et comment il se constitua ; ensuite, ses rapports à la langue et à la littérature arabes ; enfin, comment on peut le lire.

Mais auparavant, un mot de l'histoire générale, du conte-cadre. Un roi, trompé par son épouse, décide de se venger d'elle et de toutes les représentantes de son sexe, en mettant dans son lit, chaque soir, une femme qu'il fait tuer le matin venu. Dans un royaume aussi épouvanté et dévasté, une jeune fille se lève, Shéhérazade, la fille du vizir. Elle se propose de raconter au roi des histoires, en suspendant chaque fois la suite au lendemain. Au bout de mille et une nuits, le roi, d'abord intéressé, puis conquis, l'épouse et fait grâce à ses pareilles.

Il faut savoir, d'abord, que les Nuits sont anonymes. Elles nous viennent, à travers plusieurs siècles, de l'immense réservoir que constituait toute une civilisation rassemblée sous la lumière de l'islam, exprimée en arabe, mais prolongeant aussi, d'une façon ou d'une autre, les vieilles civilisations dont elle était l'héritière ou la voisine : l'Égypte pharaonique, l'Antiquité grecque, la Mésopotamie et l'Iran, l'Inde, sans oublier l'Arabie d'avant l'islam. C'est cette richesse même que nous retrouvons dans les phases successives et le contenu du recueil.

Il semble à peu près acquis que le premier noyau des Mille et Une Nuits était d'origine persane, avec des emprunts indiens, et fut traduit, puis islamisé, à partir du VIIIe siècle, le tout en Irak et peut-être plus précisément à Bagdad, la capitale du monde musulman. A ce noyau initial, et à Bagdad même — ou dans d'autres grandes villes d'Irak comme Bassora —, s'adjoignirent toute une

*série d'œuvres sur de grands personnages historiques
comme le calife Hârûn ar-Rashîd, ou sur les aventures
maritimes comme celle de Sindbâd. A partir des XIe-
XIIe siècles, c'est l'Égypte, surtout avec des contes merveilleux et de magie, qui prend le relais. C'est sans doute
en Égypte, aussi, que le recueil vit confirmés son titre
définitif, son organisation telle que nous pouvons la
connaître aujourd'hui, et son contenu total. Car, aux
trois ensembles iranien, bagdadien et égyptien, vinrent
s'ajouter, jusqu'au début du XVIIe siècle, une foule d'autres contes de provenances diverses : l'Arabie d'avant
l'islam, Byzance, les Croisades, le monde turco-mongol,
l'Antiquité mésopotamienne ou biblique.*

*C'est Antoine Galland qui commença, à partir de 1704,
de révéler les Nuits à l'Europe : succès immédiat, considérable et constant, qui inspira les formes les plus variées
de la littérature, et jusqu'au cinéma : je ne cite qu'un
nom, Pier Paolo Pasolini. Impossible, en tout cas, de
recenser toutes les traductions françaises, anglaises,
allemandes, pour ne rien dire d'autres en espagnol,
italien, polonais, danois ou russe. Quant aux éditions du
texte, les plus célèbres restent celles de Calcutta, de
Breslau et de Bûlâq, cette dernière ayant peu à peu fait
figure de « vulgate » des Nuits.*

*Je dis « vulgate » pour exprimer cette sorte de consen-
sus qui a fini par s'établir sur le texte de Bûlâq, et pas
autre chose. Car si « vulgate » veut dire, d'abord, un texte
établi avec un minimum de sûreté, nous sommes ici très
loin du compte. Il n'existe, à la vérité, aucune édition
critique des Nuits, et chacune des éditions évoquées ne
fait que donner une version locale du corpus. Doit-on les
critiquer ? En fait, deux difficultés demeurent. La première tient au nombre impressionnant des manuscrits, à
leur longueur plus ou moins grande, à la difficulté de leur
datation parfois, au silence de tous ceux qui dorment
encore dans les bibliothèques, publiques ou privées.*

La seconde difficulté est de savoir où résident Les Mille
et Une Nuits *véritables. Dans le noyau initial ? Dans le
cycle bagdadien ? Ou dans les contes venus de l'Égypte
seule, compte tenu du rôle majeur de ce pays ? Toute
traduction peut viser à se fonder sur ce qu'elle pense être
les contes les plus anciens. C'est un point de vue, mais on
peut lui rétorquer que les textes qu'elle aura laissés de côté
ne font pas moins partie des* Nuits *telles que nous avons
appris à les connaître. « Nous », je veux dire « nous à
travers les Arabes », par l'intermédiaire de la vulgate de
Bûlâq. Car enfin, pour résoudre toutes ces difficultés,
peut-être vaudrait-il mieux s'adresser à ceux dans la
langue desquels ce texte est écrit, et prendre pour corpus
celui sur lequel les Arabes ont fixé leur propre consensus :
le texte de Bûlâq ne comporte ni l'histoire d'Aladin ni celle
d'Ali Baba, que pourtant les Européens s'entêtent à
considérer comme deux des meilleures et des plus célèbres
histoires des* Nuits. *Qui leur donnerait tort ? En vérité,
puisque cette œuvre appartient finalement à la littérature
universelle, le plus sage est de la créditer de toute la
richesse possible, de suivre Bûlâq pour l'énorme majorité
du recueil et, pour le reste, de prendre aux autres.
Pourquoi bouder notre plaisir ?*

*Car ce plaisir est, d'abord, celui de la variété. S'il faut
parler, un peu arbitrairement, de genres littéraires à
travers le conte, je crois qu'on peut ici en trouver six. En
premier lieu, les contes merveilleux, de magie notamment,
sur lesquels je n'insisterai pas : ce sont eux que l'on
connaît avant tous les autres. Puis des épopées, relatives à
l'Arabie ancienne, aux conquêtes de l'islam, aux luttes
avec les Croisés ou Byzance. Puis des romans, je veux dire
des œuvres sans doute construites à part, intégrées
ensuite au recueil et centrées sur des aventures amoureuses. Ce seraient là, si l'on veut, les trois grands genres
des* Nuits. *Les trois autres seraient, d'abord, les contes
d'humour ou de ruse, représentatifs de classes sociales,*

pêcheurs, marins, marchands, artisans, sans oublier les fripons et les truands. Viendraient ensuite les historiettes et anecdotes, retraçant les aventures de tel ou tel person-nage célèbre, calife, vizir ou poète. Enfin, les contes qui visent à une édification : histoires morales, fables, illus-trations de maximes. Autant dire que le classement proposé n'est rien moins que rigoureux : ses catégories, la plupart du temps, se chevauchent et peut-être faudrait-il parler, autant que de genres, de tonalités, de thèmes ou d'inspirations. Telle quelle, et avec ses hésitations mêmes cette répartition rend compte, au moins, de l'incroyable, de la merveilleuse richesse des Nuits.

Tout est mystère dans les Nuits, *non seulement pour leur origine, mais aussi pour leurs rapports avec la langue et la littérature arabes, dont il faut maintenant parler. Les savants se plaindront peut-être de ce mystère, mais certainement pas notre imagination. Et d'abord, pour-quoi cette division en nuits, inconnue par ailleurs ? Sans doute est-elle empruntée à l'Orient ancien, qui compte le temps en nuits, et non en jours. Mais qui eut l'idée merveilleuse de faire coïncider la nuit et la rêverie du conte ? Là encore, nous avons des points de repère : la coutume orientale du* samar, *de la discussion du soir, jusqu'à une heure avancée de la nuit. Mais pas jusqu'au petit matin, mais pas jusqu'à cette aube qui, pour la petite princesse Shéhérazade (Shahrâzâd), signifie cha-que fois la mort ou la vie possibles. L'imagination du conteur va donc bien au-delà de l'usage reçu : c'est tout l'espace de la nuit qui est occupé ici par la parole, par l'amour. Bref, pour le conteur, c'est toute la nuit qui est vivante. Mais ce n'est pas tout. Il nous faut imaginer en effet que Shéhérazade, la jeune femme jetée au lit d'un roi pervers et libidineux, doit organiser sa nuit pour que l'aube survienne à un moment précis de l'histoire qu'elle est en train de raconter ; elle doit donc suspendre son* histoire a un moment tel que le roi souhaite, la nuit suivante, en entendre la suite ; mais elle doit aussi s'arranger pour que la tranche d'histoire racontée ne soit ni trop courte, sous peine de décevoir, ni trop longue, sous peine de lasser. Et elle doit glisser le tout dans l'emploi général de sa nuit, qui requiert d'elle les services de l'amour et, on le suppose, la part minimum consacrée au sommeil. Le triomphe final de Shéhérazade sera sa consécration comme femme : non plus mercenaire du plaisir, mais épouse et mère. C'est tout cela, toute cette histoire, tout ce drame, qui est impliqué dans le découpage en nuits. Rendons hommage, comme à un créateur de génie, au conteur ou à l'écrivain anonyme qui eut l'idée de ce découpage, de ce scénario perpétuellement interrompu et relancé.

Mystère aussi sur le chiffre de mille et un. Sans doute savons-nous qu'il est d'origine turque, et qu'il exprime le grand nombre. Mais qui eut, le premier, l'idée de l'utiliser pour ce recueil ? Rendons hommage, une fois de plus, et une fois de plus à un autre anonyme, celui qui, voulant offrir à Shéhérazade le bouquet des mille roses rouges de ses nuits de passion, d'angoisse et de création, y ajouta, comme un baiser de plus à son héroïne, ce chiffre impair sans lequel, dit-on, il n'est pas de bouquet parfait.

Mystère encore pour le public. J'ai évoqué plus haut la coutume de la conversation nocturne, du samar. Mais pour quel public ? Celui de la place publique, autour du conteur populaire, ou celui des milieux aisés, voire de la cour califale ? Les thèmes nous aideront-ils mieux à trancher, et pourrons-nous aligner les publics sur le contenu des contes, dire par exemple que le conte populaire l'est par son public autant que par son contenu ? Mais rien n'est moins sûr : un public populaire peut n'être pas du tout attiré par le récit de choses qu'il connaît dans sa vie quotidienne, et il peut préférer — il préfère souvent — les histoires de rois et de princesses, tandis

qu'à l'inverse, de grands personnages aimeront s'enca-
nailler en écoutant ·les récits populaires.

    Autre problème : celui des rapports éventuels du conte
avec certaines formes de la littérature arabe, notamment
la maqâma, la « séance », ou plutôt la saynète. Celle-ci
met en scène un personnage truculent, qui vient on ne
sait d'où, affiche des comportements plus ou moins
répréhensibles, mais se rachète finalement par l'art de la
parole et le contenu pieux qu'il lui donne. Derrière
l'apparente gratuité du récit intervient un type connu de
la société arabo-musulmane, le qâṣṣ (ou le meddâḥ
d'Afrique du Nord), un conteur, oui, mais un conteur
d'histoires édifiantes, un conteur moral, un sermonnaire.
Quels rapports ce personnage peut-il entretenir avec le
récitant des Nuits ? On peut le voir ici et là, comme nous
le dirons, mais pas toujours. Car il n'y a pas, d'un bout à
l'autre des Nuits, un seul type de conteur possible, mais
des dizaines : le sermonnaire, l'homme de théâtre dont on
peut imaginer les gestes, l'historien, le poète, le faiseur de
bons mots, le tragédien ou le comédien, le récitant, le
magicien, le philosophe, le mystique, le truand, le fils de
famille perdu, l'écrivain dévoyé...

    Arrêtons là, pour ouvrir un autre débat, plus général, et
qui touche à tous ces personnages rassemblés cette fois
dans le personnage unique du conteur. Qui dit conte dit
littérature orale. Mais les Nuits répondent-elles vraiment
à cette définition ? En surface, on pourrait le croire, si
l'on se réfère aux nombreux dialectalismes dont est semée
leur prose, ou à l'origine a priori populaire de toute une
catégorie de contes, ceux dont j'ai dit qu'ils référaient à la
vie du petit peuple et même des marginaux. Mais il n'y a
pas que des dialectalismes dans les Nuits. La majorité des
textes, l'écrasante majorité, est écrite dans une langue
simple sans doute, mais parfaitement classique, relevée
çà et là par les exercices de la prose rimée et rythmée, et par
la poésie aussi, dont la gratuité n'est pas aussi évidente

qu'il y paraît à première vue. D'abord, elle s'insère parfaitement dans le texte, pour souligner l'atmosphère lyrique, élégiaque ou épique d'un épisode. Et surtout, sa fonction permanente, sous l'un ou l'autre de ses aspects, est de donner au texte des Nuits *l'estampille suprême de la grande, de la vraie littérature. D'en faire une littérature noble. En un mot — et que cette littérature ait été totalement ou en partie orale à l'origine —, de la transformer en une littérature écrite : la seule, alors, que l'on considérât comme littérature véritable. C'est à cela, d'abord, que servit la poésie.*

Ce passage du corpus total des Nuits *à la littérature écrite a pu être facilité par deux phénomènes. Le premier est l'existence de certaines œuvres composées à part, certainement écrites et intégrées ensuite aux* Nuits, *comme les histoires de Sindbâd, de Badr ad-Dîn et autres « romans ». Ces œuvres ont pu servir d'exemple, déclencher le processus d'enregistrement systématique par écrit de tous les autres contes. D'autant qu'il existait aussi, à l'origine, ces « Mille contes » persans traduits, ce noyau originel dont nous parlent, comme d'ouvrages écrits, Mas'ûdî et Ibn an-Nadîm, au Xe siècle. Pourtant, ces premières œuvres rédigées ne suffisent pas à expliquer la mise par écrit totale de l'ensemble. Au reste, ni le noyau initial des* Nuits *ni l'histoire de Sindbâd ne nous ont été conservés dans leur texte originel : preuve, sans doute, qu'on n'y attachait guère d'importance, que tout cela était tenu pour intéressant peut-être, mais pas pour de la vraie littérature, la seule qui ait quelque chance d'être conservée, recopiée, transmise.*

La raison de la survivance des contes doit, me semble-t-il, être cherchée ailleurs. Pour cela, j'évoquerai, très brièvement, l'immense crise morale qui a secoué le monde arabo-musulman avec l'arrivée en force des Turcs, au XIe siècle, puis, au XIIIe, des Mongols qui détruisent Bagdad et le califat abbasside. L'islam, et plus précisé-

ment l'islam arabe, qui tenait, vaille que vaille, son unité de la permanence de ce symbole à la tête de la communauté des croyants, le voit, après l'an mil, peu à peu vaciller, puis disparaître : il n'y a plus, politique-ment parlant, de communauté musulmane. Qui nous dira jamais si ses fils n'ont pas cru qu'elle allait dispa-raître pour de bon ? C'est l'époque, souvenons-nous-en, où le grand Ibn Khaldûn explique que, comme les individus, les civilisations sont mortelles. Un fait est là, en tout cas : c'est l'époque où l'on enregistre fébrilement le trésor écrit en arabe, où les encyclopédies, les diction-naires, les biographies, les histoires, les manuels se composent par milliers ; un Suyûtî, à lui seul, aligne, pour une activité de quarante années, plus de cinq cents titres d'ouvrages. Lui et les autres, peut-être, avec le souci de compiler, compiler sans faiblesse pour gar-der, aux générations futures, au moins le souvenir de ce qu'avait été la civilisation, exprimée en arabe, de l'islam.

Dans cette aventure, l'Égypte joue un rôle de premier plan. Est-ce par hasard que, là aussi, on enregistra, rassembla, répartit le trésor des Nuits, sans omettre ni les contes qui naissaient sur place ni tous ces autres qui, déjà rédigés à un moment quelconque, ne faisaient pas partie de la littérature consacrée, n'avaient pas l'honneur du catalogue et ne survivaient déjà plus, peut-être, que de bouche à oreille ? Tout se passe, dirait-on, comme si l'on avait voulu, dans l'Égypte des XIe-XVIIe siècles, enregistrer tout ce qui pouvait être sauvé, je dis bien tout, et jusqu'à ce qui, auparavant, n'avait pas été jugé digne de l'être. L'enregistrement du texte, mais aussi le découpage en nuits, l'intervention des scribes à travers la prose rimée ou la poésie, tout participe, semble-t-il, de ce grand rêve de sauver une œuvre entière et, pour légitimer ce sauvetage, d'en faire une œuvre écrite, littéraire, au plein sens du mot.

Bénis soient, une fois de plus, ces anonymes qui savaient, avant nous, que les Nuits nous appartenaient, à nous aussi.

Comment lire Les Mille et Une Nuits ? D'abord, et heureusement pour nous : pour le plaisir. Aucune étude, aucune hypothèse, aucune démonstration érudite ne pourra faire que les Nuits ne soient d'abord cela : un formidable magasin d'histoires où nous puisons pour nous récréer. Cela posé, rien ne nous empêche de nous demander si, tel qu'il est, le conte reste en l'air par rapport à la société qui le produit, en d'autres mots, si cette littérature du plaisir aurait pu être, dans cette forme-là, produite n'importe où. La réponse est évidemment non. Mais ce « non » peut s'entendre sous deux formes. Le conte peut être, d'un côté, le reflet pur et simple de sa société : il la révèle, la trahit, parce que, pris à elle, il ne peut faire autrement ; dans ce cas, la littérature du plaisir est aussi, tout naturellement, un témoignage, étant entendu qu'il s'agit d'un effet indirect de la littérature, et non d'une intention délibérée du conteur. Sous les couleurs de notre plaisir, nous découvrons aussi le monde qui nous le procure. Mais on peut se demander, au moins pour certains contes, si le plaisir est aussi innocent que cela, s'il n'est pas — dans le goût du temps qui consiste à délivrer une connaissance ou un enseignement tout en distrayant — le voile heureux et coloré sous lequel se cache autre chose de plus sérieux, un « autre chose » pour lequel le conte a été bâti.

Peut-on prétendre à tout dire des Nuits ? Bien sûr que non. Par les mystères de leurs origines, la richesse de leur corpus et la finesse de leurs imbrications avec la société de leur temps, les Nuits nous défieront longtemps, toujours peut-être. A nous de saisir la leçon qu'elles nous

donnent : une leçon d'amour et de modestie. Sans oublier
— et c'est sur lui, à la fin des fins, qu'il faut conclure — le
plaisir, le plaisir du lecteur, le plaisir pour une fois tout à
fait innocent.

ANDRÉ MIQUEL

D'UN CHOIX, D'UN TEXTE,
D'UNE TRADUCTION

Nous offrons ici un choix de contes des *Mille et Une Nuits* accompagnés, à la fin du second volume, d'un glossaire des personnages historiques, des toponymes et de certains termes arabes. Il s'agit d'un ensemble déjà important de textes qui comprend le tiers des versions imprimées à quoi se sont ajoutés plusieurs développements restés manuscrits.

On peut distinguer dans cette œuvre au moins trois groupes : les contes et romans d'amour ; les récits de voyages réels ou fantastiques, les romans guerriers. Il faut mentionner aussi les apologues, les contes de la cour de Bagdad, les fables animalières et ne pas oublier les contes de truanderie.

Il nous a semblé nécessaire de réagir contre les habitudes solidement établies. On ne trouvera ici ni Aladin, ni Ali Baba, ni Sindbâd qui sont devenus les représentants trop connus d'un Orient fictif, peuplé de tapis volants et de lampes merveilleuses. On nous pardonnera de ne pas sacrifier au rituel.

On lira par contre d'admirables romans d'amour qui nous transportent à Bagdad, à Damas ou au Caire. On suivra la longue épopée de la famille royale d'an-Nu'mân où les tragédies de l'existence se mêlent aux batailles livrées aux chrétiens de Byzance et aux combats singuliers menés contre leurs chevaliers. On découvrira le récit initiatique de Ḥâsib Karîm ad-Dîn et de la Reine des serpents. On suivra enfin la geste de 'Ajîb et Gharîb où l'on se bat, l'on s'aime et l'on voyage de Babylone en Inde, de Koufa à Oman, de Ctésiphon aux îles du Camphre.

Nous avons disposé de toutes les éditions imprimées dont la plus complète est celle de Macnaghten, éditée de 1839 à 1842, dite de Calcutta II pour la différencier de l'édition parue en 1814 à Calcutta elle aussi. Nous avons eu recours aux manuscrits les plus intéressants pour ce qui concerne les contes choisis, notamment celui de 'Umar an-Nu'mân. On trouvera p. 659 une note bibliographique à ce sujet.

Nous avons procédé à un long travail de préparation qui a donné lieu à plusieurs publications, et bénéficié aussi de travaux comme ceux de Muhsin Mahdi. Celui-ci a publié en 1984 une édition du manuscrit d'Antoine Galland considéré comme le plus ancien en notre possession à ce jour, texte complété par les variantes de huit autres manuscrits[1]. Cette version, très marquée d'égyptianisme et pleine de verve populaire, est assez répétitive et s'amplifie parfois exagérément en s'attardant sur des détails, en gonflant les dialogues et en prenant des dispositions narratives tout à fait inutiles. Elle est, par ailleurs, surchargée de formules religieuses. Malgré tout cela, elle reste indispensable car elle permet à plusieurs reprises de rétablir le texte

1. 2 vol., Leyde, Brill, 1984, voir la recension qui en a été faite par Patrick Coussonnet, *Bulletin critique des Annales islamologiques*, n° 5, Le Caire, 1988, p. 15 ; l'auteur reste, à juste titre, réservé sur la partie théorique de l'ouvrage de Mahdi qu'il demande de manier avec circonspection, et nous partageons entièrement cet avis.

dans sa logique et la totalité de son déroulement. Certains passages descriptifs sont plus riches que dans les versions imprimées précédentes, notamment pour ce qui est des demeures, des jardins et des vêtements. Il est dommage que cette édition ne couvre qu'une petite partie de l'ensemble des *Nuits*.

Nous avons donc, dans toute la mesure du possible, établi un texte complet. Notre traduction offre une leçon plus étendue et achevée que celle de toutes les adaptations françaises disponibles à ce jour. La confrontation des éditions et des manuscrits nous a permis de combler bien des lacunes et de parvenir à un ensemble qu'aucune version arabe prise séparément ne peut proposer.

Nous avons eu à cœur dans notre entreprise de résoudre trois difficultés majeures. La première touche à la poésie dont la place est considérable dans les *Nuits*, et non point seulement par le nombre des poèmes, quelque 1 250, mais du fait de leur insertion fonctionnelle dans le récit[1]. Une fois établie la certitude que ces vers n'étaient pas des incrustations esthétiques mais une écriture organiquement constitutive du conte, il nous fallut les traduire sans en omettre un seul.

Se posait alors la question du registre de la traduction. Un mot à mot pesant conduisait à un galimatias insipide dont pas un lecteur français ne pouvait imaginer qu'il était issu d'un poème arabe. A l'inverse, la tentation de rimailler pouvait conduire à des vers de mirliton aussi insupportables qu'une version scolairement fidèle et littérairement nulle. Nous avons donc opté pour des vers libres qui s'effor-

---

1. Nous analysons longuement ce point dans *Mille et Un Contes de la nuit*, 1991.

cent de préserver le rythme et le développement de
l'écriture arabe tout en faisant partager au lecteur
le sentiment qu'il s'agissait bien là de poésie[1].

La deuxième difficulté touchait au statut même de
cette œuvre. On a trop parlé à propos des *Mille et Une
Nuits* d'inspiration populaire et d'oralité. Et certes, il
est évident, pour certains textes, que tel ou tel copiste a
enregistré et réécrit des contes faits surtout pour vivre
dans la mémoire des auditeurs. Les éditions imprimées
du XIXᵉ siècle se sont à leur tour évertuées à corriger les
manuscrits, à rendre plus classiques leur syntaxe et
leur lexique, voire à les censurer pour le plus grand
bien de la morale.

Mais toutes sortes d'indices réfutent cette hypothèse
d'un recueil populaire progressivement et profondément remanié pour qu'il respecte les codes de la langue
et les modes du langage canoniques. La présence de
poèmes de haute inspiration, les séances de débats
littéraires ou théologiques, le déroulement de plusieurs contes dans le milieu de la cour califale de
Bagdad ou de Damas, des références aux riches
milieux marchands du Caire ou bédouins du Hedjaz,
tout cela commande la prudence pour ce qui est d'une
attribution systématique à une pratique exclusive-
ment populaire. On ne saurait appliquer une seule
grille d'analyse à cet ensemble composite qui s'est

---

1. Le vers arabe est plus long que le vers français. La forme
métrique la plus développée, qui est la plus fréquente, équivaut à deux
alexandrins. Aussi avons-nous choisi de disposer les deux hémistiches
arabes sur deux lignes, parfois même trois lorsque la traduction
l'exigeait. Pour bien marquer les limites du vers arabe, nous n'utili-
sons la majuscule qu'en début de premier hémistiche ; le deuxième
hémistiche est marqué par un léger décalage vers la droite. — La prose
rimée est fréquemment utilisée dans la correspondance entre personnages. La traduction n'est pas assonancée, mais les clausules sont
marquées par un astérisque (exemple p. 312).

constitué au cours des siècles par couches successives.

Là est justement la difficulté. On peut dire que certains récits, de voyages notamment, et de très nombreuses historiettes sont déjà la *traduction* d'une version orale, une sorte de texte remanié à plusieurs reprises par les conteurs avant d'être fixé un jour en manuscrit et enfin imprimé. Selon le pays où ce travail a été effectué, Égypte, Syrie ou Maghreb, le parler où il s'est d'abord acclimaté, le milieu social où il s'est développé et enfin la source lointaine qui l'a fait naître, indienne, iranienne, égyptienne, hébraïque, arabe, nous pouvons avoir affaire à autant de textes dont la diversité d'inspiration et d'écriture est trahie par l'homogénéité artificielle d'une traduction unique. Aussi avons-nous considéré les contes comme autant de cas particuliers dont il fallait respecter l'originalité, le langage et les contextes.

La troisième difficulté est d'ordre linguistique. La langue arabe d'une part, la stratégie d'énonciation du conte d'autre part, imposent certains particularismes. Redites, retours en arrière, absence de transition, déséquilibre dans le traitement des épisodes au profit des moins importants, oubli d'enchaînements explica-tifs, organisation asyndétique de la langue et du cheminement narratif, voilà autant d'obstacles qui menaçaient de ne se point laisser franchir ou seule-ment au prix d'infidélités au texte. Une même histoire peut mêler des poèmes de facture classique et une prose où affleure un dialecte. Nous trouvons juxta-posés une épître savante en clausules rimées et un dialogue d'inspiration populaire. La langue générale-ment employée n'est pas toujours de grande qualité ; elle allie à un lexique pauvre une syntaxe relâchée. C'est qu'elle a perdu la spontanéité, la verve et la créativité du parler, sans atteindre l'art de la composition écrite. Aussi cette prose de copiste, au style mou, induit la tentation de redonner du corps à une expression qui en manque.

Pris entre les dispositions adoptées par le conteur ancien et l'attente légitime du lecteur moderne, toujours conduits par la vérité d'un texte strictement compris, nous avons souscrit à l'obligation de respecter le plaisir de lire. La fidélité sans concession ne nous a jamais détournés de rechercher avec patience la beauté du texte.

JAMEL EDDINE BENCHEIKH

*Conte du roi Shâhriyâr
et de son frère
le roi Shâh Zamân*

Deux souverains, trahis par leurs épouses, abandonnent leur trône et partent vérifier l'état du monde. Ils vont chercher si, quelque part, un autre être humain a vécu aussi grand malheur que le leur, ou s'ils constituent un cas particulier, une sorte d'entorse à l'ordre général. Ils rencontrent en chemin une jeune femme qui se joue d'un démon et prend des amants à son nez et à sa barbe.

Persuadés qu'il n'est rien à faire contre la perfidie féminine, les deux rois reviennent en leur royaume. Alors commence « une tragédie qui entraîne l'exécution de deux épouses royales, de tous les esclaves hommes et femmes du palais et de plus de mille jeunes filles [1] ».

La femme est ici présentée comme un être naturellement pervers et débauché. Ce discours trouve bientôt son illustration dans l'histoire que le vizir son père raconte à Shahrâzâd pour la détourner d'affronter Shâhriyâr. Il s'agit de l'apologue de l'âne, du bœuf et du laboureur où s'exprime une morale primitive mais significative. Le principe directeur en est qu'il est inutile de discuter avec les femmes et que le bâton est seul capable de venir à bout de leur ruse. Proposition grossière qui voudrait nous

---

1. Voir J. E. Bencheikh, *Les Mille et Une Nuits ou la parole prisonnière*, 1988, p. 21 à 39.

prendre au piège de ses simplifications, mais ne sait faire oublier le véritable combat qui s'engage et son enjeu : c'est la mort qui doit trancher et qui inscrit sa sanction au cœur de l'affrontement de la loi et du désir.

Shahrâzâd le comprend fort bien qui défie la sentence et entreprend de sauver l'espèce humaine. Car elle se souvient que la jeune femme qui « trompe » le démon a été enlevée par lui, arrachée à ses noces et tenue prisonnière dans un coffre. Elle sait aussi que le conflit durera longtemps, exactement mille et une nuits, c'est-à-dire l'éternité. En cette aube du XXIe siècle, lorsque chaque jour nous montre que la femme n'est pas encore l'avenir de l'homme, nous avons besoin de cette gardienne de la parole qui nous laisse espérer en une issue un jour favorable où l'intégralité de l'être ne le cédera pas à l'intégrisme du pouvoir.

Les historiens ont retrouvé dans la littérature indienne les schèmes correspondants de trois des thèmes qui organisent le préambule des Mille et Une Nuits : celui des époux trompés, celui de la femme qui échappe à un danger en racontant des histoires ou de celle qui trompe la surveillance jalouse d'un être surhumain. La thèse indianiste paraît fondée dans l'ensemble ; il est attesté que certains contes sont nés en Inde avant de cheminer en Perse puis d'aboutir chez les Arabes.

D'autres savants ont plutôt cru à une tradition persane qui aurait donné aussi bien l'embryon des Mille et Une Nuits que le Livre d'Esther. On peut en effet rapprocher Shahrâzâd et Esther qui se mettent toutes deux au service de leurs semblables et entreprennent de sauver l'une les femmes, l'autre tout un peuple. Les Arabes avaient eux-mêmes signalé l'existence d'un noyau indo-persan mêlé de traditions juives. Dès le Xe siècle, ils avaient adopté à Bagdad la thèse d'une origine persane.

Au-delà de ces suppositions générales, toute tentative d'identification des personnages, et spécialement celui de

Shahrâzâd, est vouée à l'échec en l'état actuel de nos connaissances. Le texte indique par exemple que Shâhriyâr est un roi sassanide. Or aucun souverain de cette dynastie n'a porté ce nom qui varie d'ailleurs selon les éditions. Aussi le parti le plus sage est-il de renoncer à de hasardeux rapprochements d'ordre historique.

Mais avons-nous besoin de ces vérifications? Il est grand temps de s'interroger plus sur les significations que sur les détails. Il est plus important de suivre le cheminement d'un mythe que de s'acharner à comparer des situations ou à relever de minimes informations touchant aux mœurs. On connaît trop les ruses et les ressources de l'imaginaire pour se laisser prendre à des indices complaisamment offerts à l'attention et du coup devenus suspects. Si certains contes laissent parfaitement apparaître leur ancrage socioculturel à Bagdad, au Caire ou à Damas, d'autres n'ont recours à cet habillage-là que pour mieux masquer la permanence irréductible d'étranges surgissements du désir.

Au demeurant, ce n'est pas en Inde ni en Perse que les Mille et Une Nuits *se sont enrichies de tous les romans, récits et contes qui se sont progressivement joints les uns aux autres, sûrement plus pour des affinités de signification que par des conjonctures de hasard. C'est la civilisation arabe et nulle autre qui a accueilli ces textes, la culture arabe qui leur a permis de s'épanouir, ses poètes et ses conteurs qui en ont magnifié la teneur. Et c'est au* XVIIIe *siècle un traducteur français nommé Antoine Galland qui allait leur ouvrir l'Europe. De l'amont à l'aval s'établit ainsi une complicité qui a su franchir toute limite.*

J. E. BENCHEIKH

Au nom de Dieu, le Miséricordieux tout de miséricorde. Louange à Dieu, Maître des mondes. La prière et le salut soient sur le meilleur des Envoyés, notre seigneur et maître Muḥammad et sur sa famille. Que la prière et le salut s'attachent à lui jusqu'au jour du Jugement.

La conduite des Anciens doit servir de leçon à leurs descendants. Que l'on considère ce qui leur est advenu pour s'en instruire. Que l'on prenne connaissance de l'histoire des peuples anciens pour savoir ainsi distinguer le bien du mal. Gloire à Celui qui rappelle leur exemple afin qu'il soit médité par leurs descendants.

En cette mémoire s'inscrivent les contes appelés des *Mille et Une Nuits*. Que tous les hommes généreux, les seigneurs vertueux et glorieux le sachent, le but de ce livre exquis et passionnant est d'instruire. Ce que l'on y raconte forme l'esprit, ce que l'on y comprend le fortifie. Il s'adresse aux Grands de ce monde. On y apprendra l'éloquence, on y recueillera la chronique des premiers rois du monde, on y suivra de nobles récits. Écoutez-les !

Vous y découvrirez comment déjouer les ruses en lisant sur les visages. Vous vous divertirez et vous vous réjouirez. Vous chasserez le souci qui dure et tout

malheur qu'endure l'homme aux troubles du temps
livré.

Que Dieu Tout-Puissant nous conduise et qu'un sain
jugement nous dise où notre foi doit aller.

CONTE DU ROI SHÂHRIYÂR
ET DE SON FRÈRE LE ROI SHÂH ZAMÂN

On raconte — mais Dieu est le plus savant, le plus
sage, le plus puissant, le plus généreux — qu'il y avait,
au temps jadis, il y a bien, bien longtemps, un
souverain sassanide qui régnait sur les îles de l'Inde et
de la Chine. Il commandait à une forte armée. Une
multitude de personnes attachées à son service,
d'esclaves et toute une suite se pressaient dans son
palais. Deux fils lui étaient nés, tous deux cavaliers
accomplis bien que l'avantage restât tout de même à
l'aîné, brave d'entre les braves, toujours en expéditions
guerrières, auquel nul ne pouvait se frotter sans dommage et qui ne restait jamais sans laver un affront.

Il hérita de la couronne, gouverna ses sujets avec
équité et devint très aimé d'eux. Il s'appelait le roi
Shâhriyâr. Son jeune frère, le roi Shâh Zamân, avait
reçu en dévolu Samarcande d'Iran. Tout allait pour le
mieux dans leurs royaumes respectifs sur lesquels ils
régnèrent dans la justice durant vingt années. Ils
s'épanouirent ainsi dans la plus heureuse des vies.
Mais il advint un jour que l'aîné souhaita revoir son
jeune frère. Il ordonna à son vizir de l'aller prier de
venir le voir. Il fit réunir de somptueux cadeaux,
chevaux aux harnachements garnis d'or et de précieux
joyaux, esclaves, belles jeunes filles vierges, étoffes

rares. Il écrivit une lettre où il exprimait à son frère le vif désir où il était de le revoir. Il la remit scellée au grand vizir, le chargea d'offrir ces présents au roi son frère et recommanda de faire diligence. « J'écoute et j'obéis », répondit le ministre qui s'apprêta au voyage.

Durant trois jours il fit rassembler bagages et provisions de route. Le quatrième, il prit congé du roi Shâhriyâr et entreprit la traversée de vastes déserts sans prendre de repos ni le jour ni la nuit. Les vassaux du souverain dont il traversait les territoires venaient le saluer, porteurs de présents et de cadeaux d'or et d'argent. Ils le retenaient trois jours et le quatrième l'accompagnaient durant toute une étape avant de prendre congé. Il poursuivit sa route jusqu'à n'être plus qu'à une journée de Samarcande devant laquelle il établit son camp. Il dépêcha un messager pour informer le roi Shâh Zamân de son arrivée. Le messager entra dans la cité, se fit indiquer le palais et fut introduit auprès du roi auquel il annonça la venue du grand vizir. Shâh Zamân ordonna immédiatement aux grands officiers de sa cour et aux principaux dignitaires du royaume de se porter à sa rencontre. Ils se mirent en route. Lorsqu'ils arrivèrent au camp, ils souhaitèrent la bienvenue au visiteur et marchèrent à son étrier jusqu'à la capitale. Là, il fut admis en présence du roi auquel il transmit les salutations de son frère, lui exprima le désir où celui-ci était de le voir et remit la lettre.

Le roi accepta immédiatement l'invitation. Il prit toutes dispositions pour recevoir dignement le grand vizir. Il l'installa dans un palais convenant à son rang, fit dresser des tentes pour sa troupe et lui fournit toutes les provisions nécessaires à son séjour, viandes et boissons pour les hommes, fourrage et grain pour les bêtes. Pendant ce temps, lui-même se disposait au voyage et déléguait ses pouvoirs à son vizir. Il fit préparer les tentes, les chevaux, les chameaux, les mulets, les esclaves et les serviteurs. Après dix jours de préparatifs, son cortège s'ébranla vers le royaume de son frère.

Vers le milieu de la nuit, il s'aperçut d'un oubli qui le fit retourner sur ses pas. Il rentra dans son palais et trouva son épouse étendue sur le lit royal enlacée à un esclave noir du service des cuisines. Ce spectacle le plongea dans les ténèbres. Il se dit : « S'il en est ainsi alors que je viens à peine de quitter la ville, que fera donc cette putain pendant tout le temps où je serai chez mon frère ? » Il dégaina son sabre et frappa à mort les deux amants. Il traîna les deux cadavres par les pieds et les jeta dans les fossés du palais. De retour au camp, il fit battre tambour et donna l'ordre du départ. Il chemina, le cœur brûlé par une douleur profonde, jusqu'à la capitale où régnait son frère. Tout joyeux, celui-ci se porta à sa rencontre, l'accueillit, le salua et lui exprima tout son bonheur. Il avait fait décorer la ville en son honneur. Les deux frères s'assirent pour converser tout à leur aise. A ce moment, Shâh Zamân se souvint de la trahison de son épouse et en ressentit un profond chagrin. Il pâlit et fut pris d'un malaise. Son frère, croyant que l'éloignement en était la cause, le laissa à ses pensées sans chercher à en savoir plus.

Shâhriyâr avait fait construire deux palais majestueux et élégants au milieu d'un vaste parc. L'un était réservé aux hôtes et c'est là qu'il avait installé Shâh Zamân. Auparavant, les valets avaient lavé la demeure à grande eau, l'avaient nettoyée, tendue de tapis, et ouvert les fenêtres qui donnaient sur les parterres. Shâh Zamân passait toutes ses journées auprès du roi son frère. Le soir, lorsqu'il se retrouvait seul, il ne cessait de songer à la trahison de son épouse et poussait de grands soupirs. Il se laissait consumer peu à peu par son secret. Il en était obsédé et pensait que

jamais plus grande affliction n'avait frappé un être
humain. Il ne mangeait plus, pâlissait chaque jour
davantage et maigrissait à vue d'œil.

A quelques jours de là, Shâhriyâr, qui finissait par
croire que son frère se déplaisait chez lui et songeait à
le renvoyer à Samarcande, lui dit :

— Mon frère, je te vois tout affaibli et pâle ?

— Je souffre d'une blessure profonde, lui répondit-il
sans rien révéler de son tourment.

— Je voudrais que nous allions chasser ensemble la
gazelle une dizaine de jours. Cela te délivrera de ta
peine.

Mais le jeune roi refusa et son frère s'en fut chasser
seul. Il y avait dans le palais d'hôtes des fenêtres
grillagées qui donnaient sur des jardins intérieurs.
Comme il se mettait à l'une d'elles, il vit la grande
porte s'ouvrir et laisser passer vingt jeunes servantes :
dix blanches et dix noires. Croyant son beau-frère parti
et le palais vide, l'épouse de son frère s'avançait en
cette compagnie, toute de grâce et de beauté. Le
cortège parvint à une vasque. On s'assit autour du jet
d'eau, tout le monde se déshabilla et il se révéla que les
servantes noires étaient des hommes. La reine cria
alors un nom : « Mas'ûd ». Un esclave noir sauta du
haut d'un arbre et la rejoignit. Il lui mit les jambes en
l'air, se glissa entre ses cuisses et la posséda. A ce
signal, chaque esclave s'unit à l'une des jeunes filles.
Ils ne cessèrent de se donner des baisers, de s'enlacer,
de se prendre et de se reprendre jusqu'à la tombée de la
nuit. Lorsqu'il vit tout cela, le jeune roi se dit : « Par
ma foi, mon malheur est moins grand que celui de mon
frère, j'ai été moins humilié et affligé que lui dont le
harem accueille dix esclaves déguisés en servantes. Ce
qui s'est passé là est bien plus terrible que ce que j'ai
enduré. » Il s'en fut donc boire et se restaurer jusqu'au
retour de Shâhriyâr.

Les deux frères se saluèrent et l'aîné constata que le visage de Shâh Zamân avait retrouvé ses couleurs et qu'il mangeait maintenant de bon appétit. Il s'en étonna et lui dit :

— Mon cher frère, je t'ai laissé le teint bilieux et la mine défaite et je te retrouve superbe. Explique-moi ce qui s'est passé.

— Pour ce qui est de ma pâleur, lui répondit son frère, je veux bien t'en parler. Mais pour ce qui est de mes couleurs, permets-moi de le taire.

— Bien ! Dis-moi donc ce qui t'avait ainsi altéré le teint et affaibli le corps.

— Lorsque tu m'as envoyé ton vizir pour me prier de te rendre visite, je me suis préparé et j'ai quitté ma capitale. En cours de route, je m'aperçus que j'avais oublié au palais le joyau de couronne que je voulais t'offrir. Je revins et trouvai mon épouse couchée dans mon lit sous un esclave noir. Je les tuai tous deux et, tout à mon malheur, repris la route vers toi. Voilà ce qui explique l'altération de mon visage et ma faiblesse. J'ai maintenant retrouvé mes couleurs, permets-moi de t'en cacher la raison.

Mais Shâhriyâr insista et conjura son frère par Dieu de tout lui révéler. Alors Shâh Zamân raconta ce qu'il avait vu. Shâhriyâr fut pris d'une telle rage qu'il faillit avoir une attaque et dit à son frère :

— Je ne te crois pas ! Il me faut voir cela de mes propres yeux.

— Annonce donc que tu vas chasser et cache-toi dans mes appartements. Tu pourras vérifier de tes propres yeux ce que j'ai pu te dire.

Le roi fit immédiatement savoir qu'il partait à la chasse. La garde royale établit son camp à l'extérieur de la capitale. Shâhriyâr se retira sous la tente qu'on lui avait préparée. Il ordonna à son grand chambellan de n'introduire personne auprès de lui et d'interdire à tout soldat de retourner en ville durant trois jours. Puis il se déguisa et revint en secret au palais où l'attendait son frère. Il se posta à la fenêtre grillagée qui donnait sur les jardins. Au lever du soleil, le cortège formé par la reine et vingt « servantes » fit son entrée. Ils s'avancèrent sous les arbres jusqu'à la vasque près de laquelle ils se déshabillèrent. Les dix couples se formèrent et la reine appela Mas'ûd qui descendit d'un arbre en disant :

— Que me veux-tu petite maquerelle, mon petit trou, je suis Sa'd le baiseur, Mas'ûd le fortuné.

La reine éclata de rire, se jeta sur le dos et se fit monter par l'esclave. Ils poursuivirent leurs ébats jusque dans le milieu de l'après-midi. Shâhriyâr crut perdre la raison en voyant ce qui se passait sous ses yeux, dans son palais, au cœur de son royaume. Il dit à Shâh Zamân :

— Quittons ces lieux et partons en quête de l'amour de Dieu. Nous n'avons pas besoin de régner. Allons voir de par le monde si pareil malheur est arrivé à d'autres. Si nous sommes seuls à l'avoir connu, mieux vaut préférer la mort.

Les deux frères sortirent du palais par une porte dérobée. Après avoir voyagé pendant des jours et des nuits, ils arrivèrent à un arbre au milieu d'une prairie située au bord de la mer. Au pied de cet arbre coulait une source. Ils burent à son eau fraîche pour se désaltérer et s'assirent à son ombre pour prendre du repos. Au bout d'un moment, la mer fut soulevée comme par un tourbillon et il en surgit une colonne noire, dressée vers le ciel, qui se dirigeait de leur côté. Les deux hommes furent saisis de peur et grimpèrent tout en haut du grand arbre où ils se trouvèrent protégés par le feuillage. Ils regardèrent ce qui se passait et virent apparaître un démon d'une taille immense qui avait un crâne énorme et une large poitrine. Il portait sur la tête un coffre de cristal à quatre serrures d'acier. Il mit pied sur le rivage, se dirigea vers l'arbre où s'étaient réfugiés les deux rois et s'assit à son ombre. Il prit quatre clés et ouvrit le coffre dont il retira un coffret. De ce coffret sortit une adolescente d'un éclat sans pareil. Elle semblait être ce soleil dont parle le poète :

> *Elle prête sa lumière à l'aube et c'est le jour.*
> *De sa clarté s'irradient les soleils levants,*
>   *de son éclat les lunes s'illuminent.*
> *Lorsqu'elle apparaît en déchirant ses voiles,*
>   *les créatures se prosternent devant elle.*
> *Quand ses regards lancent leurs éclairs,*
>   *comme des flots de larmes se déversent les pluies.*

Le démon la regarda et lui dit :

— Ô reine des femmes libres, enlevée le jour de ses noces, je désire dormir un peu.

Il posa sa tête sur ses genoux, étendit ses jambes qui touchèrent le rivage et s'endormit. La jeune fille leva les yeux vers le feuillage et y aperçut les deux rois. Elle souleva la tête du démon, la reposa sur le sol et se mit debout. Elle fit signe aux deux hommes de descendre sans crainte.

— Par Dieu, lui répondirent-ils, dispense-nous de cette affaire.

— Et par Dieu je vous dis, moi, que si vous ne m'obéissez pas, je le réveillerai pour qu'il vous tue horriblement !

L'effroi les fit descendre. Elle s'étendit sur le dos, écarta les cuisses :

— Frappez hardiment de la lance, leur dit-elle. Donnez-moi la charge ou je le tire de son sommeil.

Shâhriyâr, terrorisé, demanda à son frère d'obtempérer.

— Je n'en ferai rien si tu ne le fais d'abord, répondit Shâh Zamân.

Ils étaient ainsi à se disputer pour savoir qui la baiserait le premier :

— Qu'avez-vous donc à vous chamailler de la sorte ? gronda-t-elle. Obéissez ou je le réveille.

Effrayés, ils s'exécutèrent l'un après l'autre.

— Mes compliments, leur dit-elle, en sortant de son corsage une bourse qui contenait un collier fait de quatre-vingt-dix-huit bagues de couleurs et de formes différentes. Savez-vous ce que sont ces bagues ? demanda-t-elle.

— Non, répondirent-ils.

— Tous ceux qui les portaient, expliqua-t-elle, ont couché avec moi sous le nez et à la barbe de ce démon cornu. Donnez-moi vos anneaux à votre tour puisque vous m'avez baisée.

Ils les lui remirent et elle leur raconta son histoire :

— Ce démon m'a enlevée la nuit de mes noces. Il m'a enfermée dans un coffret et a mis ce coffret dans un coffre qu'il a fermé à l'aide de sept serrures. Il a déposé le tout au fond de la mer venteuse dont les vagues se font houleuses. Il ne savait pas que ce que femme veut, Dieu le veut. Comme dit le poète :

Jamais à femme ne te fie ! Jamais n'écoute ses serments.
Qu'elle soit satisfaite ou furie, tout de son vagin dépend.
Elle mime un amour menteur alors que traîtrise l'habille.
Souviens-toi de Joseph pour te garder de ses ruses.
C'est grâce à Ève que Satan du ciel fit expulser Adam.

Ou comme dit cet autre :

Ne me reproche rien, car l'objet de ton blâme
*　　saura faire en ton cœur demain naître ta flamme et*
*　　joindra au désir un amour éperdu.*

Si je suis amoureux, je vivrai dans l'amour
   ce que d'autres amants amoureux ont connu.
Et serait admirable, et la nuit et le jour,
   quiconque échapperait au trouble de leurs charmes.

Les deux rois restèrent stupéfaits.

— Voilà donc un démon qui, tout démon qu'il est, subit un plus grand outrage que le nôtre. Cela doit nous consoler.

La jeune femme revint auprès du démon, remit sa tête sur son giron et fit signe aux deux princes de s'en aller. Ils décidèrent de repartir sur l'heure et s'en revinrent à la capitale de Shâhriyâr.

De retour à son palais, celui-ci fit décapiter son épouse, ses servantes et ses esclaves. Il combla son frère Shâh Zamân de cadeaux et de richesses de toutes sortes et le renvoya à Samarcande. Il se mit alors chaque jour à épouser une jeune fille, enfant de prince, de chef d'armée, de commerçant ou de gens du peuple, à la déflorer et à l'exécuter la nuit même. Il pensait qu'il n'y avait pas sur terre une seule femme vertueuse.

Cela dura trois ans. Le tumulte s'empara de la ville. Les familles faisaient disparaître leurs filles et il ne resta bientôt plus de vierges nubiles. Or le souverain venait d'ordonner à son vizir de lui fournir, comme d'habitude, une épouse. Le vizir fit de vaines recherches. Il rentra chez lui, irrité, abattu, craignant pour lui-même.

Il avait deux filles d'une très grande beauté, bien prises et de taille achevée. L'aînée s'appelait Shahrâzâd, la jeune Dunyâzâd. La première avait dévoré bien des livres : annales, vies des rois anciens, histoire des peuples passés, ouvrages de médecine. On dit qu'elle avait réuni mille livres touchant à ces peuples, aux rois de l'Antiquité et à leurs poètes. Elle dit à son père :

— Je te vois le teint altéré comme si tu portais le

fardeau de soucis et de chagrins. Ne connais-tu pas les vers du poète :

Dis à qui porte douleur, jamais ici chagrin ne dure.
Avec le temps passe bonheur, avec le temps douleur ne
    dure.

Alors, le vizir se décida à lui conter par le menu tout ce qui était arrivé.

— Par Dieu, mon père, dit Shahrâzâd, laisse-moi épouser le roi. Ou bien je triompherai et délivrerai les jeunes femmes des griffes du roi, ou bien je suivrai le sort de celles qui ont péri.

— Je te supplie, répondit son père, de ne pas exposer ta vie.

— Il le faut, dit-elle.

— J'ai bien peur qu'il ne t'arrive ce qu'il arriva à l'âne et au bœuf avec le laboureur.

— Et que leur est-il donc arrivé ?

HISTOIRE DE L'ÂNE, DU BŒUF ET DU LABOUREUR

Sache ma fille qu'un marchand était riche en biens, en bétail et en chameaux. Il avait femme, enfants, domestiques et habitait une campagne fertile. Grâce au pouvoir de Dieu Très Puissant, il comprenait le langage de toutes les espèces d'animaux et d'oiseaux mais ne pouvait révéler son secret à personne sous peine d'en mourir.

Il avait en son étable un âne et un bœuf, chacun à sa mangeoire. Il advint qu'un soir, le marchand et son épouse allèrent s'asseoir devant l'étable pendant que leurs enfants jouaient près d'eux. À cet instant, le bœuf se rendit à la stalle de l'âne qu'il trouva balayée et arrosée. La mangeoire était garnie d'orge criblé, de paille choisie, et le seau d'eau fraîche. L'âne passait en effet son temps à dormir et à se reposer. Sortait-il de temps à autre si son maître avait besoin de lui, qu'il était tôt de retour.

Le maître entendit donc le bœuf dire à l'âne :

— Tu as bien de la chance. Je m'épuise alors que tu t'épanouis à manger de l'orge criblé. On ne cesse de te soigner. Le maître te monte rarement et pour de brèves sorties. Moi, je passe ma vie à labourer et à faire tourner la meule à grain.

— La prochaine fois, lui répondit l'âne, qu'ils voudront te passer le joug pour te conduire aux champs, fléchis le jarret et ne te relève pas même s'ils te frappent. S'ils arrivent à te mettre sur pied, retombe. Ils te ramèneront et te donneront à manger des fèves. Surtout n'y touche pas ! Fais semblant d'être malade et pendant un, deux ou trois jours refuse de te nourrir et de boire. Alors tu te reposeras de ta fatigue et de tes efforts.

Lorsque le garçon de labour apporta son fourrage au bœuf, celui-ci n'y toucha point. Et lorsqu'il voulut le prendre au labour, il le trouva bien faible. Il alla avertir le marchand en lui disant que le bœuf n'avait rien mangé de la nuit ni touché à son fourrage.

— Attelle donc l'âne pour labourer, ordonna le marchand.

Le garçon de labour travailla avec l'âne toute la journée. Le soir, le bœuf remercia son ami de lui avoir ainsi permis de se reposer mais l'ami ne dit mot car il regrettait fort sa malheureuse suggestion.

Le lendemain, le garçon de labour revint et fit labourer l'âne jusqu'à la tombée du jour. La pauvre bête se traînait ; elle pouvait à peine remuer ses pattes et tenait ses oreilles basses. Elle avait la peau des flancs et du cou écorchée. Elle entra dans l'étable devant laquelle le marchand, son maître, et son épouse prenaient le frais comme la veille. Le bœuf, qui avait passé toute la journée à dormir, se reposer, boire et manger, lui fit bien des remerciements et des louanges. L'âne se disait : « J'étais bien ici à me prélasser. Quelle mouche m'a donc piqué de me mêler de ce qui ne me regardait pas ? »

Il s'adressa ainsi alors au bœuf :

— Je dois t'avertir à mon tour. J'ai entendu notre maître dire au garçon de labour : « Si demain le bœuf ne se relève pas, conduis-le au boucher. Qu'il l'égorge et tanne sa peau pour en faire un tapis de cuir. » J'ai bien peur pour toi ! Te voilà averti.

Le bœuf remercia l'âne en lui disant que, le lendemain, il se rendrait au pâturage. Il mangea tout son fourrage jusqu'à en sucer le bois de la mangeoire.

Le lendemain matin, le marchand, toujours suivi de son épouse, revint s'asseoir devant l'étable. Le garçon de labour fit sortir le bœuf qui, en passant près de son maître, remua la queue, péta et s'agita en tous sens. Le marchand se leva et se mit à rire à gorge déployée en apprenant le dénouement de l'histoire. Son épouse en demanda la raison.

— C'est un secret, lui dit-il, que je ne puis trahir sous peine de mourir.

— C'est donc que tu te ris de moi ! s'indigna-t-elle.

Elle insista tant et tant qu'elle vainquit ses réticences. Très troublé malgré tout, le marchand fit venir ses enfants, convoqua un cadi et des témoins afin d'établir son testament. Puisqu'il allait divulguer son secret, il devait se préparer à mourir. Il faut savoir qu'âgé de cent vingt ans, il aimait tendrement son épouse qui était sa cousine et la mère de ses enfants. Il envoya chercher toute sa belle-famille, fit venir aussi les gens de son quartier et les informa qu'il allait mourir pour avoir trahi son secret. Toutes les personnes rassemblées autour de lui dirent d'une seule voix à l'épouse :

— Par Dieu, cesse d'insister ! Ton époux, le père de tes enfants, va mourir !

— Je ne le tiendrai pas quitte, même au prix de sa mort.

À cette réponse nul n'ajouta mot. Le marchand se leva pour faire ses ablutions avant de parler puis de mourir. Il s'assit un instant, plein de chagrin d'avoir à quitter ce monde et à y laisser femme et enfants. Or, il avait un coq maître de cinquante poules et un chien. Le coq avait sauté sur une poule en battant des ailes. Sitôt redescendu, il se précipita sur une autre. Après chaque conquête, il poussait un cocorico de triomphe. Le marchand entendit le chien invectiver le coq en ces termes :

— Comment peux-tu manquer à ce point de pudeur alors que notre maître va rendre l'âme ?

— Et comment cela ? repartit le coq.

Le chien lui raconta toute l'histoire.

— Notre maître a bien peu de raison ! s'exclama le coq. J'ai, pour ma part, cinquante femelles. Je satisfais les unes, je mécontente les autres. Lui, qui prétend à la raison, n'a qu'une seule épouse et ne sait comment se conduire à son égard. Pourquoi ne choisit-il pas pour elle une badine de mûrier ? Il entrerait dans sa chambre et la battrait jusqu'à ce qu'elle meure ou se repente. Et elle ne recommencerait plus jamais à lui demander quoi que ce soit.

À ce moment le marchand retrouva son bon sens et décida d'aller corriger sa femme.

— J'ai bien peur, ma fille, dit le vizir, que le roi ne te traite comme le marchand traita son épouse.

— Et comment donc la traita-t-il ? s'enquit Shahrâ-zâd.

— Il alla couper une badine de mûrier qu'il cacha dans la chambre puis demanda à son épouse de venir le rejoindre. « Je pourrai ainsi tout te révéler sans que personne me voie et mourir ensuite. » Elle le suivit. Il referma la porte sur eux et lui donna une telle volée de bois vert sur les côtes et sur les épaules qu'elle s'évanouit. Lorsqu'elle reprit ses esprits, elle s'écria : « Arrête, arrête, je ne te demanderai plus jamais rien. » Elle lui baisa les mains et les pieds pour l'assurer de sa sincérité. Ils sortirent tous deux réconciliés devant leurs familles et toute l'assemblée réjouie. Ils vécurent ainsi jusqu'à la mort dans un bonheur parfait.

Après avoir entendu ce conte, Shahrâzâd dit :
— Il en sera pourtant comme je l'ai décidé.

Le vizir ordonna que l'on prépare le trousseau de sa fille et s'en retourna chez le roi Shâhriyâr. Introduit auprès du souverain, il baisa le sol devant lui, l'informa de la décision de sa fille et lui apprit qu'il voulait la lui offrir le soir même. Le roi s'étonna et lui rappela son serment :
— J'ai juré, tu le sais, par Celui qui a élevé le ciel au-dessus de la terre, que je t'ordonnerai de l'exécuter demain à l'aube. Si tu n'obéis pas, c'est toi qui périras.

— Je lui ai répété ton ordre, répondit le vizir, mais elle a maintenu sa décision d'être cette nuit chez toi.

Le roi en éprouva une grande joie et lui demanda d'aller aider sa fille à faire ses préparatifs. Shahrâzâd, tout heureuse de voir son projet accepté, prévint sa jeune sœur qu'une fois chez le roi, elle la ferait mander.

— Lorsque tu arriveras, le roi me prendra. Tu me demanderas alors : « Ma sœur, raconte-nous donc une histoire merveilleuse qui réjouira la veillée. » Alors je dirai un conte qui assurera notre salut et délivrera notre pays du terrible comportement du roi, si Dieu le veut.

Le vizir son père l'accompagna chez le roi qui fut fort satisfait. Lorsqu'il voulut consommer l'union, Shahrâzâd se mit à pleurer. Il lui demanda ce qu'elle avait :

— Sire, dit-elle, j'ai une jeune sœur à laquelle je voudrais faire mes adieux.

Le roi la fit quérir. Dunyâzâd se présenta, se jeta au cou de sa sœur, puis alla se placer au pied du lit. Le roi se leva et déflora Shahrâzâd. Après quoi, les époux s'assirent et se mirent à bavarder. Dunyâzâd dit alors :

— Par Dieu, ma sœur, raconte-nous une histoire pour égayer notre veillée.

— Bien volontiers et de tout cœur, répondit Shahrâzâd, si ce roi aux douces manières le veut bien.

À ces mots, le roi que fuyait le sommeil fut tout joyeux d'écouter un conte.

Conte du marchand
et du démon

Nuits 1 à 3

Comme nous le savions dès le prologue, la réalité est peuplée de présences démoniaques. Pour avoir tué sans le savoir un être invisible, un riche marchand doit payer de sa vie un geste banal mais qui franchit les intangibles frontières de l'au-delà.

Trois autres vieillards vont essayer de le sauver en racontant chacun l'histoire qui est la sienne. Le premier est accompagné d'une gazelle, le second de deux levrettes noires, le troisième d'une mule couleur étourneau. Trois animaux nés d'une métamorphose et qui expient une faute.

En chacun de ces récits, magie, amour et mort se mêlent, trahison et fidélité s'affrontent. Tiers par tiers, les trois conteurs rachètent la vie du marchand. Ici encore se dit la parole qui sauve l'existence.

J. E. BENCHEIKH

CONTE DU MARCHAND
ET DU DÉMON

Et lorsque ce fut la première nuit, elle dit :

On raconte, Sire, ô roi bienheureux, qu'il y avait une fois un très riche marchand qui avait à son service esclaves et serviteurs. Plusieurs épouses lui avaient donné beaucoup d'enfants et ses affaires s'étendaient à de nombreux pays. Ayant décidé un jour de voyager, il emplit ses fontes de pains ronds et de dattes. Il chevaucha jour et nuit et arriva sain et sauf là où il devait aller. Lorsqu'il eut fini de commercer, il prit le chemin du retour. Au quatrième jour de route, la chaleur devint insupportable. Il aperçut au loin un jardin vers lequel il se dirigea afin de se reposer à l'ombre des arbres. Il parvint à un noyer au pied duquel naissait une source. Il attacha son cheval, s'assit au bord de l'eau et sortit de ses fontes un pain rond et des dattes qu'il se mit à manger. Il jetait les noyaux tantôt à droite, tantôt à gauche. Puis il se leva, fit ses ablutions et ses prières. À peine avait-il terminé le salut rituel qu'apparut devant lui un gigantesque démon qui brandissait un sabre et lui dit :

— Je vais te tuer comme tu as tué mon fils.

— Comment cela ? répondit le marchand épouvanté.

— Lorsque tu as mangé les dattes, tu as jeté les noyaux dont l'un est allé le frapper à la poitrine et l'a tué sur le coup. Il faut donc que tu meures comme il est mort.

Le démon se saisit du marchand, le jeta à terre et leva son sabre. Le pauvre homme pleurait le sort de son épouse, de ses enfants et de ses gens.

— Il n'y a de force et de puissance qu'en Dieu, dit-il. Nous sommes à Dieu et à Dieu nous reviendrons.

Et il récita ces vers :

> *Le temps toujours a deux visages*
>   *qu'il vous protège ou vous menace,*
>   *et la vie en deux se partage :*
>   *limpide un jour bientôt s'altère.*
> *De nos tourments si l'on se rit,*
>   *c'est que jamais du temps qui passe*
>   *on n'a connu tous les dangers.*
> *On sait pourtant bien qu'en tempête*
>   *le vent ne rompt qu'arbres dressés.*
> *Un cadavre flotte sur l'onde*
>   *tandis que la perle est profonde.*
> *La terre est parfois verdoyante,*
>   *parfois se dessèchent ses plantes ;*
>   *on ne lance un caillou qu'aux arbres*
>   *aux branches alourdies de fruits.*
> *Au ciel étoiles ne se comptent,*
>   *mais parmi elles jamais n'affrontent*
>   *l'éclipse que lune ou soleil.*
> *Le sort aujourd'hui est contraire,*
>   *son malheur sur nous se prolonge.*
> *Tu veux que la vie soit propice,*
>   *négligeant les coups du destin.*
> *Le calme de la nuit te leurre :*
>   *le malheur naîtra au matin.*

Lorsqu'il eut terminé, le démon s'écria :

— Par Dieu je te tuerai même si tu pleures des larmes de sang.

— Bien, mais sache, ô démon, que je suis un homme riche, époux et père de famille. J'ai contracté quelques dettes et reçu des dépôts en gage. Laisse-moi retourner chez moi pour régler toutes ces affaires et distribuer mes biens à mes héritiers. Je reviendrai, je t'en fais la promesse et le serment. Tu pourras, alors, me traiter comme tu l'entends. Dieu m'en est témoin.

— Tu seras de retour dans combien de temps ?

— Au début de l'année prochaine.

Le démon le crut et le laissa aller. Le marchand rentra chez lui, remplit tous ses engagements, honora ses créances, puis informa son épouse et ses enfants de ce qui lui advenait. Les membres de sa famille ainsi que ses gens versèrent bien des larmes. Il leur fit ses recommandations et resta avec eux jusqu'à la fin de l'année. Alors, il prit sous son bras un linceul, dit adieu aux siens, à ses voisins et à tous ses gens. Il monta à cheval et s'en alla la mort dans l'âme au milieu des lamentations et des cris. Il chemina jusqu'à ce qu'il retrouve le jardin où il avait rencontré le démon. C'était le premier jour de l'an. Il s'assit tristement et pleurait sur son sort lorsqu'un grand vieillard vint à passer qui tenait en chaîne une gazelle. Il salua le marchand, lui présenta ses souhaits et lui demanda ce qu'il faisait tout seul en ce lieu hanté par les démons. Le marchand lui raconta ce qui lui était arrivé. Le vieillard à la gazelle trouva ce récit fort étrange et lui dit :

— Par Dieu, j'admire ton respect de la parole donnée, et je trouve ton histoire extraordinaire. Si on pouvait l'écrire à l'aiguille sur le coin intérieur de l'œil, elle donnerait à réfléchir à qui sait réfléchir.

Puis il s'assit là en se jurant de ne pas quitter les lieux avant de voir ce qui allait se passer avec le démon. Il se mit donc à bavarder. Mais le marchand, saisi de peur, en proie à la terreur et à une affliction profonde, livré à ses pensées, n'avait pas le cœur à répondre.

A ce moment, un deuxième vieillard vint à passer, qu'accompagnaient deux levrettes noires. Il salua et demanda aux deux hommes ce qu'ils attendaient en cet endroit hanté par les démons. Intrigué par leur récit, il jura qu'il ne quitterait pas les lieux sans assister au dénouement de cette affaire. À peine s'était-il assis à son tour qu'arriva un troisième vieillard conduisant une mule couleur étourneau. Il salua et leur demanda ce qu'ils faisaient là. On lui fit le même récit qu'il n'est point utile de répéter. Le troisième vieillard, aussi stupéfait que les deux premiers, décida de ne pas quitter les lieux lui non plus.

C'est alors qu'une poussière s'éleva et qu'un immense tourbillon arriva sur eux, jailli de l'horizon. La poussière se dissipa, laissant apparaître le démon. Il avait dégainé son sabre. Ses yeux étincelaient. Il désigna le marchand au milieu du groupe et lui dit :

— Lève-toi pour mourir comme est mort mon fils qui était le souffle de ma vie.

Le pauvre homme pleura, sanglota, accompagné des trois vieillards qui versaient des larmes et poussaient des lamentations. Le premier d'entre eux qui tenait en chaîne une gazelle, reprit ses esprits, baisa les mains et les pieds du démon et lui dit :

— Ô démon et roi couronné des démons, si je te conte l'histoire de cette gazelle et que tu la trouves étonnante, m'accorderas-tu le tiers de la vie de cet homme ?

— Si tu me racontes cette histoire et que je la trouve étonnante, je te ferai grâce du tiers de sa vie.

HISTOIRE DU PREMIER VIEILLARD

Sache, ô démon, que cette gazelle est ma cousine.
Nous sommes du même sang et de la même chair. Je
l'ai épousée toute jeune à l'âge de douze ans, et nous
avons vécu ensemble pendant une trentaine d'années.
Je n'ai pu avoir d'enfant d'elle. Je pris donc une
concubine qui me donna un garçon. Il était aussi beau
que la lune à son apparition, avec des yeux superbes et
des sourcils fins et arqués. Ses membres étaient d'une
grande perfection. Il grandit ainsi jusqu'à l'âge de
quinze ans. Je dus alors entreprendre un voyage qui
me conduisit dans plusieurs villes et me tint éloigné
une année. J'emportai avec moi un lot important de
marchandises.

Or ma cousine, cette gazelle, avait appris la magie et
l'art des enchantements depuis son jeune âge. Elle
transforma mon fils en veau, ma servante, sa mère, en
vache et les fit mettre au pâturage.

Après cette longue absence, je revins de mon voyage.
Je m'enquis de mon fils et de sa mère. Ma cousine me
répondit :

— Ta servante est morte, ton fils s'est enfui je ne sais
où.

Je passai une année le cœur plein de tristesse, ne
pouvant retenir mes larmes. Arriva la fête du Sacrifice,
j'ordonnai à mon berger de me choisir une vache bien
grasse. Il m'en fit mener une qui n'était autre que ma
servante. Je lui liai les membres, retroussai mes
vêtements, pris un couteau et me préparai à l'égorger.
Mais elle poussa de tels cris et versa tant de larmes que
je ne pus me résoudre à la sacrifier. Ma femme insista
pour que je le fasse, mais la bête continuait de pousser

des cris si plaintifs que je chargeai mon berger de le faire à ma place. Il l'égorgea puis l'écorcha. Réduite à la peau sur les os, elle n'avait ni graisse ni viande. Je regrettai de l'avoir choisie mais c'était trop tard. J'en fis don au berger et lui dis :

— Va me chercher un veau et qu'il soit bien gras cette fois-ci.

Il m'en ramena un qui n'était autre que mon pauvre fils métamorphosé. Lorsqu'il m'aperçut, il rompit sa corde, courut, vint se frotter contre moi. Il battait le sol de son sabot tout en gémissant et en pleurant. Le sang eut pitié du sang et, voyant les larmes de la bête couler sur ses joues, je dis au berger :

— Ramène ce veau à la pâture et choisis-moi une autre vache.

Et l'aube chassant la nuit, Shahrâzâd dut interrompre son récit. Sa sœur lui dit :

— Que ta manière de raconter est agréable, gracieuse, savoureuse et douce.

Shahrâzâd lui répondit :

— Qu'est-ce que tout cela comparé à ce que je vous raconterai la nuit prochaine, si le roi me laisse en vie.

— Par Dieu, dit le roi, je ne te tuerai point avant d'avoir écouté la fin de cette étonnante histoire.

Ils passèrent le reste de la nuit enlacés. Au matin, le roi gagna la salle du conseil où il fut rejoint par le vizir qui portait un linceul sous le bras, et par les chefs militaires. La salle du divan une fois remplie, le souverain rendit la justice, nomma aux emplois, révoqua, donna les ordres et prononça les interdictions jusqu'à la fin du jour. Il ne souffla pas un mot de ce qui s'était passé à son vizir qui en fut fort étonné. Le conseil fut levé et le roi regagna ses appartements.

2e Nuit   59

Et lorsque ce fut la deuxième nuit, Dunyâzâd
demanda à Shahrâzâd d'achever le conte du marchand et du démon.

— Bien volontiers, répondit la jeune femme, si le
roi le permet.

Le roi acquiesça et Shahrâzâd reprit son récit.

On raconte encore, Sire, ô roi bienheureux à la
droite raison, que le marchand fut tout attendri de
voir le veau pleurer et ordonna au berger de le laisser
avec le troupeau et de ramener une autre bête.

Ma cousine, cette gazelle, se récria et insista pour
qu'on égorge ce veau-là. Je m'énervai à mon tour
en lui rappelant que j'avais sacrifié la vache sur
ses conseils et que cela ne nous avait servi de rien.

— Cette fois-ci, lui dis-je, je ne t'écouterai pas
car je suis décidé à ne pas tuer ce veau.

Mais elle insista tant et tant que je pris mon
couteau, entravai la bête et me mis en devoir de
l'égorger. Mais le veau meugla, pleura, se roula à
mes pieds en tirant la langue comme s'il voulait à
me dire quelque chose. Il était si touchant que
mon cœur fut tout ému de tendresse. Je le détachai
et dis à ma cousine d'en prendre soin car j'avais
résolu de l'épargner. Sur ce, je cherchai à conquérir ses grâces et la persuadai d'immoler un autre
veau, lui promettant de sacrifier celui-ci à l'occasion de la prochaine fête.

Le lendemain, le berger vint me voir et me dit :

— Veux-tu apprendre une nouvelle qui te rem-
plira de joie et pourrait me valoir une récompense ?

— Parle et tu auras ta récompense.

— J'ai une fille qui, toute jeune, apprit d'une
vieille femme logée chez nous la divination, la
magie, les enchantements et les exorcismes. Hier, je
ramenai le veau et le conduisis dans notre cour.

Ma fille se trouvait là. Elle se couvrit le visage, se mit à rire puis à pleurer et me dit :

— Ô mon père, est-ce que je vaux si peu à tes yeux, que tu introduises chez nous un étranger ?

— Où est cet étranger, m'écriai-je, et pourquoi donc as-tu ri avant de pleurer ?

— Ce veau qui est avec toi est le fils de notre maître le marchand. Il a été ensorcelé lui et sa mère par la première femme de son père. Cette métamorphose m'a fait rire, mais j'ai pleuré parce que son père a égorgé sa mère de ses propres mains.

Le berger continua ainsi :

— Je fus frappé de stupeur et n'arrivai pas à la croire. À l'aube, je suis venu te voir pour t'informer.

À ces paroles, ô puissant génie, je décidai, ivre de joie et de bonheur, de suivre le berger jusqu'à sa maison. Je saluai sa fille qui me baisa la main. Le veau était dans la cour et vint se frotter contre moi. Je dis à la jeune fille :

— Est-il vrai que ce veau est mon fils ?

— Oui, seigneur, c'est ton fils, le souffle de ta vie.

— Jeune fille, si tu le délivres du sortilège, tous les troupeaux et les terres de pâture dont ton père a la charge sont à toi.

— Seigneur, répondit-elle en souriant, je n'accepterai ces richesses qu'à condition d'épouser ton fils puis d'ensorceler celle qui lui a jeté un sort et de la tenir prisonnière. Sinon je craindrai toujours sa ruse.

— Je te donnerai bien plus que les richesses promises. Quant à ma cousine, je te l'abandonne.

Elle prit un petit bassin de cuivre, le remplit d'eau et au-dessus de lui prononça des conjurations magiques. Puis elle aspergea l'animal en disant :

— Si Dieu t'a créé veau, reste veau. Si tu es ensorcelé, reprends ta forme avec l'aide du Tout-Puissant.

Le veau s'ébroua et redevint un homme. Je le saisis

dans mes bras et le priai de me raconter tout ce dont
ma cousine s'était rendue coupable. À la fin de son
récit, je lui dis :

— Mon fils, Dieu t'avait réservé quelqu'un pour te
sauver et préserver tes droits.

Sache, ô génie, que je lui ai donné en mariage la fille
du berger qui métamorphosa ma cousine en gazelle.
Passant par ici je vis, assis au pied de cet arbre, ce
marchand qui pleurait. Il me conta son histoire. Je pris
place à ses côtés pour voir ce qui allait se passer. Voilà
mon récit.

— Il est, en vérité, extraordinaire, dit le démon, et je
te donne le tiers de la vie du marchand.

Le vieillard qui conduisait les deux levrettes
s'avança à son tour.

HISTOIRE DU DEUXIÈME VIEILLARD

Sache, ô souverain des génies, que ces deux chiennes
sont en réalité mes frères aînés. Lorsque mon père
mourut, il nous légua trois mille dinars. Je choisis pour
ma part d'ouvrir un négoce. Mon frère aîné vendit sa
boutique mille dinars ; avec le produit de cette vente, il
acheta des marchandises et s'équipa pour aller négocier dans des pays lointains où il séjourna durant une
année. Au bout de ce temps, je vis un mendiant se
présenter devant mon échoppe.

— Dieu pourvoira à tes besoins, lui dis-je.

Il fondit en larmes et me demanda si je ne le
remettais point. Je le fixai et reconnus mon frère aîné.
Je me précipitai dans ses bras, lui fis gravir les
marches et lui demandai ce qui avait bien pu arriver.

— C'est même inutile d'en parler, répondit-il.

— Ne t'avais-je pas prévenu contre les voyages ? lui dis-je.

— C'est ainsi qu'en a décidé le Tout-Puissant et il ne sert à rien d'épiloguer. Je suis maintenant complètement ruiné.

Je le conduisis au hammam, l'habillai d'une robe des plus riches et l'emmenai déjeuner chez moi. Je décidai de calculer mes bénéfices de l'année et de les partager avec lui sans toucher, bien entendu, au capital. Les comptes firent apparaître un gain net de mille dinars. Je louai Dieu le Très Haut et fus empli d'une joie extrême. Je partageai équitablement cette somme entre nous, ce qui lui permit de prendre un nouveau négoce.

Mon autre frère décida à son tour de partir en voyage. Malgré nos prières, il réalisa tous ses biens, acheta de nombreuses marchandises et prit la route avec d'autres négociants. Après une absence d'une année, il revint lui aussi complètement ruiné, sans un dirham vaillant et sans même plus une chemise à se mettre. Je partageai avec lui mes bénéfices comme je l'avais fait pour notre premier frère. Nous restâmes ensemble quelque temps puis mes frères furent de nouveau pris par l'envie de voyager. Ils me prièrent de les accompagner mais je refusai net en disant :

— Que me proposez-vous là ? De gagner autant que vous gagnâtes une première fois ?

Malgré leur insistance, je ne cédai point et nous restâmes à commercer dans nos boutiques durant toute l'année. Ils ne cessaient de m'inciter au voyage et je ne cessai de refuser.

Au bout de six ans, je finis par accepter de partir en leur compagnie. Quand je leur demandai de quel argent ils disposaient, je constatai qu'ils avaient dilapidé tout leur bien. Je ne fis aucun commentaire et ne leur adressai aucun reproche mais dressai le compte de mon avoir et rassemblai les marchandises que j'avais dans mon échoppe. Je vendis le tout et en tirai six mille dinars. Très heureux de ce résultat, je partageai la somme en deux parties égales :

— Ces trois mille dinars, leur dis-je, sont pour vous et moi, nous les utiliserons pour faire du négoce et payer notre voyage. J'enterrerai les trois mille autres au cas où il m'arriverait ce qui vous est déjà arrivé. Nous les trouverons à notre retour ; ils suffiront à chacun de nous pour ouvrir une nouvelle boutique.

Ils applaudirent à cette idée. Nous achetâmes des marchandises et louâmes un navire sur lequel nous embarquâmes.

Après un mois entier de navigation, nous jetâmes l'ancre devant une ville où nous fîmes débarquer nos produits. Nous les vendîmes dix fois leur prix. Au moment de reprendre la mer, nous trouvâmes sur le rivage une esclave en haillons. Elle me baisa la main et me dit :

— Seigneur, voudrais-tu être généreux et me rendre service ? Je saurai reconnaître ton bienfait.

— Je veux bien te rendre service et te faire du bien même si tu ne m'en es pas reconnaissante.

— Seigneur, épouse-moi et emmène-moi dans ton pays. Je me donne à toi. Oblige-moi, je suis de celles qui savent le prix d'une obligation et d'un bienfait. Et surtout ne te laisse pas tromper par mon aspect misérable.

Tout en l'écoutant, je me sentis pris d'affection pour elle, comme si je devais obéir à un ordre du Tout-Puissant. Je la conduisis, l'habillai richement, lui fis dresser une belle chambre sur le bateau et lui proposai un contrat de mariage légitime. Je l'accueillis ainsi le plus généreusement possible.

Nous reprîmes la mer et je sentis que je m'étais violemment épris d'elle. Je ne la quittai plus ni la nuit ni le jour. Je négligeai mes frères qui devinrent jaloux et envièrent mes biens et l'abondance de mes marchandises. Ils considéraient ma fortune avec cupidité et envisageaient mon meurtre et le vol de mon argent. Ils s'entretinrent de l'affaire et Satan para leurs actes des plus belles couleurs.

Ils me surprirent aux côtés de ma femme, se saisirent de nous et nous jetèrent à la mer. Mon épouse se réveilla, fut agitée d'un frisson et se transforma en génie qu'elle était. Elle me chargea sur son dos et me déposa sur une île où elle me laissa seul pour ne revenir qu'au matin et s'adresser à moi en ces termes :

— Je suis ton épouse. En te transportant ici, je t'ai sauvé de la mort grâce à Dieu Tout-Puissant. Sache que je suis un génie. Je crois en Dieu et en son Prophète, que soient sur lui la bénédiction et le salut. Je te suis apparue sous l'aspect que tu sais, je t'ai aimé au premier regard, tu m'as épousée et je t'ai moi évité la noyade. Je suis en courroux contre tes frères.

Stupéfait par cette étonnante histoire, je la remerciai de m'avoir sauvé mais lui demandai d'épargner mes frères. Je lui fis par le menu le récit de tout ce qui était advenu entre nous.

— Je m'envolerai cette nuit même, dit-elle, pour les rejoindre, faire sombrer leur bateau et qu'ils périssent.

— Je te conjure au nom de Dieu de n'en rien faire. Le proverbe ne dit-il pas : *Sois généreux pour l'homme indigne, son propre crime le punit.* Ce sont mes frères malgré tout !

Comme elle persistait dans son intention, j'implorai sa bienveillance. Elle me transporta par les airs et se posa sur la terrasse de ma demeure que j'ouvris. J'allai retirer notre argent de sa cachette et après avoir fait les visites d'usage à mes voisins, je me rendis à ma boutique. J'achetai de nouvelles marchandises et ne revins chez moi qu'à la nuit. J'y trouvai ces deux chiennes attachées. Lorsqu'elles me virent, elles se précipitèrent sur moi en pleurant. Je n'eus pas le temps de m'interroger que mon épouse me dit :

— Ce sont là tes frères.

— Mais qui donc a pu ainsi les métamorphoser ?

— C'est ma sœur que j'ai prévenue. Ils ne pourront échapper à leur sort que dans dix ans.

J'ai donc attendu tout ce temps et je venais les faire délivrer lorsque j'ai vu ce marchand. Informé de ce qu'il lui arrivait, je ne voulus pas quitter ces lieux avant de voir ce qui allait se passer entre lui et toi. Voilà, c'était mon histoire.

— Elle est extraordinaire, dit le démon, et je t'accorde le tiers de l'existence de cet homme.

A ce moment-là, s'avança le troisième vieillard qui conduisait une mule. Il s'adressa ainsi au démon :

— Je vais te raconter une histoire, la mienne, encore plus étonnante que celles que tu viens d'écouter. Elle vaudra bien que tu m'accordes en grâce le dernier tiers de la vie de ce marchand pour racheter son crime.

Le démon ayant acquiescé, le vieillard parla en ces termes :

HISTOIRE DU TROISIÈME VIEILLARD

Souverain et maître des démons, cette mule fut mon épouse. Il m'arriva de partir en voyage et je la quittai toute une année. Une fois mes affaires faites, je revins J'arrivai alors qu'il faisait nuit et trouvai un esclave noir couché avec elle. Ils se parlaient, minaudaient, riaient, s'embrassaient et s'excitaient en folâtrant. Lorsque ma femme me vit, elle se précipita vers moi. Elle avait à la main une cruche d'eau dont elle m'aspergea tout en prononçant des formules magiques, puis elle s'écria :

— Transforme-toi en chien !

Je pris sur-le-champ l'apparence d'un chien. Elle me chassa de la maison et je ne cessai d'errer.

Tous les chiens qui me rencontraient, se mettaient à aboyer et à hurler. Ils se lançaient contre moi et me mordaient cruellement. J'eus beaucoup de peine à leur échapper. Souffrant de la faim et de la soif, j'arrivai un jour devant la boutique d'un boucher dont je m'approchai. Les chiens qui me poursuivaient m'assaillirent, mais le maître de la boucherie les chassa et me jeta quelques os. Je les rongeai et pris ensuite l'habitude de dévorer ce qu'il voulait bien me garder. Je l'accompagnais lorsqu'il sortait et ne le quittais plus jusqu'à son retour dans la boutique. Il finit par s'attacher à moi et me donna régulièrement à manger et à boire. Le soir, il regagnait son logis et me laissait à l'intérieur de l'échoppe où je passais la nuit. Il fut obligé un jour de revenir chez lui plus tôt que d'habitude pour régler une affaire. Je le suivis et réussis à me faufiler dans sa maison.

Lorsque nous entrâmes, sa fille se couvrit le visage et dit à son père :

— Comment peux-tu faire pénétrer un homme ici ?

— Mais de quel homme s'agit-il ?

— Ce chien est en vérité un homme qu'une femme a métamorphosé. Je suis en mesure de le délivrer.

— Ma fille, je te conjure par Dieu de le faire.

La jeune fille prit une cruche d'eau, prononça des formules magiques et m'aspergea en disant : « Reprends ta forme première. » Je retrouvai ma forme humaine. Après lui avoir baisé les mains pour la remercier, je lui demandai d'ensorceler mon épouse comme elle m'avait ensorcelé. Elle me donna un peu de cette eau et me dit :

— Attends qu'elle soit endormie et asperge-la, elle prendra la forme que tu désireras.

Je revins chez moi et trouvai mon épouse plongée dans le sommeil. Je jetai sur elle quelques gouttes d'eau en lui ordonnant de se transformer en mule. Aussitôt elle se métamorphosa. Je la saisis par la crinière et la fis descendre au bas de la maison où je l'attachai. Le lendemain, je lui passai un mors, la sanglai et la bâtai. Je me munis d'une cravache en cuir et, depuis, je la monte chaque jour. C'est cet animal que tu vois aujourd'hui de tes propres yeux, souverain et maître des démons.

Le vieillard se tourna vers la mule et lui demanda si ce qu'il venait de raconter était vrai, elle opina de la tête.

Ce récit plut beaucoup au démon qui fit grâce du dernier tiers de la vie du marchand.

Et l'aube chassant la nuit, Shahrâzâd dut interrompre son récit. Comme à l'accoutumée, le roi Shâhriyâr passa la journée en son conseil puis regagna ses appartements.

Et lorsque ce fut la troisième nuit, Dunyâzâd demanda à Shahrâzâd d'achever le conte.

— Bien volontiers, répondit la jeune femme, qui poursuivit en ces termes :

On raconte encore, Sire, ô roi bienheureux, que le troisième vieillard acheva son récit qui était plus extraordinaire que les précédents. Tout entier au plaisir qu'il en avait goûté, le démon lui permit de racheter le dernier tiers de la vie du marchand et annonça à celui-ci qu'il lui accordait la vie sauve. Le brave homme remercia les trois vieillards qui le

félicitèrent pour l'heureuse issue de son aventure et
chacun d'entre eux revint dans son pays. Mais, poursuivit Shahrâzâd, ce conte est moins étonnant que
celui du pêcheur. Le roi lui demanda :
— Quel conte du pêcheur ?

Conte du pêcheur
et du démon

Nuits 3 à 9

Faut-il craindre un jour que le temps d'autrefois vous rattrape, que du passé surgisse un personnage qui vous annonce votre mort décidée mille huit cents ans auparavant ? Cela arrive à un pauvre pêcheur qui remonte dans ses filets l'un de ces flacons de cuivre où Salomon jadis enfermait pour les punir les djinns désobéissants. Car le pêcheur ouvre le flacon scellé de plomb et libère celui qui a juré sa perte.

Comment venir à bout d'une puissance démoniaque sinon par la ruse ? Et comment reconquérir son destin, que l'on soit pêcheur ou démon, sinon en prenant la parole ? Tour à tour prisonniers l'un de l'autre, les deux protagonistes vont plaider pour leur existence en se racontant des histoires. Le pêcheur, pour illustrer l'ingratitude, dit celle du roi Yûnân et du médecin Dûbân où un souverain ingrat donne la mort au sage qui l'avait guéri de la peste. La vengeance post mortem du praticien use d'un procédé bien connu : le roi meurt en feuilletant un livre aux pages empoisonnées. Ce qui prouve que bien avant le Décaméron de Boccace et Le Nom de la rose d'Umberto Eco...

Sur le thème de l'ingratitude encore, deux récits s'étagent en tiroirs : Le Roi Sindibâd et son autour,

Le Vizir et le fils du roi, *où l'on voit comment la mort est donnée à qui vous aime.*

Pour le démon qui est d'éternité, mourir est de ne plus revivre au présent, enfermé dans sa fiole comme dans une mémoire close. Il va raconter l'un des plus tragiques de nos contes. Celui dont nous avons pu dire qu'il redonnait la tragédie originelle des Nuits. *Prise de passion pour un esclave noir, une reine pétrifie son jeune époux, métamorphose les habitants de la ville en poissons, dépeuple et ruine le royaume. L'ordre général est détruit comme l'a été, symboliquement, la virilité de celui qui le représente. La faute a engendré la terreur.*

Nous trouvons ici la plus forte évocation de l'abjection dans laquelle peut tomber une femme livrée à sa sexualité. Ce qui n'avait été qu'entrevu avec les épouses de Shâhriyâr et de son frère est ici détaillé avec insistance. On pourrait même parler de perversité tant la description se précise et devient le sujet du récit. Le spectacle de la femme sauvage, souillée, humiliée, dévorée par le désir de l'autre sexe devient un objectif en soi. Sa mise en scène dépasse les besoins de l'anecdote pour mettre en valeur une représentation forte qui se fixe au cœur du conte comme un discours dans le discours, l'incrustation d'une image fixe dans un déroulement mobile. La narration est prise en charge par l'interprétation idéologique qui l'oriente. Est-il besoin de dire qu'il s'agit d'une vision masculine ?

Ici encore, déjà, toujours, le désir conduit à la mort. Mais sans que la leçon porte comme le voudraient les moralistes. Car à l'ignominie de la reine magicienne répondent l'étonnante permanence de sa douleur et l'intransigeance de sa fidélité. Les deux discours s'affrontent au sein d'un texte dédoublé que leur couple déchiré constitue.

J. E. BENCHEIKH

CONTE DU PÊCHEUR ET DU DÉMON

On raconte encore, Sire, ô roi bienheureux, qu'il y avait un pêcheur très avancé en âge qui avait une épouse et trois enfants. Il était très pauvre. Il avait pour habitude de jeter son filet quatre fois dans la journée et pas une de plus.

Un jour de clair de lune, il se rendit sur le rivage à l'extérieur de la ville, posa près de lui son panier, retroussa son vêtement, s'avança dans la mer et lança son filet. Il attendit que celui-ci fût bien descendu au fond de l'eau. Se saisissant de ses deux extrémités, il se mit à tirer peu à peu. Il trouva le filet fort lourd et ne parvint pas à le ramener. Il prit un pieu qu'il planta sur la grève. Il y attacha un des bouts du filet, se déshabilla, plongea et ne cessa de le tirer qu'il ne l'eût fait sortir. Tout heureux d'avoir réussi, il se rhabilla et alla voir quelle prise il avait faite. C'était une charogne d'âne ! Affligé, il s'écria :

— Il n'y a de puissance et de force qu'en Dieu le Très Haut, le Tout-Puissant ! Assurément, ce que je viens de retirer est une richesse étrange !

Et il récita ces vers :

Toi qui t'enfonces dans la nuit et t'exposes à ses dangers,
  cesse de t'agiter, la fortune ne se force pas.

Regarde la mer où le pêcheur se tient dressé
    pour vivre. Les étoiles se tissent au ciel.
Il s'avance pendant que le frappe la vague,
    l'œil rivé à son filet.
S'il dort heureux dans sa maison,
    c'est qu'il a percé les ouïes d'un poisson.
Son client passe une nuit chaude et tranquille.
Gloire à Dieu qui prodigue ou mesure Ses dons,
    celui-ci aura pêché, l'autre mangera le poisson !

Le pêcheur dégagea l'âne, déroula son filet pour le
déployer et entra dans la mer. Après avoir invoqué
Dieu, il lança et attendit que son filet soit bien
descendu. Celui-ci s'alourdit et se riva encore plus au
fond que la première fois. Le pêcheur pensa que
c'était un poisson. Il attacha les extrémités du filet au
pieu, se déshabilla et plongea. Il crut ses efforts
récompensés mais remonta, cette fois, une grande
jarre emplie de sable et d'argile. Désolé, il récita ces
vers en pleurant :

Ô brûlure du temps : assez ! Ou du moins de moi prends
    pitié !
Je n'obtiens rien de la Fortune, et rien de mes mains.
    Accablé
Je suis sorti chercher fortune, mais j'ai trouvé Fortune
    enfuie !
L'ignorant rit aux Pléiades, le sage dans l'ombre est
    banni.

Il jeta la jarre, démêla ses mailles, les nettoya,
demanda pardon à Dieu et revint à la mer une
troisième fois. Il lança, attendit et remonta. Il ne
trouva que des tessons, des flacons de verre, des
débris d'os et s'écria :

Je fus celui dont on disait : « Voici le plus heureux du
    monde ! »
Ainsi Fortune se défait, nul ne peut la saisir, et nul ne s'en
    délie.
Elle fuit l'esprit, elle fuit la plume, pour se donner en
    loterie.
Terre féconde ou stérile, à ce médiocre elle sourit,
Mais se refuse au valeureux. Viens, Mort, la vie est
    indigne,
    si l'autour au sol est cloué, alors que s'envole le cygne.
Ici la vertu crie misère, et le vaurien se déguise
    en son royaume. L'oiseau de haut vol s'épuise
D'Orient en Occident, tandis que le serin en cage de
    douceurs se nourrit.
Foin de ce monde s'il ne nous offre que la souffrance et le
    malheur !
La vie à son aube est limpide, au soir son fiel est à
    douleur.
Je fus celui dont on disait : « Voici le plus heureux du
    monde ! »

Le pêcheur regarda le ciel alors que pointait l'aube
et que le jour s'annonçait. Il dit :
— Mon Dieu, tu sais que je ne lance mon filet que
quatre fois et que j'en suis à la dernière. Rends-moi la
mer favorable comme tu l'as rendue à Moïse.

Il invoqua le Tout-Puissant et lança. Il attendit un
peu, essaya de remonter le filet, mais en vain : il s'était
complètement emmêlé et tenait au fond : « Il n'y a de
puissance et de force qu'en Dieu », gémit le pauvre
homme qui se déshabilla, plongea et s'escrima si bien
qu'il vint à bout de l'obstacle. Il traîna son trémail et y
trouva un flacon de cuivre jaune qui lui parut plein. Il
était scellé de plomb et portait gravé un cachet.

À cette vue, le pêcheur fut empli de joie : « Je vais
vendre ce flacon au marché du cuivre, il doit bien

valoir dix dinars d'or. Je pourrai acheter du blé. » Puis il
le secoua et le trouva bien lourd. « Il faut que je l'ouvre
pour voir ce qu'il contient, je mettrai le contenu dans
mon sac et irai le proposer à un dinandier. »

Il sortit un couteau, travailla le plomb jusqu'à ce
qu'il le dégage du flacon. Il posa celui-ci par terre et le
retourna pour le vider de son contenu. Il n'en sortit
rien d'autre qu'une fumée qui s'éleva d'abord jusqu'à
l'azur du ciel et en voila la lumière avant de redescen-
dre et se dérouler à la surface du sol. Le pêcheur en
resta stupéfait. Une fois la fumée hors du flacon, elle se
rassembla, fut parcourue d'un tremblement et se
transforma en un démon dont la tête, aussi haute
qu'une coupole, touchait aux nues, tandis que ses pieds
reposaient sur le sol. Ses mains ressemblaient à de
gigantesques fourches, ses jambes au mât d'un navire,
ses oreilles à des boucliers, sa bouche à une caverne,
ses dents à des rochers, son nez à une jarre, ses narines
à des trompes, ses yeux à des flambeaux. Il avait une
crinière emmêlée et poudreuse. Un vrai monstre !

À ce spectacle, le pêcheur fut saisi d'une peur
épouvantable qui souda ses mâchoires et dessécha sa
salive. Il ne savait même plus où il était. Le démon
clama :

— Il n'y a de Dieu que Dieu et Salomon est son
prophète. Ô envoyé de Dieu, pardon, pardon, ne me tue
point, je ne te désobéirai plus et ne contreviendrai à
aucun de tes ordres.

— Comment peux-tu, démon rebelle, invoquer Salomon, alors que Salomon est mort depuis mille huit
cents ans et que nous sommes à la fin des temps ?
Quelle est ton histoire ? Et comment se fait-il que tu
aies été enfermé dans ce flacon ?

— Il n'y a d'autre divinité que Dieu ! Réjouis-toi, ô
pêcheur !

— Et de quoi dois-je me réjouir ?

— Je vais te donner sur l'heure la plus horrible des morts.

— Que voilà une bonne nouvelle, ô chef des démons, tu mérites pour cela que le ciel te retire sa protection et t'éloigne ! Pourquoi me tuer ? Et qu'ai-je fait pour mériter la mort ? Je t'ai délivré du flacon, je t'ai retiré du fond des mers et t'ai ramené sur la terre.

— Dis seulement de quelle mort tu veux mourir et de quel tourment périr.

— Mais qu'ai-je fait pour mériter ce sort ?

— Écoute mon histoire, pêcheur.

— Dis, mais sois bref. J'ai mon âme à Jérusalem.

— Sache que je suis un démon hérétique. J'ai refusé d'obéir à Salomon, fils de David. Je suis Ṣakhr. Salomon m'envoya son vizir Âṣâf b. Barakhyâ qui me ramena contre mon gré, me conduisit humilié, tête basse et me fit comparaître devant lui. Lorsque Salomon me vit, il prononça la formule du recours à Dieu contre moi. Il me proposa d'embrasser la foi et de lui obéir désormais. Je refusai. Il m'emprisonna dans ce flacon qu'il fit sceller avec un cachet de plomb portant le Très Haut Nom. Il donna ses ordres aux djinns fidèles qui m'enlevèrent et me jetèrent au fond des mers. Cent années se passèrent. « Si quelqu'un me délivrait, me disais-je, je ferais sa fortune pour l'éternité. » Mais le temps s'écoula sans que vînt ma délivrance. J'entrai dans un nouveau siècle et pensai : « Si quelqu'un me délivrait, je lui découvrirais les trésors de la terre. » Mais je ne fus point délivré. Quatre autres siècles ainsi passèrent. Je me promettais d'exaucer trois vœux de quiconque me délivrerait, mais personne ne vint. Alors je fus pris d'une terrible colère, tempêtai, grondai tel un ouragan : « Si quelqu'un me délivre maintenant, je le tuerai et lui ferai choisir sa mort. » Et voici que tu m'as délivré, je te fais donc choisir ta mort.

— Par Dieu, quel étrange malheur! répondit le pêcheur. Il a fallu que je survienne juste à ce moment! Laisse-moi vivre, Dieu te pardonnera. Si tu me fais périr, Il enverra qui te fera périr.

— Tu dois mourir. Choisis ta mort.

— Épargne-moi, je t'en supplie, car c'est moi qui t'ai délivré!

— Je ne vais te tuer que parce que tu m'as délivré.

— Ô maître des démons, est-ce ainsi que tu rends le mal pour le bien? Le proverbe ne ment donc point:

> *Pour votre bien le mal on vous sert,*
> *C'est ce que font les scélérats!*
> *Faites du bien à un ingrat*
> *Votre récompense sera*
> *Celle que la hyène réserve.*

— Cesse de rêver, il te faut mourir.

Le pêcheur se dit en lui-même: « J'ai affaire à un démon mais je suis doué de raison. Il me faut le perdre par la ruse et venir à bout de sa fourberie et de sa perfidie. » Il reprit donc:

— Es-tu vraiment décidé à me tuer?

— Oui.

— Par le Nom Suprême gravé sur l'anneau de Salomon, je te conjure de répondre en toute franchise à la question que je voudrais te poser.

— Pose, répondit le démon violemment troublé par l'invocation du Nom Suprême. Pose, mais fais vite!

— Explique-moi comment tu as pu tenir tout entier dans ce flacon où tu ne pourrais introduire ni la main ni le pied?

— Tu ne crois pas que j'y tenais tout entier?

— Je ne le croirai que lorsque je t'y verrai de mes propres yeux.

Et l'aube chassant la nuit, Shahrâzâd dut interrompre son récit:

Et lorsque ce fut la quatrième nuit, elle dit :

On raconte encore, Sire, ô roi bienheureux, que le pêcheur dit au démon :

— Je ne le croirai que lorsque je te verrai de mes propres yeux dans le flacon.

Le démon se secoua et redevint une fumée qui monta au ciel, puis se rassembla et pénétra dans le flacon. Le démon s'écria de l'intérieur :

— Tu vois bien, pêcheur, je suis dans le flacon. Tu me crois maintenant ?

Le pêcheur se précipita, prit le bouchon de plomb empreint du sceau de Salomon et obtura soigneusement l'orifice. Il appela le démon :

— Choisis ta mort, je vais te jeter dans la mer et me construire ici même une maison. J'interdirai de pêcher à quiconque viendra et je dirai : « Ici est un démon qui montre les visages de la mort à celui qui le délivre et lui laisse le soin de choisir la sienne. »

Le démon, à ce discours, essaya en vain de s'échapper. Il se retrouvait prisonnier du sceau de Salomon ; sa prison n'était même pas digne du plus misérable, du plus répugnant et du plus petit des djinns. Le pêcheur se dirigea vers la mer.

— Non, non, s'écria le prisonnier.

— Si, si, répondit son geôlier.

Le démon rebelle se fit tout doux et humble :

— Que veux-tu faire de moi, pêcheur ?

— Te jeter à la mer. Tu y as déjà séjourné mille huit cents ans, je t'y laisserai jusqu'au jour du Jugement. Ne t'avais-je pas dit : « Épargne-moi, Dieu t'épargnera et ne me tue pas sinon Dieu te tuera » ? Tu n'as pas voulu m'entendre et ne voulais qu'être perfide. Dieu t'a jeté dans mes mains et je vais être perfide.

— Ouvre-moi, je te comblerai de bienfaits !

— Tu mens, ô maudit ! Toi et moi sommes comme le vizir du roi Yûnân et le médecin Dûbân.

— Mais qui sont ce vizir et ce médecin et quelle est leur histoire ?

HISTOIRE DU ROI YÛNÂN, DE SON VIZIR
ET DU MÉDECIN DÛBÂN

Ainsi le pêcheur raconta :

Il y avait au temps jadis, voici bien, bien longtemps, dans la ville d'al-Furs située en territoire byzantin, un roi nommé Yûnân. Très riche, d'un courage à toute épreuve, il commandait à de nombreuses armées et avait des serviteurs de toutes sortes. Mais il était atteint d'une lèpre dont n'étaient venus à bout ni médecins ni savants. Rien n'y avait fait : drogues, poudres ou pommades, et aucun médecin n'avait pu trouver de remède efficace

C'est alors qu'arriva dans la ville un grand et très vieux médecin et astronome. Il s'appelait maître Dûbân. Il avait une connaissance approfondie des livres grecs, persans, byzantins, arabes et syriaques. Il excellait dans les arts de la médecine et de l'astronomie, disciplines dont il maîtrisait particulièrement les principes et les règles qui présidaient à leurs bons et à leurs mauvais usages. Il était fort savant pour tout ce qui touchait les plantes, les herbes de tout genre, fraîches ou desséchées, dont il savait les effets bénéfiques ou maléfiques. Il avait étudié la philosophie et bien d'autres sciences encore.

Quelques jours après son arrivée, il entendit parler du roi et de la maladie que Dieu lui avait infligée. Il apprit l'insuccès des traitements qui lui avaient été appliqués. Il passa toute la nuit préoccupé et au matin, lorsque brilla la lumière du jour et que le soleil salua la beauté du monde, il revêtit ses vêtements les plus riches et se fit introduire auprès de Yûnân. Il se prosterna en baisant la terre, fit des vœux pour que la puissance du roi soit éternelle, éternels la grâce de Dieu et Ses bienfaits. Il se présenta et parla en ces termes :

— Sire, la nouvelle de la maladie dont vous êtes atteint m'est parvenue. La plupart des médecins ignorent comment on en vient à bout. Je vais vous soigner moi sans remèdes à prendre ni onguents.

— Et comment feras-tu donc ? lui dit le roi étonné. Par Dieu, si tu me guéris, j'assurerai la fortune de ta famille jusqu'à tes petits-enfants et te couvrirai de faveurs. Tout ce que tu souhaiteras sera à toi, tu seras mon commensal et mon ami.

Il le fit revêtir d'une robe d'apparat et le traita avec tous les égards :

— Vas-tu réellement me délivrer de cette maladie sans user de médicament ou d'onguent ?

— Oui, Sire, je vous guérirai sans infliger aucune souffrance à votre corps.

— Quel jour et à quelle heure ? demanda le souverain tout émerveillé. Je voudrais que tu opères au plus vite.

Le vénérable médecin promit d'agir immédiatement et quitta le palais. Il loua une maison où il rangea ses livres, ses remèdes et ses simples. Il façonna une balle et un mail dont il évida le manche. Il put ainsi y introduire un roseau qu'il bourra d'un mélange de sa préparation. Le lendemain, il se fit introduire au palais, se prosterna devant le roi et lui prescrivit de se rendre à cheval au champ de courses pour y jouer au mail. Le souverain s'en fut, entouré par ses émirs, ses chambellans, ses vizirs et les grands personnages de l'état.

Lorsqu'il fut arrivé, Dûbân lui remit la crosse en lui disant de la tenir comme il le lui indiquait et d'aller frapper la balle de toutes ses forces jusqu'à ce que sa paume et tout son corps se mettent à transpirer.

— Le remède, poursuivit-il, pénétrera et se répandra dans ton corps. Lorsque tu auras bien transpiré et que le médicament aura produit ses effets, reviens à ton palais, rentre au hammam et baigne-toi. À ce moment-là, tu guériras.

Le roi Yûnân saisit fermement la crosse dans sa main et enfourcha son coursier. La balle fut jetée devant lui, il s'élança, vint à sa hauteur et la frappa de toutes ses forces en gardant le manche de la crosse serré dans son poing. Il ne cessa de pousser son cheval et de poursuivre la balle jusqu'à ce qu'il fût en nage. Le médicament pénétra sa paume et Dûbân sut qu'il allait se répandre dans son corps. Il pria le roi de revenir au palais et de se rendre sur-le-champ au bain. Yûnân s'exécuta et ordonna qu'on lui prépare le hammam. Les valets de chambre s'empressèrent de dérouler les tapis, les serviteurs se précipitèrent pour préparer les vêtements du roi qui alla se baigner longuement. Après quoi il s'habilla et regagna à cheval le palais où il passa la nuit.

Dûbân, pour sa part, s'en revint chez lui. Au matin, il se présenta au palais et fut introduit auprès du souverain devant lequel il baisa le sol avant de lui réciter ce poème :

> *Toutes les vertus sont fières d'être tes filles*
> *et nul que toi ne voudrait cet honneur.*
> *Ô toi dont les lumières de toute opacité*
> *dissipent les ténèbres.*
> *Ton visage sans cesse brille et resplendit,*

si celui de ce temps sans cesse s'assombrit.
Tu nous as fait la grâce de ces insignes dons
semblables à la pluie sur une terre aride.
Tu prodigues ton bien au risque de te perdre,
mais te voilà enfin au sommet parvenu.

Le roi écouta ces vers et se leva pour donner l'accolade au médecin qu'il fit asseoir à ses côtés revêtu de somptueuses robes de soie. À sa sortie du bain, il s'était aperçu que son corps ne portait plus aucune trace de lèpre et que sa peau était aussi lisse que du pur argent. Il fut empli d'une joie qui l'épanouit tout entier. Au matin, il se rendit à son conseil et prit place sur son lit d'apparat. Les chambellans et les grands du royaume furent admis en sa présence ainsi que le médecin Dûbân qu'il s'empressa de faire asseoir près de lui. Les tables furent dressées et l'on déjeuna. Dûbân lui tint compagnie toute la journée. Lorsque la nuit tomba, le roi lui remit deux mille dinars, des robes d'apparat et toutes sortes de cadeaux. Il le fit monter sur son propre pur-sang pour qu'il retourne chez lui.

Le souverain ne cessait de s'émerveiller des soins qu'il avait reçus : « Voilà un médecin qui m'a guéri sans toucher mon corps, sans user d'aucune pommade, c'est donc qu'il possède une science inouïe. Il faut que je couvre cet homme de bienfaits et de faveurs et que j'en fasse mon compagnon de tous les instants. »

Yûnân, guéri de corps et heureux d'esprit, passa la meilleure des nuits. Le lendemain, il prit place sur son trône, les grands du royaume face à lui, les émirs et les vizirs à sa gauche et à sa droite. Il fit mander le médecin Dûbân. Celui-ci fut introduit et se prosterna devant le souverain qui le fit relever, s'asseoir et manger à ses côtés. Il le complimenta, le couvrit de robes d'honneur et de cadeaux. À la tombée de la nuit, il ordonna qu'on lui remette cinq robes d'apparat et

mille dinars. Dûbân s'en retourna plein de reconnaissance.

Le lendemain matin, le roi regagna son conseil
entouré d'émirs, de vizirs et de chambellans. L'un de
ses vizirs était un homme d'un aspect hideux, toujours
de mauvais augure, ignoble, ladre, envieux, naturellement disposé à la jalousie et à la haine. Lorsque ce
personnage se rendit compte de la faveur dans laquelle
était Dûbân auprès du souverain, les dons et les
bienfaits reçus par le médecin le jetèrent dans une
jalousie mortelle. Il décida de le perdre. Comme dit le
proverbe : *Il n'est point de corps qui n'envie ;* ou cet
autre : *Toute âme recèle la traîtrise, la force la révèle, la
faiblesse la tait.* Le vizir s'avança, baisa le sol devant
Yûnân et s'adressa à lui en ces termes :

— Majesté, souverain de tous les temps, toi dont la
grâce s'est étendue à tous, je voudrais te donner un
conseil des plus graves. Si je me taisais, je ne serais
qu'un fils de rien, et si tu m'en donnes l'ordre, je
parlerai.

— Parle donc, lui dit Yûnân, troublé par ce discours.

— Auguste roi, les Anciens disaient : *Qui ne prend
garde aux conséquences, ne se fait du temps un ami.* Je
juge que le roi ne se conduit pas bien en couvrant de
bienfaits son ennemi, celui qui veut lui arracher son
royaume. Tu t'es montré à son égard généreux à
l'extrême. Il est devenu le plus intime de tes intimes et
cela me jette dans la plus grande crainte pour toi.

Le roi, très ému, pâlit et demanda :

— Et quel est donc cet ennemi que je couvre de
faveurs ?

— Sire, si tu dormais jusqu'à présent, il est temps de
te réveiller. Je désignais le médecin Dûbân.

— Malheur à toi, c'est mon ami et le plus cher des
hommes à mes yeux ! Il m'a donné à tenir une crosse

pour seul remède et m'a guéri d'une maladie qui avait
découragé tous les médecins. Il n'a pas son pareil
aujourd'hui dans le monde, de l'Orient à l'Occident.
Comment peux-tu tenir de pareils propos à son sujet ?
À partir de ce jour, je fixe ses appointements, ses gages
et décide qu'il recevra chaque mois mille dinars. Même
si je partageais avec lui mon royaume, ce serait trop
peu lui donner. Je pense que seule l'envie te fait
médire, comme disait le roi Sindibâd.

Et l'aube chassant la nuit, Shahrâzâd dut interrompre son récit. Dunyâzâd lui dit alors :

— Ma sœur, que ta manière de raconter est agréable, gracieuse, savoureuse et douce.

Shahrâzâd lui répondit :

— Et qu'est-ce que tout cela, comparé à ce que je
vous raconterai la nuit prochaine, si le roi me laisse en
vie.

Or Shâriyâr pensait à ce moment qu'il ne la tuerait
pas avant qu'elle achève le conte, tellement il le
trouvait merveilleux. Ils passèrent la nuit enlacés. À
l'aube, le roi gagna son conseil. La salle du divan une
fois remplie, le souverain rendit la justice, nomma aux
emplois, révoqua, donna les ordres et prononça les
interdictions jusqu'à la fin du jour. Lorsque le conseil
fut terminé, il regagna ses appartements. La nuit
tomba et il fit l'amour à Shahrâzâd.

Et lorsque ce fut la cinquième nuit, elle dit :

On raconte encore, Sire, ô roi bienheureux, que
Yûnân dit au vizir :

— Seule l'envie qui t'a saisi te fait tenir ce discours.
Tu voudrais que je tue ce médecin et que je regrette
ensuite mon geste comme le roi Sindibâd a regretté
d'avoir tué l'autour.

— Quelle est cette histoire ? demanda le vizir.

— Je vais te la raconter, répondit Yûnân.

RÉCIT DU ROI SINDIBÂD ET DE L'AUTOUR

Il y avait un roi persan qui aimait se promener, se distraire, chasser et traquer le gibier. Il avait élevé un autour dont il ne se séparait jamais ni la nuit ni le jour. La nuit, il le laissait perché sur son poing. Lorsqu'il partait chasser, il le prenait avec lui. L'oiseau de vol portait au cou un gobelet d'or dans lequel le roi le faisait boire.

Le maître autoursier du monarque lui dit un jour :

— Sire, le temps est venu de partir à la chasse.

Sindibâd se prépara, prit l'autour sur son poing et s'en fut. La troupe arriva dans une vallée dont elle ferma les accès et une gazelle se trouva bientôt encerclée par la battue.

— Je tuerai quiconque laissera échapper cette bête ! s'écria le souverain.

Le cercle des chasseurs se resserra autour de la gazelle qui se précipita justement vers le roi. Elle se dressa sur ses pattes arrière, fléchit les pattes avant sur sa poitrine et s'inclina comme si elle se prosternait. Le roi se baissa, permettant à la gazelle de sauter par-dessus lui et de s'enfuir. Il regarda ses soldats et s'aperçut qu'ils échangeaient des clins d'œil. Il demanda au vizir ce qu'ils se disaient ainsi :

— Ils disent, Sire, que vous aviez promis la mort à quiconque laisserait échapper la gazelle.

— Par ma vie, répondit Sindibâd, je la poursuivrai et la ramènerai.

Il sauta à cheval et se lança sur les traces de l'animal jusqu'à ce qu'il l'eût rejoint. L'autour fondit sur la bête, lui creva les yeux et la fit s'arrêter. Le roi s'arma d'une massue dont il lui assena un coup qui la renversa. Il descendit de cheval, l'égorgea, l'écorcha et l'accrocha à l'arçon de sa selle. C'était l'heure de la méridienne, il faisait très chaud et l'endroit était désert. Sindibâd chercha de l'eau en vain. Il avait soif comme avait soif son cheval. Il regarda autour de lui et vit un arbre dont le tronc ruisselait d'un liquide qui avait l'apparence du beurre fondu. Le roi, qui portait un gantelet à la main, prit le gobelet d'or suspendu au cou de l'autour, le remplit de ce liquide et s'apprêta à le boire. L'oiseau se précipita et renversa le gobelet. Sindibâd le remplit de nouveau et le posa devant l'oiseau en pensant qu'il avait soif. Mais l'autour le renversa une deuxième fois. Le roi se mit en colère, reprit le gobelet, le remplit une troisième fois et le présenta alors à son cheval. L'autour se précipita et le renversa d'un coup d'aile.

— Que Dieu t'éprouve, oiseau de mauvais augure, s'écria Sindibâd. Tu m'as empêché de boire, tu t'es empêché de boire et tu empêches le cheval de boire.

Il prit son épée et, frappant l'autour, lui coupa les ailes. Le rapace pointa la tête comme s'il voulait montrer le haut de l'arbre. Le souverain leva les yeux et aperçut une vipère dont le venin coulait le long du tronc. Il fut atterré d'avoir coupé les ailes de son autour. Il remonta à cheval et, portant la gazelle, revint là où l'attendait sa troupe. Il jeta l'animal aux pieds de son cuisinier et lui ordonna de le préparer. Il alla ensuite s'asseoir, tenant son rapace sur son poing, mais celui-ci hoqueta et mourut. Le roi fut plongé dans la douleur et le remords pour avoir tué celui qui lui avait sauvé la vie. Voilà l'histoire du roi Sindibâd.

Le vizir écouta ce récit et répondit :

— Sire tout-puissant, je ne t'ai donné conseil que par nécessité et voilà que tu le prends en mauvaise part. Seule la compassion a dicté ma conduite et tu en

sauras le prix. Si tu m'accordes ta confiance, je
trouverai grâce à tes yeux, sinon je périrai comme a péri
le vizir qui avait tendu une embûche au fils d'un roi.

Le roi Yûnân lui demanda :

— De quoi s'agit-il là ?

Le vizir fit ce récit :

LE VIZIR ET LE FILS DU ROI

Un roi avait un fils qui chassait avec passion devant
comme à l'affût. Il avait donné l'ordre à son vizir de
suivre le jeune prince où qu'il allât. C'est ainsi qu'un
beau jour, les deux hommes s'en furent chasser et
débusquèrent un onagre de belle taille.

— À toi, dit le vizir, course-le !

Le jeune homme s'élança et disparut bientôt. Mais au
bout d'un moment, la bête lui échappa et il ne sut plus
où il était. Il aperçut une jeune fille qui pleurait au bord
de la route.

— Qui es-tu ? lui demanda-t-il.

— Je suis la fille d'un roi indien. Je cheminais dans la
campagne, lorsque je m'endormis et tombai de ma
monture sans m'en apercevoir. En me réveillant, je me
retrouvai seule, ne sachant que faire.

Ému, le jeune prince la prit en croupe et poursuivit
son chemin. Ils arrivèrent bientôt à une maison en
ruine. La jeune fille lui demanda de l'arrêter pour satisfaire un besoin. Le prince l'aida à descendre, attendit un
moment puis, trouvant qu'elle tardait, entra dans la
masure sans se faire voir. Il constata que la jeune fille
était en réalité une ogresse qui disait à ses petits :

— Mes enfants, je vous ai trouvé aujourd'hui un
jeune homme bien gras.

Ils lui répondirent :

— Apporte-le-nous vite que nous le mettions dans nos ventres.

Lorsque le prince entendit ces mots, il fut sûr de sa perte. Saisi de frayeur et craignant pour sa vie, il ressortit. L'ogresse ne tarda pas à le rejoindre et lut sur son visage la peur et l'épouvante. Le voyant tout tremblant, elle lui demanda la cause de son trouble.

— J'ai un ennemi que je crains.

— Tu es bien fils de roi ?

— Oui.

— Donne de l'argent à ton ennemi, tu le gagneras !

— Il n'acceptera que ma vie et je le redoute parce que sa fureur est injuste.

— Si elle est injuste comme tu le prétends, invoque l'aide de Dieu. Il te protégera de sa méchanceté et de celle de quiconque.

Le prince leva la tête au ciel et dit :

— Ô Toi qui réponds aux prières de l'opprimé, qui éloignes le malheur, fais-moi triompher de mon ennemi, éloigne-le de moi, Toi le Tout-Puissant dès lors que Tu décides.

Lorsque l'ogresse entendit cette prière, elle laissa le jeune homme revenir chez son père et lui raconter son histoire.

Le vizir du roi Yûnân poursuivit ainsi :

— Mais toi, Sire, si tu fais confiance à ce médecin, il te tuera de la plus atroce des manières, même si tu le combles et en fais l'un de tes proches. C'est en réalité ta perte qu'il prépare. Ne t'a-t-il pas guéri simplement en te faisant prendre quelque chose dans la main ? Il ne lui serait pas difficile de te faire périr de la même façon.

— Tu dois dire vrai, répondit le roi, et les choses pourraient bien se passer ainsi, ô conseiller loyal. Ce médecin est peut-être un espion qui cherche à me perdre. S'il a pu me guérir par simple contact, il m'assassinera par la même voie. Mais que faire ?

— Convoque-le sur-le-champ et décapite-le. Tu mettras un terme à sa vilenie et tu seras débarrassé à jamais de lui. Surprends-le avant qu'il ne te surprenne.

Le roi approuva et donna l'ordre de faire venir le médecin qui arriva tout heureux sans savoir ce que le Miséricordieux lui réservait comme l'a dit le poète :

> *Ô toi qui crains le temps, sois rassuré et*
> *remets toute chose à Celui qui déploya la terre.*
> *Ce qui doit survenir ne saurait s'éviter,*
> *ce qui n'est pas écrit ne t'est pas destiné.*

Le médecin se présenta donc devant le roi et récita ces vers :

> *Si je ne te rends grâce ainsi que je le dois,*
> *dis-moi pour qui j'écris et mes vers et ma prose ?*
> *Tu devances ma demande et me couvres de*
> *dons qui jamais ne se font attendre*
> *ou par des excuses se remplacent.*
> *Pourquoi tairais-je un juste éloge,*
> *ne pas le dire à haute voix*
> *comme dans le secret de mon cœur ?*
> *Oui je dirai tous tes bienfaits,*
> *ma bouche trouvera les mots*
> *même si la gratitude m'accable.*

Et encore ceux-ci :

> *De tes soucis détourne-toi, laisse les choses au Destin*
> *Et réjouis-toi d'un bonheur proche qui effacera le passé*
> *Combien d'affaires irritantes ont des conséquences heu*
> *   reuses.*
> *Dieu de tout veut disposer, ne t'oppose pas à Ses desseins.*

Et encore :

> Remets tes affaires au Sage, au Savant.
> détache ton cœur de ce monde.
> Les choses ne vont pas comme tu veux,
> mais comme veut Dieu, le Grand Arbitre.

Et enfin :

> Ne t'afflige point, oublie ces maux
> qui minent le cœur le plus ferme.
> Et ces desseins d'esclave indigne,
> chasse-les pour goûter sans fin à l'Éden.

Le roi lui demanda alors :

— Sais-tu pourquoi je te convoque ?

— Seul Dieu Très-Haut connaît l'inconnaissable.

— Je t'ai fait venir pour te tuer et te faire rendre l'âme.

— Sire, répondit le médecin stupéfait, pourquoi me tuer ? Quelle faute ai-je commise ?

— Tu es, me dit-on, un espion venu pour m'assassiner. Je vais prendre ta vie avant que tu ne prennes la mienne.

Le souverain appela le bourreau et lui ordonna :

— Tranche la tête de ce traître et débarrasse-nous de lui.

— Laisse-moi la vie, supplia le médecin, Dieu te laissera la tienne. Si tu me fais périr, Dieu te fera périr.

Et il lui redit ce que je t'ai dit moi-même, ô démon, lorsque tu persistais à vouloir me tuer.

— Je ne serai tranquille que lorsque tu seras mort, poursuivit le roi Yûnân. Tu m'as guéri simplement en me faisant tenir quelque chose et tu pourrais m'assassiner en me donnant à respirer un parfum ou de quelque manière semblable.

— Est-ce là ma récompense ? soupira Dûbân. Tu me rends le mal pour le bien.

— Il faut que tu meures sans plus tarder.

Lorsque le médecin vit qu'il n'y avait plus rien à espérer du roi, il pleura, affligé de voir qu'il avait fait du bien à qui ne le méritait pas.

Ainsi est-il dit :

> *Maymûna de toute raison est privée !*
> *Mais son père d'intelligence fut créé :*
> *Qu'il marche sur sol sec ou glissant,*
> *La lumière de son jugement*
> *Toujours l'empêche de glisser.*

Le bourreau s'avança, banda les yeux du condamné et demanda au roi l'ordre d'exécution. Le médecin pleurait et répétait :

— Laisse-moi la vie, Dieu te laissera la tienne. Si tu me fais périr, Dieu te fera périr.

Il récita ces vers :

> *En vain j'ai conseillé car les traîtres triomphent*
> *et tous mes bons avis à la mort me conduisent.*
> *Si je survis, je me tairai ! Et si je meurs, maudissez*
> *en toute langue qui voudra donner des conseils.*

Le médecin regarda le souverain et lui dit :

— Est-ce ainsi que tu me récompenses comme fut récompensé le crocodile ?

— Quelle est cette histoire de crocodile ? demanda le roi.

— Je ne puis te la raconter dans l'état où je suis. Laisse-moi la vie, Dieu te laissera la tienne, et il éclata en sanglots.

L'un des familiers du roi se leva alors et tint ces propos :

— Sire, accorde-nous la grâce de ce médecin. Nous ne voyons pas qu'il ait commis de faute à ton égard. Au contraire, il a vaincu une maladie qui avait résisté aux médecins et aux savants.

— Vous ignorez, répondit le roi, les raisons qui me conduisent. Si je lui laisse la vie sauve, c'en est fait de moi. Celui qui a pu guérir simplement en me faisant tenir un objet pourrait m'assassiner en me donnant un parfum à respirer. Je crains qu'il ne me tue et touche le prix de son forfait. C'est peut-être un espion venu pour exécuter de noirs desseins. Je dois le faire périr pour me mettre à l'abri du danger.

— Laisse-moi la vie, s'écria le médecin, Dieu te laissera la tienne. Si tu me fais périr, Dieu te fera périr.

Le pêcheur poursuivit ainsi l'histoire qu'il racontait au démon.

Convaincu que la sentence serait exécutée, le médecin Dûbân adressa cette prière au roi :

— Puisque tu as décidé ma mort, permets-moi d'aller mettre mes affaires en ordre, de charger ma famille et mes voisins du soin de mon enterrement et de faire don de mes ouvrages de médecine. Il en est un, tout particulièrement précieux et singulier, que je voudrais t'offrir afin que tu le gardes dans ta bibliothèque.

— Qu'y a-t-il donc dans ce livre ?

— D'innombrables secrets dont je ne vais te dire que le moins important. Lorsque tu m'auras fait décapiter, ouvre ce livre. Compte trois feuilles. Lis trois lignes de la page de gauche. A ce moment, ma tête te parlera et répondra à toutes tes questions.

Le roi, stupéfait, était au comble de l'excitation. Il s'écria :

— Ta tête coupée me parlera ?

— Oui, c'est étrange, mais c'est comme cela.

Le roi ordonna qu'on escorte jusqu'à chez lui le médecin qui régla au mieux ses affaires le jour même. Le lendemain, il se rendit à la chambre du conseil. Les émirs, les ministres, les chambellans, tous leurs lieutenants et les grands de l'état étaient présents. La salle ressemblait à un parterre de fleurs. Le médecin rentra et s'avança jusqu'au roi. Il tenait à la main un vieux livre et une boîte de khôl. Il s'assit et demanda un plat dans lequel il versa la poudre qu'il répartit également :

— Roi, prends ce livre, mais ne le feuillette que lorsque tu m'auras décapité. Que l'on pose ma tête dans le plat. La poudre de khôl arrêtera l'hémorragie.

Le médecin fut exécuté. Yûnân voulut ouvrir le livre, mais il en trouva les feuilles collées. Il se mouilla le doigt et tourna une première page, puis une seconde, puis une troisième. Celles-ci ne se détachaient les unes des autres qu'avec beaucoup de difficultés. Le roi s'aperçut qu'elles ne portaient aucune écriture. Il en feuilleta trois autres, les examina, toujours sans rien y trouver .

— Il n'y a rien d'écrit là-dedans ? s'écria-t-il vers la tête.

— Continue de feuilleter.

Le roi continua, mais au bout de très peu de temps, un mal avait envahi tout son corps, car les pages étaient empoisonnées. Le roi se convulsa et hurla :

— Je suis empoisonné, je suis empoisonné.

Alors le médecin Dûbân récita ces vers :

> *Ils ont régné ; bien long fut leur règne,*
> *mais encore un instant et il s'achèvera.*
> *Justes, ils auraient été traités avec justice.*
> *Mais ils ont opprimé et le temps les accable*

de douleurs et d'épreuves.
Maintenant le destin les réclame,
et comment s'en prendre au destin ?

À peine avait-il fini que le roi tombait mort.

Tu vois bien, reprit le pêcheur, que si le roi Yûnân
avait laissé la vie au médecin Dûbân, Dieu lui aurait
gardé la sienne. Mais il s'y refusa, voulut le tuer et Dieu
le fit périr. Il en est de même pour toi, démon. Si tu
avais eu l'intention de me garder la vie, Dieu aurait
conservé la tienne.

Et l'aube chassant la nuit, Shahrâzâd dut interrompre son récit. Sa sœur Dunyâzâd lui dit :

— Ma sœur, que ton histoire est agréable !

— Et qu'est-ce que tout cela, lui répondit Shahrâzâd, comparé à ce que je vous raconterai la nuit
prochaine, si le roi me laisse en vie.

Ils passèrent la nuit dans la félicité et la joie. Au
matin, le roi regagna la salle du conseil. Lorsqu'il eut
fini de siéger, il rentra au palais au milieu de sa
famille.

Et lorsque ce fut la sixième nuit, elle dit :
On raconte encore, Sire, ô roi bienheureux, que le
pêcheur s'adressa ainsi au démon :

— Si tu avais eu l'intention de me garder la vie,
Dieu aurait conservé la tienne, mais tu ne voulais que
ma mort ! Je vais te laisser enfermé dans ce flacon et te
jeter à la mer.

— Je te supplie par Dieu, ô pêcheur, hurla le démon.
Ne fais pas cela. Sois généreux. Ne me tiens pas
rigueur, j'ai mal agi. Sois bienveillant comme le dit le
proverbe. *Rends le bien pour le mal : le méchant est puni*
par sa méchanceté. Ne te conduis pas comme s'est
conduite Umâma avec 'Atikâ.

— Et comment s'est-elle conduite ?

— Ce n'est pas le moment de te raconter une histoire. Sors-moi de cette fiole et je te la dirai.

— Point du tout ! Je vais te jeter dans l'eau d'où personne ne pourra te sortir. Lorsque je t'implorai, que je te suppliai humblement, tu ne voulais que ma mort. Pourtant, rien ne justifiait ta colère. Quel crime avais-je commis et quelle méchanceté ? Je t'avais sorti de ta prison et tu devais m'être reconnaissant. J'ai compris alors que tu étais d'une nature perfide qui rend le mal pour le bien. Je vais te remettre au fond des eaux. Si l'on te repêche, je dirai qui tu es pour mettre en garde contre toi et te faire jeter à la mer. Tu resteras sous l'eau jusqu'à la fin des temps et tu connaîtras toutes les formes de la souffrance.

— Libère-moi. Conduis-toi comme un homme courageux, c'est le moment. Je te fais le serment que je ne serai point méchant en retour, bien au contraire. Je puis t'être utile et t'assurer un profit qui t'enrichira à jamais.

Le pêcheur lui fit répéter son serment.

— Jure-moi, si je te relâche, de ne jamais te mal conduire avec moi et de reconnaître le service rendu.

Il s'assura à nouveau de sa parole, lui fit jurer au nom de Dieu le Puissant qu'il serait loyal et respecterait son engagement. Le pêcheur ouvrit le flacon. Une fumée s'éleva et se recomposa en un démon horrible qui se précipita sur la fiole, la piétina et la jeta dans la mer. Le pêcheur fut persuadé qu'il allait mourir. Il tremblait à pisser sous lui en voyant l'imprudence qu'il avait commise. Il reprit cependant courage et tint ce discours :

— Dieu Très-Haut a dit : *Soyez fidèles à vos serments, car un serment vous lie.* Tu m'as donné ta parole. Tu as juré que tu ne me trahirais pas. Si tu le fais, Dieu te châtiera. Il est attentif, Il sait attendre et n'oublie rien.

Je te répète ce que disait le médecin Dûbân au roi Yûnân : « Laisse-moi la vie, Dieu conservera la tienne. »

Le démon éclata de rire. Il se mit à marcher en disant au pêcheur de le suivre, ce que fit le pauvre homme qui n'arrivait pas à croire qu'il s'en tirerait sain et sauf. Bientôt la ville eut disparu à leurs yeux. Ils franchirent un mont et arrivèrent à une vaste étendue déserte au milieu de laquelle se trouvait un lac entouré de quatre petites montagnes. Le démon ordonna au pêcheur de lancer son filet. Ce dernier regarda plus attentivement et s'aperçut que les eaux étaient pleines de poissons de toutes les couleurs : blanc, rouge, bleu, jaune. Émerveillé, il lança son filet et le ramena. Il en retira quatre poissons, chacun d'une couleur différente, et en fut tout heureux. Le démon lui dit alors :

— Va maintenant au palais et présente ces poissons au sultan. Il te donnera de quoi te rendre riche, et, par Dieu, accepte mes excuses. Je ne me suis pas bien conduit, mais j'étais dans cette mer depuis mille huit cents ans et n'ai revu le monde qu'aujourd'hui. Ne viens pêcher en ce lac qu'une fois par jour. Et maintenant, adieu.

Il frappa de ses talons la terre qui se fendit et l'engloutit.

Le pêcheur revint à la ville encore tout étonné de ce qui lui était arrivé et rentra chez lui. Il remplit d'eau une terrine et y plaça les poissons qui se mirent à frétiller. Puis il posa la terrine sur sa tête et se dirigea vers le palais comme le lui avait conseillé le démon. Lorsqu'il fut introduit, il présenta les poissons au sultan qui en fut émerveillé car il n'en avait jamais vu de cette forme et de ces couleurs. Il ordonna qu'on les porte à sa cuisinière qui venait de lui être offerte trois jours auparavant par l'empereur de Byzance et dont il n'avait pas encore éprouvé les talents. Le grand vizir transmit l'ordre de faire frire ces poissons en disant à la servante :

— Le sultan te fait dire que ton jour est enfin venu, *l'occasion fait le larron*. Montre-nous de quoi tu es capable puisqu'on te dit cuisinière très habile ; voici ce qu'on vient d'offrir au sultan.

Le grand vizir lui donna donc ses ordres et revint auprès du souverain qui lui demanda de verser quatre cents dinars au pêcheur. Celui-ci les serra et revint comme ivre de joie, trébuchant, tombant et se relevant en chemin. Il montra l'argent à son épouse et s'empressa d'acheter tout ce dont sa famille avait besoin.

De son côté, la cuisinière prit les poissons, les nettoya, les disposa dans un tajine placé sur un trépied, les fit cuire sur une face puis les retourna. C'est à ce moment-là que le mur de la cuisine s'ouvrit et qu'apparut une jeune fille qui était l'image de la perfection : svelte, le profil ovale et la joue lisse, le regard ombré de khôl, le visage d'une grande beauté. Ondulant de la croupe, elle était vêtue d'une *kûfiyya* de soie bleue, les oreilles parées de boucles pendantes, les poignets de bracelets, les doigts de bagues aux chatons d'un très grand prix. Elle tenait une badine de bambou qu'elle piqua dans le tajine en disant :

— Poissons, poissons, tenez-vous votre serment ?

À cette vue, la servante s'évanouit. La jeune fille répéta sa question une deuxième, puis une troisième fois. Les poissons levèrent la tête en disant :

— Oui, oui, et récitèrent ces vers :

Si tu reviens, nous reviendrons.
Si tu es fidèle, nous le serons.
Si tu nous abandonnes, la pareille nous te rendrons.

Après cela, elle renversa le tajine sur le feu et s'en fut

par où elle était venue. Le mur de la cuisine reprit son apparence première. Lorsque la servante sortit de son évanouissement, elle vit que les poissons s'étaient carbonisés et elle se dit : « Et pour mon coup d'essai, voilà un coup de maître ! » Pendant qu'elle était ainsi à s'adresser des reproches, le grand vizir pénétra dans la pièce et lui demanda de lui donner le tajine du sultan. Elle fondit en larmes et lui raconta ce qui s'était passé.

— Voilà qui est bien étonnant, dit le grand vizir qui envoya immédiatement chercher le pêcheur.

Lorsque celui-ci fut venu, il lui ordonna d'aller prendre quatre autres poissons semblables. Le pêcheur se rendit au lac, lança son filet et ramena sa prise au grand vizir qui la remit à la cuisinière.

— Tu vas faire frire ces poissons devant moi pour que je voie ce qui va se passer.

La cuisinière se leva, nettoya les poissons et les mit à cuire dans un tajine. Quelques secondes plus tard, le mur s'ouvrit et la jeune fille apparut. Elle était vêtue de la même façon et tenait à la main une badine qu'elle piqua dans le plat en disant :

— Poissons, poissons, tenez-vous toujours votre serment ?

Les poissons levèrent la tête et récitèrent ces vers :

Si tu reviens, nous reviendrons.
Si tu es fidèle, nous le serons.
Si tu nous abandonnes, la pareille nous te rendrons.

Et l'aube chassant la nuit, Shahrâzâd dut interrompre son récit.

Et lorsque ce fut la septième nuit, elle dit :
On raconte encore, Sire, ô roi bienheureux, que les

poissons récitèrent ces vers. La jeune fille renversa le tajine sur le feu avec sa badine et s'en fut par où elle était venue. Le mur reprit son apparence première. Le grand vizir se leva et s'écria :

— On ne peut cacher au sultan ce qui s'est passé.

Il se précipita dans la salle du conseil et raconta ce qu'il avait vu de ses propres yeux :

— Il faut que je voie cela moi-même, dit le sultan.

On envoya quérir le pêcheur pour lui ordonner de rapporter quatre autres poissons. Le pêcheur attendit trois jours avant de retourner au lac et d'y jeter son filet. Le roi lui fit verser quatre cents dinars pour sa prise, se tourna vers le grand vizir et lui dit :

— Fais frire toi-même ces poissons devant moi.

— Je suis à tes ordres, répondit le grand vizir qui se fit apporter un tajine.

Il nettoya les bêtes, les disposa dans le plat qu'il mit sur le feu et les retourna au bout d'un moment. A cet instant, le mur s'ouvrit et apparut un esclave noir qui ressemblait à un taureau ou à un homme de la tribu des 'Âd, aussi grand qu'un bambou, aussi large qu'une banquette. Il tenait à la main une branche de palmier et dit dans une langue très pure qui jetait dans l'effroi :

— Poissons, poissons, tenez-vous toujours votre serment ?

Les poissons levèrent la tête du tajine et s'écrièrent :

— Oui, oui, et récitèrent ces vers :

Si tu reviens, nous reviendrons.
Si tu es fidèle, nous le serons.
Si tu nous abandonnes, la pareille nous te rendrons.

Alors l'esclave renversa le tajine et laissa les poissons se carboniser. Puis il s'en fut par où il était venu. Lorsqu'il eut disparu à leurs yeux, le roi s'écria :

— On ne peut garder le silence sur tout cela. Il doit y avoir quelque chose d'extraordinaire là-dessous.

Il fit venir le pêcheur et lui demanda :

— D'où viennent ces poissons ?

— D'un lac entouré de quatre montagnes. Il faut, pour y arriver, sortir de la ville et franchir le mont qui la domine.

Le roi se tourna vers le grand vizir et lui demanda s'il connaissait ce lac :

— Par Dieu non, Sire. Cela fait soixante ans que je voyage et chasse dans ces lieux où il m'arrive de passer un ou deux jours, un ou deux mois, je n'ai jamais vu de lac derrière cette montagne, comme je n'en ai jamais entendu parler.

— À combien de jours de marche se trouve-t-il ? interrogea le roi.

— Sire, à une demi-heure seulement.

Stupéfait, le roi ordonna de conduire le pêcheur au lac sous escorte armée. Le brave homme maudissait le démon en son for intérieur. La troupe sortit de la ville, franchit le mont et arriva dans le vaste espace désert où s'étendait le lac. Personne, ni du roi ni des soldats, n'avait jamais vu ce lieu. Tous jetaient des regards étonnés sur cette plaine entourée de quatre montagnes, sur les eaux et sur les poissons de quatre couleurs, rouge, blanc, jaune, bleu, qui y nageaient. Le souverain s'adressa aux émirs, aux chambellans, à sa suite et aux soldats pour demander si quelqu'un avait déjà vu cette plaine et ce lac. Tous répondirent que non.

— Par Dieu, s'écria le roi, je ne rentrerai dans ma ville et ne reprendrai place sur mon trône tant que je ne saurai pas la vérité sur tout cela.

Il ordonna de mettre pied à terre et de dresser les tentes. Lorsque la nuit fut venue, il manda son grand vizir. C'était un ministre expert, homme de raison et de cœur, très au fait des choses. Le roi s'adressa à lui en ces termes :

— J'ai pris une décision et voudrais t'en faire part. Il m'est venu à l'esprit de rester seul cette nuit pour percer le secret de ce lac et de ses poissons. Tiens-toi à l'entrée de ma tente et avertis les émirs, les vizirs et les chambellans que je suis indisposé et que je ne souhaite recevoir personne cette nuit. Nul ne doit être informé de mon dessein.

Le grand vizir ne pouvait aller à l'encontre des désirs du roi qui s'habilla de manière à être méconnaissable, ceignit son épée royale et se glissa hors du camp. Il gravit l'une des quatre montagnes et marcha toute la nuit. Le jour se leva sans qu'il s'arrêtât. Mais bientôt la chaleur l'accabla. Il se reposa puis reprit sa marche sans trêve durant tout le jour et la nuit qui suivit. C'était la deuxième aube depuis son départ. Il aperçut comme une ombre lointaine et s'en réjouit : « Je vais peut-être trouver quelqu'un qui me renseigne sur le lac et les poissons. » Lorsqu'il se fut approché, il vit que cette ombre était, en réalité, un palais construit de pierre noire. Les murs en étaient renforcés de plaques de métal. L'un des vantaux de la porte était entrouvert. Satisfait, le roi frappa légèrement mais ne reçut pas de réponse. Il frappa une deuxième, puis une troisième fois, toujours en vain. La quatrième fois il cogna le vantail de toutes ses forces sans plus de succès. « Ce château n'est pas habité », se dit-il. Il s'enhardit et pénétra dans un corridor où il se mit à appeler :

— Gens du palais, je suis un étranger en chemin. Auriez-vous quelque chose à manger ?

Il répéta ces mots une deuxième puis une troisième fois sans recevoir de réponse. Il s'arma de courage, raffermit son âme et s'avança par le corridor jusqu'à l'intérieur du palais. Il n'y trouva personne. Il ne vit partout que tapis de soie déroulés, rideaux légers suspendus, tentures déployées. Des sofas et des coussins s'offraient au repos. Au centre du palais s'ouvrait une cour spacieuse, limitée par quatre arcs de pierre soutenus par des piliers. Chaque arc donnait sur quatre salles surélevées. En chaque salle, des banquettes couraient le long des murs. Elles aboutissaient à une estrade surmontée d'un trône de pierre. Au centre de la cour était creusée une vasque encadrée par quatre lions d'or rouge. De leur gueule se déversait une eau aussi chatoyante que des perles et des joyaux. Tout autour de la vasque voletaient des oiseaux qu'un filet, jeté par-dessus le palais, empêchait de s'enfuir.

Le roi s'émerveillait à ce spectacle mais se désolait en même temps de ne trouver personne en ces lieux qui pût le renseigner sur le lac, ses poissons, les quatre montagnes et ce palais. Il s'assit entre deux portes pour réfléchir à cette situation. Il perçut alors un gémissement qui semblait venir d'un cœur affligé et entendit ces vers :

J'ai beau cacher ce que j'endure, mon visage me trahit,
le sommeil cède à l'insomnie.
Ô temps abrège mes jours, sans me faire verser
et mon sang et mes larmes entre peine et danger.
N'aurez-vous point pitié du plus noble des siens
livré à justice d'amour, si misérable devenu ?
Nous étions jaloux même d'une brise vous effleurant,
mais le destin s'abat et vient nous aveugler.
Que peut donc cet archer succombant sous le nombre
qui veut tendre son arc et qui brise sa corde ?
Et pour un cœur ardent accablé de tourments,
où fuir pour échapper à un destin fatal ?

Cette plainte attira l'attention du roi qui se dirigea

vers le lieu d'où elle semblait venir. Il arriva devant un rideau déployé qui tombait à terre. C'était l'entrée d'un salon. Il souleva le rideau et aperçut un jeune homme assis sur un sofa de la hauteur d'une coudée. Il était d'une grande beauté, avait la taille fine, le front lumineux et la joue empourprée. Un grain de beauté mouchetait sa pommette semblable à une écaille d'ambre. Tout en lui rappelait l'éphèbe chanté par le poète :

Il avait la taille mince et son front brillait d'un éclat que
   seule pouvait éteindre la nuit de ses cheveux.
Rien ne se pouvait voir
   qui vînt égaler ce qu'il donnait à voir.
Sur sa joue incarnat, son grain de beauté noir
   rendait plus profond son regard.

Tout heureux de trouver quelqu'un, le souverain salua le jeune homme assis qui portait une robe de soie brodée d'or à longues manches. Sur sa tête était posée une couronne sertie de joyaux. Son visage était empreint de tristesse. Il rendit son salut au roi et lui dit :

— Seigneur, pardonne-moi de ne point me lever.

— C'est bien plutôt à moi de m'excuser car je suis ton hôte, dit le souverain. Je suis ici pour une chose importante. Quel est donc ce lac que je viens de voir avec ses poissons multicolores et ce palais où tu te trouves seul ainsi à pleurer ?

Les larmes du jeune homme coulèrent de plus belle. Il se prit à sangloter et récita ces vers :

Dites à celui que le sort favorise
   que le sort vous élève avant de vous abattre.
Nous dormons mais l'œil de Dieu jamais ne quitte
   celui dont la vie est limpide et le bonheur sans fin.

Puis il poussa un profond soupir et dit encore :

Remets ton destin au Maître des hommes,
  laisse ton tourment, chasse tes pensées.
Ne questionne pas ce qui advient,
  tout est arrêt de Dieu et tout est Providence.

— Quelle est la cause de tes larmes ? s'écria le roi étonné.

— Comment ne pleurerais-je pas dans l'état où je suis ?

Il saisit les pans de sa robe et les releva. Toute la partie inférieure de son corps était de pierre. Il n'était homme que du nombril aux cheveux. En voyant ce spectacle, le souverain fut pris d'une profonde tristesse. Il s'exclama, soupira et dit :

— Malheureux jeune homme, tu me rends encore plus soucieux que je n'étais en arrivant. Je ne voulais auparavant que connaître la vérité sur ces poissons et voilà que je voudrais aussi tout apprendre de ce qui t'est arrivé.

— Écoute et regarde-moi.

— Je te regarde et je t'écoute.

Le jeune homme poursuivit ainsi son récit :

HISTOIRE DU JEUNE HOMME

Ces poissons ont une histoire tout à fait étonnante. Si on la gravait avec une aiguille dans le coin de l'œil, elle donnerait matière à réflexion pour qui en comprendrait la leçon. Sache, seigneur, que mon père Maḥmûd, maître des Îles Noires et des quatre montagnes, était le roi de cette cité. Il régna durant soixante-dix années, puis mourut. Je lui succédai sur le trône et épousai ma cousine. Elle m'aimait d'un amour si violent qu'elle cessait de manger et de boire si je m'absentais. Nous vécûmes dans le bonheur durant cinq années. Ma cousine s'en fut un jour au hammam. Je donnai l'ordre à mon cuisinier de nous préparer à dîner, rentrai au palais et allai m'étendre dans la chambre où j'avais l'habitude de me reposer. Je demandai à deux servantes de m'éventer, elles s'assirent l'une à ma tête et l'autre à mes pieds. J'étais énervé par l'absence de mon épouse et n'arrivai point à trouver le sommeil. Je gardai pourtant les yeux fermés alors que j'avais l'esprit en éveil. J'entendis la servante qui se tenait à ma tête dire à l'autre :

— Mas'ûda, quel pauvre jeune homme que notre seigneur, et quel malheur d'avoir pour épouse notre maîtresse, cette femme perfide et pécheresse.

— Que Dieu maudisse les fornicatrices, répondit l'autre. Notre seigneur si vertueux mériterait une autre femme que cette putain qui passe ses nuits dans un autre lit que le sien.

— Notre maître est bien négligent. Il ne se demande même pas où elle est.

— Es-tu sotte ! Comment se douterait-il de quelque chose ? Elle lui en ôte toute possibilité en lui versant de la jusquiame dans la coupe d'eau qu'il boit chaque nuit avant de s'endormir. Il tombe dans un profond sommeil et ne se doute pas de ce qui se passe. Il ignore tout de ce qu'elle va faire. Or, sitôt qu'elle le voit endormi, elle s'habille, se parfume et sort jusqu'à l'aube. À son retour, elle lui fait respirer des sels qui le sortent de sa torpeur.

Lorsque j'eus entendu ce dialogue, je fus environné de ténèbres alors même que la nuit n'était pas encore tombée. Ma cousine rentra du hammam. On servit le dîner, nous mangeâmes et restâmes assis quelque temps à nous tenir compagnie comme d'habitude. Je demandai la coupe d'eau que je buvais d'ordinaire au moment de me coucher. Elle me la servit. Je me détournai et fis mine de boire l'eau que je déversai en réalité dans ma manche. Je m'allongeai et fis semblant de sombrer dans le sommeil.

— Dors! Puisses-tu ne jamais te réveiller! Par Dieu je te hais, je hais ton aspect, je ne supporte plus ta compagnie et ne sais quand Dieu arrachera ton âme.

Elle se leva, revêtit ses plus beaux atours, fit brûler de l'encens pour se parfumer, ceignit mon épée, ouvrit les portes et sortit. Je quittai le lit pour la suivre. Une fois hors du palais, elle traversa les souks et parvint aux portes de la ville. Là, elle dit des mots dans une langue que je ne compris pas; les serrures furent tirées et les portes s'ouvrirent. Mon épouse ne se doutait pas que je la suivais. Elle arriva au milieu des collines, devant une maison au toit de bois surmonté d'une coupole construite en briques d'argile. Pendant qu'elle entrait par la porte, j'escaladai le mur. De la terrasse, je pouvais suivre ses mouvements. Elle était allée auprès d'un esclave noir aux lèvres énormes dont l'une pouvait servir de couverture et l'autre de tapis. Il pouvait ainsi sans se baisser trier le sable du gravier. Il avait l'air affligé, étendu sur une couche de feuilles de roseaux. Il était vêtu de haillons et d'une couverture usée. Arrivée à lui, ma cousine se prosterna pour baiser le sol. L'esclave leva la tête et lui dit :

— Que le diable t'emporte, pourquoi as-tu tant tardé? Il y avait ici toute une compagnie de Noirs, mes cousins. Ils ont bu du vin et chacun est allé avec son amante. Moi, je n'ai pas voulu boire à cause de toi.

— Seigneur et ami de mon cœur, tu oublies que j'ai épousé mon cousin. Je déteste même le regarder, je me hais d'avoir à lui tenir compagnie et si je n'avais pas peur pour toi, je ne laisserais pas le soleil se lever sur cette ville sans la réduire en ruines pour n'y laisser qu'ululer le hibou, croasser le corbeau, glapir le renard et hurler les loups. Je transporterais ses pierres bien au-delà de la montagne Qâf.

— Tu mens, espèce de putain. Je jure par la virilité des Noirs — et qu'elle soit réduite à n'être plus que celle des Blancs —, je jure que si tu t'attardes encore une seule fois, je ne serai plus ton amant et ne mettrai plus mon corps sur le tien. Maudite sois-tu, comment peux-tu me délaisser pour suivre tes désirs, ô puante, chienne, la plus ignoble des Blanches !

Lorsque j'entendis ces mots, poursuivit le jeune roi, et que je vis ce qui se passait sous mes yeux, le monde s'obscurcit à mon regard. Je ne savais plus où je me trouvais. Ma cousine s'était levée tout en larmes, s'humiliait et suppliait l'esclave :

— Ô ami, fruit de mon cœur, je n'ai plus que toi. Si tu me chasses, je serai la plus misérable des femmes. Mon ami, lumière de mes yeux.

Elle ne cessa de pleurer et de s'humilier jusqu'à ce qu'il lui ait pardonné. Toute joyeuse, elle enleva ses voiles et demanda s'il avait pour elle quelque chose à manger :

— Va à cette cuvette, tu y trouveras des os de rats cuits. Suce-les et mange-les. Tu trouveras aussi dans cette bouteille un restant d'alcool de froment. Bois-le.

Ma cousine se leva, mangea, but, se lava les mains et la bouche. Après s'être mise nue, elle revint s'allonger près de l'esclave sur les feuilles de roseaux. Elle se glissa contre lui sous une couverture en loques et des chiffons.

Lorsque je vis comment elle se conduisait, je perdis la raison. Je me précipitai du haut de la terrasse et fis irruption dans la cour. Je m'emparai de mon

épée pour les mettre à mort tous deux. Je frappai
d'abord l'esclave au cou et pensai l'avoir tué.

Et l'aube chassant la nuit, Shahrâzâd dut interrompre son récit. Au matin, le roi gagna la salle du
gouvernement où le conseil se tint toute la journée.
Puis il revint au palais. Dunyâzâd demanda à sa sœur
de reprendre son conte.

— Très volontiers, dit-elle.

Et lorsque ce fut la huitième nuit, elle dit :

On raconte encore, Sire, ô roi bienheureux, que le
jeune homme victime d'un sort poursuivit ainsi :

Je frappai l'esclave pour lui couper la tête mais mon
coup n'atteignit pas les jugulaires et ne fit qu'entailler
la peau, les muscles et le gosier. Cependant, je crus
l'avoir tué car il poussa un râle épouvantable.

N'ayant pas le courage de poursuivre ma vengeance,
je remis l'épée en place et m'enfuis alors que ma
cousine commençait à s'agiter dans son sommeil. Je
revins à la ville, regagnai mon palais et dormis dans
mon lit jusqu'au matin. Ce fut ma cousine qui me
réveilla. Elle avait coupé ses cheveux, s'était vêtue de
noir et me dit :

— Cousin, ne t'étonne point : j'ai appris que ma
mère était morte et que mon père avait été tué au cours
d'un saint combat. Cela n'est pas tout, car mes deux
frères ont péri, l'un piqué par un serpent, l'autre
enseveli sous les décombres de sa maison. C'est à juste
titre que je pleure et m'afflige.

Sans un mot de commentaire, je lui dis de faire ce
que bon lui paraîtrait et l'assurai que je n'y contrevien-
drais pas. Elle vécut une année entière dans l'affliction,
les pleurs et la douleur. Au bout de ce temps, elle vint
me dire :

— Je voudrais me construire dans ton palais un
oratoire que surmontera une coupole pour y rester

solitaire et songer ainsi à mes malheurs. Je l'appellerai la chambre des douleurs.

Je lui dis de faire comme elle l'entendait. Elle fit construire son oratoire. C'était une pièce au centre de laquelle se tenait un tombeau surmonté d'une coupole. Elle y transporta l'esclave et l'y installa. Il était extrêmement affaibli et plus rien n'y pouvait faire. Elle n'arrivait qu'à lui donner à boire. Depuis que je l'avais blessé, il n'avait plus prononcé une parole. Il était pourtant vivant car son heure n'était pas venue. Ma cousine lui rendait visite matin et soir pour pleurer et se lamenter près de lui. Elle lui faisait boire un peu de vin et de bouillon. Une deuxième année passa ainsi. J'endurai tout cela patiemment.

J'entrai un jour à l'improviste dans son oratoire. Elle était là, en larmes, qui se griffait le visage. Elle appelait son amant, le suppliait de lui parler, de lui répondre et lui récitait ces vers :

Ma vie s'anéantit si vous vous éloignez,
  mon cœur à votre amour ne peut être infidèle.
Où que vous alliez, prenez mes os, prenez mon âme,
  tout près de vous enterrez-moi.
Et là si vous dites mon nom,
  la plainte de mes os pleurant à votre voix vous
  répondra.

Elle continua ainsi .

  Le jour de mes espoirs naît à votre présence,
    celui de mon trépas se décrète à l'absence.
  En l'effroi de la nuit j'imagine ma perte,
    et seule notre union me promet de survivre.

Et termina avec ces vers :

Aurais-je la vie la plus douce et le monde
m'appartenant et le royaume des Chosroès,
cela ne vaudrait pas plus que l'aile d'un moustique
si mon regard sur toi ne pouvait se poser.

Lorsqu'elle eut terminé ses lamentations, je lui dis :

— Cousine, cesse de t'affliger, il ne te servira à rien de pleurer.

— Ne m'empêche pas de faire ce que je fais, sinon je me tuerai.

Je gardai le silence et la laissai à son sort. Elle passa une troisième année à déplorer son malheur. J'entrai chez elle un jour qu'un incident m'avait rendu de fort mauvaise humeur. J'estimai que son comportement n'avait que trop duré et qu'il devenait tout à fait excessif. Je la trouvai dans l'oratoire, sous la coupole, qui murmurait :

— Seigneur, tu ne dis mot, seigneur, pourquoi ne réponds-tu pas ?

Ô tombe, tombe ses vertus ont-elles disparu ?
et s'est-il effacé ce tableau magnifique ?
Ô tombe, tu n'es pourtant ni la terre ni le ciel
pour garder en ton sein la lune et le soleil ?

Lorsque j'eus entendu ces mots, je ne pus contenir ma colère et m'écriai :

— Jusques à quand cela va-t-il durer ?

Elle me répondit par ces vers :

Ô tombe, tombe sa noirceur a-t-elle disparu ?
et s'est-il effacé ce répugnant spectacle ?
Ô tombe, tu n'es pourtant ni marmite ni chaudron
pour garder en ton sein la suie et le charbon ?

Alors je dégainai et me précipitai sur elle :

— Voilà bien des paroles de traîtresse oublieuse de la vie commune et de l'amitié partagée.

Je voulus frapper et levai mon épée. Elle se redressa et s'écria :

— C'est donc toi, chien, qui as blessé à mort celui que j'aime et m'as jetée dans le tourment ? Voilà trois ans qu'il gît entre la vie et la mort.

— Putain malpropre, immonde fornicatrice, baiseuse de nègres, pilier de bordel, oui, c'est moi qui l'ai tué.

Lorsqu'elle eut entendu mes paroles et vit que j'étais décidé à la frapper, elle éclata de rire et me dit :

— Va coucher, chien ! Ce qui est passé ne reviendra pas, les morts jamais ne ressuscitent. Enfin Dieu me livre celui qui a causé ma perte. J'étais dévorée par la soif de me venger.

Elle bondit sur ses pieds et se mit à parler une langue que je ne comprenais pas. Puis elle murmura :

— Par mes pouvoirs magiques, que Dieu fasse de ton corps moitié pierre et moitié chair.

C'est ainsi que je suis devenu ce que tu vois. Je ne me lève ni ne m'assieds. Je ne suis ni mort ni vivant.

Lorsqu'elle m'eut ainsi transformé, elle jeta un sort à ma ville, y compris à ses souks et ses vergers. Il y avait dans notre cité des musulmans, des chrétiens, des juifs, des zoroastriens. Elle les métamorphosa en poissons : blancs pour les musulmans, rouges pour les zoroastriens, bleus pour les chrétiens, jaunes pour les juifs. Elle transforma les îles en quatre montagnes qui entouraient la ville devenue un lac.

Chaque jour, elle vient me torturer et me donner cent coups d'un fouet aux lanières de cuir, jusqu'à ce que mon sang coule. Sous mes beaux vêtements, elle me revêt d'une haire. Le jeune homme se mit à pleurer et récita ces vers :

Mon Dieu, j'endure patiemment Ta loi et Ton décret,
*   je les endure ainsi pour gagner Ta faveur.*
Le sort se montre injuste, hostile et tyrannique,
*   peut-être pour cela gagnerai-je l'Éden ?*
Mais quel chagrin pour moi d'être ainsi accablé,
*   je n'ai d'espoir qu'en Ton Prophète, Ton agréé.*

Lorsque le roi eut écouté ce récit, il dit :

— Jeune homme, tu me rends plus soucieux encore que je n'étais. Mais où est donc cette femme ?

— Dans l'oratoire, où gît l'esclave, sous la coupole. Elle le visite une fois par jour dès l'aube. À cette occasion, elle vient à moi, dénude mon torse et me donne cent coups de fouet. Je pleure, je hurle jusqu'à ce que je tombe inanimé et qu'elle s'éloigne. Après m'avoir puni, elle se rend auprès de l'esclave avec du vin et du bouillon.

— Par Dieu, dit le roi, je vais te rendre un service dont on se souviendra et accomplir pour toi un acte généreux dont le récit se perpétuera jusqu'à la fin des temps.

Le souverain resta à deviser en compagnie du jeune homme jusqu'à la nuit. À ce moment, il se leva et attendit l'heure où allaient s'exercer les maléfices. Il se mit à l'aise en retirant son manteau, ceignit son épée et se porta dans l'oratoire où gisait l'homme. Il regarda les bougies et les lampions, vit des encens et des pommades. Se dirigeant vers l'esclave, il le transperça et le tua net. Puis il le chargea sur son dos et alla le jeter dans un puits du palais. Il revêtit les vêtements dont il l'avait dépouillé et s'étendit sous la coupole, tenant l'épée dégainée le long de son corps. Au bout d'un moment, la putain magicienne arriva. Elle alla d'abord à son cousin, lui découvrit le torse, prit un fouet et se mit à le frapper jusqu'à ce que le sang coule sur ses flancs.

— Pitié, criait-il, je n'en peux plus. Assez, assez, aie pitié de moi, ma cousine.

— As-tu eu pitié de moi ? lui répondit-elle. As-tu épargné l'homme que j'aimais ?

Elle lui remit sa chemise de poil et ses vêtements puis alla rendre visite à l'esclave. Tenant à la main une coupe de vin et un bol de bouillon, elle pénétra sous la coupole et se mit à pleurer et à pousser des cris perçants.

— Seigneur, parle-moi. Seigneur, réponds-moi.

Et elle récita ces vers :

> *Pourquoi me fuir ainsi, pourquoi être cruel ?*
> *n'ai-je pas assez versé de larmes ?*
> *Mon abandon, un jour, finira-t-il ?*
> *si tu voulais ainsi plaire à qui me jalouse,*
> *sache qu'il se réjouit du mal que tu m'infliges.*

Tout en versant des larmes, elle ne cessait de dire :

— Seigneur, parle-moi. Seigneur, réponds-moi.

Alors, d'une voix basse et tordant sa langue pour imiter l'accent soudanais, le roi dit :

— Ha ! ha ! Il n'y a de force et de pouvoir qu'en Dieu, le Très Haut, le Puissant.

La jeune femme l'entendit émettre ces mots, poussa un cri de joie et s'évanouit. Lorsqu'elle reprit ses esprits, elle s'écria :

— Es-tu guéri, seigneur ?

Le roi répondit d'une voix qu'il affaiblissait à dessein :

— Tu ne mérites pas que je te parle, putain.

— Et pourquoi donc ?

— Parce que tu fouettes ton mari à longueur de journée, qu'il hurle et appelle au secours au point de m'ôter le sommeil de la nuit jusqu'à l'aube. Il ne cesse de supplier et de demander grâce. Sa voix m'importune. Sans cela je serais déjà guéri. Voilà ce qui m'interdit de te répondre.

— Bien, répondit-elle, puisque tu le désires, je vais le délivrer.

— Délivre-le, que nous ayons la paix.

— Je t'entends et je t'obéis.

Elle se leva, revint au palais où elle prit une coupe de cuivre qu'elle remplit d'eau. Elle prononça des incantations, l'eau se mit à bouillir et à faire des bulles comme dans une marmite sur un feu. Elle se rendit auprès de son mari et l'aspergea en disant :

— Par les incantations faites, quitte l'aspect que tu as pour retrouver ta forme première.

Le jeune homme s'ébroua, bondit, tout heureux de sa délivrance et s'écria :

— J'atteste qu'il n'y a de Dieu que Dieu et que Muḥammad — Dieu lui accorde Ses prières et Son salut — est son envoyé.

La magicienne lui donna l'ordre en hurlant de sortir et de ne plus jamais revenir sous peine de mort.

Pendant qu'il s'enfuyait, elle retourna sous la coupole, descendit au caveau et dit :

— Seigneur, viens donc que je te voie.

Le roi lui répondit d'une voix faible :

— Tu n'as pas fait grand-chose. Tu as coupé la branche et laissé le tronc.

— Quel est ce tronc, ami ?

— Les habitants de la cité et des quatre îles. Tous les minuit, les poissons sortent la tête de l'eau et nous maudissent tous deux, toi et moi. Voilà ce qui m'interdit de recouvrer la santé. Délivre-les et reviens me prendre par la main pour m'aider à me lever. Alors je guérirai.

— Seigneur, répondit la jeune femme tout heureuse qui croyait parler à son amant, seigneur, je suis tout à ton service.

Elle se leva et, pleine de joie, se mit à courir vers le lac. Elle prit un peu de son eau.

Et l'aube chassant la nuit, Shahrâzâd dut interrompre son récit.

Et lorsque ce fut la neuvième nuit, elle dit :

On raconte encore, Sire, ô roi bienheureux, que la jeune magicienne prit un peu d'eau du lac et prononça des incantations que nul n'aurait pu comprendre. Les poissons s'agitèrent, levèrent la tête et devinrent sur-le-champ des hommes. Le sortilège fut rompu et les habitants libérés. Leur cité retrouva sa prospérité, les marchés s'animèrent. Chacun reprit son métier. Les montagnes redevinrent des îles.

La jeune magicienne se rendit immédiatement auprès du roi, toujours en pensant rejoindre l'esclave :

— Ami, donne-moi ta précieuse main pour que je la baise.

Le roi répondit à voix basse :

— Approche-toi de moi.

Elle s'approcha. Il se saisit de son épée et la lui plongea dans la poitrine avec une force telle qu'elle ressortit par le dos. Un autre coup la fendit verticalement en deux. Le souverain quitta le caveau et trouva le jeune homme ensorcelé qui l'attendait. Il le félicita de s'en être tiré à bon compte. Le jeune homme lui baisa les mains et se confondit en remerciements.

— Vas-tu rester dans ta cité, lui demanda le roi, ou m'accompagner ?

— À combien crois-tu, ô roi de ce siècle, que tu te trouves de ta cité ?

— Eh bien, à deux jours et demi !

— Si tu dormais jusqu'à présent, il est temps de te réveiller ! Une année de marche te sépare de ta capitale. Tu n'es arrivé ici en deux jours et demi que parce que la ville était ensorcelée. Et maintenant, je ne te quitterai plus, même le temps d'un clin d'œil.

— Que Dieu soit loué pour t'avoir mis sur ma route. Tu es désormais mon fils, car je n'ai pas eu la chance d'avoir d'enfant.

Les deux hommes, émus par une joie profonde, se donnèrent l'accolade et s'en revinrent au palais. Le prince des Îles Noires informa les grands du royaume qu'il avait décidé d'accomplir le saint pèlerinage. Lorsque son équipage fut prêt, il s'en fut en compagnie d'un roi tout impatient de retrouver sa capitale qu'il avait quittée depuis une année. Leur cortège était composé de cinquante mameluks chargés de cadeaux. Ils voyagèrent nuit et jour, une année entière, avant d'arriver. Le grand vizir qui désespérait de jamais revoir le roi, se hâta à sa rencontre à la tête de l'armée. Les soldats vinrent à lui, baisèrent le sol et le félicitè-rent d'être revenu sain et sauf. Le souverain regagna le palais, prit place sur son trône et conta l'histoire au grand vizir qui félicita le jeune homme pour sa délivrance.

Après ces retrouvailles, le roi distribua des dons et ordonna de faire venir le pêcheur qui avait apporté les poissons et se trouvait à l'origine du salut de la cité. Dès son arrivée, il le fit revêtir d'une robe d'honneur, prit de ses nouvelles et lui demanda s'il avait des enfants. Le pêcheur lui dit avoir un fils et deux filles. Le roi épousa l'aînée, maria la cadette au prince des Îles Noires et nomma le fils gardien de ses trésors. Il envoya ensuite le grand vizir aux Îles Noires dont il lui confia le sultanat. Il le fit escorter par les cinquante mameluks qui étaient revenus avec lui et lui confia de nombreuses robes d'honneur qu'il devait remettre aux émirs. Le grand vizir baisa ses mains et s'en fut aussitôt. Le roi et le prince vécurent ainsi ensemble, le pêcheur devint l'homme le plus riche de son temps, tandis que ses deux filles passèrent une vie de royales épouses jusqu'à ce que la mort les surprît. Encore tout cela n'était-il pas plus surprenant que ce qu'il advint au portefaix.

Conte des deux vizirs et d'Anîs al-Jalîs

Nuits 34 à 38

Sur une toile de fond irakienne, avec apparition de hautes figures de la grande époque du califat abbasside de Bagdad (le calife Hârûn ar-Rashîd, son vizir Ja'far le Barmécide, les chanteurs Ibrâhîm et Ishâq al-Mawṣilî), le conte propose une histoire en deux temps : la conversion à l'amour, absolu et unique, d'un jeune dévergondé, les malheurs du couple en butte à l'hostilité d'un méchant vizir et sa fuite à Bagdad; puis, la rencontre avec le calife déguisé, de nouvelles tribulations et le triomphe final. Deux traits majeurs, semble-t-il. D'abord, face aux hésitations de l'homme, sincère, mais écervelé et quelque peu fou (par l'excès d'une générosité spontanée, il offre la jeune esclave qu'il aime), la constance de sa compagne : ce n'est pas le seul endroit des Nuits qui chante ainsi, de façon discrète mais résolue, les mérites de la femme. Ensuite, l'importance de la poésie. D'inégale valeur, peu importe : elle est là pour souligner, de façon plus ou moins appuyée, les temps forts du récit ou du cœur. Quelques erreurs ou incertitudes de détail n'ôtent rien à une histoire bien enlevée, avec quelques jolis passages : on pense notamment à la jeune esclave assurant, par un mensonge, qu'elle a été achetée pour le fils du vizir et non pour le souverain, à l'évocation du jardin de Bagdad, au vizir battu se présentant, devant son souverain, revêtu des plus modestes composants de la vie ordinaire, pour souligner le sort auquel on l'a réduit...

A. MIQUEL

CONTE DES DEUX VIZIRS
ET D'ANÎS AL-JALÎS

On raconte encore, Sire, ô roi bienheureux, que régnait à Bassora un roi qui aimait les saints hommes errants, et aussi ses sujets. Il donnait généreusement à tous ceux qui croient en Muḥammad — Dieu lui accorde Ses bénédictions et le salut ! — et répondait à ces vers d'un poète :

Quand la troupe ennemie vient encercler le roi,
  il frappe l'adversaire de son sabre tranchant
Qui marque, en s'abattant, chaque poitrine de son trait
  et ce jour-là le voit tailler dans les rangs des cavaliers.

Le nom de ce roi était Muḥammad b. Sulaymân az-Zaynî ; il avait deux vizirs appelés al-Mu'în b. Sâwî et al-Faḍl b. Khâqân. Ce dernier surpassait tous les hommes de son temps par sa générosité et sa noble conduite. Tout le monde l'aimait, tout le monde le consultait, tout le monde faisait des vœux pour qu'il vécût longtemps : c'était un pur, un homme droit, ennemi du mal et de l'injustice. L'autre vizir, al-Mu'în b. Sâwî, lui, détestait les gens, avait horreur du bien : c'était le mal incarné. Un poète a dit :

Cherche refuge auprès des nobles, fils de nobles :
  les nobles, fils de nobles, ont des nobles pour fils.

Laisse là les vilains, fils de vilains :
  les vilains, fils de vilains, ont pour fils des vilains.

Autant l'on aimait al-Faḍl b. Khâqân, autant l'on
haïssait al-Mu'în b. Sâwî. Or, Dieu voulut qu'un jour le
roi Muḥammad b. Sulaymân az-Zaynî, siégeant sur un
trône et entouré des dignitaires du royaume, appelât
al-Faḍl et lui dît :

— Je veux la plus belle esclave qui se puisse trouver
aujourd'hui. Je la veux, oui, parfaitement belle, faite
comme pas une, et d'un naturel irréprochable.

Les grands de l'état assurèrent qu'elle était introuvable à moins de dix mille dinars. Le roi, haussant le ton,
ordonna au trésorier d'apporter la somme chez al-Faḍl.

L'ordre exécuté, le vizir, se pliant aux exigences du
roi, se rendit chaque jour au marché et passa la
consigne aux courtiers : aucune esclave valant plus de
mille dinars ne devait être vendue qu'elle ne lui fût
d'abord présentée. Mais les courtiers n'en trouvèrent
pas une, pas une du moins qui, montrée au vizir, lui
plût. Un jour, pourtant, un courtier vint voir al-Faḍl au
moment même où, en selle, il se disposait à partir pour
le palais du roi. Tapant sur son étrier, il lui récita ces
vers :

Ô toi qui vas portant les ordres souverains,
  vizir tu es, vizir heureux pour toujours !
Ton noble cœur redonne vie à tout ce que l'on croyait
    mort !
  ah ! Puissent tes actions trouver auprès de Dieu leur
  juste prix !

— Seigneur, poursuivit le courtier, la personne
attendue, conforme au portrait donné par le roi, est là !
— Va me la chercher !

Le courtier disparut un moment et revint avec une
jeune esclave : taille mince, seins altiers, yeux ombrés

de fard, ovale parfait de la joue, hanches fines et croupe généreuse, des vêtements aussi beaux que possible, une salive plus douce qu'eau parfumée, un corps plus harmonieux que rameau ployé, un parler plus suave que la brise de l'aube, bref de quoi rappeler ces vers du poète :

Ô beauté souveraine, ô visage pareil à l'astre lunaire,
  la perle du peuple de Rabîb et Rabrâb !
Le Seigneur du Trône t'a comblée de gloire et d'honneur,
  il t'a donné ce regard, cette grâce et ce corps taillé
  comme un fin rameau.
Au ciel de ce visage resplendissent sept étoiles
  et cette joue se garde de tous les méchants aux aguets.
Quand un homme désire te dérober un regard,
  les démons de ta réplique le consument d'une étoile.

À la vue de la jeune femme, le vizir stupéfait se tourna vers le courtier et lui en demanda le prix.

— Il a été fixé, répondit celui-ci, à dix mille dinars et c'est bien peu, selon ce qu'en jure son maître au prix des pigeonneaux qu'elle a mangés, de tout ce qu'elle a bu, des robes somptueuses dont il l'a vêtue, sans parler des maîtres qu'il lui a donnés : car elle sait la calligraphie, la grammaire, le vocabulaire, l'exégèse, les principes du droit, de la religion, de la médecine et de l'astronomie, et elle joue merveilleusement de la musique.

— Je veux voir son maître ! dit le vizir.

On le lui amena sur l'heure. C'était un Persan, qui avait vécu on ne sait combien de temps, rongé par l'âge et dans un état pareil à celui qu'évoque le poète :

L'âge me fait trembler, et de quel tremblement !
  le temps, lui, est plein de force et plein d'ardeur !
Jadis je marchais et je pouvais tout,
  aujourd'hui je ne bouge et ne peux plus rien.

— Je serais heureux, dit le vizir au maître de la jeune esclave, que tu reçoives, pour prix de cette femme, dix mille dinars de la part du sultan Muḥammad b. Sulaymân az-Zaynî.

— Par Dieu, répondit le Persan, je ne ferais que mon devoir si je la donnais pour rien au sultan!

Le vizir fit apporter et peser l'argent au courtier. Sur ce, le marchand d'esclaves s'en vint demander au vizir permission de lui dire un mot. Le vizir l'ayant accordée :

— Selon moi, dit le marchand, tu ne devrais pas amener cette femme chez le sultan aujourd'hui même : elle vient de voyager, par tous les temps, la route l'a usée. Garde-la plutôt loin de tout, dans ton palais, dix jours durant, jusqu'à ce qu'elle se reprenne. Puis, emmène-la au bain, habille-la le plus bellement du monde et présente-la au sultan. Tu t'en trouveras très bien.

Le vizir, réfléchissant à cette proposition, la trouva bonne. Il emmena l'esclave à son palais, où il lui réserva une chambre, lui faisant tenir chaque jour tout ce dont elle avait besoin, vivres, boissons et le reste. Du temps passa. Le vizir al-Faḍl b. Khâqân avait un fils beau comme la face éblouissante de la lune, une joue rose parée d'un grain de beauté, comme d'une touche d'ombre, et d'un duvet qui commençait à s'ombrer. Bref, il était comme l'a dit, entre bien d'autres, un poète :

C'est une lune qui, d'un regard, vous met en pièces,
*   un rameau qui vous fait perdre le sens lorsqu'il*
*   ploie.*
Ô boucles noires et teint doré,
*   jolies manières et corps aussi fin que roseau!*
Cœur cruel, douce silhouette,

pourquoi n'a-t-il donc pas inversé les deux termes ?
Si la douceur de la seconde était passée dans le premier,
  jamais, envers qui l'aime, il ne se fût montré injuste ni
  méchant.
Vous qui me critiquez, comprenez-moi plutôt :
  qu'ai-je à faire d'un corps qui n'est plus que langueur ?
La faute en est à mon cœur, à mes yeux ;
  cessez de me blâmer et laissez-moi à cette peine !

Le garçon ignorait tout de l'affaire de la jeune esclave. Celle-ci avait été prévenue par le vizir :

— Ma fille, je ne t'ai achetée, sache-le, que pour charmer le roi Muḥammad b. Sulaymân az-Zaynî. J'ai un fils qui ne peut s'empêcher de coucher avec toutes les filles du coin. Tiens-toi sur tes gardes avec lui et fais bien attention : ne lui laisse pas voir ton visage ni entendre le moindre mot !

L'esclave promit d'obéir et le vizir s'en fut, la laissant là. Mais le destin décida, un certain jour, que la jeune fille entrerait au bain qui se trouvait dans la maison. Une servante la lava et lui passa de somptueux habits : sa grâce, sa beauté redoublèrent.

Elle se présenta alors à l'épouse du vizir, dont elle baisa la main et qui lui dit :

— Quel plaisir de te voir, Anîs al-Jalîs ! Il était bon, ce bain, non ?

— Madame, répondit la jeune femme, il ne faudrait qu'une chose : que vous y alliez vous-même !

Alors la maîtresse des lieux demanda aux servantes de l'accompagner au bain, ce qu'elles firent. Ainsi entourée, elle commit deux jeunes servantes à la garde de la chambre d'Anîs al-Jalîs, en leur recommandant de n'y laisser entrer personne. Elles jurèrent d'obéir.

Mais pendant qu'Anîs al-Jalîs était chez elle, voici que le fils du vizir, Nûr ad-Dîn 'Alî, entre et demande où sont sa mère et les gens de la famille.

— Au bain, répondent les deux servantes.

Anîs al-Jalîs, entendant ce propos depuis sa chambre, s'interroge sur ce garçon dont lui a parlé le vizir et qui, à en croire celui-ci, ne peut s'empêcher de coucher avec toutes les filles du coin. Elle veut le voir, se lève et va, sur la pointe des pieds, toute fraîche encore du bain, jusqu'à l'entrée de la chambre. Là, elle voit Nûr ad-Dîn 'Alî, beau comme la pleine lune, parfait, et le regard qu'elle porte sur lui lui arrache mille soupirs d'envie. Mais le garçon, dans un mouvement, aperçoit Anîs al-Jalîs, et ce regard lui arrache à son tour mille soupirs de même. Tous deux tombent passionnément amoureux l'un de l'autre. Le garçon s'avance vers les deux servantes, tempête après elles, les fait fuir. Elles s'arrêtent un peu après et, de loin, regardent ce qu'il va faire. Il s'avance vers l'entrée de la chambre, pousse la porte, entre chez la jeune femme et lui dit :

— Es-tu l'esclave que mon père m'a achetée ?

— Oui.

Alors Nûr ad-Dîn 'Alî, comme enivré, s'avance. Il prend les jambes de la jeune femme et s'en entoure la taille, cependant qu'elle noue les bras autour de son cou. Elle l'accueille avec des baisers, des soupirs et des gémissements de plaisir, il lui suce la langue, elle lui suce la langue et il emporte sa virginité.

En voyant leur jeune maître entrer chez Anîs al-Jalîs, les deux servantes avaient poussé de grands cris, mais trop tard : il était parvenu à ses fins. Il sortit ensuite, courant, cherchant le salut, fuyant, craignant les suites de son acte. Au cri poussé par les servantes, la maîtresse des lieux sortit du bain, trempée de sueur, et demanda pourquoi ce vacarme dans la maison. Elle s'approcha des deux servantes qu'elle avait commises à la garde de la chambre et leur dit :

— La peste soit de vous ! Qu'est-ce qui se passe ?

— Notre maître Nûr ad-Dîn est arrivé, il nous a

battues, chassées, puis il est entré chez Anîs al-Jalîs, l'a embrassée, et puis, nous ne savons pas ce qu'il a fait. Nous avons crié pour t'appeler, et il s'est enfui.

La maîtresse des lieux alla voir Anîs al-Jalîs :

— Qu'est-ce que c'est que cette histoire ?

— Madame, j'étais assise là, quand un beau garçon est entré. Il m'a demandé si j'étais bien celle que son père lui avait achetée. J'ai répondu oui et par Dieu, madame, j'ai cru qu'il me disait la vérité. Alors, il est venu à moi et m'a embrassée.

— Et avec ça ? Pas d'autre façon de se faire comprendre ?

— Si, il m'a pris trois baisers.

— C'est tout vu : il n'est pas parti sans te déflorer.

Alors, dames et servantes pleurèrent et se frappèrent le visage, craignant de voir Nûr ad-Dîn égorgé par son père.

On en était là quand le vizir arriva et demanda ce qui se passait.

— Jure-moi, lui dit sa femme, d'écouter jusqu'au bout ce que je vais te dire.

— Promis.

Et elle lui raconta ce qu'avait fait son fils. Désespéré, il déchira ses vêtements, se frappa le visage et s'arracha la barbe.

— Épargne ta vie, lui dit sa femme, je te donnerai, sur mon propre bien, dix mille dinars, le prix de cette esclave.

Mais lui, levant les yeux vers elle .

— Idiote ! Je n'ai pas besoin de cet argent-là ! En réalité, j'ai peur de perdre ma vie et mes biens.

— Et comment, seigneur ?

— Ne sais-tu pas qu'il y a derrière nous cet ennemi, al-Mu'în b. Sâwî ? Dès qu'il aura vent de l'histoire, il ira trouver le sultan.

Et l'aube chassant la nuit, Shahrâzâd dut interrompre son récit.

Quand ce fut la trente-cinquième nuit, elle dit :
On raconte encore, Sire, ô roi bienheureux, que le vizir dit à sa femme :
— Al-Mu'în b. Sâwî ira trouver le sultan et lui dira que son vizir, ce vizir qui prétend l'aimer, lui a pris dix mille dinars pour acheter la plus belle fille du monde, et qu'il l'a trouvée si merveilleuse qu'il l'a donnée à son fils, estimant qu'il était mieux fait pour elle que le sultan. Il lui dira que le fils du vizir l'a prise et déflorée, et qu'elle est ici, chez moi. Si le roi le traite de menteur, il lui proposera, avec sa permission, de se précipiter ici et de lui amener la fille. L'ordre donné, il cernera la maison, prendra la fille et la montrera au sultan, qui l'interrogera sans qu'elle puisse nier. Et l'autre pourra dire à son maître que, pour être peu en faveur auprès de lui, il ne s'en est pas moins montré dévoué à sa cause. Le sultan me punira cruellement, tout le monde viendra voir le spectacle, et c'en sera fait de moi.
— Ne parle de ça à personne, répondit la femme du vizir, que l'affaire reste cachée, et à la grâce de Dieu !
Et le cœur du vizir se rassura.
Voyons maintenant ce que devenait Nûr ad-Dîn 'Alî. Épouvanté des conséquences de son acte, il resta tout le jour dans les jardins et ce n'est qu'à la nuit qu'il revint chez sa mère pour y dormir. Un mois se passa sans qu'il se montrât à son père : il partait avant l'aube pour aller dans les jardins. L'épouse du vizir dit à celui-ci :
— Seigneur, allons-nous perdre et cette fille et notre enfant ? Si cette situation se prolonge, il va finir par disparaître de notre vie.
— Et comment faire ?

— Reste éveillé cette nuit. S'il vient, retiens-le, fais la paix avec lui et donne-lui la fille, elle l'aime et il l'aime. Moi, je te donnerai le prix que tu l'as payée.

Le vizir attendit la nuit. Quand son fils fut là, il se saisit de lui et voulut l'égorger. Sa femme le retint :

— Que vas-tu faire ?

— L'égorger.

Nûr ad-Dîn alors s'écria :

— Je compte donc si peu pour toi ?

Les yeux du vizir s'emplirent de larmes :

— Et toi, mon fils, dit-il, tu comptes pour si peu la perte de mes biens et de ma vie ?

— Écoute ce que dit le poète, répondit Nûr ad-Dîn :

Mettons que j'aie mal fait : homme de bon sens
  accorde au fautif pleine indulgence.
Quoi que puisse espérer ton ennemi, il est
  au plus bas de l'échelle, tandis que toi, tu domines, et de
  loin.

À ces mots, le vizir, se redressant au-dessus de son fils agenouillé, sentit fondre son cœur et lui pardonna. Le garçon se remit debout et baisa la main de son père, qui lui dit :

— Mon enfant, si seulement j'étais sûr que tu traites Anîs al-Jalîs comme il faut, je te la donnerais.

— Et comment pourrais-je faire autrement ?

— Je t'impose, mon enfant, de ne pas épouser une autre qu'elle, de ne pas lui donner une rivale, de ne pas la vendre.

— Je te jure, père, que je n'aurai pas d'autre épouse et que je ne la vendrai pas.

Et Nûr ad-Dîn, sur cette promesse, alla rejoindre la jeune femme, avec qui il vécut toute une année.

Le Très-Haut fit oublier au roi l'affaire de l'esclave. Al-Mu'în b. Sâwî, cependant, finit par apprendre la chose, mais il n'en dit rien, par crainte de la position du vizir auprès du sultan. Au bout de cette année-là, le vizir Faḍl ad-Dîn b. Khâqân, étant allé au bain d'où il était sorti encore en sueur, fut saisi par un refroidissement. Il garda le lit, perdant le sommeil, miné par une faiblesse tenace. Il appela alors son fils, Nûr ad-Dîn 'Alî, et lui dit :

— À chacun son lot, mon enfant, sache-le ; le terme est prescrit, chaque âme doit boire à la coupe de mort.

Et il récita ces vers :

Je meurs. Gloire à Celui qui ne meurt pas !
je vais mourir, je ne le sais que trop.
Qu'est-ce que ce pouvoir royal qui meurt avec son
  maître ?
le seul royaume est le royaume de Celui qui ne mourra
  jamais.

Le vizir ajouta :

— Je n'ai, mon enfant, d'autre recommandation à te faire que de craindre Dieu, de réfléchir aux suites de tes actes et de ne pas oublier ce que tu m'as promis pour cette jeune esclave, Anîs al-Jalîs.

— Ô mon père, répondit Nûr ad-Dîn, personne ne t'égalera, toi que tout le monde connaissait pour faire le bien et invoquer Dieu aux assemblées de la mosquée !

— J'espère, mon enfant, que Dieu voudra bien de moi.

Il dit, puis redit sa profession de foi et entra au nombre des élus.

Alors, il se fit au château un grand vacarme, et la nouvelle parvint jusqu'au sultan. Les gens de la ville apprirent eux aussi la mort d'al-Faḍl b. Khâqân, et les petits enfants pleurèrent dans leurs écoles. Nûr ad-Dîn s'occupa d'organiser les funérailles de son père, aux-

quelles assistèrent les princes, les ministres, les dignitaires de l'état et toute la ville, sans oublier le vizir al-
Mu'în b. Sâwî. Quand la dépouille quitta la maison,
quelqu'un récita ces vers :

Ce jeudi, j'ai dit adieu à ceux que j'aimais ;
  on a lavé mon corps, sur une grande planche près de la
  porte,
On m'a retiré les vêtements que je portais,
  pour m'en passer d'autres que je ne connaissais pas.
On m'a emporté, sur les épaules de quatre hommes,
  jusqu'aux lieux de prière, où l'on a prié pour moi.
Ils ont prié, sans s'agenouiller,
  ils ont tous prié, tous ceux-là, mes amis.
Puis, me disant adieu, ils m'ont confié à ce séjour voûté,
  sur lequel le temps peut passer sans que sa porte jamais
  s'ouvre.

Quand la terre eut caché le vizir et que peuple et
amis s'en furent retournés, Nûr ad-Dîn rentra chez lui,
sanglotant et pensant à ces vers :

Ils sont partis, ce jeudi, vers le soir,
  en partant ils m'ont dit adieu, et moi de même.
Eux partis, mon âme a voulu les suivre,
  je lui ai dit : « Reviens » et elle : « Mais où donc ?
Dans ce corps privé d'âme et de sang,
  qui ne contient plus rien que des os qui s'entrecho-
  quent ? »
Mes yeux s'aveuglent à force de pleurer
  et mes oreilles sont devenues sourdes, fermées à tout
  bruit.

La mort de son père affligea longtemps et profondément Nûr ad-Dîn. Et puis, un jour qu'il était dans la
maison paternelle, on frappa à la porte. Il l'ouvrit et se

trouva en présence d'un des familiers et amis de son père. Entrant et baisant la main de Nûr ad-Dîn 'Alî, il lui dit :

— Seigneur, il n'est pas mort vraiment, celui qui se survit en un homme tel que toi. Mais enfin, telle est la destinée des plus grands, depuis le commencement jusqu'à la fin des âges. Ne sois plus malheureux, laisse là le chagrin !

Alors, Nûr ad-Dîn se rendit à la grande salle de réception, y fit apporter tout ce dont il avait envie et y réunit ses amis, en compagnie de sa jeune esclave : il y eut là dix fils de marchands, avec lesquels il mangea et but, tout en leur prodiguant des marques répétées de respect et en se montrant fort généreux. Sur ces entrefaites, arriva l'intendant, qui rappela à Nûr ad-Dîn ce que l'on disait sur les prodigues et la pauvreté qui attendait bientôt leurs folles dépenses, ainsi que dit le poète :

Je veille sur mes deniers, je les défends :
   je sais trop bien qu'ils sont mon sabre et mon bouclier.
Si je les prodigue au plus méchant de mes ennemis,
   j'aurai changé, parmi les hommes, la bonne fortune
   contre la mauvaise.
Aussi bien, je ne les mange ou bois qu'avec parcimonie
   et ne fais à personne la générosité d'un sou.
Je garde mon denier à l'abri de tout homme
   vil de nature et dont ma compagnie se trouverait
   éclaboussée.
Cela me va mieux que d'avoir à dire à un misérable :
   « prête-moi un denier, tu en auras cinq demain »
Et de le voir détourner son visage et me fuir,
   me laissant l'âme aussi pitoyable que celle d'un chien.
Un homme sans argent est un homme de rien,
   même si ses vertus ont l'éclat du soleil.

— Seigneur, conclut l'intendant, ces grandes dépenses et ces générosités immenses mènent à la perte des biens.

Mais Nûr ad-Dîn 'Alî, fixant l'intendant, lui répondit qu'il ne retenait pas un mot de tout son discours, car il avait en tête ces vers :

Si, tenant en main la fortune, je me montre peu généreux,
    alors, mort à ma main, inertie à ma jambe !
Montrez-moi un avare qui a gagné la gloire grâce à son
    avarice,
    montrez-moi un prodigue mort de sa prodigalité !

Et Nûr ad-Dîn 'Alî de conclure :
— Sache bien ceci, intendant : libre à toi de trouver le déjeuner exagéré, tu ne m'en feras pas faire davantage de souci pour le dîner !

L'intendant étant retourné à ses affaires, Nûr ad-Dîn 'Alî s'adonna à la plus voluptueuse des vies. Chaque fois que l'un de ses familiers lui disait que telle chose était belle, il lui répondait :
— Prends ! C'est à toi.

Et si un autre enchaînait :
— Seigneur, cette maison, là, est superbe !
— Prends donc ! Elle est à toi.

Une année se passa ainsi : chaque jour commençait par une générosité et s'achevait sur une autre. Un jour, devant lui, la jeune esclave, Anîs al-Jalîs, chanta ces vers :

Tes pensées couraient heureuses avec les jours heureux
    et tu ne craignais rien des mauvais coups du sort.
Les nuits t'ont apporté une trompeuse paix,
    mais quand la nuit s'éclaire viennent les temps
    inquiets.

La jeune femme venait de terminer quand on frappa à la porte. Nûr ad-Dîn se leva, suivi de l'un de ses amis, pour voir qui c'était. La porte s'ouvrit sur l'intendant :

— Eh bien, dit Nûr ad-Dîn, que se passe-t-il ?

— Seigneur, ce que je craignais pour toi est arrivé.

— Que veux-tu dire ?

— Il ne me reste en main, sache-le, rien qui vaille un dirham, ni plus ni moins. Voici les registres où sont consignées tes dépenses, et ceux qui indiquaient ton capital initial.

À ces mots, Nûr ad-Dîn 'Alî, tête basse, s'écria :

— Il n'y a de force et de puissance qu'en Dieu.

Son familier, qui l'avait suivi subrepticement pour surprendre les mots que lui adressait l'intendant, revint auprès de ses amis pour leur dire :

— Devinez un peu ! Nûr ad-Dîn 'Alî est ruiné !

Quand celui-ci apparut, son visage portait les marques les plus évidentes de la consternation. L'un des familiers se leva alors et lui dit :

— Pourrais-tu me permettre de m'en aller ?

— Et pourquoi donc aujourd'hui même ?

— Ma femme accouche, je ne peux pas ne pas être auprès d'elle, je dois aller, et voir ce qu'il en est.

Nûr ad-Dîn le laissa partir, sur quoi un autre se leva :

— Seigneur, j'aimerais bien rejoindre mon frère, on circoncit son fils.

Et tous ainsi, sous divers prétextes, partirent où bon leur semblait. Resté seul, Nûr ad-Dîn 'Alî appela sa servante :

— Anîs al-Jalîs, que penses-tu de tout ceci ?

Quand il lui eut rapporté les paroles de l'intendant :

— Seigneur, dit-elle, cela fait des nuits que je me proposais de te parler de cette situation, mais je t'ai entendu chanter ces vers :

*Si ce monde est généreux envers toi, montre-toi généreux
    à la face du monde avant qu'il t'échappe.*
*Si la fortune vient, ce n'est pas ta générosité qui la mènera
    à sa perte ;*
    *et si elle s'enfuit, ce n'est pas d'être avare qui la fera
    rester.*

En t'écoutant dire ces vers, je me suis tue et n'ai pas
voulu te dire un mot.

— Anîs al-Jalîs, reprit Nûr ad-Dîn 'Alî, tu le sais
bien, je n'ai donné ma fortune qu'à mes amis. Ils me
laissent sans rien maintenant, mais quoi ! ils ne vont
pas me refuser une charité ?

— Je parierais bien qu'ils ne t'aideront pas !

— Je vais, dès maintenant, les trouver, frapper à
leur porte et voir si j'obtiens d'eux quelque chose, de
quoi me constituer un capital que j'engagerai dans le
négoce. Et finis les plaisirs, finis les amusements !

Nûr ad-Dîn partit aussitôt et s'en fut d'une traite
jusqu'à la rue où habitaient, tous, ses dix amis. À la
première porte où il frappa, une servante apparut :

— Qui es-tu ?

— Va dire à ton maître que Nûr ad-Dîn 'Alî est à sa
porte, qu'il est son esclave, qu'il lui baise les mains et
attend un geste de sa part.

La servante rentra, informa son maître, qui tempêta :

— Va lui dire que je n'y suis pas !

La servante s'acquitta du message et Nûr ad-Dîn s'en
fut, en pensant : « Ce fils de pute me fait dire qu'il n'est
pas chez lui, mais ça changera avec un autre. » À la
seconde porte, même réponse : le maître n'était pas
chez lui. Alors, Nûr ad-Dîn récita ces vers :

*Envolés, tous ceux-là qui, te sachant à leur porte,
    te font l'insigne aumône d'un morceau de viande rôtie.*

Nûr ad-Dîn se promit pourtant de faire l'épreuve de tous ses amis : il s'en trouverait peut-être un pour sauver l'honneur des autres. Les dix maisons y passèrent, aucune porte ne s'ouvrit, personne ne se montra, personne ne coupa pour lui un bout de pain. Alors, Nûr ad-Dîn récita ces vers :

L'homme, au temps du bonheur, est pareil à un arbre
    dont tous les fruits, tant qu'ils durent, attirent les gens
    tout autour.
Mais quand les fruits le quittent, les gens aussi s'en
    vont,
    le laissant seul affronter chaleur et poussière.
La peste soit des enfants de ce siècle, de tous,
    puisque, sur dix, il n'en est pas un seul au cœur pur !

Nûr ad-Dîn, de plus en plus chagrin, rentra chez lui, où la jeune femme lui dit :

— Ne t'avais-je pas prévenu, seigneur, qu'ils ne t'aideraient pas ?

— Par Dieu, pas un qui m'ait montré son visage, pas un qui ait voulu me connaître !

— Seigneur, vends quelques pièces de mobilier, de vaisselle, et en attendant que Dieu arrange les choses, dépense petit à petit.

Nûr ad-Dîn dut vendre, en réalité, tout ce que renfermait la maison et il ne lui resta plus rien.

— Qu'allons-nous faire maintenant ? dit-il à Anîs al-Jalîs.

— Voici, répondit-elle, ce que je te propose : tu m'emmènes tout de suite au marché, tu me vends, en n'oubliant pas que ton père m'avait acquise pour dix mille dinars. Tu pourras peut-être, grâce à Dieu, faire affaire à un prix approchant. Et quand Dieu voudra bien nous réunir de nouveau, nous nous retrouverons.

— Au nom du ciel, crois-tu qu'il me soit facile de te quitter, fût-ce une heure ?

— Et pas plus à moi, seigneur. Mais nécessité fait loi, comme dit le poète :

Sous l'empire des circonstances, nous voici poussés
vers un chemin peu compatible avec le bien.
Personne ne se porte à une décision
qu'en vertu du motif qui la rend nécessaire.

A ces mots, Nûr ad-Dîn se leva et prit Anîs al-Jalîs dans ses bras, tandis qu'une pluie de larmes inondait ses joues. Il reprit ces vers du poète :

Un instant encore ! Avant de te quitter, j'ai besoin d'un
regard
pour bercer ce cœur près de périr si tu t'en vas.
Mais s'il t'en coûte trop du parti que tu as pris,
laisse-moi mourir de mon triste sort, et sois en paix.

Nûr ad-Dîn 'Alî emmena la jeune esclave au marché, où il la remit au maître des enchères avec ces mots :

— Fais-moi savoir, Ḥâjj Ḥasan, le prix auquel tu vas la proposer.

— Seigneur Nûr ad-Dîn, répondit l'autre, on fera tout dans les règles. Mais dis-moi, n'est-ce pas là cette Anîs al-Jalîs que ton père m'avait achetée pour dix mille dinars ?

— Si.

Le maître des enchères s'en alla faire le tour des marchands en patientant jusqu'à ce qu'ils fussent réunis et que le marché fût plein d'esclaves de toutes races, turques, franques, tcherkesses, abyssines, nubiennes, soudanaises, byzantines, tartares, géorgiennes et autres. Voyant le marché ainsi bondé, le maître des enchères, debout, cria :

— Marchands et autres gens fortunés, tout ce qui est rond n'est pas noisette, tout ce qui est long n'est pas

banane, tout ce qui est rouge n'est pas viande, tout ce
qui est blanc n'est pas graisse ! Marchands, j'ai ici la
perle unique, inestimable. A combien vais-je la proposer ?

— A quatre mille cinq cents dinars, dit un marchand.

Le maître des enchères les ouvrit à ce prix.

Or, au même instant, passait par le marché le vizir
al-Mu'în b. Sâwî. Apercevant Nûr ad-Dîn 'Alî, debout
tout au fond, il se demanda ce qu'il pouvait bien faire
là. « Ce mauvais sujet, se dit-il, a-t-il encore de quoi
acheter des esclaves ? » Il regarda de plus près, entendit le crieur, entouré des marchands, annoncer les
enchères à tout le marché. C'était clair : Nûr ad-Dîn,
ruiné, avait emmené son esclave pour la vendre ; quelle
douce revanche pour son cœur à lui ! Il appela le
maître des enchères, qui vint baiser le sol devant lui :

— Je veux cette esclave que tu proposes !

Il n'était pas question de dire non.

— Seigneur, par Dieu, ce sera fait ! répondit l'autre,
qui amena l'esclave et la présenta au vizir.

Émerveillé, celui-ci demanda :

— Quel est ton prix, Ḥasan ?

— Les enchères ont été ouvertes à quatre mille cinq
cents dinars.

— Je la prends à ce prix.

A ces mots, les marchands, connaissant la tyrannie
du vizir, renoncèrent, comme un seul homme, à ren-
chérir d'un seul dirham et en restèrent là.

Tourné vers le maître des enchères, al-Mu'în b. Sâwî
lui dit :

— Et alors ? Tu restes planté là ? Va, et annonce
pour moi, au vendeur, quatre mille dinars. Les cinq
cents autres seront ta commission.

Le maître des enchères vint dire à Nûr ad-Dîn :

— Seigneur, l'esclave s'est envolée, et pour rien.

— Quoi ?

— J'ai ouvert les enchères à quatre mille cinq cents dinars mais al-Mu'în b. Sâwî, ce tyran, passait par le marché. Il a vu la fille, qui l'a émerveillé, et il m'a dit d'annoncer pour lui au vendeur un prix de quatre mille dinars, avec une commission de cinq cents en ma faveur. À mon avis, il a su que la fille était à toi. S'il t'en donne là, maintenant, son prix, tu pourras t'estimer heureux. Mais je connais trop l'injustice de cet homme : il va te donner une lettre de change pour l'un de ses agents, et envoyer après toi quelqu'un avec consigne de ne pas payer. Chaque fois que tu iras réclamer ton dû, l'autre te dira qu'il va le faire, sans faute, et cela durera des jours et des jours. Tu as de l'amour-propre, tu réclameras toujours, lui poussera les hauts cris devant ton insistance, il te demandera de lui montrer encore une fois cette fameuse lettre ; quand il l'aura, il la déchirera et le prix de l'esclave sera parti en fumée.

— Mais comment faire alors ?

— Je m'en vais te donner un conseil qui, si tu le suis, te fera le plus grand bien du monde.

— Et lequel ?

— Tu vas venir là, tout de suite, près de moi, au beau milieu du marché. Tu m'arraches la fille, tu la griffes, tu lui dis : « Salope ! Tu vois que j'ai tenu mon serment ! Je te l'avais bien dit, que je t'emmènerais au marché, que je t'y forcerais, que je demanderais, sans faute, qu'on te mette aux enchères ! » Si tu agis ainsi, on peut espérer que la ruse prendra sur le vizir et sur les gens : ils penseront que tu n'as amené la fille au marché que pour aller jusqu'au bout de la menace que tu t'étais jurée !

— Quelle bonne idée ! s'écria Nûr ad-Dîn.

Le maître des enchères vint alors, en plein

marché, prendre la fille par la main et dire, sur un signe au vizir al-Mu'în b. Sâwî :

— Seigneur, voici le maître de cette femme qui arrive !

On vit aussitôt Nûr ad-Dîn venir près du maître des enchères, la lui arracher des mains et la frapper de ses poings en criant :

— Salope ! Te voilà donc au marché ! Mon serment est tenu ! Et maintenant, à la maison, et ne t'avise plus de me tenir tête ! Tu ne t'imaginais quand même pas, garce, que j'avais à ce point besoin d'argent pour te vendre ? J'aurais obtenu je ne sais combien de fois plus en vendant mon mobilier !

Al-Mu'în b. Sâwî, fixant Nûr ad-Dîn, s'écria :

— La peste soit de toi ! Est-ce qu'il te reste seulement la moindre chose à vendre, la moindre chose que l'on puisse acheter ?

Il voulut, là-dessus, mettre la main sur Nûr ad-Dîn. Celui-ci, voyant autour de lui les marchands, qui l'aimaient bien, leur dit :

— Mon sort dépend de vous ! Vous connaissez la tyrannie de cet homme !

— Par Dieu, répliqua le vizir, sans vous, je le tuerais.

Les marchands, de l'œil, firent signe à Nûr ad-Dîn de s'éloigner.

— Aucun de nous, dirent-ils, ne veut être impliqué dans vos démêlés.

Mais Nûr ad-Dîn, qui ne manquait pas de courage, s'approcha du vizir, le tira de sa selle et le jeta au sol, où il tomba au beau milieu d'un tas de boue préparée pour la fabrication des briques. Nûr ad-Dîn le gifla, le bourra de coups de poing. L'un d'eux atteignit le vizir aux dents et le sang lui rougit la barbe. Ses dix gardes, voyant la façon dont on traitait leur maître, mirent la main à la garde de leur épée et se dispo-

saient à la tirer pour se ruer sur Nûr ad-Dîn pour le
mettre en pièces, quand la foule s'écria :

— Celui-ci est vizir et celui-là fils de vizir. Qui sait
s'ils ne se remettront pas d'accord à un autre moment ?
Auquel cas vous les aurez l'un et l'autre contre vous.
Mais peut-être aussi que votre maître chutera un jour ?
Auquel cas vous périrez tous de la plus affreuse des
morts. Il vaut beaucoup mieux que vous n'interveniez
pas.

Quand Nûr ad-Dîn 'Alî en eut assez de rosser le vizir,
il revint chez lui avec son esclave. Al-Mu'în b. Sâwî,
lui, s'en alla vêtu de trois couleurs, le noir de la boue, le
rouge du sang, et le gris. Se voyant en cet état, il se fit
donner un bout de natte qu'il appliqua sur sa nuque et
prit en main deux touffes d'alfa. Arrivé devant le
château du sultan, il cria :

— Ô roi de ce temps, justice, justice !

On l'introduisit devant le souverain qui, en le regardant attentivement, reconnut son grand vizir.

— Qui donc t'a mis en cet état ? demanda-t-il.

Al-Mu'în b. Sâwî, pleurant et sanglotant, répondit
par ces vers :

> *Le sort doit-il m'outrager quand tu es maître du sort ?*
> *les loups me dévorer quand tu es le lion ?*
> *Quand tous les assoiffés s'abreuvent à tes fontaines,*
> *vais-je rester sans boire à portée de la pluie ?*

— Ô roi, poursuivit le vizir, mon sort est celui de
tous ceux qui t'aiment et te servent.

— Pas de détours, l'interrompit le roi, dis-moi ce qui
t'est arrivé, et qui t'a traité ainsi. Car qui t'offense
m'offense.

— Sache, seigneur, que je m'en étais allé, ce jour, au
marché aux esclaves, dans l'intention d'y acheter une
cuisinière. J'ai découvert alors une fille plus belle que

tout ce que j'avais pu voir jusque-là. Désirant
l'acheter pour le sultan mon maître, j'ai demandé,
au maître des enchères, qui elle était et à qui elle
était. Il m'a répondu qu'elle appartenait à 'Alî, le
fils d'al-Faḍl b. Khâqân et que le sultan mon maître
avait jadis remis à ce dernier dix mille dinars pour
l'achat d'une belle esclave; qu'al-Faḍl avait bien
acheté cette fille-là, mais que, ébloui par elle, il
avait préféré en priver le sultan pour la donner à
son fils, lequel, à la mort de son père, a vendu tout
ce qu'il possédait, biens, jardins, vaisselles, si bien
que, ruiné, il a emmené la fille au marché pour la
vendre. Le maître des enchères, à qui il l'a remise, a
engagé la vente et, les marchands enchérissant, le
prix a grimpé jusqu'à quatre mille dinars. J'ai pensé
alors acheter la fille pour notre seigneur le sultan
qui était le premier à avoir donné de l'argent pour
elle. J'ai donc prié Nûr ad-Dîn de recevoir, pour
prix de la vente, quatre mille dinars. Mais lui, son
regard fixé sur moi : « Veillard porte-guigne, je la
vendrais à un juif ou à un chrétien plutôt qu'à
toi ! » J'ai répliqué que je ne l'achetais pas pour
moi, mais pour notre maître et bienfaiteur le sultan.
Alors, fou de rage à ces mots, il m'a tiré de mon
cheval, précipité au sol malgré mon grand âge,
frappé de ses mains et de ses poings, et laissé tel
que tu me vois. Tout cela parce que j'ai voulu
t'acheter cette esclave.

Le vizir se jeta à terre, pleurant et tremblant. Le
sultan, le voyant en cet état et saisi de son récit, se
leva, la colère lui enflant les veines entre les deux
sourcils. Il s'adressa aux dignitaires du royaume :
aussitôt, quarante hommes furent là, le sabre prêt à
frapper.

— Allez sur-le-champ, leur dit-il, à la maison de
Nûr ad-Dîn 'Alî, pillez-la, détruisez-la et emmenez-

les-moi, lui et son esclave, enchaînés : je veux les voir traînés devant moi sans plus attendre.

Les quarante obéirent, s'équipèrent et se mirent en marche vers la maison de Nûr ad-Dîn.

Il y avait heureusement, chez le sultan, un chambellan, 'Alam ad-Dîn Sanjar, un ancien garde d'al-Faḍl b. Khâqân, le père de Nûr ad-Dîn 'Alî. Il avait gravi les échelons jusqu'à se retrouver chambellan du souverain. Ayant entendu l'ordre de celui-ci et vu les ennemis du fils de son ancien maître se préparer à le tuer, il n'en put mais et, quittant le sultan, enfourcha son cheval et s'en fut d'un trait chez Nûr ad-Dîn 'Alî. Il frappa : Nûr ad-Dîn sortit et le reconnut.

— Seigneur, dit Sanjar, l'heure n'est pas aux salutations ni à quelque parole que ce soit. Écoute plutôt le poète !

Et il récita :

> *Pense à sauver ta vie si tu rencontres un tyran,*
> *et laisse ta maison pleurer celui qui l'a bâtie.*
> *Tu trouveras toujours un pays ou un autre,*
> *mais pas une autre vie pour remplacer la tienne.*

— Mais que se passe-t-il donc, 'Alam ad-Dîn ? s'écria le jeune homme.

— Allons, supplia le chambellan, sauve ta vie et celle de ton esclave ! Al-Mu'în b. Sâwî a tendu contre vous un piège ; si vous tombez entre ses mains, il vous tuera. Le sultan envoie vers vous quarante hommes, l'épée à la main. Écoute-moi : fuyez vite avant qu'il vous arrive malheur !

Sanjar alors mit la main à sa ceinture et y prit, dans une bourse, quarante dinars qu'il remit à Nûr ad-Dîn, avec ces mots :

— Prends ceci et pars avec. Je t'aurais donné plus si j'avais pu. Mais ce n'est pas le moment de discuter.

Nûr ad-Dîn alla trouver son esclave et la mit au courant. Tremblante jusqu'au bout des mains, elle le suivit aussitôt jusqu'au-dehors de la ville, Dieu ayant bien voulu dérober leur fuite. Arrivés au bord de la mer, ils y virent un bateau prêt au départ, et le capitaine, debout au milieu, qui disait :

— J'espère que tout le monde est paré : plus de provisions à prendre, plus d'adieux à faire à la famille, rien d'oublié ? C'est le moment, car nous allons partir !

— Tout est réglé, répondirent les passagers comme un seul homme.

— Alors, détachez les cordes et libérez les pieux d'amarrage !

— Où allez-vous, capitaine ? cria Nûr ad-Dîn 'Alî.

— À la ville du Salut, à Bagdad.

Et l'aube chassant la nuit, Shahrâzâd dut interrompre son récit.

Quand ce fut la trente-sixième nuit, elle dit :

On raconte encore, Sire, ô roi bienheureux, qu'en entendant le capitaine dire que son bateau partait pour Bagdad, Nûr ad-Dîn 'Alî et son esclave montèrent à bord. Les voiles furent déployées et le bateau, lancé, sortit du port aussi léger que l'oiseau battant des ailes, à l'image de ce que dit joliment un poète :

Suis des yeux le bateau : il captivera ton regard ;
  il va, il court plus vite que le vent,
Pareil à l'oiseau qui déploie ses ailes
  pour s'abattre sur l'eau depuis le haut des cieux.

Et le bateau les emmena tous par un vent favorable.

Revenons maintenant aux soldats, quand ils arrivèrent à la maison du fils du vizir, Nûr ad-Dîn 'Alî. Brisant les portes et se répandant partout, ils ne trouvèrent cependant nulle trace du jeune homme et de son esclave. Laissant les lieux dévastés, ils revinrent informer le sultan qui leur dit :

— Cherchez partout, où qu'ils soient !

Ils s'en furent exécuter l'ordre, cependant que le vizir al-Mu'în b. Sâwî rentrait chez lui, revêtu d'une robe d'apparat offerte par le souverain et le cœur réconforté par les paroles de celui-ci, qui lui avait souhaité longue vie et juré qu'il se chargerait personnellement de réparer l'affront subi. Le roi fit donc proclamer par la ville que quiconque trouverait Nûr ad-Dîn 'Alî et l'amènerait par-devant le sultan recevrait une robe d'apparat et mille dinars, qu'en revanche, si on le cachait ou si, connaissant sa retraite, on le tenait dans le secret, on recevrait le châtiment approprié. Mais cette poursuite de Nûr ad-Dîn resta sans effet : nul ne savait ce qu'il était devenu.

Lui-même et son esclave arrivèrent sans encombre à Bagdad :

— Vous voilà à Bagdad, leur dit le capitaine, la ville où l'on est en paix, ignorée de l'hiver et de ses froidures, visitée du printemps et de ses roses, embellie de ses frondaisons et toute parcourue d'eaux vives !

Nûr ad-Dîn 'Alî et son esclave quittèrent le navire après avoir remis cinq dinars au capitaine. Ils allèrent çà et là, au hasard, jusqu'à des jardins : il y avait là un endroit impeccablement entretenu, agrémenté de longs bancs de pierre, de canaux suspendus où coulait de l'eau, le tout composant une sorte de ruelle couverte, tout au long, d'un treillage de roseau. Au milieu, une porte, malheureusement fermée, donnait sur un jardin.

— Quel bel endroit, mon Dieu ! s'écria Nûr ad-Dîn.

— Asseyons-nous un instant, seigneur, sur l'un de ces bancs pour nous y reposer, enchaîna Anîs al-Jalîs.

Ils s'assirent donc, puis se lavèrent les mains et le visage, et puis encore, saisis par la douceur de l'air, s'endormirent. Gloire à Celui que le sommeil ne prend jamais !

Or, ce jardin, dit du Délice et qui renfermait un palais, celui de la Joie et des Statues, appartenait au calife, Hârûn ar-Rashîd, qui venait, lorsqu'il avait le cœur chagrin, se reposer dans le jardin ou le château. Ce dernier avait quatre-vingts fenêtres et, à chacune d'elles, une lampe suspendue. Au centre de l'édifice était un grand chandelier d'or. Quand le calife venait au château, il faisait ouvrir les fenêtres par ses servantes et les priait de chanter, ainsi que son familier Isḥâq b. Ibrâhîm, pour avoir l'âme plus sereine et chasser son souci. Le jardin était commis aux soins d'un très vieil intendant nommé Shaykh Ibrâhîm ; quand il sortait pour accomplir sa tâche, il trouvait des flâneurs, et des prostituées aussi. Furieux au plus haut point, notre Shaykh Ibrâhîm patienta quelque temps, mais un jour, voyant venir le calife, il lui dit ce qui se passait.

— Qui que ce soit que tu trouves à la porte du jardin, lui répondit Hârûn ar-Rashîd, fais ce que tu voudras.

Nous voilà donc ce fameux jour. L'intendant, Shaykh Ibrâhîm, sort pour quelque chose qu'il avait à faire et trouve nos deux jeunes gens endormis à la porte du jardin, enveloppés dans un même pan de vêtement. Il s'écrie :

— Par Dieu, la bonne affaire ! Ces deux-là ignorent que le calife m'a donné ordre et permission de tuer tous ceux que je trouverais ici. Je m'en vais te leur administrer une de ces corrections ! Comme cela, personne ne s'approchera plus de la porte du jardin !

Il coupe une feuille de palmier bien verte, s'en va vers eux, lève son bras, jusqu'à dénuder la blancheur de l'aisselle et s'apprête à frapper. Et puis, il réfléchit : va-t-il frapper alors qu'il ne sait rien d'eux ? Ce sont peut-être des étrangers, des voyageurs que le hasard a jetés jusque-là ; mieux vaut d'abord découvrir leurs visages et les regarder un peu.

Il retire donc le tissu qui cache leurs visages : décidément, ils sont trop beaux pour qu'il les frappe. Il remet le tissu en place, masse les pieds de Nûr ad-Dîn, qui ouvre les yeux et aperçoit, à ses pieds, un très vieil homme inspirant le plus grand respect. Nûr ad-Dîn a honte, il replie ses jambes, s'assied, très vite, pour prendre la main du vieillard et la baiser.

— D'où viens-tu, mon enfant ? demande Shaykh Ibrâhîm.

— Nous sommes étrangers, seigneur, répond Nûr ad-Dîn qui ne peut retenir ses larmes.

— Mon enfant, sache que le Prophète — sur lui les bénédictions et le salut ! — a recommandé de bien traiter l'étranger. Pourquoi n'irais-tu pas en ce jardin, pour t'y promener et délasser ?

— Mais à qui est-il, seigneur ?

— Je l'ai hérité, mon enfant, de ma famille.

Le vieil homme, par ces paroles, n'avait pas d'autre intention que de rassurer les deux jeunes gens et de les inciter à passer dans le jardin. Aussi bien Nûr ad-Dîn remercia-t-il Shaykh Ibrâhîm et le suivit-il avec Anîs al-Jâlîs. Le jardin — et quel jardin ! — s'ouvrait par une petite porte voûtée à la façon d'un porche ouvrant sur une grande salle et agrémentée de vignes aux raisins variés, rouges comme l'hyacinthe ou d'un noir d'ébène. Les visiteurs passèrent sous une tonnelle où se voyaient des fruits, isolés ou en grappes ; des oiseaux chantaient, dans la ramure, toutes sortes de mélodies, les rossignols lançaient sans cesse leurs variations, les tourterelles emplissaient l'espace de leur voix, les merles avaient des accents humains, les ramiers paraissaient ivres. Les arbres offraient, par paires, toutes sortes de fruits à déguster, un peu partout :

abricots-camphre, abricots-amandes, abricots du Khurâsân, prunes dont la couleur est celle de la beauté,
merises qui rendent aux dents leur blancheur, figues
mi-rouges, mi-blanches. Il y avait aussi des fleurs
d'oranger qui évoquaient la perle ou le corail, la rose
dont le rouge vient offusquer la joue pudique des
belles, la violette aussi éclatante qu'un soufre
enflammé dans la nuit, le myrte, la giroflée, la lavande,
l'anémone. Les feuilles se couronnaient des pleurs des
nuages, les marguerites riaient comme de blanches
dents, le narcisse jetait sur la rose les regards d'un
Noir, les cédrats évoquaient des coupes et les citrons
des billes d'or. Le sol se tapissait de fleurs aux mille
teintes, le printemps était là, il illuminait de sa joie
toutes choses, les ruisseaux n'étaient que murmures,
les oiseaux chansons, le vent bruissement, la saison
harmonie.

Shaykh Ibrâhîm et les deux jeunes gens pénétrèrent
dans la salle haute, dont ils admirèrent la beauté, avec
ses lampes, vous vous en souvenez, suspendues aux
fenêtres. Nûr ad-Dîn, se rappelant les étapes par où il
était passé, s'écria :

— Par Dieu, voilà au moins un moment merveilleux !

Anîs al-Jalîs et lui s'assirent, puis mangèrent, jusqu'à satiété, ce que le vieil homme leur présenta. Après
quoi, ils se lavèrent les mains et Nûr ad-Dîn, s'approchant d'une fenêtre, appela sa compagne. Quand elle
l'eut rejoint, ils contemplèrent les frondaisons chargées de toutes sortes de fruits. Se tournant vers Shaykh
Ibrâhîm, Nûr ad-Dîn lui dit :

— N'as-tu rien à boire ? On boit, en général, après
avoir mangé.

Il se vit offrir une eau fraîche et douce, mais déclara
que ce n'était pas ce qu'il souhaitait.

— Du vin, peut-être ? demanda Shaykh Ibrâhîm.

— Oui.

— Dieu m'en garde ! Voilà treize ans que je n'y ai pas touché ! Le Prophète — Dieu lui accorde Ses bénédictions et le salut ! — a maudit ceux qui le buvaient, ceux qui le faisaient, ceux qui le vendaient et ceux qui l'achetaient.

— Écoute deux mots là-dessus.

— J'écoute.

— Regarde ce maudit âne, là. S'il est maudit, en seras-tu toi-même affecté ?

— Non.

— Je te donne un dinar et deux dirhams, tu montes sur cet âne, tu vas au premier venu qui se présentera pour acheter du vin, tu diras : « Prends ces deux dirhams pour toi, avec le dinar achète-moi du vin et apporte-le-moi sur cet âne. » Ce n'est pas toi alors qui l'auras apporté ni acheté, et tu ne seras coupable de rien !

— Par Dieu, mon enfant, dit en riant le vieil homme, je n'ai jamais connu plus futé que toi, ni plus doux que tes paroles !

Shaykh Ibrâhîm fit ce que lui demandait Nûr ad-Dîn, lequel, après l'avoir remercié, lui dit :

— Nous voilà déjà tes obligés tous deux, mais il faut que tu nous fournisses sans rechigner ce dont nous avons besoin.

— Ma resserre est là (c'était le magasin réservé du Commandeur des croyants). Entre, prends ce que tu veux : tu trouveras plus que tu ne peux souhaiter.

Nûr ad-Dîn, y pénétrant, y vit des ustensiles d'or, d'argent, de cristal, rehaussés de toutes sortes de pierres précieuses. Il y prit ce qu'il voulut, aligna les vases, versa du vin dans les cruches et les bouteilles. Il était ravi, stupéfait. Le vieil homme présenta des fruits, des bouquets, puis alla s'asseoir, à l'écart. Les deux jeunes gens burent, prirent du bon temps, le vin s'empara d'eux, les joues rougirent, les yeux parlèrent d'amour, les cheveux devinrent plus fous, on changea de couleur. « Pourquoi, se dit Shaykh Ibrâhîm, rester ainsi loin d'eux ? Pourquoi ne pas m'asseoir en leur compagnie ? Quand me sera-t-il donné de me retrouver en présence de deux êtres pareils, beaux comme deux lunes ? »

Le vieil homme alors vint s'asseoir au bout de la salle.

— Je te salue, l'ami, s'écria Nûr ad-Dîn, approche, viens avec nous !

Shaykh Ibrâhîm obéit. Nûr ad-Dîn emplit un verre de vin et lui dit :

— Bois un peu, pour voir le goût qu'il a.

— Dieu m'en garde ! Cela fait treize ans que je n'y ai pas touché !

Nûr ad-Dîn, ne pensant plus à lui, but le verre et se coucha sur le sol, visiblement terrassé par l'ivresse. Anîs al-Jalîs, le voyant dans cet état, dit :

— Regarde un peu, Shaykh Ibrâhîm, comment il me traite !

— Qu'y a-t-il donc, madame ?

— Il fait toujours comme ça avec moi : il boit un bon moment, puis s'endort et me laisse seule, sans compagnie pour boire avec moi ni entendre de moi une chanson l'invitant à boire !

Le vieil homme, qui se sentait, par ces mots, porté vers la jeune femme par une grande affection, répondit qu'en effet ce n'était pas bien. Elle emplit un verre et reprit :

— Par ma vie, il te faut absolument prendre et boire, tu ne peux pas me refuser, tu dois consoler mon cœur !

Shaykh Ibrâhîm tendit la main, prit le verre et but. Anîs al-Jalîs en emplit un autre et le plaça sur le chandelier, avec ces mots :

— Il y a encore ça pour toi

— Par Dieu, j'en suis incapable. Ce que j'ai bu me suffit.

— Non, non, pas moyen de faire autrement !

Et le vieil homme but. Il s'apprêtait à faire de même pour un troisième verre qu'on lui offrait, mais voici que Nûr ad-Dîn, d'un seul coup, se redressait.

Et l'aube chassant la nuit, Shahrâzâd dut interrompre son récit.

Quand ce fut la trente-septième nuit, elle dit :

On raconte encore, Sire, ô roi bienheureux, que Nûr ad-Dîn se redressa tout d'un coup et, assis maintenant, dit au vieil homme :

— Mais que vois-je, Shaykh Ibrâhîm ? A l'instant, je t'invitais et tu refusais, en me disant que, depuis treize ans, tu te tenais à cette conduite !

— Ce n'est pas ma faute, répondit l'autre, penaud, c'est elle, là, qui m'a dit de boire.

Nûr ad-Dîn en rit et ils reprirent, tous trois assis, leurs entretiens.

— Seigneur, dit en cachette Anîs al-Jalîs à Nûr ad-Dîn, bois sans inviter Shaykh Ibrâhîm, je te promets qu'on va bien s'amuser !

Et la jeune femme de servir à boire à son maître, et celui-ci de lui rendre la pareille, tant et tant qu'à ce petit jeu le vieil homme n'y tint plus :

— Vous parlez d'une compagnie ! Dieu maudisse celui qui fait passer mon tour pour se remplir la panse ! Pourquoi ne me donnes-tu pas à boire, ami ? Qu'est-ce donc que ces manières, mon bon ?

Les deux autres rirent si fort qu'ils en tombèrent à la renverse. Puis ils burent, sans oublier le vieil homme, et la réunion se poursuivit ainsi jusqu'au tiers de la nuit.

Anîs al-Jalîs dit alors :

— Puis-je, Shaykh Ibrâhîm, avec ta permission, aller allumer une de ces lampes alignées ?

— Je t'en prie, mais une seule chandelle à chaque lampe.

La jeune femme se leva et, commençant à la première, alluma les quatre-vingts lampes. Après quoi, elle revint s'asseoir.

— Shaykh Ibrâhîm, dit alors Nûr ad-Dîn, si tu as pour moi un peu d'estime, tu me laisseras allumer une de ces lampes.

— Vas-y, mais n'allume qu'une chandelle. Et maintenant, cessez de m'importuner tous les deux.

Nûr ad-Dîn ajouta donc de la lumière aux quatre-vingts lampes, dont la lumière fit danser les lieux.

— Décidément, dit le vieil homme gagné par l'ivresse, vous tenez mieux le coup que moi.

Il se leva pour aller ouvrir les fenêtres, puis revint s'asseoir pendant que les deux autres continuaient d'échanger des propos et des vers, l'esprit transporté à la mesure des lieux.

Or, Dieu, qui sur toute chose a pouvoir et donne à toute chose sa cause, voulut qu'à ce moment le calife laissât traîner son regard par les fenêtres qui étaient du côté du Tigre. Il vit, sous la clarté de la lune, les lampes et les chandelles dont l'éclat se reflétait dans le fleuve. L'esprit ainsi attiré, il aperçut le château du Jardin, qui dansait sous l'effet de ces lumières. Il fit appeler Ja'far le Barmécide, qui se rendit aussitôt en présence du Commandeur des croyants.

— Chien de vizir, dit le calife, c'est ainsi que l'on me prend cette ville de Bagdad sans me le dire ?

— Mais à quoi tendent ces paroles ?

— Si tu ne m'avais pris cette ville, le château ne serait pas illuminé de lampes et de chandelles, ni les fenêtres ouvertes. La peste soit de toi ! Après cette audace, il ne te reste plus qu'à me prendre le trône !

Ja'far, dont le cou tremblant trahissait la frayeur,

demanda au calife qui l'avait renseigné ainsi sur le château et ses fenêtres.

— Viens donc ici, près de moi, et vois! répondit Hârûn ar-Rashîd.

Ja'far obéit et, regardant du côté du jardin, aperçut le château tout illuminé de ses lampes sur le fond sombre de la nuit.

Il voulut alors trouver une excuse à l'intendant, Shaykh Ibrâhîm : tout cela, après tout, pouvait se passer avec sa permission et devait s'expliquer par quelque nécessité.

— Commandeur des croyants, dit-il, il me revient que, vendredi dernier, Shaykh Ibrâhîm m'a dit qu'il souhaitait faire fête à ses fils pendant que tu vivais et que je vivais. Et comme je lui demandais de me préciser son vœu, il me demanda d'obtenir de toi permission de circoncire ses fils au château. Je lui ai dit de partir le faire et que, de mon côté, j'irais trouver le calife pour le mettre au courant. Il m'a donc quitté aussitôt et moi, j'ai oublié.

— C'était une faute, Ja'far, dit le calife, mais en voici deux à présent : premièrement, tu ne m'as pas averti ; deuxièmement, tu n'as pas répondu au souhait de Shaykh Ibrâhîm, lequel n'est pas venu te tenir ce discours sans te faire comprendre par là qu'il avait besoin d'un peu d'argent pour l'aider. Et toi, tu ne lui as rien donné et tu ne m'as rien dit.

— J'ai oublié, Commandeur des croyants.

— Au nom de mes pères et ancêtres, je ne passerai pas le reste de la nuit loin de lui ! C'est un homme de bien, qui s'occupe des vieilles gens et des pauvres, qui les invite et les rassemble autour de lui. La prière d'un seul d'entre eux peut nous attirer des bienfaits en ce monde et dans l'autre. Il y a tout intérêt à être auprès de Shaykh Ibrâhîm, et puis, cela lui fera plaisir.

— Commandeur des croyants, il est bien tard, et ils sont près d'en finir à l'heure qu'il est.

— Non ! Il faut absolument y aller !

Ja'far se tut, désemparé et ne sachant que faire ; mais le calife se levait, il fallait, avec le serviteur Masrûr, et à l'imitation du souverain, se déguiser, sous des habits de marchand, puis le précéder pour descendre du palais, passer par les ruelles et arriver enfin à la porte du fameux jardin. Le calife s'avança, la vit ouverte, s'étonna :

— Regarde un peu, Ja'far ! Shaykh Ibrâhîm a laissé la porte ouverte ! À cette heure ! Ça ne lui ressemble pas !

Ils entrèrent et, tout au fond du jardin, s'arrêtèrent sous les murs du palais.

— Je veux, Ja'far, dit le calife, me glisser jusqu'à eux avant de me montrer. Je veux voir ce qu'ils font, et savoir pourquoi cette vénérable assemblée ne nous fait pas entendre le moindre bruit, la moindre voix d'un saint homme occupé à chanter Dieu !

Le calife, explorant les lieux, découvrit un noyer, très haut :

— Ja'far, je m'en vais y monter ! les branches arrivent tout près des fenêtres. Je pourrai regarder ce qu'ils font.

Et le calife, grimpant sur l'arbre, se hissant de branche en branche, se trouva finalement sur celle qui faisait face à une fenêtre. Il s'assit, regarda : par la fenêtre, il vit deux jeunes gens beaux comme des lunes — louange à leur Créateur qui les avait façonnés ainsi ! — et Shaykh Ibrâhîm assis, le verre en main et qui disait :

— Ô dame de Beauté, boire sans musique, c'est vivre en bouseux.

Et de chanter ces vers qu'il avait appris :

Jeunes et vieux, faites passer le verre,
  acceptez-le de la main d'une beauté aussi éclatante que
  la lune,

Et ne buvez pas sans chansons,
  car même le cheval ne peut boire en silence.

En voyant l'état de Shaykh Ibrâhîm, le calife, irrité
si fort que les veines de son front en tremblaient,
descendit de son arbre.

— Ja'far, dit-il, je n'ai vu là rien qui ressemble à une
pieuse assemblée. Mais monte toi aussi sur cet arbre, et
regarde, afin de ne rien perdre de la bénédiction qui
s'attache à ces gens.

Ja'far, que ces paroles laissaient fort incertain sur
son sort, grimpa dans l'arbre, regarda, vit Nûr ad-Dîn,
l'esclave et Shaykh Ibrâhîm toujours verre en main. La
situation était claire : il était perdu. Il redescendit et,
revenu devant le calife, s'entendit dire :

— Loué soit Dieu, Ja'far, qui nous a mis au rang de
ceux qui suivent strictement la Loi !

Ja'far restant muet de honte, le calife reprit, l'œil
fixé sur lui :

— Eh bien, qui a donc amené ces gens-là jusqu'ici,
qui les a introduits dans mon château ? Cela dit, d'aussi
beaux que ce garçon et cette fille, je n'en ai jamais vu.

Ja'far vit là une occasion de reconquérir le cœur du
calife :

— Ah ! Tu as bien raison, souverain, notre maître !

— Remonte donc avec moi, Ja'far, sur cette
branche, en face de la fenêtre, nous les regarderons
tout à loisir.

Tous deux reprirent donc leur place dans l'arbre,
pour entendre Shaykh Ibrâhîm qui disait :

— Madame, tu as bu toute pudeur en buvant le vin,
mais le plaisir qu'il donne ne va pas sans la chanson du
luth.

Anîs al-Jalîs approuva :

— Par Dieu, Shaykh Ibrâhîm, si nous avions de quoi
faire de la musique, notre bonheur serait parfait.

À ces mots, le vieil homme se leva.

— Où est-il donc passé, et pour quoi faire ? dit le calife à Ja'far.

Celui-ci avoua son ignorance. Mais le vieillard réapparaissait avec un luth. Le calife, regardant attentivement celui-ci, y reconnut le luth de son familier Abû Isḥâq.

— Par Dieu, s'écria-t-il, si cette fille chante comme une sauvage, je jure que je vous fais crucifier tous ! Si elle chante bien, je fais grâce aux autres et te réserverai la croix, Ja'far !

— Mon Dieu, dit alors Ja'far, faites qu'elle chante mal !

— Et pourquoi donc ?

— Si tu nous fais tous crucifier, nous pourrons nous tenir compagnie !

Ces propos firent rire le calife, cependant que la jeune esclave, prenant le luth, l'examinait, puis l'accordait, en tirait quelques accords qui faisaient voler les cœurs vers elle. Alors, elle chanta ces vers :

Au secours ! À nous, les malheureux, les amants !
  le feu de la passion, du désir, nous consume !
Faites de nous ce qu'il vous plaît : nous l'assumons ;
  nous implorons votre secours, ne vous riez pas de notre
  malheur !
Nous sommes faits d'humilité et de misère ;
  faites de nous, ami, ce qu'il vous plaira !
Tuez-nous donc sous votre toit : à ce crime
  l'horreur, et non l'honneur, aura tout à gagner !

— Ja'far, s'écria le calife, que c'est beau ! De toute ma vie, je n'ai entendu une voix aussi émouvante !

— On dirait, répondit Ja'far, que le courroux du calife a fait long feu.

— Oui, c'est oublié.

Redescendu de l'arbre avec Ja'far, Hârûn ar-Rashîd reprit :

— Je veux maintenant aller là-haut, m'asseoir en leur compagnie, entendre cette fille chanter, là, devant moi !

— Commandeur des croyants, si tu le fais, tu vas les troubler, et Shaykh Ibrâhîm risque de mourir de frayeur.

— Il faut absolument, Ja'far, que tu me dises le moyen de m'introduire jusqu'à eux sans qu'ils devinent, en me voyant, qui je suis.

Le calife et Ja'far s'en allèrent alors vers le Tigre en méditant sur la situation. Ils virent un pêcheur, tout à son affaire, sous les fenêtres du château. Or, le calife, quelques jours auparavant, s'en était pris à Shaykh Ibrâhîm :

— Qu'est-ce donc que ce bruit que j'entends, sous les fenêtres du château ?

— Ce sont des pêcheurs qui chantent.

— Chasse-les, avait ordonné le calife, et les pêcheurs avaient vidé les lieux.

Cette nuit-là, donc, un pêcheur, nommé Karîm, étant venu de ces côtés, avait trouvé la porte du jardin ouverte : négligence, se dit-il, dont il allait profiter pour pêcher. Il saisit son filet, le lança dans le fleuve, et voilà le calife, seul derrière lui, qui le reconnaît et l'appelle par son nom. En s'entendant nommer ainsi, le pêcheur se retourne, il voit le calife, il tremble, il s'écrie :

— Commandeur des croyants, je n'ai pas agi pour me moquer de tes ordres. La pauvreté, le soin de ma famille sont les seuls motifs de ma présence ici.

— Pêche donc, c'est moi qui t'en prie.

Le pêcheur, tout heureux, relança son filet et attendit qu'il eût touché le fond des eaux du fleuve.

Puis il le ramena : il contenait toutes sortes de poissons. Le calife, après avoir dit sa joie, ajouta :

— Karîm, enlève tes vêtements !

Le pêcheur obéit : il portait une robe de grosse laine
rapiécée en cent endroits, avec des théories de poux. De
sa tête, il retira un turban qu'il portait depuis trois ans
sans l'avoir jamais enlevé, sauf lorsqu'il y voyait un
accroc à rapiécer. Quand il se fut ainsi dévêtu, ce fut au
tour du calife de se défaire de deux robes, l'une
d'Alexandrie et l'autre de Balbek, en soie, plus une
chemise et une tunique. Il dit au pêcheur de passer tout
cela, lui-même endossant la robe du pêcheur et se
coiffant de son turban, dont il ramena un pan pour se
voiler le visage.

— Et maintenant, dit-il, retourne à ton travail !

Le pêcheur, plein de gratitude, lui baisa les pieds et
récita ces vers :

Si seulement mon merci était à la hauteur de tes
    bienfaits !
    tous les bonheurs possibles, tu m'en as comblé !
Toute ma vie, je te remercierai, et si je meurs,
    dans la tombe mes os te rendront grâce encore !

Le pêcheur n'avait pas fini que déjà les poux couraient sur la peau du calife. De la main droite, de la
gauche, il les saisissait sur sa nuque pour s'en débarrasser.

— La peste soit de toi, pêcheur, dit-il, ta robe n'est
rien qu'un boisseau de poux !

— Seigneur, c'est un mauvais moment à passer,
mais tu verras : dans une semaine, tu ne sentiras plus
rien et tu n'y penseras même plus !

— Maudit homme, reprit le calife en riant, je vais
donc garder cette robe sur moi ?

— Permets que je te dise un mot.

— Et quoi donc ? Parle.

— Il m'est venu à l'idée que, si tu as envie d'apprendre à pêcher pour avoir en main un métier qui te rapporte, alors cette robe te va à merveille !

Le calife rit de nouveau aux paroles du pêcheur, lequel partit là où il avait à faire. Hârûn ar-Rashîd prit le panier à poissons, en recouvrit le contenu de quelques herbes et s'en revint trouver Ja'far. Celui-ci, le prenant pour Karîm, eut peur pour lui :

— Qu'est-ce que tu viens faire par ici ? Sauve-toi ! Le calife est dans le jardin, cette nuit même ! S'il te voit, ta tête vole !

Ces mots firent rire le calife, et ainsi Ja'far le reconnut :

— Se pourrait-il que tu sois le souverain, notre maître ?

— Eh oui, Ja'far. Tu es mon vizir, tu es venu ici avec moi et tu ne me reconnais pas. Comment Shaykh Ibrâhîm saurait-il qui je suis, ivre comme nous l'avons vu ? Reste ici jusqu'à mon retour.

— T'écouter, c'est obéir.

Le calife vint à la porte du château, où il frappa discrètement.

Nûr ad-Dîn s'écria :

— On frappe, Shaykh Ibrâhîm !

— Qui est là ?

— Moi, Shaykh Ibrâhîm !

— Qui ça, moi ?

— Karîm, le pêcheur. On m'a dit que tu recevais. Je suis venu t'apporter du poisson, et du bon !

En entendant parler de poisson, Nûr ad-Dîn et la jeune esclave, tout heureux, prièrent Shaykh Ibrâhîm d'ouvrir au pêcheur et à son poisson. Le vieil homme s'exécuta. Le pêcheur, ou plutôt le calife, entra et salua la compagnie. Shaykh Ibrâhîm lui répondit :

— Bienvenue au fripon, au filou, au joueur !
Approche ! Fais-moi voir ton poisson !

Il était frais, tout vif encore.

— Oh ! le beau poisson ! s'écria Anîs al-Jalîs, on le
fait frire ? Oh oui !

— Bonne idée ! répondit le vieil homme, puis :

— Pêcheur, pourquoi donc ne pas l'avoir proposé
tout frit ? Va, fais-le frire et apporte-le-nous !

— À vos ordres ! Je m'en occupe.

— Va donc, et vite !

Le calife courut retrouver Ja'far et appela :

— Ja'far !

— Oui, Commandeur des croyants ! Tout va bien ?

— Ils me demandent du poisson frit.

— Donne-le-moi, je vais le leur préparer.

— Par le tombeau de mes pères et de mes aïeux, si
quelqu'un le fait frire, ce sera moi, de mes propres
mains !

Hârûn ar-Rashîd se rendit alors dans la cabane de
l'intendant, où il trouva tout ce qu'il fallait, et même
sel, safran, origan et autres condiments. Il mit à
chauffer, sur le fourneau, le poêlon, et laissa frire à
petit feu. Quand ce fut à point, il installa le poisson sur
des feuilles de bananier. Au jardin, il cueillit des
limons et des citrons, et s'en fut présenter son poisson.
Les trois convives, lorsqu'ils eurent achevé de manger,
se lavèrent les mains, Nûr ad-Dîn s'écriant alors :

— Par Dieu, pêcheur, tu nous as traités cette nuit de
bien belle manière !

Et tirant de sa poche trois des dinars que lui avait
remis Sanjar lorsqu'il se préparait à partir :

— Pardonne-moi, pêcheur ! Par Dieu, si tu m'avais
connu avant ce qui m'est arrivé, je t'aurais pour
toujours libéré le cœur de l'amertume de la pauvreté.
Accepte au moins cela, avec ma bénédiction !

Le calife prit donc les dinars que lui donnait Nûr ad-

Dîn, embrassa les trois convives, les embobina : il donnait ainsi le change pour arriver, en réalité, à entendre chanter la jeune femme.

— Tu agis noblement, dit-il à Nûr ad-Dîn, et je te rends grâces. Mais j'aimerais bien que tu m'en fasses une autre, et insigne : que cette personne, là, nous chante un air, que je l'entende.

— Je compte sur toi, Anîs al-Jalîs, dit Nûr ad-Dîn.

— Volontiers.

— Je t'en prie, chante-nous quelque chose pour faire plaisir à ce pêcheur qui brûle de t'entendre.

Sur ces mots, Anîs al-Jalîs prit le luth, l'accorda, en tira quelques notes et chanta ces vers ·

Les doigts de la belle ont saisi le luth,
  et sous leur battement notre âme retrouvée s'exalte.
Elle chante et son chant guérit celui qui était sourd,
  et un « bravo » sonore monte des lèvres du muet.

De merveilleux accords suivirent, qui laissèrent les esprits stupéfaits. Après quoi, ce fut une nouvelle chanson :

Grand honneur vous nous faites en venant jusqu'à notre
  pays,
  votre splendeur efface les ombres de la terre.
Il n'est que juste que je vous parfume ma maison
  de musc, d'eau de rose et de camphre.

Le calife se sentit saisi de trouble et d'amour. Il ne se possédait plus et, dans son émotion extrême, ne put que répéter :

— Mon Dieu, que c'est beau ! Mon Dieu, que c'est beau ! Mon Dieu, que c'est beau !

Et Nûr ad-Dîn :

— La fille t'a plu, pêcheur ?

— Ah ! oui, grand Dieu !

— Eh bien ! Je te la donne, pour rien et sans réciprocité : c'est un effet de ma bonté.

Nûr ad-Dîn alors se leva, prit une tunique qu'il fit passer au pêcheur et s'apprêta à congédier celui-ci en compagnie de la jeune femme. Mais Anîs al-Jalîs le regarda et lui dit :

— Seigneur, tu me quittes sans me dire adieu. Si cela doit être, attends un peu, que je te dise cet adieu, et aussi ce que je ressens. Et de réciter ces vers :

J'ai tant d'amour en moi, tant de désir, tant de douleur,
*   tant et tant de faiblesse que mon corps n'est plus qu'un*
*   fantôme.*
Ne me dis pas, amour, que tu m'as oubliée :
*   mon mal fait suite à mon mal, et ma peine toujours*
*   redouble.*
Si quelqu'un venait se baigner dans mes larmes,
*   je serais la première, moi, à me plonger dans les*
*   siennes.*
Ton amour a pris possession de mon cœur,
*   aussi fort qu'en la coupe le vin se mêle à l'eau.*
Ne plus te voir était tout ce que je craignais,
*   ô toi dont l'amour se joue de mon cœur, de tout mon*
*   être !*
Ô toi, Ibn Khâqân, toi ma prière, toi mon espoir,
*   toi dont l'amour jamais n'abandonna mon cœur !*
Pour moi tu affrontas notre maître et seigneur,
*   pour moi, te voici exilé loin de ton pays !*
Dieu fasse que mon maître ne regrette jamais de m'avoir
*   perdue,*
*   lui qui m'a donnée à un homme généreux et digne de*
*   louange !*

A ces vers, Nûr ad-Dîn répondit par d'autres :

Nous allions nous quitter, elle m'a dit adieu,
   pleurant de trop de mal et de trop de désir :
« Que vas-tu devenir lorsque je serai loin ? »
   et moi : « Pose cette question à qui pourrait survivre ! »

Depuis qu'il avait entendu chanter ces mots : « Lui qui m'a donnée à un homme généreux », le calife s'était senti redoubler d'affection pour la jeune femme. La séparer de celui qu'elle aimait le peinait, le chagrinait.

— Seigneur, dit-il à Nûr ad-Dîn, cette fille a dit, dans son poème, que tu avais affronté le maître à qui elle était. Apprends-moi, toi, à qui tu t'en es pris, qui a le droit de te poursuivre.

— Par Dieu, pêcheur, répondit Nûr ad-Dîn, cette femme et moi avons connu une fort étrange et incroyable aventure, qui serait de bonne leçon à tous si on l'écrivait d'une fine pointe au coin des yeux.

— Tu vas donc nous dire, j'espère, ce qui t'est arrivé, nous raconter toute l'affaire : peut-être t'en sentiras-tu soulagé, car la délivrance, grâce à Dieu, est proche souvent.

— Souhaites-tu, pêcheur, écouter notre histoire en vers ou en prose ?

— La prose est discours et le vers est vers.

Nûr ad-Dîn alors, tête penchée, chanta ce poème :

J'ai laissé, mon ami, le sommeil pour toujours,
   je pense à mon pays, si loin, et mon chagrin redouble.
J'avais, veillant sur moi, la tendresse d'un père
   qui m'a quitté pour devenir compagnon de la tombe,
Et depuis, les malheurs ont fondu sur moi
   pour me réduire à cet état, le cœur brisé.
Il m'avait acheté une jeune et très belle fille,
   dont la taille ployée faisait honte au rameau.
Tout mon bien hérité, je l'ai perdu pour elle

*et pour les grands de ce monde que j'ai traités avec
    honneur.*
*C'en était trop : je fus, au désespoir, obligé de la vendre
    quand tout en moi refusait de la voir s'éloigner.*
*On la mit aux enchères : à la voix du crieur,
    un vieux débauché vint surenchérir.*
*Moi, je fus saisi d'un courroux extrême,
    j'arrachai la fille des mains de ces fripons.*
*Ce vaurien, fou de colère, m'assomma de son poing,
    tout entier pris par la rage de se battre.*
*Je pris feu, le frappai de ma main droite
    et de la gauche, pour me soulager le cœur,*
*Et puis, saisi de peur, je gagnai ma maison,
    m'y cachai, tremblant à la pensée de mes ennemis.*
*Le gouverneur voulait qu'on se saisît de moi,
    mais vint le chambellan fidèle et loyal :*
*Il me dit de m'enfuir, loin,
    de me soustraire à tous ces gens, de dépiter ainsi tous
    ces envieux.*
*Nous avons quitté la maison sous le couvert de la nuit
    et cherché refuge à Bagdad.*
*Il ne me reste rien de mes trésors
    que ce que je t'ai donné, ô pêcheur.*
*Mais ce que je te donne est l'amour de mon cœur,
    que dis-je, c'est mon cœur, sois sûr, que je te donne.*

— Seigneur Nûr ad-Dîn, dit alors le calife, explique-moi un peu tout cela.

Et Nûr ad-Dîn raconta toute son aventure, du début à la fin. Après quoi, le calife demanda :

— Et où veux-tu donc aller maintenant ?

— Le pays de Dieu est vaste...

— Et si je t'écrivais une lettre pour le sultan Muḥammad b. Sulaymân az-Zaynî ? Quand il l'aurait lue, il ne te ferait plus de mal ni ne chercherait à te nuire.

Et l'aube chassant la nuit, Shahrâzâd dut interrompre son récit.

Quand ce fut la trente-huitième nuit elle dit :
On raconte encore, Sire, ô roi bienheureux, que lorsque le calife eut proposé à Nûr ad-Dîn d'écrire une lettre au sultan Muḥammad b. Sulaymân az-Zaynî, le jeune homme s'écria :

— Je rêve ! Y a-t-il au monde un pêcheur qui puisse correspondre avec les rois ? On n'a jamais vu ça !

— Tu as raison, répondit le calife, mais je vais t'expliquer comment les choses se sont passées. Nous avons, lui et moi, étudié dans la même école, auprès d'un même maître dont j'étais l'assistant. Et puis, mon ami a connu la fortune, il est devenu roi, tandis que Dieu faisait de moi un pêcheur. Mais je ne lui ai jamais écrit pour lui demander un service qu'il ne me l'ait rendu. Me serais-je adressé à lui, chaque jour, pour mille raisons, qu'il m'aurait répondu oui.

— Écris donc, dit alors Nûr ad-Dîn, nous verrons bien.

Le calife prit donc encrier et plume et écrivit ceci, après les formules de salutation : « Cette lettre est de Hârûn ar-Rashîd, fils d'al-Mahdî, pour le seigneur Muḥammad b. Sulaymân az-Zaynî, qui relève de mon bon plaisir et que j'ai fait mon lieutenant en certaines parties de mon royaume. Celui qui te remettra cette lettre est mon représentant, Nûr ad-Dîn 'Alî, fils de Khâqân le vizir. Dès réception de mon message, tu lui remettras ta charge, en prenant garde de désobéir. Salut ! » Le calife remit la lettre à Nûr ad-Dîn, qui la prit, la baisa, la glissa dans son turban et partit sur l'heure.

Hârûn ar-Rashîd, lui, fut apostrophé par Shaykh Ibrâhîm, qui le voyait toujours sous les habits d'un pêcheur :

— Va-nu-pieds de pêcheur, tu nous as apporté deux poissons qui ne valent pas plus de vingt demi-dirhams, tu empoches trois dinars et tu veux en plus prendre la fille ?

À ces mots, le calife, avec un grand cri, fait signe à Masrûr qui se montra et courut à lui. Ja'far avait déjà envoyé l'un des jeunes jardiniers au portier du palais pour lui demander un des habits officiels du calife. Il revint avec, baisa le sol devant le souverain, qui changea de vêtements et resta là, debout, pour observer ce qui allait se passer. Shaykh Ibrâhîm, toujours assis sur un siège, mi-étonné, mi-égaré, se mordait les doigts en se demandant s'il dormait ou non. Le calife lui dit :

— Shaykh Ibrâhîm, qu'est-ce qui se passe ?

Le vieil homme s'éveilla pour de bon et, dégrisé, se jeta au sol en disant ces vers :

Si mon pied a glissé, inflige-moi ce que je mérite,
mais l'esclave attend de son maître qu'il soit généreux.
J'ai péché, et la faute appelle la sanction,
mais pense plutôt à ce que réclame le pardon magna
nime.

Le calife pardonna et fit emmener la jeune esclave au palais, où il lui réserva un appartement particulier, avec les serviteurs appropriés.

— Apprends, lui dit-il, que j'ai envoyé ton maître pour commander à Bassora. Si Dieu le veut bien, je lui ferai tenir une robe d'apparat et je t'enverrai le rejoindre.

Voyons maintenant ce que devenait Nûr ad-Dîn 'Alî. Il alla d'une traite à Bassora où, parvenu au palais du sultan, il appela à grands cris. Le sultan l'entendit et le fit amener par-devers lui. Nûr ad-Dîn baisa le sol, tira la lettre et la présenta. En voyant l'adresse de la lettre, écrite de la main du Commandeur des croyants, le sultan se leva et, debout, la baisa par trois fois, et dit :

— J'écoute et j'obéis à Dieu et au Commandeur des croyants, puis convoqua les quatre cadis et les gouverneurs, devant lesquels il manifesta son intention de se désister du pouvoir.

Survint alors le vizir, al-Mu'în b. Sâwî ; recevant la lettre des mains du sultan, il la lut, la déchira en mille morceaux, la mit dans sa bouche, la mâcha et recracha. Fou furieux, le sultan lui dit :

— Mais qu'est-ce qui te prend ?

— Par ta vie, seigneur, cet homme n'a rien à voir avec le calife ni l'un de ses vizirs ; c'est tout simplement un traître, un suppôt de Satan qui a contrefait, dans cette lettre, l'écriture du calife pour arriver à ses fins ! S'il s'agissait de te dépouiller du pouvoir en sa faveur, le calife ne l'aurait pas envoyée sans un autographe et un diplôme d'investiture. Il n'a jamais, jamais, jamais, été dépêché par le calife ! Si c'était le cas, celui-ci l'aurait fait accompagner d'un chambellan ou d'un vizir. Il est venu seul !

Le sultan demanda :

— Et que faire ?

— Remets-moi ce jeune homme et laisse-moi l'emmener. Je l'enverrai, en compagnie d'un chambellan, à Bagdad. S'il a dit vrai, il reviendra avec un autographe et un diplôme. Dans le cas contraire, il sera mon homme et je ferai de lui ce qui se doit.

— Agis avec lui comme tu l'as dit.

Le vizir s'empara donc de Nûr ad-Dîn et l'emmena chez lui. Il appela ses serviteurs, qui l'étendirent au sol et le battirent si fort qu'il s'évanouit. Puis on lui passa aux pieds de lourdes chaînes et al-Mu'în b. Sâwî le traîna jusqu'à la prison. Là, il appela le geôlier, un nommé Qatît, qui vint baiser le sol devant lui.

— Qatît, lui dit-il, je veux que tu me prennes cet

homme et le jettes dans un de tes culs-de-basse-fosse. Tu me le châtieras nuit et jour.

— À tes ordres !

Le geôlier fit entrer Nûr ad-Dîn dans la prison et cadenassa la porte sur lui. Mais il fit balayer, derrière la porte, un banc qu'il recouvrit d'un matelas et d'un tapis. Il y installa Nûr ad-Dîn, défit ses liens et le traita avec bonté. Chaque jour, le vizir faisait recommander de battre le prisonnier, et le geôlier continuait de le protéger.

Quarante jours s'étaient passés ainsi, lorsque arriva un présent du calife. Ce que voyant, et fort étonné, le sultan demanda l'avis de ses vizirs. Certains estimèrent que le cadeau était adressé au nouveau maître, mais le vizir al-Mu'în b. Sâwî dit :

— Peut-être eût-il été plus expédient de le tuer dès son arrivée.

— C'est vrai, par Dieu, s'écria le sultan, je l'avais oublié, celui-là ! Va, amène-le et fais-lui couper le cou !

— À tes ordres ! Je proposerais volontiers de faire proclamer par la ville que tous ceux qui veulent voir couper la tête à Nûr ad-Dîn 'Alî viennent au palais. Qu'ils viennent, oui, les humbles et les puissants, et moi, j'apaiserai mon cœur, au grand dépit de tous ceux qui me jalousent !

— Fais comme bon te semble !

Le vizir, heureux et ravi, s'en alla trouver le gouverneur et lui donna ordre de faire proclamer ce que l'on sait. Quand ils l'entendirent, tous les gens s'affligèrent et pleurèrent, même les enfants des écoles et le petit peuple des boutiquiers. Tout le monde se pressa pour prendre place et assister à la scène, mais certains se rendirent à la prison pour faire escorte à Nûr ad-Dîn. Ils y retrouvèrent le vizir et dix gardes.

— Que veux-tu, seigneur vizir ? demanda Qatît le geôlier.

— Que tu m'amènes cette fripouille.

— Il est en piètre état, après tous les coups qu'il a reçus !

Entrant dans le cachot, il entendit le prisonnier qui disait ces vers :

Qui m'aidera à supporter mon infortune ?
  ah ! C'est trop de malheurs, qui ne guériront point.
L'abandon où je suis a réduit à rien mon âme et mon
    souffle,
  le sort a transformé ceux qui m'aimaient en ennemis.
N'y a-t-il parmi vous aucun cœur tendre et compatissant
  qui me prenne en pitié, réponde à mon appel ?
La mort qui étourdit semble bien douce
  à qui n'espère plus retrouver le bonheur.
Seigneur, au nom du porteur inspiré de la bonne nouvelle,
  du pur et parfait savant, du maître des intercesseurs,
Je t'en prie, sauve-moi, pardonne à mes faiblesses,
  mets un terme aux misères dont je suis accablé !

Le geôlier retira à Nûr ad-Dîn ses vêtements propres et lui en fit passer deux très sales. Revenu devant le vizir, Nûr ad-Dîn reconnut en lui celui qui avait juré sa mort. Il lui dit, en pleurant :

— Es-tu si sûr de ce que le sort te réserve ? Ne connais-tu pas ces vers du poète :

Que sont donc devenus les Chosroès, tous ces grands rois
    de jadis ?
  de leurs trésors amassés, et d'eux, que reste-t-il ?

Sache, vizir, que Dieu — loué et exalté soit-Il ! — est seul à faire ce qu'Il veut !

— Crois-tu, répondit le vizir, me faire peur avec de pareils mots ? Aujourd'hui même, je vais te faire couper la tête, au grand dam des gens de Bassora : je ne m'en soucie pas. Laisse donc le destin agir comme il lui plaît. Pour moi, loin de me ranger à ton conseil, c'est le poète que j'écoute.

Et de chanter ces vers :

Laisse donc le destin faire ce qu'il désire,
*　et fais bonne figure aux décisions du sort.*

Et ceux-ci encore :

Celui-là qui survit à son pire ennemi,
*　ne fût-ce que d'un jour, peut s'estimer comblé.*

Le vizir donna ordre à ses gardes d'emmener Nûr ad-Dîn sur le dos d'un mulet. Ceux-ci, qui répugnaient au sort qui lui était fait, lui dirent :

— Laisse-nous lapider le vizir et le mettre en pièces, dussions-nous en perdre la vie !

— N'en faites rien, pour rien au monde. Pensez un peu à ce qu'a dit le poète !

Et il récita ces vers :

Je ne peux vivre que jusqu'au terme qui m'est prescrit :
*　dès lors qu'il est échu, je n'ai plus qu'à mourir.*
Si les lions venaient sur moi dans leurs forêts,
*　tant que j'aurais des jours à vivre, ils ne pourraient rien*
*　contre moi.*

Alors les gardes, précédant Nûr ad-Dîn, s'en allèrent proclamant :

— Voilà le moindre des châtiments pour ceux qui viennent tenir aux rois de faux propos !

Et ils marchèrent ainsi dans Bassora, tant et tant qu'ils arrivèrent sous les fenêtres du palais. Ils lièrent Nûr ad-Dîn sur le tapis des exécutions et le bourreau s'avança.

— Seigneur, dit-il, je ne suis qu'un exécutant, le préposé à cet office. Si tu as quelque vœu à formuler, dis-le-moi : je l'accomplirai. Il ne te reste plus beaucoup de temps : dès que le sultan montrera son visage à la fenêtre, tu mourras.

Nûr ad-Dîn alors, après avoir regardé de droite et de gauche, devant et derrière, dit ces vers :

Tout est prêt, je le vois : le tapis, le sabre, le bourreau
et je crie : c'est trop d'indignité et c'est trop de misère !
Autour de moi, aucun secours, aucun ami compatissant !
je vous en prie, vous tous, accueillez ma prière !
Ma vie prend fin ici, voici venue l'heure de mon destin ;
n'y aura-t-il donc aucune miséricorde pour me donner
mon juste dû ?
Pour jeter un œil sur mon triste état, soulager ma misère
d'une gorgée d'eau qui allège un peu mon tourment ?

Devant l'assistance remplie de pitié, le bourreau s'en alla chercher un peu d'eau pour l'offrir à Nûr ad-Dîn. Mais le vizir, quittant sa place, brisa d'un coup la cruche et cria au bourreau de trancher la tête du condamné. Le bourreau banda les yeux de Nûr ad-Dîn, pendant que les gens s'en prenaient à grands cris au vizir. Le tumulte était général, et tous se demandaient comment allaient tourner les choses, lorsqu'une poussière s'éleva, un tourbillon qui emplissait l'immensité de l'air. Le sultan, installé dans son palais, demanda à ses gens de voir ce qu'il en était, mais le vizir dit :

— Coupons d'abord le cou à cet homme !

— Non, répondit le sultan, attends, je veux que nous soyons fixés.

Or, cette poussière venait de Ja'far le Barmécide, vizir du calife, et de ses hommes. Comment s'expliquait sa venue ? Voici : le calife était resté trente jours sans plus penser à l'histoire de 'Alî b. Khâqân, et personne non plus ne la lui avait rappelée. Mais une nuit qu'il s'était rendu aux appartements d'Anîs al-Jalîs, il l'avait entendue pleurer en chantant, d'une voix fort belle, ces vers :

> *Que tu sois près ou loin, ton image*
> *et ton nom sont toujours sur mes lèvres.*

Comme ses sanglots redoublaient, le calife ouvrit la porte et, entré dans les appartements d'Anîs al-Jalîs, la vit pleurer puis, à sa vue, elle se jeta au sol et lui baisa par trois fois les pieds. Après quoi, elle récita ces vers .

> *Ô toi, de si noble race et de descendance si belle,*
> *toi dont la racine est si forte et le rameau si vert, si généreux,*
> *Je te rappelle la promesse que tu voulus bien me faire*
> *en ta bonté suprême. Ah ! Puisses-tu ne pas l'oublier !*

— Qui es-tu ? demanda le calife.
— Le cadeau que te fit 'Alî b. Khâqân. Je voudrais que tu tiennes la promesse que tu m'as faite : m'envoyer auprès de lui, de la façon la plus officielle. Or, voici treize jours que je n'ai plus goûté aux saveurs du sommeil.

Le calife convoqua Ja'far le Barmécide et lui dit :
— Depuis trente jours, Ja'far, je n'ai plus de nouvelles de 'Alî b. Khâqân. J'ai bien peur que le sultan ne l'ait mis à mort. Mais, par ma vie, par les tombeaux de mes pères et ancêtres, s'il lui est arrivé malheur, je ferai périr sans hésiter ceux qui sont cause de sa mort, quel que soit le rang qu'ils occupent auprès de moi. Voici mes ordres : va sur l'heure à Bassora et rapporte-nous des nouvelles, dis-nous comment le roi Muḥammad b. Sulaymân az-Zaynî en a agi avec 'Alî b. Khâqân

Et le calife d'ajouter :

— Si tu t'attardes plus que la route ne le nécessite, je te fais couper le cou. Tu connais ta mission : rappeler à mon cousin tout ce qui a trait à Nûr ad-Dîn 'Alî b. Khâqân, que j'ai envoyé muni de ma lettre. Si tu constates, cousin, que le roi a agi contrairement aux instructions reçues, amène-le, et amène avec lui le vizir al-Mu'în b. Sâwî, dans l'état même où tu les trouveras et sans t'autoriser plus de temps que n'en exige le voyage.

— À tes ordres ! répondit Ja'far.

Celui-ci fit ses préparatifs aussitôt et se rendit d'une traite à Bassora où, entre-temps, le roi Muḥammad b. Sulaymân az-Zaynî avait été touché par la nouvelle de l'arrivée de Ja'far le Barmécide. Au spectacle de la foule en effervescence, houleuse, Ja'far demanda la raison de ce rassemblement et apprit les sentiments de l'assistance vis-à-vis du sort de Nûr ad-Dîn 'Alî. Il s'en alla immédiatement trouver le sultan, qu'il salua et informa de sa mission, précisant que s'il était arrivé malheur à Nûr ad-Dîn, l'autorité souveraine ferait périr ceux qui en étaient la cause. Il se saisit du sultan et de son vizir al-Mu'în b. Sâwî, les fit emprisonner et relâcher Nûr ad-Dîn 'Alî, qu'il installa comme sultan en lieu et place de Muḥammad b. Sulaymân az-Zaynî.

Il resta trois jours à Bassora pour répondre à l'invitation du nouveau sultan. Au matin du jour suivant, Nûr ad-Dîn 'Alî dit à Ja'far :

— J'aurais grand désir de voir le Commandeur des croyants.

Ja'far ordonna à Muḥammad b. Sulaymân az-Zaynî de se préparer à partir après la prière de l'aube, pour gagner Bagdad à cheval. La prière dite, tous partirent donc, sans oublier l'ancien vizir al-Mu'în b. Sâwî, qui regrettait fort ce qu'il avait fait. Nûr ad-Dîn 'Alî chevauchait, lui, aux côtés de Ja'far. Arrivés enfin à

Bagdad, le pays du Salut, ils se présentèrent au calife, lequel apprit d'eux ce qui était arrivé à Nûr ad-Dîn, et comment l'on avait trouvé celui-ci tout près de périr. Le calife alors s'avança vers Nûr ad-Dîn et lui dit :

— Tiens, prends ce sabre et coupe la tête à ton ennemi !

Le jeune homme marcha vers al-Mu'în b. Sâwî, qui le regarda en disant :

— Le lait que j'ai sucé m'a fait agir ainsi ! Agis, toi, selon le tien !

Nûr ad-Dîn 'Alî lâcha le sabre et, se tournant vers le calife, lui dit :

— Commandeur des croyants, c'est par ses paroles que cet homme-là m'a trahi.

Et il récita ces vers :

Je l'ai trompé indignement quand il est venu à moi.
   un cœur franc est toujours trompé par de belles paroles.

— Laisse-le donc, toi ! dit le calife et, s'adressant à Masrûr :

— À toi ! Coupe-lui la tête !

Quand Masrûr l'eut fait, le calife demanda à Nûr ad-Dîn ce qu'il souhaitait.

— Seigneur, répondit le jeune homme, je n'ai aucune envie d'être roi à Bassora. Tout ce que je désire est l'honneur de te servir et de pouvoir contempler ton noble visage.

— Avec joie et bonheur !

Le calife fit appeler Anîs al-Jalîs et les combla, elle et Nûr ad-Dîn, de bienfaits. Il leur donna l'un des palais de Bagdad, leur fixa une rente, fit du jeune homme l'un de ses familiers, et Nûr ad-Dîn mena à ses côtés la plus douce des vies jusqu'au jour où la mort vint le prendre.

*Conte d'Ayyûb le marchand,
de son fils Ghânim
et de sa fille Fitna*

Nuits 38 à 45

Ce conte, très chargé en épisodes, est, sur sa trame essentielle, une histoire d'amour courtois, cette courtoisie étant, en l'occurrence, fortement renforcée par les circonstances. Deux variantes sensibles entre le manuscrit de Galland et notre version : celle-ci insère les histoires racontées par les trois eunuques et abrège sensiblement les humiliations infligées, à Damas, à la mère et à la sœur de Ghânim.

Les récits des trois eunuques, qui ont toute chance d'être une interpolation assez tardive, relèvent d'un folklore très ancien et quasi universel : le serviteur madré qui joue des tours à ses maîtres. Le récit, notamment, qui rappelle notre : «Tout va très bien, Madame la Marquise», se trouve aussi, comme nous l'a signalé Claude Bremond, dans la Disciplina clericalis (XIᵉ siècle). Ici, toutefois, les attaques des esclaves contre les maîtres sont marquées au coin d'une virulence extrême.

Le motif de la favorite du calife enfermée, par la jalousie de l'épouse du calife, dans un coffre et sauvée par un homme chez qui elle vivra quelque temps apparaît dans deux autres contes des Nuits, Le Preneur d'opium et Le Calife et le Pêcheur.

Fitna, *littéralement : sédition, désordre, tentation, bref tout ce qui va à l'encontre du cours normal des choses et des comportements.* Qût al-qulûb : *la Nourriture des cœurs.*

A. MIQUEL

CONTE D'AYYÛB LE MARCHAND,
DE SON FILS GHÂNIM
ET DE SA FILLE FITNA

On raconte encore, Sire, ô roi bienheureux, que vivait au temps jadis, il y a bien, bien longtemps, un riche marchand. Son fils était beau comme une lune, la nuit où elle est en son plein, et il s'exprimait de la plus belle façon. Il s'appelait Ghânim, fils d'Ayyûb, al-Mutayyam al-Maslûb. Il avait une sœur appelée Fitna, nom qui convenait à l'excès même de ses grâces et de sa beauté. Leur père à tous deux mourut en leur laissant des biens en abondance.

Et l'aube chassant la nuit, Shahrâzâd dut interrompre son récit.

Lorsque ce fut la trente-neuvième nuit, elle dit :
On raconte encore, Sire, ô, roi bienheureux, que le marchand laissa à ses deux enfants des biens en abondance, au nombre desquels figuraient cent charges de soie grège, de brocart et de vésicules de musc, le tout avec l'inscription : « Destination Bagdad. » Telle était en effet la volonté du père, qui comptait gagner cette ville avec la marchandise. Quelque temps après que le Très Haut l'eut rappelé à Lui, le fils reprit l'intention à son compte. On était alors sous le règne de Hârûn ar-Rashîd. Ghânim, avant de partir, fit ses adieux à sa mère, à sa famille et aux gens de son

pays, puis il se mit en route, se confiant à Dieu, et le Très Haut les amena sans encombre à Bagdad, lui et le groupe de marchands avec lesquels il avait voyagé. À l'arrivée, il se loua une belle demeure, où il étala tapis et coussins, recouvrit les murs de tentures et put abriter ses marchandises, ses chameaux et ses mulets. Il s'installa, prit ses aises, reçut la visite des marchands et des grands personnages de Bagdad. Puis il fit un paquet de dix pièces d'étoffes précieuses, avec prix marqué, et les porta au bazar des marchands. Ceux-ci, après l'avoir accueilli par des paroles de salut, d'honneur et de bienvenue, l'installèrent dans l'échoppe du maître du bazar, à qui il remit son paquet. Le maître du bazar en tira les étoffes et les vendit avec un bénéfice de deux dinars pour un. Ravi, Ghânim épuisa ainsi, l'une après l'autre, tout le lot de ses étoffes, par pièces ou d'un bloc.

Toute une année se passa à ces affaires. Au début de la suivante, comme Ghânim se rendait au bazar, il en vit la porte fermée. Il en demanda la raison.

— Un des marchands est mort, lui répondit-on, et tous sont allés à son enterrement. Veux-tu y aller aussi ? Dieu récompense de ces actions-là !

Ghânim acquiesça et se fit indiquer le lieu des obsèques. Ses ablutions accomplies, il suivit les marchands jusqu'à l'endroit où se disaient les prières. Quand on eut fait oraison sur le mort, la troupe des marchands, avec Ghânim qui les suivait par déférence, reprit sa marche, précédant la civière. On arriva au cimetière, en dehors de la ville, et l'on chemina entre les tombes jusqu'à l'endroit où le mort devait être enterré. La famille du défunt y avait dressé une tente et préparé chandelles et flambeaux. Après l'inhumation, les lecteurs récitèrent le Coran sur la tombe, au milieu des marchands assis. Ghânim, fils d'Ayyûb, qui était toujours avec eux, aurait bien voulu les quitter avant la fin de la cérémonie, mais sa pudeur l'en empêchait. Les marchands, toujours assis, écoutèrent réciter le Coran jusqu'au soir. On leur servit un repas, des pâtisseries, et ils mangèrent à satiété. Puis ils se lavèrent les mains et reprirent leurs places. Ghânim, lui, ne pensait qu'à sa maison, à ses marchandises et aux voleurs possibles. « Je suis étranger, se disait-il, et l'on me soupçonne d'être riche. Si je passe la nuit loin de ma maison, tout l'argent, tout ce qui est entassé là-bas, va m'être volé. » Craignant donc pour ses biens, il se leva, demanda qu'on l'excusât pour un besoin à satisfaire et quitta l'assemblée des marchands. Il avança en suivant les traces du chemin pris à l'aller et arriva à la porte de la ville.

On était à la minuit, et la porte se trouva fermée. Il n'y avait personne, aucun lève-tôt ni couche-tard. Aucun bruit, sauf des aboiements de chien et des hurlements de loup. « Il n'est de force et de puissance qu'en Dieu, se dit Ghânim. Me voilà ici, devant cette forme fermée, parce que je craignais pour mon argent, et c'est pour ma vie, maintenant, que j'ai peur. » Il revint sur ses pas, cherchant un endroit où dormir jusqu'au matin, et trouva un monument funéraire, ceint d'un mur carré, avec un palmier dans la cour. Le mur de pierre avait une porte ouverte. Ghânim la passa et se prépara à dormir là. Mais il ne put trouver le sommeil, pris qu'il fut, entre les tombes, d'une horreur qui le fit trembler. Il se mit debout, s'en alla ouvrir la porte du mur et regarda. Au loin, du côté de la porte de la ville, apparaissait une lumière. Ghânim s'avança un peu : la lumière approchait, elle suivait le chemin qui menait au monument. Prenant peur pour sa vie, il ferma la porte, embrassa le tronc du palmier et se hissa jusqu'en haut, se cachant au cœur du feuillage. La lumière avançait peu à peu du monument. Elle fut bientôt tout près.

Ghânim, aiguisant son regard, vit alors trois esclaves ; deux portaient un coffre et le dernier une pioche et une lanterne. Quand ils furent au monument, l'un des porteurs du coffre dit à l'autre :

— Mais qu'est-ce que tu as donc, Ṣawâb ?

— Et toi donc, Kâfûr ? répliqua son compagnon.

— Quand nous avons été ici ce soir, dit Ṣawâb, n'avons-nous pas laissé la porte ouverte ?

— Si ! Tu dis vrai.

— Et la voilà maintenant fermée, avec la barre mise !

Le troisième esclave, celui qui portait la pioche et la lumière, et dont le nom était Bakhît, intervint :

— Vous n'êtes décidément pas très malins ! Vous savez bien pourtant que les propriétaires de ces palme-raies viennent souvent se promener ici depuis Bagdad et que, quand le soir les surprend, ils restent dedans et ferment la porte sur eux, de crainte que les Noirs comme nous ne les prennent pour les rôtir et les manger.

— Tu n'es pas plus intelligent que nous, dirent les deux autres, mais pour le coup, tu as raison.

— Attendez, pour me croire, que nous soyons entrés dans ce monument et que nous y ayons trouvé quel-qu'un, à moins que, j'y pense, ce quelqu'un, en voyant notre lumière, n'ait pris la fuite sur le palmier.

Ghânim, en entendant tout cela, se disait : « Quel rusé coquin que cet esclave ! Dieu maudisse les Noirs ! Ils sont par trop méchants, ignobles ! Il n'y a de force et de puissance qu'en Dieu, le Très Haut, l'Auguste ! Mais qui va me tirer de ce mauvais pas ? » Cependant, les porteurs du coffre disaient à leur compagnon :

— Grimpe sur le mur et ouvre-nous la porte, Bakhît ! Nous sommes fatigués d'avoir porté ce coffre sur nos épaules. Quand tu nous auras ouvert, tu auras droit, de notre part, à l'un de ceux que nous aurons pris ; nous te le ferons frire comme il faut, pour que tu ne perdes pas un seul brin de sa graisse !

— Tout bête que je suis, dit Bakhît, j'ai peur d'une chose : c'est de jeter ce coffre derrière la porte. Après tout, c'est notre trésor.

— Si nous le jetons, c'est sûr, il va se briser.

— Non, ce que je crains, c'est qu'il se trouve, dans le monument, de ces brigands qui vous tuent pour vous dépouiller. Quand vient le soir, ils se rendent par ici pour partager leur butin.

— Que tu es bête ! Est-ce qu'ils oseraient pénétrer ici ?

Les deux porteurs du coffre le hissèrent sur le mur, puis le posèrent de l'autre côté. Ils ouvrirent la porte. Le troisième, Bakhît, attendait avec la pioche et un panier où il y avait un peu de plâtre. La porte refermée sur eux trois, ils s'assirent.

— Mes amis, dit l'un d'eux, nous voilà fatigués d'avoir marché, porté, déposé, ouvert, fermé. La nuit est à sa moitié et il ne nous reste plus assez de forces pour ouvrir la tombe et enterrer le coffre. Prenons d'abord trois heures pour nous reposer, après quoi nous nous occuperons de ce que nous avons à faire. Chacun de nous va raconter comment il est devenu eunuque, et tout ce qui lui est arrivé, depuis le début jusqu'à la fin. Ainsi, la nuit passera et nous aurons pris un peu de repos.

Le premier esclave, celui qui portait la lumière, Bakhît, dit qu'il allait parler.

— Eh bien ! vas-y ! dirent les deux autres.

— Sachez, mes amis, que j'étais tout jeune, cinq ans exactement, lorsque le marchand d'esclaves m'arracha à mon pays pour me vendre à un officier. Celui-ci avait une fille, âgée de trois ans. On nous éleva ensemble et tout le monde riait de me voir jouer avec la petite, danser et chanter pour elle. J'arrivai ainsi jusqu'à

douze ans, et elle à dix, sans qu'on m'interdît de
l'approcher. Un jour, j'entrai chez elle et la trouvai
assise, dans un coin où elle était seule. On eût dit
qu'elle sortait du bain — il y en avait un dans la
maison — tellement elle était parfumée et sentait bon.
Son visage ressemblait à la lune dans sa quatorzième
nuit. Je m'amusai avec elle, et elle me le rendit bien. À
l'époque, j'étais déjà pubère, mon membre s'enfla et
prit la taille d'une énorme clé. À un moment, elle me
poussa par terre, où je tombai sur le dos. Elle se mit à
califourchon sur ma poitrine, se roula sur moi, tant et
si bien que mon membre se découvrit. Quand elle le vit
ainsi, tout gonflé, elle le prit dans sa main et s'en frotta
les lèvres de sa fente par-dessus son vêtement. Un coup
de chaleur me prit, je l'étreignis pendant qu'elle
entrelaçait ses doigts sur ma nuque, en me serrant de
toutes ses forces. Le tout est que mon membre perfora
son habit, la pénétra et la déflora. Voyant ce que j'avais
fait, je courus auprès de l'un de mes camarades. La
mère de la petite, en s'apercevant de son état, s'évanouit, puis para à la situation et cacha soigneusement
la vérité au père. Elle prit son parti de la chose. Deux
mois passèrent, et tout le monde continuait à me
traiter de la même façon, on recherchait ma compagnie, on était gentil avec moi et l'on ne disait rien au
père, tellement on m'aimait.

Le temps vint où la mère voulut donner sa fille à un
jeune homme, le barbier attitré de son père. Elle lui
constitua une dot sur ses propres biens et prépara son
trousseau, en taisant toujours au père l'état de sa fille.
On s'affaira aux détails du trousseau mais, sur ce, on se
saisit de moi à l'improviste et l'on me châtra. Quand
on amena la petite à son époux, on me fit son eunuque.
Je marchais devant elle quand elle allait au bain, à la
maison de son père et n'importe où ailleurs. Le secret
était toujours gardé : la nuit des noces, on avait égorgé

un pigeon sur sa chemise. Je demeurai ainsi longtemps
chez elle, jouissant de sa beauté et de sa grâce et
saisissant toutes les occasions de l'étreindre et de lui
donner des baisers. Puis tous moururent, elle, son
mari, ses père et mère, et je devins la propriété du
Trésor public, à la place que j'occupe aujourd'hui et où
je vous ai pris en amitié. Et voilà : vous savez maintenant dans quelles circonstances on m'a coupé le
membre.

Le second esclave parla ainsi :

— Sachez, mes amis, que j'avais huit ans au
moment où commence cette histoire. J'inventais si
bien les mensonges, un par un, dans le monde des
marchands d'esclaves, que je suscitais pas mal de
querelles entre eux. Celui qui me détenait finit par en
avoir assez et me remit au vendeur à la criée, avec
consigne d'inviter quelqu'un à m'acheter malgré mon
défaut. « Lequel ? demandait-on. — Il invente un mensonge par an. » Vint un commerçant qui dit :
« L'esclave avec le défaut, combien on en veut ? — Six
cents dirhams. — D'accord. Vingt à toi là-dessus. » Le
vendeur prit contact avec le marchand d'esclaves,
reçut les dirhams et m'emmena au domicile du commerçant où il prit sa commission et s'en alla. Le
marchand me donna les vêtements qui convenaient à
mon emploi, et je passai le restant de l'année à son
service. Avec le début de la nouvelle, les choses
s'annonçaient bien : c'était une année bénie, où tout
poussait à profusion. Les marchands organisèrent des
banquets quotidiens, à la charge de l'un d'entre eux à
tour de rôle. Quand ce fut à mon maître, il les invita
dans un jardin à l'intérieur de la ville, où il leur offrit
tout ce qu'ils pouvaient souhaiter, nourriture et le
reste. Ils s'installèrent pour manger, boire et deviser.

Il était alors midi, et mon maître eut besoin de
quelque chose. « Esclave, me dit-il, monte sur la mule,

va à la maison, demande à ta maîtresse ce dont j'ai
besoin, et reviens vite avec. » J'obéis et partis. Arrivé
près de chez lui, je me mis à crier et donnai libre cours
à mes larmes. Les gens du quartier, grands et petits,
s'attroupèrent. Ma maîtresse et ses filles, entendant
ma voix, ouvrirent la porte en demandant ce qui
arrivait. « Mon maître, dis-je, était assis, avec ses amis,
au pied d'un vieux mur qui s'est effondré sur eux. Dès
que j'ai vu ce qui arrivait, j'ai pris la mule pour venir
vite vous mettre au courant. » À cette nouvelle,
l'épouse et les enfants de mon maître poussèrent des
cris en déchirant leurs vêtements et en se frappant le
visage. Les voisins accoururent. Ma maîtresse, elle,
renversa tout le mobilier, vida les étagères, démolit les
fenêtres avec leurs treillages, éclaboussa les murs de
boue et de teintures en criant : « Maudit Kâfûr, viens
un peu m'aider, brise-moi ces buffets, casse-moi ces
vases et ces porcelaines ! » À ses côtés, je dévastai les
étagères de la maison en détruisant tout ce qui s'y
trouvait, je mis à mal les buffets avec leur contenu, je
courus sur les toits, partout, et finis par tout démolir
en lançant à tue-tête le nom de mon maître.

Après quoi, ma maîtresse sortit, le visage découvert,
avec seulement son voile de tête, accompagnée de ses
fils et filles. « Marche devant, Kâfûr, me dirent-ils,
pour nous montrer l'endroit, sous le mur, où se trouve
ton malheureux maître. Nous le tirerons des décombres, nous l'emporterons à la maison dans un cercueil,
et puis nous lui ferons de belles funérailles. » J'allai
donc devant, en criant : « Ah ! mon pauvre maître ! »
tandis que les autres, derrière, tête et visage décou-
verts, hurlaient : « Quelle misère ! Quelle catastrophe ! » Tout le monde sans exception nous fit cortège, hommes, femmes, garçons, filles, vieilles, et tous
se frappaient le visage et pleuraient à chaudes larmes.
Les gens que nous rencontrions par la ville me deman-

daient ce qui se passait, et je leur débitai tout ce qu'ils voulaient bien entendre. « Il n'y a, me répondait-on, de force et de puissance qu'en Dieu, le Très Haut, l'Auguste ! Nous allons trouver le gouverneur pour le mettre au courant ! » Ce qu'ils firent.

Et l'aube chassant la nuit, Shahrâzâd dut interrompre son récit.

Lorsque ce fut la quarantième nuit, elle dit :

J'ai appris encore, Sire, ô roi bienheureux, que ces gens-là s'en allèrent informer le gouverneur. Celui-ci se mit en selle, emmenant avec lui quelques hommes de peine munis de pelles et de couffins.

Ils me suivaient, continua l'esclave, eux-mêmes accompagnés de toute une foule et moi, devant, je pleurais, je criais, je me jetais de la terre sur la tête et me frappais le visage. Laissant derrière moi ma maîtresse et ses enfants toujours en train de pleurer, je me mis à courir et pénétrai dans le jardin : mon maître m'aperçut qui me frappais le visage en disant : « Ah ! ma pauvre maîtresse ! Elle seule m'aimait, et elle est partie ! Ah ! Si seulement j'avais pu prendre sa place ! » Mon maître, à ma vue, resta stupéfait et pâlit. « Qu'as-tu donc, Kâfûr ? Pourquoi te mettre en cet état ? Que se passe-t-il ? — Lorsque tu m'as envoyé à la maison, j'ai vu, quand j'y suis entré, le mur de la grande salle effondré et la salle entière écroulée sur la maîtresse et ses enfants. — Ta maîtresse n'en a donc pas réchappé ? — Non. Ni elle ni personne d'autre. La première à mourir a été ma maîtresse. — Et la petite ? — Pas davantage. — En quel état est la mule que je monte ? Vivante ? — Non, mon maître. Les murs de la maison et ceux de l'écurie ont recouvert tout ce qui se trouvait là, jusqu'aux moutons, aux oies, aux poules. Il ne reste rien que des tas de chair sous les décombres. Rien de vivant. — Mais pas ton maître, mon aîné, tout de même ? — Non, personne n'a réchappé. À cette heure, il ne reste rien de la maison ni de ses habitants, rien de rien. Quant aux moutons, aux oies et aux poules, les chats et les chiens ont tout dévoré. » Lorsqu'il entendit tout cela, mon maître vit la lumière se changer en ténèbres, il ne fut plus maître de lui ni de son bon sens, et ne put rester debout plus longtemps, paralysé, rompu. Puis il déchira ses vêtements, s'arracha la barbe, se frappa le visage, jeta son turban et continua ainsi à se frapper, si fort que le sang coulait. « Mes enfants ! criait-il. Ma femme ! Ô catastrophe ! Jamais personne n'a connu un tel malheur ! » Les marchands, ses amis, crièrent avec lui, pleurèrent, gémirent sur son sort et déchirèrent leurs vêtements.

Mon maître quitta le jardin, se frappant toujours, dans l'excès de son malheur, multipliant les coups sur son visage et chancelant comme un homme ivre. Mais alors que toute la compagnie passait la porte du jardin, elle entendit des cris et des voix déchirantes, qui s'élevaient dans une énorme poussière. Regardant de ce côté, elle vit une foule qui avançait : c'étaient le gouverneur avec ses hommes, puis des gens, beaucoup de monde qui allait voir ce qui se passait, enfin, fermant la marche, la famille, criant, hurlant, pleurant très fort et se montrant plus affligée que tous les autres. Les premières personnes sur qui mon maître tomba furent son épouse et ses enfants. Il fut abasourdi et tout heureux de les voir là : « Vous allez bien, vous ? Que vous est-il arrivé à la maison ? Que s'est-il passé ? — Loué soit Dieu qui t'a gardé sain et sauf, toi ! » répondirent-ils. Et de se jeter dans ses bras, de s'accrocher à lui tout en criant : « Loué soit Dieu qui t'a sauvé, papa ! — Loué soit Dieu qui nous a montré ton visage sain et sauf ! » reprenait l'épouse, stupéfaite, ravie de ce qu'elle voyait. « Mais dis-moi, reprit-elle, comment vous en êtes-vous tirés, tes amis et toi ? — Mais vous, coupa le mari, comment est-ce, à la maison ? — Nous ? Ça va très bien, le mieux du monde même, nous nous portons à merveille et rien de mal n'est arrivé à la maisonnée, sinon que ton esclave Kâfûr est accouru, la tête découverte et les habits déchirés, en criant : " Mon maître ! Mon maître ! " Nous lui avons demandé ce qui s'était passé, et il nous a dit qu'un mur du jardin vous avait tous tués en s'écroulant sur toi et tes compagnons. — Par Dieu, dit mon maître, mais ce même Kâfûr vient de me trouver à l'instant, pour crier : " Ma maîtresse ! La pauvre ! Et ses enfants " et m'expliquer que vous étiez tous morts ! »

Mon maître regarda alors de mon côté : mon turban ne tenait plus en place, je hurlais, je pleurais à chaudes larmes en me jetant de la terre sur la tête. Il me cria d'avancer. « Malheur à toi, sinistre esclave ! dit-il. Bâtard ! Malédiction du genre humain ! Qu'est-ce que ces histoires que tu as fabriquées ? Je m'en vais, grand Dieu, te détacher la peau de la chair et puis la chair de tes os. — Par Dieu, dis-je, tu ne peux rien me faire ! Tu m'as acheté avec mon défaut, et à cette condition. Tu auras contre toi les témoins : ils attesteront que tu m'as pris ainsi, en parfaite connaissance de cause et en passant sur mon défaut : je mens, oui, je fabrique un mensonge par an. Mais celui-ci n'en est qu'à sa moitié ; je finirai l'autre d'ici que l'année soit terminée. Ainsi, il sera complet. — Esclave cent fois maudit ! Toute cette catastrophe ne représenterait qu'un demi-mensonge ? Hors de ma vue ! Tu es libre ! — Par Dieu, tu peux bien m'affranchir, mais je ne peux, moi, te tenir quitte tant que l'année ne s'est pas achevée et que je n'ai pas complété mon mensonge. Quand ce sera fait, tu m'emmèneras au bazar et tu me revendras au prix que tu m'as payé, avec mon défaut. Mais ne m'affranchis pas : je n'ai pas de métier pour vivre. Telles sont les conditions légales : je te les rappelle selon les prescrip-

tions mêmes des juristes en matière d'affranchissement. »

Nous en étions à parler ainsi lorsque arrivèrent les
gens du quartier et tous les autres, hommes et femmes,
en pleines démonstrations de deuil. Quand le gouverneur et ses gens furent là, mon maître et les marchands
vinrent à lui pour lui expliquer l'affaire, ce mensonge
qui n'en était encore qu'à sa moitié. À ce récit, tous les
présents, au comble de la stupéfaction, s'accordèrent à
penser que le mensonge dépassait les bornes. On me
maudit, on m'insulta, tandis que, sans bouger, je riais
en disant : « Mon maître ne peut pas me tuer ! Il
connaissait mon défaut quand il m'a acheté ! » Quant à
lui, en regagnant sa maison, il la trouva dévastée ; j'en
étais la cause, moi qui avais saccagé presque tout ce
qu'elle contenait, et mis en miettes l'équivalent d'une
bonne somme d'argent. « C'est Kâfûr, dit ma maîtresse, qui a brisé les vases et les porcelaines. — Par
Dieu, dit mon maître de plus en plus furieux, je n'ai vu
de ma vie un bâtard pareil à cet esclave ! Et encore, il
dit que ce n'est là qu'un demi-mensonge ! Si c'en avait
été un entier, il aurait ruiné toute une ville ou même
deux ! » Là-dessus, au comble de la colère, il alla voir le
gouverneur, qui me fit bastonner si sévèrement que je
perdis le sens et m'évanouis. On en profita pour me
faire châtrer et cautériser par le barbier. Au réveil, je
me retrouvai eunuque. « Tout ainsi, dit mon maître,
que tu m'as brûlé le cœur dans ce que j'avais de plus
cher, de même ai-je fait avec toi. » Il m'emmena et me
vendit au prix maximum, compte tenu de ce que j'étais
maintenant eunuque. Mais partout où l'on me vendit
par la suite, je ne cessai d'enchaîner désordre sur
désordre. Vendu et acheté, je passai d'un prince à un
prince, d'un grand à un grand, pour me retrouver enfin
dans le palais du Commandeur des croyants, le cœur
brisé, les forces amoindries, et sans couilles.

En entendant ce récit, les deux autres esclaves s'esclaffèrent :

— Tu es vaurien, fils de vaurien, pour avoir inventé d'aussi affreux mensonges !

Après quoi, le troisième, prié de raconter son histoire, dit ceci :

— Frères, tout ce qui vient d'être raconté, c'est zéro. Je vous expliquerai, moi, pourquoi l'on m'a coupé les couilles, et vous verrez que je méritais cent fois pire. J'ai baisé ma maîtresse et le fils de mon maître. C'est une longue histoire, mais le moment n'est pas venu de la raconter. Le matin sera bientôt là et il risquerait de nous surprendre en possession de ce coffre. Nous nous trahirions et c'en serait fait de nos vies. Ouvrez plutôt la porte, que nous entrions pour aller là où nous devons. Après, je vous dirai pourquoi on m'a coupé les couilles.

L'esclave se hissa sur le mur et descendit pour ouvrir. Quand ils furent tous à l'intérieur, ils posèrent la lanterne à terre et creusèrent, entre quatre tombes, un trou à la taille du coffre. Kâfûr piochait et Ṣawâb retirait la terre dans des couffins. Quand le trou fut profond d'une demi-taille d'homme, ils y déposèrent le coffre, rabattirent la terre par-dessus, quittèrent les lieux après avoir remis en place la barre de la porte et disparurent de la vue de Ghânim, fils d'Ayyûb.

Les lieux devenus déserts, celui-ci, sûr maintenant d'être seul, ne songea plus qu'à ce qu'il pouvait y avoir dans le coffre. Cette pensée l'obséda, mais il patienta jusqu'à l'apparition de l'aurore et de sa lumière. Il descendit alors de son palmier, dégagea la terre de ses mains pour en débarrasser le coffre et, finalement, mit celui-ci à nu. Prenant une grosse pierre, il tapa sur la serrure et la brisa. Sous une housse qu'il souleva, il vit une jeune femme qui dormait, droguée. Son souffle montait et descendait. Elle était belle, charmante, elle

portait des bijoux et des parures d'or, des colliers de
pierres précieuses, inestimables, un vrai trésor de roi.
En la voyant, Ghânim, fils d'Ayyûb, devina qu'elle
était l'objet de quelque machination, et cette conviction lui fit prendre soin d'elle : il la tira du coffre et la
coucha sur le dos. Quand l'air la saisit, pénétrant ses
narines et ses poumons, elle éternua, s'étrangla et
toussa, expulsant de sa gorge une pastille de narcotique dont la seule odeur eût terrassé un éléphant d'une
nuit à la nuit suivante. La jeune femme ouvrit les yeux,
laissant aller son regard de-ci, de-là et dit, de la plus
jolie façon :

— Maudite sois-tu, Brise ! Tu ne désaltères pas
l'assoiffé, tu n'apportes aucune compagnie à celui qui
se désaltère ! Où es-tu donc, Fleur du jardin ?

Personne ne répondit. Se tournant d'un autre côté :

— Aurore ! Arbre à perles ! dit-elle. Bonne Lumière !
Étoile du matin ! À moi ! Jeune Lune ! Grâce ! Douce !
Mignonne ! Ah ! Parlez-moi !

Silence. Tournant ailleurs les regards :

— Malheureuse que je suis ! On m'a mise parmi les
tombes ! Ô Toi qui connais le secret des cœurs et qui les
rétribues au jour de la Résurrection et de la Vie
nouvelle ! Qui m'a arrachée au secret des paravents et
des tentures pour me déposer entre quatre tombes ?

Tout cela était dit tandis que Ghânim se tenait
debout, aux pieds de la jeune femme.

Il lui dit alors :

— Madame, il n'est plus question de tentures, de
palais ni de tombes. Il n'y a ici que votre esclave ravi,
Ghânim, fils d'Ayyûb, que le Roi connaisseur de tous
mystères a mené jusqu'ici pour qu'il vous sauve de ces
misères et vous obtienne tout ce que vous pourrez
désirer.

Il se tut. Convaincue par ce qu'elle venait d'entendre,
la jeune femme s'écria :

— J'atteste qu'il n'y a de divinité que Dieu, et j'atteste aussi que Muḥammad est l'envoyé de Dieu.

Puis, les mains posées sur le visage et tournée vers Ghânim, elle dit en un doux langage :

— Jeune homme béni, qui m'a amenée ici ? Car je suis bien réveillée maintenant.

— Madame, trois esclaves sont venus, trois eunuques, portant ce coffre.

Et Ghânim raconta ce qui s'était passé et comment la nuit l'avait surpris, le faisant ainsi l'instrument du salut de la jeune femme, qui sans cela aurait péri étouffée. Puis il la pria de dire à son tour son histoire et tout ce qui lui était arrivé. Mais elle :

— Gloire à Dieu, jeune homme, qui m'a mise entre les mains de quelqu'un comme toi ! Allons ! Installe-moi de nouveau dans le coffre, va sur le chemin et, quand tu trouveras une bête à louer, une mule par exemple, prends-la pour porter ce coffre. Emmène-moi chez toi et là, une fois en sûreté, je te raconterai mon histoire et t'apprendrai tout ce qui me concerne. Tu n'auras pas à te plaindre de moi.

Ghânim, tout heureux, partit vers le désert : la lumière du soleil montait, le jour brillait, les gens quittaient la ville et allaient un peu partout. Ghânim trouva quelqu'un à qui il loua un mulet, s'en revint au monument et emporta le coffre après y avoir installé la jeune femme. Il l'emmena ainsi, le cœur tout épris d'elle et en même temps ravi : cette servante valait bien dix mille dinars, et les vêtements et bijoux qu'elle portait pas mal d'argent encore. C'était presque un rêve que d'arriver ainsi chez lui, de déposer le coffre et de l'ouvrir.

Et l'aube chassant la nuit, Shahrâzâd dut interrompre son récit.

Lorsque ce fut la quarante et unième nuit, elle dit :
J'ai appris encore, Sire, ô roi bienheureux, que
Ghânim, fils d'Ayyûb, apporta le coffre jusque chez lui.
Il l'ouvrit et en fit sortir la jeune femme. Celle-ci
regarda : les lieux étaient superbes, couverts de tapis
bigarrés, de couleurs charmantes. Il y avait aussi, entre
autres choses, des ballots d'étoffes et de marchandises
variées. Elle sut alors qu'elle avait affaire à un grand et
riche marchand. Découvrant son visage, elle regarda
Ghânim, et la beauté du jeune homme l'emplit
d'amour.

— Apporte-nous, lui dit-elle, quelque chose à manger.
— Tout à ton service, répondit Ghânim.

Il se rendit au bazar pour y acheter un agneau rôti,
des pâtisseries, des amuse-gueule, des chandelles, du
vin et tout ce qu'il fallait pour faire des bouquets. Il
revint chez lui muni de tout ce chargement : à sa vue,
la jeune femme rit, le prit dans ses bras en lui donnant
des baisers et le traita si gentiment qu'il n'en devint
que plus amoureux d'elle et que son cœur fut tout à fait
conquis. Ils mangèrent et burent jusqu'à la nuit, épris
l'un de l'autre, car un même âge et une même beauté
les réunissaient.

Quand la nuit fut là, Ghânim, fils d'Ayyûb, al-
Mutayyam al-Maslûb, se leva pour allumer les flambeaux et les chandelles. Il illumina la maison, prépara
les coupes pour le vin et apprêta le festin. Assis à côté
de la jeune femme, il versait le vin et le lui présentait,
puis elle le relayait et tous deux s'amusaient, riaient,
récitaient des vers. De plus en plus heureux et amoureux, ils s'étreignaient, pour la gloire de Celui qui a
composé ainsi nos cœurs. Le temps passa jusqu'à
l'approche de l'aube, qui les vit céder au sommeil et
dormir, chacun de son côté. Dans la matinée, Ghânim,
fils d'Ayyûb, se leva pour aller acheter au bazar des
légumes, de la viande, du vin et autres nécessités.

Revenu à la maison, il s'assit de nouveau aux côtés de la jeune femme et tous deux mangèrent jusqu'à satiété. Puis Ghânim présenta le vin ; ils burent et folâtrèrent, si bien qu'à ce jeu leurs pommettes devinrent toutes rouges et leurs yeux plus sombres. Le cœur plein du désir d'embrasser la jeune femme et de faire l'amour avec elle, Ghânim, fils d'Ayyûb, lui dit :

— Permets-moi, gentille dame, de recevoir un baiser de tes lèvres, pour que j'essaie d'y rafraîchir le feu de mon cœur !

— Ghânim, répondit-elle, attends que je sois ivre jusqu'à en perdre le sens ; alors, cela te sera permis, mais en secret puisque je ne saurai pas que tu m'as embrassée.

La jeune femme se leva, ôta quelques-uns de ses vêtements et se rassit, ne montrant plus qu'une mince tunique et un petit bonnet.

— Gentille dame, dit Ghânim tout animé de désir, permets-moi ce que je t'ai demandé !

— Tu n'y réussiras pas, car il est écrit *difficile* sur la ceinture de mon habit !

L'esprit en déroute et sa passion redoublant d'autant plus que l'entreprise s'avérait plus rude, Ghânim chanta ces vers :

> *Trop languide je suis et demande*
> *un baiser qui guérisse mon mal.*
> *On m'a dit : « Non ! Non ! Jamais ! »*
> *et j'ai dit, moi : « Que si ! Que si ! »*
> *Puis on m'a dit : « C'est de bon cœur, prends-le,*
> *mais en justes noces », et l'on a souri.*
> *Et moi : « De force, alors ! » On a dit : « Non !*
> *ou alors à la face du monde ! »*
> *Ne demande donc pas : « Mais qu'est-il arrivé ? »*
> *pense plutôt que Dieu pardonne, et sois à moi.*
> *Que dire de nous ? Peu importe !*

l'amour est plus doux d'être soupçonné.
Avec tout cela je me moque bien
qu'un jour il s'ébruite, ou reste caché.

L'amour de Ghânim s'accrut encore et l'incendie se
déchaîna dans son âme, mais la jeune femme le
repoussait en lui disant :

— Tu ne peux pas m'avoir !

Leur désir, ces paroles interminablement échangées
plongeaient Ghânim, fils d'Ayyûb, dans un océan de
passion, tandis qu'elle redoublait de cruauté en restant
toujours sur la défensive. La nuit vint avec ses ténèbres
et lâcha sur elle la traîne du sommeil. Ghânim se leva,
alluma chandelles et flambeaux, prépara, de nouveau,
de quoi boire et manger, puis il prit dans ses mains les
pieds de la jeune femme et les baisa : ils étaient comme
une fraîche écume où il enfouissait son visage en
disant :

— Gentille dame, aie pitié du prisonnier de ton
amour ! Cet homme que tes yeux ont tué aurait le cœur
en paix s'il ne t'avait pas vue !

Il pleura un moment, et elle lui répondit :

— Par Dieu, seigneur, lumière de mes yeux, je
t'aime, je le jure, et je suis sûre de ton cœur, mais je
sais que je ne serai jamais à toi.

— Et qui t'en empêche ? s'écria Ghânim.

— Cette nuit même, je te raconterai mon histoire et
tu comprendras mes raisons.

Et de se jeter sur lui, de lui entourer le cou de ses
bras, avec force baisers et autres gentillesses. Même,
elle lui promit de se donner. À ces jeux, à ces rires, leur
amour s'assura d'eux plus fortement encore.

Le temps passa ainsi. Une nuit après l'autre les
voyait dormir sur une même natte, et chaque fois qu'il
suppliait la jeune femme d'être à lui, elle se refusait.
Pendant un mois, tout un mois, chacun de ces deux

cœurs fut de plus en plus prisonnier de son amour pour
l'autre. Une nuit vint, alors qu'ils étaient aux extrêmes
limites de leur résistance. Tous deux étaient couchés,
enivrés. Ghânim passa la main sur le corps de la jeune
femme et le caressa. Sa main descendit vers le ventre,
sur le nombril. Elle s'éveilla, se redressa, s'assura de
son vêtement et, vérifiant que la ceinture était en
place, se rendormit. Ghânim, de nouveau, la caressa,
sa main descendit jusqu'à la ceinture du pantalon et
tira sur elle. La jeune femme se réveilla et, assise aux
côtés de Ghânim, lui dit :

— Que veux-tu donc ?

— Faire l'amour avec toi, et que notre bonheur soit
sans nuages.

— Le moment est venu, dit alors la jeune femme. Je
vais tout t'expliquer. Tu sauras alors quel rang est le
mien, je n'aurai plus de secrets pour toi et tu verras
clairement mes raisons.

— Je t'écoute, répondit Ghânim.

La jeune femme déchire alors l'ourlet de sa chemise,
tend la main vers la ceinture de son vêtement et invite
Ghânim à lire ce qui est écrit sur la frange de la
ceinture. Il la prend, regarde et voit, tracé en lettres
d'or : « Je suis à toi et toi à moi, ô descendant de l'oncle
du Prophète ! » En lisant ces mots, Ghânim retire
vivement sa main et prie la jeune femme de tout lui
dire d'elle. Elle commence ainsi :

— Tu sauras donc que je m'appelle Qût al-Qulûb et
que je suis la compagne du Commandeur des croyants.
Quand j'eus grandi, élevée par ses soins dans son
palais, et qu'il eut découvert mes qualités ainsi que la
beauté et les grâces dont m'avait pourvue le Seigneur,
il tomba amoureux de moi ; ce sentiment ne faisant
que croître, il me réserva un appartement particulier,
avec dix femmes pour me servir, et me fit présent de
ces bijoux que tu vois sur moi. Puis, un jour, le calife

partit pour quelque pays. Dame Zubayda s'en alla trouver l'une de mes servantes et lui dit : « Quand ta maîtresse, Qût al-Qulûb, dormira, dépose ce morceau de narcotique dans son nez ou dans une boisson. Je te donnerai de l'argent, assez pour que tu sois contente. — C'est un plaisir et un honneur ! » répondit l'autre, tout heureuse de gagner cet argent et d'obéir à Zubayda dont elle avait été la servante. Elle reçut d'elle le narcotique et vint le déposer dans ma boisson. À la nuit tombée, je bus et, lorsque le narcotique pénétra en moi, je tombai, recroquevillée sur moi-même et me croyant dans un autre monde. Quand ce mauvais tour eut réalisé son plein effet, elle me mit dans ce coffre, convoqua secrètement les esclaves, les soudoya ainsi que les gardes des portes et m'expédia avec les esclaves, cette même nuit où tu dormais sur ton palmier. Tu sais ce qu'ils ont fait de moi et tout le reste : le salut m'est venu de toi, tu m'as amenée ici et tu m'as traitée magnifiquement. Voilà mon histoire. Quant au calife, j'ignore ce qu'il en aura été de lui pendant mon absence. N'ébruite pas mon secret, maintenant que tu connais mon rang !

À ces mots, Ghânim, fils d'Ayyûb, convaincu que Qût al-Qulûb était bien la compagne du calife, prit vis-à-vis d'elle la distance que lui inspiraient la crainte et le respect du souverain. Il alla s'asseoir à l'écart, dans un coin, en s'admonestant et en méditant sur la situation où il se trouvait, égaré d'amour pour une femme qu'il lui était interdit de posséder. La violence et la brûlure d'un sentiment passionné et fou le firent pleurer et se plaindre d'un sort si contraire. Louange à Celui par qui l'amour occupe tout entiers les cœurs ! Ghânim alors chanta ces vers :

Ah ! Le cœur de l'amant se fatigue à aimer,
* son esprit lui est ravi devant des beautés sans pareilles !*

Si l'on me dit : « Quel goût a l'amour ? » je réponds :
  « il est douceur, mais cache la torture. »

Qût al-Qulûb, alors, se leva, prit Ghânim dans ses
bras et le couvrit de baisers. Son cœur dévoré d'amour,
elle lui dit tout, lui confia combien elle l'aimait, noua
ses bras autour de son cou, lui redonna des baisers,
mais c'est lui maintenant qui s'écartait d'elle par peur
du calife. Ils parlèrent un moment, noyés dans l'océan
de leur amour, et puis le jour vint. Ghânim se leva,
s'habilla et s'en alla comme à son habitude au bazar
pour y acheter ce qu'il fallait. Au retour, il trouva Qût
al-Qulûb en larmes. Mais en le voyant, elle cessa de
pleurer, sourit et lui dit :

— Amour de mon cœur, tu m'as laissée bien seule !
Cette heure où tu t'es absenté m'a paru, grand Dieu,
comme une année ! Je ne peux plus me passer de toi ! Je
t'ai dit en quel état m'a mise l'ardent amour qui me
pousse vers toi. Allons ! Oublions tout le reste et fais de
moi ce que tu veux !

— Que Dieu m'ait en aide ! s'écria Ghânim. C'est
une chose impossible. Un chien ne peut pas prendre la
place d'un lion ! Ce qui est à mon seigneur m'est
interdit. Je ne saurais m'en approcher.

Ghânim s'écarta de la jeune femme pour aller
s'asseoir dans un coin, tandis qu'elle, à le voir résister,
ne l'en aimait que davantage. Elle vint s'asseoir près
de lui, lui parla, badina. Quand ils furent enivrés, la
tête folle, elle voulut l'entraîner au scandale et chanta
ces vers :

Prisonnier de l'amour, un cœur est près de voler en éclats ;
  jusques à quand rester loin l'un de l'autre ? Jusques à
  quand ?
Toi qui me fuis sans que j'aie fait la moindre faute,
  regarde les gazelles, qui tout le temps se cherchent.

Séparation, et fuite, et fuite encore, amour,
  qu'est-ce que tout cela que l'homme porte au cœur ?

Ghânim, fils d'Ayyûb, pleura, et Qût al-Qulûb, en le
voyant en larmes, pleura avec lui. Puis ils burent,
jusqu'à la nuit. Alors, Ghânim s'occupa d'étendre deux
nattes séparées.

— Pour qui la seconde ? demanda la jeune femme.

— Celle-ci pour moi, répondit Ghânim, et l'autre
pour toi. À partir de cette nuit, nous ne dormirons pas
autrement. Car tout ce qui appartient au maître est
interdit à l'esclave.

— Gentil seigneur, dit-elle, qu'avons-nous à faire de
tout cela ? Il n'arrive rien qui ne soit arrêté et décidé.

Mais Ghânim refusa, et le feu se déchaîna dans son
cœur à elle, de plus en plus éprise d'amour.

— Par Dieu, dit-elle, nous dormirons ensemble, et
pas autrement.

— Que Dieu me soit en aide ! s'écria Ghânim, qui
finit par la convaincre et dormit loin d'elle jusqu'au
matin.

Mais le désir et l'amour, la passion et la folie n'en
régnèrent que de plus belle chez Qût al-Qulûb. Trois
longs mois se passèrent ainsi, et chaque fois qu'elle
s'approchait, lui s'écartait d'elle et disait :

— Ce qui est réservé au maître est interdit à
l'esclave.

Elle n'en pouvait plus de voir ainsi se dérober,
toujours plus longtemps, Ghânim, fils d'Ayyûb, al-
Mutayyam al-Maslûb. Alors, toujours plus triste et
plus dolente, d'un cœur épuisé, elle chanta ces vers :

Ô toi, beauté parfaite, pourquoi ces faux reproches ?
  qui donc te pousse à cette froideur envers moi ?
Tu as rassemblé sur toi tout ce qui a nom grâce,
  toutes les formes d'agrément, tu les as prises.

Tu mets l'amour en tous les cœurs,
    tu imposes la veille à toutes les paupières.
Avant toi, je savais tous les rameaux bons à cueillir,
    mais je te vois, toi, cueillir les rameaux du câprier.
Poursuivre la gazelle est chose convenue, mais toi,
    pourquoi traquer autrui, lui ôter son bouclier ?
Le plus stupéfiant à dire sur ton compte,
    c'est que je deviens folle et que tu ne sais rien de mes
    gémissements.
Ne permets pas que je sois jamais tienne :
    dès qu'il s'agit de toi, de toi je suis jalouse, et de moi
    pire encore.
Tu ne diras jamais, toi, si longtemps que tu vives :
    ô toi, beauté parfaite, pourquoi ces faux reproches ?

Cette situation dura pas mal de temps, Ghânim
s'écartant toujours de la jeune femme par crainte du
calife. Ainsi en était-il d'al-Mutayyam al-Maslûb, Ghânim, fils d'Ayyûb.

Zubayda, elle, avait traité comme on sait Qût al-
Qulûb, pendant l'absence du calife. Mais l'incertitude
la saisit : qu'allait-elle dire à celui-ci lorsque à son
retour il demanderait des nouvelles de la jeune femme
et que l'on ne saurait trop que lui répondre ? Zubayda
fit appeler l'une de ses familières, une vieille femme, et
lui confia son secret :

— Comment vais-je faire, dit-elle, maintenant que
Qût al-Qulûb est morte ?

Saisissant la situation, la vieille répondit :

— Sache, maîtresse, que le retour du calife est
proche. Envoie donc quelqu'un demander à un menuisier de façonner dans le bois quelque chose qui ait la
forme d'un mort. On lui creusera une tombe au milieu
du palais, on l'enterrera dedans, on construira, par-
dessus, une coupole à l'intérieur de laquelle on allu-
mera chandelles et flambeaux. Tu ordonneras à tous

les gens du palais qu'ils s'habillent de noir. Tes servantes et tous les domestiques, lorsqu'ils apprendront que le calife rentre de son voyage, devront répandre de la paille dans tous les vestibules du palais. Lorsque le calife arrivera et voudra savoir ce qui se passe, on lui dira : « Qût al-Qulûb est morte. Ce que tu as fait pour elle te vaudra grande récompense auprès de Dieu ! » Moi, sachant en quelle estime la tenait ma maîtresse, je l'aurai enterrée dans le propre palais de celle-ci. En entendant tout cela, le calife pleurera, n'en pouvant plus. La tombe fera l'objet d'une veillée, où les lecteurs du Coran réciteront le Livre d'un bout à l'autre. Le calife, c'est vrai, peut penser que sa cousine et femme Zubayda, jalouse de Qût al-Qulûb, a machiné sa perte. L'amour aussi peut l'égarer. Dans l'un et l'autre cas, il risque de faire exhumer la morte. Mais ne t'effraie pas. Si l'on creuse au-dessus de cette forme d'apparence humaine, si on la met au jour, ainsi enveloppée des plus précieux linceuls, et si le calife veut les écarter pour revoir Qût al-Qulûb, empêchez-le, toi et d'autres, et dis-lui qu'il est défendu d'offenser ainsi la pudeur de la morte. Alors, il croira vraiment que Qût al-Qulûb est perdue, il fera tout remettre en place, il te remerciera pour la façon dont tu auras agi et toi, tu seras tirée de ce mauvais pas.

Dame Zubayda vit que c'était le bon parti. Elle fit don à la vieille d'un superbe habit, sans parler d'une jolie somme d'argent, et lui demanda d'agir en conséquence. Sur l'heure, la vieille obéit et fit exécuter par le menuisier l'image demandée. Quand elle fut prête, elle l'apporta à Dame Zubayda qui la revêtit de linceuls, l'enterra, alluma chandelles et flambeaux, étendit les tapis autour de la tombe, s'habilla de noir et commanda à ses servantes de faire comme elle. La nouvelle de la mort de Qût al-Qulûb se répandit dans tout le palais.

Quelque temps après, l'absence du calife prend fin. À son arrivée, il gagne son palais, n'ayant rien d'autre en tête que de retrouver Qût al-Qulûb. Mais il voit tous les pages, domestiques et servantes vêtus de noir. Son cœur tremble. Avançant dans le palais, il arrive chez Dame Zubayda, la voit elle aussi habillée de noir, demande ce qui se passe. On lui apprend la mort de Qût al-Qulûb et il s'écroule évanoui. Revenu à lui, il veut savoir où est sa tombe :

— Commandeur des croyants, lui dit Dame Zubayda, l'estime où je la tenais m'a fait l'enterrer dans mon palais.

Toujours en habit de voyage, le calife s'y rend pour honorer Qût al-Qulûb. Il voit les tapis étendus, les flambeaux et les chandelles allumés, remercie Zubayda de tous ces soins et reste égaré, ne sachant s'il doit croire ou douter. Et puis, le soupçon l'emporte, il fait creuser, exhumer la dépouille. Quand il aperçoit les linceuls, il va pour les retirer, il veut revoir la morte. Mais il a trop peur de Dieu et dit à la vieille femme :

— Remettez-la où elle était !

Puis il convoque sur l'heure les spécialistes de la loi et les lecteurs du Coran, pour une récitation complète du Livre sur la tombe. Il s'assied ensuite à côté et pleure tant qu'il s'évanouit. Il devait rester comme cela, assis près de la tombe, tout un mois.

Et l'aube chassant la nuit, Shahrâzâd dut interrompre son récit.

Lorsque ce fut la quarante-deuxième nuit, elle dit :

J'ai appris encore, Sire, ô roi bienheureux, que le calife, pendant un mois, visita sans arrêt la tombe de Qût al-Qulûb. Puis il advint qu'après avoir renvoyé chez eux ses émirs et ses ministres, il gagna ses appartements privés pour y dormir un moment. Une de ses servantes s'assit à son chevet pour l'éventer et une autre à ses pieds pour les masser. Après s'être laissé gagner par le sommeil, puis réveillé, il entendit, tandis qu'il restait là, les yeux fermés, parler la servante qui se trouvait à son chevet :

— Malheur à toi, Khayzurân! disait-elle à l'autre.

— Et pourquoi donc, Qaḍîb al-Bân? répondait celle-ci.

— Notre maître ignore si bien le sort de Qût al-Qulûb qu'il veille sur une tombe qui ne renferme rien d'autre qu'une pièce de bois façonnée par un menuisier.

— Mais alors, qu'est-il arrivé à Qût al-Qulûb?

— Tu vas tout savoir : Dame Zubayda l'a fait endormir par une servante. Quand elle a été sous l'effet du narcotique, on l'a déposée dans un coffre et remise à Ṣawâb et Kâfûr, avec ordre de la porter dans certain monument funéraire.

— Malheur à toi, Qaḍîb, s'écria Khayzurân. Ainsi, Dame Qût al-Qulûb n'est point morte?

— Dieu préserve sa jeunesse de la mort! J'ai entendu dire à Dame Zubayda qu'elle se trouve chez un jeune marchand nommé Ghânim, fils d'Ayyûb, de Damas, depuis quatre mois très exactement. Et pendant ce temps, notre maître, là, pleure et passe les nuits sur une tombe vide de tout cadavre.

Les deux servantes continuèrent ainsi à s'entretenir de cette histoire, et le calife entendait tout.

Quand elles en eurent fini et qu'il sut ainsi toute l'affaire, cette tombe fausse et la présence de Qût al-Qulûb chez Ghânim, fils d'Ayyûb, depuis quatre mois, il entra dans une violente colère, se leva et convoqua les grands personnages de l'état. On vit arriver le vizir, Ja'far le Barmécide, qui baisa le sol devant le calife.

— Ja'far, dit celui-ci furieux, va en ville avec quelques hommes et demande où habite Ghânim, fils

d'Ayyûb. Abattez-vous sur sa maison et amenez-le-moi
avec ma servante Qût al-Qulûb ! Je veux le châtier, il le
faut !

— J'obéis à ton ordre, dit Ja'far, qui s'en alla avec
ses hommes et le gouverneur.

Ils finirent par trouver la maison de Ghânim, lequel
venait justement de rentrer avec une marmite de
viande qu'il se disposait à apprêter pour en manger en
compagnie de Qût al-Qulûb. Celle-ci, jetant un œil au-
dehors, vit le malheur qui cernait la maison, le vizir, le
gouverneur, les policiers, les esclaves avec leurs sabres
nus, tous là, autour, comme un fard qui noircit les
abords de l'œil. Qût al-Qulûb devina que son histoire
était maintenant connue du calife son maître, et que
cela signifiait la mort. Son teint pâlit, ses beaux traits
s'altérèrent. Regardant Ghânim, elle lui dit :

— Sauve-toi, mon amour !

Mais lui :

— Comment faire, et où aller ? Tout mon argent,
tous mes biens sont ici, dans cette maison !

— N'y reste pas ! Ou alors, tu perdras tout, ta vie et
ta fortune.

— Amour, lumière de mes yeux, comment arriverai-
je à sortir ? La maison est cernée !

— Ne crains rien ! dit-elle, et, le dépouillant de ses
vêtements, elle lui fait passer de vieilles hardes, prend
la marmite de viande, la lui pose sur la tête, ajoute par-
dessus du pain et un plat de nourriture et lui dit : Sors
sous ce déguisement, et ne t'occupe pas de moi ! Je ne
suis pas sans moyens auprès du calife, je sais comment
faire.

Écoutant les conseils de Qût al-Qulûb, Ghânim
quitta la maison, portant la marmite et enveloppé d'un
grand voile de femme. Il échappa ainsi, parce que son
cœur était pur, au mal qui se tramait contre lui. Le
vizir Ja'far, lui, en arrivant aux abords de la maison,

était descendu de cheval pour entrer. Il vit que Qût al-
Qulûb s'était parée et faite toute belle. Elle avait aussi
empli un coffre d'or, de bijoux, de pierres précieuses et
autres objets de valeur, du plus haut prix pour la plus
petite charge possible. A l'arrivée de Ja'far, elle se leva,
puis baisa le sol devant lui.

— Seigneur, lui dit-elle, il est écrit ce qu'a décidé
Dieu.

— Par Dieu, répondit Ja'far, en cette circonstance
mes ordres tiennent en un mot : me saisir de Ghânim,
fils d'Ayyûb.

— Apprends donc, lui dit-elle, qu'il a empaqueté
diverses marchandises et les a emportées à Damas. Je
ne sais rien d'autre. Je voudrais que tu prennes soin de
ce coffre et que tu le fasses porter au palais du
Commandeur des croyants.

— Tu ordonnes et j'obéis, dit Ja'far, qui donna
l'ordre d'emporter le coffre, lui-même se rendant au
palais du calife avec Qût al-Qulûb, que l'on traita avec
les plus grands honneurs.

Quant à la maison de Ghânim, on la pilla.

Lorsque les uns et les autres furent devant le calife,
Ja'far le mit au courant de ce qu'il venait d'apprendre.
Le calife, persuadé que Ghânim avait fauté avec Qût
al-Qulûb, la fit alors enfermer dans un lieu obscur, en
lui attachant une vieille femme pour veiller à tous ses
besoins. Après quoi, il fit rédiger une lettre pour l'émir
Muḥammad b. Sulaymân az-Zaynî, qui le représentait
à Damas. « Dès réception de ceci, disait la lettre, saisis-
toi de Ghânim, fils d'Ayyûb, et envoie-le-moi ! » Quand
la lettre parvint à son destinataire, il la baisa, la plaça
sur sa tête et fit proclamer, par tous les bazars, que
tous ceux qui étaient en mal de pillage pouvaient s'en
prendre à la maison de Ghânim, fils d'Ayyûb. La foule,
arrivée là, trouva la mère et la sœur de Ghânim assises,
en pleurs, près de la tombe qu'elles s'étaient fait

préparer. On se saisit d'elles et on pilla la maison, tandis qu'elles se demandaient la raison de tout cela. Amenées devant le prince, qui voulait savoir où se trouvait Ghânim, fils d'Ayyûb, elles lui dirent qu'elles n'avaient plus de nouvelles de lui depuis un an, et on les laissa aller où bon leur semblait.

Pendant que ces événements se déroulaient à Damas, qu'était devenu Ghânim, fils d'Ayyûb, al-Mutayyam al-Maslûb ? Éperdu de se voir ainsi arracher son bonheur, il se mit à pleurer sur son sort et, le cœur près d'éclater, marcha, marcha jusqu'à la fin du jour, meurtri de fatigue et de plus en plus affamé. Arrivé à un village, il entra dans la mosquée, s'assit sur une natte de palmier, appuya son dos au mur, et s'affala sous l'excès de la faim et de la fatigue. Quand le matin arriva, il était toujours là, le cœur battant de faim, le corps couvert de poux, puant, méconnaissable. Les gens du village, en arrivant pour la prière de l'aube, le trouvèrent étendu, épuisé et affamé. L'homme, c'était visible à certains signes, avait été riche et heureux. Lorsqu'ils eurent fait leur prière, ils s'approchèrent de lui : il n'était plus que faim et fièvre. On le revêtit d'un vieil habit aux manches élimées et on lui demanda :

— D'où viens-tu, étranger ? Tu es si faible ! Pourquoi ?

Ghânim ouvrit les yeux, regarda ces gens et pleura sans rien leur répondre. L'un d'eux, se rendant compte que la faim l'épuisait, s'en alla lui chercher une assiette de miel avec deux pains. Ghânim mangea peu et resta assis avec eux jusqu'à la montée du soleil. Puis tous s'en furent à leurs affaires. Un mois passa sans que Ghânim bougeât de sa place, chaque jour plus faible et plus malade. Pris de pitié, on se consultait sur son cas et l'on finit par convenir qu'il fallait l'envoyer à l'hôpital de Bagdad.

Sur ces entrefaites, arrivèrent deux femmes, deux

mendiantes. C'étaient la mère et la sœur de Ghânim.
Celui-ci leur donna le pain déposé près de sa tête. Elles
passèrent la nuit suivante à son côté, sans qu'il les
reconnût. Le jour suivant, les gens du village vinrent
avec un chameau et dirent à son propriétaire :

— Emmène ce malade sur ta bête, jusqu'à Bagdad
où tu le déposeras à la porte de l'hôpital. Peut-être
guérira-t-il, et Dieu te récompensera de ton action !

L'homme accepta, on fit sortir Ghânim de la mosquée et on les installa, lui et sa natte, sur le chameau.
Sa mère et sa sœur étaient là, à regarder avec les
autres. Elles ne le reconnaissaient pas et puis, en le
regardant plus attentivement, elles se dirent qu'il
ressemblait à Ghânim, leur garçon. Était-ce bien ce
malade, oui ou non ?

Ghânim, lui, ne reprit ses sens qu'une fois sur le
chameau. Il pleurait, gémissait, tandis que les gens du
village regardaient sa mère et sa sœur, qui le plai-
gnaient sans le reconnaître. Puis elles reprirent leur
chemin, arrivant jusqu'à Bagdad. Le chamelier, de son
côté, emmenant Ghânim, avait déposé notre homme à
la porte de l'hôpital, puis repris sa bête et regagné son
village. Ghânim resta étendu là jusqu'au matin. Quand
les gens sortirent dans la rue et qu'ils virent cet homme
devenu pas plus épais qu'un cure-dent, ils n'en finirent
pas de le regarder, jusqu'à ce qu'enfin arrivât le chef
du bazar, lequel les écarta de Ghânim en se disant :
« Je vais me gagner le paradis avec ce pauvre. S'il
entre à l'hôpital, un seul jour suffira pour qu'on me le
tue ! » Il demanda alors à ses commis d'emporter
Ghânim à sa maison, où on lui donna une nouvelle
natte et un oreiller neuf.

— Sers-le scrupuleusement ! dit-il à sa femme.

Et elle :

— Tu peux y compter.

Elle s'affaira, réchauffa de l'eau, lava les mains, les

pieds et le corps de Ghânim, l'habilla d'un vêtement pris à ses servantes, lui fit boire un verre de vin et le parfuma d'eau de rose. Reprenant ses sens, il se souvint de celle qu'il aimait, Qût al-Qulûb, et son chagrin s'accrut encore. Voilà ce qu'il en était de Ghânim. Revenons maintenant à Qût al-Qulûb. Après qu'elle eut encouru la colère du calife...

Mais l'aube chassant la nuit, Shahrâzâd dut interrompre son récit.

Lorsque ce fut la quarante-troisième nuit, elle dit :

J'ai appris encore, Sire, ô roi bienheureux, que lorsque Qût al-Qulûb eut encouru la colère du calife et qu'il l'eut fait enfermer dans un lieu obscur, quatre-vingts jours s'écoulèrent. Et puis, un autre jour qu'il passait par là, le calife entendit Qût al-Qulûb qui chantait des vers. Quand elle en eut assez :

— Ghânim, mon amour, disait sa voix, tu es si bon, ton âme est si pure ! Tu fais du bien quand on te fait du mal ! Tu as gardé l'honneur de celui qui a brisé le tien ! Tu as tenu à l'abri quelqu'un qui était à lui, et lui, il t'a chassé, il a chassé ta famille ! Non, il ne se peut pas que le Commandeur des croyants et toi ne comparaissiez pas devant un juge à qui tu demanderas justice contre lui, le jour où le juge, ce sera Dieu, et où tu auras les anges pour témoins !

Le calife, entendant ces mots, comprit la plainte de Qût al-Qulûb et sut qu'elle était innocente. Rentré dans son palais, il l'envoya chercher par son serviteur Masrûr. Quand elle fut devant lui, elle resta muette, les yeux baissés, pleurant et le cœur désespéré.

— Qût al-Qulûb, dit le calife, tu te plains de moi, à ce que je vois, tu m'accuses d'injustice, tu prétends que j'ai fait du mal à qui m'a fait du bien. Quel est donc celui-là qui a gardé mon honneur quand je brisais le sien, qui a tenu à l'abri quelqu'un qui était à moi quand je chassais, moi, tous les siens ?

— C'est Ghânim, fils d'Ayyûb, répondit Qût al-Qulûb. Il ne m'a pas entraînée au péché, il s'est fait droit à tes bonnes grâces, Commandeur des croyants.

— Il n'y a, dit le calife, de force et de puissance qu'en Dieu, Qût al-Qulûb ! Dis-moi ce que tu souhaites, et je réaliserai ton vœu.

— J'attends de toi mon bien-aimé, Ghânim, fils d'Ayyûb.

— Je te l'accorde.

— Si on te l'amène ici, Commandeur des croyants, tu me donnes à lui !

— Si on me l'amène, je te donne à lui, en toute générosité et sans retour.

— Permets-moi, Commandeur des croyants, d'aller ici et là à sa recherche, en espérant que Dieu nous réunira.

— Fais ce que bon te semble.

Qût al-Qulûb, tout heureuse, prit mille dinars et, visitant les chefs des corporations, distribua des aumônes à l'intention de Ghânim. Le jour suivant, elle se rendit au bazar des négociants et remit à leur maître des dirhams pour qu'il en fît l'aumône aux étrangers. Le vendredi d'après, elle alla au bazar des joailliers et orfèvres, demanda à voir leur chef et lui donna mille dinars, toujours pour des aumônes aux étrangers. Le maître joaillier, chef du bazar, la regardant, lui dit :

— Voudrais-tu aller chez moi, voir un jeune étranger, parfait de sa personne et tellement délicat ?

C'était Ghânim, fils d'Ayyûb, al-Mutayyam al-Maslûb, mais le maître joaillier ne le connaissait pas et le tenait simplement pour un pauvre homme jadis riche et que les dettes avaient ruiné, ou alors pour un amant privé de ses amours. En entendant le maître joaillier,

Qût al-Qulûb sentit battre son cœur et tout son être s'attacher à ce malheureux. Elle demanda qu'on la conduisît, et le maître joaillier désigna un jeune commis pour l'emmener chez lui, là où était l'étranger.

Qût al-Qulûb l'en remercia. Arrivée à la maison du joaillier, elle salua son épouse, qui se leva pour baiser le sol devant elle, car elle savait qui elle était.

— Où est ce malade que vous abritez ? demanda Qût al-Qulûb.

L'autre pleura et répondit :

— Madame, le voilà. Que dire ? Par Dieu, c'est un homme dont on voit bien qu'il est de bonne famille et qu'il a jadis été heureux et riche.

Qût al-Qulûb, se tournant vers la natte où Ghânim reposait, le regarda attentivement. Était-ce bien lui ? On l'aurait dit, mais il avait tellement changé et était devenu d'une telle maigreur, tout pareil à un cure-dent, que Qût al-Qulûb eut des doutes. Si peu certaine qu'elle était, pourtant, la pitié la prit, elle pleura, disant que l'exil était un malheur, même si l'on était prince dans son pays. Son cœur fut pris de compassion. Elle s'occupa des boissons et des remèdes que Ghânim devait prendre, s'assit un moment à son chevet, puis partit sur sa mule jusqu'à son palais. Mais tous les jours qui suivirent, elle visita chaque bazar pour rechercher Ghânim.

Quelque temps après, le joaillier entreprit d'amener devant Qût al-Qulûb la mère de Ghânim et Fitna, sa sœur.

— Dame de toutes les bontés, dit-il, une femme et sa fille sont arrivées, aujourd'hui même, en notre ville. Ce sont des personnes de qualité, qui furent jadis riches comme on peut le voir aisément, malgré le vêtement de poil qu'elles portent et la besace qui leur pend à l'épaule. Leurs yeux sont en pleurs, leur cœur est triste. Je te les ai amenées pour que tu leur donnes asile et les protèges de toute question infamante, car elles ne sont pas d'une condition à le tolérer. Si Dieu le veut, nous nous gagnerons le paradis en les traitant ainsi.

— Par Dieu, monsieur, répondit Qût al-Qulûb, j'ai, à vous entendre, un vif désir de les voir. Où sont-elles ?

Le joaillier fit donc entrer la mère de Ghânim et Fitna Quand elles furent devant Qût al-Qulûb et que celle-ci vit combien elles étaient belles encore, elle pleura sur leur sort en disant :

— Grand Dieu, voici deux personnes qui ont connu le bonheur et qui portent les souvenirs visibles d'une ancienne richesse.

— Madame, approuva la femme du joaillier, la récompense que nous attendons de Dieu nous fait aimer les pauvres et les malheureux, car ce sont parfois des victimes de l'injustice, à qui on a arraché leur bonheur et dont on a ruiné la maison.

À ces mots, et voyant, après leur richesse, à quelle misère elles étaient réduites, les deux femmes pleurèrent à chaudes larmes, le souvenir de Ghânim, fils d'Ayyûb, al-Mutayyam al-Maslûb, redoublant encore leurs sanglots. Et comme Qût al-Qulûb les accompagnait de ses larmes, la mère s'écria :

— Ah ! Que Dieu nous entende ! Qu'Il nous réunisse avec celui que nous désirons, mon fils Ghânim, fils d'Ayyûb !

À ces mots, Qût al-Qulûb sut que ces deux femmes étaient la mère et la sœur de son bien-aimé. Elle pleura tant qu'elle s'évanouit, puis, revenue à elle, elle s'avança vers elles et leur dit :

— Tout ira bien pour vous maintenant ! Car ce jour est le premier de votre bonheur et le dernier de vos misères. Ne soyez plus tristes !

Et l'aube chassant la nuit, Shahrâzâd dut interrompre son récit.

Lorsque ce fut la quarante-quatrième nuit, elle dit :

J'ai appris encore, Sire, ô roi bienheureux, que Qût al-Qulûb dit aux deux femmes :

— Ne soyez plus tristes !

Après quoi, elle pria le maître joaillier, en lui remettant une somme d'argent, de les emmener chez lui avec, pour sa femme, permission de les conduire au bain et consigne de les habiller bellement, de prendre soin d'elles et de les traiter avec les plus grands honneurs. Le jour suivant, Qût al-Qulûb monta sur sa mule et s'en alla au domicile du maître joaillier. À son arrivée, l'épouse de celui-ci se leva pour lui baiser les mains. Qût al-Qulûb la remercia de tout ce qu'elle faisait et vit alors la mère et la sœur de Ghânim que la maîtresse de maison avait emmenées au bain et débarrassées de leurs vieux vêtements : les signes d'une vie heureuse n'en apparaissaient que plus clairement sur elles. Qût al-Qulûb s'assit pour deviser un moment en leur compagnie, puis elle s'enquit, auprès de l'épouse du joaillier, du malade qu'elle hébergeait.

— Il est toujours pareil, répondit celle-ci.

— Il nous faut le voir, dit Qût al-Qulûb. Allons lui rendre visite !

Toutes les quatre, arrivées près de lui, s'installèrent à ses côtés.

En entendant prononcer par ces femmes le nom de Qût al-Qulûb, Ghânim, fils d'Ayyûb, al-Mutayyam al-Maslûb, dont le corps était devenu si maigre et les os si minces, sentit revenir sa vie. Il leva la tête de dessus son oreiller et appela :

— Qût al-Qulûb !

En le regardant, la certitude l'envahit, elle le reconnut.

— Oui, mon amour ! répondit-elle.

Et lui :

— Approche un peu de moi.

— Tu es Ghânim, fils d'Ayyûb, al-Mutayyam al-Maslûb, n'est-ce pas ? demanda-t-elle.

— Oui, c'est bien moi.

Qût al-Qulûb alors tomba évanouie. La mère et la sœur de Ghânim, qui avaient entendu ce dialogue, poussèrent un cri de joie et s'évanouirent elles aussi. Quand elles eurent toutes repris leurs sens, Qût al-Qulûb dit à Ghânim :

— Louange à Dieu qui nous a réunis, toi et moi, et ta mère et ta sœur !

Et, s'approchant, elle lui raconta ce qui s'était passé avec le calife : comment elle avait manifesté la vérité au Commandeur des croyants, qui l'avait crue, qui était content de lui, Ghânim, et qui, dès ce jour, souhaitait le voir.

— Le calife m'a donnée à toi, conclut Qût al-Qulûb pour le plus grand bonheur de Ghânim.

Puis :

— Ne bougez pas d'ici jusqu'à mon retour !

Aussitôt, sans perdre un instant, elle se lève, court à son palais, va prendre le coffre qu'elle avait emporté de la maison de Ghânim, en tire des dinars qu'elle donne au maître joaillier avec ces mots :

— Prends ces dinars et achète, pour chacune des personnes qui sont chez toi, quatre tenues complètes, dans les tissus les plus beaux, vingt foulards et tout le nécessaire.

Puis, elle emmène les deux femmes et Ghânim au bain, où elle donne les ordres pour qu'on les lave. À leur retour, elle leur prépare des bouillons, de l'eau de galanga et de l'eau de pomme, les habille et reste ainsi avec eux trois jours, les nourrissant de poulet et de bouillon et leur faisant boire des sirops mêlés de sucre raffiné. Quand elle leur a ainsi rendu leurs forces, elle les conduit de nouveau au bain et leur donne d'autres vêtements.

Les laissant chez le maître joaillier, elle se rend auprès du calife, baise le sol devant lui et le met au courant de toute l'histoire : elle a retrouvé son seigneur, Ghânim, fils d'Ayyûb, al-Mutayyam al-Maslûb, et sa mère, sa sœur sont là aussi. À ces mots de Qût al-Qulûb, le calife donne à ses gens l'ordre de lui amener Ghânim. Ja'far s'en va trouver celui-ci, mais Qût al-Qulûb l'a précédé. Elle est déjà auprès de Ghânim.

— Le calife, dit-elle, envoie quelqu'un pour te convoquer auprès de lui. C'est le moment d'être éloquent, d'avoir le cœur ferme et de bien tourner ta langue.

Elle le revêt d'une somptueuse robe, lui donne une bonne quantité de dinars et lui dit :

— Distribue-les sans lésiner à la garde du calife, lorsqu'on t'introduira.

Ja'far arrive sur sa mule de Nubie, Ghânim s'avance à sa rencontre, le salue, baise le sol devant lui, tout rayonnant de sa bonne étoile et de sa gloire montante. Ja'far l'emmène d'une traite jusqu'en présence du Commandeur des croyants. Là, Ghânim regarde les ministres, les princes, les chambellans, la garde, les grands dignitaires et les militaires. Il se sent plein d'éloquence, le cœur ferme, prêt à parler délicatement, avec toutes les finesses nécessaires, il baisse la tête vers le sol, puis, regardant le calife, récite ces vers :

Longue vie au roi très prestigieux
  chez qui les bienfaits sans fin succèdent aux bienfaits.
Depuis César, comment rêver d'un autre roi ?
  à cette place, comment rêver de Chosroès ?
Tu laisses les rois dans la poussière du seuil,
  c'est la paix qui fait leurs joyaux aux couronnes.
Quand le regard des rois vient se poser sur lui,
  ils tombent, visage contre terre, tant il leur en impose.
Ces lieux les comblent d'aise tout en leur apprenant
  les degrés des grandeurs et la splendeur du prince.

Déserts et vastes plaines sont trop petits à tes armées :
  aussi, dresse tes tentes aux sommets de Saturne,
Le roi des rois te garde et te préserve !
  Aidée de ton cœur ferme et de sages mesures,
Ta justice a gagné la terre tout entière
  et, près ou loin de toi, chaque homme en a sa part.

Quand Ghânim eut fini de réciter ces vers, le calife manifesta son plaisir et s'émerveilla d'un langage aussi éloquent et d'un esprit si agréable.

Et l'aube chassant la nuit, Shahrâzâd dut interrompre son récit.

Lorsque ce fut la quarante-cinquième nuit, elle dit :

J'ai appris encore, Sire, ô roi bienheureux, que Ghânim, fils d'Ayyûb, émerveilla le calife par son éloquence, ses vers et le charme de son esprit. Quand il se fut, sur son ordre, approché du souverain :

— Explique-moi ton histoire, dit le calife, et dis-moi toute la vérité à ton sujet.

Assis, Ghânim lui raconta ce qui s'était passé à Bagdad, sa nuit dans le cimetière, le coffre pris aux esclaves après leur départ ; il raconta tout, du début à la fin, qu'il n'est pas nécessaire de redire. En l'écoutant, le calife sut qu'il disait vrai ; il le revêtit d'une robe d'honneur et fit de lui son familier, avec ces mots :

— Tiens-moi quitte de tout ce que je t'ai fait.

Ghânim le lui accorda bien volontiers et ajouta :

— Commandeur des croyants, l'esclave et tout ce qu'il possède sont entre les mains de son maître.

Le calife manifesta sa joie en affectant à Ghânim un palais particulier, avec des tissus et de l'argent à profusion pour son entretien. Il y fit installer la mère et la sœur de Ghânim et, ayant appris que cette dernière, Fitna, était en effet la beauté même, la demanda pour femme.

— Elle est ta servante, dit Ghânim, et moi ton
esclave.

Le calife, reconnaissant, lui offrit cent mille dinars,
puis convoqua le cadi avec les témoins. Les contrats
furent rédigés et, le même jour, Ghânim, fils d'Ayyûb,
épousa Qût al-Qulûb, et le calife Fitna. Le matin
suivant, celui-ci donna l'ordre que l'on rédigeât, du
commencement à la fin, l'histoire de Ghânim : elle
devait, dûment enregistrée, être connue des générations futures, qui s'émerveilleraient des vicissitudes du
destin et les rapporteraient au Créateur de la nuit et du
jour.

Cette histoire pourtant n'est pas plus admirable que
celle du roi 'Umar an-Nu'mân et de ses deux fils, Sharr
Kan et Ḍaw' al-Makân, qui furent l'objet d'événements
étranges et extraordinaires.

— Quelle est donc cette histoire ? demanda le roi.

L'Épopée
de 'Umar an-Nu'mân

Nuits 45 à 145

Ce texte, de très loin le plus long des *Mille et Une Nuits*, a été établi et traduit, récit et poèmes, par Jamel Eddine Bencheikh, avec la collaboration de Touhami Bencheikh pour le récit. Il a vu le jour grâce au dévouement et à la constance de Claudine Ginet-Bencheikh.

Ce roman met en scène des combats que se livrent Arabes musulmans et Byzantins chrétiens (Rûm). Mais il est très difficile de déterminer exactement la période historique dans laquelle ces affrontements prennent place. Le texte commence par une affirmation pour le moins surprenante : « Il y avait à Bagdad, avant le règne du calife 'Abd al-Malik b. Marwân, un roi du nom de 'Umar an-Nu'mân » qui avait plié sous son joug « l'Inde, le Sind, la Chine et ses îles, le Hedjaz, le Yémen, l'Éthiopie, le Soudan, les îles de l'océan Indien et les territoires du Nord dépendants de Byzance jusqu'à Diyâr Bakr ».

'Abd al-Malik b. Marwân, cinquième calife umayyade, a régné de 685 à 705, et Bagdad n'a été fondée par le calife al-Manṣûr qu'en 762 ! Par ailleurs, il n'est pas de roi arabe avant l'islam qui ait établi un empire de cette ampleur. Nous sommes donc en présence d'indications qui relèvent plus de la légende que de l'histoire. Mais l'habillage mythique, ou les débordements d'un conteur enthousiaste, ne doivent pas faire oublier la réalité de la guerre que se livrèrent les deux civilisations. Après des incursions répétées, la première grande campagne des Arabes fut dirigée contre Constantin IV (668-685). Le siège de Constantinople, mené sur terre et sur mer, dura

*au moins quatre ans (674-678) et se termina par la
déroute des assaillants arabes.*

*Le septième calife abbasside al-Ma'mûn qui régna de
813 à 833 redonna une impulsion vigoureuse à la lutte
contre les Byzantins déjà aux prises avec les musulmans andalous installés en Crète à partir de 826, et les
rois Aghlabides de Tunisie lancés à la conquête de la
Sicile à partir de 827. Les batailles entre l'empereur
byzantin Théophile et les armées d'al-Ma'mûn se succédèrent durant les campagnes de 830, 831, 832 et 833.
En 838, les musulmans prennent Amorium, berceau de
la dynastie byzantine, située en Phrygie sur la grand-
route militaire de Constantinople à la Cilicie, au sud-
ouest de l'actuelle Ankara. En fait, dès le règne du
premier calife umayyade Mu'âwiya et tout au long des
siècles qui suivirent, on se fit la guerre. Rien d'étonnant
alors à ce que, bien plus tard, les faits historiques,
déformés et réinterprétés, aient servi de matière au
roman.*

*C'est l'orientaliste allemand Rudi Paret qui attira
l'attention sur ce qu'il appela « une œuvre représenta-
tive des romans arabes de chevalerie*[1] *». Élève de Littmann qui travailla lui-même sur* Les Mille et Une
nuits, *il eut l'intention un moment de publier la totalité
du manuscrit damascin de Tübingen qui est peut-être la
plus ancienne version de cette épopée et, avec le manuscrit nº 4679 de la Bibliothèque nationale de Paris, celui
qui permet de rétablir de nombreux épisodes négligés
par les versions imprimées. On trouvera dans cette
étude de Paret une description détaillée des manuscrits
ainsi qu'une analyse des principaux épisodes. Quant
aux traductions françaises, elles ont exclu ce magnifi-*

---

1. Paret, Rudi, *Der Ritter Roman von 'Umar an-Nu'mân und seine
Stellung zur Sammlung von Tausendundeine Nacht*, Tübingen, 1927 ;
pour les travaux de E. Littmann, voir *Encyclopédie de l'islam*, 2ᵉ éd.,
tome I, 1960, article *Alf Layla*, p. 369 et suiv.

que ensemble à l'exception de celle de Mardrus qui en donne une adaptation incomplète, infidèle et médiocre.

Ce n'est pas le lieu ici de discuter l'appellation de « roman de chevalerie » utilisée par Paret. Elle nous semble inadéquate, mais pourrait aider le lecteur français à se familiariser avec l'inspiration générale de l'œuvre. Il s'agit de l'étonnante épopée de la famille royale de 'Umar an-Nu'mân sur laquelle semble peser comme une malédiction des Atrides puisque d'incestes en assassinats, d'enlèvements en retrouvailles, une saga arabo-byzantine déploie son récit. Celui-ci s'organise autour de trois motifs principaux : le sort des batailles et combats singuliers, le destin des personnages, la leçon des contes insérés dans l'épopée.

Batailles et duels opposent les musulmans aux chrétiens byzantins. Il s'agit d'une chronique brodant à l'envi sur une trame dont on n'a pas encore mesuré l'exacte historicité. On y lira d'admirables scènes dont certaines pourraient prendre place dans une fresque épique décrivant l'affrontement de deux civilisations. Les chocs de champions, précédés de somptueuses invectives, sont des morceaux d'anthologie, et l'on oublie bien vite les inexactitudes historiques pour s'enthousiasmer au talent de la composition. Bien entendu, les musulmans finissent toujours par triompher et le bilan se veut rassurant pour qui raconte la chronique : 240 000 guerriers de l'islam affrontent 1 600 000 défenseurs de la croix et la proportion des pertes reste curieusement la même que celle des combattants ! Et c'est ainsi qu'au terme d'une journée sanglante on dénombre 45 000 morts chrétiens contre 3 500 musulmans, ou 1 000 contre 35 ! Peu importe, on se plaît à imaginer la même histoire racontée par un Byzantin et où un seul champion chrétien viendrait à bout de toute une aile de l'armée musulmane ! Il y a des lois du genre à respecter. Le conteur qui soulève l'enthousiasme et suscite l'émotion n'est pas tenu par la réalité

des faits mais par la vérité de l'imagination. Au demeu-
rant, et après avoir annoncé le triomphe écrasant des
siens, on avoue son admiration pour son preux adver-
saire.

Le portrait des personnages ne disparaît pas au profit
des tableaux d'ensemble. Le texte prend au contraire le
temps de les caractériser, parfois avec finesse, de les saisir
dans la profondeur de leur être, de les établir dans une
logique qui oriente le récit. Ici encore les lois de la
narration doivent jouer et permettre à quiconque de
prévoir les péripéties à venir, pour le moins d'en attendre
les surprises avec impatience. Le plaisir de l'écoute se
double de celui de la participation. Le méchant et le bon
ne peuvent laisser indifférent un auditeur dont l'admira-
tion et l'indignation entrent dans la composition du
personnage. Et la trajectoire des comportements sera
toujours ascendante : le bon touchera aux limites de la
bravoure, de la force et du dévouement, le méchant à celle
de la félonie, de la perversité et de la cruauté. Les deux
courbes s'entrecoupent pour souligner le rythme présent
et décider les orientations futures.

Parmi tous ces personnages, du roi an-Nu'mân à ses
descendants héroïques, du Basileus de Constantinople au
roi de Césarée de Cappadoce, l'un se détache et prend une
ampleur tout à fait remarquable, celui de la vieille
Shawâhî Dhât ad-Dawâhî, la chrétienne que les musul-
mans traitent de ribaude, perverse, dévergondée, vieillarde
calamiteuse, ennemie jurée de l'islam et l'on en passe, et
qui se décrit elle-même comme la plus grande des rouées,
le fléau d'entre les fléaux. Véritable génie politique et
militaire, femme de toutes les audaces qui organise et
mène les coups de main les plus périlleux, qui n'hésite ni
à donner le poison ni à frapper du poignard, maîtresse à
se travestir, jouisseuse de beaux corps féminins, fine
connaisseuse des sciences musulmanes et capable d'en

disserter devant des savants, c'est assurément la plus
haute personnalité de l'œuvre. Face à elle, la figure du
grand vizir Dandân, ou celle, magnifique et tragique,
d'Abrîza (ou Abrawîza) caracolant à la tête de ses
Amazones n'en prennent que plus de valeur.

    Au cœur de l'épopée sont insérés plusieurs contes.
Certains n'ont rien à y faire comme Abû l-Ḥasan ou le
dormeur éveillé, Ḥasan al-Baṣrî, Le Faux calife, pour-
tant retenus par les manuscrits de Tübingen, Berlin,
Gotha et Paris. Cette insertion résulte à l'évidence de
déplacements injustifiables opérés par des copistes. Ces
contes prennent place dans Les Mille et Une Nuits, *mais*
ailleurs. Pas plus que ne devrait y figurer d'ailleurs
l'histoire du poète Jamîl (660-701) et de son amante
Buthayna dans le campement duquel surgit Kân Mâ
Kân [1]. *Car nous voilà soudain transportés d'un possible*
XIIe siècle des guerres byzantines au I^e siècle islamique,
conduits des marches de l'empire byzantin au Hedjaz et
au Najd. La légende procède ici à une très intéressante
remontée vers l'amont. L'imagination va rechercher dans
un temps lointain les héros qui lui conviennent. Elle
respire au souffle de la grande époque bédouine et frémit à
l'amour de ses amants.
    S'il faut donc laisser ces contes à d'autres Nuits, *ceux de*
Tâj al-Mulûk *et de* 'Azîz et 'Azîza *doivent être maintenus.*

---

1. Nous ne donnons aucun de ces contes dans notre traduction
puisqu'ils figurent ailleurs dans *Les Mille et Une Nuits.* Nous ne
retenons pas plus l'histoire de *Jamîl et Buthayna.* Afin de rentrer dans
les limites de cette édition, nous résumons un assez long épisode
touchant aux conquêtes de Rûmzân, fils d'Abrîza, avant son affrontement avec Kân Mâ Kân (p. 633-634). Notre version a tenu compte de
tous les indispensables compléments et corrections que les manuscrits
de Tübingen et de Paris permettent d'apporter aux versions imprimées
dont la meilleure reste celle de Calcutta II publiée en 1839-1842 par
Macnaghten. Sans ces manuscrits, le texte resterait incomplet, souvent obscur, parfois incompréhensible.

Racontés par le grand vizir Dandân (ou Darandân) au cours du siège de Constantinople, ils sont parmi les plus beaux récits d'amour de la littérature arabe[1].

Disons enfin qu'il n'est pas seulement question ici de guerre et de passion. A la cour du roi an-Nu'mân à Bagdad ou à celle de son fils Sharr Kân à Damas, on peut assister à un majlis, *salon où l'on disserte à perte de vue sur l'art de gouverner, les qualités morales, la foi, les choses de ce monde et de l'au-delà. Du champ de bataille au salon de cour, l'épopée d'an-Nu'mân nous aura maintenus dans un plaisir de qualité.*

J. E. BENCHEIKH

---

1. Voir notre « Volupté d'en mourir », dans *Mille et Un Contes de la nuit,* en collaboration avec André Miquel et Claude Bremond, Gallimard, 1991.

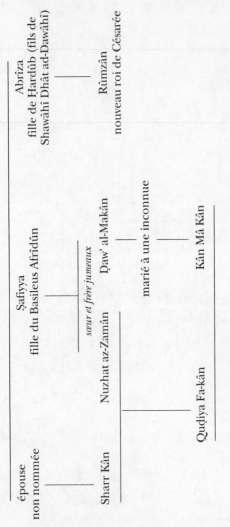

DESCENDANCE DU ROI 'UMAR AN-NU'MÂN

CONTE DU ROI 'UMAR AN-NU'MÂN
ET DE SES DEUX FILS
SHARR KÂN ET ḌAW' AL-MAKÂN

On raconte encore, Sire, ô roi bienheureux, qu'il y avait à Bagdad, avant le règne du calife 'Abd al-Malik b. Marwân, un roi du nom de 'Umar an-Nu'mân, souverain puissant s'il en fut, qui avait imposé sa loi aux Chosroès et aux Césars. Nul ne pouvait se mesurer à son aune, encore moins l'affronter en combat singulier tant il était effrayant lorsque, dans son courroux, les étincelles lui sortaient des narines. Il avait assis son empire aux quatre coins de l'univers et exerçait une autorité incontestée sur les villes et les campagnes, pliant sous son joug les contrées les plus reculées de l'Orient et de l'Occident : l'Inde, le Sind, la Chine et ses îles, le Hedjaz, le Yémen, l'Éthiopie, le Soudan, les îles de l'océan Indien et les territoires du Nord dépendant de Byzance jusqu'à Diyâr Bakr. Les grandes îles à travers les mers étaient sous son contrôle ainsi que les plus importants des fleuves connus au long de leur cours : le Sayḥûn, le Jayḥûn, le Nil et l'Euphrate.

Ses envoyés le tenaient au courant de l'état du monde sur lequel s'étendait sa souveraineté, une souveraineté que nul ne s'avisait de discuter, pas même les plus puissants monarques qui admettaient sa suzeraineté, subjugués par la crainte qu'il inspirait. Munificent de nature, il comblait ses vassaux et ses sujets de bontés et de faveurs, et leur assurait justice et sécurité. Les présents lui parvenaient de partout et l'impôt foncier entrait à flots, drainé de tous les horizons.

Il avait un fils à qui il avait donné le nom de Sharr Kân, car il s'était révélé, très tôt, un redoutable jouteur, une terreur à laquelle ne résistaient ni les champions confirmés ni ses jeunes émules qu'il mettait à mal. Son père l'adorait véritablement et le désigna comme héritier présomptif. Lorsqu'il fut à l'âge d'homme et eut atteint ses vingt ans, les sujets du royaume dans leur ensemble firent acte d'allégeance au jeune prince dont ils connaissaient le courage et la détermination.

Il était fils unique bien que le roi, son père, eût épousé quatre femmes légitimes conformément aux prescriptions du Livre et de la Sunna. Mais une seule avait enfanté, les autres étaient restées stériles. Il avait, en outre, trois cent soixante concubines, au nombre des jours du calendrier copte, de toutes races confondues. Il les avait installées en des appartements privés répartis dans les douze palais — autant que de mois de l'année — édifiés pour abriter, chacun, trente d'entre elles. Il les honorait à tour de rôle une fois l'an, selon un ordre qu'il avait lui-même fixé.

Ainsi le temps passait pendant que Sharr Kân se couvrait de gloire aux confins de l'empire pour la plus grande fierté de son père. De plus en plus valeureux, plein de fougue et impérieux, il conquérait territoires sur territoires et enlevait citadelles et forteresses.

Or, il advint qu'au gré du destin, l'une des concubines fut enceinte des œuvres du roi. Quand sa grossesse fut certaine, an-Nu'mân ne se sentit plus de joie, espérant bien qu'il lui naîtrait un garçon et que d'autres suivraient encore. Il fit calculer par les astrologues la date exacte de la naissance et entoura la future mère de mille prévenances. Sharr Kân, informé, en conçut un vif dépit et prit fort mal la chose, pressentant en cet enfant un éventuel rival pour la succession au trône. Il décida en son for intérieur de le supprimer s'il s'agissait d'un mâle.

La concubine, du nom de Ṣafiyya, était une esclave byzantine qui avait été envoyée à an-Nu'mân, entre autres présents de prix, par le roi des Francs, maître de Césarée. C'était, de toutes, la plus belle, la plus jolie et la plus vertueuse. Son éblouissante grâce allait de pair avec une intelligence aiguë. Lorsque, son tour venu, elle passait la nuit avec le roi et remplissait son office, elle répétait souvent combien elle souhaitait que le Souverain des cieux permît qu'elle ait un garçon.

— Je l'élèverais avec soin, disait-elle, le couverais et me vouerais totalement à son éducation.

Ces propos avaient don de plaire à an-Nu'mân et de le réjouir au plus haut point.

Vint l'expiration de ses mois de grossesse qu'elle avait consacrés, car elle était dévote, à la prière et aux exercices de piété. Assise sur le siège d'accouchement, elle supplia le Seigneur de lui accorder un garçon bien constitué et de faciliter sa délivrance, ce en quoi Il voulut bien l'exaucer. Le roi avait dépêché au gynécée l'un de ses eunuques avec mission de le tenir sur-le-champ informé du sexe de l'enfant. Sharr Kân, de son côté, avait pris les mêmes précautions.

Le travail achevé, les sages-femmes constatèrent que le nouveau-né était une fille, et d'une beauté plus éclatante que celle de l'astre de la nuit. Elles en firent l'annonce et les deux émissaires s'empressèrent d'aller rendre compte, au grand soulagement de Sharr Kân ravi de l'issue de cette grossesse. Cependant, la parturiente pria les accoucheuses d'attendre un moment car elle sentait remuer dans ses entrailles. Reprise par les douleurs d'un nouvel enfantement que Dieu lui facilita, elle mit au monde un second bébé. C'était, cette

fois, un garçon superbe, pareil à la lune dans sa
plénitude, au front rayonnant et aux joues vermeilles.
Grande fut la joie de la mère et de l'assistance,
serviteurs et familiers. À l'annonce de la nouvelle, le
palais retentit de youyous d'allégresse au grand dam
des autres concubines dévorées de jalousie. 'Umar an-
Nu'mân, comblé, se rendit chez la jeune accouchée et
la baisa au front. Il se pencha ensuite sur l'enfant,
l'examina et l'embrassa au milieu d'un concert improvisé par les servantes du palais à grand renfort de
tambourins et autres instruments de musique. Il choisit d'appeler le garçon Ḍaw' al-Makân et la fillette
Nuzhat az-Zamân et il en fut fait selon sa volonté. Il
mit à la disposition des jumeaux et de leur mère le
personnel nécessaire, nourrices, serviteurs, suivantes
et autres gouvernantes. De même, il leur alloua des
quantités énormes de ravitaillement en tout genre,
sucre, boissons diverses, huiles, graisses, etc.

Lorsque les habitants de Bagdad apprirent que Dieu
avait gratifié leur souverain de jumeaux, ils pavoisè-
rent la ville pour exprimer leur joie et se livrèrent à de
chaleureuses démonstrations d'allégresse. Les princes,
les ministres et les dignitaires qui se bousculaient au
palais pour présenter leurs congratulations, s'en
retournaient couverts d'honneurs et comblés de présents. Tous les sujets, du plus puissant au plus humble,
profitèrent de la munificence royale.

Quatre années s'écoulèrent au cours desquelles il ne
se passait guère de jour sans qu'an-Nu'mân ne prît
personnellement des nouvelles de la mère et des
enfants. Après cette période, il fit envoyer à Ṣafiyya
une grande quantité de bijoux, de riches parures, de
vêtements de prix et d'argent, en lui recommandant de
bien élever ses enfants et de ne négliger en rien leur
éducation.

Sharr Kân, pendant ce temps, entièrement occupé à

guerroyer et à rompre des lances, ignorait que son père avait eu un fils. Il en était resté à la mise au monde de la seule Nuzha, car son entourage avait jugé bon de ne pas l'informer de la seconde naissance.

Un jour, les chambellans d'an-Nu'mân, après avoir baisé le sol à ses pieds, lui annoncèrent l'arrivée d'émissaires du *Basileus*, maître de Constantinople la Grande, qui sollicitaient la faveur d'être officiellement reçus, et demandèrent s'il fallait accéder à leur souhait ou leur opposer une fin de non-recevoir. Le souverain donna l'ordre de les introduire et, affable, les accueillit en faisant quelques pas à leur rencontre. Après s'être enquis de leur santé, il les invita à lui exposer les motifs de leur ambassade. Baisant le sol devant lui, ils lui dirent :

— Majesté, monarque au bras redoutable, sache que nous sommes les envoyés du roi Afrîdûn, souverain de Constantinople, maître de l'empire byzantin et chef des armées chrétiennes. Il t'informe qu'il mène une guerre sans merci contre un potentat félon, le roi de Césarée. La cause en est qu'un roi arabe avait trouvé, au cours de l'une de ses expéditions, un trésor antique enfoui à l'époque d'Alexandre le Grand. Il y puisa des merveilles inestimables dont trois gemmes rondes, de la grosseur d'un œuf d'autruche, taillées dans un diamant de la plus belle eau, unique au monde. Sur chacune étaient gravées en caractères ioniens des formules mystérieuses qui possédaient de nombreuses vertus et propriétés, celle, entre autres, de préserver de toute affection ou accès de fièvre maligne le nouveau-né qui viendrait à en porter une autour du cou. Ayant donc mis la main sur ces gemmes, ce roi arabe en constata le pouvoir surnaturel et décida de les offrir à Afrîdûn en même temps que d'autres cadeaux de prix. Il arma, pour assurer le transport des présents, deux navires, l'un destiné à la précieuse cargaison, l'autre

aux hommes chargés de la protéger contre un éventuel
piratage en mer. Encore était-il persuadé que nul
n'oserait entreprendre un coup de main contre les
bâtiments battant sa marque et faisant voile, de
surcroît, vers Constantinople. D'autant plus que la mer
sur laquelle ils voguaient était sous contrôle byzantin et les côtes bordières uniquement peuplées des
sujets du *Basileus*.

Mais une fois les navires parvenus en vue de notre
pays, ils furent arraisonnés par une bande de pirates
surgis du rivage, parmi lesquels se trouvaient des
soldats du maître de Césarée. Mis au courant, notre
empereur envoya à leur poursuite un détachement
qu'ils défirent, puis un second plus important qui subit
le même sort. Au comble de l'exaspération, il fit le
serment de se mettre lui-même en campagne à la tête
de ses troupes et de n'avoir de cesse qu'il n'ait réduit en
cendres Césarée et ravagé tout le pays sur lequel
régnait Ḥardûb.

Aussi bien, il demande à Sa Majesté, le puissant
'Umar an-Nu'mân, roi de Bagdad et du Khurâsân, de
détacher de son armée quelques éléments qu'elle nous
enverrait en renfort pour l'expédition projetée. Ainsi,
la gloire de nos armes rejaillirait sur elle. Qu'elle
daigne accepter les présents que lui destine notre
maître et condescende à donner suite à notre requête.

Leur message délivré, ils baisèrent de nouveau le sol
à ses pieds.

Et l'aube chassant la nuit, Shahrâzâd dut interrompre son récit.

Lorsque ce fut la quarante-sixième nuit, elle dit :
On raconte encore, Sire, ô roi bienheureux, que les
émissaires, après avoir transmis leur message et baisé
le sol aux pieds d'an-Nu'mân, lui présentèrent les
offrandes annoncées. Il s'agissait de cinquante jeunes

Byzantines, filles de notables, et de cinquante esclaves blancs, en justaucorps de brocart serrés à la taille par des ceintures en or niellé d'argent. A l'une de leurs oreilles pendait un anneau d'or orné d'une perle valant au moins mille *mithqâls* or. Les filles, de leur côté, portaient l'équivalent d'une fortune en vêtements de prix.

Le roi apprécia le présent, l'accepta avec joie et donna ses ordres pour que les ambassadeurs fussent entourés d'égards. Il rejoignit ensuite ses ministres afin de les consulter sur la décision à prendre. L'un d'entre eux, homme déjà âgé, répondant au nom de Dandân, après avoir baisé le sol devant son souverain, intervint en ces termes :

— Il n'y a rien de plus judicieux à faire que de lever un puissant corps d'armée et d'en confier le commandement à ton fils, Sharr Kân, auprès duquel nous ne sommes, les uns et les autres, que petits garçons. Au demeurant, cette solution me paraît s'imposer pour deux raisons : la première est que tu n'as pas refusé les cadeaux que t'a envoyés le roi des Byzantins à l'appui de son appel à l'aide. La seconde tient à ce que nul, désormais, ne s'avisant de nous attaquer, nous nous faisons quelque peu oublier. Si nos troupes défendaient la cause d'Afrîdûn et au cas où la victoire lui sourirait, tu en cueillerais les lauriers. Ta renommée volerait de pays en pays et atteindrait l'Occident à travers les îles de la mer. Alors ne manqueraient pas d'affluer de là-bas offrandes fastueuses et précieuses richesses.

Cette proposition eut l'heur de plaire.

— Tels devraient être tous les conseillers dignes de ce nom, approuva le roi en lui faisant remettre une robe de cour. Soit ! Mais je tiens à ce que tu prennes en personne le commandement de l'avant-garde. Mon fils, quant à lui, se chargera des arrières.

Il fit ensuite mander le prince et le mit au courant de
la requête byzantine et de la solution adoptée selon le
vœu du vizir Dandân. Il lui prescrivit de prendre ses
dispositions pour la levée d'un corps expéditionnaire
de dix mille hommes aguerris et bien armés, et lui
recommanda de ne contrevenir en rien aux directives
du vizir. Le prince, conformément aux ordres de son
père, sélectionna dix mille cavaliers à qui il distribua
sur sa cassette des sommes considérables en vue de
leur équipement, à charge pour eux d'être fin prêts
dans les trois jours à venir. Il fit ensuite le tour des
arsenaux pour le choix de l'armement et du matériel
adéquat. Dans les écuries, il choisit les meilleures
montures marquées aux armes royales et d'autres de
moindre importance.

Au terme du délai imparti, la troupe fut réunie hors
des murs de la ville et 'Umar an-Nu'mân vint faire ses
adieux à son fils. En lui remettant un trésor de guerre
contenu dans sept coffres, il l'exhorta une fois encore à
s'en tenir aux conseils du vizir. Ce à quoi s'engagea le
prince. Le roi s'adressa ensuite à Dandân et lui recommanda de prendre à cœur les intérêts du détachement
qu'il confiait à son fils. Le vizir, baisant le sol aux pieds
du souverain, l'assura de son total dévouement.

Quand an-Nu'mân s'en fut retourné en sa capitale,
Sharr Kân se fit présenter par les chefs de corps les dix
mille cavaliers que comptait sa troupe, étendards
claquant au vent, ainsi que les fantassins et les bêtes de
somme chargées. L'ensemble, précédé des émissaires
grecs qui servaient de guides, s'ébranla, salué par les
sonneries et les battements de tambour. Une halte fut
décidée à la fin de la première journée et la nuit mise à
profit pour le repos des hommes et des bêtes. Le
lendemain matin, la marche en avant reprit, sans
répit, vingt et un jours durant au terme desquels, sur
les indications des éclaireurs byzantins, ils débouchè-

rent, à la tombée de la nuit, sur une large vallée riche
en arbres et en végétation. Sharr Kân choisit d'y faire
étape trois jours. Les tentes dressées, chacun put
vaquer librement aux occupations du bivouac. Dandân
se tint au milieu du dispositif avec les envoyés du
Basileus Afrîdûn. Le prince quant à lui, après avoir
supervisé l'installation du camp, et fidèle à la promesse qu'il avait faite à son père de se montrer
vigilant, décida de procéder à une reconnaissance des
alentours. L'on venait, en effet, de pénétrer en territoire ennemi et il importait d'ouvrir l'œil.

Sharr Kân envoya sa garde personnelle et sa suite
rejoindre le vizir et, piquant des deux, ne cessa de
parcourir la vallée en tous sens durant le premier
quart de la nuit. Cependant, quelque peu fourbu, il fut
gagné par le sommeil. Incapable de soutenir le galop et
accoutumé à somnoler en selle, il se laissa aller au pas
de son coursier. Vers le milieu de la nuit, le cheval qui
s'était engagé au plus profond d'une forêt touffue se
mit à piaffer. Réveillé en sursaut, le prince se trouva au
centre d'une futaie, sous un clair de lune éblouissant
qui éclairait comme *a giorno* la voûte céleste de
l'Orient à l'Occident. Étonné d'être là, il se récita la
formule propitiatoire que nul ne doit rougir d'avoir à
prononcer : *Il n'y a de puissance et de force qu'en Dieu.*

Désorienté, inquiet de la possible présence dans les
parages de bêtes fauves, il avisa, au fond d'une trouée,
une clairière inondée de rayons de lune et d'une beauté
paradisiaque d'où s'élevaient de plaisants propos
entrecoupés de ces rires cristallins qui ont le don de
subjuguer les hommes. Il mit pied à terre, abandonna
sa monture sous les arbres et, se guidant au son, fit
quelques pas qui le conduisirent à un ruisseau. Une
voix de femme apostrophait en langue arabe des
personnes de son sexe :

— Par le Christ ! Ce que vous faites là est mal. La

première qui proférera le moindre mot aura affaire à
moi. Je la jetterai à terre et la ligoterai avec sa propre
cordelière.

Suivant la berge toujours en direction de la voix, il
finit par tomber en arrêt devant le plus bucolique des
tableaux. De l'eau partout s'épandait à travers un
parterre de verdure d'une chatoyante palette. Ce
n'étaient que faons qui gambadaient au milieu des
bêtes sauvages ou paissaient en paix. Les oiseaux
pépiaient et disaient en différents gazouillis leur bonheur de vivre. Rien ne pouvait mieux rendre la sereine
beauté de ce paysage que ces vers :

> *Jamais la terre n'est si belle qu'à la floraison*
> *quand de partout les eaux ruissellent.*
> *Œuvre sublime du Tout-Puissant,*
> *dispensateur de tous les dons, le plus généreux.*

Au fond, traversé par le ruisseau qui irriguait la
clairière, se dressait un monastère fortifié dont le
donjon altier se découpait au clair de lune, haut dans le
ciel. Devant, se tenait une femme entourée de dix
jeunes vierges accomplies, semblables à des astres et
dont les atours et bijoux étaient un enchantement pour
l'œil. Comme l'a dit le poète :

> *La prairie resplendissait*
> *de blanches et délicates beautés*
> *Dont les vertus incomparables*
> *ajoutaient au charme des lieux.*
> *Toutes vierges, attirantes,*
> *mutines et coquettes,*
> *Leurs cheveux dénoués traînaient à terre*
> *pareils à des pampres de grappes alourdis.*
> *Et leurs œillades enjôleuses,*
> *décochées comme des flèches,*

Obliques et assassines,
  venaient à bout des plus braves.

L'une d'elles attira particulièrement l'attention du prince. On eût dit l'astre de la nuit lui-même dans l'éclat de sa plénitude. Le sourcil finement ciselé, le front resplendissant, le visage encadré aux tempes par des boucles frisées, les cils à la douceur de soie, elle était, par ses formes, la perfection faite femme et aurait pu inspirer l'auteur de ces vers :

Hautaine elle me toisait d'un regard magnifique,
  sa taille était plus fine qu'une lance de Samhar.
Les joues teintées de rose, elle parut
  parée de mille grâces.
Sa mèche tranchait sur son visage
  comme la nuit mêlée à l'aube annonce la volupté.

Sharr Kân l'entendit défier ainsi ses compagnes :
— Allons ! Venez lutter tant que la lune brille et avant que le jour ne nous surprenne.
Une à une, elles se présentaient pour aussitôt mordre la poussière et se retrouver attachées en un tourne-main par leur propre cordelière sous les yeux d'une femme d'âge avancé qui intervint avec un soupçon d'irritation dans la voix :
— Tu m'as l'air bien fière, impudente, d'être venue à bout de ces jeunesses ! Telle que tu me vois, j'en ai terrassé plus de quarante d'affilée ! Foin de vaine gloriole ! Si tu te sens de taille, approche donc que je te plie en deux et te mette la tête au niveau des pieds !
Ainsi prise à partie, la jeune femme répondit dans un sourire malgré la rage intérieure qui l'agitait ·
— Par le seigneur Christ, dame Dhât ad-Dawâhî, est-ce là simple plaisanterie ou songes-tu réellement à te mesurer à moi ?

— Rien de plus sérieux !

Et l'aube chassant la nuit, Shahrâzâd dut interrompre son récit.

Lorsque ce fut la quarante-septième nuit, elle dit :

On raconte encore, Sire, ô roi bienheureux, que la jeune femme entendit son aînée confirmer son défi et le releva :

— Puisqu'il en est ainsi, apprête-toi à m'affronter, si tu t'en sens capable !

Cette injonction eut le don de courroucer la vieille dont les poils du corps se dressèrent aussi durs que des piquants de hérisson.

— Par ce que nous devons au Christ, vaurienne, je ne te combattrai que nue !

Elle bondit, saisit un foulard de soie, retroussa ses robes et noua le foulard autour de son sexe puis elle retira ses vêtements. Elle apparut, alors, dans sa quasi-nudité, comme une démone en fureur ou un aspic venimeux.

— Fais-en autant ! lança-t-elle à sa rivale.

Le prince n'en perdait pas une miette et riait sous cape de l'affligeant spectacle donné par la mégère. Sans se presser, la jeune fille se ceignit d'une *fûta* yéménite qu'elle enroula par deux fois autour des reins en guise de pagne, remonta son saroual, dévoilant ainsi des jambes marmoréennes couronnées d'une dune doucement bombée lisse comme cristal. Au-dessus apparaissaient un ventre qu'on eût dit tapissé de pétales d'anémones tant il exhalait d'effluves musqués, et des seins semblables à des grenades parvenues à maturité.

Les deux antagonistes s'empoignèrent sous les yeux de Sharr Kân qui, la tête levée au ciel, priait pour la victoire de la belle. Celle-ci passa soudain sous la garde de son adversaire et, la saisissant de la main gauche par la vulve et de la droite par le cou et la gorge, la souleva de terre à bout de bras. En voulant se dégager, la vieille tomba à la renverse, les jambes en l'air, exposant sa toison au clair de lune et, du coup, lâcha deux pets dont l'un fit voler la poussière et l'autre fusa jusqu'au ciel. À cette vision, Sharr Kân roula au sol de rire. Reprenant son sérieux, il dégaina et s'assura, sabre au poing, qu'il n'y avait personne d'autre alentour sinon la jeune fille, ses compagnes garrottées à même le sol et la vieille étalée sur le dos dont il se dit, en la voyant en si ridicule posture, qu'elle méritait bien le surnom de Mère Calamité dont on l'avait affublée. Il s'approcha en catimini pour écouter ce qui allait se dire.

La jeune fille, se penchant sur son adversaire malheureuse, couvrit sa nudité d'un voile de soie et s'excusa ainsi :

— Maîtresse, je ne voulais pas cela ! Mon intention était seulement de lutter, non point de t'humilier. C'est en cherchant à échapper à ma prise que tu t'es mise dans cette position. Mais, Dieu merci, tu es indemne !

Tout à sa honte, la vieille s'en alla sans dire un mot et disparut loin des regards. « *À quelque chose malheur est bon*, songea Sharr Kân en contemplant les jeunes filles étendues aux pieds de celle qui les avait terrassées. C'est assurément la Providence qui m'a fait succomber au sommeil et a conduit en ces lieux les pas de ma monture. Quel beau butin va-t-il m'échoir en la personne de ces odalisques ! »

Il se remit en selle, dégaina et au cri de *Dieu est le plus grand* éperonna son pur-sang qui, dans un prodigieux jaillissement, s'enleva à la vitesse d'une flèche et débaula dans la clairière.

Lorsque la belle l'aperçut, elle bondit d'un seul élan de l'autre côté du ruisseau large à cet endroit de six

coudées et, fièrement campée sur ses jambes, l'apostropha à pleine voix :

— Qui es-tu pour nous avoir chargées comme si
nous étions des soldats et avoir interrompu nos ébats ?
D'où viens-tu, où te rends-tu ? Réponds en toute franchise, tu ne t'en porteras que mieux. La dissimulation
messied aux âmes bien nées. Tu t'es sans doute égaré
cette nuit quand tu es parvenu en ces lieux que seul un
miracle pourrait te faire quitter sain et sauf. Au
moindre appel surgiraient quatre mille hommes commandés par nos patrices. Dis-nous ce que tu désires :
retrouver ton chemin ? Nous t'y aiderons. Recevoir
assistance ? Nous te la prêterons.

— Je suis un étranger, un musulman, et me suis mis,
seul, en quête de butin. Je n'en vois pas de plus
précieux que ces dix jeunes filles offertes à mes yeux
par un beau clair de lune. Je vais me les approprier et
rejoindre mes compagnons.

— Il y a loin de la coupe aux lèvres. Ces femmes, par
Dieu, ne sont pas pour toi. Ne t'a-t-on pas dit qu'il était
laid de se vanter ?

— Bah ! Le véritable croyant est celui qui s'en remet
totalement à Dieu et à Lui seul !

— Par le Messie, si je ne craignais d'avoir ta mort
sur la conscience, je n'aurais qu'un cri à pousser pour
rameuter une multitude de cavaliers et d'hommes
d'armes. Mais je respecte par trop les étrangers de
passage chez nous. Néanmoins, si tu tiens à cette
capture, descends de ton coursier et jure sur ta foi que
tu m'approcheras sans arme. Nous lutterons alors à
mains nues. Vainqueur, tu me jetteras sur ton cheval et
nous emmèneras toutes. Vaincu, tu seras à ma merci.
Mais prête d'abord serment, car je me méfie de la
félonie. Ne dit-on pas qu'il est impossible de croire sur
parole ceux dont la perfidie est foncière ? Jure et je
repasserai sur ta berge.

Sharr Kân, obnubilé par son dessein et persuadé que la jeune fille ignorait à quel redoutable champion elle avait affaire, lui cria :

— Dicte-moi tel serment qui t'inspirera le plus confiance. Je m'engage à ne t'affronter que lorsque tu te sentiras fin prête et à attendre que tu donnes le signal. Si je perds, je suis en mesure de payer rançon. Dans le cas contraire, qu'espérer de mieux qu'un pareil enjeu ?

— J'accepte la gageure.

— Par le Prophète — que les prières et le salut soient sur lui — j'accepte moi aussi ! lança-t-il à son tour, quelque peu surpris d'une telle assurance.

— Dès lors, répète après moi : « Par Celui qui a insufflé les âmes dans les corps et donné aux hommes des lois, je n'ai d'autre intention que de lutter à la loyale. Que je meure en apostat si je venais à trahir la foi jurée ! »

« Par Dieu, pensa-t-il, pas un cadi, eût-il été le cadi des cadis, n'aurait pris sur lui de me soumettre à un aussi redoutable serment ! » Il s'exécuta néanmoins. Plongé dans un abîme de réflexions, il attacha sa monture à un arbre, ajusta ses vêtements pour l'empoignade à venir et héla la jeune fille :

— Je suis prêt. Traverse et arrive !

— Je ne le puis, il n'y a pas de gué.

— Je ne le puis non plus.

— Gamin ! Me voici !

Elle retroussa ses robes et, d'un seul bond, fut prêt de lui de l'autre côté du fleuve. Il s'approcha, s'inclina et se mit à battre des mains tant il était ébloui par sa beauté et sa grâce. Il voyait là comme une image que Destin avait puisée avec une feuille d'arbre du paradis, que Providence avait élevée, que Félicité avait bercée de fastes augures et qu'une conjonction astrale heureuse avait saluée au moment de sa conception. La jeune fille alla à lui et l'apostropha en ces termes :

— Allons, musulman, viens au combat, avant que l'aube ne pointe.

Elle retroussa ses manches, laissant apparaître des bras aussi blancs que du lait frais. Les lieux en furent illuminés. Sharr Kân, désemparé, s'inclina et battit des mains. Elle en fit de même. Elle s'accrocha à lui, il s'accrocha à elle, ils s'enlacèrent, se saisirent et se mirent à lutter. Il posa sa main sur sa taille mince. Ses doigts pénétrèrent dans les plis de son ventre. Sa prise se relâcha et il soupira. Il trouva la chair de la jeune fille si moelleuse qu'il se mit à frissonner comme un roseau de Perse sous un vent de tempête. Prompte comme l'éclair, elle se saisit de lui, le souleva, le plaqua au sol et s'assit sur sa poitrine. Sa croupe s'arrondit pareille à une dune de sable. Sharr Kân sentit sa raison s'égarer.

— Vous, les musulmans, ironisa-t-elle, vous estimez licite de verser le sang des chrétiens. Et si j'en faisais autant du tien ?

— Ma Dame, cela est prohibé par notre religion, car notre Prophète — que les prières et le salut soient sur lui — nous a interdit de mettre à mort les vôtres quand il s'agit de femmes, d'enfants, de vieillards et de moines.

— Dans ce cas, si votre Envoyé a été ainsi inspiré, nous nous devons de lui en savoir gré. Je te fais grâce car tout bienfait mérite récompense.

Elle se leva, libérant alors Sharr Kân qui se redressa et secoua la poussière dont sa tête était couverte.

— N'aie point honte, lui dit-elle. Qui vient chercher du butin dans le pays des Byzantins et dresse les rois contre les rois ne peut être qu'un être sans force qui ne saurait se défendre même contre une femme, cette créature à côte torse.

— Ce n'est point question de faiblesse et tu ne m'as pas réellement battu. C'est ta beauté qui m'a vaincu. Sois généreuse, il faut que tu m'accordes ma revanche.

— D'accord, dit-elle en riant. Mes servantes sont ligotées depuis longtemps. Leurs bras et leurs jambes doivent être tout engourdis. Je dois aller les libérer car le prochain assaut risque d'être long.

Elle se rendit auprès des servantes, les détacha de leurs liens et leur dit en grec d'aller se réfugier en un endroit sûr où le musulman ne pourrait plus les convoiter. Elles s'en furent sous les yeux de Sharr Kân. Le jeune homme et la jeune fille s'approchèrent l'un de l'autre. Elle plaqua son ventre contre le sien. Comme elle sentait son émoi, elle se saisit de lui plus prompte que l'éclair et le jeta au sol où il tomba sur le dos.

— Relève-toi, lui dit-elle. Je te fais grâce une deuxième fois. Je t'ai épargné la première fois en l'honneur de votre Prophète qui vous a interdit de tuer des femmes. Je le fais maintenant parce que je prends en pitié ta faiblesse, ta jeunesse et ta solitude ici. S'il est, dans l'armée musulmane que 'Umar an-Nu'mân a envoyée contre le roi de Constantinople, un champion plus fort que toi, je te conseille de me l'envoyer. Mais dis-lui bien que la lutte est un art divers dont on doit connaître les variétés, les enchaînements et les techniques, comme de porter sa prise plus vite que son adversaire, de le projeter à terre, de le faucher ou de le mordre à la cuisse. Ainsi distingue-t-on le 'irâk et le shibâk.

— Ma Dame, dit Sharr Kân au comble de la colère, j'ai lu le maître aṣ-Ṣafadî, le maître Muḥammad Qîmâl et Ibn as-Sudâ sans y trouver mention de tout ce que vous citez. Mais, je le jure par Dieu, ce n'est pas ta force qui m'a vaincu, mais ta croupe qui m'a troublé.

Nous autres, gens de l'Irak, nous aimons les fortes cuisses et j'ai perdu toute raison et toute clairvoyance. Si tu veux me combattre alors que j'ai recouvré ma lucidité, accorde-moi encore un assaut selon les règles de cet art. J'ai maintenant retrouvé tous mes moyens.

— Et qu'espères-tu, eh deux fois vaincu ! Viens donc, mais sache que c'est ta dernière chance.

Elle tomba en garde et Sharr Kân fit de même. Il prit cette fois le combat au sérieux et se garda de plaisanter. La lutte se prolongea un moment. La jeune fille trouva en son adversaire une force qu'elle ne lui connaissait pas.

— Tu ouvres l'œil cette fois, musulman ?

— Oui, tu sais bien que c'est ma dernière occasion et qu'ensuite chacun poursuivra sa route.

Elle se mit à rire et il l'imita ; mais il n'eut pas le temps de se rendre compte de ce qu'il lui arrivait qu'elle le saisissait aux cuisses et le jetait à terre.

— Tu vois bien, dit-elle en riant, tu n'es qu'un mangeur de son, aussi léger que le bonnet d'un Bédouin qu'une pichenette renverse, ou qu'un faucon qui tombe du ciel. Malheur à toi, oiseau de mauvais augure. Retourne-t'en chez les tiens et envoie-moi quelqu'un d'autre. Porte notre défi aux Arabes, aux Persans, aux Turcs et aux gens du Daylam. Que quiconque d'entre eux se croit fort vienne me voir.

Pendant qu'il se remettait sur ses pieds en secouant la poussière dont il était couvert, elle sauta sur l'autre berge et lui lança, narquoise :

— Il m'est pénible, seigneur, de te voir partir. Mais retourne vite auprès des tiens, sinon demain matin il pourrait t'en cuire quand nos patrices te feront tâter la pointe de leurs lances, toi qui n'as pas su tenir tête à une femme.

Et de le planter là pour se diriger vers le monastère.

— Ma Dame, lui cria-t-il dépité, vas-tu partir et

abandonner ainsi un malheureux étranger dont le
cœur brisé est en proie aux affres de l'amour ?

Elle se retourna et demanda en riant :

— Que désires-tu que je puisse accorder ?

— Est-il concevable que je sois ici à fouler le sol de
ton pays et à me délecter de la contemplation de tes
délicats attraits, sans que tu me convies à partager ta
table, moi qui d'ores et déjà me compte au nombre de
tes serviteurs ?

— Seuls des gens vils manquent aux lois de l'hospitalité. Sois le bienvenu, tu es mon hôte. Enfourche ton
cheval et cheminons à hauteur l'un de l'autre, chacun
sur sa berge.

Ils allèrent ainsi de conserve et atteignirent un pont-
levis taillé dans des billes de noyer. Il était actionné
par des chaînes d'acier assujetties au tablier par des
barbotins cadenassés. À l'entrée, se tenaient les jeunes
femmes qu'il avait vues lutter. La jeune fille ordonna
en byzantin à l'une d'elles d'aider le jeune homme à
traverser le pont en menant sa monture par les rênes et
de le conduire au cœur du bâtiment. Il se laissa guider,
ébloui par ce qu'il voyait. Il eût souhaité avoir près de
lui le vizir Dandân pour lui faire partager le plaisir de
contempler tant de splendeurs féminines réunies. Le
pont franchi, il s'adressa à la jeune femme :

— Admirable beauté, tu es doublement sacrée à mes
yeux : d'abord du fait que je suis en ta compagnie,
ensuite parce que, ayant accepté de te suivre en qualité
d'hôte, je suis désormais et à ta merci et sous ta
protection. Pourquoi, dans ces conditions, ne me
ferais-tu pas l'honneur de venir avec moi en terre
d'islam ? Tu y verrais l'élite de nos guerriers et appren-
drais qui je suis vraiment.

Cette offre irrita la jeune femme au plus haut point.

— Par le Christ, je te croyais personne sensée, mais
je constate que tu es pétri de perversité. De quel droit

te permets-tu de me tenir de pareils propos qui
relèvent de la perfidie ? Comment t'accompagnerais-je
quand je sais qu'une fois entre les mains de votre roi
'Umar an-Nu'mân, je ne pourrais plus lui échapper ?
Tout maître de Bagdad et du Khurâsân qu'il est, et
possédât-il les trois cent soixante concubines qu'on lui
prête et qu'il loge dans douze palais, à raison de trente
par palais, autant que de nuits dans le mois, il ne peut
se targuer de posséder ma pareille. Si je tombais entre
ses mains, c'en serait fait de moi. N'est-il pas permis,
selon votre croyance, d'abuser des captives, *elles dont
se saisissent vos dextres* comme vous dites ? Quelle
outrecuidante proposition !

Quant à la crème de vos braves, par le Christ,
parlons-en ! Depuis deux jours qu'ils ont pris pied chez
nous, il m'a été donné de les voir à l'œuvre. Rien qui
ressemblât à une armée royale digne de ce nom, à
peine une horde rien moins que disciplinée. M'allécher
enfin par des allusions à je ne sais quel haut lignage est
une fanfaronnade que Sharr Kân lui-même, dont nous
n'ignorons pas la présence dans les parages, ne se fût
pas permis de proférer devant moi. Ma bienveillance à
ton égard n'a rien d'un hommage qui serait dû à ton
rang. Elle est l'expression d'une magnanimité innée.

« Elle m'a l'air, se dit le prince, d'être au courant de
notre expédition, des raisons qui ont poussé mon père
à l'organiser et même de nos effectifs. »

— Ma Dame, lui demanda-t-il, je t'adjure par ce en
quoi tu crois le plus, de m'apprendre ce que tu sais de
l'arrivée des troupes musulmanes. Il importe que je
sois au courant des causes exactes de cette campagne à
l'issue incertaine.

— J'en fais, ici, le serment par ma foi : si j'étais sûre
qu'on ne découvrît pas mon identité de jeune Byzantine, je prendrais sans hésitation le risque d'affronter
vos dix mille cavaliers pour tuer leur chef Dandân et

défaire leur champion Sharr Kân. Qui pourrait me
l'imputer à crime ? J'en suis en effet capable. J'ai
beaucoup appris sur nos ennemis, lu quantité de leurs
livres et étudié les belles-lettres arabes. Point n'est
besoin, en outre, de te vanter mon courage et mon
habileté. Tu m'as vue à l'œuvre et sais combien je suis
forte et rompue à la lutte. Si Sharr Kân, en personne,
avait été invité, comme tu l'as été, à bondir par-dessus
le ruisseau, il se serait montré incapable de le faire.
Ah ! veuille le Christ le faire tomber entre mes mains à
l'intérieur de ce monastère. Déguisée en homme, je le
combattrais et le réduirais en captivité, chargé de
chaînes.

Et l'aube chassant la nuit, Shahrâzâd dut interrompre son récit.

Lorsque ce fut la quarante-huitième nuit, elle dit :
On raconte encore, Sire, ô roi bienheureux, que
lorsque la jeune chrétienne en eut terminé, Sharr Kân,
piqué au vif dans son honneur et vexé dans sa superbe
et son orgueil de brave, songea un moment à se faire
connaître et à se jeter sur elle. Mais, tenu sous le
charme de son exceptionnelle beauté, il n'en fit rien et
se récita :

*S'il vient à commettre une seule faute, l'être charmant
trouve, en sa grâce même, mille intercesseurs.*

La jeune fille le précéda en direction des bâtiments
et, à voir ses hanches se balancer à la façon d'une houle
marine mollement agitée, il fredonna :

*Son visage est un baume pour les cœurs qu'elle meurtrit
et l'amour qu'elle inspire insiste en sa faveur.
Je la contemple et crie : « Quelle merveille ! »
comme devant une pleine lune surgissant en la nuit.*

Même le démon de Bilqîs, s'il l'affrontait,
   malgré tout son pouvoir serait vaincu sur l'heure.

Ils arrivèrent bientôt à une porte au linteau de
marbre ouvrant sur un long corridor voûté, à dix
arceaux portant dix lustres de cristal, jetant mille feux
plus éblouissants que rayons de soleil. Tout au bout les
attendaient des jeunes filles qui brandissaient des
cierges odoriférants dont les lueurs se jouaient en
chatoiements irisés sur les diadèmes sertis de joyaux
qui ceignaient leurs fronts. Précédée de ses compagnes
et suivie de Sharr Kân, la jeune femme entra dans un
salon autour duquel étaient disposés des sofas recou-
verts de housses brodées à fil d'or. Le sol était de
marbre noir veiné de blanc. Au milieu, dans une
vasque alimentée par vingt-quatre buses d'or massif,
des jets d'une eau qu'on eût dite du même précieux
métal retombaient en gracieuses arabesques. Au fond
trônait un divan d'apparat tendu de soie. Elle le pria
d'y prendre place et se retira après l'avoir confié aux
soins de ses suivantes.

— Où est donc partie votre maîtresse ? demanda-t-il
après un moment.

— Se reposer un peu dans sa chambre. Mais nous
sommes ici, selon ses ordres, à ton entière disposition.

Elles lui présentèrent des plats plus extraordinaires
les uns que les autres dont il se régala. Puis, elles lui
apportèrent un bassin et une aiguière. Pensif, il se lava
les mains en songeant à son armée dont il ignorait le
sort. Il se reprochait d'avoir contrevenu aux instructions du roi son père et ne ferma pas l'œil de la nuit,
rongé par le regret de s'être laissé entraîner dans cette
aventure. Il récita ces vers :

Je ne manque pas de résolution mais
   suis tombé en un piège dont je ne sais comment sortir.

Si quelqu'un pouvait me délivrer du mal d'amour,
* je lui céderais volontiers et pouvoir et puissance.*
Mon cœur épris s'égare
* dans la peine, et je place mon espoir en Dieu.*

Le matin venu, il vit arriver un imposant cortège. Plus de vingt jeunes filles aussi également belles entouraient leur maîtresse, astre resplendissant escorté d'étoiles. Elle était revêtue d'une robe de brocart royal serrée à la taille par une ceinture incrustée de gemmes qui mettait en relief l'arrondi de ses hanches et faisait saillir une poitrine dont les mamelons ressemblaient à deux grenades épanouies. On eût cru voir un souple roseau d'argent jailli d'une dune de sable à la pureté de cristal. Coiffée d'une résille de diamants et de perles, elle se pavanait au milieu de ses suivantes qui soutenaient les pans de sa robe. À sa vue, il manqua défaillir et bondit sur ses pieds en hommage à tant de majestueuse beauté.

— Stupéfiante ceinture, s'écria-t-il, qui met en valeur de pareils appas :

Croupe lourde qui se balance,
* chair tendre et sein délicat.*
Elle sait réprimer son émoi
* alors que je ne le puis pas.*
Et ses suivantes l'escortent
* comme un roi en sa majesté.*

Elle le fixa longuement, le jaugea du regard à plusieurs reprises et, sûre de son fait, lui lança :
— Tu as illuminé ces lieux de ta présence, ô Sharr Kân ! Comment as-tu passé la nuit après notre départ, pieux guerrier ? Le mensonge est bassesse et vilenie. Y recourir messied aux rois, surtout les plus grands. Tu es bien Sharr Kân, fils de 'Umar an-Nu'mân. Cesse de

feindre le contraire et de m'abuser sur ton ascendance. La dissimulation n'engendre qu'inimitiés et haines. Puisque le destin t'a choisi pour cible de ses flèches, fais contre mauvaise fortune bon cœur et soumets-toi de plein gré à ses arrêts.

— Soit, admit-il, poussé dans ses derniers retranchements, je suis celui que tu dis. Trahi par le sort qui m'a conduit en ces lieux, je suis à ta merci. Traite-moi comme tu l'entends.

Songeuse, elle baissa un moment la tête et dit :

— Rassure-toi et chasse toute inquiétude. Tu es mon invité. Nous avons rompu le pain, partagé le sel en commensaux. Dès lors, tu es en sécurité sous ma garde et ma protection. Par le Messie, quiconque s'aviserait de te porter préjudice, me trouverait sur son chemin, prête à te défendre au prix de ma vie. Le Christ et moi-même te prenons sous notre égide.

Elle s'assit à ses côtés et s'ingénia à le distraire par des propos badins. Rassuré, il songea que si elle avait dû le tuer, elle l'aurait fait la nuit dernière. Elle héla en grec une esclave qui revint au bout d'un moment disposer une table garnie de mets et de boissons auxquels il s'abstint de toucher par crainte de quelque poison qu'on y aurait mélangé. Elle comprit sa réticence :

— Par le Christ, il n'y a rien là qui puisse justifier tes appréhensions. D'ailleurs, dans le cas où je nourrirais un funeste dessein, qui m'empêcherait de le mettre sur-le-champ à exécution ?

Elle prit place devant la table et, afin de marquer la pureté de ses intentions, goûta à chacun des plats. Il mangea alors de bon cœur à la grande satisfaction de son hôtesse qui lui tint compagnie avec entrain. Ils se lavèrent les mains et elle fit signe d'apporter un brûle-parfum et le service à boire : verres en cristal, coupes en or et en argent qu'elle ordonna d'emplir des crus les plus fameux. Ainsi que pour les mets, elle fut la première à boire avant de lui tendre une coupe en lui disant :

— Vois, musulman, combien tu es bien ici à jouir des douceurs et des joies de l'existence !

Ils firent alors assaut de libations, jusqu'à ce que le prince en vînt à perdre le contrôle de soi.

Et l'aube chassant la nuit, Shahrâzâd dut interrompre son récit.

Lorsque ce fut la quarante-neuvième nuit, elle dit :

On raconte encore, Sire, ô roi bienheureux, que la jeune femme ne cessa de l'abreuver et de lui faire raison au point qu'il sombra dans un état d'ébriété dû autant aux vapeurs de l'alcool qu'à l'amour qu'elle lui inspirait. Elle se fit alors apporter par l'une de ses servantes, Marjâna, quelques instruments de musique : un luth de Damas, une harpe persane, une flûte tatare et une cithare égyptienne. Marjâna se saisit du luth, en vérifia la tonalité et l'accorda. D'une voix légère comme le souffle du zéphyr, aussi douce que l'eau de la source du Tasnîm du paradis, elle chanta en s'accompagnant :

Que Dieu pardonne à tes regards le sang qu'ils ont tant
   fait couler
   et à tes œillades les flèches si souvent décochées.
Je vénère un ami injuste envers l'aimé,
   et qui refuse et la clémence et la pitié.
Paix aux yeux qu'à ton image le sommeil fuit
   et bienheureux le cœur qui meurt de ton amour.
Tu décides ma mort et me tiens à merci,
   et je suis au tyran qui me brise à sa loi.

Une autre servante prit le relais et chanta en grec une mélodie qui ravit le prince. La maîtresse de céans y alla aussi de son couplet dans sa propre langue. Constatant que Sharr Kân appréciait, elle lui demanda s'il entendait leur idiome.

— Non point ! C'est le jeu délicat de tes doigts qui me fascine.

— Que serait-ce alors, si je chantais en arabe ? minauda-t-elle.

— Je ne répondrais plus de rien.

Sur un autre mode, elle fredonna en jouant :

> *Affres de la séparation, que faire pour vous fuir*
> *Sinon de me résoudre à trois fois me briser*
> *et rompre et m'éloigner et préférer l'exil ?*
> *Mais je l'aime celui dont le charme me tient,*
> *combien il m'est amer d'avoir à le quitter.*

Bercé par le chant, il s'assoupit et resta longtemps étendu au milieu de toutes ces beautés. Au réveil, encore sous le charme, il se remit à vider avec la jeune femme force coupes jusqu'au moment où le jour déclinant laissa place aux ombres de la nuit qui étendait ses ailes. Elle se retira pour aller, au dire de ses suivantes, se reposer dans sa chambre. Au fond de son cœur, il appela sur elle la garde et la protection divines.

Le matin venu, Marjâna vint le chercher pour le conduire chez sa maîtresse qui désirait le voir. Il la suivit. À proximité des appartements privés, les autres servantes attendaient, qui lui firent escorte en chantant au son des tambourins. Dans cet appareil, ils arrivèrent devant une grande porte en ivoire, cloutée de perles et autres joyaux, à travers laquelle ils débouchèrent sur un bâtiment imposant qui abritait un pavillon d'honneur tapissé de soieries diverses. Tout autour s'ouvraient des fenêtres à croisillons par lesquelles on apercevait des frondaisons. Au centre, se

dressaient, çà et là, des figurines à forme humaine qui
donnaient l'impression de parler grâce à une machine-
rie intérieure actionnée par un jeu de courants d'air.
La jeune fille se leva à sa rencontre, le prit par la main,
le fit asseoir à ses côtés et s'enquit de la façon dont il
avait passé la nuit. Il la remercia de sa sollicitude et
appela sur sa personne les bénédictions du ciel. Puis ils
se reprirent à deviser.

— Connaîtrais-tu, lui demanda-t-elle, quelques
poèmes relatifs à des amoureux réduits en esclavage
par leur passion ?

— Certes oui.

Non ! je ne proclamerai pas mon amour pour 'Azza,
 elle exige le secret par de graves serments.
Les prêtres de Madyan et leurs fidèles
 pleurent assis dans l'imminence du châtiment céleste.
Si, comme moi, ils avaient entendu 'Azza,
 inclinés, prosternés ils adoreraient 'Azza.

— C'est du Kuthayyir ! s'exclama-t-elle. Quel talent,
quelle maîtrise de la langue pour avoir si bien décrit sa
belle :

Si un juge avait eu à trancher entre la beauté du soleil au
 zénith et celle de 'Azza,
 c'est cette dernière qu'il aurait choisie.
Des envieuses ont voulu la perdre auprès de moi,
 fasse que la peau de leurs joues serve de semelles à ses
 sandales !

Cette 'Azza, ajouta-t-elle, était, dit-on, belle à la
perfection. Pourrais-tu, prince, me citer quelques vers
de Jamîl pour Buthayna ?

— Nul mieux que moi ne les connaît :

Ils me disent : « Jamîl, va guerroyer »,
  mais je ne veux mourir que de guerre d'amour.
Parler aux femmes m'est douceur,
  périr à leurs genoux, c'est mourir en martyr de la Foi !
Quel est, ô Buthayna, ce mal d'amour dont je péris ?
  « Il est en toi et ne fera que croître. »
Rends-moi au moins un peu de raison, que je vive,
  avec les autres vivre ! « Cela ne se peut », me dit-elle.
Tu veux donc ma mort et ne voudras rien d'autre ?
  pourtant tu restes l'unique objet de mon désir !

— Que tu récites bien, Sharr Kân, et que les vers de
Jamîl sont beaux ! Que voulait donc, prince, cette
Buthayna de son amant et que veut dire le premier
hémistiche du dernier vers ?

— Cela même, ne t'en déplaise, à quoi tu me voues !

Elle rit et ils se remirent à boire jusqu'à ce que le jour
déclinant fît place à l'opacité de la nuit. Elle se retira
alors pour aller dormir et le laissa en faire autant. Le
lendemain matin, les servantes vinrent le chercher au
son des fifres et des tambourins comme elles le faisaient
d'habitude. Elles baisèrent le sol devant lui et le prièrent
au nom de Dieu de bien vouloir répondre à l'invitation
de leur maîtresse qui l'attendait dans ses appartements.
Sharr Kân fut conduit à une autre demeure, dans une
salle plus impressionnante encore où étaient disposées
des statuettes et des figurines représentant à merveille
oiseaux et animaux sauvages. Admiratif devant la
splendeur du lieu, il récita ce poème :

Ce censeur qui me blâme a-t-il goûté au fruit
  de poitrines parées de perles et d'or ?
A-t-il bu à des sources tapissées de lingots d'argent
  ou contemplé des joues de rose en des visages de topaze,
Ces yeux passés au khôl dont l'iris d'azur
  imite le teint de la violette ?

Comme la veille, elle se leva à son arrivée, le prit par la main et l'installa près d'elle.

— Joues-tu bien aux échecs, fils de 'Umar an-Nu'mân?

— Oui, mais pas dans les conditions décrites par le poète :

> *Tantôt l'amour m'étouffe, tantôt il me dilate*
> > *quand une seule goutte de salive étancherait ma soif.*
> *J'ai affronté l'aimée, sans être satisfait,*
> > *sur son échiquier aux pièces blanches et noires.*
> *Mon roi a roqué prenant la place de la tour,*
> > *sa reine alors porta l'échec.*
> *Si je lève mes yeux vers les siens,*
> > *ses œillades coquines, braves gens, me perdront.*

L'échiquier mis en place, ils entamèrent la partie. Mais Sharr Kân, au lieu de surveiller sa partenaire, n'avait d'yeux que pour elle, au point qu'il en oubliait les règles du jeu, et intervertissait le fou et le cheval.

— Est-ce là ta manière de jouer? ironisa-t-elle. Tu n'y connais vraiment rien!

— La partie ne compte pas.

Par cinq fois ils recommencèrent et par cinq fois elle le battit.

— Est-ce ta vocation d'être vaincu en toute chose?

— Et cela serait-il, puisqu'il m'est doux de l'être par toi!

Après quoi, ils prirent une collation, se rincèrent les mains et se remirent à boire. Se saisissant d'une cithare, instrument dont elle jouait en virtuose, elle chanta :

Avare ou généreux, le destin au visage
ressemble, tantôt épanoui et tantôt affligé.
Bois donc à ma beauté si tu es incapable
de t'arracher à moi comme de m'oublier.

Ils passèrent une journée plus délicieuse encore que la précédente, puis elle le quitta, la nuit venue, pour regagner sa couche. De son côté, il s'endormit lui aussi pour être réveillé de la même façon par les fifres et les tambourins. Il se leva et fut conduit en musique auprès de la jeune femme. Dès qu'elle l'aperçut, elle se dirigea vers lui, lui prit la main et le fit asseoir près d'elle en lui demandant comment il avait passé la nuit. S'accompagnant d'un luth, elle chanta :

N'espère rien de la séparation,
amère en est la coupe.
Le soleil lui-même à l'heure du couchant
s'altère d'avoir à disparaître.

Sur ces entrefaites, ils entendirent un tumulte provoqué par l'irruption de jeunes hommes d'armes, des patrices pour la plupart. L'épée haute et luisante, ils clamaient dans leur langue :

— Nous te tenons, Sharr Kân ! C'en est fait de toi.

Le prince crut sa dernière heure arrivée. Il pensa en lui-même qu'il avait été trahi par la jeune fille. Elle avait lanterné en attendant l'arrivée des guerriers dont elle l'avait menacé au début de leur rencontre. « Tant pis pour moi, conclut-il, je suis l'artisan de ma propre perte. »

Il s'apprêtait à lui en faire le reproche quand il la vit bondir, les traits décomposés.

— Qui êtes-vous ? lança-t-elle aux intrus.

— Noble reine, répondit leur chef, perle d'entre les perles, sais-tu qui est cet homme ?

— Non, je l'ignore.

— C'est tout bonnement le fléau dévastateur, le meilleur des guerriers de l'islam, Sharr Kân, fils du roi an-Nu'mân, celui à qui nous devons la chute de bien des châteaux et de forteresses jugés inexpugnables. La vieille Dhât ad-Dawâhî a informé ton père, le roi Ḥardûb, de sa présence certaine sur nos terres. Et voilà qu'à toi seule, tu as donné la victoire aux armées byzantines en capturant ce lion sinistre.

Fixant l'homme dans les yeux, elle lui demanda de décliner son identité :

— Je suis Mâsûra, fils de ton serviteur Mûsûra, fils de Kâsherda, le Grand Patrice.

— Et de quel droit as-tu pris la liberté d'entrer ici sans mon autorisation ?

— Pour la simple raison, maîtresse, qu'aucun chambellan ou portier ne me l'a interdit. Bien plus, ce sont les sentinelles elles-mêmes qui nous ont conduits jusqu'à toi. Il n'est pas d'usage, en effet, de faire attendre, pour les annoncer, des gens de notre qualité. Le moment n'est pas aux vaines palabres. Le roi attend avec impatience notre retour avec le prisonnier, fer de lance des troupes musulmanes. Il a l'intention de le mettre à mort et de contraindre ainsi l'ennemi à battre en retraite, sans que nous ayons à affronter les fatigues d'une longue campagne.

— Tes propos sont inacceptables, rétorqua-t-elle. Dhât ad-Dawâhî a menti et avancé des allégations sans fondement. Elle ne sait pas ce qu'il en est vraiment. Par le Christ, cet homme n'est pas plus mon prisonnier qu'il n'est Sharr Kân, à peine un passant qui nous a demandé l'hospitalité et que nous avons recueilli. Du reste, même s'il s'avérait que ce fût bien celui que tu dis, il serait contraire à ma dignité de vous le livrer. Je lui ai accordé sauvegarde et protection. Ne me forcez pas à trahir la foi jurée à mon hôte et à devenir un objet de honte pour le monde entier. Retourne auprès de

mon père, baise le sol devant lui et rends-lui compte
que la situation n'est pas celle qu'a décrite Dhât ad-
Dawâhî.

— Mais, Abrîza, je ne saurais retourner sans cet
homme à la capture duquel le roi tient tant !

— De quoi te mêles-tu ? l'apostropha-t-elle cour-
roucée. Contente-toi de transmettre mon message.
Personne ne te reprochera quoi que ce soit.

— Je ne partirai pas sans lui.

Le teint altéré, elle ordonna de mettre un terme à
cette discussion.

— Cet homme, lui fit-elle remarquer, qui a eu
l'audace de s'enfoncer seul chez nous, doit se sentir
de taille à affronter cent guerriers à la fois, à plus
forte raison s'il était Sharr Kân, qui, au demeurant,
ne se serait pas abaissé à cacher son identité. Au cas
où vous vous mettriez sur mon chemin, pas un
d'entre vous n'en réchapperait. Toutefois, puisque tu
insistes, je vais l'envoyer armé de son sabre et de son
bouclier.

— Si je puis affronter ta colère, je ne saurais
m'exposer au courroux de ton père. Dès que je verrai
cet homme, j'ordonnerai à mes soldats de s'en emparer et de le conduire, toute superbe perdue, à notre
roi Ḥardûb.

— Tes propos relèvent de l'infamie. Si vous persis-
tez dans votre dessein, vous qui êtes à cent contre
un, défiez-le à tour de rôle, de guerrier à guerrier.
Ainsi le roi mon père saura lequel d'entre vous est le
plus valeureux.

Et l'aube chassant la nuit, Shahrâzâd dut interrompre son récit.

Lorsque ce fut la cinquantième nuit, elle dit :

On raconte encore, Sire, ô roi bienheureux, qu'A-
brîza ayant ainsi parlé, le patrice acquiesça à sa

proposition en jurant par le Christ qu'il ne laisserait à
personne d'autre le soin d'en découdre avec Sharr Kân.

— Patiente un moment, lui demanda-t-elle, que
j'aille l'aviser et voir s'il accepte l'épreuve. Dans le cas
contraire, vous ne pourriez rien contre lui, car, moi-
même, mes compagnes et tout ce que le monastère
compte de personnel, donnerions nos vies pour la
sauvegarde de la sienne.

Elle se rendit auprès du prince et l'informa de ce qui
l'attendait. Soulagé d'apprendre qu'elle ne l'avait pas
trahi et qu'elle n'était pour rien dans sa découverte,
Sharr Kân s'en prit à lui-même de s'être fourré dans ce
guêpier, en plein territoire ennemi.

— Les dispositions que vous avez arrêtées
m'agréent, lui fit-il observer, encore qu'elles me
paraissent désavantager vos guerriers. Qu'ils m'affrontent non pas un par un, mais dix par dix.

Équipé de pied en cap, il avança vers les ennemis.
Aussitôt leur chef le chargea. Tel un lion, il fit front et
d'un coup porté à la base du cou, lui fendit le corps
jusqu'aux entrailles d'où la lame ressortit ruisselante.
À le voir à l'œuvre, la princesse en éprouva pour lui un
regain d'estime. Elle comprit que si elle l'avait battu à
la lutte, ce n'était pas tant grâce à sa valeur de
jouteuse, qu'à son charme et à sa beauté auxquels il
avait succombé.

— Témoins du Christ ! cria-t-elle aux patrices, ven-
gez votre chef.

Le propre frère du champion abattu, redoutable et
puissant guerrier, releva le défi et subit aussitôt le
même sort, transpercé qu'il fut de part en part par un
coup identique au premier. Un autre prit sa place, puis
un autre et encore un autre. Ils furent ainsi cinquante à
mordre la poussière sous les yeux de la princesse,
fauchés par la terrible lame qui se jouait d'eux. Les
survivants, frappés d'effroi, refusèrent le combat sin-

gulier et se ruèrent sur lui d'un seul élan. Ferme comme un roc, il les hacha menu comme grains broyés par une meule et leur fit rendre à tous le dernier souffle.

La princesse demanda alors à ses suivantes d'aller vérifier qui se trouvait encore à l'intérieur du monastère.

— Rien que les frères portiers, lui fut-il rendu compte.

Elle s'avança vers le vainqueur, lui donna l'accolade et le conduisit en son palais. Toutefois, on lui signala qu'il y avait encore quelques rescapés cachés çà et là dans les recoins du bâtiment. Informée, Abrîza s'éclipsa un moment et réapparut, revêtue d'une cotte aux mailles serrées et armée d'un sabre d'acier indien.

— Par le Christ, dit-elle, il ne sera pas dit que je n'aurai pas payé de ma personne pour la défense d'un hôte, dussé-je encourir à jamais le mépris de mes compatriotes.

Puis elle inspecta les lieux et dénombra quatre-vingts patrices qui jonchaient le sol ; les vingt autres avaient pris la fuite. À la vue de cette hécatombe, elle complimenta Sharr Kân :

— Quel champion tu fais, et quel exemple à suivre par les meilleurs chevaliers !

Tout en nettoyant son arme du sang qui la souillait, le prince récita :

Que de cohortes n'ai-je pas défaites
   dont j'ai laissé les braves en pâture aux fauves !
Avant d'oser vous mesurer à moi,
   demandez à ceux qui m'affrontèrent
Combien de leurs lions j'ai couchés à même
   le sol brûlant du champ de bataille.

Elle sourit, lui saisit la main et la porta à ses lèvres, puis se défit de sa cotte de mailles.

— Pourquoi, ma Dame t'étais-tu munie d'un sabre ?

— Pour te protéger contre cette troupe.

Puis elle convoqua les préposés au pont-levis et les somma de lui expliquer pourquoi ils avaient laissé entrer les gens d'armes du roi son père sans sa permission.

— Majesté, jusque-là, nous n'étions pas tenus de la solliciter en faveur des courriers du roi, surtout qu'il s'agissait, en l'occurrence, du Patrice en chef.

— Je crois plutôt que vous vouliez me perdre de réputation et vous en prendre à la vie de mon hôte.

Elle ordonna à Sharr Kân de les décapiter sur-le-champ, lançant au reste du personnel en guise d'oraison funèbre :

— Ils méritaient un châtiment pire encore. Désormais, je n'ai plus de secrets pour toi. Je suis Abrîza, la fille du roi Ḥardûb et cette Dhât ad-Dawâhî qui t'a dénoncé est ma grand-mère paternelle. Elle n'aura de cesse que de causer ma perte afin de me punir d'avoir été l'instrument du massacre de nos patrices et d'avoir pris le parti des musulmans comme le bruit doit en courir déjà. Le mieux est que je plie bagage pour échapper à sa vindicte. J'irai donc chez toi, dans ton pays. Mais j'entends que tu me traites aussi bien que je t'ai traité. Ne l'oublie jamais, car tu es, en fin de compte, à la source de mes ennuis et de la brouille avec mon père.

Sharr Kân ne se sentit plus de joie et, la poitrine dilatée d'aise, s'écria :

— Moi vivant, jusqu'à mon dernier souffle, nul ne s'avisera de te porter atteinte. Mais crois-tu pouvoir supporter l'exil, loin de ton père et des tiens ?

— Oui.

Ils se jurèrent alors foi mutuelle et s'engagèrent par serment.

— Me voici, ajouta-t-elle, rassurée sur mon sort. Cependant, j'ai encore une condition à poser, celle d'enjoindre le repli de ton armée hors de nos terres.

— Mais, ma Dame, comment le pourrais-je ? Je suis là sur ordre de mon père. Il a, en effet, décidé de prendre les armes contre le tien pour une affaire de piraterie au cours de laquelle, entre autres choses, trois gemmes aux vertus magiques ont été dérobées.

— C'est donc cela ! Rassérène-toi. Je vais te conter l'histoire et t'expliquer pourquoi nous sommes en hostilités avec l'empereur de Constantinople. Les Byzantins ont une fête annuelle, dite du Monastère. Elle réunit durant sept jours les souverains de l'empire. De partout y affluent les filles de princes et de marchands. J'y étais assidue avant que mon père ne m'eût interdit de m'y rendre pour sept ans à la suite du différend qui l'oppose au *Basileus*. Il advint une année que la propre fille de ce dernier, Ṣafiyya, assista à la fête. Après son séjour au monastère parmi les autres jeunes filles, elle décida de rentrer chez elle par voie de mer. Un navire fut affrété sur lequel elle embarqua avec sa suite. Pendant que le bateau voguait toutes voiles dehors, un vent violent le dérouta. Le sort voulut qu'au même moment croisait dans les parages un navire corsaire chrétien, armé par cinq cents Francs de l'île du Camphre qui naviguaient depuis longtemps. Aussitôt le bâtiment de la princesse repéré, ils cinglèrent vers lui et l'abordèrent après une heure à peine. Les hommes de l'équipage le crochèrent au bout de leurs grappins et le remorquaient vers leur repaire quand le vent tourna en leur défaveur. Les voiles lacérées, le bateau pirate désemparé fut drossé à la côte. Nous fondîmes sur cette proie inespérée, tuâmes l'équipage et nous emparâmes de la cargaison, argent et objets précieux, ainsi que de quarante jeunes filles au nombre desquelles la fille de l'empereur dont nous ignorions la présence à bord. Nous les offrîmes à mon père. Il en choisit dix pour lui et donna les autres aux dignitaires de sa cour. Il envoya en cadeau au roi ton père cinq des dix jeunes filles qu'il s'était réservées. Parmi elles se trouvait Ṣafiyya. Il ajouta à l'offrande un assortiment d'étoffes byzantines, de draps, de laines et d'autres soieries. 'Umar an-Nu'mân accepta le présent, mais ne garda que la seule Ṣafiyya, la fille d'Afrîdûn. Ce dernier, au début de cette année, adressa à mon père Ḥardûb une lettre aux termes inadmissibles, véritable philippique où se bousculaient reproches et menaces. Il y était écrit en substance :

« Il y a deux ans, vous avez capturé un de nos navires qu'avaient auparavant arraisonné des pirates francs. Ma fille et soixante de ses suivantes environ y étaient embarquées et vous ne m'en avez pas tenu informé. Dans la crainte de perdre la face devant mes pairs, j'ai tu jusqu'à ce jour le déshonneur infligé à ma fille. Cependant, j'avais engagé une correspondance avec les pirates pour savoir ce qu'il était advenu de mon enfant et si elle était détenue par un roi des îles. Leur réponse m'a mis sur la voie. Ils m'ont juré leurs dieux qu'elle n'était pas chez eux et qu'elle n'avait pas quitté notre pays. Si vous ne voulez pas vous attirer mes foudres, si vous tenez à m'éviter le déshonneur et à ma fille la honte, faites en sorte de me la rendre dès réception de cette missive. Au cas où vous atermoieriez ou qu'encore, vous refusiez d'obtempérer, je me verrais dans l'obligation de punir, comme elle le mérite, une action aussi abjecte. »

À la lecture de cette lettre, mon père fut plongé dans un profond embarras. Il se mordit les doigts d'avoir ignoré que la fille de son suzerain était tombée entre ses mains et qu'il s'en était dessaisi en faveur du roi an-

Nu'mân. Comment la réclamer à ce dernier après si longtemps, d'autant que nous venions d'apprendre qu'elle lui avait donné des enfants ? Son impair était une véritable catastrophe, et il ne put que répondre à Afrîdûn en s'excusant et en jurant par les serments les plus solennels qu'il n'avait jamais su la présence de la princesse parmi les captives du navire échoué sur nos côtes. Il lui expliqua ensuite comment il l'avait envoyée en présent à an-Nu'mân dont elle avait eu des enfants. Afrîdûn entra dans une fureur extrême, tempêta et écuma à l'idée que sa fille avait été réduite en esclavage et ravalée au rang de concubine, bonne à passer de bras en bras et à partager une couche royale hors des liens d'un mariage légitime.

« Par le Messie et au nom de la vraie foi, se jura-t-il, je ne saurais laisser pareille infamie sans me venger. Je laverai l'affront subi d'une façon qui restera à jamais gravée dans la mémoire des générations à venir. »

Patiemment attaché à son dessein, après maints traquenards destinés à nous perdre, il finit par envoyer à ton père des émissaires qui, par leur version fallacieuse des faits, le décidèrent à lancer l'expédition dont tu fais partie. C'est un piège qu'il vous tend dans lequel il compte bien vous faire tomber toi et les tiens. Quant aux trois gemmes, il n'y a rien de vrai dans ce qu'il en a dit. Elles étaient tout simplement portées par Ṣafiyya lors de sa capture et mon père me les a offertes. Je les ai encore. Va donc rejoindre ton armée et empêche-la de s'enfoncer plus avant dans nos terres car les Francs et les Byzantins sont décidés à vous mener la vie dure et à ne vous laisser aucun répit jusqu'au jour du Jugement dernier et du règlement de comptes. Je sais, en outre, que tes hommes sont toujours au repos là même où tu leur avais prescrit une halte de trois jours et que ton absence les a un rien désemparés.

Sharr Kân à ce discours fut assailli de sombres

pressentiments. Après un moment de réflexion, il baisa
la main d'Abrîza et dit :

— Loué soit Dieu, qui, dans Son infinie bonté, t'a
placée sur mon chemin et fait de toi l'instrument de
mon salut et de celui des miens. Je vais me conformer à
ton conseil, mais il m'est pénible de te quitter sans
savoir ce que tu deviendras après mon départ.

— Va et ordonne à ton armée de se replier pendant
qu'elle est encore à proximité de la frontière. Au cas où
ils seraient encore là, saisis-toi des émissaires du roi de
Constantinople et fais-leur avouer la vérité. En ce qui
me concerne, je vous aurai rejoints dans trois jours et
c'est ensemble que nous entrerons à Bagdad. Tu
n'oublieras pas alors le pacte qui nous lie.

Vint le moment des adieux. Elle se jeta dans ses bras
et, dans un flot de larmes à faire fondre les pierres,
s'efforça d'apaiser le feu de la passion qui la dévorait. À
la voir ainsi bouleversée, Sharr Kân y alla aussi de ses
pleurs ; éperdu d'amour, il chanta :

> *Je fis mes adieux, tantôt séchant mes larmes*
> *et tantôt contre moi la tenant enlacée.*
> *Ne crains-tu pas le scandale ? me dit-elle. Non,*
> *il n'en est de pire que l'adieu des amants.*

Il sortit alors du monastère, enfourcha son destrier
qu'on lui avait amené, franchit le pont-levis et refit le
chemin en sens inverse. En débouchant dans la clairière, une fois le bois traversé, il aperçut trois cavaliers. Sur le qui-vive, il dégaina et attendit qu'ils
parvinssent à sa hauteur, plaqué sur l'encolure de sa
monture. C'était Dandân accompagné de deux émirs.
Ils le reconnurent et mirent pied à terre pour le saluer.
Au vizir qui le questionnait sur les raisons de son
absence, il raconta par le menu son aventure avec la
princesse Abrîza.

— Filons d'ici, dit-il au vizir qui le congratulait de s'en être tiré à bon compte. Les émissaires byzantins, nos guides, n'auront pas manqué d'aller informer leur souverain de notre arrivée. Nous risquons de voir l'ennemi fondre sur nous et nous faire prisonniers.

Ordre fut donc donné à l'armée de lever le camp et de se porter en toute hâte sur les hauteurs surplombant la vallée. Effectivement, les émissaires étaient partis avertir leur maître qui avait aussitôt pris ses dispositions pour une attaque surprise. Pendant vingt-cinq jours, Sharr Kân et ses hommes forcèrent la marche pour regagner leur pays et se mettre en sûreté. Ils purent enfin souffler deux jours durant et se refaire grâce à la générosité des habitants qui leur fournirent en abondance vivres et fourrage. Puis le gros de l'armée, sous les ordres du vizir, se remit en route, cependant que Sharr Kân décidait de suivre à un jour d'intervalle avec cent cavaliers. Au bout de deux parasanges environ, à l'entrée d'un défilé étroit, ils aperçurent un épais nuage de poussière qui se dirigeait vers eux. Ils retinrent leurs montures et virent déboucher, une heure plus tard, une centaine de cavaliers décidés, bardés d'armures et de cottes de mailles.

— Par Jean et Marie, crièrent-ils, nous vous tenons enfin. Nous vous avons poursuivis jour et nuit jusqu'à vous dépasser et vous couper des vôtres. Mettez pied à terre, déposez vos armes et rendez-vous si vous tenez à garder la vie sauve !

À cette injonction, le prince, la figure empourprée de colère et les yeux étincelants, leur lança :

— Comment osez-vous, chiens de chrétiens, vous aventurer sur nos terres et, de surcroît, nous apostropher avec tant d'impudence ? Croyez-vous vraiment pouvoir sortir indemnes d'entre nos mains ? Chargez-moi ces chiens, ordonna-t-il à ses hommes en s'élançant le premier sabre au clair. Nous sommes à égalité de nombre.

Les Francs subirent l'assaut, fermes comme des rocs.
Ce ne fut bientôt que chocs d'homme à homme, mêlées
de cavaliers engagés dans des corps à corps terrifiants.
La parole était laissée aux seules lames qui marte-
laient les cuirasses. Le combat dura toute la journée et
ce n'est qu'à la nuit tombante que les antagonistes
purent se désemmêler. Sharr Kân constata qu'il
n'avait que quatre blessés légers et, devisant avec ses
hommes, leur fit remarquer :

— Il y a belle lurette que je guerroie et vogue à
travers les brumes de l'océan aux lames d'acier qu'est
la guerre, sans jamais avoir affronté de gaillards doués
d'une telle capacité de résistance.

— Sache, lui répondirent-ils, qu'il y a parmi eux —
c'est leur chef — un chevalier franc plein de courage
dont les bottes sont imparables. Or, chaque fois que
l'un des nôtres se mesure à lui, il retient manifestement ses coups, alors que, par Dieu, il est à même de
nous occire tous.

— Voilà, en effet, qui est curieux. Demain, avec
l'aide du Seigneur, nous reprendrons le combat sous
forme de défis individuels que, déployés en ligne, nous
lancerons à leurs guerriers.

De leur côté, les Francs tenaient aussi conseil et
décidaient, après l'échec de la journée, de recourir à la
même tactique, celle de la joute individuelle.

Aux premières lueurs du matin, alors que le soleil
levant éclairait de ses rayons monts et vallées en un
vibrant hommage rendu à Muḥammad, le plus bel
ornement de la Création, Sharr Kân et les siens
rejoignirent le champ de bataille. Les Francs y étaient
déjà disposés. De leurs rangs, un héraut d'armes
annonça que le combat, aujourd'hui, aurait lieu
d'homme à homme. Aussitôt un musulman se détacha ;
caracolant entre les lignes, il lança à la cantonade :

— Lequel d'entre vous se sent de taille à relever un

défi ? Qu'il ne soit pas pusillanime et se montre à la hauteur !

Un Franc aux joues encore imberbes se détacha, monté sur un destrier gris. Armé de pied en cap, il était revêtu de brocart tissé à fils d'or. Il se rua sur son adversaire et, en un tournemain, après quelques échanges, lui fit vider les étriers d'un coup de lance bien ajusté. S'assurant de sa personne, il le ramena dans ses rangs, prisonnier et penaud, à la grande joie des siens qui empêchèrent leur champion de retourner au combat. Un autre cavalier le remplaça qu'affronta le propre frère du vaincu. Quelques passes à peine et le Franc, après une feinte inattendue, le désarçonna du talon de sa lance et le fit également prisonnier. À la tombée de la nuit vingt preux de l'islam mordirent ainsi la poussière et tombèrent entre les mains de l'ennemi sous les yeux de Sharr Kân stupéfait.

— Que nous arrive-t-il ? demanda-t-il à ses compagnons. Demain, c'est moi-même qui irai me mesurer à lui. Je lui demanderai auparavant les raisons de son incursion sur notre territoire et le mettrai en garde contre le danger auquel il s'expose. S'il consentait à se retirer hors de chez nous, nous le laisserions en paix. Dans le cas contraire, nous le combattrions à outrance.

Le lendemain, à la lumière du jour naissant, les deux partis prirent leurs dispositions de combat. Plus de la moitié des Francs, pied à terre, entouraient l'un des leurs que Sharr Kân, à bien regarder, reconnut être leur chef. Il était revêtu d'une casaque en satin bleu sur laquelle était passée une cotte aux mailles serrées. Sa monture, bai-brun brûlé, portait sur le frontal une tache d'un blanc éblouissant grosse comme une pièce d'argent. Il tenait au poing un sabre d'acier indien. Son visage avait l'éclat de la lune dans la plénitude de son rayonnement et nul poil n'en ternissait la splendeur. Piquant des deux, il avança entre les rangées de cavaliers. En un arabe très pur, il lança :

— Ô Sharr Kân, conquérant de tant de citadelles et de territoires, prépare-toi à affronter un champion digne de toi. Tu es le seigneur des tiens comme je le suis des miens. Le vaincu se rendra à la merci de son vainqueur et se soumettra à sa loi.

Il en terminait à peine que Sharr Kân, bouillonnant de colère, chargea son adversaire qui, lui-même, tel un lion en courroux, se rua en un impétueux assaut. Les coups succédaient aux coups. Au cœur de la mêlée, on eût dit deux montagnes qui s'entrechoquaient, ou deux océans lancés l'un contre l'autre dans le déferlement de leurs vagues démontées. Ils combattirent avec frénésie jusqu'au crépuscule qui les sépara. De retour à son camp, Sharr Kân dit à ses compagnons :

— Je n'ai jamais rencontré de guerrier de cette trempe. Mais il a une particularité que je n'avais jamais remarquée chez d'autres. Chaque fois qu'il trouve une ouverture qui pourrait être décisive, il retourne sa lance pour n'en frapper que du talon ! Je ne sais ce que l'avenir nous réserve, à lui et moi. Mais combien j'aimerais l'avoir sous mes ordres ainsi que ses compagnons !

Au matin, le combat reprit avec la même intensité et dura jusqu'au soir sous les yeux éblouis des partisans. À la veillée, chacun des deux champions racontait aux siens les péripéties de la rencontre. Le Franc, pour sa part, annonça sa certitude que le dénouement aurait lieu le lendemain. Ils se remirent en selle à l'aube et ferraillèrent à tour de bras. Au milieu du jour, le guerrier franc, en voulant surprendre son vis-à-vis, éperonna sa monture tout en la retenant du mors. Mais, au lieu de se cabrer, le cheval broncha et jeta bas son cavalier. Sharr Kân, pressé d'en finir avec cette

interminable confrontation, se pencha pour achever
son adversaire, quand il s'entendit apostropher :

— Est-ce ainsi que se comportent les preux dignes
de ce nom ? N'est-ce pas plutôt le fait de quelqu'un que
les femmes elles-mêmes défont ?

À cette allusion, le prince examina attentivement les
traits du Franc et reconnut Abrîza avec laquelle il avait
vécu l'épisode du monastère. Il jeta son arme, descendit de cheval, baisa le sol à ses pieds et lui demanda
pourquoi elle s'était comportée de la sorte.

— Je voulais me faire une idée de ta valeur sur le
terrain et de tes aptitudes au combat. Ces cavaliers qui
sont venus à bout des tiens ne sont en réalité que de
jeunes vierges. Moi-même, n'eût été ma monture qui
m'a trahie, je t'aurais encore donné bien du fil à
retordre !

Sharr Kân sourit à ces propos et rendit grâce à Dieu
de leur avoir permis de se retrouver sains et saufs.
Abrîza ordonna à ses Amazones de libérer leurs vingt
prisonniers et de se préparer à faire mouvement. Elles
s'exécutèrent après avoir baisé le sol aux pieds de leur
maîtresse. Sharr Kân lui fit force compliments :

— Des femmes telles que vous, les plus grands
souverains aimeraient les avoir à leurs côtés dans les
pires épreuves.

Sur son ordre, les hommes de Sharr Kân mirent pied
à terre pour rendre hommage à la princesse en se
prosternant devant elle. Puis les deux cents cavaliers et
cavalières s'ébranlèrent de conserve et, après six jours
et six nuits de chevauchée, arrivèrent en vue de la
capitale. Sharr Kân demanda alors à Abrîza et à ses
compagnes de se débarrasser de leur attirail de guerriers francs et de passer des vêtements conformes à
leur condition de Byzantines.

Et l'aube chassant la nuit, Shahrâzâd dut interrompre son récit.

Lorsque ce fut la cinquante et unième nuit, elle dit :

On raconte encore, Sire, ô roi bienheureux, que les Amazones, à la demande de Sharr Kân, troquèrent leur accoutrement guerrier pour leurs atours habituels de Byzantines et prirent une nuit de repos pendant que le prince envoyait à Bagdad des estafettes avertir le roi son père de son retour. Il le priait, en outre, de lui dépêcher un cortège d'honneur pour accueillir la princesse Abrîza, fille du roi des Rûm de Césarée qu'il ramenait en sa compagnie.

Au matin, tout le monde se remit en selle pour gagner la capitale, le prince et ses hommes, Abrîza et ses compagnes. Ils virent bientôt arriver le vizir Dandân à la tête de mille cavaliers envoyés par 'Umar an-Nu'mân à la demande de son fils, afin de se mettre à sa disposition. Les cavaliers se tinrent aux ordres et firent escorte en grand arroi jusqu'au palais.

Sharr Kân se rendit aussitôt chez son père qui le reçut debout, lui donna l'accolade et lui demanda un compte rendu de la situation. Le prince rapporta alors les révélations d'Abrîza, raconta ses aventures avec elle et exposa les conditions dans lesquelles elle avait préféré fuir son pays, quitter son père et venir séjourner chez eux.

— Le *Basileus* Afrîdûn a bel et bien voulu nous berner en vue de tirer vengeance de son vassal Ḥardûb, le roi de Césarée qu'il tient pour responsable des malheurs de sa fille Ṣafiyya. Or Ḥardûb, comme il en avait informé Afrîdûn, ignorait l'identité de la jeune fille lorsqu'il te l'avait offerte. Sinon, bien entendu, il l'aurait libérée sur-le-champ. Seule Abrîza peut nous sortir de cet imbroglio et nous éviter d'être victimes des embûches que nous prépare le maître de Constantinople. C'est, en effet, une femme dont j'ai pu constater le courage exceptionnel.

Et de lui raconter par le menu les épisodes de la lutte et du combat qui les avaient opposés. Le roi, impressionné, conçut le désir de voir celle dont son fils disait merveille. Il lui demanda de la lui amener en vue de l'interroger en personne. Sharr Kân fit part à la princesse de ce souhait auquel elle accéda volontiers. Elle fut reçue en audience privée auprès du monarque assis sur son trône et entouré de ses seuls eunuques. Elle le salua en baisant le sol à ses pieds et lui tourna un compliment dont il admira l'élégance. Il la remercia de ce qu'elle avait fait pour son fils et la pria de prendre place. Une fois assise, elle se dévoila le visage et ce qu'il vit lui enflamma la raison. Il en fit aussitôt une de ses proches familières, lui affecta un palais à son usage et à celui de ses compagnes avec revenus réguliers pour chacune d'entre elles.

Un jour il la questionna sur les fameuses gemmes.

— Elles sont en ma possession, roi de ce siècle.

S'étant rendue à ses appartements, elle alla à un coffre et en sortit une cassette qui contenait une boîte en or où étaient rangées les pierres. Elle les porta à ses lèvres, les remit au roi et prit congé. Elle avait ravi le cœur du souverain subjugué. Celui-ci convoqua son fils et lui donna l'un des joyaux. Comme le jeune prince s'inquiétait du sort des deux autres, le roi l'informa qu'il en destinait un à son autre fils Ḍaw' al-Makân et le second à sa jumelle Nuzhat az-Zamân.

— Père, dit-il effondré d'apprendre qu'il avait non pas seulement une sœur, mais aussi un frère, as-tu réellement un autre fils que moi ?

— Oui. Il est né du même ventre que Nuzha et il a maintenant six ans.

Fort contrarié, Sharr Kân dissimula cependant son courroux en se contentant d'exalter le Seigneur en Sa

grâce. Cependant, il ne put réprimer un mouvement
d'humeur et lança au loin la gemme puis se leva pour
s'en aller.

— Qu'as-tu à être ainsi bouleversé? lui demanda
son père. En quoi cette nouvelle peut-elle t'affecter?
N'es-tu pas mon successeur dûment désigné et reconnu
sous serment par l'ensemble des chefs du royaume?
Cette gemme te revient au même titre que les deux
autres reviennent à tes frère et sœur.

N'osant, par respect, contrecarrer son père, il baissa
la tête un moment puis se retira, ivre de rage contenue.
Ses pas le conduisirent vers le palais de la princesse
Abrîza qui le reçut avec chaleur, le remercia pour
l'accueil dont elle avait fait l'objet et appela sur sa tête
et celle du roi les bénédictions divines. Elle le fit
asseoir à ses côtés et, ne tardant pas à s'apercevoir de
son trouble, lui en demanda la raison. Il ne lui cacha
rien et raconta comment il ignorait jusqu'à ce jour que
Ṣafiyya avait donné à an-Nu'mân, outre Nuzha, un
garçon jumeau, et comment il avait refusé la pierre
qu'on lui avait offerte.

— Voilà pourquoi je suis en rage. Au surplus, car je
ne veux rien te cacher, je crains que mon père ne songe
à t'épouser. J'ai remarqué, en effet, qu'il te fixait avec
concupiscence. Qu'en penses-tu?

— Sache, Sharr Kân, qu'il n'a aucun titre sur moi et
qu'il n'est pas en mesure de me prendre contre mon
gré. S'il s'avisait d'user de la force, j'attenterais à mes
jours. En ce qui concerne les gemmes, je ne pensais pas
qu'il s'en déferait au profit de ses enfants, mais qu'il les
garderait dans son trésor personnel. Puisque tel n'est
pas le cas, j'aimerais que, par un effet de ta bonté, tu
me fasses don de la gemme qui doit t'échoir.

— Bien volontiers.

Ils devisèrent un moment encore, puis elle lui dit:

— Je suis inquiète de l'éventuelle réaction de mon

père lorsqu'il apprendra ma présence ici. Je redoute qu'il ne s'entende avec le maître de Constantinople et qu'à eux deux, l'un pour reprendre sa fille Ṣafiyya, l'autre pour me délivrer, ils ne marchent sur vous à la tête d'une puissante armée, ce qui ne manquerait pas de provoquer de graves désordres.

— Ma Dame, n'aie crainte. Si tu consentais à demeurer chez nous, mobiliseraient-ils les forces du monde entier, sur terre et sur mer, que nous en viendrions à bout.

— Puissent les choses se bien passer ! Quant à moi, je resterai ici si je suis bien traitée, sinon je m'en irai.

Sur ce, elle fit servir par ses suivantes une collation à laquelle le prince toucha à peine avant de se retirer chez lui, sombre et préoccupé.

'Umar an-Nu'mân, une fois que son fils fut parti, se rendit chez Ṣafiyya sa concubine. Elle se leva pour l'accueillir, l'installa et lui présenta les deux jumeaux. Il les embrassa et passa à chacun d'eux une gemme autour du cou. Heureux du cadeau, les enfants lui baisèrent les mains et se pavanèrent sous les yeux de leur mère ravie qui exprima ses souhaits de longue vie pour le roi.

— Mais pourquoi, lui demanda-t-il, m'avoir caché que tu étais la fille d'Afrîdûn, le *Basileus* ? Je t'aurais encore mieux traitée eu égard à ton rang.

— Sire, qu'ai-je à souhaiter de mieux dans la situation que tu m'as faite ? Je suis comblée de bienfaits et de faveurs. De surcroît, Dieu m'a gratifiée de deux enfants de toi, un garçon et une fille du même coup !

Charmé par ce discours dont il apprécia l'élégance et la finesse en même temps que la délicatesse et l'esprit, il ordonna qu'elle fût installée avec ses enfants dans un palais somptueux pourvu du personnel nécessaire. Il y attacha aussi des savants versés dans différentes disciplines, théologiens, philosophes, astronomes, méde-

cins et autres chirurgiens. Il leur recommanda de
veiller à l'éducation des jumeaux, les entoura d'égards
et leur assura de gros émoluments. Ces dispositions
prises, il se consacra à la marche des affaires du
royaume. Mais sa passion pour Abrîza l'obnubilait.
Chaque nuit il lui rendait visite et, au cours de leurs
conversations, lui déclarait sa flamme par des allusions appuyées. Loin de l'encourager, elle se contentait
de lui affirmer que, pour le moment, les hommes ne lui
inspiraient pas le moindre intérêt. Plus elle se refusait,
plus il était en proie aux affres d'un amour dévorant et
fou. En désespoir de cause, il s'en ouvrit à son vizir
Dandân. Il lui avoua à quel point il était épris de la fille
du roi Ḥardûb qui lui tenait la dragée haute et dont la
résistance le tuait à petit feu.

— Je ne vois qu'une solution. La nuit tombée, va la
retrouver muni de jusquiame d'au moins un *mithqâl*.
Bois avec elle. À la fin de la soirée, au moment de la
quitter, propose-lui de boire une dernière fois et tends-
lui une coupe dans laquelle tu auras pris soin de laisser
tomber le narcotique. Elle n'aura pas gagné sa couche
qu'il fera son effet. Elle sera dès lors à ta merci.

— Voilà une excellente idée, approuva le roi qui alla
sur-le-champ à son armoire à pharmacie prendre un
morceau de jusquiame raffinée tellement gros qu'il eût
suffi à assommer un éléphant une année entière. Il le
mit dans sa poche, attendit la tombée de la nuit et alla
retrouver la princesse en son palais. Elle se leva à son
entrée et ne consentit à s'asseoir qu'avec sa permission. Le roi prit alors place à ses côtés et ils dissertè-
rent un instant sur le vin pendant que l'on tendait une
nappe sur laquelle furent disposées les pièces d'un
service à vin. Les bougies allumées, ils se mirent à
boire devant un assortiment d'ingrédients nécessaires
à une soirée de libations, sucreries et fruits notamment
que la princesse avait fait apporter.

Bientôt les vapeurs de l'alcool montèrent au cerveau d'Abrîza. À la voir ainsi légèrement grise, an-Nu'mân emplit une coupe qu'il vida et une autre pour sa commensale dans laquelle il laissa subrepticement tomber la jusquiame qu'il avait sortie de sa manche et dissimulée entre ses doigts. Il tendit la coupe. Sans se douter de rien, elle but ; en un rien de temps la drogue agit et Abrîza se retira mi-consciente dans sa chambre où le roi alla la rejoindre. Il la trouva couchée sur le dos, ses pantalons ôtés. Sa chemise, soulevée par un courant d'air, dévoilait son intimité à la lueur de deux cierges qui éclairaient sa couche, l'un à la tête, l'autre aux pieds. Ce spectacle rendit fou le roi qui, en proie au démon, ne se contenant plus, arracha ses vêtements, se jeta sur elle et lui ravit sa virginité. Son forfait consommé, il alla trouver Marjâna, la suivante de la princesse, et lui demanda de se rendre au chevet de sa maîtresse. Elle trouva celle-ci étendue sur le dos, les jambes tachées de sang. Elle la nettoya avec un de ses foulards, remit de l'ordre dans ses vêtements et la veilla la nuit durant. Le matin, elle lui fit une toilette complète. Elle en était à lui passer la figure à l'eau de rose, quand Abrîza éternua et hoqueta, rejetant ce qui lui restait dans l'estomac du morceau de jusquiame réduit à la dimension d'une pastille. Tout en se lavant la bouche et les mains, elle demanda à Marjâna ce qui s'était passé. La suivante lui raconta dans quel état elle l'avait trouvée, couchée sur le dos, les cuisses ensanglantées.

« Ainsi donc, se dit-elle au comble de l'affliction, il est parvenu perfidement à ses fins et a abusé de moi ! »

Confinée chez elle en attendant le sort que Dieu voudrait bien lui réserver, elle fit interdire sa porte sous prétexte qu'elle était tombée en mal de langueur. Le souverain, informé, lui fit régulièrement parvenir de quoi refaire ses forces, fruits, pâtisseries et confitures. Cependant, au fil des jours, sa passion s'apaisa et il n'éprouvait plus pour elle la même attirance.

Au bout de quelques mois de claustration, Abrîza se sut enceinte. Lorsque sa rondeur devint apparente, désespérée, elle se plaignit à Marjâna :

— Le déni de justice dont je suis victime de la part de ces gens, j'en porte seule la responsabilité pour avoir abandonné mes parents et quitté mon pays. Je suis lasse de vivre, dénuée d'énergie, sans ressort et sans force. Moi qui, naguère, venais à bout de coursiers fougueux, je ne suis même plus capable de tenir à cheval. Lorsque j'aurai accouché ici, je serai la risée de mes Amazones et nul n'ignorera dans le palais de quelle façon j'ai été violentée. Que dire à mon père ? Comment aurai-je le front de le revoir ? Combien le poète avait raison :

> *Quel réconfort aurai-je sans parents ni patrie,*
> *et sans coupe à vider avec un cher ami,*
> *sans rien de ce qui fait la douceur de la vie ?*

— Maîtresse, lui répondit Marjâna, à toi de décider. Je suis à ton entière disposition.

— Il me faut partir d'ici en secret et retourner auprès des miens. Le proverbe ne dit-il pas que *viande avariée reste au marché* ? Advienne que pourra.

La suivante approuva et procéda aux préparatifs de voyage dans le plus grand secret. Les deux femmes attendirent le moment opportun pour mettre leur projet à exécution. Un jour qu'an-Nu'mân était allé à la chasse et que son fils avait quitté la ville pour un séjour dans les places fortes des marches frontières, la princesse dit à Marjâna :

— C'est maintenant ou jamais, car je suis proche du terme et prévois ma délivrance au plus tard dans cinq jours. Dès lors, si je venais à accoucher en ces lieux, il ne serait plus question de fuir. Mais comment faire ?

Triste destinée que la mienne, telle qu'elle a été, dès ma naissance, gravée sur mon front et décrétée à jamais dans le monde du mystère divin.

Elle réfléchit un moment et ajouta :

— Il te faut absolument trouver quelqu'un qui nous accompagne, nous serve et nous protège en cours de route, car je n'ai plus la force de porter les armes.

— Je n'en vois qu'un seul susceptible de nous aider, un esclave noir du roi, nommé Ghaḍbân. C'est un rude guerrier affecté à notre service et préposé à la garde du portail. Il m'a confié qu'il avait été jadis bandit de grand chemin. Nous avons toujours été bonnes avec lui. Je vais le trouver et l'allécher par une promesse d'argent, voire par celle du mariage avec telle ou telle de nos filles, à son choix, si, sa mission accomplie, il décidait de rester dans notre pays.

— Amène-le-moi que je lui parle.

Marjâna alla voir l'esclave et lui fit miroiter la fortune s'il acceptait la proposition que lui ferait la princesse. Le conduisant par la main, elle l'introduisit auprès d'Abrîza aux pieds de laquelle il baisa le sol. Dès qu'elle le vit, elle le prit en aversion. « *Nécessité fait loi* », se dit-elle en lui adressant cependant la parole à contrecœur :

— Es-tu disposé, Ghaḍbân, à m'aider dans l'adversité et te sens-tu capable de garder un secret si je te le confiais ?

Frappé par sa beauté, l'homme la désira sur-le-champ et l'assura qu'il était à ses ordres, prêt à lui obéir en ce qu'elle commanderait.

— Je désire que cette nuit même tu nous fasses fuir ma servante et moi et que tu nous accompagnes jusqu'à notre pays. Procure-toi dans les écuries royales deux chevaux de selle et deux bêtes de somme munies de bissacs pour le transport de nos biens et des provisions de bouche. Au cas où, le voyage accompli, tu manifesterais le désir de rester avec nous, nous te donnerions une de nos suivantes comme épouse que tu choisirais toi-même. Sinon libre à toi de repartir nanti au-delà de toute espérance.

— Maîtresse, répondit-il ravi de l'aubaine, je donnerais même mes yeux pour vous servir. J'irai avec vous et m'occuperai des bêtes.

En son for intérieur, il caressait le projet d'abuser des deux femmes et, si elles regimbaient, de les tuer et de les dépouiller. Il amena les montures dont une pour lui-même. Les deux femmes se mirent en selle, la princesse avec grande difficulté tant elle souffrait de sa grossesse avancée. Ils chevauchèrent jour et nuit et parvinrent à Bayn al-Jibâl à une étape à peine de leur destination. Mais là, Abrîza ressentit les premières douleurs. Incapable de rester à cheval, manquant de défaillir, elle ordonna à Ghaḍbân de la déposer à terre et pria Marjâna de descendre de cheval pour venir l'assister dans son accouchement. Le nègre sauta au sol à son tour pour tenir les bêtes. Mais quand il vit la parturiente étendue à terre, il fut aiguillonné par le démon, dégaina son sabre, le brandit sous les yeux de la princesse et lui demanda de le laisser la posséder.

— Ah, s'écria la malheureuse, il ne me manquait plus qu'un eslave noir, moi qui ai repoussé les avances des rois les plus fameux !

Et l'aube chassant la nuit, Shahrâzâd dut interrompre son récit.

Lorsque ce fut la cinquante-deuxième nuit, elle dit :
On raconte encore, Sire, ô roi bienheureux, que la princesse, au comble de la colère, clama son indignation à l'idée qu'un esclave nègre pût prétendre l'approcher et se mit à l'invectiver :

— Malheur à toi ! Que dis-tu là ? Je t'interdis de proférer en ma présence de pareils propos. Dussé-je goûter à la coupe du trépas, je ne céderai pas à ton exigence. Attends au moins que je mette au monde l'enfant que je porte et que je me rétablisse quelque peu après la délivrance. Tu essaieras alors, si tu le peux, de parvenir à tes fins ! Pour l'heure, cesse tes obscénités, sinon je me tuerai de mes propres mains pour mettre fin à ce cauchemar. Puis elle improvisa ces vers :

Cesse de m'importuner, Ghaḍbân,
  le sort et ses caprices suffisent à ma peine !
Mon Dieu m'interdit la débauche
  et voue aux flammes qui s'y livre.
Je ne suis pas femme à turpitudes,
  cesse de me poursuivre de regards lubriques.
Si tu t'entêtais à vouloir de moi cette abomination,
  à manquer au respect qui m'est dû,
Je pousserais un tel cri que tous les hommes de mon peuple
  accourraient des quatre horizons.
Plutôt être sabrée par un fer yéménite
  que de laisser un débauché sur moi poser les yeux,
Fût-il de la plus noble des lignées !
  que dire alors d'un esclave noir, enfant de générations
  de putains ?

Ces vers eurent le don de mettre Ghaḍbân en fureur. Il avait les yeux injectés de sang, le teint grisâtre, le mufle menaçant, la lippe pendante et gonflée :

  Abrîza ne me laisse pas mourir, je te veux,
    tes yeux ont l'éclat d'un sabre du Yémen !
  Ta cruauté déchire mon cœur,
    mon corps s'exténue, ma patience est à bout.
  Ton regard m'ensorcelle
    et ma raison le cède au désir qui m'étreint.
  Appellerais-tu les armées du monde,
    je te prendrais à la seconde.

Abrîza pleura à chaudes larmes et lui cria à la face :

— Malheur à toi ! Pour qui te prends-tu à oser dire de pareilles choses, enfant de putain élevé dans la fange ? Te crois-tu mon égal sur cette terre ?

Au paroxysme de la rage, les yeux injectés de sang, l'immonde nègre la transperça de son arme, la tuant net. Il enfourcha sa monture, chargea son butin sur celle de la défunte et poussa en direction des montagnes où il comptait trouver refuge.

La princesse, maintenant sans vie sur le sol, avait néanmoins mis au monde un garçon superbe. Marjâna fit la toilette du bébé et l'étendit auprès de sa mère morte dont elle lui fit sucer un sein. Éplorée, la suivante criait sa douleur en lacérant ses vêtements et en se couvrant la tête de poussière. Le visage griffé jusqu'au sang, elle se répandait en lamentations.

— Ô abjection ! Se peut-il qu'un esclave, un Noir de la pire espèce, ait pu ôter la vie à ma maîtresse qui fut une Amazone accomplie !

Pendant qu'elle donnait ainsi libre cours à son désespoir, elle aperçut au loin une poussière qui barrait l'horizon, soulevée par le galop d'une troupe imposante. C'était celle du propre père de la princesse assassinée. En effet, ce dernier avait appris le départ de sa fille et de ses suivantes pour Bagdad chez le roi an-Nu'mân. Il s'était mis à battre les alentours avec ses hommes en quête de renseignements auprès des voyageurs de passage. Il s'enquérait de leur provenance et demandait à ceux qui revenaient de Bagdad s'ils n'avaient pas vu sa fille. Et c'est ainsi, qu'ayant aperçu au loin trois personnes — il s'agissait d'Abrîza, Marjâna et Ghaḍbân —, il piqua des deux en leur direction, suivi de ses soldats, en vue de les interroger. C'est à leur approche que le nègre, son forfait perpétré, avait pris la fuite.

À la vue de sa fille étendue morte à même le sol et de Marjâna qui pleurait à son chevet, le roi perdit connaissance et tomba d'une pièce du haut de son cheval. Aussitôt, chambellans, ministres et cavaliers qui l'accompagnaient, mirent pied à terre et s'affairèrent à organiser un camp volant dans la montagne. Les tentes furent montées autour du pavillon royal où le roi Ḥardûb fut placé, veillé à l'extérieur par les dignitaires du royaume, cependant que Marjâna, qui avait reconnu le roi, redoublait de sanglots et de gémissements.

Revenu à lui, Hardûb se fit raconter dans quelles conditions an-Nu'mân avait abusé de sa fille et comment elle avait été mise à mort par l'un de ses esclaves noirs. La vie lui parut soudain odieuse. Laissant libre cours à ses larmes, il ordonna le retour à Césarée où la dépouille mortelle de sa fille fut ramenée dans une litière spécialement construite pour la circonstance.

Aussitôt arrivé, il gagna les appartements de sa mère Dhât ad-Dawâhî à qui il rapporta ce qui était arrivé.

— Ainsi donc, s'écria-t-il, voilà ce qu'elle a récolté à se rendre chez les musulmans : violée par leur roi et assassinée par un de ses nègres ! Par le Messie, il me faut tirer vengeance et effacer la tache qui souille mon blason, faute de quoi il ne me restera plus qu'à me supprimer.

Et il fondit en larmes.

— La véritable responsable de sa mort est cette Marjâna, répondit sa mère qui vouait à cette dernière une haine rentrée. Mais ne désespère pas, tu seras vengé. Par le Messie, je n'aurai de cesse d'anéantir an-Nu'mân et sa progéniture, non sans leur avoir infligé, au préalable, un châtiment inouï que les esprits les plus fertiles ne sauraient imaginer et dont on parlera à travers le monde entier. À condition, toutefois, que tu m'obéisses strictement.

— Par le Messie, je ne contreviendrai en rien à tes instructions.

— Trouve-moi des vierges aux formes parfaites et engage les sages les plus fameux. Ils serviront à ces jeunes filles de précepteurs et se chargeront de leur enseigner sapience et belles-lettres, ainsi que le commerce des rois et l'art de se comporter en la compagnie des souverains. Ils leur apprendront aussi vers et maximes dont agrémenter leur conversation. Ces maîtres devront être musulmans, férus d'histoire : celle des Arabes, de leurs anciens rois et des califes de l'islam. Après dix ans de ce régime, nous serons en mesure d'atteindre notre but. L'essentiel — Dieu te prête longue vie — est que tu prennes ton mal en patience. Les Bédouins ne disent-ils pas que quarante années pour assouvir une vengeance ne sont rien ? Lorsque nous aurons ainsi formé à ma convenance ces jeunes filles, nous tiendrons à notre merci l'objet de notre ressentiment, grand amateur de femmes s'il en fut. Ne possède-t-il pas trois cent soixante-six concubines sans compter les cent jeunes filles qui avaient suivi la feue princesse à Bagdad ? Quand nos vierges seront devenues expertes dans les différentes disciplines que j'ai énumérées, je les prendrai sous ma coupe et nous irons chez an-Nu'mân.

Ravi du plan exposé par sa mère, Ḥardûb lui embrassa la tête et, sur-le-champ, dépêcha des courriers express aux quatre coins du pays dans le but de ramener tout ce qui pouvait s'y trouver de savants et de sages aptes à servir son dessein. En même temps, il chargeait les voyageurs à destination de contrées lointaines de se livrer à la même quête. Une fois ces maîtres réunis, il les entoura de prévenances, les couvrit d'honneurs, leur assigna revenus et prébendes et leur promit plus encore s'ils réussissaient dans la mission dont il les chargeait. Puis il leur confia leurs jeunes élèves.

Et l'aube chassant la nuit, Shahrâzâd dut interrompre son récit.

Lorsque ce fut la cinquante-troisième nuit, elle dit :

On raconte encore, Sire, ô roi bienheureux, que le roi Ḥardûb installa les pédagogues somptueusement et les laissa avec leurs élèves en leur recommandant de les bien instruire dans l'art sapiential et les belles-lettres.

Mais laissons-le pour en revenir à an-Nu'mân. De retour de sa partie de chasse et rendu au palais, il s'enquit d'Abrîza dont nul ne put lui donner de nouvelles. Qu'elle ait pu s'en aller sans que personne ne s'en fût avisé lui parut inconcevable et le fit douter de la manière dont étaient gérées les affaires du royaume qui, en son absence, risquaient d'aller à vau-l'eau sans une poigne énergique. « Je ne saurais dorénavant, se disait-il, quitter même ma capitale sans en faire garder les portes ! »

Il était tout à sa tristesse d'avoir perdu Abrîza quand Sharr Kân revint de sa tournée d'inspection. Le roi l'informa de la fuite de la princesse qui avait profité de son départ pour quitter la ville. Cette nouvelle consterna le prince d'autant plus qu'il ne décolérait pas de voir la sollicitude dont son père entourait les jumeaux. Le roi, en effet, leur rendait visite chaque jour et les avait confiés à des précepteurs chèrement appointés, chargés de leur éducation. Rongé par la jalousie, en proie à une perpétuelle irritation qui ravageait ses traits, Sharr Kân finit par tomber malade. Son père s'en aperçut et lui demanda pourquoi il était affaibli et avait le teint souffreteux.

— Père, convint-il, à constater comment tu choies tes enfants d'un second lit, il me vient, par dépit, des idées de meurtre. Je crains que cela n'aille en empirant et que j'en vienne à attenter à leurs jours, quitte à périr de ta propre main. Cette perspective me taraude et je dépéris au point d'en perdre mes couleurs. Aussi, je sollicite de ta bienveillance le commandement à demeure d'une place forte où je passerai le reste de mon existence. La maxime ne dit-elle pas : *À quoi bon rester sous les yeux d'un être cher qui vous déçoit ? Mieux vaut s'en éloigner pour éviter au cœur de souffrir.*

Tête baissée, Sharr Kân attendit. Son père, pour être agréable à son aîné qui venait de lui dévoiler la cause de ses tourments, acquiesça à sa demande.

— Rien, dans mon royaume, n'a l'importance de Damas et de sa citadelle. Elle est à toi.

Aussitôt mandés, les chanceliers homologuèrent l'investiture et dotèrent le nouveau gouverneur des moyens afférents à sa charge. Il emmena avec lui le vizir Dandân auquel an-Nu'mân confia la direction des affaires politiques de la province. Après les adieux faits à son père, aux émirs et aux grands dignitaires, le prince prit le chemin de Damas à la tête de sa troupe. La ville lui fit un accueil chaleureux et c'est au son des trompettes et des tambours qu'il entra dans sa capitale pavoisée, au milieu d'un grand concours de ses sujets disposés de droite et de gauche en haie d'honneur.

Après le départ de son aîné, an-Nu'mân reçut les précepteurs. Ils l'informèrent que leurs deux élèves avaient assimilé les disciplines qu'ils avaient été chargés de leur inculquer, art sapiential et belles-lettres. Fort satisfait, le roi les récompensa très généreusement. Daw' al-Makân était devenu à quatorze ans un bel adolescent. Cavalier accompli, pieux, dévot, bon pour les pauvres, il aimait à fréquenter les théologiens et les maîtres en études coraniques. Les habitants de Bagdad, hommes et femmes, l'adoraient.

Il advint un jour qu'il vit passer dans les rues de la
ville la caravane de la délégation officielle irakienne
pour le pèlerinage à La Mekke et la visite à Médine du
tombeau du Prophète, prières et salut soient sur lui. Il
sentit monter en son âme l'appel irrésistible des lieux
saints et demanda à son père l'autorisation de se
joindre au convoi. Elle ne lui fut pas accordée.

— Attends l'an prochain, dit le roi, nous irons
ensemble.

Estimant le délai trop long, le jeune garçon se rendit
chez sa sœur Nuzha. Il la trouva en train de faire sa
prière et lui confia, lorsqu'elle en eut terminé, qu'il
brûlait d'envie d'aller à la maison sacrée de Dieu et de
se recueillir sur la tombe du Prophète, prières et salut
soient sur lui.

— Notre père à qui j'en ai parlé m'a refusé sa
permission, mais je compte passer outre et partir en
secret muni de l'argent nécessaire au voyage.

— Je t'en conjure par Dieu, le supplia-t-elle,
emmène-moi avec toi et ne me prive pas de la joie
d'aller prier moi aussi sur le tombeau de Muḥammad,
que les prières et le salut soient sur lui.

Il accepta et lui fixa rendez-vous à la nuit tombée en
lui enjoignant de ne rien dire à âme qui vive. Elle prit
aussi de l'argent et, déguisée en homme, sortit du
palais à minuit et retrouva son frère qui l'attendait
avec des chameaux qu'ils enfourchèrent pour aller se
fondre dans le flot des pèlerins irakiens. Par la volonté
de Dieu, ils arrivèrent sans encombre à La Mekke la
Vénérée, satisfirent au rituel du pèlerinage, le couronnèrent par la station de 'Arafât puis se rendirent au
tombeau du Prophète à Médine.

Sur le chemin du retour, au lieu de rester avec leurs
compagnons de voyage, Ḍaw' al-Makân proposa à sa
sœur d'aller, pendant qu'ils y étaient, à la ville sancti-
fiée de Jérusalem et de faire un détour par la sépulture

d'Abraham, l'ami de Dieu. Elle y consentit. Ils louèrent à cet effet les services de caravaniers patentés, s'équipèrent et se mirent en route. La première nuit, Nuzha fut saisie d'une légère fièvre dont elle guérit vite. À son tour, Ḍaw' al-Makân contracta le mal mais sous une forme plus grave. Soutenu par sa sœur, c'est très affaibli qu'il arriva à Jérusalem où les deux jeunes gens louèrent une chambre dans un caravansérail. L'état du prince alla en empirant. Ses forces déclinèrent et il tomba bientôt dans un état comateux au grand dam de Nuzha. Elle n'en pouvait mais devant ce coup du sort et n'avait d'autre ressource que d'invoquer Dieu, détenteur unique de la Toute-Puissance. Elle demeura à son chevet, pourvoyant à leurs besoins jusqu'au moment où elle se trouva totalement démunie. Par l'entremise du factotum attaché à l'établissement, elle se mit à vendre au fur et à mesure ce qu'elle possédait, vêtements compris, au point qu'il ne leur resta qu'une méchante natte en lambeaux. Tout en pleurant, elle en appelait à Dieu, Maître des commencements et des fins dernières, quand elle entendit son frère murmurer :

— Ma sœur, je me sens mieux et voudrais un peu de viande rôtie.

— Cher frère, nous n'avons plus un sou vaillant et, n'étant pas fille à mendier, j'irai dès demain me placer comme domestique dans une riche maison de la ville. Dieu m'est témoin pourtant qu'il me répugne de te laisser seul dans cet état. Mais il n'y a rien d'autre à faire, car il me faut gagner notre pitance.

— Il n'y a de puissance et de force qu'en Dieu le Haut, le Considérable, s'exclama-t-il, pourquoi pareille déchéance après tant de grandeur ?

Ils pleurèrent leur soûl, puis elle dit :

— Il faudra bien en passer par là. Voilà un an que nous sommes ici en étrangers dont nul ne se soucie ni ne s'enquiert. Devrons-nous périr d'inanition ? Je ne

vois pas d'autre solution que d'aller travailler.
L'argent que je gagnerai nous aidera à survivre jusqu'à
ta guérison. Nous reviendrons ensuite en notre pays.

Après avoir versé les larmes de son corps, elle se
voila la tête d'une guenille oubliée là par un chamelier
et, secouée de sanglots, s'en fut au hasard de ses pas.

Son frère l'attendit jusqu'au soir, puis jusqu'à
l'aube. Deux jours durant il guetta son retour. Le cœur
serré, tenaillé par la faim, il pria le garçon du caravansérail de le porter jusqu'au bazar et de l'y laisser. Il fut
bientôt l'objet de l'apitoiement des badauds émus de le
voir si mal en point. Par signes, il réclama à manger.
Une quête fut faite auprès des commerçants du coin
qui permit l'achat de nourriture qu'on lui fit ingurgiter. Il fut ensuite étendu sur une banquette de pierre
sur laquelle on avait pris soin de disposer un paillas-
son. Enfin, on laissa à ses côtés un pot à eau. L'obscurité tombée, les bonnes âmes s'en allèrent fort préoccu-
pées de son sort. Le prince reprit connaissance au
milieu de la nuit, mais, incapable d'avaler quoi que ce
soit, il pensa à sa sœur et tomba dans une inconscience
totale. Au matin, les commerçants se cotisèrent et
réunirent une somme de trente dirhams qu'ils remirent
à un chamelier chargé de conduire l'inconnu à l'hospice public de Damas pour qu'il y fût soigné. L'homme
fit mine d'accepter mais jugea inutile de s'encombrer
d'un moribond. Caché dans un recoin, il attendit la
nuit et jeta le malheureux sur un dépôt de détritus
destiné à alimenter la chaudière d'un établissement de
thermes publics.

Lorsque le préposé à la chaufferie vint reprendre son
travail au matin, il découvrit le corps étendu.

— Pourquoi, pesta-t-il, s'est-on débarrassé de ce
cadavre précisément ici ?

Et de lancer un coup de pied rageur au corps qui se
contracta.

— Tu n'es encore, cria-t-il, qu'un de ces fieffés fumeurs de hashîsh qui s'abattent n'importe où, assommés par leur drogue.

En y regardant de plus près, il aperçut un beau et gracieux visage aux joues encore imberbes et fut pris de compassion pour l'adolescent dont il comprit qu'il était malade et, à coup sûr, étranger.

— Il n'y a de puissance et de force qu'en Dieu ! s'exclama-t-il. J'ai médit de ce jeune homme et failli à l'enseignement du Prophète, sur lui prières et salut, qui recommande d'honorer l'étranger, à plus forte raison quand il souffre.

Il transporta Daw' al-Makân en sa demeure et le confia aux bons soins de son épouse qui lui prépara une couche, glissa un oreiller sous sa tête et le débarbouilla à l'eau chaude. De son côté, le chauffeur de hammam était allé acheter un peu d'eau de rose dont il l'aspergea, et de sirop qu'il lui fit boire. Il lui passa ensuite une tunique propre. Le malade se sentit revenir à la vie, reprit quelques forces et put s'adosser à l'oreiller à la plus grande joie de son sauveur qui rendit grâce au Seigneur :

— Mon Dieu, pria-t-il, fais-moi la faveur, dans le secret de Tes impénétrables desseins, d'être l'instrument du salut de ce jeune homme.

Et l'aube chassant la nuit, Shahrâzâd dut interrompre son récit.

Lorsque ce fut la cinquante-quatrième nuit, elle dit :
On raconte encore, Sire, ô roi bienheureux, que trois jours d'affilée, l'employé de hammam prit soin du jeune homme et l'entoura de prévenances et d'attentions. Il lui faisait absorber quantité de boissons fortifiantes, eau de rose et autres tisanes de santé, si bien que l'adolescent recouvra esprit et forces. Un jour qu'il rentrait de son travail,

il le trouva assis et manifestement en meilleure santé.

— Comment te sens-tu, mon enfant ?

— Bien mieux.

— Dieu en soit remercié et loué, s'écria-t-il avant de ressortir faire emplette de dix poules qu'il chargea son épouse d'égorger et d'accommoder en court-bouillon à raison de deux par jour, l'une pour le déjeuner, l'autre pour le dîner.

Elle présentait la volaille au malade, l'incitait à en manger et lui faisait boire du bouillon. Le repas terminé, elle lui apportait de l'eau chaude pour se rincer les mains, l'enveloppait d'une ample couverture, et l'adossait à son oreiller. Il s'endormait jusqu'à la fin de l'après-midi. Le soir, elle lui découpait une seconde poule qu'elle le forçait à avaler. Retournant chez lui après son travail, le chauffeur de hammam arriva au moment où sa femme nourrissait le convalescent. Il s'assit au chevet de ce dernier et lui demanda comment il allait.

— Je suis en bonne santé, loué en soit Dieu. Puisse-t-Il te récompenser en mon nom pour ce que tu fais pour moi.

Au comble de la joie, le chauffeur de hammam ressortit et revint avec des sirops à la violette et à la rose qu'il lui fit boire. Cet homme travaillait aux étuves pour un salaire de cinq dirhams. Il en dépensait deux pour son malade entre poulets et boissons diverses. La convalescence dura un mois au bout duquel, dorloté et choyé, le prince guérit complètement de sa maladie à la satisfaction des deux époux.

— Te sens-tu capable de venir avec moi au hammam ? lui demanda le chauffeur.

— Bien volontiers.

Il loua les services d'un ânier et, soutenant son protégé, le conduisit à l'établissement et l'y laissa pour aller chercher du lotus et des aromates nécessaires aux soins de la toilette. De retour, après avoir invoqué le nom de Dieu, il entreprit de décrasser lui-même son protégé de la tête aux pieds. Il le frotta et le passa aux saponaires dont il avait fait emplette. Survint alors, dépêché par le gérant, le garçon de bain attaché à l'établissement :

— C'est faire offense au patron, dit-il au chauffeur de hammam, que de t'occuper toi-même de ce jeune homme. Cela m'incombe.

— Vous nous comblez de vos bontés.

L'employé termina la toilette de Ḍaw' al-Makân et lui rasa la tête. Pour finir, les deux compagnons se rincèrent à grande eau. De retour à la maison, le chauffeur donna au prince une chemise de bonne qualité, un vêtement de dessus, ainsi qu'un élégant turban et une ceinture. L'épouse, entre-temps, avait préparé deux poulets. Revêtu de ses nouveaux habits, Ḍaw' al-Makân prit place sur la natte où le repas avait été disposé. Le maître de maison lui offrit à boire du sirop à l'eau de rose puis découpa la volaille dont il lui tendait les morceaux arrosés de bouillon. Rassasié, le prince se lava les mains et, après avoir adressé à Dieu une action de grâce pour sa guérison, il dit à son hôte :

— Le Seigneur dans sa bonté t'a mis sur mon chemin et c'est à toi que je dois le salut.

— Trêve de remerciements ! Bien plutôt, dis-nous la raison de ta présence en cette ville. D'où viens-tu ? Je vois à ta mine que tu as connu des jours meilleurs.

— Raconte-moi d'abord comment tu m'as trouvé. Je narrerai mon aventure ensuite.

— Eh bien, je t'ai découvert à l'aurore, un matin que je reprenais mon service ; tu étais étendu sans connaissance sur l'amas de détritus attenant à la chaudière. J'ignore qui t'y a déposé. Je t'ai porté chez moi.

— Gloire, s'exclama le prince, à *Celui qui reconstitue les ossements alors qu'ils sont déjà poussière* ! Tu n'as pas affaire à un ingrat et tu cueilleras un jour les fruits de ta bonne action. Mais où suis-je au juste ?

— Dans la ville sainte de Jérusalem.

À ce nom, la mémoire revint au jeune homme et il se rappela le moment où sa sœur l'avait abandonné pour aller gagner leur subsistance. En sanglotant, il dévoila son identité et raconta son histoire par le menu. Puis il récita ces vers en pleurant :

> *D'un impossible amour il me laisse accablé*
> *et pour lui je m'en vais souffrant de mille morts.*
> *Ô toi qui m'as quitté, viens me prendre en pitié,*
> *même les plus hostiles me plaignent de ce sort.*
> *Ne me refuse pas la grâce d'un regard*
> *qui allège ma peine et calme mon désir.*
> *J'ai supplié : « Ô cœur, prends ton mal en patience »,*
> *mon cœur a répondu : « Patience ne connais. »*

Et le jeune homme de redoubler de larmes.

— Cesse donc de te lamenter, lui dit le chauffeur de hammam. Songe plutôt à louer le Seigneur pour ton salut et ta guérison.

— Combien y a-t-il entre Jérusalem et Damas ?

— Six jours de voyage.

— Pourrais-tu t'arranger pour m'y faire conduire ?

— Seigneur, comment pourrais-je te laisser partir seul alors que tu es si jeune ! Si tu tiens à ce projet, je t'accompagnerai. Bien plus, si ma femme en était d'accord, je l'emmènerais et nous nous installerions là-bas car je n'ai pas le cœur de te quitter.

S'adressant à son épouse, il lui dit :

— Femme, mon seigneur veut aller à Damas et je répugne à le voir entreprendre sans moi un tel déplacement au cours duquel il risquerait de tomber entre les mains de bandits de grand chemin. De deux choses l'une, ou tu restes ici jusqu'à mon retour, ou tu viens avec nous. Il me serait, en effet, trop pénible désormais de me séparer du prince.

Elle pencha pour le départ, à la satisfaction de son époux qui en loua le Seigneur. Aussitôt, il se mit à réaliser ce qu'ils possédaient l'un et l'autre.

Et l'aube chassant la nuit, Shahrâzâd dut interrompre son récit.

Lorsque ce fut la cinquante-cinquième nuit, elle dit :

On raconte encore, Sire, ô roi bienheureux, que le chauffeur de hammam, ayant obtenu l'assentiment de sa femme, vendit leurs affaires et loua un âne pour l'usage de Ḍaw' al-Makân. Au bout de six jours d'un voyage sans encombre, ils arrivèrent à Damas en fin de journée. Comme à l'accoutumée, le chauffeur acheta des provisions sur lesquelles ils vécurent cinq jours. Mais l'épouse tomba malade et mourut en la miséricorde de Dieu, exalté soit-Il. Le prince, affecté par la disparition de celle qui l'avait servi avec dévouement, réconforta son compagnon endeuillé.

— Ne te laisse pas aller au désespoir, lui conseilla-t-il. La mort est notre lot commun et nous sommes tous appelés à passer par cette porte-là.

— Que Dieu te récompense en bien, mon fils. Fasse qu'Il supplée à notre perte par l'octroi de Ses faveurs ; puisse-t-Il atténuer notre douleur. Que dirais-tu d'une promenade en ville pour nous changer les idées ?

Main dans la main, ils déambulèrent au hasard jusqu'à proximité des écuries du gouverneur. Il y régnait une activité intense. Ce n'étaient que dromadaires chargés de coffres, de tapis et de pièces de brocart. Des esclaves noirs et circassiens s'affairaient dans le bruit et le tumulte au milieu de chevaux de main sellés et de chameaux de Bactriane. Les deux hommes se renseignèrent et apprirent qu'il s'agissait d'un convoi en formation destiné à transporter à Bagdad le produit de l'impôt foncier levé dans la

province syrienne, ainsi que des présents que le maître
de Damas envoyait au roi an-Nu'mân.

Les yeux pleins de larmes, le prince se lamenta :

Quels mots pourront crier les tourments de l'absence
    et comment retrouver tout cet amour perdu ?
Les émissaires portent les lettres de l'amant,
    mais jamais ils ne savent exprimer sa souffrance.
Il reste la résignation, mais j'en manque tellement !

Puis encore :

Loin de mes yeux il disparaît,
    en son cœur toujours il demeure.
Sa beauté n'égaie plus ma vue,
    rien n'adoucit la vie que le désir tenaille.
Ah ! si Dieu décidait de nous unir un jour,
    que ne dirais-je alors des affres de l'amour !

Sur ce, il se mit à pleurer.

— Mon fils, l'adjura le chauffeur de hammam,
arrête ! Nous avons si longtemps désespéré de ta
guérison ! Calme-toi, tu n'es pas à l'abri d'une
rechute.

Mais il eut beau lui prodiguer toutes sortes de
consolations, le distraire par des boutades, rien n'y fit.
À l'idée qu'il était seul, séparé de sa sœur, loin de son
pays, il poussait des soupirs à fendre l'âme. En larmes,
il récita ces vers :

Prépare ta vie future, tu vas quitter ce monde,
    la mort, tu le sais bien, est là, inéluctable.
Le bonheur ici-bas nous leurre et nous chagrine
    en sa quête impossible et toujours aussi vaine.
Tel est l'homme sur terre pareil au voyageur
    qui fait baraquer sa monture le soir, mais au matin
    doit repartir.

À évoquer sa solitude, il éclata en violents sanglots, imité par son compagnon qui pleurait son épouse. Celui-ci prit néanmoins sur lui et s'efforça, la nuit entière, de consoler son jeune ami. Le soleil levé, il lui dit :

— J'ai l'impression que c'est le mal du pays qui te met dans un pareil état ?

— Oui, je ne peux plus me supporter ici. Je vais te dire adieu et me joindre à ce convoi pour regagner Bagdad.

— J'en suis ! Je ne saurais dorénavant te quitter. Ce qu'il m'a été donné de faire pour toi, je tiens à le mener à bon terme en restant à ton service.

— Puisse Dieu t'en savoir gré, lui répondit le prince ému.

Aussitôt, le chauffeur de hammam alla négocier l'achat d'un âne qu'ils monteraient à tour de rôle, et faire emplette de provisions de route.

— Dieu te bénisse, lui dit Daw' al-Makân et qu'Il m'aide à te récompenser comme il convient. Tu as fait pour moi ce que je n'aurais pas espéré d'un frère de sang.

La nuit venue, ils arrimèrent leur bagage sur le bourricot et prirent la route. Mais laissons-les là, pour en revenir à Nuzhat az-Zamân.

Lorsque, la tête recouverte d'une guenille, elle eut quitté le caravansérail dans le but de louer ses services et de rapporter à son frère le morceau de viande rôtie qu'il avait réclamé, elle erra en larmes dans les rues de Jérusalem. L'esprit préoccupé par l'état de son frère, en proie au mal du pays et aux affres de la séparation, elle pria ardemment le Seigneur de mettre fin aux épreuves qui les accablaient et chanta son chagrin :

La nuit noire réveille la peine qui me mine
et la nostalgie attise ma détresse.

J'ai l'âme dévorée par la morsure d'absence,
    le chagrin me réduit à l'état de néant.
Tristesse me torture, Mélancolie m'embrase,
    ma larme trahit mon secret.
Je désespère de retrouver les miens
    et toute résolution en mon cœur s'affaiblit.
Mon cœur se consume de désir
    et des flammes voraces me punissent d'aimer.
Censeurs qui me harcelez de reproches,
    je me soumets à ce destin gravé de toujours au calame.
Au nom de la passion, je jure de ne jamais chercher
    l'oubli,
    le serment d'un amant n'est-il point sacré ?
Ô nuit, parle de moi aux poètes d'amour,
    témoigne qu'en ton sein, je n'ai plus de sommeil.

Elle cheminait inquiète et sur ses gardes, quand elle
aperçut un vieux Bédouin accompagné de cinq individus de son acabit. Intrigué de voir cette beauté enveloppée dans des loques, l'homme pensa en son for
intérieur :

« Voilà une bien belle fille malgré sa misère. Étrangère à cette ville ou pas, il me la faut ! »

Il la suivit un moment puis l'aborda dans une rue
étroite.

— Fillette, es-tu femme libre ou esclave ?

— Je t'en prie, par ta vie, n'ajoute pas à mes
tourments !

— Je ne te demandais cela que parce que j'ai perdu
cinq filles sur les six que Dieu m'avait données. Il ne
reste que la cadette et j'ai pensé, en te voyant, que je
pourrais t'emmener avec moi. Tu lui tiendrais compagnie et l'aiderais à oublier ses sœurs défuntes. Si tu es
seule dans la vie, je te traiterai comme ma propre fille.

Nuzhat az-Zamân se dit qu'elle serait peut-être en
sécurité chez ce vieillard et lui répondit, la tête

pudiquement baissée, qu'elle n'était pas d'ici, mais qu'elle avait à charge un frère malade.

— Je suis prête à accepter ton offre, à condition toutefois que je puisse consacrer la journée à ton service et passer la nuit au chevet de mon frère. Nous sommes, ajouta-t-elle, originaires du Hedjaz où nous vivions honorés, alors que nous voilà tombés au plus bas, avilis et méprisés de tous. Ta proposition m'agrée dans la mesure où tu accepterais la clause dont j'ai fait mention. Je ne saurais, en effet, laisser mon frère longtemps seul, il s'inquiéterait de mon sort.

« L'affaire est dans le sac », estima le Bédouin qui acquiesça au désir exprimé par l'adolescente, allant même jusqu'à proposer de prendre chez lui le malade. Bref, il se montra si prévenant et si aimable qu'elle le suivit jusqu'à son campement où ses compagnons s'affairaient à charger les chameaux et à arrimer les sacs de provisions et les outres. Or, ce Bédouin était un coupeur de route, particulièrement félon, retors et rusé. Il n'avait ni garçon ni fille et avait imaginé cette histoire dans on ne sait quel ténébreux dessein connu de Dieu seul. Le chargement effectué, il monta son dromadaire et, prenant Nuzha en croupe, s'ébranla avec les siens vers les montagnes. Ils voyagèrent ainsi toute la nuit pour échapper aux regards. La jeune fille eut tôt fait de comprendre qu'elle était tombée dans un piège et ne cessa de crier et de pleurer jusqu'à la halte décidée peu avant l'aube. Lorsqu'ils eurent mis pied à terre, le bandit se précipita sur sa victime en hurlant :

— Qu'as-tu donc à pleurer, espèce de fille des villes ? Tais-toi si tu ne veux pas être battue à mort !

La pauvrette, qui eût souhaité mourir, l'apostropha à son tour :

— Vieillard de malheur, suppôt de l'enfer, comment as-tu pu m'abuser si vilainement alors que j'avais mis ma confiance en toi ?

— Espèce d'effrontée citadine, comment as-tu le front de me répondre ?

Muni d'un fouet, il la cingla en menaçant de la tuer si elle ne mettait pas une sourdine. Elle resta silencieuse un moment. Mais, à la pensée de son frère seul et mal en point, elle se remit à pleurer en silence. Au deuxième jour, elle s'enhardit à demander à son ravisseur pourquoi il l'avait amenée dans ces montagnes désolées et quel sort il lui réservait.

— Mauvaise graine de sédentaire, voilà que tu ramènes une fois de plus ton caquet !

Insensible à la moindre pitié, il la fouetta au point qu'éperdue, la pauvre fille s'écroula à ses pieds et les baisa. Il cessa alors de la battre et l'insulta copieusement :

— Par mon bonnet, tempêta-t-il, si je t'entends encore pleurer, je t'arracherai la langue pour la fourrer dans ton vagin !

Assise à croupetons, Nuzha se recroquevilla dans un coin sans mot dire. Elle souffrait des coups reçus et plus encore de savoir son frère malade et abandonné. Ressassant sa déchéance et sa solitude, elle laissa libre cours à ses larmes :

> *Le propre du destin est de toujours changer,*
> *de ses revirements l'homme ne peut se garder.*
> *Tout ici-bas s'achève et au terme fixé*
> *aucun vivant jamais ne pourra échapper.*
> *J'ai subi l'injustice, affronté des dangers*
> *dans un monde fait, hélas, d'iniquités et d'alarmes.*
> *J'exècre tout ce temps où je fus si comblée,*
> *ce temps qui m'abandonne, ici, humiliée.*
> *Déçues les ambitions, balayés les espoirs*
> *et rompus par l'exil les liens qui m'étaient doux !*
> *Ô passant devant ce qui fut ma demeure*
> *dis à ses hôtes que mes yeux de larmes ne tarissent.*

Ces vers émurent le Bédouin. Pris de compassion, il lui tendit une galette d'orge.

— Je suis ainsi fait, bougonna-t-il, que je ne puis supporter la contradiction quand je suis en colère. Tiens-toi-le pour dit et ne m'importune plus de tes propos déplacés. J'ai l'intention de te vendre à un homme bon, qui, comme je l'ai fait, te traitera généreusement.

— À ta convenance, se contenta-t-elle de répondre.

Tenaillée par la faim, elle mangea un peu de galette. Au milieu de la nuit, le Bédouin ordonna à ses gens de lever le camp.

Et l'aube chassant la nuit, Shahrâzâd dut interrompre son récit.

Lorsque ce fut la cinquante-sixième nuit, elle dit :

On raconte encore, Sire, ô roi bienheureux, que le Bédouin, après avoir annoncé à sa captive qu'il projetait de la vendre et lui avoir donné une galette d'orge, décida de se remettre en route à minuit. Il reprit la jeune fille en croupe et s'en fut. Trois jours après, ils arrivèrent à Damas où ils descendirent dans le caravansérail du sultan, situé à proximité du palais royal. Nuzha, les traits altérés par le chagrin et les fatigues du voyage, ne pouvait réprimer ses larmes à la fureur de son maître qui, jurant toujours par son bonnet, la menaça, si elle ne s'arrêtait, de ne la vendre à personne d'autre qu'à un juif ! Il l'enferma dans une pièce et se rendit au bazar où il prit contact avec différents courtiers en esclaves.

— J'ai amené avec moi une jeune fille dont le frère, malade, est resté chez les miens à Jérusalem pour être soigné. J'ai l'intention de la céder. Mais, depuis la maladie de ce frère dont elle souffre d'être séparée, elle ne cesse de se lamenter et de gémir. Je la céderais

volontiers à bas prix à quelqu'un qui saurait se
montrer doux avec elle et la persuader que son frère est
bien traité chez moi.

L'un des courtiers lui demanda quel âge elle avait.

— C'est une vierge nubile, intelligente, vive et culti-
vée, belle et harmonieusement tournée. Mais, depuis
que son frère est à Jérusalem, loin d'elle, elle se laisse
dépérir, de sorte qu'elle a maigri et perdu quelque peu
de ses charmes.

— Bien, Cheikh, allons voir cette beauté dont tu me
vantes les qualités physiques, intellectuelles et
morales. Je suis prêt à l'acheter, mais à une condition :
c'est de ne te payer qu'après l'avoir présentée à Sharr
Kân, le gouverneur de la ville dont j'escompte obtenir
une recommandation pour son père, le roi an-Nu'mân,
maître de Bagdad et du Khurâsân, en vue d'une
exonération d'impôt sur l'entrée en son royaume de
mes marchandises.

— Je ne vois pas d'inconvénient à cette clause. Il
pourrait, en effet, l'apprécier et t'en offrir un prix
avantageux.

Ils allèrent de conserve trouver Nuzha à qui son
ravisseur avait donné le prénom de Nâjiya. Lorsqu'elle
s'entendit ainsi appeler, elle se mit à pleurer et ne
répondit pas.

— Elle est là, derrière cette porte. Entre et regarde-
la à loisir, mais sois gentil avec elle comme je te l'ai
demandé.

Le courtier entra et la salua. À la voir si belle et si
gracieuse — on lui avait en outre affirmé qu'elle
s'exprimait en arabe —, il ne douta pas qu'il tenait le
moyen d'obtenir ce qu'il voulait du sultan. « *Tout cela
dans le Livre était écrit* », pensa-t-elle en observant
l'homme, probablement un acheteur. Il avait le maintien grave et le visage amène. « Autant, se dit-elle, faire
contre mauvaise fortune bon cœur et accepter de le

suivre, plutôt que de rester avec ce Bédouin inique qui
finira par me tuer sous les coups. J'ai plus à espérer de
ce visiteur à la figure avenante que de cet infâme
rustaud. Je suppose qu'il est venu pour m'entendre
m'exprimer. Parlons-lui comme il convient. » Levant
les yeux qu'elle avait tenus jusque-là modestement
baissés, elle lui répondit d'une voix mélodieuse :

— Et que le salut soit sur toi, seigneur, ainsi que sa
grâce et ses bénédictions. C'est ainsi que le Prophète —
prières et salut sur lui — a ordonné de rendre les
salutations. Mais, pour ce qui est de la façon dont je me
porte, ne la souhaite pas à tes pires ennemis.

Puis elle se tut. Le commerçant, ravi de ce qu'il avait
vu et entendu, alla retrouver le Bédouin :

— Dis ton prix, elle est sublime !

Furibond comme à l'accoutumée, le Bédouin hurla :

— Qu'as-tu à la pervertir en la qualifiant de sublime
alors que je l'ai ramassée dans le ruisseau ? Point de
transaction possible dans ces conditions.

Le courtier, comprenant qu'il avait affaire à un sot
sans cervelle, s'évertua à le calmer et l'assura qu'il
était preneur malgré cette bassesse d'extraction dont il
faisait état.

— Combien en demandes-tu ?

— *C'est le père qui donne son nom à l'enfant :* dis ton
offre.

« Le Bédouin, pensa le négociant, est décidément un
crétin invétéré au crâne dur et à l'entendement obtus.
Il est incapable d'apprécier cette fille à sa juste valeur.
Moi-même, sur quoi baser mon estimation, sinon que
j'ai été conquis par son aspect agréable et l'élégance de
ses propos ? Pour peu qu'elle sache lire et écrire, elle
ferait les délices de qui l'achèterait. »

— Cheikh, que dirais-tu de deux cents dinars donnés
de la main à la main et exempts d'impôts d'état et de
taxes locales ?

— Va ton chemin ! brailla rageusement le Bédouin. Me donnerais-tu même cent dinars pour la misérable loque qu'elle porte sur le dos, je ne te la céderais pas. Elle restera chez moi à mener paître les chameaux et à pétrir le pain.

Puis il apostropha sa victime :

— Suis-moi, pourriture, tu n'es plus à vendre.

Il se tourna alors vers son interlocuteur et cria :

— Je te croyais homme instruit ! File, ou, par mon bonnet, tu vas t'entendre dire des choses fort déplaisantes.

« Décidément, songea le négociant, cet homme est fou ! Et d'abord comment peut-on prêter serment sur son bonnet ? Il n'a aucune idée de ce que représente cette jeune fille et je me garderai bien de lui ouvrir les yeux. Elle vaut à elle seule une pleine armoire de joyaux et je n'ai certes pas de quoi l'acquérir à son prix véritable. Du moins lui donnerai-je tout ce qu'il en demandera, dussé-je y laisser jusqu'à mon dernier sou. »

— Cheikh, fais preuve d'un peu de patience ; dis-moi au moins en quoi consiste sa garde-robe.

— Quoi ? Une garde-robe pour ce rebut, cette rognure ? Par Dieu, la guenille qui la couvre est déjà bien trop belle pour elle !

— Avec ta permission, puis-je lui découvrir le visage et l'examiner, comme il est d'usage dans notre corporation ?

— Fais-en à ta guise, Dieu te garde. Palpe-la en tous sens, même nue si cela te chante !

— À Dieu ne plaise ! Je me contenterai de sa seule figure, s'écria le courtier en s'avançant vers elle, gêné devant sa grâce et l'élégance de son port.

Et l'aube chassant la nuit, Shahrâzâd dut interrompre son récit.

Lorsque ce fut la cinquante-septième nuit, elle dit :

On raconte encore, Sire, ô roi bienheureux, que l'homme s'approcha de Nuzha, ému par sa beauté et sa grâce, s'assit à ses côtés et lui demanda quel était son nom.

— L'ancien ou le nouveau ?

— En aurais-tu donc deux ?

— Oui. Le précédent était Nuzhat az-Zamân, Agrément du siècle, et l'actuel, Ghussat az-Zamân, Affliction du siècle.

Ce poignant jeu de mots fit venir des larmes aux yeux du courtier qui reprit :

— Est-il vrai que tu as un frère malade ?

— Oui, seigneur. Mais le destin nous a séparés et il est resté à Jérusalem seul et sans forces.

De plus en plus admiratif de son élégante élocution, il se dit que, sur ce point au moins, le Bédouin avait dit vrai. Quant à Nuzha, submergée par ses souvenirs, elle passa en revue les péripéties de son aventure : la maladie de son frère, la solitude dans laquelle il se morfondait, l'ignorance où elle était de son sort et sa propre histoire avec le Bédouin. Puis elle songea à ses parents et à son pays. Un flot de larmes roula sur ses joues et elle dit ce poème :

Où que tu sois, Dieu te préserve,
  voyageur lointain mais présent en mon cœur.
Qu'Il soit à tes côtés à la halte du soir,
  et détourne de toi les dangers et le sort.
Tu as disparu, mes yeux te cherchent,
  eux dont les pleurs ne tarissent.
Si je pouvais savoir en quelle terre, en quel lieu,
  en quelle demeure, auprès de qui tu te trouves !
Lorsque tu te rafraîchis à l'eau vive
  d'une source en sa verdure, je ne bois que des larmes.

Lorsque tu goûtes au sommeil,
   la braise de l'insomnie consume ma couche.
Tout est léger à mon cœur hormis ton absence,
   elle seule m'est insupportable.

Ému aux larmes, le marchand avança la main pour lui essuyer les joues, mais elle l'en empêcha en se voilant le visage et lui dit :

— À Dieu ne plaise, seigneur !

Le Bédouin, en voyant ce geste, crut qu'elle se dérobait à l'examen. Il se précipita sur elle, un licou de chameau à la main, dont il lui assena un coup violent sur les épaules. Précipitée à terre, elle se reçut sur un caillou qui lui entailla profondément un sourcil. Elle poussa un grand cri et, ensanglantée, perdit connaissance sous les yeux du courtier bouleversé. « Il me faut absolument acheter cette jeune fille même pour son pesant d'or et la délivrer des griffes de ce tyran », se dit-il, tout en invectivant le Bédouin.

Lorsque au bout d'un moment elle eut recouvré ses esprits, elle essuya ses larmes et le sang qui lui souillait le visage, se pansa la tête et, levant les yeux au ciel, le cœur brisé, supplia son Seigneur :

Pitié pour celle qu'un destin précipite
   des honneurs insignes à l'injuste mépris,
Qui pleure sans épuiser ses larmes
   et se sait impuissante à échapper au sort.

S'adressant à mi-voix au marchand, elle l'implora au nom du ciel de ne pas l'abandonner à ce monstre sans foi qui ignorait jusqu'à l'existence de Dieu.

— Une nuit encore entre ses mains et je me supprimerai. Sauve-moi, puisses-tu être préservé dans ce monde et dans l'autre.

— Cheikh, dit le courtier au Bédouin, cette fille n'est pas pour toi. Vends-la-moi. Ton prix sera le mien.

— Paie un prix correct et débarrasse-m'en. Sinon je l'affecterai au pacage et au ramassage du crottin.

— Je t'en offre cinquante mille dinars.

— À Dieu de pourvoir à mon gain ! C'est trop peu.

— Soixante-dix.

— C'est à peine le prix de ce qu'elle m'a coûté en orge pour sa nourriture.

— Quoi ! Ni toi, ni ta famille, ni ta tribu entière n'avez jamais mangé de votre existence pour mille dinars d'orge ! Cent mille, c'est mon dernier mot. Autrement je te dénoncerai au gouverneur qui te l'enlèvera et pour rien encore !

— Tope-là ! Mais cette somme me permettra à peine de constituer ma provision de sel !

Le courtier ne put s'empêcher de rire de cette fanfaronnade et alla chez lui chercher la somme convenue. Il la remit au brigand qui, aussitôt, se mit en route pour Jérusalem où il escomptait mettre la main sur le frère malade et le vendre à son tour. Mais, arrivé au caravansérail, il ne trouva pas trace de lui et personne ne put le renseigner.

Pour ce qui est de Nuzha, le courtier l'enveloppa dans l'un de ses propres vêtements et la conduisit à son domicile.

Et l'aube chassant la nuit, Shahrâzâd dut interrompre son récit.

Lorsque ce fut la cinquante-huitième nuit, elle dit :
On raconte encore, Sire, ô roi bienheureux, que, l'affaire conclue, le courtier, après avoir couvert Nuzha d'un de ses vêtements, l'emmena à son domicile, lui fournit de somptueux habits et la conduisit au bazar où il acheta des bijoux qu'il lui offrit serrés dans une bourse en satin.

— Tout cela est à toi, dit-il, sans contrepartie aucune. Néanmoins, lorsque je te présenterai au sultan gouverneur de Damas, informe-le de la somme, modique il est vrai eu égard à ta valeur, que j'ai déboursée pour t'acquérir et, au cas où il t'achèterait, de la façon dont je t'ai traitée. Tu lui demanderas, par la même occasion, un sauf-conduit qui me permettrait de me rendre auprès de son père, 'Umar an-Nu'mân, le maître de Bagdad. J'ai l'intention, en effet, de solliciter un rescrit m'exemptant d'imposition sur la circulation en son royaume de l'ensemble de mes marchandises.

À ces mots, Nuzha se répandit en larmes et en gémissements.

— J'ai déjà remarqué, lui dit-il, que la seule évocation de Bagdad te faisait pleurer. Y a-t-il là-bas quelqu'un auquel tu sois attachée, commerçant ou autre ? Je suis bien introduit dans tous les milieux de la capitale et je peux lui faire parvenir une lettre par l'intermédiaire de mes correspondants.

— Par Dieu, je n'y connais personne, sinon le roi lui-même.

Ravi de la bonne tournure que prenaient ses affaires, le courtier demanda :

— Lui as-tu déjà été proposée comme concubine ?

— Non. Mais j'ai été élevée en son palais avec sa propre fille. J'étais chère à son cœur et jouissais d'une grande considération. Si tu veux en obtenir une faveur, apporte-moi de quoi écrire ; je te ferai un mot que tu lui remettras en main propre en précisant qu'il a été écrit par sa servante, Nuzhat az-Zamân, dont les vicissitudes du sort ont fait une esclave vendue de marché en marché. Tu lui transmettras mon salut et l'informeras que je serai bientôt chez le gouverneur de Damas, son lieutenant.

Le courtier, de plus en plus admiratif pour son

élégance d'expression, se prenait pour elle d'une amitié grandissante. Il lui dit :

— Je suis maintenant persuadé que tu as été victime
d'une perfidie quelconque pour en être réduite à ta
condition actuelle. Saurais-tu le Coran par hasard ?

— Oui et d'autres choses encore, philosophie et
médecine notamment. J'ai étudié l'*Introduction à la
connaissance* d'Hippocrate et, du même, les *Aphorismes* commentés par Galien le sage. Je les ai, du reste,
moi-même glosés. J'ai lu la *Tadhkîra*, analysé le
Burhân, parcouru le *Traité des simples* d'Ibn al-Bayṭar.
J'ai disserté sur le *Canon* d'Avicenne, résolu des formules d'alchimie, découvert des théorèmes ; je sais
parler de géométrie et suis experte en anatomie. J'ai lu,
en outre, les livres des penseurs shafiites, connais le
Ḥadîth et la grammaire. J'ai disputé sur leur propre
terrain avec les maîtres en différentes disciplines. J'ai
même composé des ouvrages sur la logique, la rhétori-
que, la dialectique et l'arithmétique. Les sciences
occultes, l'alchimie et le *comput* n'ont pas de secrets
pour moi. Apporte-moi donc l'écritoire. Je vais tourner
une épître dont la lecture te tiendra compagnie durant
tes voyages et te dispensera de t'encombrer de livres et
d'in-folio.

— Bravo ! Mes compliments, s'exclama le marchand. Bienheureux qui t'aura en son palais !

Il lui apporta un encrier, une plume en cuivre, un
rouleau de vélin et, disposant l'ensemble devant elle,
baisa le sol à ses pieds en hommage.

En guise de préambule, elle écrivit ces vers :

Je sens le sommeil déserter mes paupières,
  leur as-tu en partant enseigné l'insomnie ?
Pourquoi ton souvenir attise-t-il le feu qui me dévore ?
  est-ce toujours que chaque amant nous rappelle ainsi à
  l'amour ?

Ah ! buvons encore à ces jours qui furent si doux
   et qui passèrent sans que j'épuise leur saveur.
J'en appelle au vent ; qu'il porte
   un peu de vous à l'amant éploré, solitaire,
Qui se languit et se tourmente
   pour ce mal d'absence qui ferait se fendre les pierres.

Elle rédigea ensuite l'en-tête :

« De la part de celle qu'oppresse l'angoisse ✶ qu'exténuent les veilles en des ténèbres qu'aucune lueur ne dissipe ✶ de celle qui plus ne distingue le jour de la nuit ✶ de celle que les affres de l'exil tourmentent sans cesse sur sa couche ✶ de celle qui ne connaît d'autres fards que les cernes dessinés sous les yeux par le stylet de l'insomnie ✶ de celle qui, hâve et décharnée, n'a d'autre ressource que de guetter dans la nuit la montée des étoiles, ni de recours que de pleurer ✶ de celle enfin qui n'en finirait pas de raconter ses malheurs. »

Elle écrivit ensuite ces vers :

Pas une colombe à l'aube ne gémit dans la ramure
   sans raviver en moi le chagrin qui me mine.
Nul amant ne soupire à l'absence
   d'êtres chers, sans ajouter à ma souffrance.
À celui qui me refuse sa pitié, je crie
   cette douleur qui fait de moi un corps sans âme.

Les larmes pleins les yeux, elle ajouta :

Attisé par l'absence, l'amour consume mes chairs
   et chasse le sommeil de mes paupières.
La langueur n'a laissé que l'ombre de moi-même,
   tu ne sais ma présence qu'au seul son de ma
   voix.

Et enfin elle signa :

« Celle qui, loin du pays et des siens, a l'âme et le cœur meurtris. Nuzhat az-Zamân. »

Elle plia le rouleau et le remit au courtier qui, après l'avoir porté à ses lèvres puis lu, rendit grâce à Celui qui avait donné forme à pareille merveille.

Et l'aube chassant la nuit, Shahrâzâd dut interrompre son récit.

Lorsque ce fut la cinquante-neuvième nuit, elle dit :

On raconte encore, Sire, ô roi bienheureux, que le marchand, après avoir pris et lu la lettre écrite par Nuzha, marqua à celle-ci un surcroît de considération et la combla, la journée durant, de toutes sortes de prévenances. Le soir, il se rendit au marché et y acheta des provisions pour un dîner qu'il lui fit prendre. Il la conduisit ensuite au hammam et la confia aux soins d'une masseuse dont il s'était assuré les services et à qui il recommanda :

— Une fois que tu auras terminé la toilette de cette jeune fille et que tu lui auras lavé la tête, aide-la à s'habiller et avertis-moi.

Entre-temps, il prépara sur une estrade de la salle de repos le nécessaire à un souper : bougies, mets et fruits. Une fois prête, parée et habillée, Nuzha fit honneur au repas qu'elle partagea avec la masseuse et dont elle abandonna les reliefs à la préposée de l'établissement. Après une nuit passée chacun de leur côté, au réveil, Nuzha revêtit sur les conseils du marchand une chemise de prix sur laquelle elle passa un vêtement de dessus broché d'or, coupé à la turque. Elle compléta sa toilette par une coiffe d'une valeur de mille dinars et chaussa des mules brodées à fils d'or et serties de pierreries.

Lorsqu'elle fut habillée de pied en cap, le marchand lui accrocha aux oreilles des boucles de perles valant

mille dinars, et lui attacha au cou un collier d'or et un
pendentif de grains d'ambre qui descendait entre ses
seins jusqu'au nombril. D'une valeur de trois mille
dinars, il se composait, outre des grains, de dix
pommettes d'or à chaton de rubis et de neuf crois-
sants du même précieux métal rehaussés de saphirs.
Ainsi mise, la jeune fille portait en atours une véritable fortune. Soigneusement fardée, à la demande du
marchand, elle le suivit dans la rue, dévorée des yeux
par les passants éblouis.

— Béni soit, murmuraient-ils, le plus parfait Créateur. Heureux celui à qui elle écherra !

Ils arrivèrent ainsi au palais. Introduit auprès de
Sharr Kân, le marchand baisa le sol à ses pieds et lui
dit :

— Roi bienheureux, je t'apporte en présent une
jeune esclave aux qualités incomparables, un joyau
unique de notre temps. Elle allie à une beauté parfaite
un savoir sans faille.

— Je tiens à m'en assurer moi-même, à la voir de
mes yeux.

On fit entrer Nuzha. Aussitôt, la voix du sang parla.
Et pourtant Sharr Kân n'avait jamais vu sa demi-sœur
et, au demeurant, n'avait appris l'existence des deux
jumeaux que longtemps après leur naissance, comme
nous l'avons déjà raconté. Il en avait d'ailleurs conçu
un vif ressentiment contre son père, car il craignait de
voir compromis ses droits à la succession au trône.

— Sire, dit le courtier en présentant la jeune fille,
elle n'est pas seulement belle à la perfection, au-delà
de tout ce qui se peut concevoir de nos jours, elle est
aussi versée dans toutes les sciences religieuses et
profanes dont la politique et la mathématique.

Sharr Kân, coupant court, demanda au courtier de
la lui céder au prix coûtant et d'aller son chemin.

— Qu'il en soit selon tes désirs. Cependant, j'ai une

faveur à solliciter : l'octroi d'un rescrit m'exemptant
des dîmes à verser sur mes marchandises.

— Accordé, répondit le prince. Je ferai le nécessaire.
Dis-moi maintenant le prix que tu as versé.

— Cent mille dinars pour son achat et autant pour
sa parure, vêtements et bijoux.

— Je t'en offre bien plus, trois cent vingt mille que
mon trésorier va te peser sur-le-champ.

Le prince convoqua les cadis représentant les quatre
écoles sunnites et les requit de constater qu'il affran-
chissait sa nouvelle acquisition et la prenait pour
épouse légitime. Les deux actes authentiques furent
aussitôt dressés en bonne et due forme. Sharr Kân
déversa sur les assistants de l'or à profusion que les
valets et le personnel du palais se disputèrent à l'envi.
Il fit remettre ensuite au marchand le document
demandé qui l'exonérait de taxes et le mettait à l'abri
de tout désagrément au cours de ses pérégrinations à
travers le royaume. En même temps, il lui allouait une
somptueuse robe d'honneur.

Et l'aube chassant la nuit, Shahrâzâd dut interrompre son récit.

Lorsque ce fut la soixantième nuit, elle dit :

On raconte encore, Sire, ô roi bienheureux, que
Sharr Kân, une fois annoncée sa décision d'affranchir
l'esclave qu'il venait d'acheter, et de l'épouser en justes
noces, ne garda auprès de lui que les quatre magistrats
et le courtier.

— Restez pour vérifier le bien-fondé des allégations
de cet homme quant aux connaissances scientifiques et
littéraires de la jeune femme.

— Nous sommes à ta disposition, répondirent les
cadis.

Le prince ordonna d'abaisser un rideau entre le
cabinet où il se tenait en compagnie des cadis et du

marchand et la salle d'audience où était installée
Nuzha entourée des femmes du palais qui étaient
venues la saluer en qualité d'épouse du prince et se
mettre à ses ordres. Elles lui baisèrent les mains et les
pieds, la débarrassèrent de ses vêtements d'apparat et
purent ainsi admirer sa beauté et la perfection de ses
formes.

De leur côté, les épouses des grands dignitaires,
émirs et ministres eurent tôt fait d'apprendre comment le prince avait acquis une esclave sans pareille
dont on disait qu'elle était savante en toute discipline ;
comment il en avait donné trois cent vingt mille
dinars ; comment il l'avait aussitôt affranchie et promue au rang d'épouse ; comment, enfin, il s'apprêtait à
lui faire subir un examen aux fins d'éprouver l'étendue
de son savoir. Fortes de l'autorisation de leurs maris,
elles se rendirent au palais où elles trouvèrent la jeune
femme au milieu de servantes attentives au moindre de
ses désirs. Avenante, Nuzha les accueillit avec force civi-
lités et les pria de prendre place, chacune selon son rang,
avec l'aisance dont eût fait preuve une princesse nourrie
dans le sérail. Conquises par sa grâce et sa beauté,
captivées par son intelligence et ses bonnes manières,
ces dames ne doutèrent plus qu'elle fût fille de roi et lui
prodiguèrent les marques de la plus haute considération.

— Tu illumines notre ville et honores notre pays et
le royaume. En ce palais qui est désormais le tien, nous
sommes tes esclaves. Ne nous prive pas du plaisir de
contempler ta beauté et de bénéficier de ton savoir.

Nuzha en était à les remercier de leurs bons sentiments quand Sharr Kân s'adressa à elle à travers le
rideau :

— Ô la plus précieuse des filles de ce temps, le
marchand qui t'a amenée et qui est ici présent en
compagnie de quatre cadis, n'a pas tari d'éloges sur
l'étendue de tes connaissances, tant en belles-lettres

qu'en sciences exactes. Il prétend que tu maîtrises l'ensemble des disciplines, y compris la grammaire. Donne-nous un échantillon de ce que tu sais.

— Soit, fit-elle, bien volontiers. Je commencerai par le chapitre traitant de l'art de gouverner chez les rois, et des qualités requises de ceux qui ont autorité à appliquer les lois. Sache que la créature humaine est tiraillée entre la ferveur religieuse et les contingences de la vie quotidienne. Or, c'est le comportement en cette dernière qui laisse apprécier le degré de religiosité, seul critère pour l'accession à la vie future. Les activités humaines dont découlent les attitudes de chacun s'ordonnent en quatre domaines : le gouvernement, le commerce, l'agriculture et l'artisanat.

Le gouvernement exige sagacité et aptitude au commandement. C'est le principe de toute vie civilisée et la voie par laquelle passe nécessairement le chemin qui conduit au monde de l'au-delà. Ce monde-ci, Dieu — qu'Il soit exalté — l'a donné en viatique à Ses créatures afin de leur permettre de parvenir à leur fin dernière. À l'instar du voyageur qui utilise ses provisions à bon escient, l'homme ne doit user de son passage sur terre qu'en vue de rejoindre son Créateur, non pour satisfaire son égoïsme et sacrifier à ses passions. En fonction de cela, si les gens faisaient preuve de juste mesure dans leurs relations mutuelles, ils éviteraient les litiges qui les opposent. Mais il s'en faut de beaucoup. C'est l'iniquité qui les guide ainsi que la soumission à leurs appétits, et toutes deux sont génératrices de conflits. Dès lors, les hommes sont contraints de recourir à une autorité susceptible d'établir la justice et de maintenir l'ordre. Faute de quoi, sans le caractère dissuasif du pouvoir, c'en serait fait du faible que les plus forts fouleraient aux pieds sans merci.

Ardashîr, troisième souverain de la dynastie des Sassanides, ne disait-il pas que religion et pouvoir

étaient des jumeaux, la première constituant un trésor
que le second était chargé de protéger ? Tous les
penseurs, à travers les législations qu'ils ont élaborées,
ont conclu à la nécessité d'une autorité forte, capable
de défendre l'opprimé, de garantir les droits des
humbles et de contenir le despotisme des tyrans. C'est
aux qualités morales d'un prince que se juge la qualité
de son règne. Les hommes, a dit le Prophète — prières
et salut soient sur lui — valent par leurs chefs tempo-
rels et leurs guides spirituels. À chef corrompu, sujets
corrompus, à guide dévoyé, fidèles dévoyés. Un sage a
dit : « Il y a trois catégories de souverains. Ceux qui se
vouent au culte de la foi, ceux qui se contentent de faire
observer les préceptes divins, ceux, enfin, qui se laissent aller au gré de leurs caprices. »

Les premiers imposent à leurs sujets une stricte
pratique de la religion. Dès lors, il leur revient d'être
d'une piété sans faille et de servir d'exemple à suivre. À
ce prix, ils doivent être obéis en ce qu'ils ordonnent,
conformément aux prescriptions religieuses, à charge
pour eux de traiter comme ils le méritent ceux qui ont
encouru la colère de Dieu et ceux qu'Il a agréés, selon
que le destin les aura faits pécheurs ou justes.

Ceux de la deuxième espèce sauront faire la part de
ce qui est dû à Dieu et de ce qui relève de la condition
humaine. Ils veilleront à l'application de la Loi et au
maintien de la dignité des comportements. À ce titre,
ils seront hommes de savoir et d'action. C'est à la
pointe du sabre qu'il leur appartiendra d'assurer une
justice égale pour tous et de remettre sur le droit
chemin quiconque aura transgressé l'ordre établi tel
qu'il a été décrété depuis toujours, et gravé à jamais au
calame sur les tables du destin.

Les troisièmes enfin n'ont d'autre culte que celui de
leurs fantaisies. Indifférents au courroux de leur Seigneur de qui ils tiennent pourtant leur pouvoir, ils sont

destinés à voir leur autorité battue en brèche. Du haut de leur superbe, ils ne manquent pas de tomber dans les abîmes de la perdition.

D'autres sages ont dit encore : « Il n'y a qu'un seul prince, mais nombreux sont ceux qui s'en réclament. À lui de bien connaître ses sujets pour en faire, malgré leurs divergences, un ensemble harmonieux qui bénéficie de ses bienfaits et de sa rigoureuse équité. »

Le même Ardashîr dont l'empire s'étendait sur l'ensemble du monde connu en avait confié l'administration à quatre ministères dont il se réservait de valider les décisions par des sceaux distinctifs. Le premier englobait trois départements : la marine, la police et la défense. C'était le ministère des délégations majeures. Le deuxième gérait essentiellement l'impôt foncier et les contributions directes. C'était le ministère du développement. Le troisième traitait des questions relatives au ravitaillement du pays en denrées de subsistance. C'était le ministère de la qualité de vie. Au quatrième enfin était confié l'examen des plaintes contre les exactions des agents publics. C'était le ministère de la justice. Cette organisation était encore en place à l'apparition de l'islam.

Le grand Chosroès écrivit à son fils qui était aux armées : « Évite de prodiguer trop de largesses à la troupe, de crainte que, comblée, elle n'en vienne à ne plus rien attendre de toi. »

Et l'aube chassant la nuit, Shahrâzâd dut interrompre son récit.

Lorsque ce fut la soixante et unième nuit, elle dit :

On raconte encore, Sire, ô roi bienheureux, que dans une lettre envoyée à son fils alors aux armées, Chosroès recommanda de ne pas être munificent avec ses soldats et ajoutait : « Cependant, veille aussi à ne pas les traiter chichement, sous peine de provoquer leur mécontentement. Sois mesuré dans tes dons, équitable dans tes récompenses. Lâche-leur la bride en période de calme et ménage-les dans les coups durs. »

Un nomade, raconte-t-on, dit à al-Manṣûr : « Traite bien ton chien, il te sera fidèle. » Ces paroles eurent le don d'irriter le calife. Abû l-'Abbâs aṭ-Ṭûsî intervint alors : « Il a raison, car autrement l'animal suivrait quiconque lui agiterait sous la truffe le moindre morceau de galette. » Le calife se calma et, convaincu de la justesse du proverbe, fit récompenser le Bédouin.

On rapporte que 'Abd al-Malik b. Marwân écrivit à son frère 'Abd al-'Azîz qu'il avait envoyé en Égypte : « Surveille particulièrement tes secrétaires et tes chambellans, car les premiers t'apportent la connaissance des dossiers et les seconds celle des hommes. Quant à l'armée, ce n'est que de l'extérieur que te viendra un écho fidèle de sa réelle valeur. »

Lorsque 'Umar b. al-Khaṭṭâb recrutait quelqu'un à son service, il le faisait sous quatre conditions : qu'il ne montât pas de haridelle, qu'il ne revêtît pas de vêtements de luxe, qu'il renonçât à sa part de butin en faveur de la communauté et qu'il accomplît scrupuleusement ses prières canoniques aux heures prescrites.

Rien, a-t-on dit, n'est plus précieux que l'intelligence mise au service d'une saine et ferme gestion nourrie de la crainte révérencielle de Dieu. Pas de bon voisinage sans égalité d'humeur ; c'est à la bonne éducation que se juge le comportement de chacun ; sans l'assistance divine, point de réussite à attendre. De même, tout commerce avec autrui ne rapporte que dans la mesure où, basé sur la vertu, il aspire pour seul bénéfice à la rétribution suprême. Il n'y a de meilleure marque de piété que l'observance des limites fixées par la tradition ; de meilleure science que la réflexion ; de meilleure dévotion que la pratique des obligations d'institution divine ; de meilleure manifestation de la foi que celle qui s'entoure de discrétion ; de plus grand mérite que l'humilité et enfin de meilleure noblesse que celle que confère le savoir. Part équitable doit être faite à ce que l'esprit dicte et à ce que le corps ressent avec, en contrepoint, l'idée de la précarité des choses et de la mort.

'Alî, que Dieu l'agrée, disait : « Craignez les femmes méchantes et tenez-les en lisière ; ne les consultez en rien dans vos affaires, mais traitez-les de façon convenable, de crainte qu'elles ne soient tentées de recourir à leurs artifices. Quiconque, ajoutait-il, outrepasse la mesure dans ce domaine, s'expose à ne plus savoir où il en est. »

'Umar — que Dieu l'agrée — disait aussi à ce propos : « Il y a trois sortes de femmes : la musulmane pieuse, aimante, vouée à son mari qu'elle aidera pour le meilleur et pour le pire ; celle dont on n'attend rien d'autre qu'une progéniture ; celle enfin que Dieu inflige comme carcan à qui Il veut. Les hommes sont aussi de trois sortes : le sage qui se fie à son jugement ; le plus sage encore qui, confronté à un problème dont il ignore la solution, ne répugne pas à s'entourer d'avis judicieux et à s'y conformer ; le dernier qui, irrésolu et dénué de bon sens, se montre en outre rebelle aux conseils. »

L'équité est une nécessité absolue, par exemple à l'égard des concubines qu'il importe de traiter sur un même pied d'égalité. Ne cite-t-on pas même le cas de ces bandits de grand chemin qui vivent au mépris du droit des gens ? Ils n'en sont pas moins tenus de faire preuve de droiture lors du partage de leurs rapines, faute de voir péricliter leur coupable industrie.

En résumé, conclut Nuzha, les qualités reines chez l'homme de pouvoir sont la générosité et la rectitude morale. L'auteur de ces vers a dit vrai :

Générosité, équanimité font le chef,
   il ne tient qu'à toi de le devenir.

Et cet autre aussi qui lui a fait écho :

   Égalité d'humeur est parfaite vertu ;
      le pardon engendre le respect,
      la sincérité assure la sauvegarde.
   Qui veut allier un jour la fortune à la gloire,
      pour avoir le renom, doit se montrer prodigue.

À l'entendre ainsi disserter sur l'art de gouverner, les membres de l'aréopage réunis derrière le rideau royal n'en crurent pas leurs oreilles et émirent le souhait qu'elle leur montrât une autre facette de son talent.

— Soit, acquiesça-t-elle, je vais aborder un autre chapitre, celui de l'éthique et des bons usages, en un mot celui de l'*adab*. Il est inépuisable, car c'est le couronnement de toutes les qualités.

Il advint un jour qu'une délégation de la confédération tribale des Banû Tamîn d'Irak dans laquelle se trouvait al-Aḥnaf b. Qays demanda à être reçue par Mu'âwiya. Le chambellan l'annonça au Commandeur des croyants qui accepta de la recevoir. Apercevant al-Aḥnaf, il lui dit :

— Ô Abû Baḥr, viens à mes côtés et fais-moi profiter de tes judicieux conseils. Quels soins dois-je donner à mon corps ?

— Démêle tes cheveux, taille ta moustache, rogne-toi les ongles, rase-toi les aisselles, épile ton pubis et mâche de l'écorce de noyer dont on dit qu'elle possède soixante-douze vertus. Sache aussi qu'un lavage rituel complet, le vendredi, efface et rachète à lui seul les souillures majeures accumulées durant la semaine.

Et l'aube chassant la nuit, Shahrâzâd dut interrompre son récit.

Lorsque ce fut la soixante-deuxième nuit, elle dit :

On raconte encore, Sire, ô roi bienheureux, que Mu'âwiya, après avoir entendu al-Aḥnaf lui recommander l'usage de l'écorce de noyer et la pratique, tous les vendredis, de l'ablution complète, lui posa quelques questions sur sa propre façon de se comporter dans différentes circonstances :

— Comment, en particulier, procèdes-tu pour marcher avec ton pied bot ?

— Je le pose soigneusement, puis le déplace avec précaution sans le quitter du regard.

— Comment te conduis-tu dans une assemblée de tes contribules quand il ne s'agit pas d'une réunion de chefs ?

— Je baisse la tête par modestie, salue le premier, évite de me mêler de ce qui ne me regarde pas et me montre avare de paroles.

— Et avec tes pairs ?

— Je les écoute parler et me garde bien de les imiter lorsqu'ils se livrent à des outrances verbales.

— Et avec tes chefs ?

— Je les salue sans m'adresser à l'un d'eux en particulier et attends que l'on veuille bien s'intéresser à moi.

— Comment t'y prends-tu avec ta femme ?

— Épargne-moi pareille question, Commandeur des croyants !

— Je t'en conjure, par Dieu, réponds !

— La femme, étant issue d'une côte torse, est elle-même tortueuse. Je fais preuve avec la mienne d'égalité d'humeur, m'efforce de rendre agréable la vie en commun et pourvois largement à ses besoins.

— Et quand tu veux pratiquer le coït avec elle ?

— Je lui parle gentiment afin de la mettre en condition, l'embrasse et, lorsque je la sens au bord de l'émoi que tu sais, je l'étends sur le dos et la pénètre. Une fois le sperme bien répandu dans son réceptacle, je formule une courte prière : « Mon Dieu, fais que ma semence soit bénie et féconde et qu'elle donne vie à un être parfaitement formé. » Je me retire ensuite, procède à mes ablutions, m'asperge le corps d'eau puisée à la main en louant le Seigneur pour les faveurs dont Il me gratifie.

— Que voilà de bonnes réponses, dit le calife. Que désires-tu ?

— Rien d'autre que de te voir craindre Dieu et traiter l'ensemble de tes sujets avec la même équité.

Puis il se retira cependant que Mu'âwiya s'écriait à l'adresse de l'assistance :

— S'il ne restait en Irak qu'un homme tel que lui, cela suffirait amplement !

Voilà, poursuivit Nuzha, un échantillon d'*adab*. J'en ai un autre :

Sous 'Umar b. al-Khaṭṭâb, le deuxième calife, que Dieu l'agrée, le responsable du trésor était un certain Mu'ayqab.

Et l'aube chassant la nuit, Shahrâzâd dut interrompre son récit.

Lorsque ce fut la soixante-troisième nuit, elle dit :

On raconte encore, Sire, ô roi bienheureux, que ce Mu'ayqab avisa un jour le propre fils du calife et lui donna un dirham prélevé sur le trésor public. Revenu chez lui, racontait-il, il fut mandé chez 'Umar qu'il trouva en train de faire sauter la pièce d'argent dans sa paume : il l'avait reprise à son propre fils.

— Malheur à toi ! m'apostropha-t-il, tu en fais de bonnes !

— Qu'ai-je fait, Commandeur des croyants ?

— Au Jugement dernier, la communauté de

Muḥammad — prières et salut sur lui — te demandera compte de ce dirham indûment détourné.

Ce même 'Umar écrivit à Abû Mûsâ al-Ash'arî une missive ainsi rédigée : « Dès réception de cette lettre, remets aux gens ce qui leur revient de droit et apporte-moi le restant de l'impôt foncier que tu auras levé, sans en rien distraire. » Ainsi fut fait. Son successeur, 'Uthmân, lorsqu'il fut investi, écrivit dans le même sens à Mûsâ qui, accompagné de Ziyâd, convoya en personne les fonds et les remit en main propre au calife. Vint à passer le fils de ce dernier qui prit un dirham du tas. Ziyâd se mit alors à pleurer. 'Uthmân lui en demanda la raison.

— Dans les mêmes conditions, j'avais apporté à ton prédécesseur le produit de l'impôt foncier collecté en Irak. Son fils s'étant approprié un dirham, il le lui confisqua. Or, le tien en a fait autant et il ne s'est trouvé personne pour le lui reprendre ni même l'admonester.

— Certes ! Mais où trouver un autre 'Umar ?

Zayd b. Aslam a entendu son père raconter qu'étant sorti une nuit avec 'Umar, ils aperçurent au loin un feu allumé.

— Ce sont probablement, dit 'Umar, des voyageurs qui se sont arrêtés en vue de se protéger du froid. Allons voir.

Nous trouvâmes une femme, entourée de marmots gémissant de faim, qui attisait les flammes sous une marmite.

— Salut à vous, gens de la lumière, leur dit le calife par antiphrase, pour ne pas utiliser l'expression « gens de feu » et évoquer ainsi les flammes de l'enfer. Qu'avez-vous ?

— La nuit et le froid nous ont contraints à nous arrêter.

— Pourquoi ces enfants geignent-ils ?

— Ils n'ont rien mangé.

— Et cette marmite ?

— À peine de l'eau qui tiédit pour calmer leur faim. Fasse Dieu, le jour de la Résurrection, demander des comptes à 'Umar qui nous laisse dans un tel état de dénuement.

— Comment aurait-il pu savoir ?

— Pour quelle raison a-t-il pris en charge les affaires publiques s'il se désintéresse du sort des gens ?

'Umar dit alors à son compagnon :

— Il faut nous en retourner.

À pas pressés, poursuivit Aslam, nous allâmes à la resserre à provisions d'où le calife sortit un sac de farine et un pot de graisse qu'il me demanda de charger sur ses épaules. Comme je me proposais de le porter moi-même, il m'interrompit :

— Au Jugement dernier, est-ce toi qui assumeras le poids de mes fautes ?

Je l'aidai donc à assujettir le sac et, toujours courant, nous revînmes auprès de la femme devant laquelle il déposa le fardeau. Il la pria de le laisser faire. Il versa farine et graisse dans la marmite et se mit à aviver le feu au point que sa barbe, qu'il avait très fournie, paraissait fumer. Lorsque ce fut prêt, il invita la mère à nourrir sa couvée et se chargea lui-même de souffler sur chaque bouchée pour la refroidir. Une fois qu'ils furent rassasiés, nous repartîmes en laissant le reste des provisions.

— Aslam, me dit-il sur le chemin du retour, j'avais vu en songe que, sous mon règne, des enfants mouraient de faim. C'est pourquoi j'ai tenu à aller voir ce qui se passait autour de ce feu.

Et l'aube chassant la nuit, Shahrâzâd dut interrompre son récit.

Lorsque ce fut la soixante-quatrième nuit, elle dit :

On raconte encore, Sire, ô roi bienheureux, que Nuzha rappela que 'Umar, passant un jour auprès d'un berger, esclave de sa condition, voulut lui acheter une brebis. Le berger refusa en arguant qu'elle ne lui appartenait pas.

— Dans ce cas, lui répondit le calife, c'est toi qui feras l'affaire.

'Umar acheta aussitôt l'homme à son maître et l'affranchit en récompense de son honnêteté.

— Mon Dieu, supplia-t-il, de même que dans Ta bonté, tu m'as permis de procéder ici-bas à un affranchissement mineur, celui d'une de tes créatures, affranchis-moi dans l'au-delà de la perdition éternelle.

On dit encore de lui qu'il nourrissait ses serviteurs de lait frais alors qu'il se contentait de pain grossier ; qu'il les habillait d'étoffes douces quand lui-même se vêtait de bure et qu'il donnait à chacun son dû et plus encore. C'est ainsi qu'il attribua à un homme quatre mille dirhams auxquels il ajouta mille autres de sa cassette personnelle.

— Pourquoi, lui fit-on remarquer, n'en fais-tu pas autant pour ton fils ?

— C'est que cet homme-là a tenu bon à Uḥud.

Al-Ḥasan fils de 'Alî rapportait qu'au retour d'une expédition chargée d'un riche butin, Ḥafsa, fille de 'Umar et veuve du Prophète, se réclama de sa parenté pour en avoir sa part.

— Non, Ḥafsa, dit 'Umar. Selon les prescriptions divines, les liens du sang n'entrent pas en ligne de compte dans la dévolution des biens communautaires, ils jouent uniquement pour la fortune personnelle. En voulant favoriser les tiens, tu encours mon mécontentement.

Elle se retira déconfite.

Le fils du même 'Umar, 'Abd Allâh, racontait :

— Une année entière, j'ai supplié Dieu de me montrer mon défunt père en songe. Mon vœu fut enfin exaucé. Je le vis essuyant la sueur de son front et lui demandai comment il se portait. « Sans la miséricorde divine, me répondit-il, c'en était fait de ton père ! »

Nuzha poursuivit :

— Écoute encore, roi bienheureux, toujours au chapitre de l'*adab*, une deuxième série d'anecdotes relatives aux qualités éminentes telles que les prônaient les hommes de vertu de la génération immédiatement postérieure à celle du Prophète et de ses compagnons.

Ḥasan al-Baṣrî avait coutume de dire : « Jamais un homme ne quitte le monde sans déplorer trois choses : ne pas avoir suffisamment profité des biens amassés ; ne pas avoir réalisé ce qu'il espérait ; ne pas s'être assez prémuni contre ce qui l'attend dans la vie future. »

On interrogea Sufyân sur le point de savoir s'il y avait compatibilité entre l'ascèse et la richesse. « Oui, sauf à accueillir d'un front serein les épreuves lorsqu'elles vous assaillent et à remercier Dieu pour ce qu'Il vous donne. »

'Abd Allâh b. Shaddâd, à l'article de la mort, convoqua à son chevet son fils Muḥammad en vue de lui faire ses dernières recommandations :

— Mon fils, lui dit-il, je sens que le messager de la mort m'appelle. Crains Dieu en ton intimité comme en public ; remercie-Le du fond du cœur de Ses faveurs. Une action de grâces sincère autorise à espérer davantage, et le meilleur des viatiques pour l'ultime rendez-vous est bien la piété, comme l'a dit le poète :

> *Le bonheur, je le sais, n'est point dans la fortune,*
> *et seul un homme pieux peut être un bienheureux.*
> *Car la crainte de Dieu est le meilleur viatique*
> *et plus proche de Lui sera le vrai croyant.*

Revenons-en, continua Nuzha, dans un deuxième temps, à d'autres récits édifiants ayant trait au chapitre que j'ai abordé en premier, celui de diriger les hommes et de se bien conduire.

Lorsque 'Umar b. 'Abd al-'Azîz fut investi du pouvoir, son premier soin fut de confisquer les biens des membres de sa famille et de les verser au trésor communautaire. Ses parents en appelèrent à Fâṭima, sa tante, la fille de Marwân qui demanda à être reçue d'urgence chez le calife. Elle s'y rendit de nuit. 'Umar l'aida à descendre de sa monture, lui fit prendre place et la pria de lui exposer l'affaire qui l'amenait.

— Je n'en ferai rien, Commandeur des croyants. C'est à toi d'expliquer une décision dont les raisons nous échappent.

— Dieu — qu'Il soit exalté — a envoyé Muḥammad — prières et salut sur lui — pour le bien de générations d'hommes et pour le malheur de certains autres. Puis Il a choisi de le rappeler à Lui et de lui accorder les faveurs réservées aux élus.

Et l'aube chassant la nuit, Shahrâzâd dut interrompre son récit.

Lorsque ce fut la soixante-cinquième nuit, elle dit :

On raconte encore, Sire, ô roi bienheureux, que Muḥammad, rappelé à Lui par Dieu une fois sa mission terminée, laissa une rivière où tous pouvaient étancher leur soif. Vint après lui Abû Bakr qui assuma la lieutenance. Il maintint la rivière dans son lit et poursuivit l'œuvre amorcée à la satisfaction de Dieu. 'Umar lui succéda et, juste parmi les justes, accomplit des prodiges en réglant, par un effort d'interprétation novatrice auquel personne d'autre n'eût pu se livrer, les problèmes qui se posaient à la communauté en

expansion. Mais avec 'Uthmân, la rivière donna naissance à un bras, puis à plusieurs quand Mu'âwiya prit
le pouvoir. La situation ne fit qu'empirer et la rivière
se perdit en méandres avec les Umayyades : Yazîd,
puis la branche marwânide, Marwân en personne,
'Abd al-Malik, al-Walîd, Sulaymân et enfin moi-même
dont le seul but est de refaire l'unité et de canaliser la
rivière dans son cours premier.

— S'il en est ainsi, répondit Fâtima qui avait compris l'apologue, je ne dirai rien de ce qui m'a amenée.
Mettons que je sois venue pour jouir de ta conversation
et évoquer des souvenirs.

De retour chez les siens, elle leur dit :

— Récoltez le fruit amer de votre alliance avec la
maison de 'Umar b. al-Khattâb, le juste d'entre les
justes.

Ce même calife, sentant sa mort prochaine, réunit sa
famille autour de lui. Son oncle Maslama b. 'Abd al-
Malik s'adressa à lui en ces termes :

— Commandeur des croyants, comment peux-tu
laisser tes enfants dans la pauvreté alors qu'ils sont à
ta charge ? Jamais personne ne t'aurait empêché de les
enrichir de ton vivant avec les fonds publics. Mieux eût
valu y puiser à cette fin que de les transmettre dans
leur totalité à ton successeur.

Quelque peu surpris, le calife fixa Maslama d'un air
chagrin et lui répondit :

— Je me suis interdit, ma vie durant, de privilégier
ma famille et tu voudrais, qu'à la veille de ma mort, je
me laisse aller à une dérogation dont j'aurais à souffrir
dans l'au-delà ? De deux choses l'une, ou bien mes
enfants sont des fidèles soumis à Dieu et alors Il
pourvoira à leurs besoins ; ou bien ils transgressent la
loi et je ne saurais les encourager dans leur impiété.
T'en souvient-il, Maslama ? Nous avons assisté ensemble aux obsèques de l'un des fils de Marwân. Je m'étais

assoupi et l'ai vu en songe, exposé de par la volonté
de Dieu — exaltées soient Sa grandeur et Sa puissance — à un traitement proprement terrifiant. Je
me suis alors juré de ne pas l'imiter si, d'aventure, le
pouvoir venait à m'échoir. Depuis, je me suis efforcé
de rester fidèle à mon engagement dans l'espoir du
pardon de mes péchés.

À ses funérailles, racontait encore Maslama, je le
vis comme en rêve, tout de blanc vêtu, assis dans un
jardin aux eaux ruisselantes. Il vint à moi et me dit :

— C'est pour de tels instants, Maslama, que l'on se
doit d'œuvrer sur terre !

Des récits édifiants de ce genre abondent, poursuivit Nuzha. Un homme digne de confiance racontait :

— Sous le règne de 'Umar b. 'Abd al-'Azîz, je
vivais de la traite des brebis. J'avisai un jour un
berger qui gardait ses moutons au milieu desquels
circulaient une, que dis-je, plusieurs bêtes que je crus
être des chiens, car je n'avais jamais vu de loups
auparavant.

— À quoi te servent ces chiens ? demandai-je au
berger.

— Ce ne sont pas des chiens, mais des loups.

— Des loups dans un troupeau ? Et sans préjudice
pour le bétail ?

— Qu'importe ! Si la tête qui dirige est saine, le
corps auquel elle commande ne peut que l'être aussi !

'Umar b. 'Abd al-'Azîz, toujours lui, prêchait un
jour en plein air du haut d'une chaire faite de boue
séchée. Après avoir loué et remercié le Seigneur, il se
borna à trois brèves exhortations :

— Soyez en règle avec vous-mêmes avant que de
l'être avec autrui ; contentez-vous de peu ici-bas ;
sachez que, depuis Adam, les hommes sont mortels
même les plus grands. 'Abd al-Malik est mort comme

ceux qui l'ont précédé. Votre serviteur mourra comme ceux qui lui succéderont.

Maslama s'aperçut de la lassitude du calife et lui proposa un coussin pour s'y accouder. Il le refusa, craignant, dit-il, qu'il ne lui en fût tenu grief le jour de la Résurrection. Puis il hoqueta et tomba évanoui. Sa tante Fâṭima appela à l'aide :

— Maryam, Muzâḥim, un tel, voyez dans quel état se trouve notre maître !

Elle entreprit, en pleurant, de lui asperger le visage d'eau. Ayant repris connaissance, le calife lui demanda pourquoi elle était en larmes.

— J'ai bien cru que tu allais rendre l'âme, ici même, dans nos bras et n'ai pu m'empêcher d'imaginer ce qui adviendrait de nous lorsque Dieu Tout-Puissant te rappellera à Lui et que tu nous quitteras à jamais.

'Umar tenta de se lever, chancela et serait tombé si sa tante ne l'avait soutenu.

— Puissent mon père et ma mère mourir à ta place, lui dit-elle. Je n'ai fait qu'exprimer ce que nous ressentons tous.

Nuzhat az-Zamân poursuivit à l'intention de son frère et des quatre cadis :

— Je vais maintenant en terminer avec cette deuxième partie du chapitre que j'ai abordé en premier.

Et l'aube chassant la nuit, Shahrâzâd dut interrompre son récit.

Lorsque ce fut la soixante-sixième nuit, elle dit :

On raconte encore, Sire, ô roi bienheureux, que Nuzha disserta sur les vertus des gouvernants devant les quatre cadis, le négociant et Sharr Kân dont elle ignorait qu'il fût son frère. Elle poursuivit ainsi :

Le même 'Umar b. 'Abd al-'Azîz écrivit en ces termes

aux Mekkois à l'occasion du pèlerinage annuel : « Salutations. Je me déclare devant Dieu innocent des injustices dont vous avez eu à pâtir et des iniquités commises à votre détriment. Je n'ai aucune responsabilité, directe ou indirecte, dans ce qui est arrivé et n'avais pas vent de ce qui se tramait. J'espère que ces événements donneront lieu à rémission divine. Quant à moi, bien que n'ayant jamais rien ordonné de répréhensible, j'assume la responsabilité des exactions dont vous auriez été victimes. Quiconque de mes gouverneurs aura agi en contradiction des prescriptions de la loi divine et de la *sunna* ne devra pas être obéi sauf s'il revient à une plus saine conception de ses devoirs. »

Il disait encore — Dieu l'agrée — qu'il ne souhaitait pas échapper à la mort car c'était l'ultime récompense du croyant.

Un homme digne de foi a rapporté cette anecdote :

— Je pénétrai un jour chez 'Umar b. 'Abd al-'Azîz alors qu'il exerçait le califat. On venait de lui remettre douze dirhams qu'il ordonna de verser aussitôt au trésor public. Je lui fis remarquer que ses enfants croupissaient dans l'indigence :

— Que ne leur attribues-tu à eux et à ceux de tes proches qui sont démunis une allocation à prélever sur les biens communautaires ?

— Approche-toi, me répondit-il ; ce que tu viens de dire à propos du dénuement des miens et de la nécessité de leur assurer des revenus fixes sur les fonds publics n'est pas juste. Dieu existe qui me supplée et leur sert de tuteur. Au demeurant, ou ils vivent dans la piété et la crainte de leur Seigneur et Il saura les tirer d'affaire, ou ils mènent une existence sacrilège et je ne saurais les encourager dans cette voie en les entretenant.

À la suite de quoi, le calife convoqua ses enfants qui étaient au nombre de douze, tous mâles. Lorsqu'il les vit réunis autour de lui, ses yeux s'embuèrent et il leur adressa ce discours :

— Votre père est placé devant une alternative : ou vous passez votre vie à accumuler les biens de ce monde grâce à sa charge et il va droit en enfer, ou vous faites vœu de pauvreté et le paradis sera son lot. En ce qui le concerne, son choix est fait. Allez, je vous confie à la mansuétude divine.

Khâlid b. Ṣafwân racontait qu'il s'était rendu en compagnie de Yûsuf b. 'Umar chez le calife Hishâm b. 'Abd al-Malik qui avait quitté sa capitale pour une partie de campagne avec ses proches et les membres de sa cour. Un pavillon avait été dressé pour lui. Entouré de ses familiers, le souverain prit place sur un tapis.

— Commandeur des croyants, dit Khâlid en captant son regard, que Dieu continue à t'accorder ses faveurs, te guide en rectitude dans la gestion des affaires qu'Il t'a confiées et ne trouble en rien ton bonheur. J'ai une anecdote à te conter plus riche en enseignements que tout ce qu'il t'a été donné d'entendre sur tes devanciers.

Le calife, qui se tenait à demi étendu, se redressa, attentif.

— Dis toujours.

— L'un de tes prédécesseurs avait fait halte, en grande pompe, il y a un an, ici même. Avez-vous jamais vu, ne cessait-il de s'extasier, pareille magnificence et fortune semblable à celle dont je jouis ?

Or, il y avait dans l'assistance l'un des rares hommes encore véritablement pieux en ce temps-là, voué au culte de la vérité suprême qu'il recherchait sans cesse.

— Sire, dit-il au calife, tu poses là une question d'importance. M'autorises-tu à y répondre ?

— Oui.

— Tu tires vanité de tout cela, mais as-tu songé à en distinguer le durable de l'éphémère ?

— Il n'y a rien que de transitoire !

— Pourquoi, alors, t'émerveilles-tu d'un faste dont tu ne profiteras que peu, après lequel tu courras sans relâche, et dont il te faudra un jour rendre compte ?

— Mais alors que faire ? Quelle solution adopter ?

— Consacre-toi aux affaires du royaume dans la stricte soumission à Dieu, exalté soit Son nom. Sinon renonce au luxe, revêts-toi de haillons et adonne-toi à l'adoration exclusive du Seigneur jusqu'au terme fixé à ton existence. À l'aube, je viendrai m'enquérir de ta décision.

Effectivement, poursuivit le narrateur, à l'heure dite, le saint homme se rendit auprès du souverain. Il le trouva dépouillé de sa couronne, prêt à prendre le bâton d'ermite, bouleversé qu'il avait été par le sermon entendu.

À ce récit, Hishâm fondit en larmes au point que sa barbe en fut trempée. Il ordonna de tout démonter séance tenante et retourna en son palais qu'il ne quitta plus. L'entourage du calife, clients et serviteurs, s'en prit à Khâlid à qui ils reprochèrent d'avoir assombri l'humeur de leur maître et gâché son plaisir.

De tels récits sont innombrables, conclut Nuzha, et il m'est impossible d'épuiser ce sujet en une seule séance.

Et l'aube chassant la nuit, Shahrâzâd dut interrompre son récit.

Lorsque ce fut la soixante-septième nuit, elle dit :

On raconte encore, Sire, ô roi bienheureux, que Nuzhat az-Zamân fit remarquer qu'elle avait encore beaucoup à dire sur ce chapitre et promit de le faire plus tard si on lui en donnait l'occasion. Les quatre cadis s'accordèrent à proclamer qu'ils se trouvaient devant une femme exceptionnelle, véritable prodige de tous les temps et joyau unique de son époque. Ils assurèrent le prince qu'ils n'avaient jamais rien vu de

pareil, ni entendu parler de semblable merveille à
travers les siècles. Ils appelèrent sur lui les bénédictions divines et prirent congé.

Sharr Kân ordonna alors de pousser les préparatifs
de la noce et pria que le banquet offert à cette occasion
fût agrémenté de mets de qualité. Les épouses des
princes, des ministres et des dignitaires furent requises
d'assister à la parure de la mariée. Les nappes furent
disposées et garnies des plats les plus appétissants,
véritable régal pour la vue et le goût. Les assistants
firent honneur au repas jusqu'à satiété. Tout ce que
Damas et le palais comptaient de chanteuses fut réuni.
À la nuit tombée, on alluma les flambeaux à droite et à
gauche de la voie menant du portail de la citadelle à
celui du château. Les grands du royaume emprunt-
èrent ce chemin pour venir présenter leurs compliments
à leur prince. Pendant ce temps, les maquilleuses
s'empressaient à la toilette nuptiale de Nuzha dont
elles purent constater qu'elle n'avait nul besoin d'artifices pour rehausser sa jeune beauté. De son côté,
Sharr Kân, après avoir été conduit au hammam, fut
installé sur une estrade en attendant qu'on lui amenât
son épouse dévoilée, débarrassée de ses lourds vêtements d'apparat et dûment instruite par les duègnes
de ce qui l'attendait au cours de sa nuit de noces. Le
mariage consommé, Nuzha se sentit aussitôt fécondée
et en informa son époux qui ne se contint pas de joie et
fit ordonner à ses savants de consigner l'événement.

Au matin, assis sur son trône, il reçut les dignitaires
venus le féliciter, puis dicta à son secrétaire une lettre
pour son père, 'Umar an-Nu'mân, par laquelle il
l'informait qu'il avait acquis une esclave versée dans
l'ensemble des branches de la science, des belles-
lettres et de la sapience ; qu'il l'avait affranchie puis
promue au rang d'épouse légitime ; qu'elle était
enceinte de ses œuvres et qu'il importait qu'elle se

rendît à Bagdad en vue de connaître les deux jumeaux, Ḍaw' al-Makân et Nuzhat az-Zamân. Il confia la missive scellée à un courrier spécial qui revint au bout d'un mois avec une réponse ainsi rédigée :

« Au nom de Dieu le Clément, le Miséricordieux, de la part d'un père inconsolable de la perte de ses enfants à jamais disparus, sache qu'après ton départ, me sentant à l'étroit dans un monde pesant, tourmenté par un secret lourd à porter, je décidai d'aller chasser et courre le gibier. Auparavant ton frère Ḍaw' al-Makân m'avait demandé l'autorisation de se rendre en pèlerinage au Hedjaz. Craignant les aléas du voyage, je la lui avais refusée en lui demandant de patienter une année ou deux. »

Et l'aube chassant la nuit, Shahrâzâd dut interrompre son récit.

Lorsque ce fut la soixante-huitième nuit, elle dit :

On raconte encore, Sire, ô roi bienheureux, qu'an-Nu'mân poursuivait ainsi sa lettre :

« Après la campagne de chasse qui dura un mois, j'appris que les jumeaux, munis d'argent, s'étaient joints incognito à la caravane officielle du pèlerinage. L'univers s'écroula autour de moi. En vain j'attendis le retour des pèlerins. Personne ne put me donner de leurs nouvelles et je suis, depuis, en deuil, éploré, et mes nuits ne sont que larmes. Il ajoutait ces vers :

> *Leur image jamais ne me quitte,*
> *   leur souvenir occupe mes pensées.*
> *Si je n'espérais les revoir,*
> *   pas un instant je ne survivrais.*
> *Je ne m'abandonne au sommeil*
> *   qu'en espérant rêver à eux.*

Le salut soit sur toi et les tiens, concluait-il, je compte que tu feras le nécessaire pour entreprendre sans tarder les recherches qui s'imposent. Cette disparition est une tache indélébile sur notre famille. »

Sharr Kân compatit au chagrin de son père non sans se réjouir en son for intérieur de la perte des jumeaux. Il rendait visite à Nuzha jour et nuit et ignorait toujours qu'il s'agissait de sa demi-sœur, et elle-même ne se doutait pas qu'elle avait épousé son aîné. Parvenue au terme de sa grossesse, elle prit place sur la chaise de délivrance et, avec l'assistance de Dieu, mit heureusement au monde une fillette. Elle fit aussitôt appeler son mari et lui demanda de choisir un nom pour l'enfant.

— Nous avons sept jours devant nous pour cela ainsi que le veut la coutume, lui répondit-il en se penchant sur le nouveau-né afin de l'embrasser.

C'est alors qu'il aperçut, passée à son cou, l'une des trois gemmes qu'avait apportées avec elle la princesse Abrîza. Après s'être assuré qu'il ne se trompait pas, stupéfait puis furieux, il apostropha la jeune femme :

— Esclave, d'où tiens-tu ce joyau ?

Au comble de l'indignation, Nuzha se récria :

— Comment as-tu l'impudence de me traiter d'esclave, moi qui suis reine, fille de reine et, à ce titre, supérieure à vous tous dans ce palais ? Trêve de mystère. Il est temps que la vérité se fasse jour. Je suis Nuzhat az-Zamân, fille de 'Umar an-Nu'mân !

Cette révélation bouleversa Sharr Kân et le laissa abattu.

Et l'aube chassant la nuit, Shahrâzâd dut interrompre son récit.

Lorsque ce fut la soixante-neuvième nuit, elle dit :

On raconte encore, Sire, ô roi bienheureux, que Sharr Kân, abasourdi par la nouvelle ainsi assenée, comprit qu'il avait bel et bien épousé sa sœur consan-

guine. Pâle et tremblant, il s'écroula sans connaissance. Revenu à lui, il se sentit au comble de l'éba-
hissement. Sans dévoiler qui il était, il se fit confirmer par Nuzha sa filiation et lui demanda comment
elle avait quitté les siens et comment elle avait été
réduite en esclavage. Elle lui raconta qu'ayant dû
abandonner son frère malade, elle avait été enlevée
par le Bédouin puis vendue au courtier. Convaincu,
il ne vit d'autre solution pour étouffer le scandale
que de marier Nuzha à son grand chambellan en
alléguant qu'il l'avait répudiée avant la consomma-
tion du mariage. La mort dans l'âme, il avoua à sa
sœur :

— O Nuzha! je sais maintenant que tu es à coup
sûr la fille du roi an-Nu'mân. Veuille Dieu pardonner le péché que nous avons été amenés à commettre. Je suis, en effet, ton frère aîné Sharr Kân.

Elle le regarda attentivement, finit par le reconnaître et faillit en perdre la raison. Pleurant et se
frappant le visage, elle s'écria désespérée :

— Dans quelle abomination ne sommes-nous pas
tombés? Que faire? Que raconter à notre père lorsqu'il demandera de qui est l'enfant?

— Je ne vois qu'une issue qui sauvegarde les
apparences dans l'épreuve que Dieu nous inflige
pour des raisons de Lui seul connues : te marier au
grand chambellan. Chez lui, il te sera loisible d'élever notre enfant sans que personne se doute de rien.
Cette solution nous mettra à l'abri du scandale.

Il la consola ensuite en lui couvrant la tête de
baisers.

— Comment allons-nous l'appeler? lui demanda-
t-elle.

— Quḍiya Fa-kân.

Ainsi fut fait. Le chambellan épousa Nuzha, la
petite fille fut élevée sous son toit et confiée aux

soins des servantes qui la choyèrent à souhait et la bourrèrent de gâteries.

Pendant ce temps, Ḍaw' al-Makân, le second jumeau, se trouvait toujours à Damas en compagnie de son sauveur, le chauffeur de hammam. Il advint que Sharr Kân reçut un jour un émissaire du roi son père qui lui remit une lettre ainsi rédigée :

« Louange à Dieu. Sache, cher roi, que je suis encore sous le coup du chagrin causé par la disparition de mes enfants et que je ne parviens plus à trouver le sommeil. Dès réception de la présente, expédie-moi le produit de l'impôt foncier levé dans ta province. Fais-le accompagner par l'esclave que tu as achetée avant d'en faire ton épouse légitime. Je souhaite la voir et l'entendre. En effet, nous avons reçu, venues du pays byzantin, une vénérable vieille femme entourée de cinq jeunes vierges admirablement faites et versées dans les disciplines que se doit de connaître tout homme cultivé, telles que sciences, belles-lettres et sapience. Cette femme, par sa vertu, et ses compagnes, par l'étendue de leur savoir et leurs qualités, défient la description. J'ai aussitôt désiré les avoir comme concubines car elles sont incomparables, et bien des souverains les envieraient. M'étant ouvert dans ce sens à leur chaperon, celle-ci m'a fait savoir qu'elle les céderait seulement contre le montant annuel de l'impôt foncier perçu en Syrie, la moindre d'entre elles valant à son avis largement ce prix. J'ai conclu le marché et elles sont désormais en mon palais avec leur duègne que j'ai hâte de voir retourner chez elle. Ne manque pas de m'envoyer ton épouse sur laquelle je compte pour mettre à l'épreuve les connaissances des jeunes filles que je viens d'acquérir. »

Et l'aube chassant la nuit, Shahrâzâd dut interrompre son récit.

Lorsque ce fut la soixante-dixième nuit, elle dit :

On raconte encore, Sire, ô roi bienheureux, que 'Umar an-Nu'mân, dans la lettre qu'il avait écrite à son fils, lui demandait de lui expédier sa jeune épouse qu'il attendait pour débattre de différents sujets avec les cinq jeunes Byzantines devant un cénacle de savants.

« Si, concluait-il, elle les surpassait, je te la renverrais, avec en prime le montant de l'impôt recouvré à Bagdad. »

Sharr Kân se rendit chez le chambellan et le pria de faire venir Nuzha à qui il montra la lettre en lui demandant son avis.

— C'est à toi de décider, lui répondit-elle.

Cependant, comme elle souffrait du mal du pays et aspirait à revoir les siens, elle suggéra qu'on l'envoie à Bagdad en compagnie de son nouvel époux.

— Ainsi, ajouta-t-elle, je pourrai raconter à notre père ma mésaventure avec le Bédouin, mon achat par le courtier et lui apprendre, enfin, comment tu m'as acquise à ton tour, affranchie et donnée en mariage à ton chambellan.

Sharr Kân acquiesça et confia sa fille Quḍiya Fa-kân aux nourrices et servantes du palais après lui avoir passé au cou, suspendue à une chaîne d'or pur, la gemme de sa mère. L'argent de l'impôt réuni, le chambellan, muni d'une lettre pour an-Nu'mân, fut chargé de conduire le convoi à bon port. Accompagné de sa femme, il prit place dans une litière spécialement agencée pour le voyage. L'ordre du départ fut donné à la tombée de la nuit.

Il se trouva qu'à ce moment-là, Ḍaw' al-Makân et son compagnon le chauffeur de hammam flânaient en ville. Ils virent, éclairé par des flambeaux et des lanternes, un grand déploiement de bêtes de somme, de chameaux et de mulets. Ils apprirent qu'il s'agissait d'un convoi transportant l'impôt annuel vers Bagdad et conduit par le chambellan, époux d'une esclave qui avait défrayé la chronique par sa science et sa sagesse. La simple mention de Bagdad raviva chez le prince le souvenir de ses parents et de sa sœur ainsi que la nostalgie du pays. Il dit en pleurant à son ami :

— Je n'ai plus rien à faire en ces lieux. Je vais me joindre à cette caravane et regagner mon pays à petites étapes.

— Quoi ? rétorqua le chauffeur. Je n'étais déjà pas rassuré à l'idée de te voir gagner seul Damas, comment aurais-je le cœur de te laisser rejoindre Bagdad sans moi ? Je t'accompagne.

— Volontiers, consentit Ḍaw' al-Makân.

Le chauffeur procéda aux préparatifs du voyage, sangla leur âne et arrima le bissac dans lequel il avait fourré quelques provisions. Ils se tinrent prêts à se mêler au convoi qui ne tarda pas à passer devant eux sous la conduite du chambellan monté sur un dromadaire de race et entouré de gens d'armes à pied. Le prince s'assit sur le bourricot et insista pour prendre en croupe son ami qui, en serviteur déférent, ne voulut rien savoir sauf à concéder qu'il le ferait de temps à autre en cas de fatigue. Ému par un tel dévouement, Ḍaw' al-Makân lui dit :

— Frère, bientôt tu mesureras l'étendue de ma reconnaissance, une fois que je serai rendu auprès des miens.

Ils voyagèrent toute la nuit et firent halte le lendemain aux premières atteintes de la canicule. Repos pris et bêtes abreuvées, le convoi se remit en route et, au bout de cinq étapes, atteignit la ville de Ḥamât où il s'arrêta trois jours.

Et l'aube chassant la nuit, Shahrâzâd dut interrompre son récit.

Lorsque ce fut la soixante et onzième nuit, elle dit :
On raconte encore, Sire, ô roi bienheureux, que la caravane se remit en branle après trois jours de repos prit à Ḥamât, s'arrêta trois jours encore dans une autre ville et arriva enfin à Diyâr Bakr où parvinrent aux voyageurs les premières bouffées de la brise soufflant de Bagdad. Ḍaw' al-Makân, éperdu de nostalgie, ne sachant en outre comment affronter son père, sanglota, gémit, maudit le sort et dit la voix entrecoupée de sanglots :

Ami, pourquoi me faire languir, jouer de ma patience
  sans qu'un seul messager m'apporte des nouvelles ?
Brefs furent les jours de notre union !
  puissent l'être autant ceux de la séparation !
Prenez ma main et voyez sous l'habit
  mon corps exténué, comme l'ombre de lui-même.
Et vous qui me prêchez l'oubli, sachez,
  par Dieu, que rien n'oublierai jusqu'à la Résurrection !

— Mets donc une sourdine à tes pleurs et à tes gémissements, demanda son ami, nous sommes à proximité de la tente du chambellan !
— Il me faut, envers et contre tous, dire de la poésie dans l'espoir de calmer le feu qui me brûle.
— Je t'en conjure par le Seigneur, cesse de te torturer ainsi. Nous serons bientôt à Bagdad où il te sera loisible d'agir à ta guise. En attendant, ma compagnie t'est acquise.
— Rien ne m'empêchera d'exhaler ma peine.
Et par une nuit particulièrement claire, le visage en larmes tourné vers Bagdad, il récita ces vers à haute voix, alors qu'au même instant, sa sœur, énervée et en proie à l'insomnie, pleurait en songeant à lui :

Un éclair venu du Yémen
  réveille ma peine

D'avoir perdu l'ami
  qui tant m'abreuva de bonheur.
Parle de moi à celui qui me chassa
  et qui en me chassant me devint interdit !
Éclair, brilleras-tu encore
  pour embraser nos retrouvailles ?
Et toi cesse de me blâmer,
  qu'ai-je à me reprocher si Dieu m'afflige
D'un ami infidèle
  et m'accable déjà d'un destin si cruel ?
Dès que Nuzha s'est éloignée,
  mon cœur n'a plus connu de joie.
Et le vin qui m'abreuve
  est de pure douleur !
Ami, je me vois mort
  avant de te revoir !
Ô temps des jeunes amours
  reviens, lourd de promesses,
Me ramener la joie et chasser
  cette peine que me jette le sort.
Est-il une âme charitable pour prendre soin
  d'un pauvre hère, exilé, le cœur effrayé,
Qui s'abandonne à sa douleur
  loin de Nuzhat az-Zamân
Alors que nous voici,
  à la merci d'enfants du péché ?

Sur ce, il poussa un grand cri et s'affaissa sans connaissance. Lorsque Nuzha entendit cette voix s'élever dans la nuit, elle fut émue au plus haut point. Elle se leva, toussota pour attirer l'attention de l'eunuque en chef et lui ordonna d'aller quérir l'auteur des vers qui l'avaient bouleversée.

Et l'aube chassant la nuit, Shahrâzâd dut interrompre son récit.

Lorsque ce fut la soixante-douzième nuit, elle dit :

On raconte encore, Sire, ô roi bienheureux, que le grand eunuque, chargé par sa maîtresse de lui amener le poète qui avait bercé sa nuit, fit observer que, pour sa part, il n'avait rien entendu et qu'au demeurant, à cette heure, le camp était plongé dans un profond sommeil.

— Précisément, lui dit-elle, la première personne que tu trouveras éveillée sera notre homme.

L'eunuque ne vit que le chauffeur assis au chevet de son ami.

— Est-ce toi que ma maîtresse a entendu rimailler ?

— Par Dieu non, répondit le chauffeur, en pensant avec inquiétude que les stances de Ḍaw' al-Makân avaient indisposé l'épouse du chambellan.

— Mais alors qui ? Montre-le-moi, tu dois le reconnaître puisque tu es le seul ici à être éveillé ?

— Non, persista à nier le pauvre homme qui n'attendait rien de bon de l'intervention de l'eunuque.

— Fieffé menteur, tu ne peux pas ignorer qui c'est puisque tu es le seul à veiller dans ces lieux !

— La vérité est que j'ai été tiré de mon sommeil par un quidam de passage — Dieu le damne — qui dégoisait des vers.

— Si tu venais à le reconnaître, avertis-moi que je m'en saisisse et le conduise à ma maîtresse. Le cas échéant, empoigne-le.

— Soit, je n'y manquerai pas.

L'eunuque alla retrouver Nuzha et lui rendit compte de l'échec de ses recherches. Il ajouta qu'il s'agissait probablement d'un noctambule qui déambulait par là.

Quand à Ḍaw' al-Makân, il revint à lui au point du jour, sous l'effet de la brise matinale, alors que la lune était encore haute dans le firmament. De nouveau en proie à ses tourments et à son chagrin, il s'éclaircit la voix et s'apprêtait à déclamer quand son compagnon l'arrêta :

— Qu'as-tu l'intention de faire ?

— Réciter quelques vers pour apaiser le feu qui me dévore.

— Ne sais-tu pas qu'à cause de toi, j'ai échappé de peu à la mort ?

— Comment cela ? Raconte.

— Maître, pendant que tu gisais sans connaissance, ne voilà-t-il pas que le grand eunuque, muni d'un long gourdin en bois d'amandier, s'est mis à arpenter le camp endormi à la recherche d'un rimailleur qui avait troublé le sommeil de sa maîtresse ? Comme je veillais sur toi et que j'étais seul à ne pas être endormi, il m'eût fait un mauvais parti si je n'avais pas eu la présence d'esprit de le mettre sur la voie d'un imaginaire insomniaque de passage. Il m'a intimé l'ordre de le lui ramener si je venais à le revoir. Sans cela il m'aurait sûrement mis à mort.

— Personne au monde, répondit le prince en pleurant, ne pourra m'empêcher de clamer ma douleur arrivé si près de chez moi. Advienne que pourra, je n'ai plus à me soucier de quiconque.

— Tu tiens donc à courir à ta perte ?

— J'ai absolument besoin de m'épancher ainsi.

— À partir de maintenant, nos routes bifurquent ! J'aurais pourtant aimé, après t'avoir gardé durant un an et demi, te conduire à bon port et te ramener à tes parents. Mais quelle est donc cette rage de débiter des vers à plein gosier quand les gens, assommés de fatigue, ne songent qu'à refaire leurs forces et dormir ?

Passant outre les objurgations de son ami, en proie à une vive émotion, le jeune homme chanta sur ces vers, suivis d'autres qui ne laissaient aucun doute sur son identité :

Arrête voyageur et contemple les traces
  déjà effacées des lieux où elle passa ;
  invoque cette aimée qui peut-être répondra.
Au cœur de la nuit, fou de désir pour l'absente,
  éclaire les ténèbres du feu de ta passion.
Quand le sort lance ses dards, avide de nous mordre,
  comment ne pas périr de son venin ?
Ô paradis que j'ai perdu la mort dans l'âme !
  si je pouvais espérer celui de Dieu,
  je me laisserais mourir de chagrin.

Nous vivions — et les jours coulaient pour nous servir —
  tous réunis dans la plus belle des patries.
Qui me fera trouver la demeure amie
  qui abritait Ḍaw' al-Makân et Nuzhat az-Zamân ?

Après avoir poussé trois cris déchirants, il s'effondra évanoui aux pieds de son compagnon qui s'empressa de le couvrir de son propre turban. Nuzha, à l'écoute du vers qui mentionnait son nom, se souvint de ses parents et de son frère. Lorsqu'elle entendit le nom de son frère et le sien, elle éclata en sanglots et appela l'eunuque :

— Malheur à toi, lui cria-t-elle. Je viens d'entendre la même voix très proche. Par Dieu, si tu ne m'amènes pas l'homme qui chante, je me fais fort de te faire bastonner et renvoyer par le chambellan. Agis avec douceur, sans le molester. Prends avec toi cette bourse de mille dinars et offre-la-lui pour qu'il te suive. En cas de refus, n'insiste pas et arrange-toi pour t'informer sur sa résidence, sa profession et son origine. Reviens ensuite sans tarder.

Et l'aube chassant la nuit, Shahrâzâd dut interrompre son récit.

Lorsque ce fut la soixante-treizième nuit, elle dit :

On raconte encore, Sire, ô roi bienheureux, que le grand eunuque, muni des recommandations de sa maîtresse d'avoir à user de tact, se mit en quête, allant et venant parmi les voyageurs endormis. Il n'en vit qu'un seul éveillé, le chauffeur de hammam. Assis, tête nue, il se tenait aux côtés de son compagnon évanoui. L'eunuque, posant la main sur lui, l'interpella :

— Je te tiens ! c'est toi le poétereau !

— Non, mon bon seigneur, ce n'est pas moi. J'en fais le serment par Dieu, se défendit-il effrayé.

— Je ne te lâcherai que si tu me le désignes. Il est exclu, cette fois, que je revienne sans lui.

Pleurant à chaudes larmes, car il craignait pour son ami, le chauffeur de hammam jura par Dieu qu'il n'avait fait qu'apercevoir un individu qui arpentait le camp en se récitant des vers.

— Ne me rends pas responsable, supplia-t-il, je suis un pauvre étranger venu de Jérusalem !

— S'il en est ainsi, viens t'expliquer en personne devant ma maîtresse. Tu es le seul à ne pas dormir dans ce bivouac.

— Enfin, tu vois bien que je n'ai pas bougé de l'endroit où tu m'as trouvé la première fois ! Et comment l'aurais-je pu alors que les gardes ont pour consigne d'appréhender tout individu quittant l'emplacement qui lui a été imparti pour la nuit ? Retourne plutôt à ton poste. Si tu réentends quelqu'un dire des vers, qu'il soit près ou loin, c'est que j'en serai l'auteur.

Il lui baisa la tête et fit tant et si bien pour l'amadouer que l'eunuque se laissa convaincre et s'en fut poursuivre ses recherches. Après un nouveau tour sans succès, craignant de retourner bredouille, il revint se tapir non loin du chauffeur. Il le vit réveiller

Ḍaw' al-Makân et l'entendit raconter ce qui venait de se passer.

— Peu importe, s'exclama le prince. Si près de mon pays, je n'ai à me soucier de personne.

— Mais qu'as-tu donc à obéir à tes caprices et à défier la monde entier ? Je ne te voyais pas sous ce jour. Je t'en conjure, cesse, jusqu'à ton arrivée chez toi, de clamer des vers à tous les échos. Il y va de nos deux vies. Tu as mécontenté l'épouse du chambellan déjà fatiguée et affaiblie par le voyage. À plusieurs reprises, elle t'a fait chercher par le grand eunuque pour te faire châtier.

Insensible aux raisons de son compagnon, Ḍaw' al-Makân se mit pour la troisième fois à réciter des vers :

Foin des reproches qui m'importunent !
On me les fait sans savoir que
    bien au contraire ils me stimulent.
Les médisants murmurent : « Il s'est vite consolé ! »
    Je réponds : « C'est par amour de mon pays. »
« Qu'elle est belle », disent les envieux,
    je réponds : « Je suis fou d'elle. »
« Il la chérit », ajoutent-ils,
    je réponds : « Elle m'humilie. »
Pourtant point ne la quitterai,
    même au prix d'une coupe amère.
Et ne supporte pas ce blâme
    dont on m'abreuve parce que j'aime !

Il en terminait à peine que l'eunuque, posté à proximité, surgit au grand effroi du chauffeur qui s'empressa de fuir et de se cacher un peu plus loin afin d'attendre la suite des événements.

— Que le salut soit sur toi, seigneur, dit fort civilement l'eunuque au prince.

— Sur toi également, avec la grâce et la bénédiction de Dieu.

Et l'aube chassant la nuit, Shahrâzâd dut interrompre son récit.

Lorsque ce fut la soixante-quatorzième nuit, elle dit :
On raconte encore, Sire, ô roi bienheureux, que le grand eunuque, après avoir salué comme il convient, dit à Ḍaw' al-Makân :

— Seigneur, par trois fois cette nuit, je t'ai cherché pour t'amener à ma maîtresse qui te réclame.

— Et de quel droit cette chienne me convoque-t-elle ? Que Dieu la prenne en détestation et son mari avec !

Et de se répandre en invectives contre le malheureux qui n'en pouvait mais, tenu qu'il était par les ordres reçus.

— Mon enfant, lui répondit tout douceur l'eunuque, nous ne t'offensons en rien et ne te voulons que du bien. Daigne simplement diriger tes nobles pas vers ma maîtresse qui désire te voir. Après quoi, libre à toi de t'en retourner en paix. Au surplus, j'ai à ton intention un cadeau de bienvenue.

Rasséréné, le prince suivit son interlocuteur à travers l'enchevêtrement du camp. Le chauffeur, qui ne donnait pas un sou vaillant de la vie de son ami, suivait de loin.

— Pauvre de lui ! se lamentait-il, un si jeune homme ! Demain, pour sûr, il sera perdu. Il ne manquerait plus, par-dessus le marché, qu'il commît pour se disculper la vilenie de m'accuser de l'avoir incité à réciter des vers.

Arrivés chez Nuzhat az-Zamân, le grand eunuque lui rendit compte qu'il avait mis la main sur le poète nocturne, un jeune homme de belle tournure et apparemment de bonne condition. Le cœur battant, elle chargea l'eunuque de lui demander de dire encore quelques vers. Elle voulait l'entendre de plus près et l'interroger sur son nom et son pays. Mis au courant de ce que l'on attendait de lui, et avisé de la proche présence de l'épouse du chambellan, Ḍaw' al-Makân répondit :

— Pour les vers, bien volontiers et avec plaisir, mais en ce qui concerne mon identité, j'ignore moi-même où j'en suis. J'ai oublié jusqu'à mon nom et mes origines et ne suis plus qu'un corps usé. Mon histoire mérite d'être gravée à la taille fine sur toutes les paupières afin que nul ne l'oublie. Me voici à l'image d'un homme pris de boisson dont les vapeurs de l'alcool embrument le cerveau et qui, plongé dans un océan de divagations, ne sait plus où il se trouve.

Nuzha, très émue, fondit en larmes et fit demander au visiteur s'il avait eu à souffrir des affres d'un exil qui l'aurait tenu éloigné d'êtres aussi chers qu'un père et une mère.

— Oui, répondit-il, j'ai quitté les miens et plus particulièrement une sœur que j'aimais par-dessus tout et dont le sort m'a séparé.

— Ah, s'écria Nuzha, puisse Dieu réunir ceux qui s'aiment !

Et l'aube chassant la nuit, Shahrâzâd dut interrompre son récit.

Lorsque ce fut la soixante-quinzième nuit, elle dit :
On raconte encore, Sire, ô roi bienheureux, que Nuzha invoqua Dieu pour la réunion de ceux qui s'aiment et fit demander par le serviteur à Ḍaw' al-Makân d'improviser un poème sur les tourments de la séparation. Le prince poussa de profonds soupirs et commença ainsi :

> *S'ils savaient seulement*
> *quel cœur ils ont conquis !*
> *Et si ce cœur savait*

> *vers quelles contrées ils vont !*
> *Y sont-ils arrivés sains et saufs,*
>   *ont-ils péri en route ?*
> *Angoisse et inquiétude*
>   *sont le lot des amants.*

Il poursuivit :

Les jours de la séparation ont succédé à ceux de l'union,
   et aux délices de notre vie, les tourments de l'éloigne-
   ment.
Nos chemins se sont écartés, nos âmes depuis se consu-
   ment,
   nos yeux ne connaissent que les larmes.
Irrités de nous voir enivrés de passion, nos ennemis
   souhaitaient notre perte ; le destin les a écoutés.
La vie nous souriait naguère, illuminée par notre union,
   elle ne sait maintenant que nous désespérer.
Loin du Jardin d'éternité, du Salsabîl et du Kawthar,
   nous goûtons la puanteur du Zaqqûm et les pestilences
   du Ghislîn.

Enfin il termina dans un flot de larmes :

J'en fais le serment solennel : si revenu en ma demeure,
   j'y trouve Nuzhat az-Zamân,
Je coulerai des jours heureux
   avec de célestes vierges à la démarche sinueuse.
Et bercé par les harmonies du luth,
   je m'enivrerai du jus de la treille,
Sucerai la bouche pourpre d'une fille alanguie,
   assise dans un jardin au bord de l'eau.

Lorsqu'il en eut terminé, Nuzha souleva un pan du rideau de sa litière et jeta un regard au jeune poète. Elle reconnut son frère et cria son nom. Lui-même leva les yeux et constata qu'il était en face de sa jumelle. Elle se précipita dans ses bras et tous deux enlacés perdirent connaissance à la stupéfaction de l'eunuque. Il jeta sur eux une couverture et attendit qu'ils reprennent leurs esprits. Nuzha, folle de joie et délivrée du chagrin et des soucis qui la minaient, s'exclama triomphante :

Tu avais juré, destin, d'assombrir ma vie,
*   mais tu faillis à ton serment et te parjures !*
Bonheur près de l'ami qui me soutient !
*   va donc, Destin, répondre à qui t'implore.*
J'ignorais qu'une chevelure dénouée était un paradis
*   avant de boire aux lèvres pourpres qui donnent le*
*   Kawthar.*

Le visage ruisselant des larmes que lui arrachait le bonheur, Ḍaw' al-Makân la pressa à son tour contre sa poitrine et récita :

J'ai tant souffert de notre dispersion
*   que mes yeux coulaient d'un flot intarissable.*
J'ai juré, si nous étions de nouveau réunis,
*   de ne plus prononcer jamais le mot d'absence.*
La joie qui me submerge, par sa violence même,
*   fait rejaillir mes larmes.*
Paupières, n'êtes-vous faites que pour pleurer
*   tantôt de délice et tantôt de chagrin ?*

Ils passèrent un moment à bavarder devant la litière, puis elle le fit entrer et l'invita à raconter ce qui lui était advenu.

— Non, toi d'abord.

Elle narra alors dans le détail son aventure depuis qu'elle l'avait laissé seul au caravansérail ; comment le Bédouin l'avait vendue au courtier ; comment ce der-

nier l'avait cédée à leur demi-frère Sharr Kân gouverneur de Damas ; comment il l'avait aussitôt affranchie,
prise pour épouse et faite femme ; comment, ayant
découvert son identité, il l'avait mariée à son chambellan et comment enfin elle était en route pour Bagdad à
la demande du roi an-Nu'mân qui avait manifesté le
désir de la voir.

— Dieu soit loué, s'écria-t-elle en conclusion, d'avoir
bien voulu nous accorder la grâce des retrouvailles.
Ainsi, ensemble nous avons quitté notre père et ensemble lui reviendrons !

Son frère, de son côté, ne lui cacha rien de ses
mésaventures. Il insista particulièrement sur l'insigne
faveur que Dieu lui avait faite en mettant sur son
chemin le chauffeur de hammam, devenu par la suite
son dévoué serviteur.

— Pour moi il a quitté son pays, dépensé son argent.
Il s'est privé afin de m'éviter d'avoir faim, et fait la
route à pied quand je me laissais porter par notre
unique monture. Ma vie était entre ses mains et sa
bonté est allée bien au-delà de ce que l'on est en droit
d'attendre d'un proche parent, fût-il l'auteur de vos
jours.

— Nous saurons le récompenser à notre mesure,
promit Nuzha.

Elle appela l'eunuque qui, après avoir embrassé la
main de Ḍaw' al-Makân, s'entendit dire :

— En récompense de la joie que tu m'as procurée en
te faisant l'instrument de nos retrouvailles mon frère
et moi, garde la bourse et ce qu'elle contient. Tu es un
messager de bonheur. Cours quérir ton maître et qu'il
vienne me trouver sur-le-champ.

Le chambellan apprit de la bouche de sa femme que,
loin d'avoir épousé une quelconque esclave, c'était la
propre fille du roi an-Nu'mân qu'on lui avait donnée
en mariage et que le jeune homme présent était son

jumeau. Convaincu désormais d'être le gendre d'un souverain puissant, il se prit à rêver au parti à tirer de cette situation nouvelle ; à tout le moins une lieutenance de région, songeait-il. Il se confondit en compliments, félicita le prince pour l'heureux dénouement de son histoire. Il ordonna à ses gens de lui monter une tente et de lui fournir un équipage des meilleurs chevaux disponibles.

Puis Nuzha l'invita à les laisser seuls se reposer jusqu'à la fin du voyage qui touchait d'ailleurs à son terme.

— Nous avons besoin de nous rassasier l'un de l'autre et de nous raconter bien des choses après une si longue séparation.

Le chambellan acquiesça et fit envoyer aux jumeaux l'éclairage et les friandises nécessaires à une veillée, en même temps que trois habits du meilleur tissu pour le prince. En outre, ainsi que sa femme l'en avait prié, il donna ordre à l'eunuque en chef d'aller à la recherche du chauffeur, de lui affecter un cheval de selle, de veiller à sa nourriture et de l'inviter instamment à ne pas quitter le camp. Ses instructions données, il regagna sa propre litière, imbu de l'importance qui était dorénavant la sienne. L'eunuque, accompagné de ses aides, se mit en quête du chauffeur qu'il débusqua en queue de convoi. Il était occupé à sangler son âne et prêt à prendre la fuite. Il pleurait à chaudes larmes tant il craignait pour sa vie, torturé par la perte de son ami.

— Pourquoi, se lamentait-il, n'a-t-il pas suivi les conseils que je lui donnais pour son bien ? Que va-t-il lui arriver ?

Il en était à ses sinistres pensées quand, pâle d'effroi, il vit l'eunuque flanqué de ses sbires.

Et l'aube chassant la nuit, Shahrâzâd dut interrompre son récit.

Lorsque ce fut la soixante-seizième nuit, elle dit :

On raconte encore, Sire, ô roi bienheureux, que le chauffeur, se voyant entouré de l'eunuque et de ses hommes, se mit à trembler de tous ses membres et s'écria à haute voix :

— Je m'en doutais ! Daw' al-Makân a vite fait d'oublier ce que j'ai fait pour lui et m'a dénoncé comme complice !

— Espèce de fieffé menteur ! tonna l'eunuque. Qui donc prétendait ne rien savoir du chanteur de la nuit, alors qu'il s'agissait de ton propre compagnon ? Je ne te lâcherai pas d'une semelle d'ici Bagdad et tu subiras le même sort que lui !

— Voilà bien ce que je redoutais

Il se remémora ce vers :

> *Et voici venu ce que je voulais fuir !*
> *Nous sommes à Dieu et à Lui reviendrons.*

— Faites-le descendre de son âne, tempêta l'eunuque, donnez-lui un cheval et ne le perdez pas de vue. Vous répondrez de vos vies pour le moindre de ses cheveux. Traitez-le correctement et abstenez-vous de le brimer, ajouta-t-il à voix basse.

Le malheureux crut sa dernière heure venue et s'adressa en larmoyant à son tourmenteur :

— Seigneur, ce jeune homme ne m'est rien, ni frère, ni proche parent. Je ne suis qu'un humble employé qui alimente une chaudière de hammam. Pour mon malheur, je l'ai trouvé un matin, jeté sans connaissance et malade sur un dépôt de détritus attenant à mon établissement.

L'eunuque, qui chevauchait près de lui, s'amusait à ses dépens et, loin de lui révéler la réalité, le confirmait dans ses craintes.

— Croyez-vous donc, toi et ton jeune ami, lui répétait-il, importuner impunément ma maîtresse par vos rimailleries?

À l'heure des repas, ils mangeaient ensemble et se partageaient le cruchon de sirop que le grand eunuque se faisait servir par ses garçons. Cela n'atténuait cependant en rien les alarmes du malheureux qui continuait à maudire son sort et à pleurer la disparition du compagnon dont il avait partagé la solitude.

Le chambellan, quant à lui, donnait son temps au service de la litière des jumeaux, tout absorbés par l'évocation de leurs souffrances passées, et à la surveillance discrète du chauffeur. À trois jours de Bagdad, après une nuit de repos et alors que le convoi s'apprêtait à charger les bêtes et à reprendre la route avec l'aurore, un épais nuage de poussière assombrit l'horizon au point qu'on eût dit que la nuit retombait. Le chambellan ordonna de surseoir à la levée du camp et, à la tête de sa garde circassienne, se porta en reconnaissance. Il constata, étonné, que c'était une troupe déployée en bataille, aussi redoutable que les flots mugissants d'une mer démontée. Pavillons et étendards claquaient au vent, les tambours battaient la charge et les cavaliers caracolaient à l'envi. Venue au contact, la petite troupe du chambellan fut cernée et tenue en respect par un détachement d'avant-garde de cinq cents hommes, cinq fois donc supérieur en nombre. Indigné, le chambellan demanda de quoi il s'agissait et de quel droit on lui infligeait pareil traitement. On lui donna l'ordre de décliner son identité et d'exposer les causes de son déplacement. Il expliqua qu'il était le chambellan du prince feudataire de Damas, Sharr Kân, fils du roi an-Nu'mân, souverain de Bagdad et du Khurâsân auquel il était chargé de remettre le produit de l'impôt foncier collecté dans la province syrienne ainsi que différents présents. Les guerriers de

Bagdad baissèrent alors leurs voiles de visage, et annoncèrent en larmes que 'Umar an-Nu'mân était mort et mort empoisonné! Ils le prièrent de les accompagner chez Dandân, le grand vizir du défunt monarque.

Pleurant avec ses hommes, pestant contre ce voyage qui se présentait sous de si mauvais auspices, le chambellan se laissa conduire jusqu'au camp que le grand vizir avait ordonné de dresser pour une halte. Sous sa tente, assis sur son divan de commandement, Dandân reçut le chambellan qu'on venait de lui annoncer, l'autorisa à prendre place devant lui et l'interrogea sur les raisons de sa présence. Il l'informa qu'il était le chambellan de l'émir de Damas, chargé par son maître de convoyer l'impôt foncier de la province et autres cadeaux destinés à 'Umar an-Nu'mân.

À l'évocation du nom de son souverain, Dandân laissa libre cours à ses larmes et raconta:

— Notre roi a été effectivement empoisonné. Aussitôt le décès constaté, de grandes divergences se sont fait jour au sujet du successeur à lui donner qui eussent abouti à un bain de sang sans l'entremise des grands du royaume, des représentants des familles nobles et celle des quatre cadis sunnites. Après bien des négociations, il fut convenu à l'unanimité de se ranger à l'arbitrage des hommes de religion. Ils décidèrent d'envoyer à Damas une délégation chargée d'en ramener Sharr Kân qui serait proclamé sultan. Cependant, un autre parti en tenait pour le second fils d'an-Nu'mân, Ḍaw' al-Makân, disparu sans laisser de trace depuis cinq ans, lors d'un pèlerinage aux lieux saints du Hedjaz, qu'il avait tenu à faire en compagnie de sa sœur jumelle Nuzhat az-Zamân.

Définitivement persuadé de la véracité de l'histoire que lui avait narrée sa femme, le chambellan, s'il manifesta un chagrin sincère pour la disparition du souverain, n'en fut pas moins ravi parce que son jeune beau-frère allait être le premier à faire son entrée dans la capitale et pourrait succéder ainsi à son père.

Et l'aube chassant la nuit, Shahrâzâd dut interrompre son récit.

Lorsque ce fut la soixante-dix-septième nuit, elle dit :

On raconte encore, Sire, ô roi bienheureux, que le chambellan, après avoir entendu le grand vizir faire le point de la situation créée par l'assassinat d'an-Nu'mân, fut enchanté en son for intérieur de la tournure des événements. Il exprima cependant son affliction et s'écria :

— Quelle merveilleuse coïncidence de nous avoir rencontrés ! Cela vous évitera bien des tracas car vous avez une solution rêvée à vos problèmes, la plus simple qui soit. Sache, en effet, grand vizir, que Dieu vous a rendu Ḍaw' al-Makân et sa sœur Nuzha devenue mon épouse. Ainsi donc tout va pour le mieux.

Le grand vizir, heureux d'apprendre cette nouvelle, se fit raconter l'histoire des deux jumeaux et envoya sur-le-champ un messager en informer les princes, les ministres et les dignitaires du royaume. Ces derniers, satisfaits par cette issue, se rendirent auprès du chambellan, baisèrent le sol à ses pieds et se mirent, ainsi que Dandân, à sa disposition.

Le jour même, un grand conseil fut convoqué qui réunit les émirs et les grands responsables placés selon l'ordre de préséance. Le chambellan et le grand vizir présidaient, assis sur le divan d'honneur. Des sirops à l'eau de rose circulèrent et les délibérations purent commencer. Entre-temps, ordre fut donné à l'armée de se mettre en route, gonfanons déployés, et de faire mouvement à petite allure pour permettre aux chefs de rejoindre à l'issue du conseil. La séance terminée, le

chambellan estima, avec l'accord de Dandân, qu'il
serait opportun de partir en avant afin d'informer
Ḍaw' al-Makân qu'il avait été préféré à son aîné pour
l'accession au trône, et de préparer de façon convenable l'audience qu'il devait accorder à ceux qui l'avaient
porté au pouvoir.

Le chambellan se leva pour partir. Le grand vizir en
fit autant par déférence et lui offrit différents présents
qu'il l'adjura d'accepter. Les dignitaires titulaires de
charges lui présentèrent aussi leurs offrandes en le
priant d'intercéder auprès du nouveau souverain en
vue de leur maintien en place. Dans le même temps,
des valets de pied furent dépêchés vers Bagdad avec
ordre de monter un camp à un jour de marche de la
ville. Le chambellan, au comble de la joie, se mit en
selle afin de regagner son convoi.

— Béni soit ce voyage ! se disait-il en pensant à la
puissance détenue désormais par son épouse et son
beau-frère.

Arrivé à son camp, il fit halte avec les hommes de sa
garde à distance convenable. Ayant reçu l'autorisation
de s'avancer, il fut introduit auprès de Nuzha. Il
l'informa ainsi que son frère du décès d'an-Nu'mân et
de la décision prise par les grands du royaume de
nommer roi Ḍaw' al-Makân en remplacement du
défunt monarque. Atterrés et en larmes, les deux
jeunes gens lui demandèrent dans quelles conditions
avait été emporté leur père.

— Seul le grand vizir est au courant et il sera ici
demain à la tête de l'armée. Pour l'instant, Majesté, il
s'agit, à mon sens, d'accepter une décision prise à
l'unanimité. En cas de refus, un autre monterait sur le
trône qui pourrait prendre ombrage de ton existence et
chercher à t'ôter la vie. À moins qu'affaiblis l'un et
l'autre par vos dissensions, vous en veniez à être
évincés tous deux par un troisième prétendant.

Après avoir réfléchi un moment, tête baissée, et convaincu qu'il n'y avait pas lieu de refuser une offre pareille et que le chambellan parlait d'or, le prince se résolut à suivre son conseil.

— Mais, oncle, ajouta-t-il, qu'en sera-t-il de mon frère Sharr Kân ?

— Pour peu que tu fasses preuve d'énergie et de détermination, il se contentera de Damas et te laissera Bagdad.

Ayant ainsi emporté l'adhésion de son beau-frère, le chambellan lui remit la tenue royale que lui avait confiée le grand vizir ainsi que le sabre droit, insigne du pouvoir. Puis il ordonna aux valets de choisir un tertre pour y dresser un pavillon royal aux vastes proportions qui servirait de salle d'audience. Cuisiniers et préposés à l'alimentation en eau furent mobilisés et s'activèrent, les uns à la préparation des mets les plus raffinés, les autres à la construction de bassins de retenue.

Sur ces entrefaites, on vit s'avancer à l'horizon un véritable mur de poussière soulevé par une armée en déplacement aussi imposante qu'une mer grosse de houle.

Et l'aube chassant la nuit, Shahrâzâd dut interrompre son récit.

Lorsque ce fut la soixante-dix-huitième nuit, elle dit :

On raconte encore, Sire, ô roi bienheureux, qu'à peine terminés les préparatifs d'installation d'une tente digne du nouveau roi, on vit s'élever, au loin, une poussière qui obscurcissait la lumière du jour. Une fois dissipée, elle laissa apparaître le grand vizir à la tête de l'armée de Bagdad et du Khurâsân qui se laissait aller à la joie de l'avènement du jeune monarque. Pour la circonstance, Ḍaw' al-Makân avait revêtu les attributs royaux et ceint le sabre de commandement. Un cheval lui fut avancé qu'il enfourcha. Entouré de sa garde, suivi des membres du convoi qui lui faisaient cortège, il gagna le pavillon et y prit place, son sabre bien en vue, posé à plat sur ses jambes croisées. Le chambellan, maître attentif des cérémonies, se tenait à ses ordres. Les Circassiens, cimeterres dégainés, formaient une haie d'honneur sous le dais d'entrée. Les chefs de l'armée, réguliers et supplétifs, demandèrent à être reçus. Ils se mirent en rang et, dix par dix, furent introduits par le chambellan. Ils étaient impressionnés par l'autorité naturelle du roi qui les accueillit de la plus courtoise des manières et les assura de sa sollicitude. Ils le félicitèrent de sa bonne fortune, appelèrent sur sa tête les bénédictions divines et lui jurèrent foi, fidélité et obéissance. Dandân, le dernier à être reçu, se prosterna devant son souverain qui s'empressa de le relever en lui disant :

— Bienvenue à toi, grand vizir, qui m'es dorénavant un second père. Tu as toujours agi en conseiller avisé, sous l'égide du Maître de l'agencement des choses, l'infiniment Bon, le Puissant, l'Informé.

Entre-temps, le chambellan avait organisé un banquet au bénéfice de la troupe qui festoya à satiété.

— J'ai besoin de te voir en tête à tête, dit Ḍaw' al-Makân à Dandân. Je veux des explications sur la fin de mon père. Donne quartier libre à tes hommes pour dix jours.

— Cela s'impose en effet.

Dandân alla donner ses ordres et interdit aux services de permanence de déranger le roi sous aucun prétexte trois jours durant. Le bivouac ne tarda pas à retentir de vivats et d'invocations pour la pérennité de la gloire du prince. Au soir de cette journée, Ḍaw' al-Makân rejoignit sa sœur et lui demanda si elle avait une idée des circonstances qui avaient entouré la mort de leur père. Comme elle lui répondait que non, il convoqua Dandân et s'installa avec lui derrière un rideau en soie déroulé pour isoler la princesse.

— Il faut savoir, Majesté, commença Dandân, que le roi ton père, quand il revint de sa partie de chasse et apprit votre départ pour La Mekke, fut fort courroucé et chagrin. Six mois entiers, le cœur gros, il remua ciel et terre pour vous retrouver, interrogeant, mais en vain, quiconque se présentait dans la capitale. Une année après votre disparition, alors que nous étions quelques-uns à l'entourer, on lui annonça l'arrivée en ville d'une vieille femme marquée des signes d'une intense dévotion. Elle était accompagnée, lui dit-on encore, de cinq jeunes filles nubiles, admirablement faites, belles à faire pâlir l'éclat de la lune en sa plénitude et à décourager la moindre tentative de description. Elles savaient le Coran par cœur, maîtrisaient l'art sapiential, et les chroniques des peuples anciens n'avaient pas de secret pour elles.

La vieille femme avait demandé à être reçue. Elle fut introduite et se prosterna devant le roi auprès duquel j'étais assis. Impressionné par l'aura de piété qui l'entourait et son détachement manifeste des biens de ce monde, le souverain la pria de s'approcher et de prendre place.

— Sache, Sire, lui dit-elle une fois assise, que j'ai avec moi cinq jeunes filles dont jamais roi ne posséda de semblables. Leur intelligence ne le cède en rien à leur incomparable beauté ni à la perfection de leurs charmes. Elles savent le Coran dans ses différentes leçons, sont versées dans plusieurs sciences et n'ignorent rien des annales des nations disparues. Elles sont avec moi, grand roi de ce temps, prêtes à te servir. Juge par toi-même. *C'est en acte*, dit le proverbe, *que l'homme donne sa pleine mesure ou révèle ses insuffisances.*

Le défunt roi se fit présenter les jeunes filles dont la vue l'emplit d'aise.

— Que chacune me montre un échantillon de son savoir et me conte quelques anecdotes relatives aux hommes célèbres des siècles écoulés.

Et l'aube chassant la nuit, Shahrâzâd dut interrompre son récit.

Lorsque ce fut la soixante-dix-neuvième nuit, elle dit :

On raconte encore, Sire, ô roi bienheureux, qu'an-Nu'mân se fit présenter les jeunes filles dont la vue l'emplit d'aise et demanda que chacune montre un échantillon de son savoir. L'une d'entre elles s'avança, baisa le sol devant le souverain et dit :

— Sache, seigneur, que l'homme de qualité se doit d'éviter la curiosité déplacée, de pratiquer les vertus, de se plier aux obligations cultuelles et de se garder des péchés capitaux. C'est à ce prix qu'il n'ira pas à la perdition. La culture de l'esprit procède de la pureté des mœurs. Apprends encore que si la préoccupation essentielle de l'homme sur terre est d'assurer sa subsistance, l'obligation majeure ici-bas n'en reste pas moins le culte de Dieu. Traiter son prochain avec équanimité est une règle d'or dont il ne faut pas se départir. Les puissants de ce monde sont dans l'impérieuse nécessité d'une gestion réfléchie des affaires royales, plus que le commun des mortels qui se laisse lui aller au gré de ses pulsions sans souci des conséquences. Sache aussi qu'il importe de tout sacrifier dans la voie de Dieu, la fortune comme la vie.

On peut toujours disputer avec un adversaire et le réduire à quia grâce à une argumentation judicieuse, mais pas avec un ami. Avec ce dernier, les relations ne sauraient être régies par autre chose que par la rectitude morale. Choisis-le donc après avoir mesuré l'aune de son amitié.

S'il est attiré par les béatitudes de l'au-delà, l'homme devra se montrer rigoureux en ce qui concerne l'observance des prescriptions religieuses dans ce qu'elles ont de formel; il s'efforcera toutefois, dans la mesure du possible, d'en saisir aussi l'esprit.

Si par contre il se sentait plus près du siècle, qu'il soit homme d'honneur, franc, sincère et non pas stupide et méchant. L'imbécile, en effet, mérite d'être renié par ses proches parents et le fourbe ne peut se targuer d'amitié. Ce mot, par définition, exprime un élan jailli droit du cœur. En quoi s'appliquerait-il à un menteur dont la parole ne l'engagerait pas? Quoi qu'il en soit, la soumission à la loi divine est le meilleur des critères. Aime quiconque s'y soumet et ne t'en sépare pas, lors même que tu lui trouverais des défauts. Ce n'est pas une femme à répudier et à reprendre à sa guise. Il a un cœur fragile qui, à l'exemple du verre, ne peut se réparer s'il se brise. Le poète a dit excellemment :

> *Ne fais jamais souffrir un cœur. Blessé,*
> *il se refuse à tout nouvel amour*
> *Et déçu dans son rêve, il sera pour toujours*
> *un cristal à jamais brisé.*

Puis, le doigt tendu dans notre direction, elle poursuivit :

— Les sages affirment que les meilleurs des amis sont les plus rudes conseillers; que seuls sont appréciables les actes qui valent récompense dans l'au-delà et que l'éloge le plus mérité vient spontanément à la bouche.

Autre chose encore. Personne ne doit se dispenser de

remercier le Créateur surtout quand Il accorde santé et intelligence. Parmi d'autres aphorismes, je cite encore pêle-mêle : *Respect de soi bride les appétits* ⋆ *À grandir les petits ennuis, on s'attire les pires épreuves* ⋆ *Qui est esclave de ses passions fait litière du droit des gens* ⋆ *Qui prête oreille au médisant perdra ses amis chaque an* ⋆ *Qui est digne de confiance est digne d'amitié* ⋆ *Tout chicaneur est un pécheur* ⋆ *Qui ne répugne à l'injustice s'expose à la mort violente.*

J'en viens, maintenant, Majesté, aux devoirs de la charge de cadi.

Il ne saurait y avoir de jugement équitable sans arguments dûment étayés. Les plaideurs doivent être égaux aux yeux du juge de sorte que les hommes de haut rang ne soient pas tentés d'user de leur influence, ni les humbles amenés à désespérer de la justice. La charge de la preuve incombe au demandeur et le serment au défendeur. Le règlement à l'amiable est autorisé entre musulmans, dès lors qu'il ne contrevient pas aux lois établies et ne consacre pas l'illicite au détriment de ce qui est permis. En cas de doute, il convient de surseoir à la décision pour étudier l'affaire à tête reposée et la soumettre à l'examen de l'intelligence et de la raison. À cette condition, le droit, institution d'ordre divin, sera préservé car mieux vaut revenir sur un arrêt contestable que de s'entêter dans l'erreur.

Le cadi doit, en outre, connaître la jurisprudence et être rompu à l'étude des requêtes introductives d'instance. Son impartialité à l'égard des parties en présence sera totale et la quête de la vérité guidera seule sa démarche, étant bien entendu qu'en dernier ressort, il lui faudra s'en remettre à l'Omnipotent. Au plaignant de prouver ses allégations s'il veut obtenir gain de cause, sinon le serment sera exigé de son adversaire. C'est là prescription d'ordre divin.

Le cadi doit recourir au témoignage de musulmans à l'honorabilité reconnue. Il n'est tenu, en effet, de trancher qu'en fonction des éléments tangibles dont il dispose. Dieu seul — qu'Il soit exalté — est à même de savoir ce qui est enfoui au tréfonds des consciences. Le cadi devra, enfin, se dispenser de siéger lorsqu'il est tenaillé par la faim ou en proie à la souffrance. Dans une fonction aussi difficile qui consiste à départager des hommes, c'est la face de Dieu — exalté soit-Il — qu'il aura constamment présente à l'esprit. Fort de la pureté de ses intentions et de la tranquillité de sa conscience, il se sentira en paix, sinon avec ses semblables, du moins avec son Créateur.

Az-Zuhrî énumérait trois défauts rédhibitoires incompatibles avec l'exercice de la fonction de cadi : la flagornerie surtout quand elle s'adresse à des gens méprisables, l'amour immodéré des honneurs et la hantise de la disgrâce.

Comme 'Umar b. 'Abd al-'Azîz avait destitué un cadi, ce dernier lui en demanda la raison :

— Tu te vantes, m'a-t-on raconté, plus que tu ne vaux.

On raconte qu'Alexandre le Grand disait au magistrat attaché à son service :

— Je t'ai confié un ministère dans l'exercice duquel tu es le garant de ma personne, de mon honneur et de mon rang. Montre-toi digne de cette charge.

De la même façon, il recommandait à son cuisinier :

— Tu as plein pouvoir sur mon corps, ménage-le comme tu le ferais du tien.

Il confiait à son secrétaire ·

— Tu es le dépositaire de mes pensées, sois-leur fidèle dans tout ce que tu écriras en mon nom.

Après ce discours la jeune fille se mit en retrait pour céder la place à une autre de ses compagnes.

Et l'aube chassant la nuit, Shahrâzâd dut interrompre son récit.

Lorsque ce fut la quatre-vingtième nuit, elle dit :

On raconte encore, Sire, ô roi bienheureux, que la deuxième jeune fille, continua Dandân, s'avança, baisa le sol par sept fois, et prit la parole à son tour.

Luqmân le sage disait à son fils :

— Trois qualités se révèlent en trois circonstances : la maîtrise de soi dans la colère ; le courage au combat et la fidélité en amitié dans le besoin.

On a dit aussi que l'homme injuste, même encensé, paie inéluctablement le prix de son iniquité, et que l'opprimé, si humilié fût-il, tôt ou tard trouvera la voie du salut.

Dieu — exalté soit Son nom — enseigne : *N'escomptez pas que ceux qui se réjouissent de leurs œuvres et qui veulent être loués de ce qu'ils n'ont point fait, n'escomptez pas qu'ils soient à l'abri du châtiment ! Leur châtiment sera cruel* (Coran III/185).

Le Prophète — prières et salut sur lui — affirmait :

— Les actes ne valent que par l'intention qui les inspire. C'est pour elle seule que chaque individu sera jugé.

Il disait aussi :

— Chaque corps contient un organe qui peut être maléfique ou bénéfique et qui corrompra le corps entier ou le tonifiera. Et cet organe c'est le cœur.

Sache, ô roi, que la chose la plus singulière chez l'homme est le cœur, guide de son comportement. Vient-il à être habité par le lucre et voilà celui dans la poitrine de qui il bat dévoré de cupidité. Enclin à l'affliction, il engendre les regrets.

Un tempérament irascible est source de graves

déboires, cependant qu'une humeur débonnaire met à l'abri du ressentiment. La peur génère l'inquiétude lorsqu'elle s'empare de l'homme, alors le moindre coup du sort l'affole.

Celui qui amasse quelque bien en oublie parfois son Seigneur. S'il est plongé dans la misère, il devient la proie des soucis ; rongé par l'angoisse, il n'a plus la force d'entreprendre. Dans tous les cas, constamment en quête de sa subsistance, il faut qu'il prie Dieu et assure sa demeure dernière. Là est son intérêt.

On demanda un jour à un sage qui était à ses yeux le pire des hommes.

— Celui qui laisse ses appétits le gagner sur sa dignité et donne libre cours à une ambition démesurée ne pourra *présenter d'excuses à son Seigneur* (Coran LXXV/15) quelle que soit l'étendue de son savoir.

Excellent a été Qays quand il a composé ces vers :

Je suis plus riche que ces faux dévots
  qui accusent leurs prochains de s'égarer
  alors qu'ils sont hors du droit chemin.
La fortune et les apparences ne sont que trompe-l'œil,
  l'homme vaut par ce qu'il est au profond de son cœur.
On n'atteint pas le but par des voies détournées,
  c'est la grand-porte qu'il faut emprunter.

En ce qui concerne le détachement des biens de ce monde, enchaîna la jeune fille, Hishâm b. Bishr rapporte que 'Amr b. 'Ubayd lui confia à ce sujet :

— L'envoyé de Dieu en personne — prières et salut sur lui — en a donné une excellente définition : « L'ascète est celui qui ne cesse de penser que chaque jour accroît sa décrépitude et le conduit au tombeau. Il préfère l'éternité à l'éphémère, s'apprête à disparaître dès le lendemain et, de son vivant, se compte déjà au nombre des morts. »

Abû Dharr a dit, approuvé par une partie de l'assistance, qu'il aimait mieux vivre pauvre et malade que riche et ingambe.

Quant à moi, poursuivit la jeune fille, j'affirme que celui qui s'en remet au bon choix de Dieu s'en félicitera à coup sûr.

Un traditionniste digne de confiance a rapporté qu'Ibn Abî Awfâ, alors qu'il dirigeait la prière de l'aube, avait choisi de réciter la sourate de *Celui qui est revêtu d'un manteau* (Coran LXXIV). Arrivé au verset huit *lorsqu'il sera soufflé dans la trompette*, il tomba raide mort.

On raconte encore que Thâbit al-Banânî pleurait tant qu'on craignit pour sa vue. Un médecin fut mandé à son chevet. Il consentit à le soigner à condition qu'il se conformât à ses prescriptions et cessât, tout d'abord, de pleurer.

— Et de quoi me serviraient mes yeux, s'écria-t-il, sinon à verser des larmes sur notre condition ici-bas ?

Un homme demanda à Muḥammad b. 'Abd Allâh de le faire bénéficier de quelques-uns de ses conseils.

Et l'aube chassant la nuit, Shahrâzâd dut interrompre son récit.

Lorsque ce fut la quatre-vingt-unième nuit, elle dit :

On raconte encore, Sire, ô roi bienheureux, que le grand vizir, tout à son récit, poursuivit :

À l'homme qui lui demandait conseil, Muḥammad b. 'Abd Allâh répondit :

— Sois dans la vie ici-bas un seigneur dédaigneux de ce qu'il possède, et, dans l'au-delà, un esclave avide de jouir des félicités.

— Qu'est-ce à dire ?

— Tu gagneras ainsi sur les deux tableaux, dans ce monde et l'autre.

Ghawt b. 'Abd Allâh racontait que deux Hébreux qui étaient frères allaient devisant :

— Qu'as-tu fait de plus répréhensible au cours de ton existence ? interrogea l'un d'eux.

— J'ai volé un poulet, mais me suis ravisé et l'ai vite rejeté dans le poulailler. Et toi ?

— Rien de particulier. Mais je vis dans la hantise de n'avoir pas l'esprit tout occupé à mes prières.

Leur père les avait entendus. « Mon Dieu, pensa-t-il, s'ils sont aussi vertueux, rappelle-les aussitôt à Toi avant qu'ils ne pèchent. » C'était vraiment, souligna un sage, les plus vertueux des fils.

Sa'îd b. Jubayr se plaisait à rapporter :

— J'étais en compagnie de Fuḍâla b. 'Ubayd et le priai de me donner quelques-uns de ses conseils. Il me répondit :

— N'associe personne à Dieu et évite de porter préjudice à Ses créatures.

Puis il récita ces vers :

Agis comme tu l'entends car Dieu est magnanime,
et bannis toute vaine inquiétude : rien ici-bas n'a
d'importance.
Ne t'interdis que deux choses :
associer un dieu à Dieu et nuire à ton prochain.

Un autre poète a écrit :

Si tu meurs démuni de toute piété
et rencontres une âme riche de sa foi,
Tu regretteras de ne t'être comme elle
préparé comme elle se prépara.

Une troisième jeune fille prit le relais :

— Ce chapitre de l'ascèse est par trop vaste pour être traité dans son entier. Aussi me contenterai-je de citer au passage certains des saints hommes de la première génération de l'islam.

Un initié disait :

— Je me réjouis de la mort, car je suis assuré d'y trouver le repos. Elle ne me gêne que dans la mesure où elle abrège le temps à consacrer ici-bas aux œuvres pies. J'espère accumuler le plus de ces dernières durant ce qui me reste à vivre, tout en évitant de commettre de mauvaises actions.

'Aṭâ as-Salamî, après chacun de ses prêches, entrait en transes et sanglotait abondamment. Comme on lui demandait pourquoi, il répondait :

— Je songe au jour terrible où je serai en face de mon Seigneur, exalté soit-Il. C'est seulement alors que je saurai si j'ai agi en conformité avec ce que je prônais.

Il en était de même de 'Alî Zayn al-Âbidîn b. al-Ḥusayn, petit-fils du calife 'Alî, qui tremblait de tous ses membres chaque fois qu'il faisait ses prières. Aux questions qu'on lui posait à ce propos, il s'exclamait :

— Ne savez-vous pas à Qui je m'adresse en priant ?

Sufyân ath-Thawrî avait pour compagnon un aveugle qui présidait en silence aux prières du mois de Ramadan, et les faisait durer longtemps. Ce même Sufyân disait qu'au jour de la Résurrection, les adeptes du Coran seraient distingués des autres grâce à leurs vertus supérieures. Il ajoutait encore :

— Si l'âme, dans sa spiritualité et le cœur, dans sa réalité charnelle, ne formaient qu'un, c'est dans un élan de joie sublime que l'homme chercherait à gagner le paradis pour fuir les terrifiantes perspectives du feu de l'enfer.

La vue d'un impie, affirmait-il, est à elle seule un péché.

Une quatrième jeune fille s'avança et prit la place de la précédente.

— Je vais, annonça-t-elle, vous raconter les anecdotes qui me viennent à l'esprit concernant des hommes de bien :

Bishr al-Ḥâfî rapportait qu'il avait entendu Khâlid dire :

— Prenez garde aux formes insidieuses de l'idolâtrie.

— Par exemple ? lui demanda-t-on.

— D'effectuer par ostentation les génuflexions et les prosternations de la prière rituelle avec une excessive lenteur au risque de se trouver en état de souillure mineure.

Un mystique déjà avancé dans la voie spirituelle, affirmait que les bonnes œuvres suffisaient à racheter les mauvaises actions sans expiation légale.

Un autre racontait qu'il avait demandé au même Bishr de lui dévoiler quelques-uns des mystères de l'ésotérisme.

— Mon enfant, rétorqua-t-il, c'est là une matière qu'il ne convient pas d'enseigner à tort et à travers. Elle n'est accessible qu'à une infime minorité d'élus, le dixième des hommes à peine, un peu à la façon dont est calculée la *zakât*.

Ibrâhîm b. Adham apprécia fort cette réponse. Lui-même rapportait :

— J'étais en compagnie de Bishr al-Ḥâfî et nous attendions l'appel du muezzin pour nous acquitter de l'une des prières canoniques, quand un homme, vêtu de loques, entreprit de haranguer l'assistance :

— Prenez garde à la vérité trop crue quand elle risque de nuire. Il n'y a pas de mal à recourir au mensonge quand il peut être bénéfique. Il n'y a pas de libre arbitre possible quand l'univers entier est régi

par un déterminisme absolu. Sans intérêt est la parole
au stade de l'anéantissement en Dieu, celui de la
sérénité suprême, car le silence sied à l'état d'extase
mystique.

Il racontait aussi qu'il avait vu tomber de la poche
de Bishr une piécette d'un *dâniq*. Il la ramassa et offrit
à la place un dirham entier que Bishr refusa.

— Mais, fit remarquer Ibrâhîm, cet argent a été
honnêtement gagné !

— Quand bien même ! Il n'est pas question de
compromettre mes chances d'accéder aux béatitudes
célestes pour un quelconque profit matériel.

La sœur de Bishr se rendit un jour chez Aḥmad b.
Ḥanbal.

Et l'aube chassant la nuit, Shahrâzâd dut interrompre son récit.

Lorsque ce fut la quatre-vingt-deuxième nuit, elle
dit :

On raconte encore, Sire, ô roi bienheureux, qu'une
fois devant Aḥmad b. Ḥanbal, la sœur de Bishr al-Ḥâfî
demanda :

— Imam de la foi, nous sommes des femmes qui
vivons de nos quenouilles. Le jour, nous écoulons notre
production en vue de subvenir à nos besoins, et, la nuit,
nous filons la laine sur la terrasse à la lueur des
flambeaux qui passent dans la rue, pour les besoins des
édiles de la ville. Est-ce chose permise ou non ?

— Qui es-tu ?

— La sœur de Bishr al-Ḥâfî.

— Famille de Bishr ! Je reconnais bien là la scrupu-
leuse intégrité qui vous anime !

Un autre initié disait :

— Lorsque Dieu veut du bien à Ses créatures, Il leur
ouvre largement la voie des pratiques pieuses.

Mâlik b. Dînâr, quand il déambulait dans le bazar et

voyait exposées des marchandises qui lui faisaient envie, admonestait ainsi son âme, siège des pulsions charnelles :

— Contiens-toi ! Je ne céderai pas à tes sollicitations.

Il aimait à répéter — que Dieu l'agrée — :

— Le salut consiste à résister à ses instincts. Malheur à celui qui y cède !

Manṣûr b. 'Ammâr rapportait :

— Une année que j'allais accomplir le pèlerinage, je choisis d'emprunter le chemin de Koufa. J'entendis une voix s'élever dans les ténèbres de la nuit : « Mon Dieu, suppliait-elle, j'en appelle à Ta Majesté et à Ta gloire ; en péchant, je ne cherchais pas à te désobéir. Je me reconnais pleinement en Toi. Mais Tu avais décrété ma faute de toute éternité. Pardonne ce que j'ai pu commettre de mal dans mon ignorance. *Ô vous qui croyez, préservez vos personnes et vos familles d'un feu dont les hommes et les pierres seront l'aliment* (Coran LXXI/6). »

Aussitôt après cette citation, je perçus le bruit sourd d'une chute. Le lendemain, nous reprîmes notre route et vîmes passer un enterrement que suivait, seule, une vieille femme aux forces déclinantes.

— De qui s'agit-il ? demandai-je.

— Je n'en sais rien, sinon qu'hier, alors que mon fils faisait sa prière, un homme passa qui, l'entendant réciter un verset du Coran, tomba raide mort d'émotion.

La cinquième des jeunes filles se présenta alors.

— J'évoquerai moi aussi, annonça-t-elle, le souvenir de quelques anciens hommes pieux.

Maslama b. Dînâr avait coutume de dire :

— C'est dans l'amendement des consciences que réside la rémission des fautes graves ou vénielles. Si l'homme est fermement résolu en intention à ne pas pécher, Dieu lui accordera sa mansuétude. Toute faveur ici-bas qui ne contribue pas à rapprocher du Seigneur, est en réalité perdition. Jouir si peu que ce soit des joies terrestres compromet l'accès à la plus grande part des félicités célestes, et celles-ci font oublier celles-là qui sont, en réalité, peu de chose.

Abû Ḥâzim fut interrogé sur le point de savoir qui était le plus serein des hommes.

— Celui qui a voué sa vie au service de Dieu.

— Et le plus insensé ?

— Celui qui compromet son éternité pour un provisoire qui ne lui appartient pas.

On raconte que Moïse — sur lui le salut — lorsqu'il parvint à l'aiguade de Madyan, s'écria : *Seigneur ! Du bien que Tu me fais depuis Tes cieux, j'ai besoin* (Coran XXVIII/24). Dans son dénuement, c'est à son Créateur qu'il s'est adressé, non à ses semblables. Puis il fit boire le troupeau des deux jeunes filles qui n'osaient pas le faire au milieu des bergers. De retour à leur campement, elles racontèrent à leur père Shu'ayb l'obligeance du jeune étranger.

— Il a peut-être faim, fit remarquer le vieillard.

Il pria l'une des deux sœurs d'aller l'inviter à manger. Elle s'en fut le trouver et, la figure voilée, lui dit :

— Mon père t'invite pour te récompenser d'avoir abreuvé notre troupeau.

Après avoir un peu hésité, Moïse suivit la jeune fille. Or, elle avait de larges hanches, drapées dans un vêtement que le vent parfois soulevait. Gêné, les yeux baissés, il la pria de se placer derrière lui et c'est dans cet ordre qu'ils arrivèrent chez Shu'ayb qui avait fait préparer le repas.

Et l'aube chassant la nuit, Shahrâzâd dut interrompre son récit.

Lorsque ce fut la quatre-vingt-troisième nuit, elle dit :

On raconte encore, Sire, ô roi bienheureux, que le grand vizir poursuivit son récit et continua à rapporter les propos de la cinquième des jeunes filles.

Quand Moïse arriva chez Shu'ayb, la table était servie ; le patriarche lui dit :

— Je veux te récompenser du service rendu à mes filles.

— J'appartiens à une maison qui ne monnaie pas ce qu'elle accomplit en vue d'accéder à la vie future, pas même contre tout l'or et l'argent du monde.

— Certes, jeune homme, mais tu es chez moi et il est aussi dans nos traditions, mes frères et moi, d'honorer l'hôte et de le bien traiter.

Ils mangèrent donc et convinrent que Shu'ayb loue-rait les bras de Moïse pour huit ans, sans autre salaire que la main de l'une de ses filles, Saphora, qu'il lui donnait en mariage, avec comme dot le travail qu'il s'engageait à fournir pendant l'année du contrat. C'est ce que dit Dieu le Très Haut : *Le vieillard dit : je vais plutôt te marier à l'une de mes filles que voici, à charge que tu te loues à moi durant huit années. Si tu veux aller jusqu'à dix, qu'il en soit selon ta volonté. Je ne veux pas peser sur toi et tu me trouveras, s'il plaît à Dieu, toujours intègre* (Coran XXVIII/27).

On raconte encore qu'un homme venait de retrouver un ami perdu de vue depuis longtemps. Comme il lui disait combien il lui avait manqué, il s'entendit répondre :

— Je t'ai délaissé pour Ibn Shihâb. Le connais-tu ?

— Oui, c'est un voisin de trente ans. Mais je ne lui ai jamais adressé la parole.

— En le négligeant, tu as oublié ton Seigneur car l'amour du prochain est amour de Dieu. Ignores-tu que

le voisinage crée des droits identiques à ceux de la
parenté, comme il est indiqué dans le Coran à la
sourate *Les Femmes* (IV) ?

Ḥudhayfa racontait :

— Nous nous rendîmes à La Mekke avec Ibrâhîm
b. Adham. Il se trouvait que cette année-là Shaqîq al-
Balkhî y était venu en pèlerinage. Alors que nous
accomplissions le rite circumdéambulatoire du *Ṭawâf*,
Ibrâhîm lui demanda de lui parler un peu de son
peuple :

— Nous sommes gens à nous empiffrer quand l'occasion se présente et à nous serrer la ceinture en cas de
privation.

— Mais vos chiens ne font rien d'autre ! Quant à
nous, lorsque la fortune nous sourit, nous en faisons
d'abord profiter autrui et si la disette nous frappe,
nous nous bornons à louer le Seigneur.

— Bien dit, admit Shaqîq, j'ai trouvé mon maître.

Muḥammad b. 'Imrân racontait qu'un homme avait
questionné Hâtim al-Aṣamm, le sourd, sur le *tawakkul*,
la résignation confiante aux décrets de Dieu.

— Cette notion est fondée sur deux constatations
d'évidence. D'une part, nul ne me disputera le lot qui
m'est échu, par conséquent je m'en accommode. D'autre part je n'ai pas été créé, j'en suis certain, sans
volonté expresse de Dieu, dès lors, je me confonds en
louanges.

Sur ces mots, la dernière des jeunes filles céda la
place à la vieille en personne qui prit la parole après
avoir embrassé par neuf fois le sol devant ton père.

— Sire, tu viens d'entendre disserter sur les vertus
du renoncement aux biens de ce monde. Je vais, pour
ma part, évoquer le souvenir des grands précurseurs
parmi les docteurs de la Loi.

L'imam ash-Shâfi'î — que Dieu l'agrée — partageait

ses nuits en trois, un tiers consacré à l'étude, un autre au sommeil et le troisième aux exercices de piété.

L'imam Abû Ḥanîfa, quant à lui, passait en veilles la moitié de la nuit. Un jour, il croisa deux hommes et entendit l'un d'eux dire à l'autre en le désignant :

— Cet homme ne dort pas la nuit.

— À Dieu ne plaise, se dit-il, qu'on me prête des vertus que je n'ai pas.

Et depuis, c'est la nuit entière qu'il consacrait aux mortifications.

Ar-Rabî' racontait qu'ash-Shâfi'î, pendant le mois de Ramadan, récitait la totalité du Coran soixante-dix fois, uniquement à l'occasion des prières canoniques. Ce même ash-Shâfi'î répétait volontiers qu'il n'avait jamais entièrement calmé sa faim du pain d'orge qui avait constitué dix ans durant sa pitance quotidienne.

— La réplétion, affirmait-il, endurcit le cœur, nuit à la vivacité d'esprit, favorise la somnolence et empêche de s'adonner aux veillées pieuses.

On attribue à 'Abd Allâh b. Muḥammad as-Sukkarî le propos suivant :

— Nous devisions avec 'Umar b. 'Abd al-'Azîz (sic) : « Jamais je n'ai vu, me dit-il, personnage plus pieux, ni plus éloquent que Muḥammad b. Idrîs ash-Shâfi'î. »

Un jour, ajouta as-Sukkarî, que j'étais avec al-Ḥârith b. Labîb aṣ-Ṣaffâr, disciple d'al-Muzanî, d'une voix qu'il avait très belle, il se mit à réciter : *Ce sera un jour où les damnés ne parleront pas, où il ne leur sera point permis de se disculper* (Coran LXXVII/35-36). Je vis alors, poursuivit as-Sukkarî, l'imam ash-Shâfi'î pâlir, frissonner puis, au comble de l'agitation, s'écrouler sans connaissance. Revenu à lui, il s'écria : « C'est en Dieu que je cherche refuge contre l'impudence des menteurs et la désinvolture des insouciants. Ô mon Dieu, Toi devant qui tremblent les cœurs de ceux qui savent, accorde-moi en Ta généreuse bonté le pardon de mes fautes, daigne me couvrir de Ta protection et sois indulgent pour mon impuissance à honorer Ta face comme elle le mérite. »

Un homme digne de foi a rapporté qu'étant à Bagdad où se trouvait alors ash-Shâfi'î, il s'était installé sur une berge dans l'intention d'accomplir ses ablutions, quand vint à passer à sa hauteur un homme qui lui lança ·

— Garçon, fais soigneusement tes ablutions et Dieu prendra soin de toi dans ce monde-ci et dans l'autre.

Je me retournai, poursuivit l'auteur de l'anecdote, et aperçus un personnage entouré par un groupe. Bâclant mes ablutions, je me hâtai de le rejoindre.

— As-tu besoin de quelque chose ? me demanda-t-il, en se retournant vers moi.

— Oui, apprends-moi un peu de ce que tu tiens de Dieu, qu'Il soit exalté !

— Sache que la foi sincère assure le salut et qu'à veiller jalousement à l'exercice de sa religion, on se met à l'abri de la perdition. Quiconque prendra en dédain les choses de ce monde, demain en tirera satisfaction. Veux-tu en savoir davantage ?

— Certes oui.

— Montre-toi dédaigneux des biens de ce monde et avide des béatitudes de l'au-delà. Enfin, sois sincère en tout et tu seras du nombre des élus.

Je m'enquis autour de moi et appris que j'avais eu affaire à l'imam ash-Shâfi'î dont on disait qu'il aimait à faire profiter autrui de sa science, sans s'attribuer, pour autant, le moindre mérite.

Et l'aube chassant la nuit, Shahrâzâd dut interrompre son récit.

Lorsque ce fut la quatre-vingt-quatrième nuit, elle dit :

On raconte encore, Sire, ô roi bienheureux, que le grand vizir Dandân, continuant à narrer les circonstances de la mort du roi an-Nu'mân, poursuivit :

La vieille femme, après avoir rappelé que l'imam ash-Shâfi'î se plaisait à faire bénéficier les gens de son savoir sans en tirer vanité, lui prêta encore ces propos :

— Je n'ai jamais, affirmait-il, engagé de controverse avec un adversaire, sans avoir souhaité que Dieu le conduisît à la vérité et l'aidât à la proclamer à son tour. Je n'ai constamment lutté que pour elle, sans me soucier qu'elle sortît de ma bouche ou de celle de mon contradicteur. Quiconque — que Dieu l'agrée —, sera tenté de tirer vanité de ses connaissances doit songer à Celui dont il quête l'agrément et avoir constamment à l'esprit les félicités désirées et les châtiments redoutés.

On annonça à Abû Ḥanîfa qu'il avait été nommé cadi par le Commandeur des croyants Abû Ja'far al-Manṣûr, avec un traitement de dix mille dirhams. Il eut scrupule à accepter. Le jour où l'on devait lui apporter la somme, il fit la prière de l'aube, s'enveloppa dans ses vêtements et attendit en silence. L'envoyé du souverain, lorsqu'il arriva et exposa l'objet de sa visite, se vit opposer un mutisme total.

— Mais, s'exclama-t-il, cet argent n'a rien d'impur !

— Je le sais, mais je répugne à me sentir l'obligé des puissants de ce monde.

— Tu peux toujours les servir sans leur marquer de sympathie.

— À la façon, peut-être, de celui qui, pénétrant tout habillé dans les flots, espérerait ne pas mouiller ses vêtements !

On cite de lui ces vers — que Dieu, exalté soit-Il, l'agrée — :

Mon âme, écoute mes conseils,
*   tu seras à jamais précieuse et riche.*
Laisse tes ambitions et ces espoirs vains
*   qui n'ont que trop conduit les hommes à leur perte.*

Sufyân ath-Thawrî sur son lit de mort recommanda à 'Alî b. al-Ḥasan as-Sullamî :

— Sois toujours sincère, garde-toi du mensonge, de la félonie, de l'ostentation et de l'orgueil ; ce sont des défauts qui réduisent à néant les bénéfices acquis par la pratique des bonnes œuvres. En matière de religion, prends pour seul conseiller l'homme qui observe fidèlement la sienne et pour compagnon celui qui te détourne des vanités terrestres. L'idée de la mort toujours présente à l'esprit, implore souvent le pardon divin et, ta vie durant, songe à ton salut. Prodigue les conseils pieux à qui les sollicite. N'abuse pas de la confiance mise en toi par un croyant, car, dès lors, c'est Dieu Lui-même et Son Prophète que tu trahirais. Fuis chicaneries et disputes. Évite ce qui peut donner prise au doute pour te cantonner dans les inébranlables certitudes ; il y va de ta sauvegarde. Ordonne le bien et interdis le mal, tu seras ainsi aimé de Dieu. Mets-toi d'abord en règle avec ta conscience, le Seigneur Se chargera d'établir ta notoriété aux yeux d'autrui. Accepte les excuses quand on t'en présente et n'en veuille pas à tes frères en islam. Renoue avec quiconque aura rompu avec toi ; en pardonnant les offenses, tu te hisseras au rang des compagnons des prophètes. Remets-t'en à Dieu en chaque circonstance, en public comme en privé. Crains-Le comme le mortel que tu es, appelé à être ressuscité et conduit en troupeau devant le Tout-Puissant. N'oublie pas l'alternative qui t'attend : ou le *jardin sublime* ou le *feu ardent*.

Sur ce, la vieille femme s'en retourna s'asseoir au milieu de ses protégées.

Lorsque ton défunt père eut entendu ces improvisations, il ne douta plus que ces filles étaient les plus remarquables de leur siècle, tant par la perfection de leur beauté que par les étincelantes facettes de leur esprit. Il entoura leur chaperon de prévenances, lui affecta, ainsi qu'à ses compagnes, un palais, celui-là même de la princesse Abrîza, fille du roi de Césarée, et les pourvut de tout à profusion. Elles y séjournèrent dix jours. Chaque fois qu'il allait leur rendre visite, il trouvait la vieille confite en dévotion. Elle priait et jeûnait dans la journée et passait sa nuit en mortifications, si bien qu'il finit par la prendre en affection.

— Cette femme, me disait-il, est une sainte et impose le respect.

Le onzième jour, il vint la voir afin d'arrêter le prix à verser pour l'acquisition des cinq jeunes filles.

— Majesté, lui dit-elle, elles sont bien au-dessus du cours pratiqué dans ce genre de transactions, et je ne saurai me résoudre à les laisser contre or, argent ou pierreries, quelle qu'en soit la quantité.

— Mais à quel prix consentirais-tu à me les céder ? lui demanda-t-il surpris.

— Contre un mois complet de jeûne, avec abstinence le jour et adoration de la face de Dieu — exalté soit-Il — la nuit. Elles seront alors à toi en pleine propriété et tu pourras en faire à ta guise.

Le roi, à cette proposition, admira plus encore tant de sainteté, de désintéressement et de piété.

— Que le Seigneur nous fasse bénéficier des grâces qu'Il t'accorde, répondit-il en acceptant le marché.

— Quant à moi, je t'aiderai dans cette épreuve par certaines incantations que je prononcerai à ton intention.

Elle se fit apporter un pot à eau au-dessus duquel elle marmonna un moment des formules magiques auxquelles nous ne comprenions rien. Puis elle luta le pot et le tendit à ton père en lui recommandant :

— À la veille du onzième jour, tu rompras le jeûne

en avalant ce breuvage. Tu seras libéré des sollicitations du monde et illuminé par la foi. En ce qui me
concerne, dès demain, j'irai rejoindre les habitants du
monde du mystère, mes frères les bons génies. J'aspire
à les revoir. Je serai de retour dans dix jours.

Le roi enferma le pot dans une resserre dont il garda
la clé, et, dès le lendemain, entreprit son jeûne cependant que la vieille femme prenait la route.

Et l'aube chassant la nuit, Shahrâzâd dut interrompre son récit.

Lorsque ce fut la quatre-vingt-cinquième nuit, elle
dit :

On raconte encore, Sire, ô roi bienheureux, qu'au
soir du dixième jour, alors que la vieille femme était
allée voir les siens, le roi, comme convenu, but le
contenu du pot et s'en trouva fort ragaillardi. Le
lendemain, à son retour de voyage, Dhât ad-Dawâhî —
car c'était elle — alla le saluer. Accueillie avec chaleur,
elle lui tendit une pâtisserie enveloppée dans ce qui
ressemblait à une feuille d'arbre dont la couleur
cependant était d'un vert inhabituel.

— Sire, les gens du monde du mystère à qui j'ai
parlé de toi te transmettent leur salut. Ils te tiennent
en grande estime et t'envoient par mon intermédiaire
ce gâteau confectionné dans l'au-delà. Mange-le en
premier à la rupture du jeûne de la journée.

Ravi de cette sollicitude, ton père loua le Seigneur
qui le faisait frère des habitants de l'invisible, remercia
la messagère, lui baisa les mains et la combla de
cadeaux ainsi que ses filles.

Vingt jours passèrent encore au bout desquels elle
revint le voir :

— Sache, Majesté, que j'ai informé mes congénères
de l'amitié nouée entre nous ; je leur ai appris aussi que
je t'avais confié mes jeunes compagnes. Ils s'en sont

réjouis. C'est, en effet, grâce aux prières toujours exaucées qu'ils font à leur intention, chaque fois qu'ils les voient, qu'elles ont la chance de se trouver chez un souverain tel que toi. Néanmoins, avant de te les laisser, je tiens à les leur amener afin qu'elles s'imprègnent de l'aura divine dans laquelle ils baignent. En outre, elles te rapporteront sans doute en présent l'un de ces trésors enfouis, çà et là, dans les entrailles de la terre. Tu en disposeras selon ta volonté, notamment pour leur constituer un trousseau lorsque, à la fin de ta pénitence, elles seront à toi.

Le roi remercia avec, pourtant, un brin de réticence.

— Sans la crainte de te contrarier, je me passerais de tout cela, trésor compris. Quand comptes-tu les emmener ?

— La vingt-septième nuit de ton mois de jeûne. Je reviendrai trois jours après. Tu auras alors achevé ta pénitence et elles de leur côté auront accompli leur période légale de vacuité. Libre à toi alors d'en faire selon ta fantaisie. Par Dieu, la moindre d'entre elles vaut largement ton royaume !

— J'en suis conscient, sainte femme !

— Cependant, il me paraît indispensable que tu nous fasses accompagner par une personne de ton entourage chère à ton cœur. En revenant, elle ramènerait pour toi un peu de cette intimité de Dieu dont jouissent mes amis et une part du pouvoir magique de bénédiction qui leur est délégué.

— J'ai une concubine byzantine du nom de Ṣafiyya dont j'ai eu deux jumeaux, un garçon et une fille malheureusement disparus depuis deux ans. Emmène-la qu'elle nous rapporte avec elle un peu de leur bénéfique influence.

Et l'aube chassant la nuit, Shahrâzâd dut interrompre son récit.

Lorsque ce fut la quatre-vingt-sixième nuit, elle dit :

On raconte encore, Sire, ô roi bienheureux, que Dandân poursuivit à l'intention de Ḍaw' al-Makân :

Ton père, sur une suggestion de la vieille, avait proposé Ṣafiyya pour l'accompagner.

— Peut-être, ajouta-t-il, que les prières et les bénédictions des Gens de l'au-delà contribueront à lui faire retrouver ses enfants avec lesquels nous serions de nouveau réunis.

— Voilà une excellente idée, approuva-t-elle, car il se trouvait que la proposition répondait à son souhait le plus cher.

Aussitôt mandée, Ṣafiyya se mêla au groupe des jeunes filles pendant que la vieille se rendait dans sa chambre. Elle y prit un flacon soigneusement bouché et le remit au roi :

— Au bout des trois jours de jeûne qu'il te reste à t'imposer, tu iras au hammam. Puis tu te retireras dans un cabinet particulier du palais afin de boire la mixture que je t'ai préparée et prendre un peu de repos. À ton réveil, tes désirs deviendront réalité. Il est temps, en ce qui me concerne, de prendre congé et de te laisser à la garde de Dieu.

Il la remercia encore, lui baisa les mains et lui exprima le regret de la voir partir. Après l'avoir béni, Dhât ad-Dawâhî s'en alla en compagnie de ses filles et de Ṣafiyya.

Quant au roi, trois jours plus tard, à la nouvelle lune qui marquait la fin de son épreuve, il se rendit au hammam et s'enferma ensuite dans une pièce de son palais, non sans avoir donné l'ordre de ne pas être dérangé. Nous respectâmes la consigne et attendîmes la journée durant qu'il voulût bien sortir. Il est fatigué, pensions-nous, de son bain et du mois entier passé en jeûne et en veillées pieuses. Le lendemain, toujours rien. Nous nous tînmes contre sa porte, haussant la voix dans le but d'attirer son attention. Aucun signe de vie. Nous forçâmes alors l'huis et le trouvâmes mort, les chairs déjà décomposées et les os en poussière. Abasourdis, nous avisâmes le flacon sur le bouchon duquel avait été placé en évidence un billet ainsi rédigé :

« Pas de regrets pour les scélérats de cette espèce. Tel est le sort réservé aux suborneurs des filles de rois. Que l'on sache par ces lignes que Sharr Kân, lorsqu'il fit incursion sur nos terres, non content d'avoir débauché la reine Abrîza, l'enleva, l'amena ici même, puis la livra à un esclave noir qui l'assassina froidement. Nous avons trouvé son cadavre abandonné en pleine nature. Ce n'est pas ainsi que se comportent les souverains dignes de ce nom, et la fin du vôtre n'est que justice. Ne vous donnez pas la peine de chercher le coupable, c'est moi et moi seule, Dhât ad-Dawâhî que vous qualifiez de dévergondée et de rouée. J'ai, en outre, emmené avec moi l'épouse de votre défunt roi en vue de la rendre à son père Afrîdûn, le maître de Byzance. Nous vous châtierons, vous envahirons, ravagerons vos terres et vous exterminerons jusqu'au dernier sans rien épargner. Il ne restera plus chez vous d'autres foyers allumés que ceux qu'alimenteront les adorateurs de la croix ceints de cordelières. »

Irrémédiablement floués par la vieille dont la ruse avait réussi au-delà de toute espérance, il ne nous resta plus qu'à gémir, nous frapper le visage et verser des larmes, hélas inutiles. Pour comble de malheur, l'armée était divisée quant au choix du successeur à donner à an-Nu'mân. D'aucuns penchaient pour toi, d'autres en faveur de ton frère Sharr Kân. Au bout d'un mois de tergiversations et dans l'ignorance où nous étions de ton sort, nous nous mîmes d'accord pour aller trouver ton aîné à Damas.

Quand Dandân eut fini son récit, Ḍaw' al-Makân et Nuzhat az-Zamân, ainsi que le chambellan fondirent en larmes. Mais ce dernier se ressaisit rapidement :

— Sire, l'heure n'est pas aux lamentations stériles, mais à l'énergie et à la ferme résolution. Il te faut prendre en main les affaires du royaume. Quiconque a le bonheur de laisser un successeur tel que toi peut reposer en paix.

Ḍaw' al-Makân ordonna alors de transporter le trône à l'extérieur du dais d'entrée et, entouré des émirs et des dignitaires disposés selon l'ordre hiérarchique, encadré par le grand vizir et le chambellan, il se fit présenter la troupe, cependant que les officiers de cour se tenaient derrière lui. Il interrogea ensuite Dandân sur l'état des finances. Ce dernier lui en fit un compte rendu détaillé sans rien omettre des trésors et des joyaux contenus dans les cassettes royales, ni des fonds qu'il détenait lui-même ès-qualité. Ḍaw' al-Makân le récompensa par un somptueux vêtement d'honneur et le confirma dans ses fonctions, ce dont le vizir le remercia en se prosternant à ses pieds et en lui souhaitant longue vie. Ce fut ensuite aux émirs d'être honorés. Enfin, il demanda au chambellan de lui montrer le tribut de la province syrienne qu'il convoyait. Les caisses furent déballées : argent, pierreries et objets d'art furent distribués à la troupe.

Et l'aube chassant la nuit, Shahrâzâd dut interrompre son récit.

Lorsque ce fut la quatre-vingt-septième nuit, elle dit :

On raconte encore, Sire, ô roi bienheureux, que le nouveau monarque fit répartir, en guise de joyeux événement, ce qui avait été collecté à Damas, argent, bijoux et joyaux, sans rien en distraire. Les émirs se prosternèrent front au sol et le camp éclata en invoca-

tions pour la longue vie d'un souverain à la munificence jamais égalée. Le lendemain, ordre fut donné de
la mise en route et, quatre jours après, le sultan fit son
entrée dans Bagdad pavoisée. Il gagna le palais royal
où il tint aussitôt conseil, assis sur le trône, entouré de
ses chefs militaires, du grand vizir et du chambellan. Il
dicta ensuite à son secrétaire particulier une lettre
destinée à son frère Sharr Kân, dans laquelle il lui
faisait un récit détaillé des événements. Il concluait
cette lettre en l'invitant à prendre les dispositions
voulues pour faire une entrée commune en campagne
contre les Infidèles dont il fallait tirer vengeance, afin
de laver l'affront subi. Il la plia, la scella et la remit à
Dandân :

— Tu es le seul à pouvoir porter ce message à mon
aîné. Présente-lui l'affaire avec doigté et insiste bien
sur le fait que s'il le désirait, je suis prêt à m'effacer, à
lui céder le trône de notre père et à me contenter de la
lieutenance de Damas.

Le grand vizir se retira en vue de procéder aux
préparatifs de sa mission, cependant que Ḍaw' al-
Makân ordonnait d'affecter au chauffeur de hammam,
son ami — sur l'histoire pleine de rebondissements
duquel nous reviendrons —, une belle demeure luxueusement agencée. Ces dispositions prises, le nouveau roi
décida un jour d'aller à la chasse. À son retour, un
prince de ses vassaux lui offrit en hommage des
chevaux de race et des esclaves à la beauté incomparable. L'une d'elle lui plut et la nuit même, il la déflora et
la mit enceinte.

Peu après, le grand vizir, revenu de mission, l'informait de l'arrivée prochaine de Sharr Kân qu'il importait d'aller accueillir en grande pompe.

— Soit, acquiesça Ḍaw' al-Makân.

Accompagné de sa cour, il établit son camp à une
journée de marche de Bagdad. Le lendemain au matin,

son demi-frère apparaissait à la tête du contingent syrien. Ce n'était que cavaliers intrépides, farouches comme des lions, escadrons déployés, montures caracolant et formations défilant gonfanons au vent. Ḍaw' al-Makân se porta au-devant de son aîné et voulut, par déférence, mettre pied à terre le premier pour l'accueillir. Sharr Kân l'adjura par le Seigneur de n'en rien faire et c'est lui-même qui descendit de cheval et fit les derniers pas qui les séparaient. Ils se jetèrent dans les bras l'un de l'autre, pleurèrent leur père en se consolant mutuellement du deuil qui les frappait. Ils remontèrent en selle et entrèrent étrier à étrier à Bagdad où ils passèrent la nuit au palais.

Le surlendemain au matin, Ḍaw' al-Makân fit proclamer l'entrée en campagne pour la guerre sainte contre les Infidèles et décréta la levée du ban et de l'arrière-ban des forces du royaume. Durant un mois, les contingents des différentes provinces affluèrent en masses compactes dans la capitale où ils furent reçus avec honneurs et promesses de récompenses. Entre-temps, le monarque avait raconté à son frère son aventure dans le détail, sans oublier de mentionner les services dévoués de son compagnon, le chauffeur de hammam.

— L'as-tu au moins récompensé selon ses mérites ?

— Pas encore, mais je compte le faire, si Dieu le veut, à notre retour de guerre.

Et l'aube chassant la nuit, Shahrâzâd dut interrompre son récit.

Lorsque ce fut la quatre-vingt-huitième nuit, elle dit :

On raconte encore, Sire, ô roi bienheureux, que Ḍaw' al-Makân répondit à son frère qu'il attendait la fin de l'expédition pour récompenser son sauveur et s'occuper de lui. Sharr Kân, désormais convaincu de la véracité du récit de Nuzha, ne souffla mot de leur mésaventure. Il fit tenir de ses nouvelles à sa demi-sœur par son époux le chambellan. En retour, elle lui transmit ses salutations ainsi que les vœux qu'elle formulait à son intention. Comme elle s'enquérait par la même occasion du sort de leur fille Quḍiya Fa-kân, il lui fit savoir qu'elle se portait à merveille.

Il consulta ensuite son frère sur la date à laquelle il comptait ordonner le branle-bas.

— Pas avant le regroupement de l'ensemble des contingents, y compris les Bédouins, lui répondit Ḍaw' al-Makân.

Les préparatifs logistiques furent activement poussés, approvisionnements et subsistances mis en place. Le nouveau souverain délégua à son épouse, enceinte de cinq mois, la haute main sur les différents bureaux de la chancellerie et les services comptables. Il lui affecta aussi les sommes nécessaires au paiement des traitements et soldes.

Trois mois après, le contingent de Damas une fois arrivé et la troupe au complet, l'armée, tous effectifs confondus, réguliers et supplétifs, s'ébranla formation après formation. Le roi se tenait au centre du disposi-tif, flanqué de son frère et du chambellan. Les Dayla-mites étaient commandés par Rustam et les Turcs par Bahrâm.

Au bout d'un mois de marche interrompue par une halte chaque vendredi pour permettre à cette multi-tude de refaire ses forces, on arriva aux marches du royaume. La population, villageois et fermiers, ainsi que les éclaireurs chargés de surveiller l'ennemi refluè-rent sur Constantinople.

Afrîdûn le *Basileus*, à la nouvelle de l'apparition de l'armée musulmane, alla demander conseil à Dhât ad-Dawâhî, l'instigatrice du meurtre d'an-Nu'mân et de la délivrance de Ṣafiyya. Son forfait accompli, la vieille avait en effet rejoint sans encombre le roi des Rûm de Césarée, son fils Ḥardûb, accompagnée des cinq jeunes filles et de Ṣafiyya.

« Réjouis-toi, lui annonça-t-elle. J'ai vengé la princesse Abrîza, tué an-Nu'mân, et ramené la fille de notre suzerain. Va le retrouver, rends-lui sa fille et informe-le de ces événements. Il faut que nous nous tenions sur nos gardes, prêts à affronter les musulmans, car, à mon avis, ils ne manqueront pas de nous attaquer. Je t'accompagnerai.

— Attendons qu'ils arrivent. Laisse-moi le temps de prendre mes dispositions.

De fait, il eut le temps de réunir ses hommes et de les équiper. Lorsqu'il fut informé de l'approche des musulmans, il se mit en route pour Constantinople à la tête de son armée en compagnie de Dhât ad-Dawâhî. L'empereur se porta à sa rencontre et lui demanda la raison de sa venue. Ḥardûb lui apprit comment sa mère avait réussi, par la ruse, à supprimer an-Nu'mân et, du même coup, à lui ramener sa fille. Il l'informa aussi que les musulmans avaient mobilisé, étaient en route et qu'il importait, devant l'assaillant, de rester unis comme les doigts de la main. Afrîdûn ordonna à son tour la levée en masse et fit expliquer à travers l'empire les raisons du châtiment infligé au souverain musulman. De partout les contingents chrétiens affluèrent et, au bout de trois mois, les effectifs étaient au complet, renforcés par des détachements de croisés accourus des quatre coins de l'Occident : français, austro-hongrois, slovènes, génois, vénitiens, bref tout ce que les Européens comptaient de combattants disponibles. Devant l'afflux des troupes que la ville ne pouvait contenir, le *Basileus* donna le signal du départ. Dix jours durant, le flot ininterrompu de l'armée en marche s'écoula et parvint à une très large vallée, proche de la mer. Ordre fut donné d'y bivouaquer, pour trois jours d'abord puis pour six, à l'annonce de la proximité immédiate des soldats de l'islam, défenseurs de la communauté fondée par le meilleur des hommes, le Prophète Muḥammad.

Aux premières heures du septième jour, l'horizon fut assombri par un nuage de poussière qui, au fur et à mesure qu'il se désagrégeait et se dissipait dans les airs, laissait apparaître, comme autant d'étoiles dans l'obscurité, le scintillement des sabres et des lances brandies à l'ombre des bannières et des étendards frappés aux armes de l'islam et de son Prophète. Les cavaliers, sous des cuirasses aussi brillantes qu'un halo de lune, avançaient avec l'élan inexorable des houles océanes. Lorsque les deux armées se trouvèrent au contact, se défiant des yeux et prêtes à s'entrechoquer ainsi que des flots furieux, le premier du côté musulman à donner fut le grand vizir Dandân à la tête de ses trente mille Syriens. Il était flanqué de Rustam, l'émir des dix mille Daylamites, et de Bahrâm, celui d'autant de Turcs. Mais, venant du côté de la mer, surgit sur leurs arrières une nuée de guerriers ennemis dont les cottes de mailles resplendissaient comme l'astre nocturne à travers les ténèbres. Ils lançaient à l'envi des invocations à Jésus, à Marie et en appelaient à la croix. Ce mouvement tournant était dû à l'esprit fertile de Dhât ad-Dawâhî. En effet, consultée par le *Basileus* sur la tactique à adopter pour sortir du pas difficile où elle les avait, après tout, placés, elle en conçut aussitôt une :

— Grand roi, pontife suprême, je songe à un plan que n'auraient su imaginer Satan lui-même et ses damnés suppôts.

Et l'aube chassant la nuit, Shahrâzâd dut interrompre son récit.

Lorsque ce fut la quatre-vingt-neuvième nuit, elle dit :

On raconte encore, Sire, ô roi bienheureux, que
Dhât ad-Dawâhî exposa le plan diabolique qui
avait germé dans son esprit retors.

— Fais embarquer cinquante mille hommes sur
des vaisseaux qui vogueront vers la montagne de la
Fumée, à hauteur de laquelle ils jetteront l'ancre.
Ils demeureront au mouillage sans bouger. À
l'instant où vous apercevrez l'ennemi, bannières
déployées, courez-y sus et engagez vivement le
combat. C'est alors qu'interviendront les hommes
embarqués qui les chargeront à revers. Pris en
tenailles, ils périront jusqu'au dernier. Nous en
serons débarrassés et pourrons enfin vivre en paix.

— Bien parlé, approuva l'empereur, ô toi la plus
géniale des vieilles rouées, recours suprême de
l'Église dans les épreuves.

Lorsque l'avant-garde musulmane attaqua dans la
vallée, ce ne fut que tentes embrasées et sabres
taillant dans les chairs, cependant que Daw' al-
Makân à la tête des troupes de Bagdad et du Khurâsân faisait mouvement et se portait en soutien
avec ses cent vingt mille cavaliers. C'est à ce
moment-là que les chrétiens débarquèrent des bâtiments et fondirent sur ses arrières. Il fit faire volte-
face à ses rangs en donnant de la voix :

— Adeptes du Prophète élu de Dieu, les exhor-
tait-il, combattez avec abnégation au nom du Clément et du Miséricordieux ces mécréants pleins de
haine.

Sharr Kân, de son côté, entra en lice avec les
cent vingt mille autres combattants restés en
réserve sous ses ordres. Malgré leur infériorité
numérique face à un ennemi dont les effectifs attei-
gnaient un million six cent mille hommes environ,
galvanisés de se sentir au coude à coude, forts de
la promesse divine que le succès leur sourirait à la

grande déconfiture des Infidèles, ils se ruèrent à la mêlée, jouant à qui mieux mieux du sabre et de la lance.

Sharr Kân virevoltait à travers les rangs, caracolait au milieu de milliers d'ennemis, pointait, estoquait et taillait à tour de bras, en invoquant haut et clair le nom de Dieu le plus Grand. Il accomplit des prodiges à frapper de canitie précoce les petits enfants. Il fit tant et si bien que les assaillants venus du rivage furent reconduits à la mer, l'épée dans les reins, à bout de force, pressés par des hommes qui, pour leur victoire, combattaient dans un état d'ivresse dont le vin n'était pas la cause.

À la fin de la journée, quarante-cinq mille des chrétiens jonchaient le sol contre à peine trois mille cinq cents musulmans. La nuit tombée, Sharr Kân, le lion de la foi, et son frère, le roi, ne s'accordèrent aucun répit. Ils inspectaient leurs guerriers, réconfortaient les blessés, les félicitaient d'avoir survécu et de s'être assurés, d'ores et déjà, le salut éternel.

Du côté byzantin Afrîdûn, Ḥardûb et sa mère tinrent conseil. Après avoir consulté les chefs de leur armée, ils convinrent qu'ils auraient pu l'emporter et assouvir leur vengeance sans la trop grande confiance qu'ils avaient mise en leur supériorité numérique. Dhât ad-Dawâhî intervint :

— Il ne nous reste plus qu'à communier en le Christ et à nous en tenir aux enseignements de la vraie foi. Par le Messie, nous aurions réussi sans ce satané Sharr Kân qui a redonné du cœur aux siens.

Pour le lendemain, le *Basileus* annonça son intention de disposer sa cavalerie en ligne, de recourir à la tactique des combats singuliers et de faire donner Lûqâ, fils de Shamlût, le meilleur de ses chevaliers, capable de venir à bout de Sharr Kân ou de tout autre champion qu'on viendrait à lui opposer.

— En outre, ajouta-t-il, nous nous sanctifierons cette nuit à la grande fumigation.

À cette nouvelle, l'assistance se prosterna front contre terre. Il faut savoir que cette préparation, fort prisée chez eux, était concoctée à partir des fèces du grand patriarche, l'odieux impie. Cette détestable mixture était si appréciée qu'elle faisait l'objet d'un négoce florissant exercé par les patriarches eux-mêmes. Ils la mélangeaient à du musc et à de l'ambre, en constituaient de petits paquets enveloppés de soie qu'ils expédiaient partout à travers l'empire. Leurs rois les achetaient fort cher, allant jusqu'à offrir mille dinars or pour l'équivalent en poids d'une drachme. Ils s'en servaient pour encenser les jeunes mariés, en incorporaient des quantités infimes dans le khôl des yeux. Ils les utilisaient aussi contre les maux de ventre. Mais comme les déjections du grand patriarche ne suffisaient pas à la demande des dix provinces de l'empire, ses vicaires y allaient des leurs et les mêlaient aux siennes.

Le matin, aux premières lueurs de l'aube, les chevaliers fourbirent leurs armes.

Et l'aube chassant la nuit, Shahrâzâd dut interrompre son récit.

Lorsque ce fut la quatre-vingt-dixième nuit, elle dit :
On raconte encore, Sire, ô roi bienheureux, que lorsque l'aurore poignit, les combattants s'équipèrent. Afrîdûn réunit ses principaux patrices ainsi que les grands dignitaires. Ils les soumit aux dites fumigations, leur distribua force vêtements d'honneur et les marqua au front du signe de la croix. Il convoqua ensuite Lûqâ, le glaive du Messie, comme on le surnommait, et le fumigea à son tour. Il lui frotta ensuite l'intérieur de la bouche de la miction fécale, la lui fit respirer et lui en oignit les joues ainsi que les mous-

taches. Le maudit était un redoutable jouteur, le meilleur de l'empire. Archer émérite et sabreur hors pair, il maniait en outre la lance à merveille. Il était repoussant à voir. On eût dit une tête d'âne posée sur un buste de singe. Du serpent venimeux, il avait l'aspect et s'en approcher était annonce de deuil. Il avait emprunté aux ténèbres la noirceur, au lion l'haleine fétide, et au tigre l'impudence. Haut comme une nef d'église, il avait en un mot la hideur de l'impiété.

Il se jeta aux pieds de son souverain, les lui baisa et se mit à ses ordres.

— J'attends de toi que tu défies Sharr Kân, fils de 'Umar an-Nu'mân et seigneur de Damas, source de nos maux et de nos avanies.

Il traça sur son front le signe de la croix et l'assura de sa confiance totale en l'issue de la future confrontation. Lûqâ, revêtu d'une chlamyde rouge, sur laquelle il avait passé une cotte de mailles en or sertie de diamants, enfourcha un alezan de pur sang et se munit d'un javelot en forme de trident. C'était Satan en personne quand il était venu semer le désordre lors du combat des factions à Uḥud. Entouré des siens qui vociféraient comme des damnés que l'on traînerait vers le brasier de l'enfer, il fit crier en arabe par un héraut d'armes :

— Peuple de Muḥammad, c'est à Sharr Kân, bras séculier de l'islam et maître de Damas que nous en voulons et à lui seul.

À peine le défi fut-il lancé que lui répondit un hurlement répercuté à tous les échos, bientôt suivi du martèlement des sabots d'un coursier lancé au galop devant lequel s'écartaient les rangées de cavaliers alignés. On se serait cru à la bataille de Ḥunayn. À la vue de ce cavalier déboulant, les infâmes mécréants furent saisis d'effroi et tendirent le cou pour voir qui se ruait ainsi au combat. C'était Sharr Kân.

Quand Daw' al-Makân vit sortir des rangs ce chevalier à la sinistre tournure et entendit le héraut débiter
sa proclamation, il dit à son frère :

— C'est à toi qu'ils en veulent.

— Je ne pouvais rien souhaiter de mieux !

Ils comprirent que l'impudent lanceur de défi n'était
autre que le fameux champion chrétien dont on savait
qu'il avait juré publiquement de débarrasser la terre
entière des musulmans, sauf à faillir à son honneur ; le
même qui avait tant de fois semé la terreur et le deuil
parmi les Turcs, les Daylamites et les Kurdes. Tel un
lion furieux, Sharr Kân piqua des deux sur son coursier aussi rapide qu'une gazelle effarouchée. Il s'approcha de Lûqâ et, brandissant sa lance aussi souple qu'un
serpent, il le nargua en ces vers :

Mon alezan, docile aux rênes et ardent à la charge,
  te montrera bientôt ce dont il est capable !
Au bout de ma lance droite et flexible,
  le fer est plus aigu que la mort.
Et mon sabre d'acier indien si je le dégaine
  fulgure en éclair lorsque je le brandis !

Lûqâ, insensible à la beauté de ce poème épique, se
contenta de toucher des doigts la croix tracée sur son
front avant de les porter à ses lèvres en guise d'adoration. Se précipitant sur son adversaire, il jonglait de
son javelot et le faisait passer d'une main à l'autre d'un
mouvement imperceptible qui relevait de la magie.
Quand il le lança enfin, à la vitesse d'un météore, les
musulmans ne purent réprimer un cri d'effroi et
crurent leur champion perdu. Mais, au moment où
l'arme allait l'atteindre, Sharr Kân la happa au vol, à
la stupéfaction générale, d'une main si ferme que le
javelot faillit se briser. Il le projeta ensuite très haut

dans le ciel où il disparut un instant aux regards, le rattrapa de l'autre main et rugit à la cantonade :

— *Par Celui qui a créé les sept cieux superposés* (Coran LXVII/3 et LXXI/14) je vais faire de ce maudit un exemple édifiant.

À son tour, il propulsa l'engin. Lûqâ tenta d'en arrêter la course. Mais Sharr Kân avait doublé son jet avec sa propre arme. Elle vint se ficher au centre même de la croix dessinée entre les deux yeux de son adversaire dont l'âme, sur-le-champ, fut précipitée en enfer. *Triste séjour que celui-là !* (Coran XXVIII/60).

À la vue de leur champion étendu, raide mort, ses compagnons se frappèrent le visage, crièrent au désastre et invoquèrent à leur secours les prieurs de leurs couvents.

Et l'aube chassant la nuit, Shahrâzâd dut interrompre son récit.

Lorsque ce fut la quatre-vingt-onzième nuit, elle dit :

On raconte encore, Sire, ô roi bienheureux, que les chrétiens, atterrés par la défaite de leur héros, invoquèrent les prieurs de leurs couvents :

— À quoi, se lamentaient-ils, servent nos croix et l'ascèse de nos moines ?

Ils s'agglutinèrent autour de la dépouille mortelle de Lûqâ et, bientôt, les combattants s'élancèrent les uns contre les autres dans une mêlée générale. Sabres et lances mordaient et taillaient dans les chairs; les chevaux défonçaient les poitrines de leurs sabots même s'ils semblaient, à la vitesse de leur course, ne pas toucher terre et ne pas avoir de jambes. La journée entière fut consacrée au dieu des combats et la bataille fit rage jusqu'à la tombée de la nuit qui sépara les vaillants combattants, ivres de fatigue, bras et poignets rompus d'avoir porté tant de coups. Ils décrochèrent et laissèrent le sol jonché de cadavres et de corps mutilés dont on ne savait pas s'ils étaient encore vivants ou morts.

Sharr Kân, le roi, Dandân et le chambellan tinrent conseil.

— Je crois, fit remarquer le premier, que Dieu, le Maître des mondes — loué soit-Il — est en train de nous entrouvrir la porte du succès.

— Glorifions-Le, enchaîna Ḍaw' al-Makân, Lui qui nous lave de l'affront infligé par les Infidèles aux Arabes et à leurs coreligionnaires non arabes. Les générations futures s'entretiendront jusqu'à la fin des temps de la façon dont tu as vaincu Lûqâ, ce maudit adepte d'un évangile falsifié, et se rappelleront comment tu as retourné contre lui le javelot dont il voulait te transpercer.

Sharr Kân s'adressa alors à son chambellan :

— Intrépide guerrier, toi et le grand vizir, prenez vingt mille cavaliers et portez-vous rapidement à sept parasanges d'ici en direction de la mer. Lorsque vous serez à deux parasanges environ du rivage, utilisez les dépressions qu'offre le terrain et mettez-vous à l'abri des regards. Là, vous attendrez le moment où vous serez alertés par le tumulte des hommes d'armes débarquant des vaisseaux et vous entendrez s'élever les cris des guerriers de nouveau au contact. C'est alors que vous apercevrez nos troupes feindre la retraite, serrées de près par les ennemis lancés à la curée, y compris ceux du rivage et la réserve restée au camp. À l'instant où vous verrez s'agiter un étendard frappé de la profession de foi, brandissez à votre tour le drapeau vert et, aux cris de *Dieu est le plus grand*, chargez en vue de les prendre à revers et de leur couper l'accès à la mer.

Forts de ces ordres, le chambellan et Dandân s'en furent sur-le-champ prendre leurs dispositions.

Au matin, l'armée byzantine, sabres au clair et

lances en arrêt, s'ébranla et se déploya à travers monts
et vallées, soutenue par les prières des prêtres qui
circulaient tête nue au milieu des rangs. De leur côté,
les vaisseaux hissèrent le grand pavois à l'emblème de
la croix puis affalèrent et débarquèrent sur le rivage
montures et combattants fermement décidés à en
découdre. Les hommes montaient à la mêlée en escadrons constitués. Les lames étincelaient au soleil et la
couleur brune des hampes tranchait sur l'éclat des
cuirasses. Bientôt la meule de la mort se mit à broyer
sa provende de piétaille et de cavaliers. Les combattants, les yeux chavirés par l'effort, se battaient désormais en silence. Les têtes se mirent à voler et les
entrailles à se répandre. Les sabres faisaient ample
moisson de crânes fendus et de poignets tranchés,
cependant que les chevaux pataugeaient dans le sang.
Les joutes se transformaient en furieux corps à corps et
en empoignades à même les barbes. Les musulmans
invoquaient le Prophète, le prince des créatures de
Dieu, appelaient sur lui prières et salut et remerciaient
le Clément pour les faveurs dont Il les avait comblés.
Les impies se réclamaient de la croix et la cordelière,
du vin de messe et de l'eau du baptême, des rameaux
bénis et de leur hiérarchie, métropolites, prêtres et
moines.

Sous les yeux des deux frères placés en retrait, les
musulmans simulèrent donc la défaite et firent mine
de se débander. Piétinés par les sabots, ils récitaient les
premiers versets de la sourate *La Génisse*. Les hérauts
d'armes chrétiens encouragèrent l'ardeur de l'ennemi :

— Adorateurs du Messie, criaient-ils, défenseurs de
la vraie foi, serviteurs du *Catholicos*, la réussite vous
sourit. Ils lâchent pied. Ne leur laissez pas de répit et
taillez-leur des croupières sous peine d'être anathèmes
à Jésus, fils de Marie qui *dès le berceau parla* (Coran III/
45, V/109, XIX/30).

Le *Basileus*, loin de se douter qu'il s'agissait d'une tactique soigneusement élaborée, crut tenir la victoire et envoya annoncer la bonne nouvelle à son allié Hardûb :

— C'est là sans conteste, ajoutait-il dans son message, l'effet des fumigations consacrées de notre grand patriarche dont les effluves ont imprégné les barbes et les moustaches des adorateurs de la croix, présents ou non au combat. Par les miracles du christianisme, le mystère marial et l'eau bénite, je m'engage à exterminer les musulmans et suis fermement décidé à tenir parole.

Puis les Byzantins s'exhortèrent à tirer vengeance de la mort de Lûqâ.

Et l'aube chassant la nuit, Shahrâzâd dut interrompre son récit.

Lorsque ce fut la quatre-vingt-douzième nuit, elle dit :

On raconte encore, Sire, ô roi bienheureux, que les Byzantins s'encourageaient les uns les autres, avides de venger, qui Abrîza, la fille du roi Hardûb, qui leur champion Lûqâ. C'est alors que Daw' al-Makân donna l'ordre d'interrompre la fuite simulée :

— Adeptes du Juste Rétributeur, lança-t-il, sus à l'ennemi ! À vos cimeterres aux blanches lames et à vos lances aux hampes brunes.

Les musulmans firent volte-face et se ruèrent au combat fouaillés par les hérauts qui les haranguaient :

— Zélateurs du Prophète élu de Dieu, il est temps de vous attirer l'agrément du Généreux et de l'Absoluteur ! Ô vous qui aspirez au salut le jour terrifiant du Jugement dernier, sachez que le paradis est à l'ombre des sabres !

Sharr Kân fut le premier à charger à la tête de ses hommes qui interdirent à leurs ennemis le chemin de la fuite. Pendant qu'il tourbillonnait et virevoltait à travers les rangs, surgit sur les arrières de l'ennemi un cavalier de fort belle tournure qui, taillant et pointant, eut tôt fait, sous les yeux ébahis et craintifs des Infidèles, de se frayer un large passage jonché de têtes tranchées et de corps pantelants. Il semblait doublement armé. Son regard, en effet, était aussi meurtrier que le fil de son sabre et sa taille plus flexible encore que sa lance. Il valait à lui seul une armée et ressemblait à celui qu'avait chanté le poète :

> *Longue chevelure ne sied que lorsqu'*
> *elle flotte au vent à l'heure des batailles,*
> *Et nimbe le héros dont la lance dressée*
> *s'abreuve et s'abreuve du sang de ces guerriers*
> *à moustache arrogante.*

Ou encore à cet autre :

Il a ceint son sabre et j'ai dit :
à quoi bon ? Tes yeux ne sont-ils pas plus redoutables ?
Ah non ! je les réserve aux joutes amoureuses, et garde
mon épée pour qui ne peut comprendre la volupté
d'aimer.

Il arriva à hauteur de Sharr Kân qui lui demanda :
— Je t'en conjure par le Coran et les versets révélés par le Clément, dis-moi qui tu es, preux d'entre les preux. Par ton action contre ces mécréants pleins de morgue, tu t'es assurément acquis l'indulgence du Rétributeur suprême, Celui que rien, jamais, ne détourne de ce qu'Il se propose.
— C'est à moi qu'hier encore tu faisais allégeance. L'aurais-tu oublié ? lui répondit le preux en abaissant son voile de visage.
C'était Daw' al-Makân dans l'éclat de sa splendeur.

Sharr Kân fut ravi de l'avoir à ses côtés. Mais il redoutait de le voir se lancer à nouveau dans la mêlée contre des combattants de cette trempe, car il craignait pour son extrême jeunesse, appréhendait que sa beauté ne lui attire le mauvais œil, jugeait enfin indispensable, dans l'intérêt du royaume, de le tenir à l'écart du danger.

— Roi, dit-il à son frère, tu prends trop de risques. Colle ton cheval au mien et reste au milieu des nôtres. Pour redoutable que tu sois, évite de t'offrir aux coups d'un ennemi dont je n'attends rien de bon pour toi.

— Je tenais simplement, rétorqua le jeune roi, à payer de ma personne et à me montrer digne de toi sur le champ de bataille.

Pendant ce temps, le combat faisait rage. Les musulmans, enveloppant les Infidèles, les chargèrent avec pugnacité et brisèrent net l'élan de ces suppôts de l'impiété et de la dépravation. Acculés à la retraite, sous les yeux consternés de leur chef, ils se dirigeaient vers les vaisseaux pour y chercher le salut, quand le grand vizir Dandân, le pourfendeur des braves, les assaillit de flanc, suivi de l'émir Bahrâm avec sa milice de vingt mille lions turcs. La nasse fermée, un détachement s'en prit aux navires et leur causa de graves dommages, obligeant les équipages à se jeter à l'eau. La journée se solda par plus de cent mille morts chez les pourceaux de Byzantins. Pas un seul de leurs chevaliers, des plus valeureux aux moins braves, n'en réchappa. Vingt bâtiments à peine purent appareiller et gagner le large. Les autres furent capturés et pris l'argent et les trésors contenus dans leurs cales. Jamais campagne n'avait rapporté dans le passé butin aussi riche et donné lieu à autant de faits d'armes. Cinquante mille chevaux tombèrent entre les mains des musulmans, sans compter d'innombrables dépouilles en tout genre dont il n'est pas possible de faire ici l'inventaire.

Mais laissons-les à la joie de leur victoire obtenue avec le soutien que Dieu, dans Sa mansuétude, avait bien voulu leur offrir. Pendant ce temps, le bruit du succès des Byzantins avait couru dans la capitale. D'autant que Dhât ad-Dawâhî proclamait partout que son fils Hardûb ne saurait être défait, qu'il ne craignait en rien les armées de l'islam, et que, bien plus, il se faisait fort de convertir au christianisme le monde entier. Elle avait obtenu de l'empereur qu'il fît pavoiser la ville. Le peuple en liesse, ignorant du désastre, se livrait à force libations, quand les bateaux rescapés apparurent comme autant de corbeaux de mauvais augure, annonciateurs de deuil et de chagrin. À bord se trouvait Hardûb, le roi des Rûm de Césarée, qui rendit compte à l'empereur venu l'accueillir au débarcadère de ce qui était advenu aux coalisés chrétiens, depuis que le sort des armes avait été funeste à Lûqâ, le fils de Shamlût, passé de vie à trépas sous les flèches du destin. Bouleversé, Afrîdûn mesura l'ampleur de la catastrophe dont il comprit le caractère irrémédiable. Dans la ville, ce ne fut bientôt que pleurs et gémissements. Aux marques d'allégresse, succédèrent les signes de deuil et d'abattement, les lamentations et les lugubres hululements des pleureuses. Au palais, Hardûb continua à narrer les péripéties de la bataille :

— La prétendue débandade de nos ennemis était un piège dans lequel nous avons donné tête baissée. Nous n'avons plus à compter sur d'autres effectifs que ceux que j'ai ramenés avec moi.

Cette nouvelle acheva Afrîdûn qui s'effondra évanoui et piqua du nez.

Et l'aube chassant la nuit, Shahrâzâd dut interrompre son récit.

Lorsque ce fut la quatre-vingt-treizième nuit, elle dit :

On raconte encore, Sire, ô roi bienheureux, qu'Afrîdûn, quand il reprit connaissance, vomit jusqu'à sa bile et alla se plaindre de ses malheurs à Dhât ad-Dawâhî.

C'était une devineresse, experte en magie noire, rouée à l'extrême. Licencieuse et fourbe, elle était en outre débauchée et perfide. Son physique ne le cédait en rien à la noirceur de son âme. Son haleine était pestilentielle. Ses paupières frangées de rouge bordaient des yeux chassieux, et ses joues parcheminées donnaient à son visage jaunâtre un aspect particulièrement revêche que soulignaient des cheveux filasse et un nez perpétuellement morveux. Cette tête hideuse était posée sur un corps bossu et couvert de gale. Mais elle était fort savante, versée dans toutes les religions y compris l'islam dont elle s'était donné la peine d'étudier les textes. Elle s'était rendue à La Mekke pour y apprendre les versets coraniques et avait séjourné pendant deux ans à Jérusalem pour s'initier auprès des juifs aux mystères des génies. Bref, c'était une calamité, un véritable fléau.

Elle séjournait le plus souvent chez son fils Ḥardûb à cause de la présence en son palais de nombreuses jeunes vierges. En effet, cette lesbienne invétérée avait des appétits insatiables qui la rendaient folle si elle ne les satisfaisait pas. Elle poursuivait de ses assiduités toute fille qui lui plaisait et, sous prétexte de lui enseigner la sapience, n'avait de cesse de la convertir à sa perversion. Elle usait à cette fin d'une préparation à base de safran qui plongeait ses conquêtes dans un abîme de volupté. Celles qui se prêtaient à ses caprices, elle en vantait les charmes au roi son fils. Elle s'arrangeait toujours pour causer la perte des autres. C'est ainsi qu'elle avait débauché Marjâna, Rayḥâna et

Utruja, trois des servantes d'Abrîza. Cette dernière la
détestait et refusait de partager sa couche, tant elle
sentait fort des aisselles. L'odeur de ses vesses ne le
cédait en rien à celle d'une charogne en putréfaction et
son corps avait la rugosité des fibres de palmiers. Elle
avait bien essayé de dépraver Abrîza par l'offre allé-
chante de joyaux, et en lui proposant de lui transmettre son savoir. Mais la princesse avait tenu bon avec
l'assistance du Sage, de l'Omniscient. Excellent fut le
poète qui a dit :

Ô toi si veule qui courbes l'échine devant le riche,
   mais écrases le pauvre de ta suffisance,
Qui t'imagines asseoir ta renommée sur un tas d'or,
   sache qu'aucun parfum ne saurait faire oublier à un
   laideron la pestilence de ses vents !

Mais revenons-en à la suite des événements qui
soulignera la perfidie des maléfiques agissements de
cette vieille femme. À son réveil, Afrîdûn pensa que
peut-être le Messie s'était irrité et avait guidé les
musulmans. Il dit au Grand Patriarche qui vint le
trouver :

— Père, cette catastrophe pour nos troupes est
assurément une punition décrétée par le Messie.

— Oui, répondit le religieux, quelqu'un d'entre vous
a dû commettre un grave péché qui nous vaut ce
châtiment collectif. Cependant, il n'y a pas lieu de vous
inquiéter, ni de vous affliger. Nous allons faire dire
dans nos églises des prières pour le retrait des armées
musulmanes.

Sur ces entrefaites vint la vieille Dhât ad-Dawâhî qui
tint ce discours :

— Les musulmans sont trop nombreux et nous ne
saurions en venir à bout sinon par la ruse. J'ai
l'intention de me rendre auprès d'eux en vue de leur

tendre un traquenard, d'en finir avec leur chef et de tuer
leur champion, comme je l'ai fait de son père. Si je
réussissais, pas un seul de leurs hommes n'en réchapperait et ne reverrait son pays, car ils ne sont forts que de
sa présence. Je compte sur l'aide des chrétiens qui
résident en Syrie et qui voyagent chaque mois à
longueur d'année pour les besoins de leur commerce.
Fais venir cent de ces marchands qui habitent à Najrân
en Syrie. Je pense grâce à eux pouvoir atteindre mon
but.

Le roi la pria de donner ses ordres et lui assura qu'ils
seraient exécutés. C'est ainsi que cent marchands de
Najrân en Syrie furent conviés à la cour. Lorsqu'ils
furent assemblés, le roi s'adressa à eux en ces termes :

— Vous n'êtes pas sans savoir quel revers nous avons
subi. Or, la femme que voici a voué sa vie au service du
Messie. Elle a décidé de vous déguiser en musulmans
anachorètes et de vous conduire pour exécuter un
dessein qui nous assurera la victoire et interdira à nos
ennemis de parvenir jusqu'à nous. Êtes-vous prêts à
donner vos vies pour le Messie ? Je mets à votre
disposition un quintal d'or à distribuer à ceux d'entre
vous qui reviendront indemnes de cette équipée. Le
Christ saura récompenser les autres dans l'au-delà.

— Nous sommes prêts à le faire et à nous sacrifier
pour toi.

La vieille se retira alors et prépara différentes
drogues qu'elle fit bouillir à grand feu. Le liquide devint
bientôt noir. Une fois la mixture refroidie et solidifiée,
elle l'enveloppa dans un grand foulard. À la suite de
quoi, elle passa sur ses vêtements un manteau d'homme
brodé. Elle égrenait un chapelet puis se rendit chez
Afrîdûn. Celui-ci, comme les autres personnes présentes, ne la reconnut qu'après qu'elle se fut dévoilée.
Tous la félicitèrent pour son déguisement et son fils
Ḥardûb s'écria :

— Puisse le Messie ne jamais être privé de ta personne.

Accompagnée de sa nouvelle troupe, elle se porta en direction de l'armée musulmane de Bagdad, laissant en tête-à-tête Afrîdûn et Ḥardûb. Ce dernier dit à son suzerain :

— Majesté, peu importe dorénavant le Grand Patriarche et ses prières. C'est ma mère qui est notre dernier recours contre les musulmans qui vont bientôt arriver en force et nous investir de toutes parts. Elle seule peut retourner la situation grâce aux artifices dont elle a le secret.

Au comble de l'inquiétude, l'empereur fit rédiger un appel à l'intention des gouverneurs de province, leur enjoignant de procéder à une levée en masse des chrétiens en état de porter les armes, plus particulièrement les Croisés des différents ordres et les garnisons des places fortes et citadelles des marches frontières. « Fantassins, cavaliers, femmes, enfants, que tous fassent au plus tôt mouvement vers la capitale avant que le désastre ne devienne irréparable. L'urgence est extrême, car l'ennemi foule déjà notre sol. »

Pendant ce temps, la vieille femme ne restait pas inactive. À la tête d'une caravane de cent mulets chargés entre autres d'étoffes d'Antioche, de pièces de satin et de brocart royal, convoyée par ces hommes déguisés en commerçants musulmans, elle se mit en route vers le camp ennemi. Auparavant, elle avait pris soin de se munir d'un laissez-passer signé du *Basileus* et ainsi libellé :

« Que l'on sache que les porteurs du présent sont des commerçants syriens que la guerre a surpris chez nous. Interdiction est faite à quiconque, sur l'ensemble du territoire, de les molester ou de taxer leurs marchandises de la moindre dîme. Ce ne sont ni des hommes de guerre, ni des fauteurs de trouble, mais d'honnêtes négociants qui participent à la prospérité du pays. »

En cours de route, elle fit part à ses compagnons du plan qui avait germé dans son esprit et dont elle attendait la perte des musulmans.

— Ordonne, nous obéirons, acquiescèrent-ils. Puisse le Messie ne pas contrecarrer tes desseins !

Elle avait drapé son corps qu'elle avait fort maigre, d'une robe blanche en laine finement tissée et s'était maquillé le visage au point de le rendre avenant. Grâce à des fards, elle était parvenue à donner à ses yeux naturellement enfoncés dans les orbites l'éclat d'une sainte ferveur. Puis elle se passa des entraves autour des chevilles et s'astreignit à marcher ainsi jusqu'à proximité du camp musulman. Là, elle se défit de ses liens et souligna d'une teinture rouge sang les marques qu'ils avaient imprimées dans sa chair. Elle demanda ensuite à être violemment battue et placée dans une caisse.

— Te battre, se récrièrent ses gens, toi, notre maîtresse ?

— *Nécessité fait loi. Qui pisse contre le vent peut mouiller sa chemise !* Exécutez-vous donc sans scrupule ; mettez-moi dans une caisse que vous chargerez sur un mulet et marchez jusqu'aux avant-postes. Si, comme je le pense, on vous cherchait noise, abandonnez bêtes et marchandises et demandez réparation au roi Ḍaw' al-Makân. Vous lui expliquerez que vous venez de chez les Infidèles qui, loin de vous spolier, vous ont délivré un sauf-conduit vous mettant à l'abri des exactions. Vous vous étonnerez alors de ce que, revenus en terre d'islam, vous soyez l'objet de malversations. Il ne manquera pas de vous demander si votre campagne a été bénéfique ; vous lui répondrez :

— Au moins sur un point, roi. Il nous a été donné de libérer un saint homme. Tenu au cachot depuis près de quinze ans sans espoir de délivrance, il était en butte aux brimades continuelles de ses geôliers. Voici dans quelles conditions nous l'avons découvert. Après avoir séjourné quelque temps à Constantinople pour nos affaires, nous nous apprêtions à prendre le chemin du retour au pays quand, une certaine nuit, alors que nous mettions au point les modalités de notre voyage, nous vîmes, projetée sur un mur en face de nous, une silhouette d'homme. Intrigués, nous nous approchâmes afin de l'observer de plus près. Ne voilà-t-il pas qu'elle s'anima et se mit à parler :

— Musulmans, y a-t-il parmi vous quelqu'un avide de plaire au Maître des mondes en accomplissant une bonne action ?

— Comment cela ?

— C'est Dieu qui vous parle par ma bouche afin de vous conforter dans votre croyance et vous affermir dans votre foi. Quittez ces terres impies et rejoignez les combattants de l'islam où se trouve Sharr Kân, bras séculier du Clément et champion inégalé de son siècle. C'est à lui qu'il incombe d'enlever Constantinople et d'en finir avec l'engeance chrétienne. À trois étapes d'ici, vous passerez par le monastère du Métropolite Jean. Il possède une chapelle. Forts de la pureté de vos intentions, arrangez-vous pour y pénétrer résolument. Vous trouverez là un serviteur de Dieu des plus pieux, nommé 'Abd Allâh. Originaire de Jérusalem, il est investi de vertus charismatiques indubitables et végète depuis très longtemps dans un cul-de-basse-fosse, victime de la machination d'un des moines. Le délivrer recueillerait l'agrément du Seigneur et constituerait à coup sûr le plus noble des combats en faveur du triomphe de la foi.

Après s'être ainsi concertée avec ses compagnons, la vieille femme poursuivit :

Et l'aube chassant la nuit, Shahrâzâd dut interrompre son récit.

Lorsque ce fut la quatre-vingt-quatorzième nuit, elle dit :

On raconte encore, Sire, ô roi bienheureux, que la vieille femme, une fois dévoilés ses desseins, recommanda à ses acolytes :

— Lorsque vous aurez capté l'attention du roi, précisez-lui que cette silhouette vous adressa la parole et vous persuada que le personnage à délivrer était un très saint homme, sincèrement voué au culte de Dieu. Dès lors, lui direz-vous encore, vous vous êtes mis en route et au bout de trois jours, vous avez aperçu ce monastère et avez décidé de vous y rendre. Vous avez déballé vos marchandises et passé la journée à commercer comme il sied à d'honnêtes négociants. Mais, à la nuit tombée, vous étant approchés de la chapelle sous laquelle se trouvait une crypte, vous avez entendu s'élever une voix qui récitait :

J'endure ma souffrance le cœur serré,
  tandis qu'un océan de chagrin submerge mon âme.
Accours, ô mort, pour me sauver,
  plus douce me seras que les maux que j'endure.
Éclair qui sait illuminer nos demeures,
  en ton éclat qui parle de bonheur,
Salue les êtres chers, dis-leur
  que dans un couvent chrétien au loin je me morfonds.
Qui me dira comment les joindre
  quand de la guerre ne suis que l'otage impuissant.

Je ferai mon affaire du reste, ajouta-t-elle. Une fois introduite dans la place, j'aviserai et saurai jouer aux musulmans un tour de ma façon qui consommera leur fin jusqu'au dernier.

Ils lui baisèrent les mains et se résignèrent à la battre comme plâtre, puis à la fourrer dans une caisse conformément à ses ordres auxquels ils ne pouvaient se dérober.

Mais laissons Dhât ad-Dawâhî à ses tortueux desseins et revenons aux musulmans. La victoire obtenue grâce à Dieu, un immense butin fut amassé tant sur terre qu'à bord des vaisseaux capturés à l'ancrage. Ḍaw' al-Makân devisait avec son frère et lui dit :

— Le Tout-Puissant nous a gratifiés de la victoire parce que nous avons su rester justes et unis l'un à l'autre. Continuons ainsi et promets de m'être toujours fidèle dans la soumission à Dieu.

— Volontiers, répondit Sharr Kân qui lui tendit la main en signe d'allégeance. Bien plus, poursuivit-il, lorsque le Seigneur voudra bien te donner un fils, nous le marierons à ma fille Quḍiya Fa-kân.

Pendant qu'ils en étaient à se féliciter mutuellement entra Dandân. Il les congratula à son tour et leur dit :

— Si nous avons vaincu, c'est que nous avons fait don de nos vies à Dieu le Puissant, le Grand et quitté le pays et les êtres chers pour venir nous battre ici. Je propose que nous n'en restions pas là et que, dans la foulée, nous poursuivions l'ennemi et allions l'assiéger dans sa capitale. Nous aurions alors quelque chance d'en terminer définitivement avec lui. Si vous le désirez, faites mouvement par voie de mer et laissez-nous le soin de nous frayer de vive force un passage sur terre.

Pour emporter leur conviction il leur cita coup sur coup ces poèmes :

Le plus grand bonheur est-il de semer la mort dans les
*   rangs*
ennemis au galop de coursiers ?
Est-ce l'arrivée d'un messager porteur de douces promesses
*   ou celle d'un ami que l'on n'attendait pas ?*

Si Dieu me prête vie, je ne reconnaîtrai de mère que la
*   guerre,*
*   de frère que le fer de Samhar et de père que le sabre de*
*   Mashraf.*
Je n'aurai pour monture que pur-sang crinière au vent,
*   riant de courir à la mort*
*   comme pour régler affaire avec elle.*

Dandân rendit ensuite une action de grâces à Dieu —
exalté soit-Il — pour la victoire obtenue et le butin
d'argent et d'or amassé. Ḍaw' al-Makân ayant ordonné
la marche sur Constantinople, l'armée avança sans
répit à travers des zones arides où l'eau vint à manquer
pendant six jours d'affilée. Elle déboucha enfin sur une
très belle et vaste prairie où gambadaient des gazelles
et paissaient en liberté nombre d'animaux. Les eaux
ruisselaient à profusion ; les branches des arbres,
abreuvées de rosée, pliaient sous le poids de leurs
fruits. On se serait cru dans un coin de paradis
parcouru par le souffle léger du zéphyr et traversé par
la savoureuse source de Tasnîm identique à l'Éden que
décrit le poète :

Admire ce jardin aux tendres coloris
*   recouvert, dirait-on, d'un tissage émeraude,*
Où partout ne se voit qu'eau vive
*   qui serpente en ruisseau.*
Tu te croirais ce faon au profond d'un bosquet
*   qu'amoureusement protège du soleil*
*   l'écharpe déployée d'ombreuses frondaisons.*

Ou à celui encore que chantait cet autre :

Ô fleuve, ô douce joue de rayons enflammée,
  où le saule se mire comme un tendre duvet
Quand l'écume offre au tronc ses anneaux argen-
  tés
  tandis que mille fleurs se tressent en couronnes.

À contempler ce superbe paysage à l'exubérante floraison, dont les arbres touffus résonnaient d'un concert de mélodieux gazouillis, Ḍaw' al-Makân s'écria :

— Les jardins de Damas eux-mêmes ne sont pas aussi beaux ! Il nous faut faire halte ici durant trois jours, permettre aux hommes de refaire leurs forces et nous préparer à la reprise du combat contre l'ennemi abhorré.

Alors qu'ils étaient ainsi au repos, ils entendirent au loin un tumulte dont on leur dit qu'il était provoqué par des commerçants syriens revenus de chez les Infidèles. Ayant bivouaqué à proximité, ils avaient eu maille à partir avec les sentinelles qui, contrôlant leur chargement, en avaient confisqué une partie. Et, de fait, ces marchands, furieux et vociférant, vinrent en appeler au roi qui consentit à les recevoir.

— Sire, se plaignirent-ils en se prosternant, nous venons du pays byzantin où nul, jamais, ne nous a malmenés et voici qu'à peine de retour chez nous, on nous pille !

Ils exhibèrent le sauf-conduit impérial. Ḍaw' al-Makân le lut et leur promit la restitution de leurs biens, non sans leur reprocher d'avoir commercé avec l'ennemi.

— Certes, seigneur, mais c'est Dieu en personne qui a voulu que nous allions là-bas pour ramener ce

qu'aucune expédition militaire n'a réussi à faire auparavant, pas même la vôtre.

— Quoi donc ?

— Il ne convient pas de le dire en public. Si la chose
venait à s'ébruiter, elle compromettrait ceux des musulmans qui auraient à se rendre en territoire byzantin.

Leur curiosité éveillée, les deux frères prirent à
l'écart les marchands qui leur contèrent l'histoire de
l'ermite et y mirent tant d'émotion qu'ils les firent
pleurer.

Et l'aube chassant la nuit, Shahrâzâd dut interrompre son récit.

Lorsque ce fut la quatre-vingt-quinzième nuit, elle
dit :

On raconte encore, Sire, ô roi bienheureux, que les
faux commerçants jouèrent si bien leur rôle que les
deux princes bouleversés prirent à cœur le sort du
prétendu ermite. Sharr Kân, avec la fougue habituelle
qu'il mettait au service de Dieu, demanda :

— Est-il encore dans ce monastère, que j'aille sur-le-
champ le délivrer ?

— Nous l'avons fait nous-mêmes après avoir tué le
prieur par mesure de sécurité. Avant de prendre la
fuite pour échapper aux représailles, nous avons appris
de source sûre que la crypte regorgeait d'or, d'argent et
de joyaux en monceaux.

Ils apportèrent la caisse où la maudite vieille gisait
chargée de liens. Noiraude qu'elle était et aussi dessé-
chée qu'un sarment de cassier, les assistants n'eurent
pas de mal à la prendre pour un saint homme anémié
par les mortifications. D'autant que l'onguent dont elle
s'était oint le front donnait à son visage le rayonnement d'une intense dévotion. Sanglotant à qui mieux
mieux, les deux hommes se penchèrent sur elle pour lui
baiser mains et pieds. Mais elle les en empêcha :

— Trêve de larmes, ordonna-t-elle. Sachez que je suis satisfait du sort que mon Seigneur m'a réservé C'est une épreuve que, dans Sa Toute-Puissance, Il m'a infligée en vue de mesurer la profondeur de ma piété, car sans souffrances et tourments patiemment supportés, point de voie qui menât aux jardins célestes. Ce n'est pas dans le but d'échapper aux tortures endurées que j'aspirais à revenir dans mon pays, mais bien plutôt pour y chercher le martyre sous les sabots des chevaux, aux côtés des combattants pour la foi qui *loin d'être morts sont à jamais vivants auprès de leur Seigneur* (Coran III/168).

Puis, fixant Sharr Kân, elle récita :

Le Sinaï sera ta forteresse alors que la guerre s'embrase,
tu es Moïse au jour où il rencontra Dieu.
Jette ton bâton pour déjouer leurs ruses
sans craindre que leurs cordes deviennent des serpents.
Dans la mêlée, récite les sourates qui lancent au combat,
que l'épée sur les gorges retrace leurs versets.

Après avoir récité ces vers, la vieille femme versa d'abondantes larmes. Son front enduit d'onguent brillait d'un vif éclat. Sharr Kân lui baisa la main et ordonna qu'un repas lui fût servi. Elle refusa d'y toucher en se récriant :

— Il y a quinze ans que je m'impose un jeûne quotidien. Comment dérogerais-je à ma règle, aujourd'hui que Dieu, dans Son infinie bonté, m'a libéré de la captivité et a mis fin à des tourments pires encore que ceux de l'enfer ? Nous verrons au coucher du soleil.

Au dîner, quand les deux frères lui apportèrent à manger, elle leur joua la même comédie :

— Qui donc songe à se nourrir à cette heure vouée à l'adoration du Rétributeur suprême ?

Elle se retira dans un petit oratoire orienté vers La

Mekke où elle passa la nuit en prières. Trois jours et
trois nuits elle n'interrompit ses oraisons que pour
rendre leur salut aux princes venus s'inquiéter de sa
santé. Ḍaw' al-Makân, ne doutant plus qu'il avait
affaire à un saint authentique, ordonna que lui fût
montée une tente en cuir et qu'on lui affectât un jeune
serviteur attaché à son service. Au quatrième jour, la
vieille femme demanda à se sustenter. Une table
somptueuse fut dressée, chargée de mets qui enchan-
taient les palais et ravissaient les regards. Mais elle se
contenta d'une galette saupoudrée de sel et annonça
son intention de reprendre le jeûne dès le lendemain
après avoir passé la nuit en dévotions.

Sharr Kân dit à son frère :

— C'est un véritable anachorète, totalement
détaché des biens de ce monde. N'eût été cette guerre,
je me serais attaché à ses pas pour devenir son disciple
et rencontrer Dieu grâce à lui. En attendant, j'ai envie
d'aller sous sa tente m'entretenir un peu avec lui.

— Moi aussi. Nous n'avons que cette nuit pour
profiter de sa présence avant notre entrée en campagne
demain.

Le grand vizir approuva :

— Je vous accompagne. Je veux lui demander qu'il
prie Dieu de m'accorder la faveur d'une mort au
combat. J'aspire, en effet, à quitter ce bas monde pour
aller vers mon Seigneur.

La nuit tombée, ils se rendirent sous la tente de Dhât
ad-Dawâhî qu'ils trouvèrent en oraisons. Elle ne leur
accorda aucune attention malgré les pleurs qu'ils ne
pouvaient réprimer à la voir ainsi se mortifier. Au
milieu de la nuit, une fois ses dévotions achevées, elle
les salua et leur demanda l'objet de leur visite.

— Pourquoi nous avoir fait attendre ? Tu avais, sans
aucun doute, perçu nos sanglots.

— Celui qui est en tête-à-tête avec son Seigneur n'a

plus conscience de soi. Vivant hors de l'univers sensible, il ne voit ni n'entend personne.

— Nous souhaiterions que tu nous racontes les circonstances de ta capture. Prie aussi pour nous en cette nuit dont le souvenir sera plus précieux à nos yeux que la prise de Constantinople.

— Si vous n'étiez princes et chefs musulmans, je ne vous aurais rien dit de ce qui m'est advenu. Dieu est mon unique confident et le seul destinataire de mes plaintes. Néanmoins, voici mon histoire :

J'étais à Jérusalem en compagnie d'autres mystiques plus ou moins avancés dans la voie de l'initiation. Toutefois je ne tirais pas gloriole de ma supériorité en ce domaine. Dieu — glorifié et exalté soit-Il — m'a créé dans Sa bonté, modeste et dénué de vanité. Il advint qu'une nuit, au bord d'une plage, je me surpris à marcher sur les flots. J'en conçus, à ma grande surprise, un orgueil démesuré, car enfin, me disais-je, qui d'autre pourrait accomplir pareil prodige ? De ce jour, mon cœur s'endurcit et Dieu me condamna à l'errance. C'est ainsi que je gagnai le pays byzantin. Je le parcourus de long en large durant une année, adorant le Seigneur partout où mes pas me portaient. Arrivé dans cette région, j'aperçus, sur une hauteur, un monastère dont le prieur, m'avait-on dit, se nommait le métropolite Jean. Je m'y rendis et fus civilement reçu par le maître de céans qui me baisa les mains et les pieds en m'affirmant :

— Depuis ton entrée chez nous, je te suis dans tes pérégrinations et tu m'as inspiré l'envie d'aller, moi aussi, voyager en pays d'islam.

Il me fit entrer, me guida par la main à travers le dédale des bâtiments et, parvenu à une cellule fort sombre, m'y précipita et m'enferma par surprise. Il m'y laissa quarante jours, escomptant sans doute me faire périr d'inanition. Au bout de ce laps de temps vint à passer par le couvent un patrice du nom de Decianus escorté de dix écuyers et accompagné de sa fille Tamâthîl, gamine d'une beauté sans pareille. Le prieur leur parla de moi :

— Faites-le sortir, ordonna-t-il. Il ne doit lui rester que la peau sur les os et guère plus de chair que n'en pourrait picorer un moineau.

Ayant ouvert la porte de ma cellule, ils me trouvèrent en oraison, tourné vers La Mekke. J'exaltai mon Seigneur et L'invoquai humblement en récitant des passages du Coran.

— C'est un sorcier, s'exclama le moine, stupéfait de me voir en si bon état.

Ils me tombèrent dessus et me rouèrent de coups. Je souhaitais mourir et me reprochais d'avoir succombé au péché d'orgueil et tiré fatuité d'un don que Dieu m'avait donné sans que j'y fus pour rien. « Mon âme, m'écriai-je, tu t'es laissée aller à la suffisance. Ne sais-tu pas qu'elle durcit le cœur, irrite le Seigneur et conduit droit en enfer ? »

Ils m'attachèrent, me ramenèrent au cachot et me jetèrent dans une fosse creusée à même le sol. Tous les trois jours, ils me lançaient une galette d'orge et un peu d'eau. Le patrice et sa fille passaient par le couvent une fois le mois ou les deux mois. Elle avait neuf ans quand je l'avais aperçue à notre première rencontre, et vingt-quatre maintenant, après mes quinze années de détention. Nulle ne l'égalait en beauté, pas même les plus belles filles de chez nous. Son père vivait dans la hantise que leur souverain ne jetât son dévolu sur elle, car, vierge, elle s'était consacrée au culte du Messie. Cela ne l'empêchait pourtant pas de chevaucher avec son père, déguisée en chevalier sans que l'on pût deviner qu'il s'agissait d'une splendeur de féminité.

La raison de leurs fréquentes visites est que Decianus entreposait au couvent ses biens les plus précieux à l'instar de beaucoup de ses pairs. Il m'a été donné de voir de mes yeux quantité d'or et d'argent, de gemmes variées et de pièces d'orfèvrerie d'une valeur inestimable. Ce trésor est à votre portée. Plutôt que de le laisser à ces mécréants, emparez-vous-en et utilisez-le au profit des musulmans, de ceux surtout qui guerroient pour la foi. Pour en revenir à mon histoire, lorsque les commerçants en eurent terminé avec leurs affaires, je projetai par la pensée ma silhouette sur un mur, et leur expliquai ma triste situation. C'est un prodige que je suis en mesure de réaliser par faveur divine exceptionnelle. Ils gagnèrent donc le monastère et obligèrent le métropolite Jean à leur indiquer où il me séquestrait. Ils le traînèrent par la barbe jusqu'à mon cachot après l'avoir rudement malmené, me libérèrent, le mirent à mort et s'enfuirent de peur d'être pris et châtiés.

Il se trouve, ajouta la vieille femme, que c'est demain soir que Tamâthîl fera sa visite habituelle, précédant de peu son père et la suite chargée de sa protection. Si vous voulez assister à leur arrivée, prenez-moi avec vous et je vous conduirai. Vous pourrez vous emparer des richesses que j'ai aperçues et, par la même occasion, voir les chrétiens, comme je l'ai fait, ripailler dans de la vaisselle d'or et d'argent, cependant qu'une jeune esclave les régale de chansons en arabe d'une voix qu'on eût aimé uniquement consacrée à psalmodier le Coran. Nous leur tendrons une embuscade et vous ferez d'une pierre deux coups : le trésor et Tamâthîl, morceau de roi digne de l'un de vous deux.

Les princes furent alléchés, mais non pas le grand vizir. Les propos du « saint homme » le laissaient sceptique. Il ne lui manifestait d'intérêt que pour complaire au souverain et cachait à peine sa désapprobation pour tant de piété ostentatoire.

— Cependant, poursuivit Dhât ad-Dawâhî, je crains que le patrice, devant le déploiement de nos forces dans cette prairie, ne renonce à se rendre au couvent.

Ḍaw' al-Makân décida alors d'ordonner à l'armée de reprendre la marche sur Constantinople.

— En ce qui nous concerne, ajouta-t-il, nous gagnerons le monastère avec un détachement de cent cavaliers et un important convoi de mulets destinés à transporter le trésor.

Il convoqua sur l'heure le chambellan et les deux chefs des auxiliaires turcs et daylamites :

— Demain matin, vous marcherez sur Constantinople. Toi, grand chambellan, tu commanderas en mes lieu et place, assureras l'organisation des troupes et prendras les décisions de portée générale. Rustam remplacera mon frère au combat. Que personne n'ait vent de notre absence. Elle durera trois jours au bout desquels nous vous rejoindrons.

Puis il les quitta en compagnie de Sharr Kân et de Dandân à la tête de cent guerriers soigneusement choisis parmi les meilleurs et de nombreux mulets chargés de caisses.

Et l'aube chassant la nuit, Shahrâzâd dut interrompre son récit.

Lorsque ce fut la quatre-vingt-seizième nuit, elle dit :

On raconte encore, Sire, ô roi bienheureux, que le lendemain matin, conformément aux ordres reçus, le chambellan fit sonner le boute-selle et l'armée s'ébranla, tenue dans l'ignorance du départ momentané de ses chefs.

Ces derniers, guidés par Dhât ad-Dawâhî, firent halte en fin de journée. Auparavant, elle avait reçu ses coreligionnaires, les soi-disant commerçants venus prendre congé en lui baisant les pieds et les mains. Elle leur accorda l'autorisation de partir et c'est en tapinois qu'ils quittèrent le camp, munis des instructions nécessaires à la réalisation des tortueux projets de leur maîtresse.

La nuit tombée, elle dit à Ḍaw' al-Makân et à ses compagnons qu'il était temps de gravir le mont que couronnait le monastère. Ils laissèrent cinq cavaliers en surveillance du piémont et mirent le reste de leur petite troupe à la disposition du prétendu saint homme dont la joie fut telle qu'il en puisa un regain d'énergie. Émerveillé Ḍaw' al-Makân s'écria :

— Gloire à Qui donne tant de force à cet ascète unique en son genre !

Or la sorcière, avant de partir, avait fait envoyer par pigeon un message au maître de Constantinople. Elle l'y informait des événements et concluait :

« Il te faut m'envoyer à bride abattue dix mille cavaliers parmi les plus valeureux. Qu'ils fassent mouvement en utilisant les couverts pour échapper aux regards, et gagnent le monastère où ils m'attendront. J'y viendrai accompagnée du roi musulman, de son frère et du grand vizir. J'ai réussi à les attirer dans un guet-apens. Ils n'ont que cent hommes avec eux, pas plus. Néanmoins, je me vois dans l'obligation de leur livrer les moines et de sacrifier le prieur, faute de quoi ma ruse serait éventée. Il mourra en rédempteur de la communauté chrétienne et de ceux qui se sont croisés pour la défendre. Le succès est à ce prix. Pas un seul musulman ne pourra en réchapper et regagner ses foyers. Loué à jamais soit le Messie ! »

Lorsque le maître colombophile apporta le pli à son empereur, ce dernier fit immédiatement mettre en route une colonne dotée d'importants moyens de transport, chevaux, dromadaires et mulets et bien pourvue en ravitaillement.

Pendant ce temps, Ḍaw' al-Makân et ses compagnons pénétraient dans le monastère et tombaient sur le métropolite Jean venu aux nouvelles.

— Tuez ce maudit, intima le faux ermite, en désignant le prieur qui, aussitôt percé de coups, but à l'amère coupe du trépas.

Puis la traîtresse les conduisit à la salle où étaient accumulées les offrandes pieuses. Ils y trouvèrent d'inestimables trésors et plus de richesses encore que prévu. Ils s'activèrent à charger le tout, mais ne découvrirent aucune trace du patrice et de sa fille qui avaient probablement été effrayés par la présence de musulmans à proximité. Ḍaw' al-Makân décida d'attendre un jour puis deux. Mais au troisième, Sharr Kân manifesta son inquiétude sur le sort de l'armée :

— Nous avons, dit-il à son frère, amassé un butin considérable et je ne pense pas, après le sort subi par les armées chrétiennes, que quiconque, Tamâthîl ou autre, s'aventure ici. Contentons-nous de ce que Dieu nous a accordé et allons rejoindre les nôtres en vue de participer, avec Son aide, à la prise de Constantinople.

Ils dévalèrent la colline sans que la vieille, qui craignait de se démasquer, ait pu les retenir. Ils chevauchèrent jusqu'à l'entrée d'un défilé où ils se heurtèrent aux dix mille hommes lancés à leur poursuite. Repérés, ils furent cernés par les cavaliers byzantins, lances en arrêt et épées brandies. Les chrétiens poussaient leur cri de ralliement impie et entrechoquaient les bois de leurs flèches annonciatrices de malheur.

— Qui a pu nous trahir ? se demandèrent les musulmans, en constatant l'importance du parti adverse.

— L'heure n'est pas aux vaines paroles, s'exclama Sharr Kân, mais à la fermeté d'âme et à la détermination. Place aux sabres et aux arcs. Ce défilé est à l'image d'une venelle. Il y a deux issues, il faut en forcer une. Par le Dieu des musulmans, Arabes et non

Arabes, si seulement nous étions en rase campagne, je les anéantirais jusqu'au dernier, seraient-ils cent mille.

Ḍaw' al-Makân déplora de ne pas avoir emmené avec lui cinq mille cavaliers.

— À quoi bon, rétorqua Dandân, eussions-nous été dix mille que cela ne nous eût servi à rien dans cet étroit passage. Nous nous en sortirons avec l'assistance de Dieu. Je connais ce coin pour y avoir guerroyé et campé avec le défunt roi 'Umar an-Nu'mân lors d'un précédent siège de Constantinople. Il recèle bien des abris et abonde en eaux glacées. L'essentiel est que nous opérions une percée avant que l'ennemi ne nous enveloppe et ne coiffe les hauteurs. Nous serions alors écrasés par une avalanche de pierrailles et réduits à l'impuissance. Hâtons-nous de sortir de la nasse.

Le faux ermite les fixa un moment puis les apostropha :

— Quelle est donc cette peur qui vous étreint ? N'avez-vous pas fait don de vos vies pour le combat dans la voie de Dieu, exalté soit-Il ? Aurais-je passé en vain quinze années de ma vie sous terre sans proférer la moindre plainte contre le décret divin pour vous voir ainsi tergiverser ? Battez-vous. À ceux qui tomberont, le paradis sera le refuge, et les survivants cueilleront les lauriers de la gloire.

Fouettés par cette admonestation, ils n'eurent plus d'autre souci que d'attendre de pied ferme l'assaut de l'ennemi dont les épées se mirent bientôt à tailler dans les gorges et à faire circuler dans les rangs la coupe de l'agonie. Les musulmans ne furent pas en reste et combattirent avec acharnement dans une totale abnégation donnant de la pointe des lances et sabrant à tour de bras.

Ḍaw' al-Makân faisait des prodiges. Il abattait à tout va ce qui se présentait et fauchait les têtes par cinq ou dix à la fois. Pendant qu'il mettait à mal un nombre incalculable d'adversaires, il remarqua la manœuvre à laquelle se livrait la maudite. Du sabre elle encourageait les chrétiens et ranimait leur ardeur. Elle regroupait les combattants désemparés qui venaient à elle, leur désignait Sharr Kân et les renvoyait à la charge par vagues successives qui venaient se briser sur lui pour refluer de nouveau en désordre.

Il pensait en son for intérieur que la victoire qui se dessinait était due au pouvoir magique de ce dévot qui, assurément, bénéficiait de la sollicitude et de la bénédiction de Dieu. « C'est grâce à la pureté de son intention intérieure que je me sens si fort et résolu. Non seulement les Infidèles semblent me craindre et hésitent à m'affronter, mais encore, chaque fois qu'ils le font, ils tournent casaque et cherchent leur salut dans la fuite. »

Sous le couvert de la nuit, après une journée harassante passée à combattre et à subir des jets de pierres lancées du haut des surplombs, les musulmans trouvèrent refuge dans une grotte. Après s'être comptés, ils déplorèrent la perte de quarante-cinq des leurs et constatèrent l'absence du dévot. Fort affectés, ils pensèrent qu'il avait perdu la vie en héros. Sharr Kân fit remarquer qu'au cours de la mêlée, il l'avait vu relever les énergies défaillantes par des signes mystérieux d'essence divine et appeler sur les musulmans la protection du Seigneur en récitant les versets de la sourate *Le Miséricordieux*.

Ils en étaient là de leurs supputations quand la maudite fit son apparition. Elle tenait à la main la tête du patrice commandant la colonne byzantine, un guerrier redoutable et coriace, un véritable démon. En fait, il avait rendu son âme au diable sous la flèche d'un archer turc, qui, lui-même, aussitôt taillé en pièces, avait été appelé par Dieu en son paradis. C'est ce trophée, tranché de sa propre main, qu'elle jeta aux pieds des trois chefs musulmans. Sharr Kân bondit et s'écria :

— Loué soit Dieu qui nous permet de te revoir, saint homme, combattant pour la foi.

— J'étais pourtant décidé à tomber en martyr aujourd'hui. Je me suis lancé sans cesse contre les Infidèles, mais en vain. Ils respectaient ma condition d'homme de Dieu. Une fois coupé de vous, je fus saisi d'une rage vengeresse et me ruai sur le chef des chrétiens qui, à lui seul, valait bien mille guerriers. D'un coup, je le décollai net sans que personne n'osât m'approcher. C'est sa tête que je vous apporte.

Et l'aube chassant la nuit, Shahrâzâd dut interrompre son récit.

Lorsque ce fut la quatre-ving-dix-septième nuit, elle dit :

On raconte encore, Sire, ô roi bienheureux, que l'infernale Dhât ad-Dawâhî poursuivit :

— Je vous ai ramené sa tête afin de raffermir votre résolution à user de vos armes pour la plus grande satisfaction du Maître des créatures. Toutefois, je veux contribuer davantage encore à cette guerre. Je vais rejoindre le gros de vos forces où qu'il soit, même aux portes de Constantinople et rameuter vingt mille de vos hommes qui mettront à raison ceux qui vous tiennent encerclés ici.

— Et comment feras-tu, rétorqua Sharr Kân, pour y arriver alors que nous sommes investis de toutes parts dans ce défilé ?

— Dieu me cachera aux regards et nul ne me verra. Et quand bien même ! Personne n'osera m'approcher, car je serai, à ce moment-là, en union intime avec Dieu, aboli en Lui et c'est Lui, dès lors, qui combattra à ma place.

— C'est exact, confirma Sharr Kân, j'ai déjà vu cela.

Pourrais-tu partir au début de la nuit, moment qui me
semble le plus propice ?

— Je suis prêt à le faire sur l'heure. Accompagne-
moi si tu le désires, ainsi que ton frère. Mon don
d'invisibilité peut s'étendre jusqu'à trois personnes.

— Je ne saurais abandonner mes hommes. Mais si
mon frère y consentait, lui l'ultime rempart de l'islam
et le bras séculier du Maître des mondes, il aurait la
possibilité de fuir ce guêpier en compagnie du grand
vizir ou d'une autre personne de son choix. Il pourrait
ainsi nous envoyer un renfort de dix mille cavaliers qui
nous aiderait à venir à bout de cette racaille.

Ainsi en fut-il décidé.

— Je vais vous précéder, précisa l'ermite, aux fins
de tâter le terrain et évaluer le degré de vigilance de
l'ennemi.

— Non, protestèrent-ils, nous ferons la sortie ensemble, nous en remettant à la grâce de Dieu.

— J'insiste pour aller seul en reconnaissance, sinon
vous n'aurez à vous en prendre qu'à vous-mêmes.

— Soit, céda enfin Sharr Kân, mais reviens vite.
Nous t'attendons avec impatience.

En son absence, les deux frères se mirent à deviser :

— Si cet ermite, dit Sharr Kân, ne bénéficiait pas
vraiment de dons miraculeux, il n'aurait pas réussi à
tuer un guerrier aussi dangereux que ce démoniaque
patrice dont la perte a dû porter un rude coup au moral
des Infidèles. Ce signe providentiel du destin prouve
d'évidence qu'il jouit d'une faveur divine particulière.

Pendant qu'ils célébraient ainsi les mérites du soi-
disant ermite, sans se douter qu'ils étaient l'objet d'un
piège soigneusement ourdi, Dhât ad-Dawâhî revint en
leur assurant une victoire prochaine.

— En route, dit-elle au roi et à Dandân. Restez
soigneusement derrière moi tout le long du chemin qui
nous conduira à Constantinople.

Au préalable, elle avait profité de sa prétendue reconnaissance et informé les siens de ce qu'elle projetait. Ils en furent ravis tant ils étaient avides de venger la mort du plus valeureux de leurs champions ; seule celle du souverain musulman pourrait les en consoler. Ils se promirent de livrer le captif à leur empereur Afrîdûn.

Les deux hommes suivirent donc la calamiteuse vieillarde qui les rassurait en leur affirmant qu'ils étaient sous la protection de la Providence divine. Ils se mirent en route vers les coups que leur réservaient les flèches du destin. Lorsqu'ils parvinrent à la fin du défilé tenu par les Infidèles, ils traversèrent les rangs byzantins sans que nul parût leur prêter attention, conformément aux instructions reçues. En constatant qu'on les ignorait, ils furent convaincus de leur invisibilité.

— Par Dieu, quel miracle ! murmura le grand vizir. Cet ascète est, sans conteste, l'un des tout proches privilégiés de Dieu.

— Certes ! renchérit Ḍaw' al-Makân. On les dirait frappés de cécité. Nous les voyons et eux ne nous voient pas !

En cheminant, ils vantaient à qui mieux mieux les vertus de leur compagnon, énuméraient ses prodiges, évoquaient sa piété et ses mortifications. Quand soudain, ils furent attaqués par un parti ennemi qui les fit prisonniers.

— Y a-t-il quelqu'un d'autre avec vous ? leur demanda-t-on.

— Mais, s'étonna Dandân, ne voyez-vous pas celui qui nous précède ?

— Par le Messie, les prêtres, le Catholicos et le Patriarche, tempêtèrent-ils, nous n'apercevons personne d'autre que vous deux !

— Ce qui nous arrive, par Dieu — exalté soit-Il — ne peut être que l'effet d'une punition du ciel.

Et l'aube chassant la nuit, Shahrâzâd dut interrompre son récit.

Lorsque ce fut la quatre-vingt-dix-huitième nuit, elle dit :

On raconte encore, Sire, ô roi bienheureux, que le souverain et son grand vizir, capturés, ligotés et solidement gardés, ruminaient d'amères pensées et se demandaient en quoi ils avaient contrarié leur saint compagnon et mérité un pareil sort qui, du reste, eût pu être plus cruel encore, car on ne s'attire pas impunément la colère des protégés de Dieu.

Quant à Sharr Kân, après avoir passé une nuit de repos et fait la prière de l'aube, il s'équipa, fit s'apprêter les hommes, les exhorta à se conduire en braves et leur souhaita bonne chance. Alors qu'ils avançaient vers l'ennemi et à peine arrivés à portée de voix, ils s'entendirent interpeller :

— Musulmans, nous avons capturé votre roi et son grand vizir, le pilier du royaume. Renoncez à poursuivre les hostilités ou vous périrez jusqu'au dernier. Par contre, si vous vous rendiez, nous vous conduirions auprès de notre empereur. Il vous offrirait un traité de paix honorable aux termes duquel vous vous engageriez à quitter notre sol à des conditions satisfaisantes pour les deux parties. Votre seule possibilité de salut est de faire contre mauvaise fortune bon cœur et d'accepter cette proposition. Dans le cas contraire, c'en sera fait de vous. À bon entendeur salut.

Sharr Kân fut atterré par cette nouvelle qui le plongea dans une profonde affliction et lui arracha des larmes. Au bord du découragement, il crut que c'était la fin et se demandait ce qui avait pu arriver à son frère et à Dandân alors qu'ils étaient sous la tutélaire protection d'un saint. Lui auraient-ils manqué de respect ? L'auraient-ils mécontenté d'une façon ou d'une autre ? Qu'étaient-ils devenus ?

Lui et les siens se ressaisirent cependant. Bien des ennemis perdirent la vie ce jour-là où se distinguèrent les braves des couards. Les lames et les lances dégoulinaient de sang. Assaillis de partout par des adversaires attirés par la curée comme des mouches par le vin, ils combattirent en guerriers dédaigneux de la mort, avides même de la trouver. Quand, enfin, la nuit tomba, le défilé était jonché de cadavres charriés par des flots de sang. Les combattants se dispersèrent, les uns regagnant leur camp, les autres leur caverne. Trente-cinq musulmans, chefs et dignitaires, gisaient sans vie sur le terrain, et il ne restait plus à la petite troupe qu'à compter sur Dieu et le sort des armes. Des milliers d'Infidèles, chevaliers et hommes d'armes, avaient été jetés morts sur le champ de bataille. Sharr Kân, soucieux, ne savait que décider et s'ouvrit de son désarroi à ses compagnons.

— Il n'y a rien d'autre à faire, constatèrent-ils, qu'à attendre l'accomplissement de la volonté divine.

À l'aube du deuxième jour, il analysa la situation :

— Tenter une nouvelle sortie serait suicidaire ; nul n'en reviendrait. Par ailleurs, nous manquons par trop d'hommes, d'eau et de vivres. La seule solution, selon moi, est de défendre l'épée à la main l'entrée de notre refuge en espérant que l'ermite aura réussi à passer et qu'il nous ramènera les dix mille hommes de renfort qui nous dégageraient en fondant à l'improviste sur les arrières ennemis.

La poignée de survivants se rallia à cette suggestion et prit position des deux côtés de l'entrée, en tint solidement les approches et repoussa dans le sang, la journée durant, toute tentative d'assaut

Et l'aube chassant la nuit, Shahrâzâd dut interrompre son récit.

Lorsque ce fut la quatre-vingt-dix-neuvième nuit, elle dit :

On raconte encore, Sire, ô roi bienheureux, que, lorsque la nuit fut tombée, il ne restait à Sharr Kân que vingt-cinq hommes. De leur côté, les Infidèles trouvaient le temps long et étaient harassés par les combats incessants qu'ils soutenaient.

— Opérons, proposa l'un d'eux, une ultime tentative. Ils ne sont que vingt-cinq après tout. En cas d'échec, nous les enfumerons et alors de deux choses l'une : ou bien ils se livreront et nous les capturerons, ou bien ils s'entêteront et nous les laisserons en proie aux flammes. Leur triste fin servira d'exemple. Puisse le Messie refuser sa miséricorde à leur ascendance et épargner à la terre chrétienne la souillure de leur sépulture.

Ils en étaient à mettre leur projet à exécution au grand dam de Sharr Kân qui se voyait perdu, et allumaient déjà le bois accumulé à l'entrée de la grotte, quand leur patrice donna l'ordre de surseoir à l'opération.

— Il nous les faut vivants afin que notre souverain assouvisse pleinement sa vengeance en les faisant exécuter sous ses yeux. Nous allons nous en emparer et les conduire à Constantinople où Afrîdûn en fera à sa guise.

Ils se ruèrent en masse, capturèrent les derniers défenseurs, les garrottèrent et les tinrent sous bonne garde, là où se trouvaient déjà Ḍaw' al Makân et Dandân. La nuit venue, les vainqueurs firent bombance, ripaillèrent et burent jusqu'à tomber ivres morts. Sharr Kân, ligoté comme les autres, demanda à son frère s'il voyait une issue à leur situation.

— Aucune, par Dieu, nous voici comme oiseaux en cage !

De rage impuissante, Sharr Kân émit un soupir si

violent qu'il fit sauter ses chaînes. Libéré, il s'empara des clefs dans la poche du chef des gardes et délivra ses compagnons.

— J'ai l'intention, leur dit-il, de tuer trois des gardiens, dont nous passerions les vêtements ; ainsi déguisés, nous nous enfuirons sans que personne ne nous remarque.

— Non, répliqua Daw' al-Makân, ce n'est pas la bonne solution. Leurs râles pourraient donner l'éveil et rameuter le reste des geôliers qui nous tueraient à coup sûr. Filons en catimini et sortons du défilé.

C'est ce qu'ils firent pour tomber peu après sur un détachement de cavaliers au repos. Les hommes dormaient auprès de leurs chevaux entravés.

— Nous sommes vingt-cinq, fit remarquer Sharr Kân, autant que de montures dont les propriétaires sont providentiellement plongés dans un profond sommeil. Que chacun s'en attribue une.

Ils subtilisèrent avec adresse les armes des guerriers endormis, s'équipèrent à leur convenance de sabres et de lances, et piquèrent des deux sans être autrement inquiétés. C'est qu'en effet, les mécréants étaient persuadés que personne ne pourrait libérer des captifs incapables, au demeurant, de fuir par leurs propres moyens.

Lorsqu'ils se sentirent à l'abri sous la sauvegarde de Dieu, Sharr Kân échafauda un plan qu'il soumit à l'approbation des siens :

— Nous allons revenir sur nos pas et gravir les hauteurs surmontant le défilé. De là, nous pousserons d'une seule voix notre cri de ralliement *Dieu est le plus grand*. Encore sous le coup de l'ivresse, les chrétiens se réveilleront en sursaut et se croiront cernés par une armée musulmane dont les éléments se seraient infiltrés parmi eux. Surpris, hébétés par les vapeurs de l'alcool, ils s'entre-tueront dans les ténèbres et nous en profiterons pour les tailler en pièces avec leurs propres armes.

Ḍaw' al-Makân se montra réticent. Il préconisait au contraire de rejoindre l'armée avec le plus de discrétion possible.

— En effet, avançait-il, à pousser notre cri de guerre, nous dévoilerions notre position et serions massacrés.

— Lors même que nous serions repérés, insista Sharr Kân, cela ne changerait rien à l'affaire. Je souhaite vivement que vous adoptiez ma façon de voir. Je suis persuadé qu'elle sera payante.

Ils se rangèrent en fin de compte à son avis, couronnèrent les hauteurs et lancèrent à pleins poumons leur cri de louange à la gloire de Dieu, le plus Grand, répercuté par les monts, les arbres et les pierres frappés de terreur à la seule mention de Son nom. À ce cri répondit dans le camp byzantin une immense clameur.

Et l'aube chassant la nuit, Shahrâzâd dut interrompre son récit.

Lorsque ce fut la centième nuit, elle dit :

On raconte encore, Sire, ô roi bienheureux, que les Infidèles crurent à une attaque en règle. S'interpellant dans l'obscurité, invoquant le Messie, ils s'équipèrent à tâtons et passèrent la nuit à s'entremassacrer à tort et à travers, laissant sur le terrain un nombre incalculable, sinon par Dieu, des leurs. Ils eurent de plus la surprise de découvrir au matin que leurs prisonniers avaient disparu sans laisser de trace. Les chefs chrétiens comprirent que c'était à eux qu'ils devaient la panique de la nuit et ordonnèrent qu'on allât les débusquer sans mollesse de leur position pour les châtier sévèrement. Aussitôt en selle, ils se lancèrent à l'assaut et ne tardèrent pas à les rejoindre et à les cerner.

Le roi Ḍaw' al-Makân, très inquiet, fit remarquer à son frère resté silencieux que ses craintes étaient en passe de se réaliser et qu'il ne leur restait qu'à combattre en désespérés. Résolus à vendre chèrement leurs vies dans une totale soumission au Seigneur, ils dévalèrent au cri de *Dieu est le plus grand*, quand ils entendirent au loin des voix en appeler au Dieu sans émule et à son Prophète l'annonciateur, l'avertisseur. Tournant leurs regards vers les lieux d'où montaient les clameurs, ils aperçurent une armée entière de musulmans adorateurs du Dieu unique qui avançait vers eux. À la vue de ces derniers, ils reprirent courage et se lancèrent, Sharr Kân en tête, dans une charge fougueuse en hurlant à tous les échos l'unicité et la grandeur de Dieu. Le sol frémissait sous leur galop comme sous l'effet d'une secousse sismique. Les Infidèles se répandirent en désordre par monts et par vaux, poursuivis par les musulmans qui leur taillaient des croupières et faisaient ample moisson de têtes. La journée durant, Ḍaw' al-Makân et ses hommes ne cessèrent de sabrer sans merci dans les chairs de leurs ennemis.

Lorsque les ténèbres eurent enveloppé le champ de bataille, les guerriers de l'islam firent jonction et passèrent la nuit à laisser éclater leur joie. C'était Rustam, le chef des Daylamites, et Bahrâm, celui des Turcs, qui étaient arrivés à la rescousse à la tête de vingt mille cavaliers aussi farouches que des lions irrités. Les deux émirs et leurs hommes poussèrent vers leur souverain, mirent pied à terre pour le saluer en baisant le sol à ses pieds.

— Jour de joie que celui-là, s'écria-t-il, qui a souri à nos armes et vu la défaite des impies.

Ils se congratulèrent de s'en être tirés indemnes et d'avoir déjà acquis par leurs actions d'éclat leur part de rétribution dans l'au-delà. Les émirs racontèrent

ensuite les circonstances dans lesquelles ils avaient été
amenés à intervenir :

— Lorsque, avec le chambellan, nous parvînmes en
vue de Constantinople, en grand arroi et étendards
déployés, nous constatâmes que la ville veillait. Les
remparts étaient garnis, les tours et les bastions de
flanquement solidement tenus par des défenseurs
informés de notre approche et prêts à nous recevoir.
Bien retranchés, ils apercevaient nos gonfanons
frappés au nom de Muḥammad flotter au vent, enten-
daient nos cris, le cliquetis de nos escadrons en marche
et le martèlement des sabots de nos chevaux qui
soulevaient des nuages d'une poussière sous laquelle
nous avancions comme un dense vol de sauterelles,
aussi nombreux que les gouttes d'une pluie soudaine.
L'air résonnait des versets du Coran que nous psalmo-
dions et des litanies qui montaient vers le ciel à la
gloire du Miséricordieux.

Ils avaient été avertis par Dhât ad-Dawâhî. La dévergondée, puisant dans son esprit tortueux et retors, était
l'instigatrice de cette levée en masse qui avait jeté vers
la capitale, tel un flot bouillonnant, tant de cavaliers,
d'hommes à pied et même de femmes et d'enfants.

Bahrâm poursuivit :

— Émir, dis-je à Rustam, nous risquons d'être mis
en difficulté par cette multitude qui coiffe les fortifica-
tions. On dirait un océan rugissant aux vagues furieu-
sement agitées. Ces mécréants nous sont cent fois
supérieurs en effectifs. Je crains, au surplus, qu'ils ne
soient informés par un espion mal intentionné de notre
infériorité numérique face à un ennemi cent fois
supérieur en nombre ; ou encore que ne soit éventée
l'absence de nos chefs. Ils auraient alors beau jeu
d'exploiter la situation et de nous massacrer sans coup
férir. À mon avis, il faudrait aller les chercher et
constituer à cet effet un corps de dix mille cavaliers

choisis parmi les Mossouliens et les Turcs. Tu en prendrais le commandement et le conduirais au couvent du métropolite Jean en passant par la prairie de Malûkhanâ, dernier bivouac avant notre marche vers Constantinople pour sauver nos frères et nos compagnons et être les artisans de leur délivrance. Si les Infidèles rendent l'opération impossible, nous ne serons fautifs en rien. Il conviendra alors de faire diligence et de revenir au plus vite. *Honni soit qui mal y pense.*

Rustam se rangea à son avis et tous deux s'en furent trier sur le volet vingt mille hommes à la tête desquels ils se dirigèrent ventre à terre vers leurs objectifs, la prairie d'abord, le couvent ensuite.

Quant à la vieille ribaude, après avoir fait tomber les trois chefs musulmans aux mains de ses congénères, elle enfourcha un pur-sang pour aller faire part aux chrétiens de son intention de se rendre chez les musulmans campés sous les murs de Constantinople. Elle comptait semer le désarroi dans leurs rangs en annonçant la mort de leur roi, de son frère et du grand vizir.

— Je jetterai ainsi le trouble et la confusion. De là, je me glisserai à l'intérieur de la ville et avertirai le *Basileus* et mon fils Ḥardûb d'avoir à ordonner une sortie générale qui les hachera menu.

Elle galopa la nuit entière et, au matin, aperçut la colonne commandée par Bahrâm et Rustam. Elle camoufla sa monture dans un bois et pensa d'abord qu'il s'agissait des débris de l'armée musulmane défaite. Mais elle déchanta en constatant aux drapeaux rien moins qu'en berne que ce n'était pas une troupe malmenée ou inquiète. Vive comme Satan, l'insolent rebelle, elle s'élança à la rencontre des musulmans en criant :

— Vite, vite, soldats de Dieu, sus aux suppôts du diable !

Bahrâm mit pied à terre, se prosterna et demanda à celui qu'il prenait toujours pour un saint ami de Dieu où étaient les autres.

— Hélas ! Que te dire de la terrible situation où nous nous trouvons ! Lorsque les nôtres se furent emparés du trésor entreposé dans le couvent, ils furent interceptés par un fort détachement ennemi particulièrement mordant.

Et de lui raconter une version fantaisiste et mensongère des faits en précisant qu'ils n'étaient plus que vingt-cinq après l'accrochage.

— Quand les as-tu quittés, ascète ?

— Cette nuit même.

— Grâces soient rendues à Celui qui a raccourci pour toi les distances et t'a permis d'aller aussi vite avec l'aide de tes seules jambes et de ton bâton de pèlerin. Tu fais partie de ces saints volants à qui Dieu a réservé la révélation des symboles mystiques.

Assommé par les fausses nouvelles de la vieille experte en menteries et contrevérités, Bahrâm remonta en selle.

« Il n'y a de puissance et de force qu'en Dieu, l'Illustre et l'Omnipotent, se disait-il. Notre sultan et ses compagnons capturés, nous voici en pleine détresse et les fatigues endurées n'auront servi à rien. »

Néanmoins, il ordonna de battre la campagne aux alentours, jour et nuit ; à l'aurore, ils arrivèrent à l'entrée du défilé au moment où Sharr Kân et son frère faisaient retentir leurs invocations à Dieu l'Unique, l'Inégalable ainsi que leurs incantations à son Envoyé, l'annonciateur, l'avertisseur.

Comme un torrent habituellement à sec qui déverse l'excédent de sa crue à travers les terres assoiffées, les musulmans fondirent sur les Infidèles. Les cris qu'ils poussaient en chargeant étaient de nature à épouvanter les cœurs les mieux trempés et à faire se fendre de

terreur les montagnes. Aux premières lueurs du matin,
Ḍaw' al-Makân leur apparut, nimbé de luminosité et
baignant dans l'odeur émanant de ses parfums et de
ses vertus royales. Ils baisèrent le sol aux pieds des
deux frères qui les firent vibrer au récit de l'épisode de
la caverne. Puis ils décidèrent de prendre en hâte la
direction de Constantinople, inquiets sur le sort du
gros de l'armée qui piétinait sous les murs de la ville.
S'en remettant au Dieu de bonté, l'Omniscient, ils
forcèrent l'allure, soutenus dans leur ardeur par le roi
lui-même qui récitait :

Louange à Toi, seul digne d'être loué et remercié ;
  tu m'as assisté, Seigneur, en chaque circonstance.
Tu m'as nourri, moi l'étranger en ce pays, Tu m'as pris
  sous ton égide et destiné à la victoire.
Tu m'as donné richesse et royaume et bienfaits
  et ce glaive vaillant dressé pour triompher.
Tu m'as fait souverain d'un royaume prospère
  et, Généreux, m'abreuves des flots de Tes richesses.
Tu m'as préservé des dangers qui me menaçaient
  grâce à notre vizir, le héros de son siècle.
Avec Ta bénédiction nous nous sommes rués sur les
  Byzantins
  qui ont fui sous les coups, parés de pourpres casaques !
J'ai feint de reculer
  et puis me suis lancé tel un fauve intrépide.
Je les laisse gisants, abattus,
  ivres non de vin lourd mais de mort profonde.
À nous sont leurs vaisseaux
  et à nous la maîtrise et du sol et des eaux.
Enfin nous a rejoints l'ermite, cet ascète
  au charisme célèbre en déserts et cités.
Nous sommes venus tirer vengeance de l'Infidèle,
  le bruit de nos exploits vole de bouche en bouche.
Nos hommes, ce jour-là, qui donnèrent leur vie,

iront en des demeures éternelles, ouvertes
sur les eaux de l'Éden.

Lorsqu'il en eut terminé, il félicita encore une fois
son frère de s'en être sorti sain et sauf, et le complimenta pour ses actions d'éclat. Puis ils poursuivirent
leur chemin à allure soutenue.

Et l'aube chassant la nuit, Shahrâzâd dut interrompre son récit.

Lorsque ce fut la cent unième nuit, elle dit :

On raconte encore, Sire, ô roi bienheureux, que les
deux frères, tout en se congratulant mutuellement
pour l'heureuse issue de leur aventure et les prouesses
accomplies, faisaient diligence vers leur armée.

Dhât ad-Dawâhî pour sa part, après avoir rencontré
la colonne de secours dirigée par Bahrâm et Rustam,
s'en fut reprendre sa monture, rejoignit d'une traite les
troupes musulmanes qui investissaient Constantinople
et mit pied à terre devant le grand chambellan. Celui-
ci était assis sous le dais de sa tente de commandement. En voyant le faux ermite, il se leva, le salua d'un
signe de tête et l'interrogea :

— Quelles nouvelles apportes-tu, vertueux ascète ?

Fidèle à son art de semer le trouble en distillant ses
mensonges, la vieille femme lui répondit :

— J'ai croisé les deux émirs et les ai envoyés au
secours du roi. Mais leurs vingt mille cavaliers, je le
crains, ne contiendront pas les Infidèles qui leur sont
supérieurs en nombre. Il faudrait que tu leur expédies
d'urgence du renfort avant qu'ils ne soient exterminés.

À cette annonce, le grand chambellan et son entourage se laissèrent aller à un profond découragement et
se répandirent en larmes :

— Mettez votre espoir en Dieu, les encouragea Dhât
ad-Dawâhî. Faites front devant le malheur, à l'exemple

des premiers compagnons de la communauté de Muḥammad, vos illustres devanciers. C'est à ceux qui tombent en martyrs de la foi que sont réservés les palais du paradis. La mort est le lot commun et, dès lors, mieux vaut la trouver au combat.

Le chambellan, ainsi exhorté par la maudite, convoqua le frère de Bahrâm, un cavalier nommé Turkâsh, à qui il confia dix mille redoutables guerriers choisis avec soin. Il lui ordonna de faire mouvement sur-le-champ. En un jour et une nuit, Turkâsh parvint à proximité de ceux à qui il devait prêter main-forte. Au matin, lorsque Sharr Kân vit s'élever au loin le nuage de poussière soulevé par les nombreux arrivants, il fut saisi d'inquiétude et pensa : « Voilà une troupe qui vient vers nous. Si elle est des nôtres, à nous une victoire assurée ; sinon, que le destin s'accomplisse contre lequel il est vain de protester. » Il alla trouver son frère et lui fit part de ses appréhensions.

— De toute façon, ajouta-t-il, ne crains rien. Je suis là, prêt à donner ma vie contre la tienne. Il peut s'agir des nôtres et alors ce sera une faveur divine de plus. Dans le cas contraire, il ne nous restera qu'à nous battre. Néanmoins, j'aurais aimé avant ma mort revoir le dévot et lui demander d'intervenir auprès de Dieu afin qu'il me fît périr sur le champ de bataille, pas autrement.

Sur ce apparurent les étendards brodés de la profession de foi en le Dieu unique et en son prophète Muḥammad. Aussitôt, Sharr Kân s'enquit de la situation des musulmans restés sous Constantinople.

— Très bonne, lui fut-il répondu. Nous ne sommes ici que parce que nous étions inquiets sur votre sort.

Turkâsh, après avoir mis pied à terre et baisé le sol devant lui, lui demanda à son tour comment se portaient le roi, son grand vizir, Rustam et son frère Bahrâm.

— Pour le mieux. Mais qui vous a donné de nos nouvelles ?

— L'ascète. Il nous a dit avoir rencontré Rustam et mon frère, et les avoir envoyés à votre secours contre un ennemi si supérieur en nombre qu'il était en mesure de vous encercler. Or je vois, au contraire, que la victoire vous a souri.

— Mais comment est-il arrivé jusqu'à vous ?

— À pied et pourtant il a couvert, en une journée et une nuit, une distance qu'un cavalier aguerri aurait mis dix jours à abattre.

— C'est bien là un saint authentique ! Où l'avez-vous laissé ?

— Dans notre camp où il encourageait les zélateurs de la foi à se battre contre les tenants de l'impiété et de l'oppression.

Satisfait des nouvelles reçues, Sharr Kân loua le Seigneur qui avait protégé les survivants ainsi que l'ermite. Lui et ses amis eurent ensemble une pieuse pensée pour ceux des leurs tombés victimes d'un destin de tout temps inscrit dans le Livre éternel.

Ils reprirent ensuite à vive allure leur route en direction de Constantinople. Tandis qu'ils chevauchaient, ils virent soudain l'horizon entièrement bouché par un nuage de poussière qui obscurcissait la lumière du jour. À examiner cette épaisse nuée qui assombrissait les extrémités du ciel et de la terre, du levant au couchant, Sharr Kân craignit qu'elle ne fût soulevée par l'armée défaite fuyant devant les Infidèles. Apparut alors, qui avançait vers eux, un tourbillon plus opaque que les noires ténèbres et aussi terrifiant que le jour du Jugement dernier. Hommes et bêtes se portèrent en avant pour découvrir la nature du phénomène. C'était le fameux ermite qui se déplaçait de la sorte. Pendant que l'on s'empressait autour de lui et qu'on lui embrassait les mains, il clama :

— Ô la meilleure des communautés donnée à l'humanité pour dissiper comme un flambeau le brouillard de l'obscurantisme, les impies ont surpris les nôtres. Volez à la rescousse des adeptes du Dieu unique et sauvez-les des infâmes qui les ont attaqués dans leurs propres quartiers, alors qu'ils se croyaient en sécurité sous leurs tentes.

Le cœur battant à rompre, Sharr Kân désemparé descendit de cheval pour baiser les mains et les pieds de l'ascète. Le roi et les guerriers présents, fantassins et cavaliers, en firent autant, hormis Dandân, le grand vizir, qui resta en selle.

— Par Dieu, dit-il en aparté à Sharr Kân, cet ermite ne m'inspire rien qui vaille, car je n'ai jamais vu d'individu confit en dévotion qui ne fût pétri de vices. Laissez-le donc et rejoignez vos hommes en difficulté. Cet individu est assurément un réprouvé exclu de la miséricorde divine. Croyez-m'en, moi qui ai si souvent guerroyé dans ces parages en compagnie du roi 'Umar an-Nu'mân.

— Cesse, le rabroua Sharr Kân, d'être à ce point soupçonneux ! Ne l'as-tu pas vu à l'œuvre, appeler au combat et y participer sans se soucier des sabres ni des flèches ? Ne le dénigre pas. La calomnie est méprisable, et s'en prendre aux hommes en odeur de sainteté est aussi dangereux que de consommer de la viande empoisonnée. Observe comme il nous incite à nous battre. D'ailleurs, s'il ne bénéficiait pas de la sollicitude divine, comment lui eût-il été donné de dévorer les distances, surtout après les terribles épreuves qu'il a subies ?

Sur ce, il ordonna qu'on amenât à l'ermite une mule de Nubie :

— Prends-la pour monture, ascète voué au culte de Dieu et à Son adoration.

Mais, fidèle à son personnage et tout à son dessein,

l'ermite affecta de ne vouloir marcher qu'à pied. Il
était semblable, mais ils l'ignoraient, à ce dévot dévergondé dont le poète disait :

> *Il priait et jeûnait pour toucher à ses fins,*
> *son but atteint, plus ne jeûna ni ne pria !*

Tel un renard rusant pour surprendre sa proie, il
circulait entre les rangs des cavaliers et des fantassins
en psalmodiant à gorge déployée des passages du
Coran à la gloire du Seigneur. C'est ainsi qu'ils rejoignirent l'armée. Sharr Kân s'aperçut qu'elle était en
train de lâcher pied. La bataille, en effet, faisait rage
entre les justes et les pervers, et le chambellan,
envisageant le pire, songeait à ordonner la retraite.
Et l'aube chassant la nuit, Shahrâzâd dut interrompre son récit.

Lorsque ce fut la cent deuxième nuit, elle dit :
On raconte encore, Sire, ô roi bienheureux, que la
situation critique à laquelle étaient confrontés les
musulmans avait pour cause les subterfuges de la
maudite vieille, ennemie jurée de l'islam. En effet,
après avoir rencontré sur son chemin Bahrâm et
Rustam qui, à la tête de leur colonne, volaient au
secours du roi et de son frère, elle rejoignit le gros de
l'armée et réussit donc à en détacher Turkâsh et ses
hommes, dans le but de diviser et d'affaiblir ainsi les
forces musulmanes. Elle se glissa ensuite jusque sous
les remparts de la ville, héla les patrices de garde et
leur ordonna de lui lancer une corde au bout de
laquelle elle attacha un pli :

— Remettez-le à votre roi Afrîdûn et à mon fils
Ḥardûb roi de Césarée ; ils devront tous deux se
conformer strictement à mes directives.
La missive était ainsi rédigée :

« De la part de la plus grande des rouées, du fléau
d'entre les fléaux, Dhât ad-Dawâhî, au roi Afrîdûn,
salutations :

J'ai ourdi une ruse qui causera la perte des musulmans. Ayez confiance. J'ai fait prisonnier le roi, son
grand vizir et leurs hommes. À la suite de quoi, je me
suis rendue auprès des assiégeants que j'ai informés de
cette capture, semant ainsi le trouble et le découragement dans leurs rangs. Je les ai enfin dupés en les
incitant à envoyer au secours de leurs chefs douze
mille cavaliers sous le commandement de l'émir Turkâsh, de telle sorte qu'ils n'ont plus que très peu
d'hommes sous nos murs. J'attends de vous qu'en fin
de journée, vous fassiez une sortie et les surpreniez
dans leurs cantonnements. Mais il faut que cette sortie
ait lieu en masse. À cette condition, vous les extermine-
rez. Le Christ vous regarde et la Vierge Marie vous a en
sa bienveillance. Puisse le Messie ne pas oublier ce que
je fais en faveur de notre cause. »

Aussitôt le message reçu, Afrîdûn tout joyeux manda
le roi de Césarée, le fils de Dhât ad-Dawâhî, et lui lut la
missive de sa mère.

— Vois, s'écria Hardûb, combien elle est habile à
nouer des intrigues ! Avec elle, point n'est besoin de
recourir aux armes ; sa seule présence est à même de
susciter une épouvante semblable à celle du Jugement
dernier !

— Puisse le Messie la garder et ne pas te priver d'un
esprit aussi fertile en ingénieux stratagèmes.

Il fit aussitôt proclamer à travers la ville par ses
patrices qu'une sortie générale allait être faite. Ce que
Constantinople comptait de combattants, guerriers
chrétiens et croisés tous ordres confondus, se déversa
hors des murs. Sabres au clair, ils coururent sus aux
musulmans en poussant leurs cris d'hérésie et de
sacrilège impiété.

Lorsque le chambellan les vit se ruer sur ses troupes, il pensa qu'ils étaient au courant de l'absence du roi et du départ à son secours de la majeure partie de ses forces. Furieux, il harangua le restant de ses hommes :

— Combattants de l'islam, défenseurs d'une foi inébranlable, vous êtes perdus si vous fuyez, vous l'emporterez si vous tenez bon. Le courage est affaire d'un court moment et il n'y a pas de situation désespérée à laquelle Dieu ne puisse porter remède. Qu'Il vous bénisse et vous ait en Sa clémence.

Les guerriers se lancèrent dans la bataille aux cris de *Dieu est le plus grand*. Taillant et estoquant, donnant du sabre et de la lance, ils alimentèrent la meule des combats d'une mouture sanglante qui ne tarda pas à s'épandre par vaux et vallons. D'un côté, les moines ceints de leurs cordelières officiaient, les croix brandies ; de l'autre, les musulmans en appelaient à la grandeur du Dieu rétributeur suprême et faisaient retentir les échos de leurs psalmodies coraniques. Adorateurs du Clément et suppôts de Satan se ruèrent les uns contre les autres. Bientôt les têtes volèrent loin des corps, cependant que les anges tutélaires appuyaient de leurs invisibles cohortes les adeptes du Prophète, l'élu de Dieu. Jusqu'à la fin du jour, quand la nuit enveloppa tout de ses ténèbres, le combat fit rage. Les mécréants serraient de près leurs adversaires pensant bien échapper au châtiment humiliant qui leur était réservé.

Aux premières lueurs de l'aube naissante, le chambellan et ses hommes se remirent en selle, plaçant leur ultime espoir en Dieu. La mêlée devint de nouveau inextricable, et de nouveau les têtes volèrent. Là se révélèrent les braves et se dévoilèrent les poltrons, ceux qui allaient hardiment de l'avant et ceux qui tournaient bride et se débandaient. Le Juge suprême, dispensateur de mort, exerçait sa charge et rendait ses arrêts. Bien des héros vidaient les étriers et parsemaient le terrain de leurs corps exsangues. Les musulmans commencèrent à reculer, abandonnant aux Byzantins une partie de leurs tentes et du cantonnement. Enfoncés, résignés, ils étaient sur le point de lâcher pied, quand ils virent débouler leurs amis accourus à la rescousse, drapeaux au vent. À la vue du spectacle qui s'offrait à leurs yeux, fous d'une colère qui leur ôtait la raison, les nouveaux venus chargèrent dans un nuage de poussière qui enténébra les quatre points cardinaux. Sharr Kân menait la danse, suivi des escadrons commandés respectivement par Ḍaw' al-Makân, le grand vizir Dandân, Rustam le Daylamite et les deux Turcs Bahrâm et Turkâsh. La jonction s'opéra entre ces purs d'entre les purs et ces meilleurs d'entre les meilleurs. Sharr Kân remercia le chambellan de la fermeté dont il avait fait preuve et le félicita pour la part qu'il avait prise dans la victoire. Réconfortés, ils se lancèrent ensemble à corps perdu dans la mêlée, animés par un dévouement total à la cause du Seigneur.

Lorsque les Infidèles aperçurent les étendards musulmans frappés de la profession de foi consacrée au culte sincère de Dieu, ils crièrent à la catastrophe et au désastre, connurent un moment de flottement et invoquèrent pêle-mêle les supérieurs de leurs couvents et Jean et Marie et la croix emblème de noirceur. Le *Basileus* Afrîdûn sortit en personne à la tête de son aile droite ; la gauche fut confiée à Ḥardûb et le centre à l'une des fines fleurs de la chevalerie, un dénommé Lâwiya. Bien qu'en proie à la peur et quelque peu ébranlés, les chrétiens se disposèrent néanmoins en ligne face aux musulmans. Sharr Kân fit observer à son frère :

— Nul doute, roi de ce siècle, que leur intention est de recourir à la tactique des combats singuliers. Rien

ne saurait mieux nous convenir. J'envisage, dans ces
conditions, de placer aux premiers rangs les plus
résolus des nôtres. Prévoir est pour moitié dans le
succès d'une entreprise.

— Comment entends-tu procéder, judicieux conseiller ?

— Me tenir face au centre. Le grand vizir me
flanquera à gauche, le chambellan à droite ; les deux
émirs Bahrâm et Rustam se tiendront aux ailes. En ce
qui te concerne, notre monarque, tu resteras en retrait
sous les pavillons et les étendards. Après Dieu, tu es
notre soutien et nous sommes, tous tant que nous
sommes, prêts à donner la vie pour t'éviter le moindre
accident fâcheux.

Sur ces entrefaites, alors qu'au milieu des clameurs
et du cliquetis des sabres, Ḍaw' al-Makân remerciait
son frère de sa sollicitude, se détacha de chez les
Byzantins une mule aux allures désordonnées qui,
effrayée par le fracas des armes, gagnait à la main de
son cavalier. Sur sa selle houssée de soie blanche et
recouverte d'un tapis en cachemire était juché un
avenant vieillard au maintien imposant, enveloppé
dans une soutane en laine blanche. Secoué par le trot
de sa monture, il arriva rapidement à portée de voix et
annonça :

— Je suis un simple émissaire chargé de délivrer un
message. À ce titre, je réclame l'immunité due à un
ambassadeur.

— Accordé, lui lança Sharr Kân. Tu n'as rien à
craindre de nos armes.

Le vieil homme mit alors pied à terre, enleva la croix
qu'il portait au cou et la présenta au sultan à titre
d'hommage, à la façon d'un solliciteur en quête d'une
faveur.

— Qu'as-tu à nous dire ?

— C'est l'empereur Afrîdûn qui m'envoie. Je suis, en

effet, parvenu à le convaincre de mettre un terme à la
perte de tant de créatures façonnées par le Clément et
dotées d'une âme. Il est temps, l'ai-je persuadé, d'arrêter ce massacre et de se contenter d'opposer en champ
clos un champion de chaque camp. Il a accepté ma
suggestion et me charge de vous dire qu'il se propose
de risquer sa propre vie pour le salut de ses soldats. Il
escompte que votre souverain en fera autant. La
disparition de l'un des deux impliquera *ipso facto* la
défaite de son camp.

— Moine, votre proposition nous agrée sans réserve.
C'est l'équité même. Néanmoins, qu'il sache que c'est
moi qui relèverai le gant en ma qualité de champion
des musulmans, comme lui-même l'est des incroyants.
S'il venait à l'emporter, notre armée n'aurait plus
d'autre ressource que de se retirer. Cependant,
demande-lui de surseoir à la confrontation jusqu'à
demain, car nous avons eu de rudes journées. Repos
pris, nous ne prêterons le flanc ni à blâme ni à
reproche.

Le messager, satisfait des résultats de son entremise,
revint rendre compte à Afrîdûn qui, jusqu'alors soucieux et inquiet, recouvra sa sérénité. « Certes, se
disait-il, ce Sharr Kân est, de leurs guerriers, le plus
rompu au maniement du sabre et de la lance. Mais, si
d'aventure j'en venais à bout, les musulmans per-
draient mordant et efficacité. » Il savait, en effet, à
quoi s'en tenir sur son adversaire, car Dhât ad-Dawâhî
lui avait écrit pour le mettre en garde contre ce prince.
Elle le dépeignait comme le plus vaillant des preux et
le plus brave des cavaliers.

Afrîdûn était lui-même un combattant émérite,
habile aux armes, fronde, arc, masse, et ne répugnait
pas à affronter les périls. Sûr de lui, certain de son
invincibilité, il ne se tint plus de joie quand il apprit
que Sharr Kân tenait à l'affronter, et c'est dans la

liesse que les mécréants passèrent leur nuit à boire. Dès le matin, lances aux brunes hampes brandies et sabres étincelants dégainés, les combattants se mirent en place. Des rangs chrétiens sortit un chevalier monté sur une bête de race, puissamment membrue, dressée aux pires conditions de la bataille. Il était bardé de pied en cap d'une cuirasse à même de résister aux coups les plus rudes. Il arborait pour pectoral un miroir taillé dans un joyau. Ses armes étaient un estramaçon aux tranchants effilés et une javeline en bois de bruyère d'une remarquable facture franque. Il releva sa visière et le visage découvert, lança :

— Ceux qui me connaissent savent à quoi s'en tenir. Les autres l'apprendront bientôt. Je suis Afrîdûn, le protégé de Shawâhî Dhât ad-Dawâhî dont je suis imprégné du pouvoir magique.

À peine eut-il jeté son défi qu'avança vers lui le tenant de la cause de l'islam, Sharr Kân, à cheval sur un alezan qui valait pour le moins mille pièces d'or. Il avait passé une cotte de mailles serties de perles et de diamants, et ceint un sabre d'acier de trempe indienne incrusté de pierreries, fait pour trancher les cous et aplanir les difficultés. Il poussa sa monture en avant et, devant les cavaliers attentifs au spectacle, apostropha son adversaire :

— Malheureux maudit ! Crois-tu donc que je suis du même acabit que ceux qui, en vain, se sont mesurés à toi dans le passé ?

Puis ils se ruèrent à l'assaut. On eût dit deux montagnes s'entrechoquant ou deux océans lancés l'un contre l'autre dans la furie de leurs lames déchaînées. Ils virevoltaient, chargeaient et rompaient, s'empoignaient en corps à corps acharnés puis se dégageaient, le temps de reprendre souffle sous les regards de leurs partisans qui supputaient leurs chances respectives. L'heure n'était plus aux rodomontades. Toute la journée, au milieu de la poussière qui envahissait le terrain, ils approchèrent, se dérobèrent, donnèrent de la lance et du sabre, jusqu'au moment où, aux dernières lueurs du soleil pâlissant, Afrîdûn interpella Sharr Kân :

— Par le Messie et la vraie foi, tu es certes un redoutable bretteur et un champion intrépide. Mais tu n'en es pas moins déloyal et loin de posséder les qualités qui font un preux chevalier. Ta façon de combattre est celle d'un chef valeureux, mais tu n'en as pas l'âme. Les tiens eux-mêmes te prêtent une mentalité servile, qui sont en train de te préparer une monture de rechange. Or par ce en quoi je crois, je suis aussi fatigué que toi de ce combat et des coups que nous nous portons. Si tu as l'intention de le poursuivre cette nuit, fais en sorte de ne rien remplacer, ni cheval, ni équipement. C'est à ce prix que tu prouveras ta noblesse de caractère aux yeux des braves ici présents.

Indigné qu'on pût le faire passer pour un guerrier de basse extraction, Sharr Kân jeta un coup d'œil en arrière dans l'intention d'interdire la moindre initiative. Il ne vit rien d'anormal et comprit, mais un peu tard, qu'il était victime d'une ruse du maudit chrétien. À peine eut-il le temps de retourner la tête que son adversaire lui lançait sa javeline. Il put en partie l'esquiver en se couchant sur le pommeau de sa selle. L'arme lui traversa en séton la poitrine qu'il avait fort bombée. Il poussa un grand cri et perdit connaissance à la grande satisfaction d'Afrîdûn qui fut persuadé l'avoir tué. Il ordonna à ses hommes de manifester leur joie. Aux cris d'allégresse poussés par les impies ne répondirent en écho que les sanglots des vrais croyants. Ḍaw' al-Makân, à la vue de son aîné près de tomber de cheval, donna l'ordre à ses hommes de voler à son secours. Les Infidèles chargèrent à leur tour et, pendant que la mêlée devenait générale, le grand vizir

Dandân se portait le premier à l'aide de Sharr Kân en difficulté.

Et l'aube chassant la nuit, Shahrâzâd dut interrompre son récit.

Lorsque ce fut la cent troisième nuit, elle dit :

On raconte encore, Sire, ô roi bienheureux, que Ḍaw' al-Makân vit son frère atteint et le crut touché à mort. Il lança ses guerriers pour le dégager. Dandân arriva le premier, suivi de Bahrâm et de Rustam. Ils le redressèrent sur sa selle, le soutinrent, le ramenèrent et le confièrent aux soins des valets d'armes, avant de retourner au combat qui faisait rage dans le fracas des lames brisées sous les chocs. L'affaire était sérieuse ; ce n'était que sang qui giclait, et cous rompus. Le combat de plus en plus furieux, où la parole n'était pas de mise, se poursuivit presque toute la nuit. Au petit matin, les deux partis épuisés se désengagèrent et rejoignirent leurs camps.

Les Infidèles entourèrent l'empereur, baisèrent le sol à ses pieds cependant que prêtres et moines le félicitaient de sa victoire. Afrîdûn regagna ensuite Constantinople et, assis sur son trône, reçut le roi de Césarée, Ḥardûb, venu le féliciter.

— Le Messie a soutenu ton bras et constamment apporté son aide, exauçant les vœux de ma sainte mère. Après la perte subie, les musulmans ne seront plus capables de poursuivre le siège.

— Oui, demain sera un jour décisif. Je défierai leur roi et le vaincrai à son tour. Ils n'auront plus qu'à plier bagage et à se retirer.

Du côté musulman, Ḍaw' al-Makân n'avait d'autre souci que la santé de son frère. Celui-ci gisait sous sa tente dans un triste état qui justifiait toutes les inquiétudes. Convoqués à son chevet, Dandân, Bahrâm et Rustam conclurent qu'il lui fallait les soins d'hommes de l'art pour le guérir. Ils le veillèrent en larmes, déplorant la mise hors de combat de l'incomparable héros de tous les temps. Il faisait encore nuit quand l'ascète, en pleurs lui aussi, fit son apparition. Il salua le souverain qui tint à l'accueillir debout. Passant la main sur le corps du blessé, il psalmodia des passages coraniques et appela sur lui la protection divine en récitant la sourate du *Miséricordieux*. Il ne quitta pas son chevet de la nuit. Au matin, Sharr Kân entrouvrit les yeux et articula quelques mots au grand soulagement du roi qui vit dans cette manifestation de vie le résultat du pouvoir bénéfique du saint homme.

— Dieu soit loué, s'écria Sharr Kân, je me sens mieux. Le maudit chrétien m'a pris en traître. Si je n'avais pas esquivé à la vitesse d'un éclair, son trait m'eût traversé de part en part. Grâces soient rendues au Seigneur qui m'a sauvé. Mais où en sont nos hommes ?

— Atterrés et désespérés à ton sujet.

— Qu'ils se rassurent, je vais bien désormais. Et l'ascète ? Où est-il ?

— À ton chevet.

Se tournant vers lui, Sharr Kân saisit ses mains qu'il porta à ses lèvres.

— Ce n'est plus maintenant, affirma l'ermite, qu'affaire de patience. Dieu décuplera ta récompense dans l'au-delà, car Sa rétribution est fonction des épreuves endurées.

Sharr Kân lui demanda alors de prier pour lui, ce qu'il fit incontinent.

Aux premières lueurs de l'aube, les deux armées reprirent leurs emplacements. Armes brandies, elles piaffaient d'impatience à l'image de leurs deux chefs, Ḍaw' al-Makân et Afrîdûn, qui avaient hâte de se mesurer l'un à l'autre. Malgré les prières instantes du grand vizir, du chambellan et de Bahrâm qui le

suppliaient de les laisser offrir leurs vies pour la
sienne, Ḍaw' al-Makân ne voulut rien entendre.

— Par la Ka'ba, le puits de Zemzem et la station
d'Abraham, je ne laisserai à nul autre le soin d'affronter ces barbares.

Il s'élança aussitôt en maniant à merveille son sabre
et sa lance sous les yeux admiratifs des guerriers en
présence. Il fondit sur l'aile droite ennemie, abattit
deux patrices et derechef deux autres sur l'aile gauche.
Il revint au centre du dispositif et clama :

— Où est donc votre Afrîdûn que je lui inflige une
humiliante punition ?

Ce dernier, décontenancé, songea un moment à se
dérober. Quand le roi Ḥardûb s'aperçut de sa défail-
lance, il jura qu'il ne le laisserait point aller au
combat.

— Roi, hier fut ton jour, aujourd'hui est le mien. De
la vaillance de notre ennemi, je ne me soucie point.

Sabre au poing, Ḥardûb s'élança. Il chevauchait un
bai brun brûlé plein de fougue, semblable à al-Abjar le
coursier de 'Antar tel que le chantait le poète :

Et ce noble cheval est plus vif qu'un regard,
  comme s'il voulait ainsi précéder le destin.
Sa robe brun brûlé apparaît aussi sombre
  que la nuit dans la nuit quand la nuit est profonde.
Son hennissement sait semer l'épouvante
  comme effraie le tonnerre quand le tonnerre gronde.
Et s'il défie le vent, le vent vaincu lui cède
  et l'éclair fulgurant ne sait le devancer.

Les deux champions se précipitèrent l'un sur l'autre.
Tout en parant les coups, ils portaient les bottes les
plus étonnantes dont ils avaient le secret, et multi-
pliaient les passes d'armes qui laissaient pantois les
spectateurs, tenus en haleine par l'issue incertaine du

combat. Soudain, Ḍaw' al-Makân, dans un hurlement, allongea à son adversaire une estocade décisive qui le décapita net et lui ôta la vie.

Les Infidèles fondirent alors en un seul élan sur le vainqueur qui fit front. De nouveau, la mêlée fut générale et le sang coula à flots. Aux cris de *Dieu est le plus grand* et de *Il n'y a d'autre divinité que Dieu*, entrecoupés d'invocations à son Envoyé, l'annonciateur, l'avertisseur, les croyants soutinrent le choc et obtinrent la victoire sur leurs ennemis déconfits.

Dandân, tête nue, dirigeait les opérations et encourageait ses hommes à venger le roi an-Nu'mân et son fils Sharr Kân. Lorsqu'il fit donner les vingt mille Turcs tenus en réserve, les Infidèles furent acculés à la déroute non sans avoir abandonné sur le terrain environ cinquante mille des leurs, victimes des lames acérées. Cinquante mille autres et plus encore furent capturés, cependant que des fuyards, en nombre non négligeable, périssaient piétinés aux portes de la capitale qu'ils cherchaient à franchir dans la bousculade. Lorsque les survivants furent à l'abri des remparts et hors d'atteinte, les musulmans victorieux retournèrent à leur camp. Ḍaw' al-Makân s'empressa d'aller retrouver son frère dont l'état était des plus satisfaisants. Son premier soin fut de se prosterner en une action de grâces rendue au Généreux, au Très Haut en Soi et par Soi. Ils se congratulèrent pour l'heureuse conclusion de la bataille, due, sans doute possible fit observer Sharr Kân, au pouvoir magique de cet ascète qui, la journée entière, intercéda par ses prières, toujours exaucées, en faveur de nos armes.

Et l'aube chassant la nuit, Shahrâzâd dut interrompre son récit.

Lorsque ce fut la cent quatrième nuit, elle dit :
On raconte encore, Sire, ô roi bienheureux, que

Sharr Kân fit part de sa conviction que le succès avait été acquis grâce au pouvoir bénéfique de l'ermite et à ses incantations. Il raconta combien il avait été réconforté par les cris de *Dieu est le plus grand*, annonciateurs de victoire. Il pria ensuite son frère de lui narrer les péripéties du combat singulier au cours duquel l'âme de Ḥardûb s'était envolée vers la malédiction éternelle.

Pendant que le blessé couvrait de louanges son frère pour les prouesses accomplies, Dhât ad-Dawâhî était présente, toujours déguisée en ermite. C'est ainsi qu'elle apprit la mort de son fils. Son teint s'altéra et elle ne put réprimer les larmes qui lui montaient aux yeux. Elle eut cependant la présence d'esprit de les mettre sur le compte de l'excès de joie que lui procurait la nouvelle.

« Par le Messie, se promit-elle, je n'ai d'autre raison de vivre désormais que d'infliger à Ḍaw' al-Makân une souffrance aussi cruelle que celle qui me consume le cœur à la suite de la perte de Ḥardûb, le pilier de la chrétienté et le soutien des croisés. »

Le roi, le grand vizir et le chambellan restèrent un moment auprès de Sharr Kân, à soigner sa plaie qu'ils enduisirent de baume et pansèrent, en même temps qu'ils lui administraient les médicaments nécessaires à son état. Il se rétablissait à vue d'œil, et l'armée, avertie du mieux, ne douta pas qu'il chevaucherait bientôt à sa tête et prendrait en main les opérations du siège. Sharr Kân finit par renvoyer ses proches goûter quelque repos après une aussi dure journée et ne garda près de lui que de jeunes serviteurs et Dhât ad-Dawâhî. Il conversa avec elle un instant avant de sombrer, ainsi que son entourage, dans un sommeil profond comme la mort.

Seule à rester éveillée, la vieille femme s'assura que le prince était bien endormi. Avec la vivacité d'un

reptile venimeux et la promptitude d'un basilic mou-
cheté, elle sortit de son giron un poignard à la lame
enduite d'un poison si violent qu'il eût dissous un
rocher. Elle le dégaina, brandit la lame au-dessus de la
gorge offerte qu'elle trancha net, séparant la tête du
tronc. Elle fit subir le même sort aux serviteurs de
crainte qu'ils ne donnent l'alarme, et se dirigea ensuite
en direction du pavillon royal. Mais les sentinelles
faisaient bonne garde. Elle inclina alors vers la tente
du grand vizir. Celui-ci était occupé à lire le Coran.
L'ayant aperçue et toujours persuadé qu'il s'agissait
d'un ermite, il lui souhaita la bienvenue et lui
demanda ce qui l'amenait à une heure aussi tardive.

— Je suis en route, dit-elle, le cœur battant la
chamade, à l'appel d'un saint ami de Dieu qui m'invite
à le rejoindre. J'y vais de ce pas.

Peu convaincu, Dandân décida de la suivre dans la
nuit. Mais la maudite femme éventa la filature et,
craignant d'être confondue, s'en tira encore une fois
grâce à sa présence d'esprit.

— Vizir, il ne sied pas que tu viennes avec moi. Je
vais à la rencontre d'un saint que j'aspire à connaître.
Il pourrait prendre ombrage de me voir accompagné
sans autorisation de sa part. Quand il m'aura reçu, je
lui demanderai la permission de t'amener à lui.

Dandân n'osa pas insister et rebroussa chemin vers
sa tente pour trouver un sommeil qu'il chercha en
vain. Oppressé, assailli par des idées noires, il se
résolut d'aller chez Sharr Kân lui tenir compagnie
jusqu'au matin. C'est là, sous le pavillon princier d'où
le sang coulait en rigoles, qu'il découvrit le carnage. Il
poussa un hurlement qui rameuta les gens réveillés en
sursaut. Ils s'agglutinèrent autour de lui et se répandirent en pleurs et en bruyants gémissements qui tirèrent le roi de son sommeil. Ḍaw' al-Makân envoya aux
nouvelles et apprit ainsi l'assassinat de son frère et de

ses serviteurs. Rendu sur place, il tomba évanoui aux
pieds du cadavre décapité auprès duquel se tenait
Dandân atterré. Les soldats éplorés entourèrent leur
souverain jusqu'à ce qu'il revînt à lui. Contemplant le
corps sans vie, il donna libre cours à sa douleur imité
par le grand vizir, Rustam et Bahrâm. Le chambellan,
plus bouleversé encore que les autres, demanda à se
retirer tant il était secoué par les sanglots.

— Mais qui donc a pu commettre pareille ignominie ? demanda le roi. Au fait, je ne vois pas l'ascète, cet
homme si détaché des biens de ce monde.

— Parlons-en, s'exclama le grand vizir. Qui est à la
source de nos maux sinon ce démon d'ermite ? Dès le
début et tout du long, il ne m'a inspiré que défiance
car, je le sais d'expérience, ceux qui affectent une foi
par trop ostentatoire sont de fieffés fourbes.

Ils pleurèrent et se lamentèrent de plus belle en
suppliant le Seigneur, *Celui qui est proche et exauce*
(Coran XI/61), de faire tomber entre leurs mains ce
faux dévot, négateur des signes évidents de Dieu. Ils
préparèrent ensuite la dépouille, l'inhumèrent au sommet de la montagne et prirent le deuil qui convenait à
un personnage de si notoire mérite.

Et l'aube chassant la nuit, Shahrâzâd dut interrompre son récit.

Lorsque ce fut la cent cinquième nuit, elle dit :
On raconte encore, Sire, ô roi bienheureux, que les
musulmans, après avoir enseveli Sharr Kân dans la
montagne et pris le deuil en l'honneur de ses vertus,
s'attendaient à ce que la ville leur fût livrée. Mais, à
leur grand étonnement, personne ne se montrait sur les
remparts. Ḍaw' al-Makân fit alors le serment de ne pas
lever le siège avant d'avoir forcé la cité :

— Dussé-je passer ici des années et des années et y
laisser une vie qui me pèse, je n'aurai de cesse que de

mettre cette ville à sac et d'anéantir les rois chrétiens jusqu'au dernier afin de venger mon frère.

Il ordonna de répartir entre tous les hommes de l'armée sans exception les richesses rapportées du couvent du métropolite Jean. Trois cents représentants des divers contingents de l'armée furent renvoyés dans leurs foyers avec mission de convoyer les biens ainsi distribués et de les faire parvenir aux familles des bénéficiaires.

— J'ai le ferme dessein, leur précisa-t-il, de ne pas bouger avant d'avoir assouvi ma vengeance. Faites savoir que nous allons bien et que nous gardons confiance.

Il pria en outre le vizir Dandân d'écrire à sa sœur Nuzha et de l'informer de la situation :

— Recommande-lui de s'occuper de l'enfant qui a dû naître, car ma femme était enceinte à notre départ. Si c'est un garçon, comme le bruit en court, qu'on revienne vite m'avertir.

Trois jours durant, les musulmans, après avoir poussé leurs avant-gardes tout contre les murs de la ville, attendirent un signe de vie d'un ennemi bien protégé derrière des remparts déserts. Ḍaw' al-Makân, inquiet, remâchait son chagrin et se demandait ce qu'était devenu le faux dévot félon.

La raison pour laquelle les chrétiens s'étaient abstenus de combattre durant ces trois jours est que Dhât ad-Dawâhî, son forfait accompli, était revenue en hâte à Constantinople. S'étant fait reconnaître par un mot de passe dit en langue franque, elle avait été encordée, hissée sur les remparts et conduite chez Afrîdûn. En larmes, elle lui demanda s'il était vrai, ainsi qu'elle l'avait entendu dire chez les musulmans, que son fils Hardûb avait trouvé la mort.

— Oui, confirma-t-il.

Il pleura avec son entourage devant le désespoir de

la vieille femme qu'il incita à surmonter sa peine et à se résigner. Elle lui apprit alors, et il en jubila, qu'elle avait tué Sharr Kân de sa propre main.

— Mais, ajouta-t-elle, la mort de ce chien ne suffit pas à venger la perte d'un roi de la trempe de mon fils. C'est Ḍaw' al-Makân qu'il me faut ; et pas seulement lui, mais encore Dandân, le chambellan, Rustam, Bahrâm et au moins dix mille de leurs cavaliers. Je ne saurais me contenter d'une seule vie, fût-elle celle de Sharr Kân, en compensation de celle de mon fils. Pour l'instant, je veux me consacrer à ma peine, couper ma cordelière et briser ma croix en signe de deuil.

— Agis à ta guise, répondit Afrîdûn, et prends ton temps. Nous n'avons rien à redouter des musulmans dépourvus de moyens de siège. Demeureraient-ils des années entières sous nos murs qu'ils n'obtiendraient rien de nous et ne récolteraient que les fatigues d'une campagne éprouvante.

La maudite vieille, lorsqu'elle eut terminé de penser à ses méfaits et de se remémorer ses actes honteux, prit un encrier, du papier et rédigea de sa main la lettre suivante :

« De la part de Shawâhî Dhât ad-Dawâhî à leurs Excellences les chefs musulmans.

Sachez que j'ai pénétré dans votre pays et gagné par ma cautèle la confiance des plus grands d'entre vous. C'est ainsi que j'ai pu tuer votre souverain 'Umar an-Nu'mân au cœur même de son palais. J'ai aussi été à l'origine de la mort de bien de vos guerriers au cours des combats du défilé et de la grotte. Enfin, c'est moi, encore moi, qui, grâce à ma ruse, mes manigances et mes subterfuges, ai massacré Sharr Kân et ses servi-teurs. Peu s'en est fallu que je fasse subir le même sort à votre sultan et à son grand vizir, si seulement le sort et Satan avaient consenti à favoriser mes projets. Oui, l'ascète au déguisement duquel vous vous êtes laissés prendre, c'était moi. Si vous tenez à votre salut, quittez notre territoire. À vous entêter vous iriez au désastre. Dussiez-vous rester ici des années et des années, vous n'obtiendriez rien de ce que vous souhaitez. »

Cette missive écrite, elle observa un deuil de trois jours en la mémoire du roi défunt. Elle manda ensuite un patrice qu'elle chargea de transmettre par flèche son message aux musulmans. Là-dessus, après s'être enfermée dans une église afin d'exhaler sa douleur pour la perte de Ḥardûb, elle alla trouver son successeur et lui fit part de sa détermination d'en finir avec Ḍaw' al-Makân et ses proches les plus importants.

De leur côté, les musulmans restèrent à remâcher leur chagrin et leur douleur durant trois jours, au bout desquels ils observèrent sur les remparts un patrice qui bandait un arc sur lequel était encochée une flèche en bois dont l'empennage portait un parchemin. Ils le laissèrent tirer et allèrent chercher la flèche. Lorsque Dandân lut la missive à son souverain comme celui-ci l'en avait prié, il ne put empêcher les larmes de lui monter aux yeux. Il gémit et se lamenta, furieux d'avoir été piégé deux fois par ce faux dévot dont pourtant il s'était toujours méfié.

— Par Dieu, s'exclama le roi, comment avons-nous pu nous laisser berner à ce point ! Je ne quitterai pas ces lieux sans avoir empli le vagin de cette ribaude de plomb fondu et l'avoir mise en cage comme un oiseau captif. Ensuite de quoi, je la ferai pendre par les cheveux et clouer en croix à la porte de Constantinople.

Pendant que les Byzantins se réjouissaient de la mort de Sharr Kân, les musulmans se mirent de nouveau à songer au siège. Le roi promit de partager entre tous, équitablement, le butin qui viendrait à être fait lors du sac de la ville. Mais il était miné par l'affliction, en proie à des crises de larmes intarissables, et maigrissait au point de n'être guère plus épais qu'un cure-dent. Dandân finit par lui dire :

— Rien ne sert de te consumer ainsi. Console-toi et rafraîchis tes yeux. Ton frère est certes mort, mais à l'heure qui lui était impartie. Le poète n'a-t-il pas dit et de quelle excellente manière :

> *Ce qui ne doit pas être, aucune ruse ne le fera*
> *et ce qui doit être, sera.*
> *Ce qui doit être, en son temps sera ;*
> *insensé qui l'oublie, et puni sera.*

Cesse donc de te répandre en lamentations et en pleurs, et affermis ton cœur en vue des combats à venir.

— Certes, cher vizir. Mais je suis tourmenté par la mort de mes père et frère, et en souci de mon pays ainsi que de mes sujets. Nous les avons quittés depuis si longtemps !

Cette confidence eut le don d'émouvoir l'assistance jusqu'aux larmes.

Les musulmans étaient toujours sous les murs de Constantinople assiégée, quand un courrier, en la personne d'un émir, arriva de Bagdad porteur de nouvelles. Il leur apprit que l'épouse du roi avait eu l'insigne bonheur d'avoir un fils ; qu'il avait été dénommé Kân Mâ Kân par Nuzhat az-Zamân, la propre sœur du souverain ; qu'il était né sous les meilleurs auspices et qu'on lui prédisait un avenir radieux ; qu'ordre avait été donné aux docteurs de la loi et aux prédicateurs d'invoquer le Seigneur en faveur de l'armée en campagne et de Le supplier du haut des chaires et à l'issue de chacune des prières canoniques ; qu'au demeurant tout allait pour le mieux, que les pluies avaient été abondantes et qu'enfin l'ami de Ḍaw' al-Makân, le chauffeur d'étuves, vivait dans le luxe, entouré de jeunes esclaves et de serviteurs mais qu'il déplorait d'être sans nouvelles de son protecteur.

— Me voilà rassuré maintenant que j'ai un garçon qui me servira plus tard de soutien, s'exclama le monarque.

Et l'aube chassant la nuit, Shahrâzâd dut interrompre son récit.

Lorsque ce fut la cent sixième nuit, elle dit :

On raconte encore, Sire, ô roi bienheureux, que Ḍaw' al-Makân, rassuré par la naissance de son héritier, fit part au grand vizir de son intention de clore le deuil, d'ordonner, pour le repos de l'âme de son frère, des lectures collectives du Coran dans sa totalité et de procéder à des largesses. Dandân approuva. Des tentes furent dressées autour de la tombe du défunt sous lesquelles prirent place ceux des combattants qui savaient le Livre par cœur. Ils passèrent la nuit qui à psalmodier, qui à invoquer Dieu. Au matin, Ḍaw' al-Makân se tint debout devant la sépulture, versa d'abondantes larmes et récita :

Ils ont accompagné sa dépouille en pleurant
*   et tous poussaient des cris encore plus déchirants*
*   que les cris de Moïse quand le Dieu Tout-Puissant*
*   frappa le mont Sinaï.*
Ils le mirent en terre et ce fut soudain comme
*   si la tombe béante se creusait en leur cœur.*
Et de le voir ainsi porté sur sa civière,
*   je vis le mont Raḍwâ porté par des humains ;*
*   aurais-je pu le croire ? non,*
Et pas plus ne croyais avant sa mise en terre
*   que les astres aussi se mettaient en la tombe.*
Ô voisin du sépulcre, prisonnier du repos,

l'éclat de ta beauté illumine ta nuit.
Que ne savent ces vers te redonner la vie
    toi que la mort enroule mais laisse déployé !

Devant l'assistance en larmes, Dandân lui succéda,
se jeta sur le tombeau dans un état proche de l'inconscience et récita à son tour :

Tu quittes ce monde éphémère pour l'éternité
    comme tant d'autres l'ont fait avant toi.
Et tu laisses ces lieux pour un autre séjour,
    où tu pourras goûter à la félicité.
Tu savais bien pourtant te garder au combat
    des flèches ennemies avides de ton sang !
La vie décidément n'est que vaine illusion,
    rien n'y devrait compter que le Dieu de justice.
Fasse le Maître du Trône t'accueillir en l'Éden,
    t'asseoir à Ses côtés, Lui le guide suprême.
Me voici maintenant accablé de douleur
    tandis que l'univers, d'Orient en Occident,
    va pleurer ce malheur.

Il termina en sanglotant, cependant que l'un des
commensaux habituels de Sharr Kân s'avançait, les
joues sillonnées de larmes :

Où trouver désormais quelqu'un de généreux
    quand ta main généreuse est désormais sous terre,
    quand mon corps en ta mort s'épuise et s'exténue ?
Toi qui escortas le palanquin de tant de belles,
    puisses-tu trouver d'autres joies ;
    les pleurs tracent sur mes joues un message
        qui réjouirait ton cœur.
Par Dieu, jamais mes pensées ne vont à toi,
    oh ! non, et jamais ne me souviens de tes actes
Sans que les larmes n'incendient mes yeux,

et jamais mon regard ne se donne à un autre,
sans que ton amour ne me force à veiller.

La troupe regagna ensuite ses cantonnements, au milieu des lamentations. Le roi et Dandân, après la cérémonie, se consacrèrent jour et nuit aux affaires que requérait la poursuite de la guerre. Mais Ḍaw' al-Makân restait en proie à la tristesse et au chagrin.

— J'aimerais, confia-t-il un jour à son ministre, me changer les idées en écoutant raconter la vie des gens illustres, les exploits des grands souverains du passé ou encore les aventures des amoureux célèbres. Peut-être ainsi Dieu dissipera-t-Il les tourments qui me minent et me font tant pleurer.

— Si cela devait t'apporter quelque apaisement, qu'à cela ne tienne. Je te rapporterai d'extraordinaires récits puisés dans la geste de monarques fameux, ou te parlerai des amants qui ont défrayé la chronique. Du vivant de ton père, je passais beaucoup de mon temps à le distraire ainsi en lui racontant des histoires et en lui récitant des vers. Cette nuit même, afin que tu retrouves ta sérénité, je t'entretiendrai d'amours passionnées.

Ḍaw' al-Makân, alléché par cette promesse, ne se tenait plus d'impatience. À peine la nuit tombée, il ordonna d'allumer bougies et lampes à huile, et de mettre en place le nécessaire à une veillée, mets, boissons et encensoirs. Il fit venir, en même temps que le grand vizir, le chambellan et les trois émirs Bahrâm, Rustam et Turkâsh.

— La nuit, leur dit le souverain, est à nous, qui vient tout envelopper de son noir manteau. Raconte Dandân !

— Bien volontiers.

Et l'aube chassant la nuit, Shahrâzâd dut interrompre son récit.

Lorsque ce fut la cent septième nuit, elle dit :

On raconte encore, Sire, ô roi bienheureux, que Dandân, invité par son souverain à s'exécuter, raconta :

HISTOIRE DE TÂJ AL-MULÛK ET DE LA PRINCESSE DUNYÂ

Je connais, Sire, l'histoire de deux amants et de celui qui leur servait de messager. Étonnante par ses rebondissements, elle est à même d'apporter du baume aux cœurs les plus meurtris et eût pu consoler le patriarche Jacob en personne des malheurs qui l'ont frappé.

Il existait dans le lointain passé, au-delà des monts d'Ispahan, une cité, la Ville Verte, sur laquelle régnait le roi Sulaymân Shâh. Il était généreux et bon, juste et intègre, vertueux et bienveillant. Sa réputation avait débordé les frontières jusqu'à parvenir aux contrées et pays les plus lointains, si bien que voyageurs et commerçants affluaient de partout dans sa ville. Puissant et respecté, il gouvernait depuis longtemps et avec bonheur, et seule une préoccupation venait assombrir ce tableau : il n'avait ni épouses, ni enfants. Il convoqua un jour son vizir qui jouissait de qualités semblables aux siennes et était aussi généreux. Il lui fit part du désagrément que lui causait une situation dont il s'accommodait mal et qu'il avait de plus en plus de peine à supporter :

— Les souverains qui gouvernent et ont la haute main sur leurs sujets, du plus noble des princes au dernier des brigands, se doivent d'avoir des descendants qui feront leur joie et contribueront à asseoir leur pouvoir. D'ailleurs, le Prophète — que les prières et le salut de Dieu soient sur lui — n'a-t-il pas dit : *Épousez-vous et procréez. Vous vous multiplierez et je serai fier de vous au concert des peuples, le jour de la Résurrection* ? Conseille-moi au mieux.

— À Dieu ne plaise, répondit le vizir ému aux larmes, que je m'immisce dans une affaire qui ne relève que du Clément ! Voudrais-tu que je m'attire le courroux du Tout-Puissant et que j'aille rôtir en enfer ? La seule chose que je puis me permettre est de suggérer l'achat d'une esclave.

— Comment savoir d'avance, rétorqua le roi, ses mérites personnels et la pureté de son lignage ? Comment être sûr qu'elle n'est pas de basse extraction avant que d'en cueillir la fleur ? Dans le cas contraire, si c'est une fille de noble souche, comment le deviner avant de vivre avec elle et de lui octroyer le statut de concubine ? Et si elle venait à avoir un enfant, qui pourrait garantir que, du fait d'une origine douteuse, il ne sera pas un coquin pervers, avide de sang injustement versé ? Il en serait d'elle comme d'une saline qui ferait pourrir tout ce que l'on y sèmerait et ne laisserait rien pousser. Je ne saurai me résoudre à me donner un héritier dont je ne serai pas sûr qu'il n'encourra pas la colère de Dieu en contrevenant à Ses ordres et en ne respectant pas Ses interdits. Non, je ne veux pas prendre le risque d'acheter une esclave. Mon désir est que tu te mettes en quête de la fille d'un monarque musulman, de grande lignée et à la beauté accomplie. Si tu m'en trouvais une qui répondît à ces conditions et qui de surcroît fût pieuse, je demanderai officiellement sa main et en ferai ma femme avec l'agrément du Maître de toute créature.

— C'est chose faite ! Le Seigneur a d'ores et déjà exaucé ton souhait.

— Comment cela ?

— J'ai appris, Sire, que le roi Zahr Shâh, le souverain de la Terre Blanche, a une fille d'une beauté
ineffable. Elle serait proportionnée à souhait, avec
des yeux à l'éclat souligné par le khôl, des cheveux
longs, une taille fine jaillissant au-dessus de hanches
épanouies. La voir de face, dit-on, est troublant,
l'admirer de dos, mortel. Elle captive les regards et
séduit les cœurs à l'instar de celle qu'a chantée le
poète :

Sa taille flexible remplit de confusion la souple branche
  du saule,
    et ni le soleil, ni la lune ne peuvent imiter l'éclat de
    son visage.
Sa salive est un miel mêlé à un vin vieux et ses dents
    sont des perles.
Svelte comme une Houri du paradis,
    elle en a le beau visage, iris noir sur cornée blanche.
Que de victimes n'a-t-elle pas faites, mortes du mal
  d'amour,
    et que d'embûches semées sur le chemin de son cœur.
Si je vis, elle est l'espoir en ma mémoire,
    et sans elle à quoi me servirait de vivre ?

Je pense, poursuivit-il, après l'avoir ainsi décrite,
qu'il te faudrait envoyer à son père un émissaire
intelligent et expérimenté, rompu aux négociations
délicates. Il saurait, avec tact et doigté, la demander
en mariage. C'est à coup sûr la plus belle des femmes
dont on ait entendu parler à travers le vaste monde.
Tu pourras alors en jouir de légitime façon avec
l'agrément du Dieu de majesté. Le Prophète —
prières et salut sur lui — n'a-t-il pas dit qu'il n'y
avait pas de monachisme en islam, faisant référence
ainsi à un verset du Coran ? (Coran LVII/27.)

Cette perspective emplit le cœur du roi d'une immense joie et dissipa les soucis dans lesquels il se débattait.

— Nul autre que toi n'a les qualités voulues pour mener à bien une mission pareille, eu égard à ton intelligence et à ta délicatesse. Prends immédiatement tes dispositions pour partir dès demain. Ne reviens pas sans cette jeune princesse pour laquelle tu as su éveiller mon intérêt.

— Volontiers et de tout cœur, acquiesça le vizir.

Il s'en fut sur-le-champ préparer son ambassade. Il réunit des cadeaux dignes de plaire à un souverain, joyaux précieux, orfèvrerie rare et autres présents de grande valeur mais peu encombrants ; sans compter des pur-sang arabes, des cottes de mailles qu'on eût dites forgées par David lui-même et des caisses entières d'espèces sonnantes et trébuchantes. Le tout fut chargé sur des mulets et des dromadaires, et le convoi, qui comprenait aussi deux cents esclaves, cent de chaque sexe, s'ébranla drapeaux et oriflammes déployés. Comme le roi qui brûlait d'amour et d'impatience lui avait demandé de faire diligence, le vizir voyagea de jour et de nuit et traversa sans désemparer contrées habitées et déserts. Parvenu à une étape de sa destination, il campa au bord d'une rivière et chargea son courrier d'aller annoncer sa visite au roi Zahr Shâh.

Ce dernier était ce jour-là à prendre l'air dans l'une de ses résidences de campagne située hors des murs de la ville. Il vit passer le messager en lequel il reconnut un étranger et ordonna qu'on le lui amenât :

— Je suis dépêché par le vizir du grand roi Sulaymân Shâh, souverain de la Ville Verte et des monts d'Ispahan.

Le monarque, ravi, réserva à son hôte le meilleur accueil et l'emmena en son palais.

— Où et quand as-tu laissé ton maître ?

— Ce matin au bord de telle rivière. Il sera là demain. Puisse Dieu continuer à te combler de Ses faveurs et accueillir tes parents en Sa miséricorde.

Sur ce, Zahr Shâh ordonna à l'un de ses ministres, accompagné par la majeure partie des membres de la cour, chambellans, gouverneurs et hauts dignitaires, d'aller au-devant de l'ambassadeur, en signe d'hommage à un souverain dont l'autorité était partout reconnue.

Le vizir, quant à lui, s'était remis en route au milieu de la nuit. Au matin, lorsque le soleil éclaira de ses premiers rayons monts et vallées, il aperçut, à quelques lieues de la ville, la délégation venue à sa rencontre.

— Voilà, se dit-il, en saluant les arrivants, qui augure bien du succès de ma mission.

Ainsi escorté, il parvint au palais et en franchit le portail d'entrée. Toujours à cheval, il traversa plusieurs porches voûtés. Au septième, il mit pied à terre. Le protocole, en effet, interdisait de le franchir monté, car il débouchait sur les appartements royaux. Le vizir avança à pied et arriva à un pavillon haut de plafond. Face à l'entrée se dressait un trône en marbre incrusté de perles et de diamants, reposant sur quatre pieds taillés dans des défenses d'éléphant. Il était recouvert de satin brodé à fils d'or et surmonté d'un dais, lui-même serti de pierreries. Le souverain y était assis, entouré de sa suite qui se tenait debout. Impassible, le vizir donna libre cours à son éloquence et fit preuve de sa virtuosité de ministre habile dans l'art du verbe.

Et l'aube chassant la nuit, Shahrâzâd dut interrompre son récit.

Lorsque ce fut la cent huitième nuit, elle dit :

On raconte encore, Sire, ô roi bienheureux, que le

plénipotentiaire, une fois introduit en présence du souverain, fit étalage d'une éloquence digne de sa fonction et improvisa ce poème plein de délicates allusions :

Drapé dans d'aériennes tuniques, il apparaît
et prodigue ses largesses à tout un chacun, nanti ou
démuni.
Ni amulettes ni incantations ne peuvent rien
contre la magie envoûtante de ses yeux.
À ceux-là qui me jugent je dis : « Cessez vos blâmes !
tant que je vivrai, à son amour jamais ne renoncerai. »
Mon cœur me trahit moi-même pour l'aimer
et le sommeil me fuit pour aller le bercer.
Mon cœur tu n'es pas seul, car tu as compati ;
reste auprès de lui donc et me laisse sans lui !
Rien ne me réjouit plus que d'entendre
chanter les louanges de Zahr Shâh.
Donner toute sa vie pour un seul
de ses regards, comble votre existence.
Que s'élève pour lui une sainte prière
et tous s'y joindront d'une âme convaincue.
Si l'un de ses sujets, songeant à l'oublier,
espérait en un autre, c'est qu'il aurait perdu sa foi.

Zahr Shâh, souriant, l'invita à prendre place à ses côtés, lui prodigua les marques de la plus haute considération et l'entretint de façon affable jusqu'au matin où un déjeuner fut servi et pris en commun dans le pavillon en compagnie des membres de la cour. Les convives rassasiés se retirèrent et il ne resta plus que les proches. Le vizir jugea le moment opportun de dévoiler l'objet de sa démarche. Il se leva, se prosterna aux pieds de son hôte et, après lui avoir présenté ses compliments, lui adressa cette requête :

— Grand roi, considérable seigneur, je suis venu à

toi pour une affaire qui te rapportera avantages, bonheur et grande prospérité. Il s'agit de la main de ta fille, cette noble princesse aux éminentes qualités, que je viens solliciter pour mon maître Sulaymân Shâh, garant de la justice et de la sécurité, modèle de vertu et de générosité, suzerain de la Ville Verte et des monts d'Ispahan. Il t'envoie de nombreux et précieux présents car il tient à devenir ton gendre. Que t'en semble ? Es-tu dans les mêmes dispositions ?

Puis il se tut et attendit la réponse. Zahr Shâh se leva et baisa avec humilité le sol aux pieds du vizir sous les yeux ébahis des assistants, effarés de voir leur roi donner de pareils signes de soumission. Il se releva et, debout, après avoir adressé ses louanges au Dieu de majesté et de bienveillance, répondit :

— Écoute bien, vizir puissant et respecté : nous nous considérons comme les vassaux de Sulaymân Shâh. Nous tenons à cet honneur et aspirons à entrer au sein d'une famille de si noble ascendance. Ma fille n'est que l'une de ses humbles servantes et mon plus cher désir est de la voir devenir son épouse. Ce sera ma garantie et mon soutien pour l'avenir.

Il manda aussitôt les cadis ainsi que les témoins instrumentaires, et les requit d'attester que le roi Sulaymân Shâh, dûment représenté par son vizir, déclarait prendre pour femme légitime la fille du roi Zahr Shâh, lequel, à titre de tuteur matrimonial, donnait son plein et total consentement. L'acte de mariage rédigé et authentifié, les hommes de loi firent des vœux pour le bonheur et le succès de cette union. Le vizir offrit alors au roi les somptueux présents qu'il avait apportés, cependant que son hôte le comblait à son tour de cadeaux et ordonnait la constitution du trousseau de sa fille. Des banquets furent organisés partout à l'intention de l'ensemble des sujets, riches et pauvres. Les réjouissances durèrent deux mois au cours desquels rien ne fut épargné de ce qui pouvait alimenter l'allégresse et contribuer au plaisir des yeux. Lorsque la fiancée fut prête, on dressa des tentes à l'extérieur de la ville et l'on y procéda aux préparatifs du voyage et à la mise en caisse du trousseau. En même temps étaient parées les jeunes esclaves byzantines et turques destinées au service de la future mariée. Le roi donna à sa fille les plus rares pièces de joaillerie et de très précieuses gemmes. Une litière lui avait été dressée, faite d'or serti de perles et de pierreries. Elle était tirée par dix mulets et l'on eût dit un délicat boudoir où la princesse se prélassait semblable à ces Houris qui agrémentent les pavillons du paradis. Les charges une fois arrimées sur des mulets et des chameaux, le convoi s'ébranla accompagné de Zahr Shâh qui tint à lui faire cortège pendant trois parasanges avant de faire ses adieux à sa fille et au vizir et de s'en retourner rasséréné et l'âme en paix, les laissant poursuivre leur route à longues chevauchées sur le chemin désert du retour.

Et l'aube chassant la nuit, Shahrâzâd dut interrompre son récit.

Lorsque ce fut la cent neuvième nuit, elle dit :

On raconte encore, Sire, ô roi bienheureux, que le vizir fit route jour et nuit avec la princesse, brûla les étapes à travers des régions arides, et finit par arriver à trois journées de marche de la Ville Verte. Il chargea un courrier d'aller bride abattue avertir Sulaymân Shâh de l'arrivée prochaine de sa future épouse. Transporté de bonheur, le souverain récompensa le messager et donna l'ordre à ses soldats d'aller en grande pompe, bannières au vent, à la rencontre du convoi, et de l'accueillir avec les plus grandes démonstrations de joie. Les crieurs publics parcoururent la ville, enjoignant aux femmes, aux adolescentes, aux épouses de condition libre et même aux vieilles cassées par l'âge, de quitter leurs demeures et de se rendre au-devant du cortège. La population se répandit dans la ville afin d'assister à l'arrivée de la fiancée. Les grands du royaume aspiraient à se mettre à sa disposition et revendiquaient la faveur de lui ouvrir un passage vers le palais. Les édiles avaient fait pavoiser la cité et avaient disposé une haie d'honneur pour la litière qui apparut bientôt, précédée des eunuques puis des esclaves attachées à la personne de la princesse. Celle-ci trônait, parée de somptueux atours dont lui avait fait présent son père. Aussitôt, la troupe l'encadra et chevaucha à sa hauteur jusqu'à proximité de la résidence royale. Pas un habitant qui ne fût sorti de chez lui pour jouir du spectacle. Les parfums répandus embaumaient l'air de leurs émanations ; les tambours battaient, soutenus par la sonnerie des trompes ; les lances haut tenues s'agitaient au pas des chevaux piaffant et les drapeaux ondoyaient au vent. À l'entrée du palais, la litière fut portée à bras par les jeunes esclaves jusqu'au gynécée illuminé dans tous ses recoins par le resplendissant éclat de la princesse et le scintillement de sa parure.

À la nuit tombée, les serviteurs ouvrirent les vantaux de sa chambre et s'alignèrent de part et d'autre de la porte. La princesse ne tarda pas à faire son apparition, entourée de ses suivantes, aussi rayonnante que l'astre lunaire se détachant sur un fond d'étoiles, plus brillante qu'un solitaire miroitant de ses feux au milieu d'un collier de perles. Elle entra dans le salon où on lui avait préparé une couche sur un lit de marbre incrusté de perles et de joyaux ; là elle prit place dans l'attente du roi. Dès que celui-ci la vit, il s'en éprit éperdument. Il lui ôta sa virginité et recouvra ainsi sa tranquillité d'esprit et le sommeil qui l'avait longtemps fui. Il resta enfermé en sa compagnie un mois entier au terme duquel il reprit en main les affaires du royaume et se remit à tenir son lit de justice. Quant à elle, c'est dès la première nuit qu'elle conçut des œuvres du souverain.

À l'issue de sa grossesse, la reine fut prise un petit matin des premières douleurs et fut placée sur la chaise de travail. Avec l'assistance de Dieu, elle mit au monde sans difficulté un garçon dont tout laissait présager qu'il aurait un heureux destin. Le roi, averti, fut transporté de joie. Il combla de présents le messager annonciateur de la bonne nouvelle et s'empressa d'aller voir le nouveau-né, ravi de le trouver si beau, semblable à celui dont le poète a dit :

Dieu a redonné un lion aux fourrés denses de la gloire
  et fait naître un astre nouveau au firmament du
  pouvoir.
Les trônes et les lances saluent avec joie son apparition,
  les légions rendent hommage à la pointe des sabres.
Et surtout chassez-le du sein de ses nourrices,
  bien plus moelleux sera le dos de ses cavales.
Sevrez-le au plus vite que bientôt il trouve
  plus savoureux à boire le sang des ennemis.

Les accoucheuses, après avoir coupé le cordon ombilical, lui passèrent les yeux au khôl et on lui donna le nom de Tâj al-Mulûk Khârân.

Les jours passèrent puis les années, au cours desquelles il vécut choyé et adulé. À sept ans, son père le confia à des savants et à des sages, avec mission de lui enseigner la calligraphie, la sapience et les belles-lettres. Au bout de deux ans passés à étudier ces matières, il fut retiré à ses précepteurs et mis entre les mains d'un maître d'équitation qui, durant cinq années, lui inculqua son art. À quatorze ans, c'était un adolescent accompli. Quand il lui arrivait de sortir en ville pour vaquer à ses affaires, il séduisait tous ceux qui le voyaient passer.

L'aube chassant la nuit, Shahrâzâd dut interrompre son récit.

Lorsque ce fut la cent dixième nuit, elle dit :

On raconte encore, Sire, ô roi bienheureux, que Tâj al-Mulûk Khârân, fils de Sulaymân Shâh, devint un cavalier émérite, le meilleur de son temps. Il était d'une beauté fascinante et charmait quiconque l'apercevait. Il inspirait les poètes et entraînait au déshonneur même les femmes bien nées et vertueuses, éblouies qu'elles étaient par une splendeur semblable à celle décrite en ces vers :

Je l'ai enlacé, aussitôt enivré par son parfum de musc,
souple liane bercée au souffle du zéphyr.
Et je ne suis ivre que de ce seul vin,
ce nectar si doux que je bus à sa bouche.
Il a ravi au monde son entière beauté
et soumis tous les cœurs à sa loi tyrannique.
Si Dieu me prête vie pourtant ne chercherai
auprès d'autre un refuge, ni à me consoler.
Si je vis, je vivrai tout entier à l'aimer
et si je dois mourir un jour de trop l'aimer
qu'une mort prochaine vienne alors m'emporter.

À dix-huit ans, un léger duvet ombra le rouge velouté de ses joues, souligné par la tache ambrée d'un grain de beauté. Il attirait les regards et subjuguait les cœurs au point qu'un poète l'a ainsi chanté :

Par sa beauté c'est un nouveau Joseph,
redoutable danger pour ceux qui le contemplent.
Viens donc admirer avec moi

*sur sa joue ce grain de beauté aussi noir que la
bannière des califes abbassides.*

Un autre poète en a dit encore :

*Oh ! non, mes yeux jamais ne virent rien d'aussi beau
Que cette perle noire sur l'incarnat d'une pommette
    rehaussée par la nuit d'une prunelle ardente !*

Et un autre :

*Combien j'admire ce grain de beauté adorant le feu de tes
    joues,
    mais sans jamais s'y brûler, l'impie !
Plus étranges encore sont ces regards
    qui semblent dire des versets alors qu'ils ensorcellent.
L'ombre qui assombrit ses joues ne doit rien aux frondai-
    sons,
    elle rappelle l'amertume de ses pauvres victimes.*

Et enfin ce dernier :

*Quelle étrange manie des gens de demander
    où se trouve la source de longue vie !
Je la sais dans la bouche d'un faon plein de grâce,
    aux lèvres purpurines. S'y abreuve al-Khiḍr
Et bientôt, ô miracle, Moïse aussi,
    lui qui ne cessa de chercher.*

Parvenu à l'âge d'homme, toujours aussi beau, sinon
plus, il avait quantité de compagnons et d'amis qui
rêvaient de le voir succéder à son père au cas où ce
dernier viendrait à disparaître, et aspiraient à se
mettre à son service. Il s'était en outre pris de passion
pour la chasse et la traque et s'y adonnait sans répit
malgré les objurgations de son père qui craignait pour

lui le danger des bêtes fauves dans les solitudes désolées. Mais il ne voulait rien entendre.

Il advint une fois que Tâj al-Mulûk ordonna à ses gens de prévoir le nécessaire, vivres et fromages, aux fins d'une partie de chasse qui durerait dix jours. Il chevaucha avec sa suite quatre jours d'affilée en rase campagne. La chasse parvint à une plaine verdoyante où de nombreux animaux sauvages paissaient en paix au milieu d'arbres majestueux et de ruisseaux jaillissants. Il ordonna à ses gens d'entourer une vaste portion de terrain par un filet tendu en un cercle de grand rayon. Pendant qu'ils s'exécutaient, il leur indiqua les emplacements où ils auraient à se tenir, tout à l'entrée de la nasse. Des quantités de bêtes, notamment des gazelles, fuyant devant les chevaux, s'engouffrèrent dans le piège. Les chiens et les guépards furent découplés, les faucons décapuchonnés, cependant que les cavaliers poussaient droit devant et faisaient un carnage auquel peu d'animaux échappèrent. À la fin de la traque, le jeune prince s'assit au bord d'un ruisseau et procéda au partage du gibier abattu qui avait été disposé devant lui. Les pièces les plus rares furent envoyées au roi Sulaymân et le reste aux dignitaires du royaume.

Tâj al-Mulûk passa la nuit sur place et, au matin, vit arriver une importante caravane de commerçants, accompagnés de nombreux esclaves et de jeunes commis, qui avaient décidé de faire halte en ce lieu riche en verdure et en eau. Il envoya des émissaires aux renseignements. Il s'agissait de négociants loin de chez eux et fatigués, qui avaient choisi de prendre là quelque repos. Ils savaient qu'ils étaient sur les terres de Sulaymân Shâh, souverain qui leur inspirait pleine confiance, et n'ignoraient pas que, chez lui, on était assuré de jouir d'une sécurité totale. Ils avaient dans leurs bagages des tissus de grande valeur destinés à son fils.

— Soit, dit le prince, si tant est qu'ils possèdent des

marchandises pour moi, c'est ici même qu'ils devront me les présenter, avant de gagner la ville.

Monté sur un coursier et suivi de ses mameluks, il piqua des deux vers le campement des marchands qui l'accueillirent en priant Dieu de lui réserver bonheur et succès, puissance et gloire. Une tente de satin rouge orné de perles et autres joyaux lui avait été dressée. Le sol était couvert d'un tapis de soie à la trame pailletée d'émeraudes. Tâj al-Mulûk, entouré de sa garde, prit place sur un trône royal. Les commerçants furent invités à déballer leurs paquets. Après avoir examiné les tissus et choisi ce qui lui convenait, le prince paya le prix fort et se remit en selle. C'est alors qu'il avisa un jeune homme beau et bien mis, manifestement de commerce agréable. Son visage resplendissait sous un front éclatant de blancheur ; il semblait cependant altéré par un chagrin de ceux que suscite l'éloignement d'êtres chers.

Et l'aube chassant la nuit, Shahrâzâd dut interrompre son récit.

Lorsque ce fut la cent onzième nuit, elle dit :

On raconte encore, Sire, ô roi bienheureux, que Tâj al-Mulûk s'apprêtait à repartir quand il aperçut un beau jeune homme, soigné de sa personne, dont la pâleur altérait les traits. Il sanglotait et, tout en donnant libre cours à ses larmes, récitait :

Longue est l'absence sans fin le chagrin et l'angoisse,
mes yeux ne sont plus que larmes.
Elle est partie prenant mon cœur,
je reste solitaire, sans âme et sans espoir.
Ami, sois à mes côtés le jour de mes adieux
à celle dont la seule parole guérit les maux et les
souffrances.

Il pleura encore un long moment et s'écroula sans connaissance devant le prince ébahi. Revenu à lui, il reprit :

Prends garde à ses regards,
  car nul n'échappe à leur magie.
Les yeux noirs, même fermés,
  sont plus tranchants que de blanches lames dégainées.
Ne vous fiez pas à la douceur de ses propos,
  comme les vapeurs de l'alcool, ils vous montent au
  cerveau.
Si tendre est sa chair qu'une soie
  la fait saigner sous ton regard.
Il y a si loin de son cou à ses chevilles cerclées d'anneaux !
  si loin est le musc du parfum que son corps exhale.

Il poussa un râle et derechef s'évanouit. À son réveil, il vit Tâj al-Mulûk, debout à son chevet. Il bondit et se prosterna à ses pieds.

— Pourquoi ne nous as-tu pas montré tes marchandises comme les autres ?

— Seigneur, je n'ai rien qui vaille la peine d'être présenté à ton Excellence.

— Qu'importe ! Déballe quand même. Pendant ce temps, tu me raconteras ton histoire, car j'ai de la peine à te voir dans cet état. Si tu es l'objet d'une injustice, nous la réparerons et si tu es endetté, nous désintéresserons tes créanciers.

Sur ordre du prince, on dressa un siège d'ivoire niellé d'ébène et filigrané d'or et de soie. Tâj al-Mulûk y prit place. À ses pieds fut déroulé un tapis en soie sur lequel s'assit le jeune marchand sommé de présenter ses articles.

— Seigneur, supplia-t-il, dispense-moi de cela. Je ne possède rien qui te convienne.

Mais le prince s'entêta et ordonna à ses jeunes

esclaves de se saisir des ballots et de les disposer devant lui. À les voir étalés, le jeune homme ne put réprimer ses larmes et, secoué de sanglots, poussant gémissements et soupirs, il récita :

La coquetterie de tes yeux sertis au khôl,
  la souplesse de ta taille flexible qui ondule,
Ta bouche et sa saveur d'un vin au miel,
  ta bonté d'un instant qui cède à la rigueur,
Te font semblable, ô espérance, à une vision de rêve
  qui m'est plus douce que le salut pour un homme aux
  abois.

Il présenta alors ses marchandises, pièce par pièce, jusqu'au moment où il ramena un coupon de brocart rouge tissé à fils d'or qui valait au moins mille dinars. Il en tomba un carré d'étoffe qu'il s'empressa de dissimuler sous sa cuisse. En proie à un indicible émoi, il dit ce poème :

Cette âme torturée guérira-t-elle un jour
  d'un amant plus lointain que ne sont les Pléiades ?
Il s'éloigne et me quitte et m'enflamme et m'afflige,
  il diffère et retarde, et s'écoule ma vie.
Ni l'union ne fait vivre, ni l'absence ne tue,
  jamais ne me rapproche et jamais ne s'approche.
Ô injuste toujours et sans miséricorde,
  je reste sans secours et ne puis pourtant fuir !
À t'aimer comme j'aime, tous mes chemins se ferment
  sans savoir où aller.

Tâj al-Mulûk fut stupéfait d'entendre ce poème dont il n'arrivait pas à comprendre la raison. En voyant le jeune homme dissimuler le morceau d'étoffe sous sa cuisse, il demanda ce que c'était :

— Rien qui puisse t'intéresser, seigneur.

— Montre quand même !

— Ma réticence à t'exposer ma marchandise, seigneur, est uniquement due à ce mouchoir. Je ne tenais pas à ce que tu le voies.

Et l'aube chassant la nuit, Shahrâzâd dut interrompre son récit.

Lorsque ce fut la cent douzième nuit, elle dit :

On raconte encore, Sire, ô roi bienheureux, que devant ce refus le prince insista, tempêta et fit tant et si bien que le jeune homme finit par s'exécuter non sans pousser force plaintes et gémissements :

Ne le blâme point, mon cœur, il en souffrirait,
    car même si j'ai raison il ne m'écoute point.
À al-Bathâ, notre quartier, j'ai mis un ami sous la garde
        de Dieu,
    beau comme une lune pleine, émergeant d'un ciel
    clouté d'étoiles.
Je lui fis mes adieux et eusse préféré
    perdre mon dernier souffle et non pas le quitter.
Même l'aube qui vit notre séparation
    m'a pris en pitié, tant mes larmes coulaient.
Pourquoi mentir à Dieu ? Le voile de bonheur
    qui nous enveloppait se déchire,
    je m'évertue à le garder entier.
Et depuis je ne sais que déserter ma couche
    pendant que loin de moi le sommeil le fuit.
Le destin nous poursuit de sinistres desseins
    et s'acharne contre notre bonheur.
La douleur a rempli notre coupe d'amertume
    et j'en boirai autant qu'il doit en être bu.

— Décidément, s'écria Tâj al-Mulûk, tu n'es pas dans un état normal. Explique-moi donc pourquoi la seule vue de ce carré d'étoffe t'arrache tant de pleurs ?

— C'est que, seigneur, répondit-il en soupirant, il a une histoire étonnante et étrange. Il évoque en moi le souvenir de deux femmes, celle à qui il appartenait et celle qui le broda.

Le jeune homme le déplia. Dans un coin était représenté, tissée à fils d'or et de soie, une gazelle. Dans le coin opposé, était brodée une autre gazelle à fils d'argent. Autour de sa gorge, on avait figuré un collier d'or rouge paré de trois topazes. Devant la perfection du travail, le prince ne put s'empêcher de s'exclamer : *Exalté soit le Seigneur qui a enseigné à l'homme ce qu'il ignorait* (Coran XLVI/4). Intrigué, il tint absolument à connaître l'histoire.

'AZÎZ ET 'AZÎZA

Sache, seigneur, que je suis le fils unique d'un grand négociant. J'ai été élevé avec une cousine très tôt orpheline dont le père était convenu avec le mien que nous nous marierions ; de sorte que, même à l'âge de la puberté, nous avons continué à vivre ensemble sous le même toit, à nous voir librement.

— Il est temps, dit un jour mon père à ma mère, que nous les mariions en bonne et due forme et fassions rédiger l'acte authentique consacrant l'union de 'Azîz et de 'Azîza.

Il s'affaira aussitôt aux préparatifs de la fête et des repas. Pendant tout ce temps, moi et ma cousine continuions à dormir dans le même lit en toute innocence. Elle était plus au courant des choses que moi, et en savait bien plus long.

Lorsque mon père eut achevé les préparatifs, il décida que les formalités légales auraient lieu un vendredi à l'issue de la prière publique, et que le mari rejoindrait son épouse la même nuit. Il convia à la noce ses amis marchands et ses connaissances, pendant que, de son côté, ma mère invitait ses amies et ses proches.

Le vendredi choisi, la salle de réception de notre demeure, entièrement dallée de marbre, fut lavée à grande eau, recouverte de tapis et parée comme il convient en pareille circonstance. Les murs eux-mêmes furent tendus de riches tentures brodées à fils d'or. Différentes espèces de pâtisseries et de sucreries furent livrées et tout était fin prêt pour l'accueil des hôtes après la fin de la prière.

Dès le matin, ma mère m'envoya au hammam où m'attendait un costume neuf taillé dans un tissu somptueux. Une fois mon bain pris, je sortis revêtu de mon nouvel habit. Il avait été parfumé et exhalait à travers la rue de délicats effluves. J'avais l'intention de me rendre à la mosquée mais je me souvins d'un mien ami que j'aurais aimé avoir à mes côtés en l'occurrence. J'avais du temps devant moi avant l'heure de la prière et décidai de le consacrer à sa recherche. En quête de mon chemin, je me trouvai soudain dans une ruelle que je n'avais jamais empruntée auparavant. Je ruisselai de sueur due à mon long séjour aux étuves et à la raideur de mon vêtement trop neuf. J'avisai à l'entrée de la venelle une banquette sur laquelle je pris place après avoir étalé, pour m'asseoir, un foulard brodé. J'avais de plus en plus chaud et la transpiration inondait mon visage sans que je pusse l'éponger, assis que j'étais sur mon foulard. Je m'apprêtais à m'essuyer avec un pan de ma tunique, quand une écharpe blanche vint atterrir sur mes genoux, aussi légère qu'un souffle de zéphyr et bienvenue comme la guérison pour un malade. Je levai la tête pour voir d'où elle était tombée et mes yeux croisèrent ceux de sa propriétaire.

Et l'aube chassant la nuit, Shahrâzâd dut interrompre son récit.

Lorsque ce fut la cent treizième nuit, elle dit :

On raconte encore, Sire, ô roi bienheureux, que 'Azîz poursuivit ainsi : Ayant levé la tête pour déterminer d'où venait l'écharpe, je vis un visage de femme dont les yeux m'observaient à travers une lucarne protégée par un croisillon en cuivre. Jamais je n'avais contemplé une pareille beauté et ma langue est incapable de la décrire. Certaine d'avoir attiré mon attention, la femme se mit un doigt dans la bouche, puis, joignant index et majeur d'une main, elle les porta à sa poitrine et les plongea entre les seins. Elle disparut enfin de la lucarne dont elle rabattit le volet. Mon cœur s'embrasa aussitôt et les regrets m'assaillirent de l'avoir perdue aussitôt qu'entrevue. J'étais d'autant plus désemparé qu'elle n'avait rien dit et que ses signes restaient pour moi lettre morte. J'attendis jusqu'au coucher du soleil que l'œil-de-bœuf se rouvrît, mais il n'y eut plus ni bruit ni âme qui vive. En désespoir de cause, je m'apprêtais à m'en aller quand j'eus l'idée de déplier l'écharpe. Il s'en dégageait une odeur de musc telle que je me crus transporté au paradis. Un billet en tomba, parfumé lui aussi aux arômes les plus suaves. J'y lus :

> *J'écrivis pour gémir de ma douleur d'aimer,*
> *de toutes écritures, choisissant la plus fine.*
> *Pourquoi choisir, ami, écriture si ténue*
> *qu'à peine, si je lis, je puis la déchiffrer !*
> *Elle est comme je suis, amaigri, émacié,*
> *c'est ainsi que s'écrivent les amants éplorés.*

J'examinai de plus près l'écharpe. Le long de l'un des lisérés étaient tracés ces vers :

Le duvet sur sa joue qui exhale le myrte
	dessine sa calligraphie admirable.
Qui dira la stupeur du soleil et de la lune
	dès que ce jeune homme apparaît
	et le dépit de la souple branche devant sa taille flexible ?

Sur l'autre bord couraient ces autres :

Le duvet sur sa joue, comme l'ambre sur une perle,
	dessine d'encre noire sur la peau d'une pomme.
Ô regards languissants, œillades assassines,
	ivresse sans vin que je bois à ses joues.

La lecture de ces vers incendia mon cœur en même temps qu'elle attisait mes désirs et enflammait mes pensées. Serrant foulard et billet, je m'en revins chez nous tard dans la nuit, en me demandant par quelle ruse j'allais parvenir jusqu'à cette jeune fille. Il me fallait, dans ma passion, obtenir tout sur-le-champ. Je trouvai ma cousine assise qui pleurait. Dès qu'elle me vit, elle essuya ses larmes, vint à moi et m'aida à me dévêtir. Elle me demanda pourquoi j'avais disparu. Elle m'apprit que tous les invités étaient venus, princes, notables, négociants et d'autres encore, ainsi que les cadis et les témoins. Ils avaient fait honneur au repas, puis, las d'attendre, s'étaient retirés.

	— Ton père vivement courroucé d'avoir dépensé en pure perte des sommes considérables, a juré de reporter la cérémonie nuptiale à l'an prochain, pas avant. Mais enfin, ajouta-t-elle, que t'a-t-il pris de rentrer à une heure aussi indue et de provoquer un scandale pareil ?

	Je lui racontai mon histoire dans le moindre détail et lui montrai le foulard et le billet. Elle lut les vers, fondit en larmes et murmura :

Quiconque prétend que l'amour naît d'un choix
*   en a menti, il n'est que nécessité*
Et la nécessité fait loi ;
*   mille histoires en font foi*
Que l'on a vérifiées bien des fois.

Dis : c'est une souffrance qui est douce,
*   plaie au cœur ou miel onctueux.*
Est-ce félicité, châtiment ou chose nécessaire
*   dont l'âme se réjouit ou dont l'âme s'épuise ?*

Je suis entre la chose et son contraire,
*   entre antithèse et aporie !*

Et pourtant quelle fête
*   quand l'aimée toujours vous sourit !*
Ses exhalaisons sont des fêtes
*   d'où s'efface la laideur.*

Jamais elle ne touche de sa grâce
*   un cœur méprisable ou vil.*

— T'a-t-elle dit quelque chose ou adressé des signes ?
— Elle n'a pas prononcé un mot. Par contre elle a fait des gestes. C'est ainsi qu'elle s'est introduit l'index dans la bouche ; elle l'a retiré, y a accolé le médius pour glisser ses deux doigts entre ses seins. Elle s'est retirée, emportant avec elle mon cœur à jamais captif. J'attendis, mais en vain, sa réapparition. Telle est mon histoire. J'aimerais que tu m'aides à mener à bien cette aventure.
— Cousin, me répondit-elle en levant la tête vers moi, me demanderais-tu mes yeux que je les arracherais des orbites afin de te les offrir. D'évidence, vous êtes amoureux l'un de l'autre et je me dois de vous aider.

— Peux-tu m'expliquer le sens de ses signes ?

— Pour ce qui est du doigt dans la bouche, il signifie
que tu lui es aussi indispensable que l'âme l'est au
corps et qu'elle brûle de s'unir à toi de toutes ses forces.
Le foulard symbolise le salut réservé aux seuls amants.
Quant au billet, il veut dire que l'esprit de cette femme
est plein de toi. Enfin, les deux doigts plongés entre les
seins indiquent qu'elle t'attend dans deux jours au
même endroit avec l'espoir que la contemplation de
ton visage apaisera le mal où elle est de toi. Voilà,
cousin, comment j'interprète ses mimiques. Il est
certain qu'elle est très éprise et sûre de la réciproque.
Si j'étais libre d'aller et venir à ma guise, je vous aurais
pris sous mon aile et me serais fait fort de favoriser
votre idylle.

Je la remerciai et décidai de passer les deux jours à
attendre, confiné dans la maison. Sans boire ni manger, je laissais s'écouler le temps, la tête blottie dans le
giron de ma cousine qui s'efforçait de me distraire et
de m'insuffler courage et réconfort.

Et l'aube chassant la nuit, Shahrâzâd dut interrompre son récit.

Lorsque ce fut la cent quatorzième nuit, elle dit :

On raconte encore, Sire, ô roi bienheureux, que 'Azîz
poursuivit ainsi : Au soir de la deuxième journée, ma
cousine m'avertit qu'il était l'heure de me rendre au
rendez-vous.

— Sois en paix et réjouis-toi, m'encouragea-t-elle.

Elle m'avait préparé de nouveaux vêtements et
fumigé à l'encens. Résolu et plein d'ardeur, j'arrivai à
la ruelle et m'assis un moment sur la banquette. La
lucarne s'ouvrit et la femme apparut. À peine la vis-je,
que je m'évanouis. Revenu à moi, plein de détermination, je la regardai de nouveau. Une fois de plus, je
tombai en pâmoison. À mon réveil, je constatai qu'elle

tenait à la main un miroir et un foulard rouge.
Lorsqu'elle me vit reprendre connaissance, elle releva
ses manches sur les avant-bras et se frappa la poitrine
de la paume. Elle me montra le miroir et laissa, par
trois fois, le foulard se déplier vers le sol. Après quoi,
elle le ramena à elle, fit mine de l'essorer, le plia dans
sa main, hocha la tête et disparut en refermant la
lucarne sans prononcer mot. Perplexe, incapable de
donner le moindre sens à ses gestes, je restai là songeur
au point que je ne vis pas passer le moment du dîner.
Je ne rentrai qu'au milieu de la nuit. Ma cousine était
assise, la tête posée dans le creux de sa main. Elle
donnait libre cours à ses larmes et récitait :

Qu'importe les censeurs qui te couvrent de blâmes,
* et comment t'oublier simple et fragile comme une liane,*
Ô visage étoile qui ne séduit que pour mieux fuir
* et d'amour me condamne à mourir ?*
Tu es turc d'œillades et perce mes entrailles
* mieux qu'un sabre à lame affûtée.*
Tu m'accables ici d'un amour épuisant
* moi qui supporte à peine une étoffe légère !*
Les reproches me font verser des larmes de sang
* et mes yeux consumés ne savent qu'effrayer.*
Que n'ai-je un cœur déçu aussi dur que le tien,
* quand mon corps épuisé est aussi frêle qu'une taille.*
Ô prince de beauté, sévère est ton regard,
* injuste ton sourcil qui se fronce.*
Joseph a pris pour lui la beauté de ce monde ?
* mensonge, que de Joseph n'es-tu pas à toi seul !*
Je feins l'indifférence pour échapper aux yeux
* qui sans cesse nous guettent, mais que mon cœur*
* souffre !*

Ces vers accrurent mon chagrin et rendirent plus
lourde ma peine. J'allai me recroqueviller dans un coin

de la pièce. Mais 'Azîza vint à moi, m'aida à me lever et à passer mes vêtements d'intérieur. Tout en m'essuyant le visage avec la manche de sa robe, elle m'interrogea sur ce qui s'était passé. Je le lui racontai sans rien omettre.

— Cousin, me dit-elle, la paume ouverte et placée sur la poitrine, signifie qu'elle te fixe un nouveau rendez-vous pour dans cinq jours. Quant au jeu du miroir et aux effets de foulard, ils étaient destinés à te faire comprendre que, ce jour-là, il faudra attendre, dans la boutique du teinturier, l'émissaire qu'elle t'enverra.

De nouveau l'espoir m'enflamma le cœur, d'autant que j'avais remarqué dans la ruelle une échoppe de teinturier tenue par un juif. Cela confirmait la pertinence avec laquelle ma cousine interprétait les signes mystérieux que l'on m'adressait. Mais à l'idée d'avoir si longtemps à patienter, je me remis à pleurer malgré les encouragements qu'elle me prodiguait :

— D'autres que toi mettent des années à souffrir les affres d'amours contrariées, alors que tu as une semaine à peine à languir. Pourquoi tant d'agitation ?

En me réconfortant, elle me servit à manger. Mais je ne pus avaler la moindre bouchée ni boire quoi que ce soit. Le sommeil lui-même me refusait ses douceurs si bien que mon teint s'altéra et que mes traits perdirent de leur beauté. C'est que je n'avais jamais aimé auparavant, ni goûté aux brûlantes atteintes de la passion. Mes forces déclinèrent ainsi que, par contre-coup, celles de ma cousine. Chaque nuit, afin de me distraire et m'aider à m'endormir, elle me berçait du récit des amants célèbres et de leurs aventures. Au réveil, je la trouvais toujours à mon chevet, les joues mouillées de pleurs. Ainsi passèrent les jours et, au cinquième, elle fit chauffer de l'eau, procéda à ma toilette et m'aida à m'habiller :

— Va! me dit-elle. Que Dieu comble tes désirs et couronne ton entreprise.

Arrivé à l'entrée de la venelle — c'était un samedi — je trouvai la boutique du juif fermée. Je m'assis sur une banquette attenante et me mis à attendre sans voir âme qui vive. Les heures s'égrenèrent, ponctuées par les appels à la prière de l'après-midi et, le soleil déclinant, à celle du soir. La nuit tomba dans un silence que pas un bruit ne troublait. Craignant de rester seul dans un endroit si désert, je quittai les lieux titubant comme un ivrogne et regagnai la maison où je retrouvai 'Azîza ma cousine. Elle était debout, se tenant d'une main à une cheville en bois qui dépassait du mur, l'autre posée sur sa poitrine. Elle récitait des vers, toute secouée de sanglots :

La douleur d'une Bédouine qui, loin des siens,
* rêve au Hedjaz, à ses saules, à ses lauriers,*
Et qui aperçoit une caravane dont les feux allumés et
* l'agitation des bêtes à l'aiguade*
* réveillent sa nostalgie et font jaillir ses larmes,*
N'est rien comparée à la mienne qu'attise une passion
* que l'objet de ma flamme m'accuse d'éprouver.*

Lorsqu'elle vit que j'étais aussi en pleurs, elle essuya nos larmes de sa manche, s'efforça de sourire et me dit :

— Béni soit ton retour, cousin! Mais pourquoi n'as-tu pas passé la nuit avec ton aimée et assouvi ton désir d'elle ?

Je crus qu'elle se moquait et lui décochai un violent coup de pied dans la poitrine. Elle tomba à la renverse et vint heurter le coin d'un divan sur lequel elle se fendit le front.

Et l'aube chassant la nuit, Shahrâzâd dut interrompre son récit.

Lorsque ce fut la cent quinzième nuit, elle dit :

On raconte encore, Sire, ô roi bienheureux, que 'Azîz poursuivit ainsi : Lorsque j'eus frappé du pied ma cousine, elle tomba et se blessa au front. Elle se releva ensanglantée sans mot dire, prépara un emplâtre chaud et l'appliqua sur la plaie. Puis elle se banda et, après avoir pris soin d'éponger le sang qui avait coulé sur le tapis, vint à moi en souriant comme si de rien n'était. Elle me dit d'une voix douce :

— Par Dieu, cousin, il n'y avait aucune malice dans ma question, et je ne songeais à me moquer ni de toi ni d'elle. Maintenant que je me suis soignée et nettoyée, je me sens mieux. Raconte-moi ce qui s'est passé.

Je le fis par le menu.

— Réjouis-toi, me répondit-elle en pleurant, je ne vois rien là que de très prometteur. Ce rendez-vous manqué prouve que tu es agréé, mais qu'on a voulu mettre à l'épreuve ta patience et juger de ta sincérité. Demain, retourne à la même place et attends son prochain message. C'en est bientôt fini de tes peines, et l'heure des joies ineffables approche.

Malgré ses propos rassurants et les efforts qu'elle faisait pour me distraire, je ne cessai de remâcher de sombres pensées et m'abandonnai à d'amères réflexions. Aussi, lorsqu'elle me servit une collation dans de petites coupelles de porcelaine, j'envoyai brutalement tout promener au grand dommage de la fine vaisselle qui se brisa en morceaux à travers la pièce.

— Faut-il être fou, me lamentai-je, pour aimer à ce point et se priver de nourriture et de sommeil !

Ma cousine s'afffaira à réparer les dégâts, à

ramasser les fragments brisés et les débris de nourriture et me dit en pleurant :

— Dieu, quelle marque d'amour ne donnes-tu pas
là, cousin !

Elle me tint compagnie la nuit entière, une nuit
interminable dont j'appelais la fin de mes vœux. De
grand matin, je me rendis en hâte à mon banc. Aussitôt
la lucarne s'ouvrit par laquelle la jeune fille passa la
tête en riant. Elle disparut un instant pour revenir
munie d'un miroir, d'une bourse, d'un pot où croissait
une plante verte, et d'une lampe à huile. D'abord, elle
mit ostensiblement le miroir dans la bourse dont elle
serra les cordons et qu'elle jeta derrière elle à l'intérieur de la pièce. Elle dénoua ensuite ses cheveux qui
tombèrent en cascade sur son visage ; enfin, après
avoir placé le lumignon au-dessus de la plante, elle se
retira et referma la lucarne.

À ce manège auquel je ne comprenais rien, mon cœur
manqua d'éclater. Cette fois encore, elle n'avait dit
mot et s'était contentée de m'adresser ses mystérieux
signes que je ne savais pas déchiffrer. Fou d'amour, le
cœur brisé, je revins sur mes pas abattu et en pleurs. À
la maison, je trouvai ma cousine assise face au mur.
Elle remâchait son chagrin et sa peine, consumée par
les morsures de la jalousie. Parce qu'elle m'aimait, elle
taisait ses sentiments et acceptait d'en faire litière
pour ne pas contrarier ma passion dévorante. En plus
de son pansement, elle avait un bandeau qui cachait
ses yeux malades d'avoir trop pleuré. Elle était dans un
triste état et sanglotait :

Où que tu sois, voyageur à jamais présent dans mon
   cœur,
puisses-tu être en sécurité.
Fasse Dieu que partout tu trouves un voisin secourable
   qui écarte de toi les dangers et les coups du sort.

Absent lointain, mes yeux te cherchent en vain
    sans tarir de larmes.
En quel lieu es-tu maintenant,
    quel peuple t'a ouvert les bras ?
Là-bas tu bois une eau limpide et pure
    tandis que je savoure l'amertume des pleurs.
Tout pourrais endurer, et l'insomnie qui ronge,
    mais non pas cette absence.

Lorsque 'Azîza sentit ma présence, elle se leva et vint
à moi en séchant ses larmes. Mais elle n'avait plus la
force de parler, tant était profonde la désespérance où
la plongeait son amour déçu. Au bout d'un long
moment, elle s'enquit des résultats de ma dernière
démarche. Je lui en fis le récit et lui décrivis les signes
de l'inconnue.

— Patience, me dit-elle. Tu es au bout de tes peines
et l'heure est proche où tes espoirs seront exaucés. Le
miroir caché dans la bourse signifie que tu ne sortiras
de chez toi qu'à la nuit tombée, quand le soleil aura
plongé au-delà de l'horizon. Les cheveux dénoués
cachant le visage t'invitent à la rejoindre au plus fort
de l'obscurité, lorsque la nuit recouvrira tout de ses
ténèbres. Quant à la plante en pot, elle fait allusion à
un jardin derrière le mur bordant la ruelle. Enfin le
lumignon t'indique qu'une fois entré dans le jardin, tu
dois diriger tes pas vers le seul endroit éclairé et
attendre là celle qui se meurt d'amour pour toi.

— Ah, m'écriai-je, aveuglé par mon excessive passion, que de fois ne m'as-tu pas bercé d'illusions avec
tes interprétations fallacieuses dont aucune ne s'est
révélée exacte.

Elle sourit et m'affirma, foi de cousine, qu'il ne me
restait qu'une partie du jour à supporter mon impatience avant de posséder l'objet de mes désirs. « N'a-
t-on pas écrit, ajouta-t-elle :

*Laisse les jours s'écouler
sans te tourmenter en vain.
Combien de rêves inaccessibles
sont offerts par l'heure propice !*

Elle continua ainsi à me prodiguer ses encouragements sans oser toutefois me proposer à manger
tellement elle était soucieuse de se concilier mes
bonnes grâces et d'éviter mes sautes d'humeur. Elle
m'aida à me déshabiller et s'offrit à me tenir compagnie jusqu'à la nuit. Mais je lui battis froid et préférai
me morfondre seul et supplier le Seigneur de mettre un
terme à cette interminable journée. Enfin l'obscurité
tomba. Ma cousine ne put contenir ses larmes et, avant
mon départ, me remit un grain de musc pur :

— Garde-le constamment en bouche pendant ton
entrevue avec cette femme. Lorsque vous vous unirez,
que tu satisferas ton désir et qu'elle t'aura permis de
faire d'elle selon ta volonté, ne manque surtout pas de
lui réciter ce vers avant d'en prendre congé :

*Je vous conjure, amants, de dire au pauvre cœur
que la passion dévore, ce qu'il doit décider.*

Elle m'embrassa et me fit jurer de répéter ces vers au
moment de sortir de chez mon amante. Je promis et, à
l'heure de la prière du soir, je courus d'une seule traite
à mon rendez-vous. La porte du jardin était entrouverte. J'y pénétrai et, à la lueur d'une lumière qui
scintillait au loin, arrivai à un grand kiosque surmonté
d'un dôme en ivoire niellé d'ébène d'où pendait un
lustre. Le sol était recouvert de tapis en soie tramés à
fils d'or et d'argent. Sous le lustre, un grand cierge
allumé était fiché dans un chandelier en or. Il éclairait
une vasque à jet d'eau dont le fond était orné de figures

peintes. Au bord de la vasque était disposée une table basse, recouverte d'une nappe en soie à rayures, près de laquelle se trouvait une amphore en porcelaine de Chine. Une coupe à anse, taillée dans du cristal veiné d'or, était posée sur cette amphore pleine de vin. J'avisai, en outre, un grand plateau d'argent couvert d'une serviette. Je la soulevai. Il y avait là diverses sortes de fruits, figues, grenades, oranges, citrons et limons disposés sur un lit de fleurs aussi odorantes les unes que les autres, telles que roses, jasmins, myrtes, jonquilles et églantines. Baignant dans la joie, libéré de tout chagrin ou inquiétude, j'errai çà et là dans les lieux sans constater la moindre trace d'une présence.

Et l'aube chassant la nuit, Shahrâzâd dut interrompre son récit.

Lorsque ce fut la cent seizième nuit, elle dit :

On raconte encore, Sire, ô roi bienheureux, que 'Azîz poursuivit ainsi : Ne voyant aucune domesticité s'affairer autour de ce qui ressemblait à un souper, je m'assis pour attendre. Trois heures passèrent sans que personne n'apparût. J'eus soudain très faim. Torturé en effet par ma passion exacerbée, je ne m'étais pas sustenté depuis longtemps. Désormais convaincu de la sûreté avec laquelle ma cousine déchiffrait les signes que l'on me faisait, confiant en l'issue favorable de mon aventure, je me détendis et me sentis en grand appétit, appétit qu'aiguisait le fumet qui se dégageait de la table servie. J'ôtai la nappe. Au centre, trônait un plat en fine porcelaine de Chine qui contenait quatre poulets rissolés à point et savamment assaisonnés. Il y avait autour de ce plat quatre raviers, l'un plein de confiture, l'autre de grains de grenade, le troisième de *baqlâwa* et le dernier de crêpes. C'était un délicat mélange de sucré et de salé. Je mangeai quelques crêpes, goûtai à un peu de *baqlâwa* et savourai je ne

sais combien de cuillerées de confiture avant de m'attaquer à l'un des poulets dont j'avalai quelques bou-
chées. Le ventre plein, envahi par un mol engourdisse-
ment, à peine me fus-je lavé les mains que, la tête
appuyée sur un oreiller, je cédai à un sommeil irrépres-
sible. Il y avait belle lurette que je n'avais dormi mon
soûl et ne me réveillai que sous la morsure d'un soleil
déjà chaud. J'étais seul, étendu à même le sol en
marbre, sans aucune literie. On avait répandu sur moi
du sel et du charbon pilé. Je secouai mes vêtements,
hébété et contrit, et regagnai la maison en pleurant.
Ma cousine m'y attendait. Elle se frappait la poitrine et
récitait des vers en laissant sourdre des larmes aussi
abondantes que des ondées versées par de gros nuages
crevés :

> *Vents et zéphyrs venus d'un céleste jardin*
>   *m'inondent de senteurs, ravivent mes désirs.*
> *Brises, soufflez et ramenez*
>   *l'amour avec ses joies et ses peines.*
> *Ah ! si d'amour pouvions nous enlacer*
>   *comme l'ami enlace l'être aimé !*
> *Sans mon cousin, qu'à jamais Dieu me prive*
>   *de goûter aux plaisirs de la vie !*
> *Comment savoir si son cœur battant avec le mien*
>   *se consume à des feux où brûle une passion ?*

Elle m'aperçut, s'empressa de sécher ses pleurs et
me dit avec sa douceur coutumière :
— Cousin, le Seigneur dans Sa bonté, te permet
d'aimer et d'être aimé. Mais moi qui pleure et me
désespère de ton éloignement, je n'ai personne pour me
comprendre. Fasse qu'Il ne te demande pas compte de
ce que j'endure.
Dans un pauvre sourire, elle m'aida à me débarrasser de mes vêtements qu'elle étendit avec soin.

— Par Dieu, s'écria-t-elle, ce n'est pas là le parfum qu'exhale un amant triomphant. Que s'est-il encore passé ?

Je lui narrai ma nouvelle déconvenue. Elle me dit d'une voix vibrante de colère contenue :

— Que mon cœur à moi déborde de douleur, passe encore, mais périsse quiconque s'en prendrait au tien ! Cette femme se montre par trop rebelle et je commence à avoir peur pour toi. En effet, le sel répandu sur ta personne signifie qu'à te voir ainsi pesamment plongé dans le sommeil, elle t'a comparé à un mets insipide qui gagnerait à être relevé sous peine de n'inspirer que dégoût. Elle estime que tu as beaucoup à faire pour t'améliorer. Comment peux-tu prétendre, selon elle, figurer parmi les grands amants, alors que le sommeil est interdit à ceux qui s'aiment ? Elle ne croit donc pas à la sincérité de tes sentiments. Mais, de son côté, elle n'a pas cru devoir te réveiller. C'est preuve qu'elle ne tient pas à toi autant qu'elle le proclame. Quant au charbon, il symbolise une imprécation qu'elle te lance : « *Que Dieu te noircisse le visage* (Coran III/102). Ton amour est mensonger, tu n'es qu'un jeune sot et ne songes qu'à t'empiffrer, boire et dormir. » Voilà le sens de son message. Puisse Dieu — exalté soit-Il — te tirer de ses griffes.

À ces mots, je battis ma coulpe et reconnus le bien-fondé des reproches qui m'étaient adressés. Il ne sied certes pas aux amoureux de céder au sommeil lors d'un rendez-vous. Je n'avais à m'en prendre qu'à moi-même car je savais bien que trop manger entraîne la torpeur. J'éclatai en sanglots et suppliai ma cousine, au nom de l'amour qu'elle me vouait, de trouver une solution et d'avoir pitié de moi pour que Dieu la prenne à son tour en miséricorde.

— C'est une question de vie ou de mort, ajoutai-je.

Et l'aube chassant la nuit, Shahrâzâd dut interrompre son récit.

Lorsque ce fut la cent dix-septième nuit, elle dit :

On raconte encore, Sire, ô roi bienheureux, que 'Azîz demanda une fois encore à sa cousine de l'aider dans son entreprise.

— Bien volontiers, répondit-elle. Ne t'ai-je pas souvent affirmé que si j'avais été libre de mes mouvements, j'aurais depuis longtemps ménagé et protégé vos rencontres à seule fin de t'être agréable ? S'il plaît à Dieu — exalté soit-Il — je vais m'efforcer de favoriser ton dessein. Mais sois attentif à mes conseils et fidèle à mes recommandations. À l'heure de la prière du soir, retourne au même endroit et attends. Et cette fois, prends garde ! Ne touche pas à la nourriture sous peine de succomber à la somnolence ; tu ne le dois à aucun prix, car la jeune femme viendra tard, le premier quart de la nuit passée. Dieu te préserve de ses maléfices !

Je repris espoir et ne cessai d'appeler de mes vœux la fin du jour. Le moment venu, je m'apprêtais à sortir, quand ma cousine me rappela qu'il me fallait d'une façon impérative, au moment de quitter mon amante, une fois mon désir assouvi, lui réciter les vers qu'elle m'avait appris. Je lui en fis volontiers la promesse et allai mon chemin. J'arrivai au jardin et trouvai le kiosque en son état premier. Tout était prêt pour un repas fin : nourritures, boissons, sucreries et fruits secs, fleurs, etc. Je pris place sur le divan, l'odorat bientôt titillé par les effluves suaves qui se dégageaient des mets disposés sur la table. J'eus beau m'en défendre, je ne pus m'empêcher de soulever la serviette qui recouvrait le souper.

Je vis un grand plat garni de poulets entouré de quatre raviers en porcelaine couleur crème contenant chacun une préparation différente. Je goûtai une bou-

chée de chacun d'eux, avalai un morceau de poulet,
savourai une pâtisserie et terminai par du riz au miel
et au safran dont je me délectai à grandes cuillerées.
Me sentant cligner des paupières, je m'accoudai à un
coussin, fermement décidé à résister au sommeil...
sommeil dans lequel je sombrai malgré moi pour ne
me réveiller que le lendemain matin, alors que le soleil
était déjà haut. Le kiosque était vide, débarrassé de ce
qui l'embellissait la veille. On avait déposé sur moi un
osselet, un pion de jeu de *ṭâb*, un noyau de datte verte
et une graine de caroube. Furieux, je balayai l'ensemble et regagnai mes pénates où je retrouvai ma cousine qui disait d'une voix entrecoupée de profonds
soupirs :

> *Corps émacié, cœur meurtri*
> *et joues noyées de larmes !*
> *L'aimé injustement me traite*
> *mais tout est bien de ce que fait l'aimé.*
> *Cousin ! le mal d'amour emplit mon cœur,*
> *les larmes rongent mes paupières.*

Je lui intimai rudement l'ordre de se taire et l'injuriai
tout en m'adressant en moi-même d'amers reproches.
Malgré cela et bien que je m'en défendisse, elle vint à
moi en essuyant ses larmes et me serra contre elle.

— J'ai l'impression que tu t'es de nouveau endormi.

— Oui. Et au réveil j'ai trouvé sur moi un osselet, un
pion de *ṭâb*, un noyau de datte et un grain de caroube.
Je n'ai aucune idée du sens de cette nouvelle énigme,
dis-je en pleurant.

Je la suppliai de m'expliquer et de m'assister encore
de ses conseils.

— Bien volontiers. Le pion de *ṭâb* signifie qu'elle te
reproche de t'être rendu chez elle mais d'avoir eu
l'esprit ailleurs, comme si tu étais loin du jeu. Tu n'as

pas donné de marque d'amour et elle te dénie la qualité d'amant. Le noyau de datte indique que si tu l'avais vraiment aimée, ton cœur embrasé t'aurait interdit les délices du sommeil. Le plaisir d'amour, en effet, est à l'image d'un fruit vert qui met le feu aux entrailles. Quant au grain de caroube, il signifie que le cœur de celui qui aime ne lui appartient plus et qu'il te faudra t'armer de la patience de Job avant de parvenir à tes fins.

Ces explications me firent l'effet d'une brûlure et exacerbèrent mon tourment.

— C'est Dieu, m'écriai-je, qui m'a affligé pour mon infortune de ce besoin intempestif de dormir sans arrêt. Si tant est que ma vie présente une valeur à tes yeux, assiste-moi une fois de plus.

— 'Azîz, mon cousin, me répondit-elle en pleurs, je suis assaillie de pressentiments dont je ne puis te faire part. Cependant, retourne là-bas et, à condition que tu te tiennes éveillé, tu verras la réalisation de tes vœux. C'est à mon avis ce qu'il convient de faire si l'on réfléchit bien.

— Je me conformerai, si Dieu le veut, à ton conseil.

Elle me servit alors un repas et m'engagea à me restaurer et à manger à satiété de ce qui me ferait envie. Rassasié, je revêtis un ample vêtement qu'elle m'aida à endosser et m'apprêtai à la quitter la nuit tombée quand elle me mit encore en garde contre la somnolence. En outre, elle me fit jurer de ne pas oublier le fameux vers à réciter une fois obtenues les faveurs de mon inconnue.

Rendu au kiosque, je m'assis et attendis en contemplant le jardin. De temps à autre, au fur et à mesure que les ténèbres s'épaississaient, je secouais la tête et portais mes doigts aux paupières pour les tenir écartées.

Et l'aube chassant la nuit, Shahrâzâd dut interrompre son récit.

Lorsque ce fut la cent dix-huitième nuit, elle dit :
On raconte encore, Sire, ô roi bienheureux, que 'Azîz poursuivit ainsi : Je passai une grande partie de la nuit à lutter contre l'assoupissement. Mais à veiller si tard, je fus pris d'une fringale avivée par le fumet qu'exhalaient les plats sur la table. Soulevant la serviette, je goûtai à tout et avalai un morceau de viande. J'allai ensuite à l'amphore dont je me proposai de vider une coupe. Une deuxième me tenta, puis une troisième et j'en engloutis jusqu'à dix. Exposé aux courants d'air du kiosque, je tombai d'une masse, ivre mort. Ce n'est qu'au matin que je recouvrai mes esprits et me retrouvai hors des murs du jardin. J'avais sur le ventre un coutelas effilé et une pièce en fer d'un sixième de dirham. Je pris ces objets et m'en revins chez nous. J'y retrouvai ma cousine qui se lamentait sur un sort contre lequel elle n'avait d'autre recours que les larmes. À peine entré, je m'affalai sans connaissance, laissant échapper coutelas et piécette. Lorsque je revins à moi, je lui fis part de mon nouveau désappointement. Désespérée par mon chagrin et mes pleurs, elle gémit :
— Je ne sais plus que faire. Mes conseils ne servent à rien, puisque tu es incapable d'échapper à l'emprise de la torpeur.
— Explique-moi, je t'en adjure par Dieu, la signification de ce dernier message.
— La pièce fait allusion à son œil droit, sur lequel elle jure par le Maître des mondes qu'elle t'égorgera net si tu t'avisais de revenir te vautrer dans le sommeil. Je suis inquiète, cousin, et angoissée par ce dont cette femme est capable. Mais je ne peux t'en dire davantage. Aussi bien, si tu te sens en mesure de retourner

chez elle et de rester éveillé, va! Sinon, abstiens-t'en, car elle t'immolerait à coup sûr.

— Mais quelle est la solution? Pour l'amour du Seigneur, aide-moi à surmonter cette épreuve qui m'accable.

— Je ferai de mon mieux bien volontiers, à la condition expresse que tu m'obéisses et suives à la lettre mes instructions. Pour l'heure, il te faut prendre du repos. Je te ferai signe quand il sera temps de partir.

Elle me soutint, me conduisit au lit, m'y étendit et ne cessa de me masser doucement jusqu'à ce que je m'endorme profondément. Elle ne me quitta pas un instant et passa la journée à m'éventer le visage. Je me réveillai et je la trouvai à mon chevet. Elle avait versé toutes les larmes de son corps au point d'en avoir imbibé ses vêtements. Elle les essuya et me présenta une collation à laquelle je refusai de toucher.

— C'est tout l'intérêt que tu portes à nos conventions! me reprocha-t-elle. Ne t'étais-tu pas engagé à ne me désobéir en rien?

J'obtempérai et c'est de sa propre main qu'elle me donna la becquée. Elle me fit boire du jus de raisin sucré, me lava les mains qu'elle sécha avec une serviette et m'aspergea d'eau de rose. Je me sentais bien en sa compagnie. À la nuit tombée, elle me présenta mes habits de ville et m'aida à les revêtir en réitérant son conseil de ne m'assoupir à aucun prix, car l'on ne me rejoindrait que très tard.

— Cette nuit, ajouta-t-elle, si Dieu le veut, vous vous unirez. Mais n'oublie pas ma recommandation.

Là-dessus, elle fondit en larmes. Ému de son chagrin, je lui demandai, étourdiment, de quelle recommandation il s'agissait.

— Mais celle de lui réciter le vers que je t'ai appris!

Guilleret, je gagnai le jardin et m'installai sur le divan du kiosque. Je n'avais pas faim et veillai une

grande partie de la nuit qui me parut durer une année.
Au chant du coq, creusé par une si longue veille, j'allai
à la table et mangeai mon content. La tête alourdie,
j'étais sur le point de glisser dans un doux engourdisse-
ment quand j'entendis un brouhaha au loin. Je me
ressaisis, me rinçai les doigts et la bouche, puis me mis
debout. Bientôt la jeune fille apparut, entourée de dix
esclaves, semblable à l'astre nocturne au milieu des
étoiles. Elle était revêtue de brocart vert rehaussé de
broderies d'or et ne le cédait en rien à celle qu'avait
chanté le poète :

> *Hautaine, elle se montre aux amants vêtue de robes*
> > *émeraude*
> > *aux boutons dégrafés, la chevelure dénouée.*
> *Qui es-tu ? dis-je. Celle-là*
> > *qui met la braise au cœur de ses amants.*
> *Je souffre, m'écriai-je, du malheur de t'aimer ;*
> > *mon cœur est fait de marbre, dit-elle, le sais-tu ?*
> *Je sais, ô cœur de marbre, que Dieu*
> > *peut faire jaillir de la roche une eau pure.*

— Te voilà donc enfin éveillé ! me dit-elle, narquoise.
Maintenant seulement tu es au nombre des vrais
amants dont la qualité première est de savoir veiller
des nuits entières à souffrir des affres de la passion.

D'un clin d'œil, elle renvoya ses suivantes, vint à moi
et m'enlaça. Nous nous embrassâmes à pleine bouche.
Elle me suça la lèvre supérieure, je lui suçai la lèvre
inférieure. Bientôt mes mains descendirent vers ses
hanches. Je lui fis un clin d'œil et nous nous abattîmes
sur le sol. Elle dégrafa son saroual, je m'engageai
entre ses jambes aux chevilles cerclées d'anneaux. Ce
ne fut plus que caresses et accolades, minauderies et
tendres propos, morsures et enjambements, poursuites
aux quatre coins. Enfin, rompue et épuisée, elle s'aban-

donna à une voluptueuse inconscience. Quelles joies pour le cœur et quels délices pour l'œil nous ménagea cette nuit-là, semblable à celle décrite par le poète :

> *Jamais destin ne fut plus doux que cette nuit*
> *où je ne laissais nul répit à sa coupe !*
> *J'écartai le sommeil de mes paupières*
> *pour joindre ses pendants d'oreilles*
> *aux anneaux de ses chevilles.*

Au matin, alors que je m'apprêtais à la quitter, elle me retint un moment car elle avait, me dit-elle, quelque chose à me dire.

Et l'aube chassant la nuit, Shahrâzâd dut interrompre son récit.

Lorsque ce fut la cent dix-neuvième nuit, elle dit :
On raconte encore, Sire, ô roi bienheureux, que 'Azîz poursuivit ainsi : Au moment où je m'apprêtai à prendre congé, la jeune femme me pria de rester encore un instant. Elle avait quelque chose à me dire et une recommandation à me faire. Sous mes yeux, elle déplia un foulard dont elle retira ce mouchoir sur lequel courait une broderie d'une étonnante facture, représentant à la perfection une gazelle. Elle me le remit en précisant que c'était l'œuvre de sa sœur Nûr al-Hudâ et qu'il me fallait en prendre grand soin. Nous nous promîmes de nous retrouver chaque nuit au même endroit, et je m'en fus heureux, au point que j'en oubliai de lui dire le vers sur lequel avait tellement insisté ma cousine. Arrivé à la maison, transporté de joie, je la trouvai couchée. Elle se leva à mon entrée, ruisselante de larmes, vint à moi, me baisa à la poitrine et me demanda de but en blanc si j'avais délivré son message.

— J'ai oublié, distrait que j'ai été par cette broderie.

Émue, bouleversée au-delà de toute expression, incapable de se contenir, elle récita en sanglotant :

> *Toi qui veux me quitter, hésite encore,*
> *sans te laisser leurrer par l'attrait des étreintes.*
> *Attends, car l'existence n'est que traîtrise,*
> *et il n'est point d'amour que le destin ne brise.*

Elle me pria ensuite de lui passer la broderie qu'elle
examina avec attention. Lorsque vint l'heure de mon
rendez-vous, elle me dit :

— Va en paix, mais n'oublie pas, comme tu l'as fait
hier, de réciter le vers que tu sais.

— Remets-le-moi donc en mémoire, lui demandai-
je, avant de m'en aller.

J'arrivai au kiosque où la jeune femme m'attendait.
Elle m'accueillit avec effusion et force baisers puis
m'installa dans son giron. Nous mangeâmes, bûmes et
nous livrâmes à des ébats aussi fougueux que la veille.
Le matin, avant de partir, je lui récitai le vers de ma
cousine :

> *Je vous conjure, amants, de dire au pauvre cœur*
> *que la passion dévore, ce qu'il doit décider.*

Les larmes aux yeux, la jeune femme répondit ainsi :

> *Il cache son désir, il garde son secret*
> *Et à sa destinée, patient, il se soumet.*

Je retins ce vers et, satisfait d'avoir enfin tenu
parole, je revins à la maison où ma cousine, alitée, était
veillée par ma mère en larmes.

— Maudit sois-tu ! me lança cette dernière. Quel joli
cousin tu fais là, qui ne s'inquiète pas de la santé de sa
cousine souffrante.

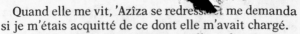

Quand elle me vit, 'Azîza se redress... et me demanda si je m'étais acquitté de ce dont elle m'avait chargé.

— Je lui ai bien récité ton vers. Elle a pleuré et en a improvisé un autre que voici.

En proie à une violente crise de larmes, elle me pria de transmettre ce distique à ma maîtresse :

À le faire il s'essaie, mais ne trouve jamais
Qu'un cœur rompu d'amour qui pleure et se défait.

Je promis et retournai au jardin. Au matin d'une nuit ineffable, je récitai à ma compagne les vers de ma cousine. Elle sanglota et répondit par ces autres :

S'il ne peut endurer, qu'il taise son secret,
Et qu'une prompte mort sache l'en délivrer.

Je revins chez nous. Ma cousine était au plus mal, inconsciente ; ma mère se tenait à son chevet. Elle eut à peine la force d'ouvrir les yeux quand elle m'entendit et me demanda si j'avais délivré son message.

— Oui. Et comme la fois précédente, mon amie a pleuré et récité deux vers que je te transmets.

Ma cousine écouta et perdit à nouveau connaissance. Ayant repris ses esprits, elle murmura :

Puisqu'il en est ainsi, je mourrai sans mot dire !
Saluez cet amant qui me laisse mourir
Et qui, heureux, s'abreuve à l'amour partagé
Tandis que la douleur dévore mes pensées.

J'attendis la fin du jour et, selon l'habitude désormais prise, allai retrouver ma bien-aimée qui m'attendait. Nous passâmes la nuit à festoyer et à nous ébattre. Au matin, je lui dis les deux derniers vers de ma cousine. Elle poussa un cri d'angoisse et s'exclama en larmes :

— Hélas, hélas, celle qui a dit cela est sûrement morte à l'heure qu'il est ! Quels liens vous unissaient, malheureux ?

— C'est ma cousine.

— Tu mens ! Si tel était le cas, tu l'aurais aimée autant qu'elle t'aimait et non point tuée à petit feu. Que Dieu te fasse périr comme tu l'as fait périr. Eussé-je connu son existence que je ne t'aurais jamais permis de m'approcher.

— C'est pourtant ma cousine. C'est elle qui m'expliquait les signes que tu m'adressais ; elle encore qui, par ses conseils, m'a fait arriver jusqu'à toi.

— Elle était donc au courant de notre liaison ?

— Oui.

— Que Dieu te fasse regretter ta jeunesse comme tu lui as fait regretter la sienne. Cours vite la rejoindre avant qu'il ne soit trop tard.

Inquiet, je fis diligence et, parvenu à notre rue, je perçus un grand tumulte dû, me renseigna-t-on, à la mort de 'Azîza, trouvée étendue sans vie derrière la porte de la maison. J'entrai et ma mère, dès qu'elle me vit, s'écria :

— Tu porteras à jamais le poids de son décès sur le cou. Puisse Dieu ne pas te faire grâce de son sang que tu as sur les mains.

Et l'aube chassant la nuit, Shahrâzâd dut interrompre son récit.

Lorsque ce fut la cent vingtième nuit, elle dit :

On raconte encore, Sire, ô roi bienheureux, que 'Azîz poursuivit ainsi : Ma mère, en m'apercevant, m'imputa la responsabilité de la mort de ma cousine et me lança cette imprécation :

— Périsse un aussi vil cousin !

Sur ces entrefaites, mon père arriva. Il fut procédé à

la toilette funéraire de la défunte. Nous en accompagnâmes la dépouille à sa dernière demeure et la mîmes en terre. Trois jours durant, nous fîmes réciter sur sa tombe le Coran en son entier. Les cérémonies mortuaires une fois achevées, je retournai à la maison, le cœur en deuil. Ma mère me somma de lui expliquer comment j'avais pu réduire 'Azîza à un tel état de mélancolie :

— J'avais beau l'interroger sans arrêt sur l'origine du mal qui la minait, elle m'opposait un mutisme total. Je tiens à savoir ce que tu lui as fait pour qu'elle se soit laissée mourir de la sorte.

— Mais rien !

— Dieu se chargera de la venger ! Elle a gardé son secret juqu'à la fin sans rien en dévoiler. J'étais à ses côtés peu avant qu'elle ne rende l'âme. Les yeux à peine entrouverts, elle m'a dit :

— Tante, fasse que Dieu n'exige pas de 'Azîz le prix de mon sang. Qu'Il lui accorde miséricorde pour ce qu'il m'a fait subir. En définitive, c'est mieux ainsi. Je quitte ce monde éphémère pour celui bien meilleur de l'éternité.

— Ma fille, la suppliai-je, Dieu te garde et conserve ta jeunesse ; dis-moi ce qui te ronge.

Elle se contenta de répondre dans un sourire :

— Lorsque 'Azîz se rendra là où il a pris l'habitude d'aller, demande-lui, avant de quitter les lieux, de prononcer cette maxime *Fidélité est belle, trahison haïssable.* Par-delà la mort ce sera l'ultime marque de la sollicitude dont je l'ai toujours entouré de son vivant.

Avant d'expirer, elle m'a confié une chose à ton intention et m'a fait jurer de ne la remettre que si je te voyais pleurer et t'entendais gémir d'affliction sincère sur sa disparition. Aussi bien ne te la donnerai-je qu'après avoir constaté que tel est le cas.

J'insistai mais en vain, afin qu'elle me montrât cette chose. Puis, livré à de voluptueuses pensées, j'en vins à oublier ma cousine. Dans ma sottise, je n'aspirais qu'à retrouver mon aimée et à lui consacrer mes jours et mes nuits. Après cet entretien avec ma mère, je me précipitai dans le jardin. La jeune femme m'y attendait, brûlant d'impatience. Elle se jeta sur moi, se pendit à mon cou et me demanda ce qu'il en était de ma cousine :

— Elle est morte depuis cinq jours que nous avons passés à dire des prières et à réciter le Coran pour le repos de son âme.

— Ne te l'avais-je pas dit ? se lamenta-t-elle en gémissant et pleurant. Tu es bel et bien l'artisan de sa perte. Si seulement tu m'en avais parlé plus tôt, j'aurais su la récompenser à l'aune de la reconnaissance que je lui dois ! Sans son entremise, jamais nous n'aurions pu nous rencontrer. Je crains que sa disparition n'entraîne pour toi de graves désagréments.

Je la rassurai en lui affirmant qu'avant d'expirer elle m'avait absous. Je lui racontai ses derniers instants rapportés par ma mère, sans omettre de mentionner le cadeau *post mortem* laissé à mon intention.

— Par Dieu, il te faut obtenir de ta mère qu'elle te dise en quoi il consiste !

— Autre chose encore, elle a particulièrement insisté pour que je te transmette cet aphorisme : *Fidélité est belle, trahison haïssable.*

— Que Dieu l'ait en Sa grâce ! Par ces paroles, elle t'a sauvé, car je caressais le projet de te donner une leçon. Désormais, je ne ferai rien qui te nuise ou te cause tourment.

— Comment cela, m'étonnai-je, alors que nous nous aimons ?

— Tu es certes épris de moi. Mais jeune et encore naïf, tu ignores tout des femmes et de leurs artifices.

Elle seule pouvait t'en protéger, et c'est grâce à elle que te voilà encore vivant. Écoute bien mon conseil, maintenant que n'est plus celle qui savait si bien déchiffrer les énigmes. Dorénavant, évite-nous toutes tant que nous sommes, jeunes et vieilles. Abstiens-toi même de nous adresser la parole. Prends bien garde à notre ruse et à nos roueries auxquelles tu ne sais rien, sous peine de te fourrer un jour dans un funeste guêpier dont personne maintenant ne pourra te tirer.

Et l'aube chassant la nuit, Shahrâzâd dut interrompre son récit.

Lorsque ce fut la cent vingt et unième nuit, elle dit :

On raconte encore, Sire, ô roi bienheureux, que 'Azîz poursuivit ainsi : À la nouvelle du décès de ma cousine, mon amante se répandit en regrets et déplora de ne pas avoir connu son existence. Elle l'aurait alors récompensée comme il convenait pour le bonheur qu'elle lui devait.

— Que Dieu — exalté soit-Il — lui accorde miséricorde. Elle s'est sacrifiée et n'a rien révélé de sa souffrance. Sans elle, tu ne m'aurais pas conquise. Je te demande la faveur de m'emmener à sa tombe sur laquelle j'aimerais me recueillir et graver quelques vers.

— Dès demain si Dieu le veut.

Nous passâmes la nuit ensemble, mais à tout bout de champ elle me reprochait de lui avoir caché cette cousine. À mon tour, je lui demandai la signification de la sentence prononcée par 'Azîza avant de mourir. Elle resta évasive. Le matin, elle se munit d'une bourse bien garnie et me pressa de la conduire.

— Je tiens absolument, répéta-t-elle, à visiter sa sépulture, y graver quelques vers et faire des aumônes pour son repos éternel. Je compte, en outre, faire ériger une coupole au-dessus de son tombeau.

Nous nous mîmes en route, moi devant. Elle distribua tous ses dinars à la mémoire de la défunte qui avait négligé ses propres sentiments, tu son amour et bu jusqu'à la lie le calice de l'amertume. Dès que nous fûmes arrivés, elle se jeta sur le tombeau et pleura d'abondance. Puis elle sortit de ses vêtements une gouge en acier ainsi qu'un élégant petit marteau et se mit à ciseler, en fines arabesques sur la stèle de tête, l'épitaphe suivante :

Au cœur d'un jardin touffu près d'une tombe suis passé
Plus qu'à demi effacée. Sept anémones avaient fleuri.
Qui peut reposer ici ? La terre me répondit :
Respecte ce lieu où repose un être qui a tant aimé.
Dieu te garde, m'écriai-je, toi qui fus d'amour meurtri
Et qu'Il t'accueille au plus haut des monts de Son
*   paradis.*
Pauvres amants disparus, vous dont la tombe délaissée,
Recouverte de pauvre terre, ne fait l'objet que d'oubli !
Pour vous sèmerai un jardin, si jardin semer je puis,
Que j'arroserai jour et nuit des larmes d'un cœur blessé.

Elle pleura longuement et nous retournâmes chez elle. Là, elle me fit promettre de ne jamais interrompre mes visites. J'allai la retrouver chaque nuit et elle ne cessa de m'accueillir avec chaleur et de me combler de ses bontés. Mais elle me faisait répéter à chaque fois les dernières paroles de ma cousine. Je fus traité comme un coq en pâte une année entière. Habillé des vêtements les plus fins sans cesse renouvelés, je mangeais, buvais à satiété et me livrais sans frein aux jeux de l'amour. Je devins gros et gras. Ni souci, ni chagrin, ni contrariété ne troublaient ma quiétude. Je m'adonnais entièrement à cette vie de mollesse et en oubliais jusqu'au souvenir de ma cousine.

À la fin de cette année-là, je décidai d'aller au

hammam. Je m'y délassai et m'offris, avant d'en sortir, un grand gobelet de vin. Revêtu d'un somptueux costume parfumé de différentes essences, je me retrouvai à l'air libre, assommé par les vapeurs de l'alcool et les exhalaisons capiteuses qui se dégageaient de mes vêtements. Le cœur léger, loin de me douter des traquenards que me réservait le destin, ni des revers de fortune qui me guettaient, c'est éméché que, le soir tombé, je me dirigeai vers mon havre d'amour. Mes pas incertains me conduisirent vers une rue dite du *Naqîb* où je croisai une vieille femme. D'une main elle tenait une bougie et de l'autre une lettre pliée en rouleau.

Et l'aube chassant la nuit, Shahrâzâd dut interrompre son récit.

Lorsque ce fut la cent vingt-deuxième nuit, elle dit :
On raconte encore, Sire, ô roi bienheureux, que 'Azîz poursuivit ainsi : M'étant retrouvé dans la rue du *Naqîb*, j'y croisai une vieille femme qui, s'éclairant d'une bougie, tenait à la main une lettre. Comme elle pleurait, je m'approchai et l'entendis réciter ces vers :

Messager de bonheur, mille bienvenues !
    douces et parfumées sont tes paroles.
Ô toi qui m'apporte le salut de celui que j'aime,
    que le salut de Dieu soit sur toi tant que palpite notre
    amour.

— Sais-tu lire ? me demanda-t-elle.
— Oui, ma tante.
Elle me tendit la lettre que je dépliai. À peine en eus-je lu la suscription « de la part du lointain absent, salutations aux êtres chers » qu'elle manifesta une grande joie et appela sur ma tête toutes sortes de bénédictions.

— Que Dieu dissipe tes soucis comme tu as chassé les miens, ajouta-t-elle en s'éloignant.

Elle avait juste fait deux pas, quand je fus pris d'un besoin pressant d'uriner. Je m'isolai et m'accroupis en vue de me soulager. Après m'être nettoyé avec un gravier, j'en étais à rajuster mes vêtements lorsque je vis revenir la vieille femme. Elle me baisa les mains, invoqua le Seigneur pour qu'Il me fît une jeunesse heureuse et me préservât de la moindre contrariété. Elle me pria ensuite de la suivre jusqu'à une porte que l'on apercevait à proximité.

— Car, précisa-t-elle, les miens n'ont pas voulu me croire lorsque je leur ai fait part de ce que tu m'as lu. Viens avec moi, c'est à deux pas et confirme-leur les termes de la missive. Tous mes vœux t'accompagneront.

— Soit, mais raconte-moi d'abord l'histoire de cette lettre.

— Mon enfant, elle vient de mon fils disparu il y a dix ans. Il était parti se livrer au négoce, mais nous a laissés sans nouvelles depuis. Nous le croyions mort, au grand désespoir de sa sœur qui ne cesse de le pleurer *avant le lever du soleil et avant son coucher, une partie de la nuit et aux deux extrémités du jour* (Coran XX/130). Puis cette lettre est arrivée. J'ai annoncé la bonne nouvelle à ma fille mais elle a refusé de me croire et insisté pour que tu la lui lises toi-même. Ce n'est qu'à ce prix qu'elle sera pleinement rassurée et rassérénée. Tu sais, mon enfant, combien ceux qui aiment sont prompts à imaginer le pire. Fais-moi la bonté de la lui relire à travers la porte. Elle sera derrière, contre le rideau d'entrée, et pourra ainsi entendre. Tu feras œuvre pie dont il te sera tenu compte dans l'au-delà, de celles que se doivent d'accomplir les musulmans en faveur d'un des leurs dans le besoin ou la détresse. Le Prophète — prières et salut sur lui — n'a-t-il pas dit : « Quiconque ici-bas soulage, ne serait-ce qu'une fois, son prochain en peine, Dieu lui fera grâce de soixante-douze des tourments prévus au jour de la Résurrection » ? Ne me refuse pas ce service.

Je la suivis et nous parvînmes très vite devant une grande demeure au portail orné de plaques en cuivre rouge. La vieille cria quelques mots en persan et aussitôt apparut une jeune fille alerte et sémillante. Ses vêtements retroussés jusqu'aux genoux dévoilaient deux jambes superbes semblables à celles chantées par le poète :

Et toi soulevant tes robes, tu révèles ta jambe
*   et laisses deviner le reste à ton amant.*
Tu vas à lui tenant ta coupe entre les mains,
*   et rien n'est plus troublant qu'un échanson offrant la*
*   coupe.*

Ses jambes étaient comme deux colonnes de marbre. Des anneaux en or sertis de joyaux soulignaient la finesse de ses chevilles. Elle avait les robes et les manches retroussées et, à ses blancs poignets, brillait une paire de bracelets à fermoir orné de deux énormes perles. Un collier de pierres précieuses était passé à son cou. Elle portait une perle au lobe de chaque oreille, et sur sa tête était posée une coiffe en brocart enchâssée de gemmes. Les pans de sa tunique étaient passés dans sa ceinture comme si elle était occupée à quelque tâche ménagère.

D'une voix suave telle que je n'en avais jamais entendu de pareille, elle demanda à sa mère, en arabe très pur, si j'étais bien le lecteur attendu. Puis elle me tendit la lettre. Je ne pus m'en saisir, car elle était trop loin, à quelque demi-verge. Je dus passer la tête et les épaules à travers le seuil, en me retenant d'une main au chambranle. C'est alors que je fus catapulté dans le dos par un violent coup de tête. Ainsi propulsé, je traversai le corridor d'entrée pour me retrouver dans le patio, cependant que la vieille, vive comme l'éclair, refermait le portail.

Et l'aube chassant la nuit, Shahrâzâd dut interrompre son récit.

Lorsque ce fut la cent vingt-troisième nuit, elle dit :

On raconte encore, Sire, ô roi bienheureux, que 'Azîz poursuivit ainsi : Je fus projeté jusqu'à l'intérieur de la maison dont le portail fut verrouillé par la vieille avec une rapidité fulgurante. La jeune fille vint à moi, me plaqua contre elle et me jeta à terre. Elle s'assit sur ma poitrine et m'appuya si fort sur le ventre que je crus défaillir. Sa prise était tellement vigoureuse que je ne pus m'y soustraire. Puis elle me libéra et, précédée de la vieille qui nous éclairait d'une bougie, elle me conduisit par la main à ses appartements. Nous traversâmes sept corridors voûtés pour aboutir à une salle de réception éclairée par quatre lucarnes en arcade. Cette pièce était si vaste qu'un cavalier eût pu y jouer au polo.

À moitié étourdi sous l'effet du traitement qu'elle m'avait infligé, je constatai que j'étais dans un salon pavé du marbre le plus précieux. Divans bas et coussins étaient houssés de brocart. Il y avait là une banquette de repos en cuivre jaune ainsi qu'un lit en or incrusté de perles et autres joyaux, digne d'un roi tel que toi, seigneur. À brûle-pourpoint, elle me demanda ce que je préférais, rester en vie ou mourir ?

— Vivre bien sûr !

— Alors, épouse-moi.

— Je n'ai nulle envie de me marier à une effrontée de ton espèce.

— C'est à cette seule condition que tu échapperas aux griffes de la fille de Dalîla la rouée !

— Qui donc est cette personne ?

— Celle, me répondit-elle dans un éclat de rire, qui est ta compagne depuis un an et quatre mois. Dieu la fasse périr ! Il n'y a pas plus perfide qu'elle. Combien avant toi l'ont vérifié à leurs dépens ! Ses méfaits ne se comptent plus. Par quel miracle as-tu pu lui échapper sans y laisser la vie ou la raison après une si longue cohabitation ?

Stupéfait, je lui demandai d'où elle la connaissait.

— Je la connais aussi bien que le Destin sait les malheurs qu'il tient en réserve. Raconte-moi ta liaison avec elle que je comprenne comment tu es sorti indemne de ses maléfices.

Je m'exécutai et lui narrai dans le détail les péripéties de mon aventure. Lorsque j'en arrivai à la mort de ma cousine, ses yeux s'embuèrent et elle invoqua sur elle la miséricorde divine avant de s'écrier en se tordant les mains :

— La voilà 'Azîz la cause de ton salut ! Sans ta cousine — que Dieu te dédommage de sa perte — tu serais mort depuis longtemps. Mais tu n'es pas encore, je le crains, à l'abri de la perfidie de cette femme. Je ne puis cependant t'en dire plus pour l'instant.

— En tout cas, ce que je t'ai raconté est parfaitement exact. Je dois ajouter qu'avant de rendre l'âme, 'Azizâ m'a fait transmettre un ultime message sous forme d'un adage : *Fidélité est belle, trahison haïssable.*

— Par Dieu, 'Azîz, personne aujourd'hui ne peut se targuer de valoir ta cousine. Cet adage te sauve la vie. Me voilà rassurée sur ton sort car, à tout le moins, cette femme ne te tuera pas. 'Azîza te protège morte comme elle l'a fait de son vivant. Quant à moi, il y a longtemps que je souhaitais te rencontrer et passer avec toi ne serait-ce qu'un jour. Mais il m'a fallu faire preuve de patience et ruser pour parvenir à mes fins.

Tu es tellement ingénu et si peu au courant de notre
duplicité et de l'ingéniosité de nos vieilles femmes !

— Oh que oui ! répondis-je.

— Mais ne t'inquiète pas, ajouta-t-elle, et sois
serein. Laissons les morts à la miséricorde de Dieu et
ne pensons qu'à Sa bienveillance pour les vivants. Tu
es jeune et beau et je n'ai d'autres visées que de m'unir
à toi selon la loi divine et les prescriptions du Prophète.
Tous tes besoins, en argent et vêtements, seront immédiatement satisfaits. Tu auras table ouverte, pain
fraîchement pétri et boissons à satiété, à seule charge
pour toi de te comporter en coq.

— Qu'est-ce à dire ?

Morte de rire, elle battit des mains et me demanda si
j'ignorais vraiment les obligations du coq.

— Mon Dieu, oui.

— Eh bien, c'est de se gaver, de boire et de côcher
ses poules.

Faisant fi de ma confusion devant d'aussi lestes
propos, elle poursuivit :

— Bande tes forces, sois ardent au déduit et forni-
que à tout va.

Elle appela ensuite sa mère d'un battement de mains
et lui ordonna d'introduire qui elle savait. La vieille
femme alluma quatre bougies et fit entrer autant de
témoins instrumentaires qui me saluèrent avant de
prendre place. La jeune femme, recouverte d'un voile,
choisit l'un d'eux pour lui servir de tuteur matrimonial
et ils rédigèrent l'acte de mariage aux termes duquel
elle reconnaissait non seulement avoir reçu la totalité
de sa dot mais encore me devoir dix mille dirhams.

Et l'aube chassant la nuit, Sharhâzâd dut interrompre son récit.

Lorsque ce fut la cent vingt-quatrième nuit, elle dit :
On raconte encore, Sire, ô roi bienheureux, que les

témoins instrumentaires, dûment rétribués, s'en allèrent. La jeune fille se dépouilla de ses vêtements pour ne garder sur elle qu'une superbe chemise brodée d'or. Elle me prit par la main et me conduisit au lit sur lequel elle s'allongea en murmurant qu'il n'y avait pas de mal à faire ce qui était désormais permis. Elle remonta sa chemise au-dessus de ses seins, me plaqua sur son ventre et eut un râle suivi d'un gémissement. Lorsque je la vis ainsi, je ne pus me contenir. Tout en lui suçant les lèvres, je plantai mon pieu dans la grotte. Elle soupirait et gémissait et suppliait. Soumise et consentante, elle demandait pourtant grâce en pleurant. Pendant tout le temps que je l'embrassais et l'étreignais, elle ne cessa de haleter et de pleurer. Je me souvins alors de ces vers :

> *Elle montra son mont de Vénus.*
> *Sa fente était aussi étroite*
> *Que mon existence où je pleure*
> *Tous mes biens à jamais perdus !*
> *J'y mis la moitié de mon pieu,*
> *Elle me dit en suppliant Dieu :*
> *C'est tout entier que je le veux !*

— Mon aimé, me dit-elle, mets ce qui reste. Je suis ton esclave. Par ma vie, donne-le-moi tout entier que je l'enfonce de mes mains jusqu'au fond de mes entrailles.

Elle me baisait et m'étreignait ; elle hoquetait et criait des propos obscènes qu'on entendait jusque dans la rue. Nous atteignîmes au bonheur dans une harmonie parfaite et nous endormîmes jusqu'au matin. Au réveil, je voulus prendre congé, mais elle éclata de rire :

— Crois-tu donc, ironisa-t-elle, qu'il est aussi facile de sortir du hammam que d'y rentrer ? Je ne suis pas, il s'en faut, la fille de Dalîla la rouée. Prends garde à ne pas l'oublier ! Tu es mon époux légitime. Nous nous sommes mariés en conformité à la loi et à la Sunna. Es-tu ivre pour prétendre me quitter ? Cette maison, sache-le, n'est ouverte qu'une fois l'an. Pour t'en convaincre va jusqu'au portail.

Il était effectivement condamné et cloué.

— Nous avons ici, me dit-elle lorsque je la rejoignis, ce qu'il nous faut en matière de ravitaillement, farine, grains, fruits, grenades, viande de mouton, poulets et autres provisions en suffisance pour des années. À partir de cette nuit, nous voilà enfermés pour un an.

— Il n'y a de force et de puissance qu'en Dieu, m'exclamai-je.

— Et en quoi cela peut-il te gêner, me taquina-t-elle, maintenant que tu sais ce que l'on attend d'un coq ?

J'acquiesçai en riant à mon tour. Douze mois durant, j'emplis ma sinécure et ne fis rien d'autre que manger, boire et forniquer au point que je la mis enceinte et en eus un garçon. À l'expiration de l'année, j'entendis grincer les gonds du portail que l'on ouvrait, et vis entrer des livreurs chargés de biscuits, de farine et de sucre. Je voulus sortir, mais ma femme m'enjoignit d'attendre la tombée de la nuit. De cette façon, je m'en irais à l'heure à laquelle j'étais arrivé. Je patientai donc, inquiet et le cœur battant, jusqu'au moment où elle m'autorisa à quitter la maison non sans m'avoir fait jurer solennellement par le sabre, le Livre sacré et la triple répudiation que je reviendrais.

Je me rendis droit au jardin dont je trouvai la porte entrouverte comme à l'accoutumée, alors que je n'avais pas donné signe de vie depuis un an déjà. Perplexe, je me demandais si mon amante avait gardé son habitude de recevoir la nuit en ces lieux. Je résolus d'en avoir le cœur net avant d'aller retrouver ma mère à l'heure du dîner.

Et l'aube chassant la nuit, Shahrâzâd dut interrompre son récit.

Lorsque ce fut la cent vingt-cinquième nuit, elle dit :
On raconte encore, Sire, ô roi bienheureux, que 'Azîz poursuivit ainsi son récit : J'entrai dans le jardin et allai jusqu'au kiosque où je trouvai la fille de Dalîla la rouée, assise en tailleur, un coude appuyé sur la cuisse, la joue reposant au creux de sa paume. Elle avait le teint altéré et les yeux profondément enfoncés dans les orbites. À ma vue, elle loua Dieu qui m'avait ramené sain et sauf et voulut se lever. Mais elle retomba sur son séant tant sa joie était grande de me revoir. Honteux, la tête basse, je m'approchai d'elle et l'embrassai en lui demandant comment elle avait deviné que je viendrais cette nuit-là.

— Dieu m'est témoin, je n'en savais rien. La vérité est que, durant cette année, je n'ai pas goûté au sommeil, caressant chaque nuit l'espoir de ton retour. Je suis dans l'état où tu me vois depuis ton départ, ce jour où tu m'as quittée, vêtu de neuf pour aller au hammam. Croyant en ta promesse, nuit après nuit, j'ai attendu. Ainsi en est-il de ceux qui aiment. Dis-moi maintenant pourquoi tu m'as si longtemps délaissée.

Je racontai tout sans rien cacher. Lorsqu'elle apprit que j'étais marié, que je ne passerais avec elle que cette nuit et qu'il me faudrait repartir dès le matin, elle devint blême et s'écria :

— Il ne lui a donc pas suffi de t'avoir amené par ruse à l'épouser, de t'avoir séquestré, elle exige encore par le serment de la triple répudiation que tu lui reviennes demain et ne t'accorde qu'une nuit de liberté à partager entre ta mère et moi ! Elle qui supporte à peine une séparation de quelques heures, imagine-t-elle ce que j'endure depuis un an, moi qui t'ai connu bien avant elle ? Que Dieu ait en Sa miséricorde ta cousine 'Azîza

que tu as tuée à petit feu et qui a subi par ta faute ce
que personne au monde n'aurait pu tolérer. Je t'avais,
quant à moi, laissé libre, sûre que tu me reviendrais,
alors que j'aurais pu, moi aussi, te cloîtrer et causer ta
perte.

Elle pleurait de rage et me lançait des regards
tellement meurtriers que je craignis pour ma vie, et me
mis à trembler de tous mes membres comme une fève
qui tressaute sur le gril.

— Au demeurant, ajouta-t-elle, tu ne m'intéresses
plus dès lors que tu es marié et père. Seuls les
célibataires me conviennent comme compagnons.
Mais par Dieu, puisque tu m'as préféré cette gueuse, je
le lui ferai regretter. Si tu n'es plus à moi, à elle tu ne
seras pas non plus !

Sur son appel, dix de ses servantes firent soudain
irruption. Elles se ruèrent sur moi, me renversèrent et
me clouèrent au sol. Je la vis se saisir d'un poignard en
disant :

— Je vais t'égorger comme on le fait d'un bouc, et ce
sera pour toi mort bien trop douce eu égard à ce que tu
as fait à ta cousine.

Écrasé sous le poids des servantes, la figure souillée
de poussière, je crus ma dernière heure arrivée.

Et l'aube chassant la nuit, Shahrâzâd dut interrompre son récit.

Lorsque ce fut la cent vingt-sixième nuit, elle dit :

On raconte encore, Sire, ô roi bienheureux, que le
vizir Dandân afin de distraire son souverain Daw' al-
Makân, lui racontait les aventures de 'Azîz telles que ce
dernier les avait narrées à Tâj al-Mulûk :

J'avais beau la supplier, continua 'Azîz, elle ne s'en
montrait que plus impitoyable. Sur son ordre, les filles
me ligotèrent et me retournèrent sur le dos. Les unes
me maintenaient la tête, les autres le torse. Deux

d'entre elles me saisirent les orteils, deux autres s'assirent sur mes tibias et deux autres encore, sur un signe de leur maîtresse, m'administrèrent sur la plante des pieds une flagellation telle que je défaillis de douleur. Revenu à moi, j'eus souhaité être mort égorgé plutôt que de subir pareille avanie et me souvins de ma cousine qui, maintes fois, avait supplié Dieu de me mettre à l'abri de cette femme. Malgré mes pleurs et les cris que je poussais à perdre haleine, elle ordonna le couteau à la main qu'on me dénudât la gorge. C'est alors que le Seigneur m'inspira de prononcer les dernières paroles que ma cousine avait confiées à ma mère : *Fidélité est belle, trahison haïssable.*

— Bénie sois-tu, 'Azîza si tôt disparue à la fleur de l'âge ! s'exclama mon amante. Par-delà la mort, tu as encore servi ton cousin comme tu l'avais fait de ton vivant. Cet adage, ajouta-t-elle à mon intention, te sauve la vie, mais tu ne perds rien pour attendre. Le châtiment que je vais t'infliger servira de leçon à cette garce qui t'a éloigné de moi.

Elle ordonna à ses suivantes de me maintenir fermement en s'asseyant sur ma poitrine et d'enserrer chacune de mes jambes dans des cordes pour les tenir écartées. Pendant qu'elles s'exécutaient, elle mit sur le feu une bassine en cuivre. Elle y versa de l'huile de sésame où elle fit frire un peu de fromage. Alors que j'étais au bord de l'évanouissement, elle défit mes vêtements, enroula autour de mes testicules une cordelette dont elle tendit les extrémités à deux des filles qui tirèrent chacune de leur côté, m'émasculant net. La douleur fut telle que je tombai en pâmoison et me crus mort et transporté dans un autre monde. Non contente de cela, elle me trancha le sexe et me rendit pour toujours comme une femme. Puis elle cautérisa la plaie et la saupoudra d'un astringent. Lorsque je

revins à moi, l'hémorragie avait cessé. Elle me fit boire
un verre de vin et me lança :

— Va donc retrouver ton épouse, elle qui n'a pas
daigné te laisser passer ne serait-ce qu'une nuit avec
moi, et bénis ta cousine pour son message d'outre-
tombe sans lequel je t'eusse proprement égorgé. Libre
à toi d'aller rejoindre qui tu veux. Tu n'es plus rien à
mes yeux et je ne garderai d'autre souvenir de toi que
ce que je viens de retrancher de ton anatomie. Bon
vent, ajouta-t-elle en me balançant un coup de pied, et
n'oublie pas ta cousine dans tes prières.

À petits pas, car j'avais du mal à marcher, je
regagnai le domicile conjugal dont le portail était
toujours ouvert. À peine en avais-je franchi le seuil que
je m'effondrai sans connaissance. Ce fut ma femme qui
me porta au lit. Elle découvrit, en m'y bordant, que je
n'avais plus rien d'un mâle. Le matin, après un
profond sommeil, je me retrouvai abandonné devant la
porte du jardin où j'avais perdu ma virilité.

Et l'aube chassant la nuit, Shahrâzâd dut interrompre son récit.

Lorsque ce fut la cent vingt-septième nuit, elle dit :
On raconte encore, Sire, ô roi bienheureux, que 'Azîz
poursuivit ainsi son récit : Ayant repris mes esprits, je
constatai que j'avais été transporté et abandonné
devant la porte du jardin. Je rejoignis notre maison
avec de très grandes difficultés. Ma mère était là qui
pleurait et se demandait à haute voix où je pouvais
bien me trouver. Je me jetai dans ses bras et elle
s'aperçut vite, à ma figure livide et souillée, que je
n'étais pas dans mon état normal. Assailli par le
souvenir de ma cousine, je me rappelais ce qu'elle
avait fait pour moi et songeais à l'immense amour
qu'elle me portait. Je fondis en larmes, imité par ma
mère qui m'annonça, comble de malheur, le décès de

mon père. Cette nouvelle m'acheva et je sanglotai au point de perdre connaissance. Quand je revins à moi et que je vis la place où 'Azîza aimait à se tenir, mes pleurs redoublèrent et je m'évanouis encore. Je ressassai ma détresse jusque tard dans la nuit et donnai libre cours à mes lamentations et à mes gémissements. Ma mère me précisa que mon père était mort il y avait dix jours à peine. Je répondis que peu m'importait. Je n'avais de pensées que pour ma cousine et les malheurs qui me punissaient de mon indifférence vis-à-vis d'elle.

— Que t'est-il arrivé exactement ? m'interrogea-t-elle.

Je me confiai à elle en détail. Elle pleura longtemps, puis me prépara un en-cas auquel je ne fis guère honneur.

— Louange à Dieu, conclut-elle, après avoir entendu le récit de mes tribulations. Il t'a sauvé d'une immolation certaine.

Elle entreprit de soigner ma blessure et fit tant et si bien que je retrouvai santé et forces. Me voyant rétabli, elle me dit un jour :

— Il est temps que je te remette le dépôt que 'Azîza avait laissé à ton intention. Elle avait posé comme condition expresse de ne te le donner que lorsque j'aurais constaté ta fidélité à son souvenir, ta réelle contrition pour sa disparition et ta ferme intention de mettre fin à tes relations féminines. Tel me semble être le cas et rien ne s'oppose à ce que tu prennes possession de ce qui désormais t'appartient.

Elle alla à un coffre et sortit ce carré à la gazelle brodée, celui-là même que je lui avais auparavant offert. On y avait tracé ces vers :

Vous faites naître la passion, mais sans y succomber ;
vous me livrez à l'insomnie qui ronge les paupières
tandis que vous goûtez votre sommeil.

Vous captez mes regards et me ravissez l'âme
  et mon cœur consumé jamais ne se console.
À peine promis le secret que votre malveillance
  faisait de mon amour l'objet des médisances.
Au nom de Dieu, mes frères, gravez après ma mort
  sur ma tombe ces mots : Ci-gît qui mourut dément
d'amour.

La lecture de ces vers m'arracha d'abondantes
larmes ; la douleur me faisait me battre la poitrine. De
la pièce brodée était tombé un feuillet que je dépliai :
« Cousin, y était-il écrit, je te dégage de la responsabilité de ma mort. Je prie Dieu pour le succès de tes
amours avec la fille de Dalîla la rouée. Mais s'il te
survenait le moindre désagrément de sa part, fuis-la et
n'approche pas d'autres femmes. Aie la force d'âme de
supporter ton épreuve. Si Dieu n'avait fixé la durée de
ta vie de toujours, cette femme aurait causé ta perte
depuis longtemps. Je loue le Seigneur de m'avoir
emportée avant qu'Il te rappelle à Lui. Je t'adresse
mon salut. Garde soigneusement cette broderie et ne
t'en sépare jamais. Elle était ma seule consolation lors
de tes absences. »
  Et l'aube chassant la nuit, Shahrâzâd dut interrompre son récit.

  Lorsque ce fut la cent vingt-huitième nuit, elle dit :
  On raconte encore, Sire, ô roi bienheureux, que 'Azîz
finit de prendre connaissance de la lettre qui se
terminait ainsi :
  « Je t'adjure par Dieu de t'éloigner autant que tu
le pourras de celle qui a brodé cette gazelle. Ne la
laisse pas s'approcher de toi et ne l'épouse en aucun
cas. Si d'aventure elle arrive à s'emparer de toi sans
que tu puisses t'en défendre, évite absolument de jeter
les yeux sur une autre femme. Chaque année, une

princesse exécute une broderie semblable à celle-ci qu'elle envoie à travers le pays afin de faire connaître et admirer son inimitable habileté. Ton amante, la fille de Dalîla la rouée, a eu l'une de ces broderies entre les mains. Elle l'a montrée un peu partout en se vantant impudemment — Dieu la confonde — qu'il s'agissait de l'œuvre d'une de ses sœurs. J'ai tenu à t'avertir, car je pense qu'après ma mort, la vie, ici, te paraîtra bien difficile. Tu aspireras à voyager et pourrais ainsi entendre parler de celle qui a brodé ce mouchoir et désirer la connaître. C'est la fille du roi des îles du Camphre. Alors tu te souviendras de moi mais en vain. Tu ne sauras ce que je fus qu'après ma mort. »

Ce billet lu, je pleurai jusqu'à la nuit en compagnie de ma mère bouleversée par mon chagrin. Une année s'écoula qui ne m'apporta aucun apaisement et au terme de laquelle j'appris que des commerçants de la ville — ceux-là même que tu as vus — s'apprêtaient à entreprendre un long périple aux fins de négoce. J'en parlai à ma mère. Elle m'engagea vivement à les accompagner, escomptant qu'un long dépaysement de un, deux ou trois ans contribuerait à me distraire de mes sombres pensées et à me rasséréner. Je cédai à sa douce insistance, constituai un fonds de commerce et me joignis à la caravane. Mais rien n'y fit. Pas un seul jour depuis que je suis en route, mes yeux n'ont été secs de larmes. À chaque étape, je sors cette broderie, la contemple longuement et évoque, en pleurant comme tu le vois, le souvenir de celle qui m'aimait d'un amour ardent et dont j'avais causé la mort. Elle qui m'avait comblé de ses bontés, n'avait récolté en guise de récompense que maux et souffrances. Il ne me reste plus qu'à attendre le retour au pays après un voyage qui aura duré une année sans m'apporter le moindre soulagement ; il provoqua plutôt en moi un surcroît de chagrin.

Au cours de nos déplacements, il nous fut donné en
effet de passer par l'archipel du Camphre et la forteresse de Cristal. Il s'agit d'un ensemble de sept îles
placées sous la souveraineté du roi Shâhramân. C'est
sa fille Dunyâ, m'avait-on dit, qui exécutait ces
ouvrages de broderie dont tu as, seigneur, un exem-
plaire entre les mains. J'ai pu l'apercevoir. Sa beauté a
réveillé mes désirs et m'a plongé dans un abîme de
réflexions et de brûlants regrets. L'idée d'avoir été
privé de mes attributs virils et réduit ainsi à la
condition de femme me taraudait sans cesse. Depuis
que nous avons quitté les îles, je ne cesse de pleurer, le
cœur meurtri. Las de vivre, je ne sais même pas si
j'aurai la force de revenir chez moi finir mes jours
auprès de ma mère. Les yeux fixés sur la broderie, il
éclata en sanglots, se répandit en gémissements et
récita :

À qui me dit : « Console-toi ! », je réponds :
    « combien faut-il attendre pour guérir ? »
« Le temps te guérira », me dit-on. Étonnant !
    quel insensé peut me promettre de vivre assez long-
    temps !

Puis encore :

Dieu sait qu'après votre départ, j'ai tant pleuré
    qu'il me fallut acheter des larmes.
On me blâme, on me dit : « Patiente, à tes fins tu
    arriveras » ;
    je dis : « Cette patience qui me la donnera ? »

Telle est, seigneur, conclut 'Azîz, ma triste aventure.

TÂJ AL-MULÛK ET LA PRINCESSE DUNYÂ

Le récit avait subjugué Tâj al-Mulûk qui s'en-flamma aussitôt pour cette princesse Dunyâ dont le jeune commerçant lui avait vanté la beauté.

Et l'aube chassant la nuit, Shahrâzâd dut interrom-pre son récit.

Lorsque ce fut la cent vingt-neuvième nuit, elle dit :

On raconte encore, Sire, ô roi bienheureux, que Tâj al-Mulûk, poursuivit Dandân, s'apitoya sur le sort du jeune homme :

— Certes, jamais destin ne fut plus cruel que le tien. Mais il n'y a rien à faire contre le décret de Dieu. Ce que j'aimerais savoir, c'est comment tu t'y es pris pour apercevoir la princesse.

— En usant d'un stratagème. Lorsque nous arri-vâmes dans la capitale du royaume, j'abandonnai mes compagnons pour déambuler à travers la ville, et avisai un jardin à la végétation luxuriante, gardé par un vieillard courbé sous le poids des ans. Je lui demandai à qui ce jardin appartenait.

— À la fille du roi dont le palais nous domine. Lorsqu'elle a envie de prendre l'air, je lui ouvre une poterne qui lui permet d'accéder aux parterres de fleurs dont elle aime à respirer le parfum.

— Laisse-moi, s'il te plaît, pénétrer un moment à l'intérieur du jardin. Peut-être aurai-je la chance de voir passer la princesse et de bénéficier d'un regard d'elle.

Il n'y vit pas d'inconvénient et je lui remis quelques pièces pour qu'il allât nous chercher des victuailles que nous mangerions ensemble. Ravi de l'aubaine, il

me pria d'entrer et me conduisit jusqu'à un emplacement fort agréable. Il m'y fit asseoir, disposa quelques
fruits devant moi et me laissa seul. Au bout d'une
petite heure, il revint avec un agneau rôti dont nous
nous régalâmes. Cependant, je brûlais d'impatience de
voir la jeune fille. À un moment donné, une poterne
s'entrouvrit.

— Va te cacher, me murmura le gardien.

Je m'exécutai et vis un eunuque noir passer la tête
par la porte entrebâillée :

— Es-tu seul, vieillard ?

— Oui.

— Cours fermer la porte qui donne sur l'extérieur.

Bientôt, la princesse Dunyâ apparut. Je fus ébloui.
On eût dit l'astre de la nuit descendu sur terre. Je me
pris à la désirer autant qu'un homme torturé par la soif
aspire à la fraîcheur de l'eau. Lorsqu'elle rentra en son
palais, je rejoignis mon domicile. Tout le long du
chemin, je m'admonestais : « Pauvre fou ! Elle est hors
de ta portée ; comment peux-tu envisager parvenir
jusqu'à elle ? Tu n'es pas de son monde, toi modeste
commerçant, alors qu'elle est fille de roi. Au surplus, tu
n'as plus rien d'un homme ! »

Par la suite, notre caravane reprit sa route en
direction de ton pays et c'est ainsi que nous t'avons
rencontré. Tu n'ignores plus rien maintenant de mon
histoire, seigneur.

Tâj al-Mulûk, le cœur enflammé pour cette princesse
inconnue, se remit en selle et regagna la capitale en
compagnie de 'Azîz qu'il installa dans une maison
particulière, pourvue de tout ce qui lui était nécessaire
pour y séjourner. Il se rendit ensuite au palais, les joues
ruisselantes de larmes tant il est vrai que l'imagination
supplée parfois la réalité et rend présent un être dont
on a seulement entendu parler. Son père, venu le voir,
lui trouva le teint altéré, le visage émacié et comprit

qu'il était miné par un quelconque chagrin dont il lui demanda la cause. Le prince lui raconta alors toute l'histoire de 'Azîz et lui parla de Dunyâ dont il s'était épris alors qu'il ne la connaissait que par ouï-dire.

— Mon enfant, laisse donc cette chimère. C'est la fille d'un souverain qui règne sur des contrées lointaines. Va plutôt trouver ta mère en son palais.

Et l'aube chassant la nuit, Shahrâzâd dut interrompre son récit.

Lorsque ce fut la cent trentième nuit, elle dit :

On raconte encore, Sire, ô roi bienheureux, que Tâj al-Mulûk raconta à son père comment il était tombé éperdument amoureux d'une lointaine princesse, sur simple description qu'on lui en avait faite. Le roi essaya de le raisonner :

— Va au palais de ta mère. Tu y trouveras cinq cents jeunes esclaves belles comme des astres. Choisis-en autant que tu voudras. Si, par hasard, aucune ne te plaisait, nous te demanderons en bonne et due forme la main d'une fille de roi dont la beauté éclipserait celle de cette Dunyâ.

— Père, je n'en veux point d'autre. Elle n'est pas seulement belle, mais brode à merveille, à preuve ce mouchoir que je t'ai montré. Il me la faut, sinon je me lancerai à corps perdu dans les déserts les plus sauvages pour y chasser et trouver la mort.

— Mon fils, laisse-moi le temps d'envoyer un émissaire à son père afin qu'il nous l'accorde dans les règles, comme on l'a fait pour moi quand j'ai épousé ta mère. S'il venait à refuser, je ferai vaciller son trône et lui enverrai une armée si nombreuse que la tête en serait chez lui avant même que l'arrière-garde ne s'ébranle.

Le roi convoqua 'Azîz et lui demanda s'il connaissait la route qui menait aux îles du Camphre. Le jeune homme lui répondit que oui. Le roi le chargea donc d'accompagner son vizir auprès du souverain de ces îles. Il fit venir le vizir et lui demanda de mener à bien toute cette affaire. De son côté, Tâj al-Mulûk se retira chez lui. Son amour ne faisait que grandir et il trouvait le temps bien long. Lorsque la nuit fut tombée, il se mit à pleurer, à gémir et à se plaindre. Il récita ensuite ces vers :

> *Les ténèbres m'entourent, mes pleurs coulent sans fin*
> *et les flammes d'amour ont consumé mon cœur.*
> *Interrogez mes nuits, elles vous apprendront*
> *que je les passe entre tristesse et souffrance.*
> *Je surveille les astres tel un pâtre son troupeau*
> *et ma larme roule aussi grosse qu'un grelon.*
> *Je reste seul et délaissé,*
> *comme une âme en peine, abandonné de tous.*

Lorsqu'il eut fini de réciter ces vers, il tomba évanoui et ne reprit connaissance qu'au matin. Un serviteur vint à lui et le manda auprès de son père. Constatant qu'il était de plus en plus pâle, le roi promit qu'il en serait bientôt fini de ses tourments.

Bien équipés, chargés de présents remis par le monarque, le vizir et 'Azîz brûlèrent les étapes et parvinrent à proximité de leur destination, près d'un fleuve au bord duquel ils décidèrent de faire halte. Un courrier fut dépêché pour les annoncer au roi Shâhramân, et au bout d'une demi-journée à peine, ils virent arriver les princes du royaume et les chambellans venus se mettre à leur disposition et leur faire cortège jusqu'à la capitale située à un parasange de là. Après avoir offert leurs présents, les deux hommes profitèrent de l'hospitalité royale pendant trois jours et, au quatrième, demandèrent une audience officielle au cours de laquelle le vizir fit part de la raison de leur ambassade. Shâhramân, très embarrassé, ne sut que répondre. Il savait en effet sa fille rétive au mariage. Pensif, la tête baissée, il réfléchit puis demanda à l'un de ses serviteurs d'aller chez la princesse et de l'informer de la demande dont elle était l'objet. L'homme ne tarda pas à revenir :

— Roi du siècle, rendit-il compte, à peine eus-je prononcé le mot de mariage que la princesse est entrée dans une violente colère, et m'eût sûrement fendu le crâne avec un gourdin dont elle s'était emparée, si je n'avais pas pris mes jambes à mon cou. « Dis bien à mon père, me cria-t-elle, que s'il me faisait violence, je tuerais quiconque m'épouserait. »

— Vous avez constaté par vous-même, fit remarquer le souverain au vizir et à 'Azîz, que ma fille ne veut rien entendre. Faites-en part à votre maître et transmettez-lui mes salutations.

Et l'aube chassant la nuit, Shahrâzâd dut interrompre son récit.

Lorsque ce fut la cent trente et unième nuit, elle dit :
On raconte encore, Sire, ô roi bienheureux, que le vizir, n'ayant plus rien à faire chez Shâhramân, prit avec sa suite le chemin du retour et revint sans désemparer rendre compte de l'échec de sa mission. Aussitôt, Sulaymân Shâh convoqua les chefs de l'armée et leur ordonna de mettre leurs troupes sur pied de guerre en vue d'une campagne en terre étrangère. Le vizir l'en dissuada en lui faisant observer que Shâhramân n'était pour rien dans la décision de sa fille. La princesse était fermement résolue, si on la contraignait au mariage, à tuer son époux pour se détruire ensuite.

« Belle affaire, pensa le souverain inquiet pour son fils, si, après avoir vaincu Shâhramân et capturé sa fille, celle-ci tuait mon garçon et se donnait la mort. »

Sulaymân Shâh informa Tâj al-Mulûk de l'insuccès de la démarche qu'il avait entreprise.

— Qu'à cela ne tienne, père. Je ne puis vivre sans elle. C'est à moi désormais qu'il incombe d'agir. Je suis décidé à me rendre là-bas, dussé-je y laisser ma vie.

— Comment comptes-tu t'y prendre ?

— Je me déguiserai en négociant.

— S'il en est ainsi, tu emmèneras avec toi le vizir et 'Azîz.

Le roi constitua à son fils, sur sa cassette personnelle, un fonds de commerce d'une valeur de cent mille dinars. La nuit tombée, les deux jeunes gens allèrent coucher chez le vizir. Mais le prince, éperdu d'amour, ne put ni manger ni dormir. Il était plongé dans un océan de réflexions suscitées par son impérieuse passion :

Serons-nous donc après l'absence réunis un jour ?
je hurle ma passion et crie :
Je pense à vous en d'interminables nuits
et l'insomnie me ronge quand vous dormez sans soucis.

Il pleura toute la nuit imité par 'Azîz qu'assaillait de son côté le souvenir de sa cousine. Au matin, il se mit en habit de voyage, alla saluer sa mère qui lui demanda la raison de sa tenue. Il ne lui cacha rien de ses intentions. Elle lui remit cinquante mille dinars, le recommanda à la grâce de Dieu et lui souhaita un prompt retour auprès des siens. Il se rendit ensuite chez son père et sollicita la permission de prendre la route. Le roi la lui accorda et donna cinquante mille autres dinars. Il ordonna en outre qu'on lui fît dresser hors des murs une grande tente où il passa deux jours à compléter ses préparatifs. Après quoi, il prit la route avec 'Azîz et le vizir.

Tâj al-Mulûk apppréciait fort 'Azîz dont la compagnie lui devint bientôt indispensable. Le jeune homme, de son côté, s'était atttaché au prince pour lequel il eût volontiers donné sa vie. Néanmoins, le souvenir de sa mère le hantait. Il s'en ouvrit à son ami qui l'apaisa en lui promettant qu'une fois son dessein accompli, il ferait le nécessaire pour les réunir.

Ils entreprirent leur voyage. Le vizir exhortait Tâj al-Mulûk à la patience, 'Azîz passait toutes ses soirées avec lui, récitait des poèmes, racontait des chroniques historiques et des anecdotes. Ils poursuivirent leur chemin durant deux mois entiers. Le prince n'en pouvait plus de se consumer aux feux d'un amour qui tournait à l'obsession :

La route est longue, profonds mon trouble et mon chagrin
quand mon cœur s'embrase d'un amour incertain.
Je le jure, ô espoir, espérance suprême,
« par Dieu qui créa l'homme d'un grumeau »,
Objet de ma prière, j'endure en mon désir
ce que n'endurent point d'orgueilleuses montagnes.
Ô princesse Dunyâ je péris de t'aimer
et seul un dernier souffle me garde de la mort.
L'espoir de notre union me tient seul à la vie,
sans lui je ne pourrais faire un pas sur la route.

Après avoir récité ces vers, le jeune prince se mit à pleurer, entraînant dans son chagrin 'Azîz dont le cœur était lui aussi blessé. Le vizir fut ému par leurs larmes, les encouragea à la patience et les assura de ce que leur voyage ne pouvait que bien se terminer.

— Mais cette route est si longue, dit Tâj al-Mulûk, combien nous reste-t-il avant d'arriver ?

'Azîz lui répondit qu'ils avaient fait plus de chemin qu'il n'en restait.

Ils parcoururent ainsi des vallées, suivirent des chemins abrupts, franchirent des solitudes désertes.

Une nuit, Tâj al-Mulûk rêva que Dunyâ était à ses
côtés, qu'il l'enlaçait et la serrait contre lui. Il se
réveilla tout angoissé, rempli de crainte comme quelqu'un qui aurait perdu la raison :

Ami, mon cœur s'égare, mes larmes se déversent,
  mais la peine est précieuse de l'amour qui m'habite.
Je pleure comme une mère mutilée de son fils ;
  je gémis dans la nuit avec une palombe
Et lorsque le vent souffle venant de votre terre,
  je sens une froidure qui s'étend sur le monde.
Salut à vous quand passe le vent d'est,
  que s'envole la tourterelle et que sanglote la colombe.

À peine Tâj al-Mulûk eut-il fini de réciter ce poème
que le vizir vint à lui pour le réconforter, le calmer et
l'assurer de ce qu'il allait bientôt atteindre son but. De
son côté, 'Azîz s'évertuait à lui faire prendre patience
et à le distraire avec des contes. Ils voyagèrent ainsi
durant deux autres mois. Un beau jour, comme le soleil
se levait, ils aperçurent au loin une masse blanche. Tâj
al-Mulûk demanda ce que cela pouvait bien être. 'Azîz
s'écria :

— Seigneur, nous sommes arrivés là où tu voulais
aller. Cette construction blanche est la forteresse qui
domine la ville.

Le prince ne se tenait plus de joie. Au fur et à mesure
qu'ils approchaient du but, Tâj al-Mulûk retrouvait sa
bonne humeur et sentait s'envoler ses chagrins et ses
peines. Ils arrivèrent enfin dans la capitale, déguisés en
marchands, conduits par Tâj al-Mulûk en chef du
cortège. Ils se dirigèrent vers un grand caravansérail
réservé aux commerçants de passage.

— C'est, constata 'Azîz, celui où je suis descendu
avec mes compagnons de la caravane.

Ils firent baraquer leurs montures et décharger leurs

marchandises qu'ils mirent à l'abri dans des resserres prévues à cet effet. Après quatre jours de repos, le vizir suggéra la location d'une grande maison. Ils en trouvèrent une, spacieuse et conçue pour recevoir. Ils s'y installèrent. Pendant que Tâj al-Mulûk se morfondait et ne savait que faire de ses journées, le vizir et 'Azîz se concertaient en vue de la conduite à tenir.

— Le mieux, proposa le premier, est de lui louer une boutique dans le marché aux étoffes, dans laquelle il pourra se livrer au négoce. Si nous restons ici à ne rien faire, nous ne parviendrons à rien. J'ai, dit-il au prince, une idée qui, avec l'aide de Dieu, pourrait être bénéfique.

— Les avis émanant d'hommes d'âge aussi expérimentés que toi sont toujours pleins de pertinence. Dis-nous quelle est ton idée.

— Louons une boutique au bazar dans le marché des étoffes. Tu la tiendras. Tout un chacun, grand ou petit, a besoin de se vêtir. 'Azîz te servira de commis principal pour la manipulation des coupons et des pièces. Peut-être trouverons-nous, par ce biais, un moyen de parvenir à nos fins avec l'assistance du Seigneur. D'autant que, beau comme tu l'es, tu ne manqueras pas de t'attirer la clientèle.

Tâj al-Mulûk se rendit aux raisons de son conseiller. Il passa son vêtement de commerçant et sortit en ville, accompagné de ses compagnons. À l'un des jeunes serviteurs fut remise une somme de mille dinars pour les premiers frais d'installation de la boutique. Ils ne passèrent pas inaperçus tant la beauté des formes et des traits du prince était éclatante. Les gens du bazar, confondus, se demandaient s'ils ne s'agissait pas d'un éphèbe échappé du paradis dont le portier, l'archange Riḍwân, aurait oublié de fermer la porte. D'autres pensaient que c'était tout bonnement un ange. Le prince et ses amis s'enquirent du prévôt des mar-

chands et se rendirent à sa boutique. Ils furent accueillis avec beaucoup de considération, car le vizir que l'on
prenait pour le père des deux jeunes gens était un
majestueux vieillard qui inspirait le respect. Il
demanda qui, d'entre les personnes présentes, était le
prévôt. On lui désigna un homme âgé, à l'imposante
allure, qui était entouré de nombreux serviteurs et
commis. Cet homme les salua comme des amis, multiplia les marques d'égard, les fit asseoir à ses côtés et
leur demanda en quoi il pouvait leur être utile.

— Je suis un vieil homme, lui répondit le vizir, et
sers de mentor à ces garçons que j'accompagne dans
un périple autour du monde. Il n'y a pas de cité
importante où nous sommes passés sans y avoir
séjourné au moins un an, le temps de la visiter en
détail et d'en connaître les habitants. Nos pas nous
ayant conduits à votre ville, j'ai décidé de m'y arrêter.
Je souhaiterais que tu me trouves une boutique bien
située où installer mes deux jeunes garçons. Ils s'initieront aux arcanes du commerce et se familiariseront
avec la ville et ses coutumes.

— Bien volontiers, dit le prévôt en dévorant des
yeux les deux jeunes gens qui lui plaisaient beaucoup.

En effet, il était amateur de mignons aux yeux
assassins, préférait les jouvenceaux aux donzelles et en
tenait pour la saveur acidulée des fruits défendus.

« Exalté soit Dieu, se répétait-il en pensant à de
pareilles splendeurs, *qui a excellé en tout ce qu'Il a créé,*
qui a originellement façonné l'homme à partir d'une
argile, puis a fait naître sa progéniture d'un vil liquide
(Coran XXXII/6-7). »

Il se mit à leur disposition avec la pétulance d'un
jeune homme et leur dénicha le plus grand et le mieux
placé des locaux disponibles en plein centre du bazar.
L'échoppe était luxueusement agencée avec des rayonnages d'ivoire et d'ébène. Il remit les clés au vizir qu'il

prenait pour un commerçant et souhaita qu'elles portâssent chance aux deux garçons. Marchandises et ballots furent déchargés et rangés par les soins des serviteurs.

Et l'aube chassant la nuit, Shahrâzâd dut interrompre son récit.

Lorsque ce fut la cent trente-deuxième nuit, elle dit :
On raconte encore, Sire, ô roi bienheureux, que les marchandises déballées et mises en place représentaient une vraie fortune. Les trois hommes passèrent la nuit au magasin. Le matin, le vizir emmena les deux jeunes au hammam où ils se lavèrent et se délassèrent à loisir. Revêtus de leur pagne de bain, les deux jeunes garçons étaient superbes et, entre les mains du masseur, faisaient penser à ces vers :

Heureux le masseur dont la main
  touche un corps qui surgit entre lumière et eau,
Qui ne cesse d'agir en douceur
  pour extraire son musc d'une statue de camphre.

Le prévôt, averti, vint les attendre dans la salle de repos. Les deux jeunes gens sortaient du bain, les yeux noirs et brillants, les joues rosies, le torse luisant. On eût dit, à la minceur de leur taille, deux gazelles ou deux rameaux flexibles mollement courbés sous le poids de leurs fruits. Ils resplendissaient comme l'astre nocturne dans sa plénitude.

— Puisse votre bain, leur souhaita le prévôt, vous procurer un bien-être durable.

— Que n'as-tu été des nôtres, lui répondit Tâj al-Mulûk, avec une exquise courtoisie.

Ils lui baisèrent les mains puis le précédèrent à la boutique dont ils voulaient lui faire les honneurs eu égard à ses fonctions et pour lui être reconnaissants de

son obligeance. Le prévôt admirait leurs croupes qui
tressautaient sous son nez. Il n'arrivait plus à contenir
son désir. Il reniflait, grognait, ne se tenait plus
d'impatience, les fixait des yeux :

> *Le cœur jaloux n'aspire qu'à les posséder*
> *sans partager avec personne.*
> *Point étonnant que leur croupe massive tressaute :*
> *l'astre tournoyant est lui aussi en mouvement.*

Il dit encore :

J'en vis deux qui marchaient et me dis en moi-même
combien j'aurais voulu qu'ils marchent sur mon cœur.

À ces vers auxquels les deux jeunes ne virent pas de
malice, ils l'adjurèrent de revenir avec eux au hammam
où ils se feraient un plaisir de prendre un deuxième bain
en sa compagnie, d'autant que le vizir s'y prélassait
encore dans un cabinet particulier. Il les entendit arriver, alla au-devant du prévôt et l'invita à partager son
repos. Mais le vieil homme déclina l'offre, préférant à
la présence du vizir celle des jeunes gens. Ceux-ci
prirent chacun par une main le libidineux vieillard qui
se laissa faire, et le conduisirent dans une autre cabine.
Le prince jura que nul autre que lui ne le savonnerait
et 'Azîz qu'il serait le seul à le rincer à grande eau.

— Tu viens de trouver là deux fils, lui fit remarquer
le vizir.

— Que Dieu te les conserve ! En venant ici, vous
avez été pour nous bénédiction et source de bonheur :

> *Tu es venu et nos collines ont reverdi,*
> *illuminées de fleurs apparues.*
> *La terre et ses habitants*
> *saluent et accueillent leur visiteur.*

Les deux jeunes gens le remercièrent. Tâj al-Mulûk le savonnait, 'Azîz le rinçait, et lui était aux anges et ne cessait d'invoquer les faveurs divines sur eux. Il prit place après du vizir sous prétexte de lui faire la conversation mais, bien plutôt, afin de se repaître de la vue des deux jeunes garçons. Ils se séchèrent avec les serviettes apportées par les préposés et, rhabillés, se mirent à deviser dans la salle de repos.

— Le hammam, dit le vizir, est délice de l'existence.

— Fasse Dieu que celui que vous venez de prendre vous soit profitable et puisse-t-Il vous préserver tous trois des méfaits du mauvais œil. Tes enfants sauraient-ils nous régaler de quelques citations littéraires relatives à ce sujet ?

— Oui, dit Tâj al-Mulûk :

Rien n'est plus délectable qu'un séjour au hammam
    sinon qu'on ne saurait le prolonger longtemps.
C'est un paradis que l'on se presse de quitter
    et un enfer où l'on se précipite volontiers

'Azîz ne fut pas en reste :

C'est une demeure pavée de dalles luisantes,
    sublime quand on la chauffe à feux poussés à blanc.
On la croirait géhenne, au vrai c'est un Éden
    où surgit la beauté de soleils et de lunes.

— Par Dieu, s'écria le prévôt émerveillé par cet assaut de poésie, vous réunissez les perfections du corps et de l'esprit. À mon tour de vous dire des vers de ma façon.

Il posa sa voix et, sur un rythme mélodieux, déclama ·

Qui dira la beauté d'un feu dont la morsure est jouissance
    et qui redonne vie et à l'âme et au corps!
Étonnante demeure semblable à un Éden
    de fraîcheur alors qu'y rougeoie un brasier.
Heureux qui y séjourne et qui ruisselle
    des larmes que répand une vapeur brûlante!

Puis il promena son regard sur les parterres de leur
beauté :

Je suis allé dans sa demeure et point n'ai vu de chambel-
    lan :
    il était seul à m'espérer le visage tout souriant.
J'ai pénétré son paradis, visité son enfer brûlant,
    puis j'ai remercié Riḍwân et l'ange compatissant.

Ravis les uns des autres, ils se séparèrent. Après
avoir décliné l'invitation à dîner du prévôt, le vizir et
ses deux jeunes compagnons regagnèrent leur domicile
pour se refaire des fatigues du bain. Ils mangèrent,
burent et s'endormirent, heureux et satisfaits. Le
lendemain, après avoir fait leurs ablutions, accompli
la prière rituelle du matin et pris leur petit déjeuner,
ils se rendirent au bazar à l'heure où il s'animait et où
les échoppes ouvraient leurs vantaux. Les commis
avaient fait merveille. Le sol de la boutique disparais-
sait sous des nattes et des tapis de soie sur lesquels
deux banquettes avaient été installées. Elles valaient
chacune plus de cent dinars et étaient recouvertes d'un
tapis de cuir de facture royale, orné d'une bordure
d'arabesques dorées.

Tâj al-Mulûk et 'Azîz prirent place sur l'une des
banquettes. Le vizir s'assit à même les tapis, cependant que les employés s'affairaient, prêts à remplir
leur office. Les chalands affluèrent, avertis par la
rumeur publique, et, dès le premier jour, nos jeunes

gens écoulèrent une grande partie de leurs marchandises. Les affaires devinrent vite florissantes, tant la clientèle manifestait d'empressement, attirée par ce qui se disait en ville de l'exceptionnelle beauté de l'un des marchands. Quelques jours passèrent. L'affluence des acheteurs devenait de plus en plus grande et ils se pressaient devant la boutique. Le vizir recommanda bien à Tâj al-Mulûk de garder son secret et à 'Azîz de l'y aider. Il revint à leur maison pour y réfléchir à ce qu'il convenait de faire en vue du succès de leur entreprise. Pendant ce temps, les deux jeunes gens conversaient. Le prince dit à son compagnon :

— Peut-être quelqu'un de la maison de la princesse Dunyâ viendra-t-il se fournir chez nous ?

Il était sur des charbons ardents. La passion s'était emparée de lui, le désir le tenaillait et il était égaré par son amour au point de s'interdire les douceurs du sommeil. Il refusait de manger et de boire, languissait et maigrissait à vue d'œil. Seul son visage, semblable à l'astre des nuits en sa plénitude, conservait son resplendissant éclat. Un jour, enfin, une vieille femme se présenta.

Et l'aube chassant la nuit, Shahrâzâd dut interrompre son récit.

Lorsque ce fut la cent trente-troisième nuit, elle dit :

On raconte encore, Sire, ô roi bienheureux, qu'une vieille femme, suivie de deux jeunes esclaves, s'approcha de la boutique. À la vue de Tâj al-Mulûk, elle fut émerveillée par l'harmonie de ses proportions, la beauté et la délicatesse de ses traits, au point qu'elle en mouilla ses pantalons.

— Exalté, murmura-t-elle, Celui qui, à partir d'un vil liquide, t'a créé pour induire en tentation l'humanité entière !

Elle ne le quittait pas des yeux et se répétait : « *À*

Dieu ne plaise ! Ce n'est pas une créature humaine mais un noble archange (Coran XII/31). » Elle le salua. Il lui rendit son salut et, sur un signe de 'Azîz, se leva en son honneur. Dans un sourire, il la pria d'entrer et de prendre place à ses côtés. Il l'éventa un moment. Une fois reposée, elle lui demanda :

— Mon enfant, toi en qui je vois tant de perfections réunies, es-tu d'ici ?

— Non, lui répondit-il en termes délicatement fleuris. C'est la première fois que je viens dans ce pays et je ne m'y suis arrêté que pour me reposer et me distraire un peu.

— Sois le bienvenu, noble étranger, dans cette ville qui t'est entièrement acquise. Quelles étoffes as-tu à me proposer ? Montre-moi de belles choses. Un être beau ne peut d'ailleurs offrir que de belles choses.

Lorsque Tâj al-Mulûk entendit ces mots, son cœur se mit à battre bien qu'il n'eût pas compris tout le sens de cette phrase. Mais 'Azîz lui adressa un clin d'œil et il répondit :

— J'ai ce qui ne peut convenir qu'aux souverains et à leurs filles. Dis-moi qui te mande et je te présenterai une marchandise digne de lui.

— Je suis en quête d'une pièce d'étoffe pour la princesse Dunyâ, la fille du roi Shâhramân.

Fou de joie à l'évocation de son aimée, il cria à 'Azîz d'apporter le ballot où était serré ce qu'ils avaient de plus précieux. Il l'ouvrit et lui demanda de choisir la pièce qui aurait l'heur de plaire à sa maîtresse, en lui faisant remarquer qu'elle ne trouverait rien de semblable sur la place. Elle jeta son dévolu sur un coupon d'une valeur de mille dinars et lui en demanda le prix tout en se frottant l'entrecuisse de la paume de la main.

— Laissons cela ! Vais-je parler argent pour si peu, alors que je suis largement payé en retour, Dieu soit loué, par le plaisir qui m'a été donné de faire ta connaissance.

— Puisse le *Seigneur de l'aube* (Coran CXIII/1) préserver ton joli visage. Car tu es beau et parles si bien. Heureuse celle qui dormira contre toi, pourra serrer dans ses bras un corps aussi bien fait et se repaître de ta jeunesse, surtout si sa beauté est à l'aune de la tienne !

Tâj al-Mulûk éclata de rire jusqu'à se renverser et s'écria :

— Béni soit le Seigneur qui permet la réalisation des désirs par l'entremise de vieilles dévergondées !

— Au fait, quel est ton nom ?

— Tâj al-Mulûk.

— Voilà un nom de roi, pas de commerçant !

— C'est que, s'empressa d'intervenir 'Azîz, ses parents l'aimaient beaucoup et en étaient tellement fiers qu'ils l'ont appelé ainsi : Couronne des souverains.

— À juste titre ! Puisse Dieu vous préserver tous deux des envieux, vous dont les charmes ont dû mettre à mal bien des cœurs.

Revenue auprès de sa maîtresse, les yeux encore pleins de la beauté, de la finesse et de l'harmonieuse tournure du jeune négociant, elle montra son emplette à la princesse et lui fit admirer la somptueuse texture du tissu.

— Il est magnifique, nourrice, et introuvable en notre ville.

— Ah, maîtresse, que dire alors de celui qui me l'a cédé ! On dirait un éphèbe échappé du paradis dont l'archange Riḍwân aurait oublié de fermer les portes. Combien j'aimerais que cette nuit même il dormît entre tes seins. C'est la tentation faite homme et il n'est chez nous que pour se divertir.

Dunyâ rit de bon cœur à cette boutade de sa nourrice, puis l'admonesta :

— Dieu te confonde, calamiteuse vieillarde ! Tu n'es qu'une incorrigible radoteuse. Montre-moi ce tissu de plus près. Il est effectivement somptueux et doit coûter très cher malgré son petit métrage. Je n'ai jamais rien vu de tel.

— Il est à l'image de son propriétaire. Si seulement tu pouvais le voir, tu constaterais par toi-même qu'il n'existe pas sur terre de plus plaisant jeune homme.

— Lui as-tu au moins demandé s'il avait besoin d'un service que nous pourrions lui rendre ?

— Je reconnais bien là ta perspicacité coutumière. Dieu te la conserve. Il a sûrement une demande à faire. Qui donc, en effet, n'a pas au fond de lui-même un souhait à exprimer ?

— Alors, cours, salue-le de notre part, dis-lui que nous tenons à honneur son séjour parmi nous et que nous sommes disposés à l'aider en tout ce qu'il voudra.

Lorsqu'il la vit revenir, Tâj al-Mulûk ne se retint plus de joie. Il bondit pour l'accueillir, la conduisit par la main et l'installa près de lui. Elle l'informa de l'objet de sa visite. Le cœur en fête, il ne douta plus que le but était proche et lui demanda si elle consentait à se charger d'un message écrit dont elle lui rapporterait la réponse le cas échéant.

— Bien volontiers.

Il se fit remettre par 'Azîz du papier et une plume en cuivre puis rédigea ces vers :

Espoir de ma vie, à toi cette lettre
  où j'écris les maux de l'absence.
La première ligne dit le feu qui brûle en mon cœur,
  la seconde la passion et le désir ardent,
La troisième, que ma vie s'épuise ainsi que ma patience,
  la quatrième décrit toute ma douleur d'aimer,
La cinquième demande qu'enfin je vous regarde,
  la sixième supplie qu'enfin je vous rencontre.

Pour signature, il inscrivit :

« Du captif d'un désir ardent * prisonnier de l'adoration * qui ne sortira de prison * que pour la rencontre et l'union * qui solitaire et exilé * endure loin de son amie * le châtiment et le chagrin. »

Comme ses larmes débordaient, il ajouta :

Tandis que j'écris, intarissables coulent mes larmes.
Mais je ne désespère pas de la faveur divine.
Viendra bien le jour qui nous verra assemblés !

Le billet plié et cacheté, il le remit à la vieille femme en même temps qu'il lui glissait mille dinars dans la main en guise de cadeau. Elle promit de faire parvenir cette lettre à bon port et s'éloigna en le couvrant de bénédictions.

À sa maîtresse qui s'inquiétait du résultat de sa démarche, elle répondit que le jeune homme n'avait rien demandé mais qu'il avait écrit un message dont elle ignorait la teneur. La princesse le lut et s'écria furieuse :

— Comment, ce commerçant ose engager une correspondance avec moi et m'adresser un billet ! Que suis-je donc pour qu'il m'atteigne et que je m'abaisse à son rang ? Hélas ! hélas ! N'était la crainte de Dieu, poursuivit-elle en se frappant le visage, je le ferais tuer et crucifier à même la porte de sa boutique.

— Mais que contient donc cette lettre qui te mette dans un tel émoi ? Se plaint-il de quelque chose ? Réclame-t-il réparation d'un préjudice subi ? Ou encore exigerait-il le prix du coupon ?

— Pauvre de toi ! cette lettre n'est qu'un cri d'amour ! Ce Satan ne se serait certes pas permis pareille outrecuidance si tu ne l'y avais encouragé.

— Maîtresse, trêve de blâmes et d'injustes

reproches. Cesse donc d'aboyer comme un chien. Tu es
princesse, fille de seigneur, qu'ai-je à me reprocher
sinon d'avoir transmis un pli sans en connaître le
contenu ? Du reste que crains-tu entre les murs de ce
palais altier que même un oiseau ne saurait atteindre ?
Le plus judicieux, à mon avis, serait de lui répondre en
le menaçant de mort s'il persistait à se livrer à son
délire inepte.

— Et si, au contraire, cela ne faisait que l'entretenir
dans son fol espoir ?

— Mais non ! Ta semonce lui ôtera la moindre
velléité de recommencer.

— Soit ! que l'on m'apporte un encrier et du papier.
Elle composa ce poème .

Toi qui prétends aimer, souffrir, ne plus dormir,
    qui te plains de tourments et de tristes pensées,
Oserais-tu, ô fou, prétendre à une lune,
    astre pour toujours à l'homme inaccessible ?
Écoute mon conseil, renonce à tes chimères,
    évite le danger qui pèse sur tes jours.
Car si tu tiens à nouveau ce discours,
    je saurai t'infliger un châtiment cruel !
Par Dieu qui créa l'homme d'un seul grumeau de sang
    et donna leur éclat aux deux astres du ciel,
Ose encore une fois me tenir ce langage,
    et je te mets en croix et te cloue a un arbre !

Elle ordonna à sa nourrice de remettre le pli scellé à
son destinataire et de l'avertir d'avoir à cesser son
manège. La vieille s'en alla guillerette, passa la nuit
chez elle et, au matin, regagna la boutique où Tâj al-
Mulûk, dévoré d'impatience, l'accueillit avec joie. En
lui remettant la missive, elle lui raconta combien la
princesse avait peu goûté son mot.

— Néanmoins, ajouta-t-elle, je l'ai prise par la

douceur et sur le mode de la plaisanterie. J'ai su ainsi atténuer son courroux, elle s'est adoucie et a consenti à te répondre. Lis donc.

— Sois-en remerciée, dit-il en lui faisant remettre par 'Azîz mille autres dinars.

À la lecture du billet, le prince éclata en violents sanglots. La vieille femme, émue par son chagrin et ses plaintes, lui demanda avec compassion ce qui le plongeait dans pareille affliction.

— Elle menace de me faire crucifier si je continue à l'importuner. Mais qu'importe ! Je préfère mourir plutôt que de renoncer à lui écrire. Transmets-lui ma réponse et advienne que pourra.

— Dieu te conserve la jeunesse ! Je suis prête à risquer ma vie pour favoriser tes desseins et t'aider à réaliser tes désirs.

— Quoi que tu fasses, je t'en récompenserai et Dieu t'en tiendra compte le jour de la pesée des actes de chacun à la balance du Jugement dernier. Tu es experte dans l'art de mener ce genre d'affaires avec le doigté nécessaire, et tu sauras surmonter les difficultés avec l'assistance du Seigneur, l'Omnipotent.

Puis il écrivit :

Et me voici, hélas, menacé d'un trépas
*   qui serait mon repos ; la mort est un destin*
Et plus douce à l'amant qu'une trop longue vie
*   qui le prive, l'opprime et lui fait violence.*
Par Dieu je vous supplie, venez à un amant
*   qui ne veut se défendre,*
*   esclave parmi vos gens, à vos pieds enchaîné.*
Et vous tous, par Dieu, prenez-moi en pitié !
*   je ne suis accusé que de trop adorer*
Et que fais-je de mal si je ne puis aimer
*   que cette noble femme entre toutes bien née ?*

Dans un grand soupir noyé de larmes, il remit son mot à la vieille qui, elle-même, ne pouvait réprimer ses pleurs.

— Rassure-toi, le réconforta-t-elle, et cesse de te désoler. Je ferai en sorte que tu aboutisses à tes fins.

Et l'aube chassant la nuit, Shahrâzâd dut interrompre son récit.

Lorsque ce fut la cent trente-quatrième nuit, elle dit :

On raconte encore, Sire, ô roi bienheureux, que la vieille femme laissa Tâj al-Mulûk sur des charbons ardents et revint chez Dunyâ qui était encore sous le coup de l'irritation, le teint altéré par la contrariété que lui avait causée le mot du négociant. À la lecture du deuxième billet que lui tendait sa nourrice, elle redoubla de fureur :

— Ne t'avais-je pas dit que ma réponse ne ferait que l'encourager ?

— Mais pour qui se prend-il ce chien, pour concevoir le moindre espoir, se récria la vieille en simulant une feinte indignation.

— Retourne sur-le-champ et avertis-le que s'il retombe dans cette erreur, je le ferai décapiter.

— Maîtresse, écris-le-lui. Ce n'en aura que plus de poids et l'effraiera davantage.

La princesse se saisit d'une feuille et improvisa ce poème :

Ô toi, inconscient des coups du destin, qui rêve
*   d'obtenir ce qu'avant toi d'autres en vain ont espéré,*
Comment, tout aveuglé, prétends-tu à Suhâ
*   quand tu es incapable d'accéder à la lune ?*
Comment nous désirer, espérer notre union
*   et serrer dans tes bras une taille si souple ?*
Laisse tes illusions ou prends garde à ma rage

aussi terrible alors que le jour funeste où blanchiront les têtes !

La vieille femme s'empressa de porter la réponse au prince. Il se leva à son arrivée et l'accueillit en ces termes :

— Puisse Dieu ne jamais me priver de tes visites. Elles sont une bénédiction.

— Tiens, prends et lis.

Il parcourut le pli et éclata en sanglots.

— Que ne trouvé-je, s'exclama-t-il, une main secourable qui m'ôte la vie à l'instant même. Plutôt périr que d'endurer cela.

Puis il écrivit ces vers :

Mon espérance, ô ma cruelle, cesse de me repousser
et visite un amant que son amour submerge !
Ne crois pas que je survive à ta cruauté,
car je perds mon âme sans amour partagé.

Il remit le billet à la vieille femme en même temps que mille autres dinars qu'il avait demandé à 'Azîz de lui compter.

— Mère, dit-il, je crains de t'imposer en vain les fatigues de ces va-et-vient. Ce message sera le dernier. Ou bien il sera suivi d'effet, ou bien il scellera mon échec.

— Mon fils, je ne veux que ton bien. Mon plus vif désir est de vous voir ensemble, toi aussi beau que la lune dissipatrice des ténèbres, et elle plus resplendissante que le soleil levant annonciateur de l'aurore. À quoi aurais-je servi sur terre avec mes quatre-vingt-dix ans consacrés à l'intrigue et à la ruse, si je ne parvenais à favoriser des amours illégitimes ?

Elle le réconforta, prit congé et rejoignit sa maîtresse après avoir glissé le pli dans ses cheveux. À peine fut-elle assise auprès de la princesse qu'elle se mit à se gratter la tête et à se plaindre de démangeaisons.

— Maîtresse, il y a longtemps que je n'ai pas mis les pieds au hammam et je crains d'avoir des poux. Pourrais-tu vérifier ?

Dunyâ retroussa ses manches et se mit à examiner ses mèches quand elle en vit tomber un feuillet.

— Qu'est ceci ?

— Ce papier a dû, je ne sais comment, se prendre dans ma coiffe pendant que j'étais assise dans le magasin. Donne-le-moi que j'aille le rendre.

Mais la princesse s'en saisit, le déplia et le parcourut. Elle s'écria :

— C'est encore un de tes tours. Si tu ne m'avais pas élevée, je t'aurais durement châtiée. Voilà une véritable épreuve que Dieu m'envoie en la personne de ce commerçant dont tu favorises les manigances. D'où vient-il seulement, cet étranger qui a l'audace de s'en prendre à moi ? Et si l'on venait à avoir vent de la correspondance échangée avec un inconnu qui n'est ni de mon sang ni de mon rang ?

— Qui donc, la rassura la vieille, s'aviserait d'en bavarder au risque de s'attirer les foudres de ton père en défiant son autorité ? Rien ne s'oppose, à mon sens, à ce que tu lui répondes.

— Nourrice, je ne sais comment me débarrasser de ce démon que pas même la crainte du roi n'arrête. Le faire mettre à mort serait inconvenant et le laisser faire l'inciterait à persévérer.

— Écris-lui encore un mot qui l'amènerait à renoncer.

Elle se fit apporter une feuille de papier et une écritoire :

Mon blâme est impuissant, ta sottise l'emporte
malgré l'interdiction que mes vers te portent ;

Et plus je te condamne, plus ton désir s'emporte,
   quand le secret gardé pour mon honneur importe.
Fais taire ton amour et jamais ne l'ébruite
   ou n'attends plus de moi que je pardonne encore.
Et si tu persévères et reprends tes discours
   le corbeau du malheur fera prendre ton deuil
Et très bientôt la mort te poussant au tombeau,
   la terre du tombeau deviendra ta demeure.
Et alors, insensé, ta famille éplorée
   de te perdre à jamais, vivra inconsolée.

À la lecture de cette nouvelle fin de non-recevoir, le prince comprit qu'il avait décidément affaire à une insensible au cœur endurci. En désespoir de cause, il demanda conseil au vizir.

— Il ne te reste plus qu'à la maudire dans un ultime message.

— Frère, demanda le prince à 'Azîz, rédige-le à ma place comme tu sais si bien le faire.

Et le jeune homme écrivit ces vers

Par les cinq Cheikhs, je te supplie mon Dieu de me porter
   secours
   et de punir mon bourreau des tortures qu'il m'inflige.
Tu sais combien je me brûle pour la cruelle sans merci.
Je suis esclave de ma douleur et, jouant ma faiblesse,
   elle m'opprime et me tyrannise.
Je frôle en mon errance des abîmes sans fin
   et ne vois, ô mon Dieu, nul pour m'en préserver.
Ah combien je voudrais oublier cet amour !
   mais comment ? ma patience s'épuise à l'aimer.
Toi qui m'interdis la joie de m'unir à toi,
   prends garde d'être un jour la cible du destin.
Tu mènes aujourd'hui une vie bien heureuse
   tandis que loin des miens et loin de ma patrie je m'exile
   pour toi.

'Azîz plia le feuillet et le tendit au prince qui
apprécia la facture du poème. Il le tendit à la vieille
femme qui le porta à sa destinataire. Saisie d'une
violente colère à la lecture du billet, la princesse
s'exclama :

— Quelle invraisemblable histoire, née uniquement
dans le cerveau de cette vieille de malheur.

Elle appela ses gens, servantes et eunuques, et leur
donna l'ordre d'empoigner la maudite rouée et de la
battre à coup de sandales. Ils le firent avec tant
d'ardeur qu'elle s'évanouit. Lorsqu'elle revint à elle, la
princesse l'assura que, n'eût été la crainte de Dieu,
c'est sa mise à mort qu'elle aurait ordonnée. Aussitôt,
elle lui fit administrer une nouvelle correction qui la
laissa sans connaissance. Elle fut jetée dehors sans
ménagement. À son réveil, c'est avec beaucoup de
difficultés qu'elle put gagner sa chambre, moitié marchant, moitié se traînant. Elle y passa la nuit. Dès le
matin, elle se rendit au magasin et narra sa mésaventure à Tâj al-Mulûk qui en fut fort affecté.

— Mère, je suis désolé de ce qui t'arrive. Mais que
faire contre le destin et les arrêts de Dieu ?

— Rassure-toi, mon fils, je n'ai pas dit mon dernier
mot et n'aurai de cesse que de faire tomber dans tes
bras cette dévergondée dont les coups qu'elle m'a fait
donner brûlent encore ma peau.

— Mais, pour quelle raison déteste-t-elle les
hommes ?

— À cause d'un songe. Une nuit, en effet, elle vit en
rêve un chasseur qui tendait un rets autour duquel il
avait éparpillé du grain en guise d'appât. Tous les
oiseaux du voisinage vinrent voleter alentour, attirés
par cette provende, y compris deux tourterelles dont le
mâle ne tarda pas à être piégé par une patte. En le
voyant se débattre, la gent ailée s'égailla à l'exception

de sa compagne. Elle tournoya au-dessus de lui, profita d'un moment d'inattention du chasseur pour se poser et défaire à coups de bec le nœud coulant qui l'emprisonnait. Quelque temps après, le même lacet réparé et remis en place, ce fut elle qui se laissa prendre. Mais aucun de ses congénères, pas même son compagnon, ne vint à son secours et elle fut abandonnée sans défense aux mains du chasseur qui l'égorgea. Réveillée en sursaut, bouleversée, Dunyâ conçut depuis une vive aversion envers les mâles dont, à en juger par le comportement de l'oiseau de son rêve, il n'y avait rien à attendre de bon.

— Mère, lui dit Tâj al-Mulûk, pourrais-tu faire en sorte de me ménager une occasion de l'apercevoir, ne serait-ce qu'une fois, même au péril de ma vie ?

— Sache qu'elle possède, en contrebas du palais, un parc à son usage exclusif. Une fois par mois, elle y descend par une porte dérobée afin de prendre l'air. Dans dix jours aura lieu sa prochaine sortie. Le moment venu, je t'avertirai et tu t'y rendras. Ainsi pourras-tu la rencontrer comme par l'effet du hasard. Surtout ne quitte pas les lieux avant qu'elle ne t'ait vu. Alors, sans doute, troublée par ta beauté et ton charme, elle ne manquera pas de tomber amoureuse. C'est le plus souvent ainsi que succombent les plus farouches des nôtres.

Le prince et 'Azîz conduisirent la vieille femme pour lui montrer l'emplacement de leur domicile. Restés seuls, Tâj al-Mulûk dit à son compagnon :

— Frère, je n'ai plus besoin du magasin. C'était une simple couverture. Il a joué son rôle ; il est désormais à toi avec tout ce qu'il contient, en juste rétribution de l'exil lointain que tu t'es imposé à mon service.

'Azîz accepta et ils passèrent un moment à deviser, le prince toujours aussi avide de détails sur l'extraordinaire aventure de son ami. Ils allèrent ensuite trouver le vizir qu'ils mirent au courant du plan projeté.

— Bien, acquiesça-t-il, allons de ce pas en reconnaissance.

Vêtus de leurs vêtements les plus beaux, suivis de trois serviteurs, ils arrivèrent à l'orée d'un parc magnifiquement ombragé où les eaux ruisselaient de partout. Un gardien se tenait à la porte. Ils le saluèrent fort civilement et le vizir lui glissa dans la main cent dinars en expliquant qu'étrangers à la ville, lui et ses enfants aimeraient bien prendre quelque repos dans un aussi bel endroit.

— Pourrais-tu aller nous chercher de quoi nous restaurer ?

— Volontiers ! Entrez, faites comme chez vous et promenez-vous à votre aise le temps que je fasse vos emplettes.

Il ne tarda pas à revenir avec un agneau rôti et du pain blanc comme coton. Après avoir fait honneur à la collation et s'être lavé les mains, ils bavardèrent :

— Dis-moi, questionna le vizir, ce parc t'appartient-il ou n'en es-tu que le locataire ?

— Ni l'un, ni l'autre. Il est à la fille de notre roi et j'en suis le gardien pour un salaire mensuel d'à peine un dinar.

Pendant la conversation, le vizir examinait les lieux et aperçut un palais qui, bien qu'imposant, lui parut délabré. Une idée germa dans son esprit.

— Pour l'agréable moment que tu nous a permis de passer, je souhaite laisser ici un souvenir de notre pa. ge.

— Quoi donc ?

— Je t'en réserve la surprise. Contente-toi de prendre ces trois cents dinars.

— Seigneur, s'exclama le gardien à l'énoncé de cette somme, fais ce que tu veux dans ce parc.

— J'ai bien l'intention, en effet, de marquer d'une trace tangible notre séjour en ces lieux enchanteurs.

Ils retournèrent chez eux où ils passèrent la nuit. Au matin, le vizir convoqua trois artisans de talent : un plâtrier, un ciseleur de stuc et un peintre décorateur. Il les pourvut de tout le nécessaire aux tâches qu'il en attendait et les conduisit au parc. Au plâtrier, il ordonna de ravaler la façade et au ciseleur d'en orner les murs de frises en feston. Quant au peintre, il le chargea de décorer la salle de réception :

— Au fond du mur, tu vas peindre, or sur azur, un motif central représentant un chasseur surveillant son collet aux lacs duquel une tourterelle est prise par le cou. Sur le panneau voisin tu peindras le chasseur prêt à égorger sa proie. Enfin, sur le troisième volet de ce triptyque, tu peindras un grand oiseau de proie, les serres plantées dans le corps d'un pigeon.

Les instructions du vizir une fois exécutées, les trois hommes saluèrent le gardien et regagnèrent leur domicile où ils passèrent la soirée à converser.

— 'Azîz, demanda le prince, dis-moi quelques poèmes. Peut-être dissiperont-ils ma morosité et éteindront-ils le feu qui me dévore.

D'une voix aux harmonieuses modulations 'Azîz s'exécuta :

Toutes souffrances que disent les amants souffrir,
    je les subis en ma chair meurtrie.
Si tu cherches une source où étancher ta soif,
    viens boire à l'océan de mes larmes.
Et si tu veux savoir ce que la passion fait des amants,
    regarde mon corps mutilé.

Il pleura à chaudes larmes et poursuivit :

Qui jamais ne s'éprit d'un cou gracile ou d'une prunelle,
  ment s'il dit savourer les plaisir de la vie.
Seuls peuvent comprendre la passion
  ceux qui un jour s'y sont brûlés.
Que jamais Dieu n'allège mon cœur de son amour ardent,
  et jamais ne soulage mes yeux de l'insomnie.

De sa voix bien posée, il récita encore :

  Avicenne en ses livres affirme
    que remède à l'amour réside dans le chant,
  L'amitié d'un ami du même sexe,
    dans les douceurs et le vin bu et les jardins.
  J'ai cherché auprès d'autres à guérir de toi,
    puisque le sort m'offrait de me soigner ainsi.
  Mais je compris qu'aimer est un mal incurable
    et que le Canon d'Avicenne n'est que délire !

Tâj al-Mulûk admira la veine poétique de son ami et
son art de réciter. Quelque peu apaisé, il lui demanda
de le régaler d'autres vers de la même facture. 'Azîz
plaça sa voix et reprit :

Je crus que ton amour était à vendre
  au prix de précieuses richesses.
Je pensai, ô sottise, te gagner aisément
  toi pour qui les meilleurs sacrifièrent leur âme.
J'appris à mes dépens que, libre, tu donnais
  à tes élus le plus doux des présents.
Je sus que nulle ruse ne me vaudrait ces délices ;
  comme un oiseau meurtri, je cache ma tête sous mon
  aile,
Je me blottis dans mon nid
  pour songer jour et nuit à mon amour déçu.

Mais revenons à la vieille femme. Elle s'était enfer
mée dans sa chambre quand on vint la chercher de la

part de sa maîtresse. Cette dernière, en effet, avait envie de se rendre dans le parc afin de se réjouir de la vue des arbres en fruits et de respirer les senteurs des massifs fleuris. Or elle ne le faisait qu'en compagnie de sa nourrice. Tout miel et désireuse de se faire pardonner, elle alla chez elle et la cajola tant et si bien que la vieille femme consentit à l'accompagner dans sa promenade non sans demander auparavant l'autorisation de se changer.

— Soit, mais ne lambine pas.

Aussitôt, la nourrice se précipita chez Tâj al-Mulûk et l'avertit d'avoir à se préparer :

— Revêts tes meilleurs habits, rends-toi au parc, salue le portier et cache-toi.

En même temps, ils convenaient d'un signe de reconnaissance. Lorsque la nourrice fut partie, le vizir et 'Azîz s'affairèrent autour du prince qu'ils aidèrent à passer un ensemble somptueux valant au moins cinq mille dinars, serré à la taille par une ceinture d'or damasquiné incrustée de pierreries. Ainsi paré, il se rendit en hâte au parc dont le gardien l'accueillit avec les marques du plus profond respect. En l'y faisant pénétrer, il ignorait que la princesse allait, ce jour-là, accomplir une de ses promenades coutumières. Au bout d'une heure, Tâj al-Mulûk entendit un brouhaha provoqué par la suite de Dunyâ, eunuques et servantes, qui empruntait la poterne donnant sur le parc. Le portier, affolé, ne savait que faire.

— Ne crains rien, le rassura le prince, je vais bien me cacher.

— Je t'en supplie, fais en sorte que personne ne s'avise de ta présence !

La princesse ne tarda pas à apparaître, chaperonnée par sa nourrice qui se demandait comment se débarrasser de cette encombrante valetaille dont la présence risquait de compromettre son projet.

— Maîtresse, lui dit-elle, j'ai une suggestion à te faire.

— Dis toujours.

— Comment peux-tu jouir pleinement du moment présent avec ces gens pendus à tes basques ? Tu n'en a pas besoin. Renvoie-les donc.

Dunyâ se rendit à ses raisons et, en sa seule compagnie, déambula à travers le parc sans se douter que Tâj al-Mulûk la dévorait des yeux, ébloui par sa beauté et sa grâce, manquant défaillir à contempler pareille perfection. Cependant, la vieille étourdissait la princesse de son babil et la conduisait insensiblement vers la salle restaurée par les soins du vizir de Sulaymân Shâh. Elle y entra et tomba en arrêt devant la fresque qui se déployait sous ses yeux.

— Gloire à Dieu, nourrice, s'exclama-t-elle stupéfaite, c'est exactement mon rêve ! Rien n'y manque, ni le chasseur, ni le collet, ni les oiseaux. Combien avais-je tort d'en vouloir aux mâles et de les détester. Regarde ce pigeon. Il aurait pu prendre la fuite, mais il a volé au secours de sa compagne pour tomber alors dans les serres du rapace.

La nourrice, toujours à son bavardage destiné à détourner l'attention de sa maîtresse, amenait celle-ci peu à peu vers l'endroit où était tapi Tâj al-Mulûk auquel elle fit signe de se montrer et de faire les cent pas sous les fenêtres à croisillon de la pièce. Dunyâ finit par l'apercevoir et, frappée par sa beauté, la fierté de son port et l'élégance de sa tournure, demanda qui pouvait être ce superbe jeune homme.

— Je l'ignore ; mais tel que je le vois, doté de toutes les grâces que peut prodiguer la nature, il ne peut être que le fils d'un grand souverain.

La jeune fille n'y résista pas. L'esprit enflammé à la vue de la perfection faite homme, elle sentit s'évanouir ses préventions et s'éveiller en elle l'émoi du désir

— Nourrice, soupira-t-elle, il est vraiment magnifique.

— Certes, répondit la vieille, en même temps qu'elle indiquait au prince d'avoir à disparaître.

Il obtempéra, les veines en feu, dévoré par une impatience exacerbée. Après avoir salué le portier, il regagna sa demeure et raconta sa journée au vizir et à 'Azîz, en leur demandant pourquoi la vieille femme lui avait enjoint de se retirer. Ils le calmèrent en lui faisant valoir qu'elle n'avait agi que dans son intérêt.

La princesse, de son côté, était totalement éprise ; elle devenait la proie d'une passion et d'un désir sans frein. Elle supplia sa nourrice de lui ménager une rencontre :

— Toi seule en es capable, ajouta-t-elle.

— Eh quoi, triompha la vieille, que Dieu nous protège contre les tentations de Satan le lapidé ! Je te croyais indifférente aux hommes et te voilà en transes pour l'un d'eux ! Je dois toutefois reconnaître qu'il est digne de ta juvénile beauté.

— Nourrice, je t'en prie, aide-moi à le joindre. Il y va de ma vie. Pour ta peine, tu auras mille dinars et une toilette d'apparat de même prix.

— D'accord. J'agirai en ce sens et irai jusqu'au sacrifice de ma vie pour vous donner à tous deux satisfaction. Retourne au palais.

La vieille femme se rendit chez Tâj al-Mulûk qui la reçut, comme de coutume, avec les plus respectueux égards. Elle s'assit à ses côtés, lui annonça que le piège s'était refermé et lui raconta dans quel état elle avait laissé sa maîtresse.

— Quand la verrai-je ?

— Demain.

Il lui remit lui aussi mille dinars et une robe de valeur équivalente.

— Qu'en est-il ? lui demanda Dunyâ, lorsqu'elle alla la retrouver.

— Je sais où il habite et te l'amènerai demain.

Là encore, elle reçut de la princesse, transportée de joie, mille dinars et un ensemble du même prix. Après avoir passé la nuit chez elle, elle retourna chez Tâj al-Mulûk qu'elle aida à se déguiser en femme.

— Suis-moi, recommanda-t-elle, et prends soin de marcher à pas mesurés, en ondoyant des hanches, sans te soucier de quiconque viendrait à t'adresser la parole en cours de route.

Le long du trajet, elle lui détailla son plan afin qu'il ne fût pas déconcerté par la suite des événements. Elle le conduisit ainsi jusqu'au cœur du palais et lui fit traverser nombre corridors fermés par des portails. Au septième, elle s'arrêta et dit :

— C'est le moment de faire preuve de sang-froid. Lorsque je te crierai, comme si je m'adressais à une servante, de franchir ce dernier corridor, fais-le sans hésitation, d'un pas ferme et décidé. Au-delà, tu déboucheras sur un patio et, à ta gauche, tu compteras cinq portes. Tu trouveras ton bonheur derrière la sixième.

— Et toi où iras-tu ?

— Je n'irai nulle part. Je resterai probablement en arrière de toi, retenue par le grand eunuque avec lequel je m'entretiendrai.

Ce dernier, quand il vit apparaître la nourrice accompagnée de celui qu'il prenait pour une femme, lui demanda :

— Qui est cette personne ?

— Une esclave dont la princesse a entendu dire qu'elle excellait en divers travaux et dont elle voudrait faire l'acquisition.

— Je ne veux pas le savoir. Esclave ou pas, elle doit passer à la fouille ainsi que l'a ordonné le roi.

Et l'aube chassant la nuit, Shahrâzâd dut interrompre son récit.

Lorsque ce fut la cent trente-cinquième nuit, elle dit :

On raconte encore, Sire, ô roi bienheureux, que devant l'attitude du grand eunuque, la vieille nourrice feignit un vif courroux :

— Je te croyais jusque-là homme sage et courtois. Mais tu as changé, ce me semble. Je ne manquerai pas de le signaler à notre maîtresse et de lui apprendre comment tu t'es comporté avec l'une de ses protégées.

Puis elle cria à Tâj al-Mulûk de passer outre à l'interdiction du chef eunuque réduit au silence. Le prince lui fila sous le nez et, parvenu au patio, poussa, comme on le lui avait indiqué, la sixième porte sur sa gauche. La princesse Dunyâ était là qui l'attendait. Elle le reconnut et le serra contre sa poitrine, cependant que la vieille nourrice, entrée à son tour, s'ingéniait à éloigner les servantes qui vaquaient dans les parages.

— À toi désormais de garder la porte de mes appartements, lui demanda la princesse.

Enfin seuls, les deux amants s'en donnèrent à cœur joie. Jusqu'à l'aurore, ce ne furent qu'étreintes, enlacements et jambes nouées. Chaque matin, la vieille les enfermait dans la chambre et se rendait dans une autre pièce où, comme à l'accoutumée, elle veillait à la bonne marche des affaires domestiques, distribuant les tâches quotidiennes aux servantes et s'enquérant des besoins de chacune. Vers le soir, elle prétextait son désir de souffler, renvoyait tout le monde, apportait aux deux jeunes gens de quoi se sustenter et les laissait jusqu'à l'aube se livrer à leurs ébats. C'est ainsi qu'ils vécurent un mois entier.

Pendant ce temps, le vizir et 'Azîz ne voyaient pas revenir le prince. Ils crurent qu'il lui était arrivé malheur à l'intérieur du palais où il avait laissé la vie.

Ils ne savaient quel parti prendre dans cette délicate
affaire et conclurent, en fin de compte, que, sous
peine d'encourir la colère de leur souverain, il fallait
coûte que coûte lui annoncer la funeste nouvelle. Ils
s'équipèrent et prirent le chemin du retour vers la
Ville Verte, les Deux Colonnes et les monts d'Ispahan où régnait Sulaymân Shâh. Ils cheminèrent jour
et nuit à travers monts et vallées, parvinrent à destination et firent au roi le récit détaillé de ce qui
était arrivé à son fils durant leur voyage, jusqu'au
moment où ils avaient perdu sa trace après qu'il fut
entré dans le palais pour n'en plus ressortir.

Fou de douleur et de rage, le roi fit proclamer la
levée en masse pour entrer en campagne. Tous ses
sujets répondirent à son appel, car, équitable et bon,
il était très aimé. Des tentes furent dressées hors des
murs pour les contingents qui affluaient des diverses
provinces. Le souverain supervisa en personne les
préparatifs à partir de son pavillon de commandement. Puis il se mit en route à la tête d'une armée
considérable qui s'étendait à perte de vue, fermement décidé à retrouver son fils mort ou vif.

Quant à Tâj al-Mulûk et Dunyâ, ils filaient le
parfait amour depuis six mois et s'adoraient d'une
passion sans cesse accrue. Le prince était pris d'une
ardeur éperdue qui égarait ses sens, emplissait son
cœur d'émotion et son corps de désir. Il s'adressa un
jour à elle en ces termes :

— Ô toi que j'aime cœur et âme, dont je
m'éprends chaque jour davantage, que je désire sans
cesse plus et qui me mets hors de moi-même, il y a
une ombre à mon bonheur.

— Quoi donc, lumière de mes yeux, objet de mon
adoration, que souhaites-tu de plus ? Nos étreintes,
nos baisers, et nos corps accouplés ne te comblent-
ils plus ? Fais donc ce qu'il te plaît. Nous sommes

seuls et, par Dieu, n'avons de compte à rendre à personne.

— Il ne s'agit pas de cela. J'ai un aveu à te faire. Je ne suis pas le commerçant que tu crois, mais le prince héritier d'un grand monarque, Sulaymân Shâh, celui-là même qui avait envoyé à ton père son propre vizir pour demander ta main. Mais tu l'avais éconduit à l'époque. J'ai l'intention, dit-il après avoir raconté toute l'histoire, de retourner chez mon père. Je le prierai d'envoyer au tien une délégation qui lui demanderait officiellement ta main. Ainsi toute chose serait réglée.

La princesse fut ravie d'un tel arrangement qui entrait pleinement dans ses vues. Mais le destin voulut que, vaincus par le sommeil, ils s'endormirent et se réveillèrent plus tard que d'habitude, alors que le soleil était déjà haut. Cette même matinée, le roi Shâhramân, entouré de ses dignitaires, tenait séance publique. Le prévôt des orfèvres se présenta et sortit d'un coffret un superbe écrin où scintillaient pour plus de cent mille dinars de joyaux, perles, saphirs et topazes. Peu de rois, même parmi les plus grands, auraient pu s'offrir un pareil lot. Le souverain, ébloui, ordonna au grand eunuque Kâfûr, celui-là même qui avait eu maille à partir avec la nourrice, d'aller montrer l'écrin à la princesse. Arrivé devant la chambre que gardait la vieille nourrice, il constata que la porte en était fermée.

— Est-ce là une heure pour dormir ? fulmina-t-il.

Affolée de s'être laissé surprendre, la nourrice s'enfuit sans demander son reste, en criant à Kâfûr d'attendre un instant qu'elle revînt avec la clef. L'eunuque ne fut pas dupe du trouble de la vieille. Il força l'huis et découvrit la princesse endormie dans les bras d'un homme. Abasourdi, il s'apprêtait à aller rendre compte, quand Dunyâ se réveilla. Livide et décomposée, elle le supplia en vain de garder un secret qu'il était seul à partager avec Dieu. Mais il se montra inflexible.

— Je n'ai rien à cacher à mon maître, dit-il en enfermant les deux amants dans la pièce.

Il retourna auprès du roi qui lui demanda s'il avait remis l'écrin à sa fille.

— Non, le voici. Je me vois dans l'obligation de t'informer que j'ai trouvé la princesse blottie dans les bras d'un beau garçon qui partageait sa couche.

Le souverain se fit amener les coupables. Au comble de la colère, il se saisit d'un sabre et s'apprêtait à en frapper le jeune homme quand Dunyâ se jeta au cou de son amant en criant qu'il faudrait la tuer d'abord. Son père la fit chasser et ramener dans ses appartements. Puis, se retournant vers Tâj al-Mulûk, il lui demanda avec véhémence :

— Malheur à toi ! D'où es-tu ? Qui est ton père ? Comment as-tu osé t'en prendre à ma propre fille ?

— Sire, si tu me mets à mort, tu signeras ta perte et celle de tes sujets.

— Comment cela ?

— Je suis le fils de Sulaymân Shâh. Il sera ici à la tête de ses armées quand tu t'y attendras le moins.

À ces propos, le roi songea d'abord à surseoir à l'exécution et à garder le suborneur en prison, le temps de vérifier ses allégations. Mais son vizir insista pour que justice fût faite sur-le-champ. Il avançait que l'on ne pouvait impunément se jouer de l'honneur des filles de rois. Le souverain ordonna alors au bourreau de trancher le col du félon. L'exécuteur des hautes œuvres entrava le prince, mais par deux fois arrêta le mouvement de son bras armé, interrogeant des yeux les émirs dans l'attente d'un éventuel contre-ordre. Ce manège eut le don d'irriter le monarque qui menaça le bourreau de lui faire sauter la tête s'il continuait à tergiver-

ser. L'exécuteur brandit haut son arme au point qu'on
aperçut le poil de ses aisselles et se prépara à frapper.

Et l'aube chassant la nuit, Shahrâzâd dut interrompre son récit.

Lorsque ce fut la cent trente-sixième nuit, elle dit :

On raconte encore, Sire, ô roi bienheureux, que le
bourreau était sur le point de décapiter Tâj al-Mulûk,
quand on entendit s'élever du bazar le tumulte et les
clameurs des mouvements de foule : les commerçants
fermaient précipitamment boutique. Le roi fit interrompre le geste du bourreau et envoya aux nouvelles.

— Une armée inconnue, lui rapporta-t-on, est aux
portes de la ville, mugissante comme les vagues d'une
mer déchaînée. Le galop de ses chevaux fait trembler le
sol.

Le roi fut pris de frayeur et pensa que son royaume
allait lui être arraché. Il demanda pourquoi ses propres troupes n'étaient pas intervenues lorsque les
chambellans introduisirent les émissaires de Sulaymân Shâh, conduits par son vizir. Shahramân les
accueillit debout, les salua le premier et leur fit
prendre place autour de lui avant de les interroger sur
l'objet de leur visite.

— Sire, dit le vizir, en prenant la parole au nom de
la délégation, sache que le monarque qui a envahi tes
terres est le plus puissant des rois et des sultans que
l'histoire, ancienne ou récente, ait connus. C'est Sulaymân Shâh, souverain de la Ville Verte, des Deux
Colonnes et des monts d'Ispahan dont le pays est un
havre de paix et de sécurité pour les voyageurs qui s'y
rendent. Épris de justice et d'équité, ennemi de l'arbi-
traire et de la tyrannie, il te fait dire qu'il sait de source
sûre que son fils, chair de sa chair, est ici dans tes
murs. Or, c'est ce qu'il a de plus précieux au monde. Si
nous le retrouvons sain et sauf, l'affaire en restera là

avec, par-dessus le marché, ses remerciements et l'expression de sa reconnaissance. Par contre, si le prince a péri, ou encore s'il a subi des sévices, alors, attends-toi à voir ton royaume ravagé, réduit en ruines et transformé en un désert où ne résonneraient plus que les croassements des corbeaux et les hululements des chouettes. Tel est le message que je suis chargé de te transmettre. Salut !

Mal à l'aise, anxieux pour son avenir, Shâhramân convoqua l'ensemble des dignitaires, ministres, chambellans, gouverneurs, et leur intima l'ordre d'aller à la recherche du jeune homme qu'on avait laissé entre les mains du bourreau. Mais ce fut le vizir de Sulaymân Shâh qui le découvrit le premier alors qu'il s'en retournait à la tête de sa délégation. Le teint décomposé par la terreur, le prince était jeté, ligoté, sur le tapis de supplice. On se précipita pour le délivrer. Dès qu'il ouvrit les yeux, il reconnut le vizir, 'Azîz et d'autres encore qui lui baisaient les mains et les pieds ; il défaillit de soulagement et de joie. Shâhramân, quant à lui, convaincu de la véritable identité de ce jeune homme qu'une armée entière était venue délivrer, était dans un cruel embarras et craignait pour sa vie. Il se rendit auprès de Tâj al-Mulûk, et, les larmes aux yeux, lui baisa la tête :

— À tout péché miséricorde, plaida-t-il. Mon enfant, pardonne, n'accable pas mes cheveux blancs et épargne mon pays.

Le prince baisa sa main et lui assura qu'il n'avait rien à craindre :

— Je te considère désormais comme un père, mais prends garde à ce que rien de fâcheux n'arrive à mon aimée Dunyâ.

— N'aie crainte, promit-il, en se confondant encore en excuses.

En même temps, il s'efforçait d'amadouer le vizir à

qui il promit une fortune s'il consentait à taire ce qu'il avait vu. Puis il ordonna aux grands du royaume de conduire en grande pompe Tâj al-Mulûk au hammam et de le ramener à la salle du conseil, revêtu d'un habit royal choisi dans la garde-robe personnelle du souverain.

À son entrée, le prince fut accueilli solennellement par le roi debout, entouré de ses conseillers. La cérémonie terminée, le jeune homme resta en compagnie du vizir et de 'Azîz. Ils lui racontèrent comment, ayant perdu espoir de le voir ressortir du palais, ils étaient retournés chez le roi, son père, et comment ce dernier avait aussitôt levé une armée pour voler à son secours.

— Et nous voilà, conclurent-ils, nageant en pleine félicité.

— Fasse Dieu que le bonheur continue à toujours couler de vos mains, leur souhaita-t-il.

Entre-temps, Shâhramân était allé voir sa fille. Il la trouva en pleurs, bien décidée à ne pas survivre à son amant et à se donner la mort. Elle avait fiché en terre la garde d'une épée, placé la pointe entre ses seins et s'apprêtait à se percer le cœur. Son père n'eut que le temps de crier pour arrêter son geste :

— Ô la meilleure des filles de roi ! Aie pitié de ton père et de ton peuple. Ne leur inflige pas ce malheur. Ton aimé est bien le fils de Sulaymân Shâh et son seul désir est de convoler en justes noces. Je te laisse le soin de régler les cérémonies des fiançailles et du mariage.

— Ne t'avais-je pas affirmé, lui répondit-elle, en atténuant ses propos d'un sourire, qu'il était de royale extraction ? Tu mériterais que je le laisse te crucifier à un gibet de deux sous !

— Ne prendras-tu donc pas ton père en pitié ?

— Allons, va et ramène-le-moi sans perdre une seconde.

— Bien volontiers !

Il se hâta d'aller faire part à Tâj al-Mulûk du désir de
la princesse, et ils revinrent ensemble au palais. Dès
que Dunyâ aperçut le prince, elle se jeta à son cou sous
les yeux de son père et lui dit combien il lui avait
manqué. S'adressant au roi, elle ajouta :

— Qui donc aurait pu renoncer à ce beau jeune
homme qui est de surcroît prince de sang ?

Le roi referma la porte sur eux et se rendit en
premier lieu auprès des membres de la mission
conduite par le vizir. Il les chargea d'informer leur
souverain que son fils se portait à merveille et était
fastueusement traité. Il ordonna ensuite que l'on four-
nît à l'armée campée sous les murs les provisions et le
fourrage nécessaires ; que l'on conduisît à Sulaymân
Shâh les présents qu'il lui destinait : cent chevaux et
autant de dromadaires de race, cent concubines et
deux cents esclaves également répartis selon les deux
sexes. Enfin, à la tête de ses dignitaires et des membres
de sa cour, il sortit de la ville pour se rendre auprès du
père de Tâj al-Mulûk. Averti par les soins de son vizir et
de 'Azîz, le souverain fit quelques pas à sa rencontre,
loua le Seigneur d'avoir bien voulu exaucer les vœux
de son fils. Les deux rois se donnèrent l'accolade et
s'assirent côte à côte sur le lit d'apparat. Ils devisèrent
jusqu'au moment où leur fut servi un repas qu'ils
prirent en commun. Au dessert, Tâj al-Mulûk les
rejoignit, portant ses vêtements royaux. Tous se levèrent en son honneur, y compris son père qui le serra
dans ses bras. Ils s'entretinrent quelque temps, puis
Sulaymân Shâh s'ouvrit à Shâhramân de son désir de
faire rédiger publiquement l'acte authentique consacrant le mariage des deux jeunes gens. Le cadi et les
témoins instrumentaires furent convoqués sur-le-
champ et dressèrent le document, au milieu de l'allégresse générale.

Pendant que Shâhramân donnait ses ordres pour la constitution du trousseau de sa fille, Tâj al-Mulûk racontait à son père en quelle estime il tenait son ami 'Azîz.

— Deux années durant, loin de son pays, il m'a servi avec un total dévouement et n'a pas ménagé sa peine ; il m'a accompagné dans mon voyage, m'a prodigué ses encouragements et aidé à parvenir à mes fins. Nous nous devons de lui constituer un fonds de commerce avec lequel il regagnera son pays proche de là où nous sommes.

Séance tenante, cent ballots des tissus les plus précieux furent réunis que le prince pria son ami d'accepter en guise de cadeau d'adieu. 'Azîz se jeta à ses pieds et à ceux du roi puis se mit en route, accompagné de son ami qui tint à lui faire un brin de conduite pendant trois lieues.

— Par Dieu, lui jura 'Azîz au moment de le quitter définitivement, je reviendrai te voir. N'eût été ma mère, je ne me serais jamais séparé de toi et je te supplie de ne pas me laisser sans nouvelles.

Il s'en fut et parvint chez lui. Sa mère, les cheveux défaits, pleurait sur un cénotaphe qu'elle avait fait ériger dans le patio de la maison et récitait :

Tombe, dis-moi je t'en conjure, s'il est toujours aussi beau
ou si son éblouissant visage a perdu de son éclat ?
Ô tombe tu n'es ni astre ni jardin
et pourtant tu rayonnes et embaumes de l'avoir accueilli !

La voix entrecoupée de sanglots, elle poursuivit :

Et moi marchant parmi des tombes, j'ai salué
celle de l'ami ; les tombes sont restées muettes.
L'ami m'a dit : « Comment répondre ?
je reste prisonnier des pierres,
La terre a rongé ma beauté, et l'oubli ma mémoire,
pour toujours dérobé aux yeux des miens et des amis. »

À peine en terminait-elle que son fils arriva. Elle se jeta dans ses bras et lui fit raconter ses aventures par le menu jusqu'au moment où il avait quitté Tâj al-Mulûk, nanti de la fortune constituée par l'argent et les cent charges dont on l'avait gratifié. Il s'installa chez elle non sans songer souvent à la fille de Dalîla la rouée qui l'avait si cruellement mutilé.

Quant à Tâj al-Mulûk, une fois son mariage célébré, il élut domicile chez son épouse, le temps que l'on préparât le voyage du couple en compagnie de Sulaymân Shâh qui s'en retournait chez lui. Provisions présents, objets de prix rassemblés, le départ eut lieu. Trois jours durant, Shâhramân les escorta et ne les quitta qu'après que Sulaymân Shâh l'en eut adjuré. Ils marchèrent sans relâche et arrivèrent aux abords de la capitale pavoisée pour les accueillir.

Et l'aube chassant la nuit, Shahrâzâd dut interrompre son récit.

Lorsque ce fut la cent trente-septième nuit, elle dit :
On raconte encore, Sire, ô roi bienheureux, que le roi Sulaymân Shâh, revenu au pays, reprit possession de son trône et s'attela aux affaires du royaume aidé en cela par son fils. Son premier soin fut de procéder à des libéralités et de décréter une amnistie générale. Il fit ensuite célébrer, en l'honneur de ses sujets, une seconde cérémonie des noces. Festivités et réjouissances battirent leur plein un mois entier. Les grandes dames du royaume se bousculaient à l'envi pour participer à la parure nuptiale de la princesse et avoir le privilège de la coiffer. Elles ne se lassaient pas de la contempler et elle-même prenait plaisir à se montrer à leurs regards, ornée de ses plus beaux atours. Le marié resta un moment en compagnie de ses parents,

puis rejoignit son épouse. Ils coulèrent leurs jours dans la plus douce des félicités jusqu'à ce que les sépare la mort qui met fin à toute volupté.

Lorsque le grand vizir Dandân eut achevé ces deux histoires d'amour qu'il avait racontées pour faire oublier à ses compagnons les rigueurs et les soucis de la vie en campagne, Ḍaw' al-Makân, son souverain, le complimenta :

— Nul plus que toi n'est digne de tenir compagnie aux rois et de les conseiller au mieux de leur intérêt.

Le siège de Constantinople durait depuis quatre ans déjà à la lassitude générale. Tous aspiraient à revoir leur pays et la troupe grognait. Elle était harassée par les combats incessants qu'elle soutenait jour et nuit. Ḍaw' al-Makân réunit son conseil de guerre au complet, avec les émirs Bahrâm, Rustam et Turkâsh afin de faire le point :

— Durant de longues années, leur exposa-t-il, nous n'avons pas obtenu les résultats escomptés et nous sommes allés de déconvenue en déconvenue. Nous sommes intervenus pour venger notre roi an-Nu'mân que Dhât ad-Dawâhî a assassiné dans son propre palais, enlevant par la même occasion son épouse Ṣafiyya. Non contente d'avoir perpétré ce forfait, elle nous infligea une épreuve plus douloureuse encore que la première, puisqu'elle est parvenue, toujours par ruse, à assassiner de ses propres mains mon frère Sharr Kân. Je m'étais dès lors juré, vous le savez, et par les serments les plus sacrés, de ne pas laisser ces crimes impunis. Que pensez-vous de la situation ? Libre à chacun de donner son avis.

Pensifs, ils réfléchirent un moment et convinrent d'un commun accord de s'en remettre à l'opinion du vizir Dandân. Celui-ci prit la parole :

— Sache, roi de ce temps, qu'il ne nous sert à rien de piétiner plus avant sous les murs de la ville. Le plus

sage est de nous en retourner, quitte à revenir plus tard
châtier les idolâtres comme ils le méritent.

— D'accord, opina le souverain. Nous soupirons
tous après nos foyers. Moi-même, mon fils Kân Mâ Kân
me manque autant que ma nièce Quḍiya Fa-kân qui se
trouve à Damas et dont je suis sans nouvelles.

Ordre fut donc donné de lever le siège dans les trois
jours au grand soulagement des combattants qui firent
retentir le camp de leurs vœux en faveur du vizir. À
l'aube du quatrième jour, après des préparatifs
poussés avec ardeur, le boute-selle fut sonné et l'armée
s'ébranla, tambours battants et étendards déployés au
vent. Dandân chevauchait avec l'avant-garde. Ḍaw' al-
Makân, le grand chambellan à ses côtés, se tenait au
centre du dispositif. C'est dans cet appareil qu'ils
parvinrent à Bagdad après de dures étapes abattues de
jour et de nuit, à la grande joie des habitants délivrés
de leur inquiétude et de leurs soucis. Chacun put enfin
regagner ses pénates et retrouver les siens.

Pour ce qui est du roi, à peine revenu en son palais, il
alla voir son fils devenu maintenant un turbulent
gamin de sept ans. Après s'être reposé des fatigues du
voyage, il l'emmena pour la première fois avec lui
aux bains des hommes. Il reprit ensuite en main les
affaires du royaume, secondé par ses émirs et ses
conseillers privés sous la direction du vizir Dandân.
Son premier soin fut de convoquer son ami, le chauffeur de hammam, qui avait été si bon avec lui durant
son exil. À sa vue, il se leva, vint à sa rencontre et
l'installa près de lui. Le vizir et les dignitaires, mis au
courant des services rendus à leur souverain, lui
manifestèrent la plus grande considération. Or notre
homme, depuis qu'il était à Bagdad, occupé seulement
à faire bombance, avait excessivement grossi, pris une
nuque d'éléphant et un visage tel une bedaine de
cachalot. En outre, confiné dans sa demeure, il était

devenu totalement insouciant et ne se rendit même pas compte qu'il était en face du monarque revêtu des attributs royaux. Souriant et multipliant les marques d'affection, Ḍaw' al-Makân lui dit :

— Holà l'ami, tu as vite fait de m'oublier !

— Mais, balbutia le brave homme, qui venait de le reconnaître enfin et avait bondi, depuis quand es-tu revenu ?

Pendant que Ḍaw' al-Makân s'esclaffait, Dandân raconta dans quelles circonstances et après quelles aventures l'armée était rentrée à Bagdad.

— Tu fus pour lui un ami et un frère dans la peine. Aujourd'hui qu'il est devenu l'un des plus puissants souverains de la terre, il est juste que tu en profites. Aussi bien, lorsqu'il te demandera d'exprimer un souhait, fais-le sans sourciller, quel qu'il soit, car tu es tenu en haute estime.

— Je crains qu'il ne me refuse ce que je souhaite ou qu'il ne puisse me l'accorder.

— Rassure-toi, ton vœu sera exaucé.

— J'ai bien une idée qui me trotte en tête depuis longtemps. J'aimerais bien qu'il m'aide à la réaliser.

— N'hésite pas à lui en faire part. Irais-tu même jusqu'à prétendre à la lieutenance de Damas laissée vacante par la mort de son aîné, qu'il te l'accorderait.

Ils revinrent vers le roi qui fit signe au chauffeur de s'asseoir à ses côtés mais celui-ci refusa net :

— À Dieu ne plaise que je me laisse aller à pareille privauté. Le temps n'est plus où je pouvais me le permettre.

— Que non ! Rien n'a changé entre nous. Tu as été l'artisan de mon salut et quoi que tu veuilles, tu l'auras sur-le-champ.

— Je pense effectivement à quelque chose, mais qui risque de te paraître exorbitant et impossible à satisfaire.

— Réclamerais-tu la moitié de mon royaume qu'elle serait à toi, répondit le roi en riant.

— Décidément, ce à quoi je rêve est insensé !

— Mais parle donc, cria Ḍaw' al-Makân, irrité par ses atermoiements.

— Eh bien, lança-t-il au milieu de l'hilarité générale, pourrais-tu me nommer par rescrit officiel à la tête de la corporation des chauffeurs de hammam en la ville sainte de Jérusalem ?

— Demande autre chose !

— Ah ! j'avais bien dit que j'envisageais l'impossible.

Par deux fois, le grand vizir lui fit signe de formuler des souhaits plus importants, et par deux fois le brave homme fit s'écrouler l'assistance de rire en réclamant le poste de chef éboueur de Jérusalem, soit, à défaut celui de Damas. Excédé, Dandân lui donna une bourrade qui le fit se retourner et s'écrier avec colère :

— Qui es-tu pour te permettre de me frapper alors que je n'ai rien fait de répréhensible ? N'est-ce pas d'ailleurs toi qui m'as incité à demander un poste important ? Laissez-moi retourner chez moi.

Ḍaw' al-Makân comprit que son ami plaisantait et le laissa faire un moment. Puis il vint à lui et lui demanda d'exprimer un désir à la mesure de la puissance qui était désormais la sienne.

— Le sultanat de Damas en lieu et place de feu ton frère.

Aussitôt dit, aussitôt fait. Le roi ordonna de le revêtir d'une robe d'honneur qui convenait à ses nouvelles fonctions et de lui faire prendre place sur un siège à ses côtés. Le rescrit d'investiture fut rédigé séance tenante au nom de Zabbâl Kân, sultan de Damas et combattant pour la foi, titulature choisie par le roi lui-même. Le grand vizir reçut l'ordre d'aller en personne introniser en sa capitale le nouveau sultan et de ramener, par

la même occasion, Quḍiya Fa-kân, la nièce du souverain. Pendant que Dandân et le chauffeur s'affairaient
à la préparation du voyage, le roi ordonna qu'on
confectionnât pour son ami un trône et qu'on le
pourvût de ce dont il aurait besoin en vue d'assumer sa
charge et de tenir son rang, notamment de rassembler
les servantes et les serviteurs qui devaient se mettre à
ses ordres. En même temps, il demandait aux émirs,
par attachement pour lui, d'y aller aussi de leurs
présents.

Un mois plus tard, les préparatifs achevés, le maître
de Damas, accompagné de Dandân, vint prendre congé
de son suzerain. Ce dernier lui donna l'accolade, lui
recommanda d'être juste et bon avec ses sujets et de
préparer sa province à une reprise de la guerre sainte
qu'il prévoyait pour dans deux ans. Et c'est ainsi que
Zabbâl Kân et Dandân quittèrent Bagdad, escortés par
cinq mille mameluks et accompagnés en signe de
déférence par le grand chambellan, les émirs Rustam
le daylamite, Bahrâm le Turc et son frère Turkâsh, chef
des contingents bédouins, qui les quittèrent au bout de
trois jours pour s'en retourner à la capitale.

Les autorités damascènes, averties par pigeon de la
nomination du nouveau gouverneur, lui réservèrent un
accueil chaleureux dans une ville pavoisée et en liesse.
Conduit à la citadelle, le nouveau sultan prit possession de son trône et s'attela aussitôt au travail avec
l'aide éclairée de Dandân. Jour après jour, il recevait
les dignitaires venus lui baiser les mains en signe
d'allégeance, se faisait préciser les attributions de
chacun, distribuait prébendes et honneurs, et se conci-
liait les bonnes grâces de l'armée, du haut en bas de la
hiérarchie, en puisant sans compter dans les caisses du
trésor. En même temps qu'il expédiait les affaires et
rendait la justice en toute équité, il préparait le départ
de la nièce de Ḍaw' al-Makân, la fille du défunt Sharr

Kân. Une garde-robe digne d'elle lui fut constituée et on lui construisit spécialement une litière entièrement tendue de soie.

Il n'oubliait pas non plus le grand vizir. Il s'occupa des préparatifs de son voyage et lui proposa une forte somme d'argent que ce dernier refusa.

— Tu es encore, dit-il, trop neuf dans l'exercice du pouvoir. Ménage les deniers publics. Tu en auras besoin pour la contribution que nous te demanderons en vue de la future campagne ou d'une quelconque autre cause.

Une fois prêt, le grand vizir prit la route avec la princesse installée dans sa litière et servie par dix jeunes esclaves attachées à sa personne. Zabbâl Kân, après les avoir accompagnés un bout de chemin, retourna dans sa capitale où il se consacra à la bonne marche de sa province et à la constitution d'un outil de guerre en mesure d'intervenir à la moindre sollicitation du souverain.

Dandân, quant à lui, poursuivit son voyage durant un mois et arriva à ar-Raḥba. De là, il reprit la route vers Bagdad où il s'était fait annoncer par estafette. Le roi en personne vint à sa rencontre. Comme le grand vizir s'apprêtait à mettre pied à terre pour aller au-devant de son souverain et le saluer, celui-ci l'adjura de n'en rien faire, et c'est en chevauchant côte à côte que Dandân l'informa que son protégé se portait bien et que sa nièce était là. Le roi donna aux voyageurs trois jours de repos et regagna le palais. Il s'empressa d'aller trouver sa nièce, une enfant de huit ans, dont la vue lui causa une grande joie teintée de tristesse au souvenir de son frère disparu. Il la couvrit de bijoux et de parures et ordonna qu'on l'élevât avec son propre fils sur un total pied d'égalité. Tous deux étaient les plus intelligents et les plus courageux des enfants de leur génération, mais Quḍiya Fa-kân était plus réfléchie, plus raisonnable et prenait plus en considération la conséquence des choses. Tandis que le tempérament généreux de son cousin le poussait à agir parfois de façon inconsidérée. À dix ans, ils étaient tous deux de hardis cavaliers capables des plus rudes chevauchées. À douze ans, ils étaient rompus aux armes et maniaient aussi bien le sabre que la lance.

Entre-temps, Ḍaw' al-Makân avait terminé ses préparatifs en vue de la reprise des hostilités. Il convoqua Dandân et lui soumit un projet sur lequel il lui demanda son avis :

— J'ai l'intention de me démettre de mes prérogatives royales en faveur de mon fils. J'aurais ainsi la joie de le voir régner et celle de combattre à ses côtés jusqu'à ce que la mort veuille de moi. Que t'en semble ?

Le grand vizir baisa le sol à ses pieds et lui répondit :

— Sire, roi bienheureux au jugement infaillible, ton idée est certes judicieuse. Néanmoins, je la crois inopportune pour deux raisons : tout d'abord ton fils est trop jeune, ensuite il n'est pas d'exemple de souverain qui, ayant transmis le pouvoir de son vivant, ait survécu longtemps.

— Qu'à cela ne tienne ! Nous nommerons régent le grand chambellan. Pour avoir épousé ma sœur, il est désormais des nôtres, et nous le considérons comme un frère.

— Fais comme tu l'entends. Nous sommes à tes ordres.

Ayant convoqué le grand chambellan et les dignitaires, il leur tint ce discours :

— Voici mon fils Kân Mâ Kân dont vous savez quel cavalier accompli et guerrier redoutable il est. Je le nomme votre roi et désigne le grand chambellan comme régent.

Ce dernier se récria :

— Roi de ce temps, je ne suis que le modeste produit de ta bonté !

— Ce n'est pas tout. Mon fils et ma nièce étant cousins germains, je les marie l'un à l'autre. J'en prends les assistants à témoins.

Après avoir fait mettre au nom de son fils une fortune inestimable, il se rendit chez sa sœur Nuzha et l'informa des dispositions qu'il venait de prendre. Ravie, elle lui dit :

— Les deux sont mes enfants. Fasse Dieu — exalté soit-Il — te maintenir le plus longtemps en vie, pour leur plus grand bien.

— Vois-tu, ma sœur, j'ai obtenu de la vie ce que j'en désirais et me voilà rassuré sur le sort de mon héritier. Toutefois, je te demande instamment de ne pas le perdre de vue ainsi que sa mère.

Il était, en effet, persuadé qu'il allait bientôt goûter à l'amère coupe du trépas et ne cessait de recommander son fils et son épouse à Nuzha et au chambellan. Cloué au lit, il laissait la bride sur le cou à ce dernier pour l'expédition des affaires publiques. Une année passa ainsi au bout de laquelle il manda Kân Mâ Kân et Dandân :

— Mon enfant, dit-il à son fils, je sens l'heure proche où je quitterai ce monde périssable pour la demeure éternelle. Cet homme est désormais ton nouveau père. L'existence m'a comblé, mais un regret me ronge. J'espère que tu le dissiperas avec l'aide de Dieu : celui de n'avoir pu tirer vengeance d'une vieille dénommée Dhât ad-Dawâhî. Elle a sur les mains le sang de ton grand-père, le roi 'Umar an-Nu'mân et de ton oncle Sharr Kân. Si Dieu te donnait la victoire sur nos ennemis, ne manque pas de te venger et de nous laver de l'opprobre dont elle nous a couverts. Mais méfie-toi de ses diableries et suis scrupuleusement les conseils du grand vizir qui, depuis longtemps, est le plus ferme soutien de notre dynastie.

Les larmes aux yeux, Kân Mâ Kân promit. Une année passa au cours de laquelle le mal empira, tenant le monarque éloigné des affaires du royaume. Quatre années s'écoulèrent encore au cours desquelles la maladie s'aggrava. Le grand chambellan gouverna seul, décidant et tranchant à la satisfaction générale des sujets qui chantaient ses louanges. Kân Mâ Kân, quant à lui, passait le plus clair de son temps à s'exercer au tir à l'arc ainsi qu'au maniement du sabre et de la lance. Sa cousine l'accompagnait dans ses équipées qui duraient du matin jusqu'au soir. Au retour, la jeune princesse se retirait chez sa mère Nuzha. Lui, rejoignait la sienne afin de la relayer pour la nuit au chevet de son père, qu'en pleurs elle ne quittait pas de la journée. Le monarque, moribond, souffrait à n'en plus pouvoir :

Mes forces me trahissent, ici mon temps s'achève,
  et plus déjà ne suis que l'homme que tu vois !
J'étais aux jours de gloire le plus puissant des miens,
  et le plus prompt encore à saisir l'espérance.
Verrais-je avant ma mort ce fils de mon sang
  sur tout le genre humain être roi à ma place ?
Qu'il brise l'ennemi, qu'il me venge,
  qu'il frappe de l'épée et perce de la lance.
Car j'aurais tout perdu le meilleur et le pire
  si Dieu ne m'offrait enfin cette vengeance.

Puis il reposa la tête sur l'oreiller et s'assoupit. Il vit en rêve un messager de bon augure lui annoncer que son fils exercerait le pouvoir monarchique et serait obéi de l'ensemble de ses sujets. Peu de temps après le songe qui l'avait réconforté, la mort frappa une nuit à sa porte et l'emporta. Tous à travers le pays, du plus grand au plus humble, ressentirent un chagrin immense et le pleurèrent à chaudes larmes. Mais le temps fit son œuvre et le souvenir de Ḍaw' al-Makân s'estompa comme s'il n'avait jamais existé. Bien plus, son propre fils Kân Mâ Kân fut écarté du pouvoir par les habitants de Bagdad et assigné à résidence avec les membres de sa famille dans une maison éloignée du palais.

Ulcérée de se voir réduite, elle et les siens, à une condition indigne de leur rang, sa mère, mettant ses espoirs en Dieu, le bien Informé et l'infiniment Bon, décida d'aller trouver le grand chambellan qui, entre-temps, avait été fait sultan. Mais il était dans ses appartements privés. Elle se rendit alors chez sa belle-sœur Nuzhat az-Zamân et lui adressa cette supplique tout en versant d'abondantes larmes :

— L'homme, une fois disparu, ne laisse pas d'amis. Dieu vous garde de jamais connaître le besoin et le dénuement, qu'Il fasse que votre règne se déroule sous le signe d'une justice égale pour tous. Tu es la première à savoir, pour l'avoir vu de tes yeux et entendu répéter à l'entour, combien nous avons été puissants et honorés, quelle vie d'opulence et de luxe nous avons menée. Aujourd'hui que le sort a basculé, qu'il nous poursuit de sa hargne, je suis venue solliciter ta bonté comme tant de fois on a fait appel à la mienne et jamais en vain. La mort du chef de famille entraîne hélas pour ses femmes et ses filles bien des humilia-tions :

> *Si la mort, tu le sais réserve des surprises,*
> *le souvenir des morts ne saurait s'effacer.*
> *Les jours que nous vivons ne sont que des étapes*
> *et la halte du soir est lourde de menaces.*
> *Rien ne nuit plus à l'âme que le sort des héros*
> *qu'accabla le destin de ses plus grands malheurs.*

Nuzhat az-Zamân, à l'évocation de son frère et de son neveu, se montra très aimable avec sa visiteuse et lui dit :

— Certes, je suis riche aujourd'hui tandis que tu es pauvre. Mais Dieu m'est témoin, si nous avons paru nous désintéresser de votre sort, c'est par crainte de vous blesser et que notre aide ne fût prise pour une aumône. Au demeurant, nous vous devons à ton mari et à toi tout ce que nous possédons. Dorénavant, notre demeure est la vôtre et nous partagerons tout pour le meilleur et pour le pire.

Elle fit revêtir la mère de Kân Mân Kân et son fils de somptueuses robes d'honneur, leur réserva dans le palais un appartement qui jouxtait le sien et mit à leur disposition une domesticité attachée à leur service. Ils purent ainsi mener une existence des plus confortables. À quelque temps de là, Nuzha raconta à son époux ce qu'elle avait fait en faveur de la veuve et du fils de Ḍaw' al-Makân. Les larmes aux yeux, il l'approuva en ces termes :

— Si tu veux qu'après toi la vie sourie aux tiens, sache la rendre douce à qui perd son soutien. Sois donc généreuse.

Et l'aube chassant la nuit, Shahrâzâd dut interrompre son récit.

Lorsque ce fut la cent trente-huitième nuit, elle dit :
On raconte encore, Sire, ô roi bienheureux, que durant ces événements, Kân Mâ Kân et sa cousine Quḍiya Fa-kân étaient devenus de beaux adolescents de dix-sept ans. Élégants comme des rameaux doucement ployés sous le poids de leurs fruits, ils ressemblaient l'un et l'autre à autant de lunes au lumineux éclat. Elle était la plus accomplie des filles élevées à l'ombre des gynécées. La délicatesse de ses traits, la

minceur de sa taille posée sur des hanches épanouies,
l'harmonie de ses proportions, une bouche à la fraîcheur de la source paradisiaque Salsabîl, dont l'haleine le disputait en arôme aux vins les mieux vieillis,
tous ces attraits avaient inspiré nombre d'admirateurs :

> *Sa salive a le goût d'un jus tout frais pressé*
> *de la grappe saisie entre ses dents de perle*
> *Quand le pampre se plie sous la main qui l'attire ;*
> *gloire à Qui l'a formée sans qu'à Lui on pût*
> *imaginer de forme.*

Dieu l'avait parée de toutes les grâces. Les plus
minces des ramilles enviaient sa sveltesse et la rose
rougissait de confusion devant le vermillon de ses
joues. Que dire enfin de sa salive dont le goût surpassait le bouquet des crus les plus capiteux ! La contempler, en a dit le poète, était un régal et des yeux et du
cœur :

> *Belle d'une beauté achevée,*
> *l'ombre de ses paupières n'a point besoin de khôl.*
> *Ses regards sont plus meurtriers au cœur de l'amant*
> *que ne fut le sabre de 'Ali, Commandeur des croyants.*

De son côté, Kân Mâ Kân était la perfection faite
homme. Sa beauté était si rare que nul n'eût pu
s'aventurer à lui être comparé. Ses yeux étincelaient de
bravoure et témoignaient, si besoin était, de sa valeur.
Il gagnait tous les cœurs. Lorsque le premier duvet
ombra ses joues, bien des chants furent composés en
son honneur :

> *Je ne pus que l'aimer lorsque sa lèvre se teinta*
> *et qu'une ombre hésitante eut envahi ses joues.*

C'est un faon dont l'œil répond à votre amour
d'un regard violent lancé comme un poignard.

Ou encore :

Le souffle des amants a mêlé sur ses joues
une ombre émeraude à l'incarnat du sang.
Ah ! merveille qui joint le feu incandescent
à une soie couleur d'espérance.

Il advint qu'un jour de fête, Quḍiya Fa-kân, entourée de ses servantes, sortit du palais pour rendre visite à certaines de ses proches, dames de la cour. C'était la splendeur même. Un grain de beauté qu'elle avait sur la joue soulignait l'incarnat de son teint ; son sourire découvrait des dents aussi blanches que des fleurs de camomille. Son cousin, qui la vit passer dans l'éclat de sa lumineuse beauté, la dévora des yeux et s'enhardit à lui réciter ces vers :

Guérira-t-il mon cœur des tourments de l'absence
et le bonheur sourira-t-il après tant d'indifférence ?
Passerai-je une seule nuit uni
à l'aimée qui partagerait ma flamme ?

Quḍiya Fa-kân prit l'air pincé, le blâma pour son audace, le couvrit de reproches et, furieuse, lui dit :
— Tu me cites dans tes vers pour mieux me perdre auprès des tiens ? Cesse ou je me plaindrai au grand chambellan, sultan de Bagdad et du Khurâsân, maître de la justice et de l'équité. Il saura alors t'infliger un châtiment infamant.
Courroucé par l'accueil qu'elle lui avait réservé, le jeune homme ne dit mot et rentra chez lui, cependant que la jeune fille allait se plaindre à sa mère de l'effronterie de son cousin.

— Ma fille, lui dit Nuzha, il n'avait assurément pas de mauvaises intentions. Ce n'est qu'un pauvre orphelin et il ne t'a offensée en aucune façon. Prends garde de ne rien divulguer de cela. Si le sultan venait à se douter de quelque chose, il ne manquerait pas d'abréger la vie de ton cousin et de le faire disparaître comme jour sans lendemain.

Le bruit ne tarda pas cependant à se répandre que Kân Mâ Kân aimait d'amour sa cousine, et à alimenter la conversation des dames de la ville. Le cœur gros, entièrement accaparé par sa passion, le jeune homme n'en pouvait plus d'impatience ; il clamait sa douleur à tous les échos et se plaignait partout d'être tenu en lisière. Craignant le ressentiment de sa cousine, il lui adressa ces vers :

> Si je devais m'attirer les reproches
> de celle qui envers moi a changé
> Je saurais les supporter comme le malade
> endure le cautère s'il veut la guérison.

Et l'aube chassant la nuit, Shahrâzâd dut interrompre son récit.

Lorsque ce fut la cent trente-neuvième nuit, elle dit :
On raconte encore, Sire, ô roi bienheureux, que le grand chambellan, une fois fait sultan, avait été investi sous le nom de Sâsân et avait pris place sur le lit d'apparat du royaume. Il commença par se conduire parfaitement à l'égard de ses sujets. Les vers écrits par Kân Mâ Kân à sa cousine lui furent rapportés et il se prit à regretter d'avoir logé les deux jeunes gens sous le même toit. Il alla trouver sa femme Nuzhat az-Zamân et lui dit :
— Rien n'est plus dangereux que de mettre en contact le feu et l'alfa. Tant que des yeux noirs

lanceront des œillades et que des paupières battront, les hommes désireront les femmes. Ton neveu a maintenant atteint l'âge adulte et il importe désormais de lui interdire le libre accès au gynécée. Et il est encore plus urgent de soustraire ta fille aux regards.

— Tu as raison, roi sage.

Le lendemain, quand Kân Mâ Kân vint, comme d'habitude, saluer sa tante, elle lui confia :

— J'ai quelque chose qu'il m'est pénible de t'annoncer ; je me dois cependant de le faire quoi qu'il m'en coûte. Les vers où tu exprimes ton amour pour ta cousine sont parvenus aux oreilles du roi qui t'interdit de la revoir. Ce dont tu auras besoin te sera remis par la porte. À partir de maintenant, il ne te faudra plus revenir ici.

Il prit congé sans un mot et alla tout raconter à sa mère.

— C'est ta faute, se lamenta-t-elle. Par tes propos inconsidérés tu as défrayé la chronique et nul n'ignore plus ta passion. Est-il raisonnable, alors que tu vis sous leur toit, de tomber amoureux de leur fille ?

— Et qui saurait me la prendre ? C'est ma cousine et nul n'a plus droit de l'épouser que moi.

— Tais-toi donc ! Si le roi Sâsân t'entendait, tu serais définitivement séparé d'elle, ta vie serait en danger et tu subirais des désagréments sans fin. Déjà notre dîner n'a pas été servi ce soir. Souviens-toi que si nous étions ailleurs qu'ici, il nous faudrait endurer la faim et être réduits à une humiliante mendicité.

Ces mots ne firent qu'accroître la souffrance et les pleurs de Kân Mâ Kân qui improvisa ces vers :

Laisse tes reproches incessants,
*   mon cœur aime éperdument celle qui le tient esclave.*
N'espère pas en moi une once de patience,

car, par la Ka'ba, je ne peux plus attendre !
Je désobéirai à qui me blâme et me condamne,
  et suis sincère lorsque je dis aimer !
Ils me contraignent à ne pas la voir et pourtant,
  par le Clément, point ne suis un débauché !
Mon corps, à son seul nom, tremble
  comme un oiseau qu'un rapace poursuit.
Dis à ceux qui sans fin me reprochent d'aimer,
  que j'aime ma cousine, oui, et en suis aimé.

Là-dessus, il fit part à sa mère de sa décision de quitter le palais et d'aller habiter à l'extrémité de la ville.

— Je ne veux plus, ajouta-t-il, avoir affaire à ma tante ou à ces gens-là.

Ils allèrent donc s'installer dans un lointain quartier hanté par des gens de sac et de corde. Sa mère continuait à se rendre chez Sâsân afin d'y chercher leur nourriture. Un jour, Quḏiya Fa-kân la prit à part et lui demanda des nouvelles de son cousin.

— Il ne fait que pleurer et a le cœur brisé depuis qu'il est tombé dans les filets de la passion.

Puis elle lui récita le poème que son fils avait composé. Bouleversé, la jeune fille s'écria en larmes :

— Je ne me tiens éloignée de lui, je le jure par Dieu, ni pour ce qu'il a dit, ni par haine de lui, mais pour ne pas donner de motifs à ses ennemis. Je l'aime infiniment plus qu'il ne m'aime. Je suis incapable d'exprimer toute l'ardeur que j'ai pour lui. Sans ses imprudences verbales et l'extravagance de son comportement, jamais mon père ne lui aurait retiré ses bontés, ni interdit sa porte. Mais l'existence n'est faite que de retournements et la patience est la panacée de tous les maux. Qui sait ? Celui qui, aujourd'hui, nous condamne à la séparation demain se fera, peut-être, l'instrument de nos retrouvailles.

Et les yeux débordant de larmes, elle récita :

> *Cousin mon cœur bat comme ton cœur*
> *d'un amour semblable au tien.*
> *Mais je sais taire ma souffrance,*
> *que n'as-tu caché la tienne !*

La mère de Kân Mâ Kân remercia, fit des vœux pour la jeune fille et s'empressa d'aller rapporter ses propos à son fils. Ils ne firent qu'attiser sa flamme, l'encourager et lui redonner un espoir qu'il avait perdu.

— Par Dieu, s'écria-t-il, je ne renoncerai pas à elle, fût-ce contre deux mille Houris du paradis

Et il ajouta :

> *Que l'on me blâme ! Je suis sourd aux reproches :*
> *j'ai clamé ce secret que je devais cacher.*
> *Lointaine est celle à qui je rêve de m'unir,*
> *qui me tient éveillé, elle qui peut dormir.*

Les jours et les nuits se succédèrent. Le jeune homme était sur des charbons ardents. Il avait maintenant dix-sept ans et était au zénith de sa beauté. « Pourquoi donc, se demanda-t-il un jour, m'imposer le silence et me consumer ainsi, séparé de mon aimée, sans rien tenter pour parvenir à mes fins ? Qu'ai-je à me reprocher sinon d'être pauvre ? Certes, c'est en Dieu qu'il convient de placer ses espoirs. Mais il me faut chercher fortune ailleurs qu'en ce pays et courir monts et vaux quitte à perdre la vie ou revenir triomphant. Rester ici est un supplice. Je n'ai ni ami ni compagnon à même de me consoler. Mieux vaut l'exil que cette vie toute d'épreuves et d'humiliations.

Fort de cette résolution, il chanta :

> *Ne cesse pas, mon cœur, de battre de plus belle,*
> *t'humilier davantage est indigne de toi.*

Pardonnez, si mon souffle a écrit une page
    à laquelle mes larmes ajoutent comme un titre.
Ma cousine apparaît, elle semble une Houri
    que l'archange Riḍwân laisse aller sur la terre.
Qui affronte ses yeux s'expose
    à des épées au tranchant meurtrier.
J'irai sur la terre de Dieu sans faiblir
    pour gagner la fortune dont je suis assoiffé.
J'irai par le vaste monde sauver mon âme
    et lui offrir ce dont on l'a privée.
Je reviendrai heureux de l'avoir emporté
    et j'irai provoquer chez eux les plus vaillants.
Et désormais comblé d'un immense butin,
    je défierai avec fureur qui osera me défier.

Au plus noir de la nuit, il s'en alla. Pieds nus, il avait revêtu une tunique à manches courtes et coiffé une calotte en feutre vieille de sept ans. Pour seul viatique, il s'était muni d'une galette rassie qui datait de trois jours. Il arriva à la porte d'al-'Araj à Bagdad, en attendit l'ouverture et, dès l'aube, s'enfonça dans le désert qu'il arpenta jour et nuit. Lorsque sa mère ne le vit pas revenir, elle sentit toute la misère du monde lui tomber sur les épaules. Dix nuits de suite, sans goût pour rien, elle attendit en vain. Étreinte par l'angoisse, elle criait sa douleur à tous les vents :

— Ô toi, compagnon de ma solitude, tu as ravivé ma peine en m'abandonnant à ton tour comme si mes épreuves passées ne suffisaient pas. À quelle nourriture goûter désormais ? À quel sommeil m'abandonner ? Il ne me reste plus que pleurs à verser et chagrin à ressasser. Vers quel point d'horizon t'appeler ? En quel pays as-tu trouvé refuge ?

Elle poussait des soupirs à fendre l'âme :

Je savais que, vous partis, le sort me frapperait,
  que l'absence nous lancerait ses flèches.
Ils ont sellé leurs montures pour franchir les sables
  me laissant seule affronter la mort.
Dans la nuit profonde une colombe à collier
  appelle et gémit. Patiente ! lui dis-je.
Par ta vie, si tu souffrais autant que moi
  aurais-tu mis ce collier et teint tes ongles de henné ?
Il m'a quitté, mon compagnon, je souffre loin de lui
  des atteintes d'un mal qui sans fin me poursuit.

Elle refusait de manger et de boire, et clamait son désespoir sans retenue si bien qu'elle fit pleurer tous les gens du pays mis au courant de ce qui était arrivé à Kân Mâ Kân.

— Que n'es-tu là, murmurait-on, ô Daw' al-Makân, pour voir de tes yeux le sort réservé à ton fils. Il a été chassé et obligé de s'expatrier, lui dont le père, juste et bon, était la providence des démunis, gouvernait avec justice et assurait la sécurité.

La mère pleurait tant et l'on compatissait tellement à sa douleur que la nouvelle en parvint aux oreilles du roi Sâsân.

Et l'aube chassant la nuit, Shahrâzâd dut interrompre son récit.

Lorsque ce fut la cent quarantième nuit, elle dit :
On raconte encore, Sire, ô roi bienheureux, que les plus grands chefs de l'armée eux-mêmes vinrent trouver Sâsân et lui firent part de ce que l'on disait en ville sur la disparition de Kân Mâ Kân.

— Il est, rappelèrent-ils, le fils de notre roi, le descendant d'an-Nu'mân.

Cette adresse l'irrita fort et il ordonna que l'on pende l'un des intervenants, de sorte que tous les habitants du royaume, pris de crainte, ne dirent plus un mot de cette affaire.

Cependant, Sâsân se souvenait malgré tout des bontés dont l'avait entouré le père du prince. N'était-il pas, en outre, son tuteur dûment désigné ? Il ordonna que l'on partît à sa recherche. L'émir Turkâsh, à la tête d'un détachement de cent hommes, se mit en campagne. Mais il revint après dix jours sans avoir recoupé la moindre trace, ni recueilli le plus petit indice. Le roi en fut tout attristé. La mère du jeune homme, pour sa part, ne pouvait se consoler depuis vingt jours d'une absence à laquelle elle ne se résignait pas.

Pendant ce temps, Kân Mâ Kân, après être sorti de Bagdad, ne sut d'abord où diriger ses pas. Il erra au hasard durant trois jours sans rencontrer homme qui aille à pied ou à cheval. Il était tenaillé par le souvenir des siens et la nostalgie de sa ville. Le sommeil le fuyait et il ne prenait de repos qu'à la méridienne sous l'ombre d'un arbre. Pour nourriture, il se contentait de plantes et se désaltérait à l'eau des ruisseaux. Il prit une route qu'il suivit durant trois jours. Au quatrième, il déboucha au-dessus d'une vallée verdoyante, abondamment arrosée par les pluies, où pigeons et colombes roucoulaient à l'envi sous les couverts. Les rives de cette vallée étaient tapissées de verdure. Ce spectacle lui rappela Bagdad la ville de son père au bord du Tigre et lui inspira ces vers :

> *M'en allant, j'espérais revenir,*
> *mais ne sais quand sera mon retour.*
> *Je vais errant de trop aimer*
> *sans trouver de chemin pour fuir cet amour.*

Il pleura, essuya ses larmes et mangea un peu des plantes qui poussaient ici et là. Il fit ensuite ses ablutions rituelles et rattrapa les prières qu'il n'avait pu faire en leur temps puis décida de se reposer le reste de la journée. Lorsque le soir tomba, il s'endormit. Au milieu de son sommeil, il fut réveillé par une voix :

Je ne puis exister qu'au sourire de l'aimée
  dont l'éclair illumine le visage radieux.
L'évêque en son couvent adore son image,
  et tout corps impatient se prosterne à ses pieds.
Plus douce m'est la mort que ton indifférence,
  toi qui me chasses même en rêve.
Ô joie des compagnons qui se rassemblent
  entourant l'amant et l'aimée,
Quand le printemps et ses bouquets
  rendent si doux le temps d'aimer.
Toi qui goûtes à ce vin doré, contemple
  cet Éden aux sources ruisselantes.

Ces vers ranimèrent son chagrin, firent couler ses larmes et attisèrent le brasier qui couvait dans son cœur. Il chercha d'où venait la voix mais ne put rien distinguer dans le noir. Son émotion ne faisait que grandir. Impatient de découvrir ce poète de la nuit, il descendit vers le fond de la vallée, longea un instant l'une des berges de la rivière qui y serpentait et entendit à proximité soupirer et chanter :

Toi qui sais l'amour sans pitié,
  pleure toutes larmes s'il te faut la quitter.
J'ai lié avec mes amis un pacte d'amour
  et d'eux je me languis à tout jamais.
Mon cœur se réjouit puis s'attriste
  à la bise qui attise mon désir.
Te souviens-tu, Sa'd aux anneaux, en ton absence,
  de nos promesses, du pacte qui nous unit ?
Quand reviendront les nuits où nous ne faisions qu'un
  et pourrons-nous un jour raconter nos épreuves ?
Je te trouble, dit-elle, et tu souffres ?
  Dieu te garde, lui dis-je, combien d'amants as-tu
  troublés ?

Que Dieu prive mes yeux de goûter à ses charmes
  s'ils se ferment loin d'elle au plaisir du sommeil.
Aucune thériaque ne guérira cette blessure au cœur
  si ne prends mon aimée et ne bois à ses lèvres !

Ne voyant toujours personne, Kân Mâ Kân songea que ce chantre inconnu était comme lui un amant malheureux qui lui conviendrait comme compagnon de solitude. « À nous deux, nous pourrions nous soutenir. »

Il toussota pour signaler sa présence et lança :

— Voyageur des ténèbres, approche et viens me conter ton histoire. Tu trouveras en moi une âme compatissante à tes malheurs.

— Toi qui me réponds dans la nuit, dit une voix, et prêtes l'oreille à mon histoire, es-tu un preux cavalier ? Qui que tu sois, homme ou génie, fais-toi vite connaître sous peine de goûter au trépas. Il y a vingt jours que je bats la campagne sans avoir rencontré ni entendu personne.

Kân Mâ Kân se dit alors : « Son histoire ressemble à la mienne. Moi aussi je voyage depuis vingt jours sans avoir vu ni entendu personne. Il ne faut pas que je lui réponde tant qu'il ne fera pas jour. »

— Si tu es un génie, reprit la voix, va ton chemin en paix. Si tu es un homme, attends que l'obscurité se dissipe.

Ils demeurèrent ainsi chacun à sa place à échanger des vers sans cesse entrecoupés de sanglots. Au matin, le prince constata que l'homme était un jeune Bédouin de son âge, misérablement vêtu et ceint d'un sabre rouillé dans un fourreau en bois. La passion était marquée sur ses traits. Il s'avança vers lui et le salua. Le Bédouin lui rendit civilement son salut avec toutefois une certaine condescendance devant sa jeunesse et la pauvreté de sa mise.

— Qui es-tu, jeune homme, le questionna-t-il, à

quelle tribu appartiens-tu? Quelle est ton histoire? Pourquoi voyages-tu de nuit comme ne le font que les braves? Tu m'as adressé la parole dans les ténèbres à l'instar d'un guerrier confirmé et intrépide. Tu es à ma merci, mais je te fais cependant grâce de la vie eu égard à ton âge. Tu me serviras de domestique.

Kân Mâ Kân, à l'impudence de ces propos qui succédaient à de si beaux vers, comprit que son interlocuteur le mésestimait et voyait en lui une proie facile. En des termes courtois et élégants, il répondit :

— Noble Arabe, laisse mon âge de côté ainsi que ta prétention de faire de moi ton serviteur. Raconte-moi plutôt pourquoi tu hantes ces solitudes en faisant retentir les échos de tes vers. Qui es-tu pour te permettre de me parler ainsi ?

— Sache, garçon, que je suis Ṣabbâh, fils de Rammâh, fils de Humâm, d'une tribu de nomades arabes de Syrie. J'ai une cousine nommée Najma, véritable régal des yeux. Tôt orphelin de père, j'ai été élevé avec elle chez mon oncle. Lorsque nous grandîmes, on la voila à mes regards car j'étais pauvre et démuni. Je fis intervenir les seigneurs du clan et les chefs de tribus. Mon oncle n'eut pas le front de leur déplaire ; il ne consentit à me la donner en mariage que pour un douaire exorbitant : cinquante chevaux, cinquante chamelles ne buvant que tous les dix jours, cinquante dromadaires chargés de blé et autant chargés d'orge, dix esclaves hommes et dix autres femmes. C'était de beaucoup au-dessus de mes moyens. Voilà pourquoi j'ai quitté la Syrie pour l'Irak depuis vingt jours sans avoir rencontré nul autre que toi. Mon intention est d'aller à Bagdad et de guetter la sortie des caravanes organisées par les riches négociants de la ville. Je les suivrai, les assaillerai et les pillerai en tuant leurs gens et en m'emparant des bêtes et des marchandises. Et toi, qui es-tu ?

— Mon histoire ressemble à la tienne, mais ma maladie est plus grave. Ma cousine à moi est fille de roi et les siens ne sauraient se contenter de ce que l'on exige de toi.

— Es-tu fou ou l'amour t'aurait-il dérangé l'esprit ? Comment ta cousine serait-elle fille de roi alors que ton allure n'est que celle d'un bandit de grand chemin !

— Ne juge pas sur la mine. J'ai eu des revers de fortune. Maintenant, si tu veux des précisions, sache que je suis Kân Mâ Kân, fils du sultan Ḍaw' al-Makân, petit-fils du roi 'Umar an-Nu'mân, maître de Bagdad et du Khurâsân. Mais le destin m'a été contraire. Mon père est mort et Sâsân lui a succédé. Je me suis enfui à l'insu de tous. Comme toi, je marche depuis vingt jours et tu es le premier à croiser mon chemin ; comme toi aussi je cherche fortune.

— Joie de ma vie ! s'exclama le Bédouin, qu'ai-je à chercher plus loin ? Mon but est atteint. Sous cette défroque de brigand, tu es, affirmes-tu, de lignée royale ? Les tiens, lorsqu'ils te sauront entre mes mains, ne t'abandonneront pas et paieront pour toi une très forte rançon. Allons, garçon ! Montre-moi ton dos et marche devant moi. Tu es mon prisonnier.

— Frère bédouin ! Je suis maintenant un pauvre hère sans le sou pour lequel personne ne donnera dinar d'or, dinar d'argent ou dirham de cuivre. Cesse donc tes discours ! Prends-moi plutôt pour compagnon et courons de conserve l'aventure hors d'Irak. Nous reviendrons chargés de butin avec une dot qui nous permettra d'enlacer et de couvrir de baisers les cousines que nous aimons.

— Malheur à toi ! se fâcha tout rouge Ṣabbâh. Tu oses me tenir tête, espèce de chien galeux ? Tourne le dos ou tu seras durement châtié !

— Tourner le dos ? répondit Kân Mâ Kân dans un sourire. En voilà un sens de l'équité ! Ne crains-tu pas

d'être la risée des Arabes quand tu tireras gloire
d'avoir capturé un jeune homme humble et soumis
avec lequel tu ne te serais même pas mesuré pour
savoir si c'est un cavalier ou un lâche?

— Par Dieu, s'étonna le Bédouin, tu es un jeune
garçon mais tu parles comme un Ancien. Tu tiens des
propos qui ne siéent qu'à des guerriers chevronnés
Qu'entends-tu par sens de l'équité?

— Si tu tiens tant que cela à me faire captif et à me
mettre à ton service, jette tes armes, mets-toi en tenue
légère, viens et luttons. Le vainqueur fera de l'autre
son valet.

— Pareille jactance annonce ta fin prochaine, iro-
nisa Ṣabbâh en jetant ses armes.

Il retroussa sa tunique et avança vers le prince. Les
deux hommes s'empoignèrent. Le Bédouin eut tôt fait
d'évaluer son adversaire entre les bras duquel il se
sentit aussi léger qu'une pièce d'un dinar en contre-
poids d'un quintal. Il lui vit des jambes aussi solidement plantées au sol que des minarets sur leurs
fondations ou des pieux fichés en terre ou des montagnes sur leur socle. Il comprit qu'il n'était pas de
taille et regretta d'avoir relevé le défi et s'être défait de
ses armes. Cependant, Kân Mâ Kân put placer une
prise si vigoureuse que Ṣabbâh sentit ses entrailles se
déchirer.

— Desserre ton étreinte, garçon, eut-il à peine la
force d'articuler.

Sans tenir compte de ses protestations, le prince le
souleva à bout de bras et se dirigea vers la rivière.

— Jeune champion, que comptes-tu faire?

— Je vais t'y jeter. Le courant te conduira jusqu'au
Tigre, le Tigre jusqu'à Nahr 'Îsâ, cette dernière jusqu'à
l'Euphrate dont les flots te rouleront jusqu'à ton pays.
Là, les tiens pourront constater quel redoutable guer
rier et quel grand amant tu es!

— Chevalier des vallons, ne commets pas une vilenie indigne de toi. Lâche-moi, par la vie de ta cousine,
la belle d'entre les belles.

À l'évocation de son aimée, le prince déposa le
Bédouin qui, à peine libre de ses mouvements, bondit
sur son sabre et son bouclier comme s'il allait traîtreu-
sement s'en servir.

— Je sais bien, lui cria le prince, ce que tu mijotes.
Incapable de me tenir tête à mains nues, tu aimerais
bien utiliser tes armes. Quelle pauvre ruse ! Quand
bien même tu me chargerais à cheval, sabre au clair,
j'aurais encore raison de toi. Pour t'en persuader, je te
propose de me confier ton bouclier et de garder ton
sabre. Nous verrons alors qui l'emportera.

— À toi, cria le Bédouin qui lui lança son bouclier.

À chaque fois que Ṣabbâh portait un coup qu'il
jugeait décisif, Kân Mâ Kân le parait du bouclier qu'il
tenait dans sa dextre, si bien que le Bédouin, découragé et épuisé, n'eut plus la force de soulever son arme.
Le prince se lança sur lui, le terrassa, le garrotta avec
la cordelette de son sabre et le traîna par les pieds vers
le cours d'eau :

— Que veux-tu faire de moi, jeune homme, cavalier
de ce temps, héros de ce siècle ?

— Ce que je t'avais promis : te confier au courant
qui te ramènera aux tiens. Ils seront ainsi rassurés sur
ton sort et tu ne pourras plus célébrer tes noces !

Ṣabbâh, fou d'inquiétude, éclata en sanglots, le
supplia de lui épargner cette humiliation et de le
prendre à son service. Il mit toute sa douleur dans son
poème :

> *J'ai quitté tous les miens, trop long est mon exil,*
> *devrais-je loin de tout mourir en solitaire ?*
> *Allons ! je vais périr et nul n'en saura rien,*
> *périr abandonné sans voir un seul ami.*

Kân Mâ Kân le prit en pitié et le libéra non sans lui
avoir fait souscrire par serment un pacte d'alliance
selon lequel il lui servirait de compagnon fidèle et
loyal. Ṣabbâh voulut lui baiser la main en signe
d'allégeance, mais le prince l'en dispensa. Assis sur
une berge, ils partagèrent les trois galettes d'orge que
le Bédouin avait sorties de sa besace. Ils firent ensuite
leurs ablutions rituelles, s'acquittèrent de leurs
prières légales et devisèrent un moment sur leurs
familles et sur les aléas du destin.

— Où as-tu l'intention de te rendre ? demanda le
prince.

— Dans ta propre ville, à Bagdad. Je compte y
séjourner le temps nécessaire pour que Dieu me permette d'amasser le montant de la dot.

— Soit. Va ton chemin.

Le Bédouin lui fit ses adieux et prit la route. Resté
seul, Kân Mâ Kân songea à son dénuement et à sa
misère. « Comment revenir chez moi aussi pauvre que
j'en suis parti ? Par Dieu, je ne le ferai que fortune
faite. Il faudra bien, si Dieu le veut, qu'au mauvais
temps succède l'éclaircie. » Il fit ses ablutions dans
l'eau du fleuve, puis se mit à prier. Lorsqu'il fut
prosterné le front contre terre, il supplia Dieu en ces
termes :

— Seigneur, ô Toi qui dispenses la bienfaisante
ondée et qui pourvois à la subsistance du vermisseau
même dans les roches, ô Toi l'Omnipotent et l'infiniment Miséricordieux !

Sa prière terminée, ne sachant trop où diriger ses
pas, il laissa ses regards errer çà et là, quand il
aperçut au loin un cavalier monté sur un cheval de
sang, tassé sur sa selle, qui avançait dans sa direction,
les rênes lâches. Lorsque l'homme arriva à sa hauteur,
il constata qu'il était vilainement blessé, sur le point

de défaillir. Les larmes coulaient sur ses joues comme eau déversée d'une outre.

— Noble Arabe, dit-il à Kân Mâ Kân, prends-moi sous ton aile le temps qu'il me reste à vivre. Tu n'auras pas meilleur compagnon. Surtout donne-moi à boire, bien que la moindre goutte d'eau, je le sais, pourrait m'être fatale dans l'état où je suis. Si je venais à survivre à mes blessures, je me ferais l'artisan de ta fortune, sinon tu te seras d'ores et déjà acquis les félicités de l'au-delà pour ce que tu voudras bien faire en ma faveur.

Le cheval était une merveille d'une indicible beauté. Ses jambes, semblables à de fines colonnades de marbre, étaient faites pour la guerre et la mêlée. Kân Mâ Kân, dès qu'il le vit, fut subjugué. « C'est assurément, se dit-il, le plus beau coursier qui se puisse voir à notre époque. »

Il aida le blessé à mettre pied à terre, l'installa commodément et lui fit ingurgiter quelques gorgées d'eau. Il le laissa se reposer, puis lui demanda qui l'avait arrangé de la sorte.

— Je vais être franc avec toi. Je suis voleur et maquilleur de chevaux et, ma vie durant, je n'ai fait que cela. Je m'appelle Ghassân, la terreur des propriétaires d'étalons et de cavales. J'avais entendu parler de ce pur-sang en pays byzantin. Il appartenait au *Basileus* Afrîdûn qui lui avait donné le nom de Qâtûl et le surnom de Furieux. Je décidai d'aller à Constantinople afin de m'en emparer. Pendant que j'étudiais les lieux, je vis sortir du palais une vieille femme nommée Shawâhî Dhât ad-Dawâhî, personne tenue en grande estime chez les Byzantins pour son esprit fertile à l'extrême en ruses et stratagèmes de tout genre. Elle se rendait, me renseigna-t-on, à Bagdad en vue de proposer au roi Sâsân un traité de paix et de sécurité. Elle avait avec elle cet animal sur lequel pas moins de dix esclaves noirs veillaient. Je les suivis à distance sans rien pouvoir entreprendre tant la garde était vigilante. Je craignais qu'ils ne parvinssent à leur destination avant qu'il ne me fût donné d'intervenir, et réfléchissais aux moyens à employer, quand je vis arriver dans un nuage de poussière qui barrait l'horizon une cinquantaine de cavaliers, des coupeurs de route, commandés par un dénommé Kahradâsh, véritable bête fauve au combat qui faisait litière des guerriers les plus braves.

Et l'aube chassant la nuit, Shahrâzâd dut interrompre son récit.

Lorsque ce fut la cent quarante et unième nuit, elle dit :

On raconte encore, Sire, ô roi bienheureux, que les brigands fondirent sur le convoi de Dhât ad-Dawâhî sous la conduite de leur chef qui les excitait du geste et de la voix. Ils eurent tôt fait, par leurs attaques virevoltantes, de réduire à leur merci la vieille et ses dix esclaves qu'ils chargèrent de liens. Kahradâsh, ravi de l'aubaine, s'empara du cheval à ma grande déception de voir mes espoirs anéantis. Je décidai de rester aux aguets et d'observer la suite des événements. Dhât ad-Dawâhî, solidement ligotée, pleurait et suppliait son ravisseur de la relâcher :

— Preux d'entre les preux, vaillant guerrier, pourquoi t'encombrer d'une vieille et d'esclaves, maintenant que tu t'es octroyé un coursier de cette valeur ?

Elle le flatta, jura de lui faire conduire autant de chevaux et de troupeaux qu'il voudrait. Bref, elle fit tant et si bien qu'il la libéra, elle et ses gens, et s'en fut avec sa bande. Je les suivis jusqu'à cette région-ci. Dès que l'occasion se présenta, j'enfourchai la bête d'un bond et, à coups d'une cravache que j'avais sortie de ma besace, la sollicitai à fond. Les cavaliers me prirent en chasse, me rejoignirent et me cernèrent en me harcelant de leurs lances et de leurs flèches. Je tins ferme sur ma monture qui me défendait en faisant feu des quatre fers. Grâce à elle, je pus rompre l'étau qui m'enserrait et m'échapper à la vitesse d'un trait décoché ou d'une étoile filante. Mais au fort du combat, je fus blessé. Trois jours durant, je galopai sans possibilité de me sustenter et c'est sans forces et las de vivre que je suis tombé sur toi qui m'as traité avec bonté et pris en compassion. Comment t'appelles-tu ? Tu es en guenilles et me sembles abattu et triste. Pourtant je pressens que tu as connu des jours meilleurs. D'où viens-tu et où vas-tu ?

— Je suis Kân Mâ Kân, fils de Daw' al-Makân et petit-fils de 'Umar an-Nu'mân. À la mort de mon père, je fus élevé en orphelin ; un vil usurpateur a pris le pouvoir et règne en maître sur tous les habitants faibles ou puissants.

Puis il lui raconta son histoire dans le moindre détail. Ému, le voleur de chevaux lui dit :

— Tu es d'une illustre lignée et de grand mérite personnel. Nul doute qu'un destin exceptionnel t'attend et que tu deviendras le plus fameux des paladins de l'époque. Pourrais-tu me prendre en croupe et me conduire chez les miens ? Je n'ai plus la force de chevaucher seul. Tu feras là une bonne action qui te vaudrait considération ici-bas et pieuse récompense au Jugement dernier. Si je mourais en cours de route, le cheval sera à toi. Nul ne s'en montrera plus digne.

— Par Dieu, protesta le prince, ne parlons pas de ce cheval ! Si je le pouvais, c'est sur mes épaules que je te porterais ; bien plus, s'il m'était donné de disposer de ma vie, j'en sacrifierais la moitié pour sauver la tienne. Je suis d'une maison où la générosité est de règle et le secours au prochain en détresse une obligation. Un bienfait accompli dans le but de plaire à Dieu suffit à détourner soixante-dix malheurs.

S'en remettant à la bienveillance de l'Omniscient, il décida d'accompagner Ghassân. Il s'apprêtait à le hisser en selle quand ce dernier lui demanda un moment. Les yeux clos, les paumes tournées vers le ciel, il prononça la profession de foi : *J'atteste qu'il n'y a d'autre divinité que Dieu et que notre seigneur Muḥammad est son Prophète.* L'âme en paix, prêt à quitter ce monde, il récita :

> Moi j'ai lésé les hommes, couru le monde,
>   passé ma vie à boire,
> Plongé dans les torrents pour voler des chevaux,
>   et j'ai semé la ruine en signant mes forfaits.
> Grands furent mes crimes, fabuleuse mon existence
>   que Qâtûl devait couronner.
> Je me voyais sur lui réalisant mes rêves,
>   et c'est pourtant ici que ma course s'achève.
> Toute ma vie je fus ce voleur d'étalons
>   qui devant son Seigneur n'est plus qu'un moribond.
> Je n'aurai enduré la peine et la fatigue
>   que pour cet orphelin miséreux, solitaire !

Sur ce, il ferma les yeux et expira dans un dernier hoquet. Kân Mâ Kân lui creusa une tombe et l'y ensevelit. Il s'occupa ensuite du coursier qu'il pansa et flatta tant il était heureux de l'avoir en sa possession. Il était convaincu que le roi Sâsân n'en possédait pas de pareil.

Il apprit, par des négociants de passage, que des événements graves s'étaient déroulés dans la capitale pendant son absence. Le grand vizir Dandân avec la moitié de l'armée avait fait sécession et proclamé la légitimité de Kân Mâ Kân. À la tête de ses partisans auxquels il avait fait prêter serment de fidélité, il était allé rallier à sa cause les îles indiennes, le pays berbère et le Soudan. Il s'était constitué une armée considérable aussi nombreuse que les vagues d'une mer tumultueuse dont on ne pouvait savoir le commencement de la fin. Décidé à reconquérir le pays, à reprendre Bagdad et à combattre sans répit les opposants de tous bords, il avait juré de ne remettre le sabre au fourreau qu'après avoir rétabli le prince écarté dans la plénitude de ses droits.

Lorsqu'il apprit cela, le roi Sâsân fut plongé dans un océan de pensées. Il sentait son pouvoir s'effriter, petits et grands se détournaient de lui, les soucis l'assaillaient de toute part. Puisant sans compter dans les caisses du trésor, il s'efforçait de s'attacher les dignitaires en les couvrant d'or et de prébendes. Il souhaitait le retour de Kân Mâ Kân dont il escomptait les bonnes grâces. Il se promettait de le traiter avec munificence et de lui confier le commandement des troupes restées fidèles. Ainsi pensait-il redorer son blason et ranimer la flamme chancelante de son autorité.

Kân Mâ Kân, mis au courant par des négociants, se résolut à revenir d'urgence à Bagdad où il fit son entrée, monté sur son coursier. Aussitôt averti, Sâsân, en plein désarroi, envoya à sa rencontre les troupes disponibles et les notables de la cité qui lui firent une escorte d'honneur jusqu'au palais en lui présentant des excuses. Sa mère, avisée de son arrivée par les servantes et les eunuques, l'accueillit en l'embrassant entre les deux yeux.

— Mère, lui dit-il, laisse-moi d'abord aller voir mon oncle, le roi Sâsân, qui a été si bon pour moi.

Les dignitaires du palais et du royaume, frappés d'admiration par la perfection du pur-sang et la prestance de son cavalier, restaient perplexes et disaient que nul souverain au monde n'avait possédé une pareille bête.

Sâsân décida alors de faire le premier pas et alla

trouver Kân Mâ Kân chez sa mère. Le jeune prince,
lorsqu'il vit arriver le roi, se leva par déférence, lui
baisa les mains et les pieds et lui offrit sa monture en
présent.

— Bienvenue à toi, mon fils Kân Mâ Kân ! Je n'en
pouvais plus d'inquiétude à ton sujet. Dieu soit loué
qui t'a ramené sain et sauf au bercail.

Puis il examina le coursier et reconnut aussitôt la
bête qu'il avait vue lors du siège de Constantinople, la
capitale des idolâtres de la croix, l'année même où
Sharr Kân, dont il avait été le grand chambellan, avait
été tué.

— Ton père, s'il en avait eu la possibilité, eût donné
mille de ses chevaux pour cet étalon. Maintenant que
votre maison est rétablie dans sa grandeur, je te l'offre
à mon tour. Nul n'en est plus digne que le cavalier
accompli que tu es devenu, le meilleur de tous.

Il ordonna qu'on lui apportât sur-le-champ un vêtement princier. En même temps, il lui fit réserver la
plus imposante des demeures du palais et affecta à sa
monture une écurie bien fournie. Comme il appréhendait que Dandân vînt un jour lui demander des
comptes, il combla d'or le jeune homme et le traita sur
un grand pied, si bien que le prince oublia vite le temps
du mépris et de l'humiliation pour retrouver du même
coup joie et entrain. Une fois installé, il demanda à sa
mère des nouvelles de sa cousine.

— Par Dieu, mon fils, depuis ta disparition, dont elle
fut au demeurant la cause, j'avais d'autres soucis en
tête que de me préoccuper de son sort.

— Mère, supplia-t-il, va la voir et obtiens qu'elle me
fasse l'aumône d'un regard.

— La poursuite de chimères en a perdu plus d'un et
fait se plier les échines les moins souples. Laisse donc
cela qui ne peut t'attirer que du malheur. Je n'irai ni la
voir, ni lui transmettre un quelconque message.

Le prince changea de sujet et lui rapporta les propos
du voleur de chevaux concernant la vieille Dhât ad-
Dawâhî qui rôdait dans le pays avec l'intention de
gagner Bagdad.

— Or c'est elle qui a assassiné mon grand-père et
mon oncle. Il me faut absolument laver l'affront subi et
les venger.

Puis il quitta sa mère et alla trouver une vieille
gouvernante experte en intrigues galantes, nommée
Sa'dâna. Il lui raconta l'amour qu'il éprouvait pour sa
cousine et la résistance qu'elle lui opposait. Il lui
demanda de s'entremettre et d'amener la jeune fille à
moins d'indifférence. La vieille femme accepta et se
rendit au palais où elle plaida auprès de la princesse la
cause de son cousin. De retour, elle l'informa que
Quḍiya Fa-kân lui transmettait son salut et promettait
de lui rendre visite cette nuit même.

Et l'aube chassant la nuit, Shahrâzâd dut interrompre son récit.

Lorsque ce fut la cent quarante-deuxième nuit, elle
dit :

On raconte encore, Sire, ô roi bienheureux, que la
vieille Sa'dâna annonça à Kân Mâ Kân que sa cousine
serait chez lui sur le coup de minuit. Le prince fut
empli de joie et s'assit pour attendre le moment où
serait tenue cette promesse. À l'heure dite, Quḍiya Fa-
kân arriva, enveloppée d'un ample manteau de soie
noire. Elle trouva son cousin endormi et le réveilla en
lui demandant comment il pouvait se targuer de
l'aimer alors que, l'attendant, il s'était laissé aller à un
sommeil béat.

— Espoir de mon cœur, s'excusa-t-il, je ne me suis
assoupi que dans l'espérance de te voir en rêve.

Gentiment, elle le taquina :

Si ton amour était sincère, point ne serais endormi !
Toi qui prends les sentiers d'amour et pour chérir et
  pour brûler,
Sache, par Dieu, que jamais ne se ferment
  les yeux d'amants en mal d'aimer !

En écoutant ce poème, le prince éprouva bien de
la honte. Il se leva, s'excusa et prit sa cousine dans
ses bras. Toute la nuit, ils se racontèrent les souffrances de leur séparation et les tourments de leurs
amours contrariées. Aux premières lueurs de l'aurore, Quḍiya Fa-kân se prépara à partir. Kân Mâ
Kân se mit à pleurer, la voix étranglée par les soupirs :

Elle est enfin venue celle qui, si longtemps, m'a tenu
  éloigné !
  avec ses dents de perles faisant comme un collier.
Lui ai donné mille baisers puis enlacé sa taille,
  enfin passé la nuit ma joue contre sa joue
Jusqu'à ce que l'aube surgisse et nous sépare
  comme une lame jaillie de son fourreau.

Elle lui fit ses adieux et rejoignit ses appartements. Mais l'une de ses esclaves avait surpris son
manège et la dénonça à Sâsân qui vint la trouver et,
le sabre au poing, lui en eût tranché la gorge sans
l'arrivée de sa mère Nuzhat az-Zamân :
— Ne lui fais aucun mal, lui intima-t-elle, sinon
tout le monde en aura vent et tu deviendrais un
objet d'opprobre pour tes pairs. Au surplus, Kân Mâ
Kân n'est pas un fils de rien. Il a grandi avec sa
cousine. Il est homme d'honneur et sa dignité lui
interdit de commettre une vilenie. Prends sur toi et
ne précipite rien. La cour sait, et le peuple de Bagdad aussi, que le grand vizir Dandân a levé d'un

peu partout une armée considérable à seule fin de
mettre Kân Mâ Kân sur le trône de ses ancêtres.

— Par Dieu, je vais lui réserver un traitement tel
que nulle terre au monde ne pourra plus l'accueillir, ni
ciel le protéger sous sa voûte. Je ne l'ai amadoué et si
bien traité que dans l'intérêt de mon royaume et de
mon pouvoir, afin que mes sujets ne soient pas tentés
d'embrasser sa cause. Bientôt tu verras de quoi il en
retourne.

Puis il s'en alla à ses affaires. Quant à Kân Mâ Kân, il
se rendit chez sa mère au deuxième jour de son retour,
et lui fit part de sa décision de reprendre la route ·

— Mère, j'ai l'intention de me livrer au brigandage,
d'organiser des coups de main, de razzier chevaux et
bétail, et de réduire en esclavage Noirs et Blancs.
Fortune faite, je reviendrai demander la main de ma
cousine à mon oncle Sâsân.

— Mon fils, le bien d'autrui n'est pas à l'abandon.
Avant de s'en emparer, il faut affronter les sabres et les
lances d'hommes capables de dévorer les fauves et de
rendre un pays désert, à même de chasser le lion et de
courir le guépard.

— Pas question de me dédire avant d'avoir atteint
l'object que je me suis fixé.

Il envoya ensuite la vieille Sa'dâna à Quḍiya Fa-kân
pour qu'elle l'informe de son projet d'aller à l'aventure
afin de réunir un douaire digne d'elle.

— Il me faut absolument une réponse, lui recom-
manda-t-il.

Au retour, elle lui assura que la jeune princesse le
rejoindrait à minuit. Il l'attendit sans fermer l'œil,
brûlant d'impatience. Sans qu'il se soit rendu compte
de son arrivée, elle fut soudain présente à l'heure
convenue. Le voyant éveillé, elle lui dit :

— Je donnerais ma vie pour t'éviter les affres de
l'insomnie.

— Et moi la mienne, répondit-il en bondissant, afin de t'éviter le moindre désagrément, espoir de mon cœur.

Quand il lui confirma sa décision, elle fondit en larmes :

— Ne pleure pas, cousine. Celui qui aujourd'hui nous condamne à la séparation, saura bien, je L'en supplie, nous accorder la faveur de nous réunir en totale harmonie.

Il alla ensuite se préparer, fit ses adieux à sa mère, sortit du palais, ceignit son sabre, se voila le visage et enfourcha Qâtûl. Il traversa Bagdad aussi resplendissant qu'un astre dans tout son éclat. À la porte de la ville, il aperçut son compagnon, le Bédouin Ṣabbâh b. Rammâh qui se précipita à sa rencontre, marcha près de lui à hauteur d'étrier, le salua puis lui demanda :

— Frère, comment as-tu fait pour te procurer ce cheval, cette épée et ces vêtements, quand moi-même n'ai pour seul bien que mon sabre et mon bouclier ?

— *Pureté de cœur fait bon chasseur !* Une heure à peine après ton départ, le bonheur m'a souri. Que dirais-tu de m'accompagner en toute loyauté et tenter l'aventure avec moi de par le monde ?

— Par le Dieu de la Ka'ba, je suis ton homme et ne t'appellerai plus que « mon maître ».

Puis il se mit à trottiner devant le cheval, le sabre sur l'épaule et la besace lui battant les omoplates. Ils cheminèrent quatre jours durant. Ils se nourrissaient de la chair des gazelles tuées en chemin et se désaltéraient au hasard des sources. Au cinquième jour, ils arrivèrent sur une colline d'où ils dominaient un paysage vallonné et parsemé de points d'eau. Là paissaient force chameaux, chevaux, vaches et moutons dont les petits gambadaient alentour. À ce spectacle, Kân Mâ Kân fut transporté de joie. Il se prépara au

combat pour s'emparer des chamelles et des dromadaires.

— Sus, cria-t-il à Ṣabbâh, sus à ces bêtes qui ne me
semblent pas gardées. Quand bien même le seraient-
elles, attaque avec moi quiconque essaiera de se mettre
entre nous et cette fortune.

— Maître, rétorqua le Bédouin, les propriétaires de
ces animaux sont nombreux et comptent dans leurs
rangs des combattants redoutables tant à cheval qu'à
pied. À nous lancer dans cette équipée, il pourrait nous
en cuire. Aucun de nous ne reviendra pour épouser sa
cousine.

Kân Mâ Kân se rendit compte en riant que son
compagnon était un couard et se lança à l'assaut en
hurlant :

> Nous sommes les Nu'mân, héros magnanimes,
>   seigneurs dont les feux brûlent sur les collines,
> Gens qui se dressent pour la bataille
>   quand la bataille vient à eux.
> Chez nous le pauvre trouve sommeil
>   sans être mordu par la faim.
> Je m'en remets au Maître du royaume,
>   Créateur du souffle de vie.

Avec l'impétuosité d'un chameau en rut, il fondit sur
le bétail, rassembla vaches et moutons, et poussa les
chevaux en tête afin de les entraîner derrière lui. Les
esclaves gardiens du troupeau se ruèrent, brandissant
des épées polies et de longues javelines. Ils étaient
précédés d'un cavalier turc, redoutable guerrier, aussi
habile à manier les lances aux hampes brunes que les
sabres étincelants.

— Malheur à toi, hurlait-il en chargeant. Si tu avais
su à qui appartiennent ces bêtes, tu ne t'y serais pas
frotté. Le troupeau est la propriété d'une bande de

Byzantins et d'un groupe de Circassiens, cent hommes, de vrais lions, qui se sont mis hors la loi. On leur a volé un cheval et ils ont juré de ne pas quitter les parages avant de le récupérer.

— Ce coursier dont tu parles et que vous recherchez, cet étalon pour lequel vous êtes prêts à en découdre, le voici ! Venez donc le prendre, ensemble ou d'homme à homme, à votre gré !

Puis il poussa un hurlement entre les oreilles de Qâtûl et, tel un ogre, se précipita sur le Turc et lui porta un coup de lance qui le jeta à bas de son cheval et lui creva les reins. Il fit subir le même sort à un deuxième, à un troisième puis à un quatrième gardien sous les yeux de leurs compagnons terrifiés.

— Fils de putains, leur cria-t-il, groupez-moi ces animaux si vous ne tenez pas à voir mes armes teintées de votre sang.

Ils s'exécutèrent pendant que Şabbâh dévalait la colline en poussant des cris de joie. Mais bientôt une poussière épaisse barra l'horizon, soulevée par cent cavaliers aux mines patibulaires, semblables à autant de lions courroucés.

Le Bédouin prit ses jambes à son cou et regagna sa colline, préférant au rôle d'acteur celui de spectateur. « Moi, je ne me bats, se disait-il, que pour jouer et plaisanter ! »

Pendant ce temps, les cent cavaliers encerclaient Kân Mâ Kân et l'assaillaient de tous côtés. L'un d'eux s'avança qui lui demanda :

— Et où vas-tu avec ce troupeau ?

— Je m'en empare à vos nez et à vos barbes ! Sache que pour le reprendre, il vous faudra affronter un lion féroce, un combattant farouche, une épée qui, à chaque coup porté, fait mouche.

Lorsque le cavalier entendit ces mots, il regarda attentivement celui qui le défiait et vit qu'il ressem-

blait bien à un lion farouche. Son visage était de plus
d'une beauté aussi éblouissante que celle d'une pleine
lune.

Ce cavalier était le chef de la bande des cent, le
fameux Kahradâsh. À voir campé devant lui un guerrier aussi manifestement accompli et en même temps
si beau, il crut reconnaître une femme du nom de Fâtin
qu'il aimait d'amour, la plus belle de toutes les
femmes, que Dieu avait comblée de Ses dons. Elle
joignait à la beauté et à la grâce la générosité et la
vertu. Il était parfaitement impossible à la langue de
décrire tant de perfection et au cœur d'échapper à tant
de séduction. Sa valeur aux armes était telle que les
plus vaillants guerriers de son peuple la craignaient,
que les champions répugnaient à l'affronter. Elle avait
juré de ne se donner qu'à l'époux qui l'aurait vaincue
aux armes. Elle s'était engagée par serment fait à son
père de n'épouser que le guerrier qui l'aurait vaincue
en champ clos, en un combat singulier où l'on se
frapperait d'estoc et de taille. Kahradâsh qui s'était
mis au rang de ses soupirants n'osait, par crainte du
ridicule, se mesurer à une jeune fille malgré les
encouragements de certains de ses intimes :

— Séduisant et bien fait comme tu l'es, si même tu
te mesurais à elle et qu'elle prît le dessus, elle succom-
berait à tes charmes et te céderait à coup sûr. Il en va
ainsi des femmes : elles ont goût aux hommes comme
tu le sais.

Mais Kahradâsh s'obstina dans son refus de la
combattre jusqu'à ce qu'il se trouve face à Kân Mâ
Kân. Il crut que c'était elle qui, séduite par sa beauté et
son courage, était venue le défier :

— Fâtin, cria-t-il au prince, je sais que tu es là pour
faire la preuve de ta valeur à la joute. Descends
d'abord de cheval que nous devisions. J'ai razzié les
troupeaux, trahi les amis, coupé les routes, attaqué les

cavaliers et les héros, et tout cela pour rendre hommage à ta beauté et à ta grâce qui sont incomparables. Épouse-moi. Tu seras la reine du pays et toutes les princesses seront à tes pieds.

À ces paroles, Kân Mâ Kân bouillonna de rage.

— Malheur à toi, chien de non-Arabe, cesse de me rebattre les oreilles avec cette Fâtin qui te fait divaguer et viens te battre. Bientôt tu auras mordu la poussière.

Examinant plus attentivement ce cavalier qui tempêtait, écumait et réclamait à cor et à cri la bataille, il s'aperçut de sa bévue. C'était bel et bien un guerrier valeureux et un intrépide champion. Il le voyait, sans erreur possible, au reflet bleuâtre d'un duvet naissant qui tranchait sur le vermillon de ses joues, à la façon d'un buisson de myrte poussant dans un massif de roses. Il eut peur de son assaut.

— Malheur à vous, ordonna-t-il à ses hommes, que l'un de vous relève le gant, passe cet homme au fil de son sabre et lui fasse tâter de sa lance à la hampe vibrante. Souvenez-vous qu'attaquer en groupe un homme seul est une félonie, même s'il s'agit d'un héros intrépide et d'un chef invincible.

Un cavalier se détacha, monté sur un bai brun brûlé aux paturons balzans, dont une liste de la taille d'un dirham ornait son chanfrein. La bête était superbe, un véritable régal pour les yeux et l'esprit, semblable à celle décrite par le poète :

> *Au cœur de la mêlée jaillit un étalon ;*
>   *fougueux, touchait-il terre ou bien s'envolait-il ?*
> *Comme si du matin venu griffer son front,*
>   *il voulait se venger en parcourant l'espace.*

Kân Mâ Kân se rua vers lui. Ils virevoltèrent un moment en s'assenant des coups terrifiants à faire perdre la raison et se fermer les yeux d'effroi. Le prince, le premier, trouva la faille et porta à son adversaire une botte si rude que sous le casque et le turban sa tête fut tranchée net, cependant que son cheval bronchait sous lui aussi lourdement que chameau qui baraque. Deux, trois, quatre puis cinq cavaliers furent ainsi mis à mal. Les autres, embrasés de colère et impatients d'en finir, se jetèrent ensemble sur lui mais, en un tournemain, il les cueillit à la pointe de sa lance. Kahradâsh, devant les prouesses de ce guerrier, fut convaincu qu'il s'agissait d'un combattant exceptionnel au cœur particulièrement trempé et qu'il fallait y regarder à deux fois avant de l'attaquer.

— Je te laisse la vie sauve, lui lança-t-il, et te tiens quitte pour celles que tu as ôtées à mes compagnons. Prends les bêtes que tu veux et poursuis ton chemin. J'ai en pitié ta belle jeunesse dont tu mérites de jouir encore longtemps.

— Belle magnanimité que voilà ! Trêve de balivernes ! Préserve au moins ta vie, nul ne t'en fera grief. Quant à reprendre tout ou partie de mon butin, n'y compte pas ! Contente-toi de t'en tirer à moindre mal !

Kahradâsh manqua s'étrangler de fureur.

— Malheureux ! Tu ignores qui je suis, ou alors tu n'aurais pas tenu publiquement de pareils propos. Demande donc qui est Kahradâsh. Je suis le lion impétueux qui a pillé les grands rois, coupé la route aux voyageurs, détroussé les commerçants. Ce cheval que tu montes est à moi et je le veux ! Et d'abord comment t'en es-tu emparé ?

— Sache que, destiné à mon oncle, le roi Sâsân, il était convoyé par une vieille femme servie par dix esclaves, avec laquelle nous avons un compte à régler pour la mort de mon grand-père 'Umar an-Nu'mân et celle de mon oncle Sharr Kân. C'est à elle que tu as volé ce cheval.

— Malheureux ! Mais qui es-tu donc, fils de rien ?

— Je suis Kân Mâ Kân, fils de Ḍaw' al-Makân, petit-fils de 'Umar an-Nu'mân !

— On ne peut pas le nier : tu réunis toutes les perfections et allies la beauté aux qualités du cavalier. Je te laisse aller en paix en la mémoire de ton père qui nous rendit service.

— Par Dieu, je n'ai pour toi aucun respect et te méprise. Je vais te le montrer sur le champ de bataille.

Au comble de la colère, Kahradâsh chargea en hurlant, aussitôt imité par le prince. Leurs chevaux filaient, les oreilles rabattues, la queue au vent. Ils se heurtaient si fort que chacun pensait que le ciel se fendait au-dessus de lui. On eût dit deux béliers de combat se ruant l'un sur l'autre. Ils multiplièrent longtemps les passes d'armes. Mais Kân Mâ Kân, après avoir esquivé une estocade, porta en pleine poitrine de son adversaire un coup de sa lance qui le traversa de part en part. Il ordonna alors aux esclaves de réunir le bétail, de ramasser les dépouilles des vaincus et de pousser devant eux les troupeaux.

Ṣabbâh redescendit de sa colline et dit à son maître :

— Bravo, ô cavalier du siècle. J'ai prié pour toi et Dieu a exaucé mes prières.

Puis il trancha la tête de Kahradâsh.

— Malheur à toi, l'apostropha Kân Mâ Kân en riant, je te croyais un champion rompu à la guerre et aux combats !

— N'oublie pas ton serviteur dans la répartition des prises. Ma part me suffira à obtenir la main de ma cousine Najma.

— Bien sûr. En attendant, surveille les troupeaux ainsi que les esclaves chargés de les convoyer.

Là-dessus, ils prirent le chemin du retour. Après avoir marché jour et nuit, ils parvinrent en vue de Bagdad où ils pénétrèrent au milieu d'un grand afflux de soldats avertis de leur arrivée. Tout le monde admirait le butin ramené. À la vue de la tête de Kahradâsh fichée à la pointe de la lance de Ṣabbâh, les commerçants, enfin débarrassés de ce coupeur de route, furent transportés de joie. Étonnés qu'il ait pu trouver son maître, ils formulèrent mille et mille vœux pour son vainqueur.

Aux habitants de la ville qui s'empressaient autour de lui, Kân Mâ Kân raconta ses aventures, suscitant le respect et l'admiration craintive des guerriers les plus fameux. Il conduisit ses troupeaux sous les murs du palais, planta devant le portail la lance surmontée de la tête du pillard et distribua avec libéralité une partie des chevaux et des chameaux capturés, ce qui lui attira les bonnes grâces et la sympathie du peuple de Bagdad. Il installa ensuite Ṣabbâh dans une vaste demeure et alla enfin chez sa mère à qui il narra les péripéties de son voyage.

Quand le roi apprit le retour du prince, il quitta la salle du conseil, réunit ses intimes et leur tint ce discours :

— Je vais vous révéler un projet que je gardais jusqu'ici secret. Par la faute de Kân Mâ Kân nous serons dépossédés du pouvoir et chassés. Cet homme qui est venu à bout de Kahradâsh et de sa tribu de Turcs et de Kurdes sera l'artisan de notre perte car ses proches constituent l'essentiel de notre armée. Vous n'ignorez pas que le grand vizir Dandân, non content de s'être montré ingrat pour les bienfaits dont je l'ai comblé et d'avoir renié ses serments de fidélité, s'affaire à réunir dans différents pays une puissante armée dans l'intention de rétablir Kân Mâ Kân sur le trône de ses grand-père et père. La chose faite, il ne manquera pas de me mettre à mort.

— Sire, assurèrent les proches du roi, le jeune prince est moins que rien à nos yeux. S'il n'avait pas été ton pupille, nul d'entre nous ne s'en serait soucié. Nous te sommes pleinement acquis. Si tu veux sa mort, il mourra. Si tu désires simplement l'éloigner, nous nous en chargerons.

— La mort me paraît la solution préférable. Engageons-nous par pacte solennel.

Ils jurèrent donc de se débarrasser de Kân Mâ Kân en escomptant que la nouvelle de sa disparition affaiblirait la résolution de Dandân. Sâsân combla les conjurés d'honneurs et rentra chez lui. La situation, en effet, empirait. Les chefs militaires étaient divisés et la troupe elle-même, dont la plus grande partie avait suivi le grand vizir en sécession, renâclait et attendait de voir quel parti l'emporterait.

Quḍiya Fa-kân eut vent du complot et en conçut grande angoisse. Elle convoqua la vieille messagère qui lui donnait régulièrement des nouvelles de son cousin. Elle lui ordonna de se rendre auprès de lui et de l'informer de ce qui se tramait. Le prince fut content de la voir, prit connaissance de son message et dit :

— Retourne auprès de ma cousine, transmets-lui mon salut et rappelle-lui que *la terre appartient à Dieu. Dans sa grandeur et sa puissance, Il en fait hériter qui Il veut* (Coran XII/125) comme l'a dit un excellent poète :

> *Le pouvoir est à Dieu. Si haut que l'on parvienne,*
> * il brise l'espérance et vous jette en l'abîme.*
> *Et ne s'agirait-il que d'un arpent de terre*
> * à personne je n'abandonnerai ma part.*

La vieille femme s'acquitta de sa mission et apprit à la princesse que son cousin avait l'intention de rester à Bagdad.

Sâsân, de son côté, attendait que le prince quitte la ville pour le faire exécuter par ses sicaires. Il advint un jour que Kân Mâ Kân décida d'aller à la chasse accompagné de Ṣabbâh qui ne le quittait plus. Ils

capturèrent dix gazelles dont l'une aux yeux très
noirs ne cessait de tourner nerveusement la tête en
tous sens. Le prince la relâcha au grand étonnement
de son compagnon qui lui demanda la raison de son
geste. Il se mit à rire, libéra les autres gazelles et
s'expliqua ainsi :

— C'est une marque de magnanimité que de
redonner sa liberté à une gazelle quand elle a des
faons. On la reconnaît à ce qu'une fois prise, elle ne
cesse de les chercher du regard. Je l'ai donc libérée
et en ai fait autant des autres, en son honneur.

— Laisse-moi alors comme elles m'en retourner
auprès des miens !

Le prince se mit à rire et, en guise de plaisanterie
lui assena, du talon de sa lance, un coup qui faillit
lui ôter la vie et l'envoya rouler au sol où il se prit à
se tortiller comme un serpent.

— Ce n'est pas là action sensée, dit Ṣabbâḥ. Je ne
sais sur quel pied danser avec toi. D'une part, tu
refuses de me rendre ma liberté afin que je puisse
rejoindre les miens, et d'autre part tu ne me traites
pas comme il convient. Je n'ai jamais vu pareil
démon que toi. Si c'est là plaisanter, qu'en est-il
quand tu es sérieux ? Que Dieu t'envoie une bande de
cavaliers furieux qui te découpent en morceaux !

Sur ces entrefaites, ils virent au loin une poussière
soulevée par le galop de chevaux que menaient rudement de farouches guerriers. Il s'agissait de vingt
cavaliers commandés par un émir daylamite nommé
Jâmi'. Sâsân, en effet, à peine informé du départ du
prince pour la chasse, avait chargé cet émir, moyen-
nant finance, de supprimer Kân Mâ Kân. Il avait
promis une fortune et un fief à chacun des conjurés
s'ils réussissaient dans leur entreprise. Enturbannés
et voilés afin de n'être pas reconnus, ils se mirent en
route et prirent la trace de leur future victime. Ṣab-

bâh fut le premier à les apercevoir et cria à son compagnon :

— Trêve de futilités et de vaines plaisanteries ! Dieu de miséricorde a exaucé mes vœux. Tu vas te trouver bientôt étendu raide mort à même le sol de cette vallée.

— Ṣabbâh, s'exclama le prince quelque peu irrité, il va falloir en découdre.

Kân Mâ Kân s'élança au triple galop vers la bande qui se ruait déjà vers lui et bientôt les lames se mirent à trancher dans le vif. Dans le fracas des armes la mort frappa contre laquelle ne pouvait rien l'armure la mieux trempée. Ni la poussière opaque ni les vastes espaces ne permirent aux assaillants d'échapper aux coups du prince déchaîné.

Dès le premier choc, Ṣabbâh s'était empressé de gagner une hauteur, le cœur gros à l'idée de ce qui attendait son compagnon. Il adressait à Dieu une litanie d'invocations pour le salut de son protecteur. Il le vit transpercer de sa lance jusqu'à six de ses adversaires et n'avoir de cesse que de laisser les autres étendus morts ou mourants.

Kân Mâ Kân examina les chevaux démontés et reconnut les montures des meilleurs guerriers de son père, ceux qui avaient blanchi sous le harnais à son service. Bouleversé, regrettant trop tard ce qu'il venait de faire, il comprit que ces braves étaient tombés à cause du grand chambellan qui le poursuivait de son impitoyable vindicte.

« Ma cousine avait raison, se dit-il, lorsque, avertie par les soins de la vieille femme, elle m'avait mis en garde contre ce qui se tramait. »

Ṣabbâh le rejoignit à ce moment-là et s'étonna de le voir chagrin.

— Que ma vie te serve de rançon, guerrier émérite. Tu les a massacrés en te jouant et voilà que tu les pleures ? Au fait, si tu en es venu à bout, c'est bien grâce à mes prières, je le jure.

Kân Mâ Kân ne put s'empêcher de rire à cette vantardise malgré son courroux.

— Şabbâh, je jouis, Dieu merci, d'une autre protection que la tienne, celle de la grâce divine. Fasse que le Seigneur jamais ne me la retire.

Le prince décida de revenir à Bagdad. Il passa la nuit hors des murs, tourmenté par ce qu'il avait fait. Au matin, il enfourcha Qâtûl et, précédé de son Bédouin, entra en ville au moment où Sâsân s'apprêtait à en sortir, escorté d'une modeste suite. Il était, en effet, de plus en plus abandonné et désespérait de garder son royaume. À la vue du grand chambellan, son oncle, Kân Mâ Kân descendit de cheval, baisa son étrier et voulut marcher à pied devant lui. Mais l'autre l'adjura de n'en rien faire et c'est botte à botte qu'ils gagnèrent les lieux du combat où gisaient encore les cadavres. De désespoir, Sâsân déchira ses vêtements :

— Qui donc, déplora-t-il, a pu ainsi mettre à mal les meilleurs combattants du royaume ? Sûrement ces canailles de Turcs pour venger la mort de leur chef Kahradâsh.

— En vérité, répondit le prince, c'est moi qui, contraint et forcé, les ai mis à mort.

De retour au palais, Sâsân fit observer à ses partisans que la situation critique où ils se trouvaient était due à l'éparpillement de l'armée dont les forces étaient disséminées un peu partout.

— Nous voici, pour l'heure, impuissants et en butte aux avanies des Turcs et des Turkmènes.

Kân Mâ Kân, de son côté, envoya sa messagère habituelle à Quḍiya Fa-kân avec mission de l'informer des événements. La jeune fille réprouva l'attitude de Sâsân et fit dire à son cousin de ne pas quitter le palais avant qu'elle ne vînt le voir et lui indiquer quoi faire.

Ruminant sa rancœur contre le grand chambellan, irrité par l'injustice qu'il commettait à son égard, le prince rongea son frein pendant trois jours et ne reçut de nouvelles qu'au matin du quatrième.

— Mon beau-père, expliquait Quḍiya Fa-kân, me fait garder à vue par trois servantes qui me surveillent étroitement. Il s'en est même pris à ma mère à mon propos, allant jusqu'à la menacer de son sabre. Prends garde à toi, il n'ignore rien de ce que tu dis de lui. Tu as tué les meilleurs de ses guerriers et il est fermement décidé à se débarrasser de toi.

À l'idée qu'il ne pourrait plus revoir sa cousine désormais tenue loin de lui, la vie parut insupportable au prince. Il alla seller Qâtûl, le baisa sur le chanfrein et quitta la capitale armé de pied en cap en compagnie de Ṣabbâh qui le précédait en trottinant.

— Seigneur, dit celui-ci, je vois à ta mine renfrognée que tu es en proie à de sombres pensées.

— Ṣabbâh, trêve de vaines parlotes, l'heure est à l'errance dans les solitudes désolées et à la fortune des armes.

Sâsân avait appris le départ de Kân Mâ Kân et s'était lancé à sa poursuite à la tête de quarante cavaliers bardés de fer qui ne purent ni recouper sa trace ni recueillir de ses nouvelles. Ils en étaient à cheminer au hasard quand ils furent interceptés par un fort parti de quatre cents cavaliers semblables à des lions farouches. On leur demanda qui ils étaient.

— Pour votre malheur je suis le roi Sâsân en personne, entouré de la crème de ses braves.

— Béni soit ce jour, s'exclama le chef de détachement ! c'est notre homme, celui qui a tué mon père Kahradâsh.

Les assaillants encerclèrent les hommes du roi et fondirent sur eux avec la fureur d'un torrent en crue.

Le combat s'engagea. Au bout de peu de temps, les quarante fidèles gisaient raides sur le terrain. Leurs têtes furent fichées à la pointe des piques, cependant que Sâsân était empoigné et ligoté. Les vainqueurs revinrent à leur campement au milieu de la liesse générale, car cette capture avait eu un grand retentissement.

Kân Mâ Kân, pour sa part, continuait son chemin. Mais au bout de trois jours, il n'en pouvait plus d'impatience et d'ennui. Il revint à Bagdad, confia son coursier à Şabbâh et se rendit au palais chez sa mère.

Nuzhat az-Zamân, habitée par le pressentiment de la mort de son mari, alla trouver sa fille Qudiya Fakân et lui annonça à brûle-pourpoint que Kân Mâ Kân avait tué Sâsân.

— Il m'a porté, ajouta-t-elle, un coup dont je ne me relèverai pas.

— Est-ce une supposition que tu fais ou as-tu été informée de source sûre ?

— Ton beau-père s'est lancé à la poursuite de ton cousin avec quarante cavaliers dans l'intention d'en finir avec lui. À cette heure, il n'a pas réapparu tandis que ton cousin est rentré. Il doit être quelque part dans le désert, étendu sans vie. Le mieux, ma fille, est que tu ailles demander à ton cousin des éclaircissements.

Ravie, le cœur en fête, la princesse se rendit chez Kân Mâ Kân qui bondit à sa rencontre, lui bâillonna la bouche de baisers et lui caressa le menton.

— Cousin, demanda-t-elle, qu'as-tu fait de mon beau-père ? Il est allé à ta recherche et depuis nous sommes sans nouvelles.

Il sourit et jura par tous les serments possibles et imaginables qu'il n'était au courant de rien :

— Si je mens, puissé-je être privé des plaisirs de l'amour et à jamais souffrir de ta froideur et de ton indifférence! Je vais de ce pas me mettre à sa recherche.

— Non, pas tout de suite. Il fait nuit, attends le lever du jour pour agir comme tu l'entends.

En guise d'au revoir, elle lui plaqua sur la bouche cinq à six baisers qui lui redonnèrent espoir et ranimèrent son courage. Il ne put fermer l'œil de la nuit préoccupé par l'inquiétude de sa cousine. L'aube venue, il monta Qâtûl et, toujours précédé de Ṣabbâh, il reprit la route. Il avisa un Bédouin, muletier de son état, un de ces aventuriers éternels batteurs d'estrade. Il l'interrogea sur le chemin à prendre. Il suivit ses indications et voyagea durant huit jours avant d'arriver à une prairie où il vit des cavaliers monter la garde autour d'un Sâsân en fâcheuse position. Ils attendaient pour le mettre à mort par le sabre ou le feu les ordres de 'Arjawâsh, le frère unique de leur défunt chef Kahradâsh. Celui-ci s'était engagé par serment à ne pas exécuter son prisonnier avant que quelqu'un n'intercédât en sa faveur.

Kân Mâ Kân, déguisé en Turkmène, descendit de cheval, ajusta ses vêtements et serra sa ceinture autour de sa taille :

— Ṣabbâh, dit-il à son compagnon, il est temps que je sache ce que je peux attendre de toi au cours de cette aventure.

— Pourquoi cette question? S'il s'agit de pillage et de butin à rafler, j'en suis. S'il faut combattre en bataille rangée, je ne m'en ressens pas. Tant pis pour les chevaux et les chameaux qui me permettraient de me marier. J'aspire à revenir chez moi, en Syrie. Auparavant, aide-moi à me tirer d'affaire parmi ces guerriers de Sinjâr. Si je parviens à mes fins, je t'aiderai à réaliser ton désir le plus cher.

Ils étaient près d'un étang dit du Khân autour duquel campait une peuplade aussi nombreuse que le

sont les grains de sable. Sous des yourtes et des hautes
tentes en cuir aux entrées largement ouvertes reposaient des guerriers, leurs femmes et leur famille.

— Seigneur, je vais attendre ici jusqu'au matin. Si
le succès vient à te sourire, j'en partagerai avec toi les
lauriers. Si ton entreprise tourne au désastre, je n'hési-
terai pas à prendre mes jambes à mon cou sans
scrupule aucun.

Convaincu que son ami ne badinait pas, il laissa les
rênes longues à son coursier et, toujours déguisé en
Turkmène, la figure voilée, s'enfonça parmi les tentes.
Puis, s'apercevant qu'il n'avait pas besoin de sa monture, il revint sur ses pas et la confia à Ṣabbâh en le
priant de la lui garder jusqu'au matin. Circulant à
travers le campement, il arriva à hauteur d'une grande
tente et s'entendit interpeller en ces termes par une
esclave byzantine :

— Bienvenue à toi, noble hôte de passage.

Une jeune fille sortit de la tente et déploya sur le sol
un tapis de couleur pourpre sur lequel Kân Mâ Kân
prit place et attendit. Quelque temps après, un vieillard de la peuplade turque des Khitây, au port digne et
admirablement vêtu, vint à lui. Kân Mâ Kân le salua le
premier comme il se devait. Le vieillard lui rendit son
salut, entra chez lui et en ressortit avec deux jattes en
bois, l'une pleine de lait, l'autre d'un appétissant
ragoût de viande de gazelle coupée en morceaux
trempant dans une sauce encore frémissante. Le prince
s'abstint d'y toucher car il n'avait que des intentions
belliqueuses. Devant ce refus, le vieillard lui demanda
pourquoi il déclinait son invitation :

— Je suis lié par un vœu. Sache que le roi Sâsân, ce
démon, s'est arrogé, par force et au mépris du droit, un
trône qui appartenait à mon grand-père puis à mon
père. À la mort de ce dernier, je fus écarté du pouvoir
en raison de mon jeune âge et je me suis juré de ne pas

toucher à la nourriture d'autrui tant que je n'aurai pas tiré raison de l'usurpateur.

— Alors, réjouis-toi et fais honneur à ce repas de viande. Tu es délié de ton serment. Il ne reste à ton ennemi qu'une nuit à vivre avant d'être passé au fil de l'épée. Bientôt, tu pourras après 'Arjawâsh lui plonger ta lame dans le corps.

Le prince remercia le vieillard en invoquant sur sa tête la bénédiction divine et demanda où le sultan était retenu prisonnier.

— Sous cette haute tente rouge que tu vois là-bas.

C'était un pavillon devant lequel étaient entravés dix chevaux. Il appartenait au frère de Kahradâsh et aux soixante hommes de sa horde. Kân Mâ Kân s'y rendit et vit, en effet, Sâsân ligoté qui ingurgitait jusqu'à la lie l'amer breuvage de l'angoisse. À tour de rôle, des guerriers entraient et venaient le souffleter.

Le prince, les lieux repérés, revint chez son hôte et, tel un aigle affamé, fit alors honneur au repas offert dont il mit les reliefs dans sa besace. Il attendit la nuit et, le vieillard une fois endormi, se dirigea résolument vers la tente où gisait Sâsân. Elle était gardée par des chiens menaçants dont il détourna la hargne en leur lançant le reste de viande qu'il avait pris la précaution d'emporter avec lui. Il fendit ensuite le cuir de la yourte, parvint ainsi jusqu'au prisonnier et lui posa la main sur la tête.

— Qui es-tu ? cria ce dernier.

— Je suis Kân Mâ Kân, celui-là même dont tu as tenté de te débarrasser ! Mais Dieu t'a récompensé comme il sied pour la noirceur de tes desseins. Il ne t'a donc pas suffi de m'évincer d'un trône de droit ancestral, il a fallu que tu attentes à mes jours !

Sâsân jura par les serments les plus solennels n'avoir jamais cherché à le supprimer.

— Bien plus, ajouta-t-il, je n'ai jamais autant

qu'en ce moment plus aspiré à revoir ton avenant
visage !

Il fit tant et si bien que le prince consentit à
pardonner.

— Suis-moi, lui dit-il en le détachant.

— Hélas, mon fils, je suis trop faible et incapable de
mettre un pied devant l'autre tant ces Turcs m'en ont
fait voir.

— Qu'à cela ne tienne ! Ils dorment à poings fermés,
prenons des chevaux, allons chercher Ṣabbâh et filons !

Ils chevauchèrent la nuit entière. À l'aube, ils accom-
plirent leur prière et reprirent leur route. Ils cheminèrent ainsi toute la journée et firent halte dans un verger
afin d'y prendre quelque repos.

— Éprouves-tu toujours du ressentiment à mon
égard ? demanda le prince.

— Non, par Dieu, plus aucun.

Ils décidèrent de rentrer à Bagdad. Ṣabbâh les
devança en vue d'annoncer la bonne nouvelle de leur
prochain retour sains et saufs. Ils furent accueillis au
son des fifres et des tambourins. Quḍiya Fa-kân, elle-
même, apparut et fit fête à son cousin, belle comme la
lune lorsqu'elle éclaire de son disque l'opacité des
ténèbres. Face l'un à l'autre, leurs âmes rayonnaient de
tendresse et leurs corps vibraient de désir. En ville,
Kân Mâ Kân était le centre de toutes les conversations.
Les meilleurs cavaliers le déclarèrent le plus courageux des guerriers de son temps. Ils proclamèrent qu'il
était le seul digne de régner et de succéder ainsi à son
grand-père.

Sâsân, quant à lui, rejoignit son épouse qui lui fit
remarquer que tous n'avaient à la bouche que le nom
de Kân Mâ Kân à qui l'on prêtait les plus éminentes
vertus, celles que les mots sont incapables de décrire.

— Tout ce que l'on dit, répondit-il, n'est pas vérité.
Je l'ai bien observé et je ne vois, pour ma part, rien qui

puisse justifier de tels éloges. Ce que l'on répète à l'envi n'est pas forcément exact. Les gens sont par nature moutonniers! Ils chantent ses louanges et lui accordent leur sympathie. Dieu veut que pour l'instant Bagdad lui est acquis, d'autant que ce traître, ce félon de Dandân est en train de lever de partout une armée pour m'attaquer. Mais enfin, qui donc admettrait, après avoir exercé le pouvoir absolu sur un royaume immense, de se retrouver sous la férule d'un jeune orphelin de peu de poids?

— Qu'envisages-tu de faire?

— Le tuer et faire en sorte que Dandân, déçu dans ses projets, vienne à résipiscence et se consacre à mon seul service.

— La déloyauté est déjà une bassesse vis-à-vis d'étrangers, que dire alors quand il s'agit de proches? Le plus sage est de lui donner ta fille en mariage et de t'inspirer de ce que l'on disait dans le passé:

> *Si le sort favorise un homme*
> *auquel tu te sens supérieur,*
> *Traite-le selon son rang. Toi l'humble*
> *auras ainsi les faveurs du puissant.*
> *Et ne divulgue pas ce que tu sais de lui,*
> *tu manquerais à la vertu.*
> *Que de filles sont plus belles que la mariée,*
> *mais c'est la mariée que le sort a choisie!*

Ayant compris le sens de ces vers, Sâsân, en grand courroux, s'écria:

— Si te tuer n'était pas une honte et un déshonneur, je t'aurais déjà tranché le cou et ôté la vie.

— J'ai provoqué ta colère, mais je plaisantais, dit-elle pour l'apaiser en lui baisant la tête et les mains. Tu as sans doute raison. Nous trouverons bien à nous deux un moyen de le faire disparaître.

Heureux de l'avoir amenée à ses vues, il la pressa d'imaginer un quelconque expédient qui mettrait fin à ses angoisses.

— Je suis, quant à moi, à bout d'idées, conclut-il.

— J'entrevois une solution possible.

— Laquelle ?

— Nous avons une vieille servante, Bâkûn, experte en roueries diverses. C'est la plus calamiteuse de nos domestiques et la scélératesse de ses agissements dépasse les bornes permises. C'est elle qui a élevé, quand ils étaient petits, Quḍiya Fa-kân et son cousin. Ce dernier lui était très attaché et ne pouvait trouver le sommeil que couché à ses pieds.

— La voilà la personne qu'il nous faut !

Le roi convoqua Bâkûn, lui fit part de ce qu'il en attendait et lui promit monts et merveilles. Elle accepta et réclama un poignard à lame empoisonnée qui hâterait la fin de sa victime. On lui en fournit un, enduit d'une substance aux effets presque aussi foudroyants que les arrêts du destin. Cette servante, par ailleurs, était diserte et connaissait beaucoup de contes, de poèmes, d'anecdotes piquantes et d'histoires. Munie de son arme, elle se rendit chez le prince en échafaudant le long du chemin un plan en vue de la réalisation de son projet. Elle trouva le jeune homme assis. Il attendait un signe de sa cousine et était en proie, cette nuit-là, au feu de la passion qui lui embrasait le cœur. Pour s'annoncer, elle lui cria :

— Proches sont les retrouvailles qui mettront fin à la séparation !

— Comment va ma cousine ? s'empressa-t-il de lui demander dès qu'il l'eut reconnue.

— Elle n'est occupée que de l'amour qu'elle te voue.

Il la couvrit de ses propres robes d'honneur et lui fit nombre promesses.

— Je vais passer la nuit chez toi, lui dit-elle, afin de

te distraire en te racontant les dernières histoires que j'ai apprises et la chronique des amants malades d'avoir trop aimé.

— Conte-moi plutôt quelque chose d'amusant qui pourrait dissiper ma tristesse et alléger ma peine

— Soit, fit-elle en s'asseyant à ses côtés, le poignard dissimulé sous ses vêtements. Voici ce que j'ai entendu de plus plaisant.

HISTOIRE DU MANGEUR DE HASHÎSH

Un homme qui adorait les belles femmes, avait dissipé sa fortune pour elles. Tombé dans la misère, il ne savait plus que faire. Il en était réduit à errer dans les ruelles du bazar en quête de sa pitance. Il marcha malencontreusement sur un clou et se blessa à un orteil. Il s'assit, nettoya et pansa la plaie. Puis il reprit sa marche en gémissant et vint à passer devant un hammam. Il y entra, se déshabilla et pénétra dans la salle de sudation qui était propre et bien tenue. Il s'y complut et passa un long moment à s'asperger d'eau qu'il puisait dans un bassin.

Et l'aube chassant la nuit, Shahrâzâd dut interrompre son récit.

Lorsque ce fut la cent quarante-troisième nuit, elle dit :

On raconte encore, Sire, ô roi bienheureux, que l'homme s'assit au bord du bassin et s'aspergea d'eau. Lorsqu'il fut fatigué, il alla se reposer dans la salle froide. Comme il s'y trouvait seul, il prit un morceau de hashîsh. La drogue fit son effet et lui monta au cerveau. Il s'étendit de tout son long à même les dalles et rêva que le chef des garçons de hammam, un grand gaillard, le massait. Deux esclaves, debout près de lui, tenaient, l'un la tasse de cuivre servant à puiser l'eau, l'autre le nécessaire de toilette. Étonné d'une telle sollicitude, il se demandait si ces employés se trompaient de client ou s'ils étaient comme lui sous l'influence de l'herbe. Il se mit à l'aise et s'imagina que le masseur lui disait :

— Seigneur, il est temps, ton tour est arrivé.

Il rit et s'exclama en se dressant sur son séant :

— Ô bienfaisante euphorie du chanvre indien !

Le préposé l'aida à se lever, lui entoura les reins d'un pagne en soie noire et, suivi des deux esclaves, le conduisit à une pièce particulière préalablement fumigée à l'encens où avaient été disposés des fruits ainsi que des bouquets de fleurs. Une pastèque ouverte en deux lui fut offerte. Assis sur un banc en bois d'ébène, il fut délicieusement massé puis lavé à grande eau par les aides.

— Grand bien te fasse, seigneur maître, lui souhaitèrent les trois hommes avant de se retirer en refermant la porte sur lui.

Resté seul, et toujours en proie à ses hallucinations, il se débarrassa de son pagne et se mit à rire aux éclats au point de manquer défaillir. « Qu'ont-ils, se dit-il, à me traiter comme un vizir et à me donner du " seigneur maître " ? Ils ont probablement confondu ; quand ils reviendront de leur erreur, ils me traiteront de canaille et me roueront de coups ! »

Il acheva sa toilette et ouvrit la porte de sa cabine. Planant sur son nuage, il vit entrer un jeune serviteur suivi d'un eunuque. Le premier portait un ballot dont il sortit trois serviettes d'après-bain en soie. De l'une il lui couvrit la tête, de l'autre les épaules et de la troisième lui ceignit la taille. L'eunuque, pour sa part, lui tendit une paire de socques qu'il lui enfila aux pieds. Toujours phantasmant, il ne cessait de rire. Soutenu par d'autres esclaves et eunuques, il fut conduit dans le patio de l'établissement au milieu duquel se dressait un lit de repos digne d'un roi. On l'y installa et on le pétrit avec tant de douceur qu'il s'endormit. Il rêva alors qu'il tenait dans ses bras une adolescente. Il l'embrassa, la plaça entre ses cuisses, se mit dans la position du mâle et, le sexe à la main, la pressa et l'écrasa sous lui. Il s'apprêtait à en jouir quand une voix l'interrompit dans son élan :

— Réveille-toi, vaurien ! c'est l'après-midi et tu dors encore !

Il ouvrit les yeux et constata qu'il était toujours dans la salle froide au milieu d'autres baigneurs qui se gaussaient de lui, car son pagne avait glissé, offrant le spectacle de son membre en érection. Il comprit alors qu'il avait été victime d'un rêve né dans son imagination exaltée par la drogue. Piteux, il dit à celui qui l'avait réveillé :

— Tant qu'à faire, tu aurais pu au moins me laisser le mettre !

— N'as-tu pas honte, effronté mangeur de hashîsh, de dormir la verge dressée ?

Et tous de lui tomber dessus et de lui assener des soufflets qui lui mirent la nuque en feu. Telle est l'histoire de ce malheureux affamé qui n'avait goûté au bonheur qu'en songe.

Kân Mâ Kân rit à s'en rouler par terre.

— Je n'ai jamais entendu rien de tel, nourrice. En as-tu d'autres de la même veine ?

— Oui, répondit-elle.

Et elle lui raconta pêle-mêle des récits fabuleux, des anecdotes piquantes et des historiettes comiques, si bien qu'il finit par s'endormir. Elle le veilla une grande partie de la nuit, puis décida que c'était le moment où jamais d'agir. Elle bondit sur ses pieds, sortit le poignard et s'apprêtait à lui plonger dans la gorge quand la mère du prince fit irruption. Bâkûn, saisie de frayeur et tremblant comme prise d'un accès de fièvre, la salua. La mère du jeune homme réveilla son fils auquel elle venait de sauver la vie. Ce n'était pas par pur hasard qu'elle était là. Quḍiya Fa-kân qui avait eu vent du complot et du projet d'assassinat l'avait mise au courant et adjurée d'aller sur-le-champ chez son fils avant que cette catin de Bâkûn ne perpétrât son forfait. Et c'est ainsi qu'elle était arrivée, folle d'inquiétude, juste avant l'irréparable. Lorsque Kân Mâ Kân, réveillé, aperçut sa mère à son chevet, il dit :

— Je viens de passer un moment fort agréable avec ma nourrice qui m'a tenu compagnie cette nuit et régalé d'histoires. Par ma vie, ajouta-t-il en se tournant vers Bâkûn, en connaîtrais-tu d'autres ?

— Certes et combien plus étonnantes ! Mais je te les réserve pour plus tard.

Elle avait en effet compris, dans sa cautèle, que la mère du prince n'ignorait rien de ce qui se tramait. Avec la permission de Kân Mâ Kân, elle s'en alla sans demander son reste, étonnée de s'en tirer à si bon compte. Restée seule avec son fils, la mère de Kân Mâ Kân lui dit :

— Bénie soit cette nuit au cours de laquelle Dieu t'a sauvé des mains de la maudite.

— Comment cela ?

Elle lui raconta, et dans les moindres détails, ce qui avait failli arriver.

— Mère, celui à qui Dieu destine longue vie ne craint pas les mains criminelles et, même frappé, ne meurt pas. Cependant, à titre de précaution, il importe que nous nous éloignions de nos ennemis. Advienne ensuite que pourra !

Résumé de quelques épisodes suivants :

Kân Mâ Kân quitte Bagdad et après un long périple parvient dans le Wâdî al-Markab. Il délivre Jamîl et Buthayna tombés entre les mains d'une bande de Bédouins, assiste à leur mariage et s'éloigne de nouveau avec son écuyer Şabbâh. Après avoir marché pendant plusieurs jours, il rencontre trente cavaliers byzantins conduisant dix jeunes filles et escortant Dhât ad-Dawâhî. Celle-ci veut offrir ces esclaves au chef des Turkmènes Kahradâsh afin de récupérer l'étalon Qâtûl que celui-ci avait volé. Mais on lui a appris que Kân Mâ Kân a tué Kahradâsh et pris le cheval. Elle rentre donc de son voyage infructueux.

Kân Mâ Kân attaque les cavaliers et en vient à bout. Il ligote Dhât ad-Dawâhî et la jette sur son cheval ; il emmène aussi les jeunes filles. Au bout d'une longue étape, il fait halte au pied d'une montagne. Avant d'aller à la chasse, il donne l'ordre à Şabbâh de veiller sur Dhât ad-Dawâhî, mais l'écuyer, épuisé, s'endort. La vieille femme le tue et s'enfuit dans la montagne avec les jeunes filles. Lorsque Kân Mâ Kân revient, il trouve Şabbâh assassiné et le campement vide. Il se lance à la poursuite des fuyardes en escaladant la montagne. Dhât ad-Dawâhî, aidée par les esclaves, fait rouler sur lui un rocher qui le blesse grièvement aux jambes. Il regagne la vallée avec peine et continue son chemin à cheval.

Il rencontre alors les troupes que le grand vizir Dandân a rassemblées pour combattre Sâsân, le chasser de son trône et y installer Kân Mâ Kân. Celui-ci rentre dans Bagdad où tout le monde se réjouit de son retour. Sâsân obtient sa grâce, abdique, intronise Kân Mâ Kân et lui donne Qudiya Fa-kân comme épouse.

Au bout de trois jours, Kân Mâ Kân se met en route avec son armée pour aller combattre les Byzantins. Il emmène Nuzhat az-Zamân et Qudiya Fa-kân. Arrivés à la frontière byzantine, ils sont rejoints par un escadron de

cavaliers conduit par le sultan Zabbâl Kân de Damas. Il
demande leur aide pour combattre un puissant roi franc
nommé Rûmzân b. Marjân qui a envahi ses terres et s'est
rendu maître d'un grand nombre de villes et de forteresses.
Il aurait l'intention de prendre Constantinople, de
conquérir le Hedjaz et l'Irak, de placer tout pays sous son
autorité et de convertir la terre entière au christianisme.

Kân Mâ Kân se rabat sur Damas. Nuzhat az-Zamân,
qui connaît bien la région, le guide vers l'ennemi. L'armée
de Rûmzân est supérieure en nombre, les premiers affrontements font de grandes pertes des deux côtés. Puis les
combats singuliers s'engagent. Ils tournent d'abord à
l'avantage des musulmans, mais bientôt Rûmzân entre
en lice. Il vainc plusieurs champions musulmans dont
Nuzhat az-Zamân qui s'était déguisée en cavalier. Le
lendemain Rûmzân arrive à battre et à faire prisonnier
Dandân et Kân Mâ Kân lui-même. Seul Zabbâl Kân
continue à résister.

Déguisée en vagabond, Quḍiya Fa-kân s'introduit dans
le camp ennemi pour libérer les prisonniers dont elle
prétend qu'elle doit se venger. Elle torture même Dandân
pour donner plus de crédibilité à ses affirmations. Mais
Marjâna, la nourrice de Rûmzân, découvre son identité et
la fait emprisonner.

Au cours d'une des nuits suivantes, Rûmzân fait un
rêve étrange que ni les prêtres ni les moines ne parvien-
nent à interpréter. Le roi envisage de faire exécuter ses
prisonniers pour ôter aux troupes musulmanes leur force
de résistance.

Un matin, ce même Rûmzân se fit amener les
prisonniers, Kân Mâ Kân, Dandân et leurs compagnons. Il les installa autour de tables dressées. Ils
mangèrent et burent leur content, rassurés sur leur
sort après avoir craint le pire de cette convocation et
s'être dit que leur dernière heure était arrivée. Le roi

leur fit part alors d'un songe qu'il avait fait et que ses prêtres s'étaient montrés dans l'incapacité d'interpréter ; seul était à même de le faire, lui avaient-ils affirmé, le grand vizir Dandân.

— Puisse ce rêve être de bon augure, lui souhaita poliment ce dernier.

— Je me suis vu, ô vizir, dans un ténébreux cul-de-basse-fosse, où des gens me tourmentaient. Je pus me remettre sur mes pieds sans toutefois parvenir à m'extraire de ce trou au fond duquel j'avisai une ceinture en or. Je tendis la main pour la prendre, elle se dédoubla et ce fut de deux ceintures que je me ceignis. Mais à peine serrées autour de ma taille, elles n'en refirent qu'une. Voilà mon rêve.

— Seigneur, cette vision signifie que tu as quelque part un frère ou un neveu ou un cousin issu de germain, en tout cas un proche parent par les mâles du même sang et de la même chair que toi.

Rûmzân contempla un moment ses prisonniers et plus particulièrement Kân Mâ Kân, Nuzhat az-Zamân, Quḍiya Fa-kân et Dandân. Il songea que, s'il faisait passer leurs têtes au fil de l'épée, l'armée ennemie, désemparée, perdrait le moral. Il pourrait ainsi abréger la campagne et revenir au plus tôt chez lui pour ne pas risquer de perdre son royaume. Il prit sa décision, convoqua le bourreau et lui donna l'ordre de commencer par Kân Mâ Kân. Mais la femme qui l'avait mis au monde et élevé intervint et lui demanda quelles étaient ses intentions.

— Faire exécuter les captifs qui sont tombés entre nos mains et en expédier les têtes dans leur camp. Je profiterai du désarroi ainsi créé pour charger avec l'ensemble de mes forces. Nous massacrerons ceux que nous pourrons, les autres se débanderont et nous emporterons une victoire décisive qui me permettra de rejoindre rapidement ma capitale et éviter dans mon

royaume des troubles qu'un trop long éloignement
pourrait susciter.

— Te plairait-il, lui répondit-elle en langue franque, de mettre à mort un cousin, ta propre sœur et son
fils ?

— Qu'est-ce à dire ? s'écria-t-il au comble de la
colère. Ne sais-tu pas, maudite, que je suis l'enfant
unique d'une mère assassinée et d'un père lui-même
mort empoisonné ? Ne m'as-tu pas donné une gemme
qui lui appartenait ? N'est-ce pas ce que tu m'as
toujours affirmé ou alors en aurais-tu menti ?

— Non. Je n'ai dit que la stricte vérité. Mais notre
aventure à nous deux est étrange et rien moins que
banale. Je suis Marjâna et étais au service de la
princesse Abrîza, ta mère, dont la beauté était une
perfection et dont le courage reste proverbial chez les
plus grands champions. Quant à ton père, c'était le roi
'Umar an-Nu'mân, souverain de Bagdad et du Khurâsân. Cela est incontestable, ne prête pas à doute et ne
relève pas du domaine des présomptions. Voici dans
quelles conditions tu es venu au monde :

An-Nu'mân avait envoyé son aîné Sharr Kân, ton
demi-frère, guerroyer en de lointaines expéditions
accompagné de son grand vizir Dandân ici présent.
Après bien des péripéties, il advint qu'un jour, le
prince Sharr Kân, ton frère, partit en reconnaissance
seul et découvrit le palais de ta mère où nous résidions
Il nous surprit en train de nous exercer à la lutte dans
un coin isolé. Ils se défièrent et elle le vainquit autant
par ses charmes que par son audace. Cinq jours durant,
elle le garda à titre d'hôte au cours desquels il la
convertit à l'islam, ainsi que moi, une autre de ses
favorites, Rayhâna, et vingt de ses Amazones. Dénon-
cées au roi Hardûb par la mère de celui-ci, Shawâhî
Dhât ad-Dawâhî, nous gagnâmes Bagdad en secret
sous la protection de Sharr Kân À peine eut-il vu ta

mère que le roi 'Umar an-Nu'mân en tomba éperdument amoureux et fit tant et si bien qu'une nuit, il
réussit à se rendre auprès d'elle et parvint à ses fins.
C'est de ses œuvres qu'elle fut enceinte.

Ta mère possédait trois gemmes qu'elle avait
offertes à an-Nu'mân. Il en donna une à chacun des
jumeaux, Nuzhat az-Zamân et Ḍaw' al-Makân, et la
troisième à Sharr Kân, celle-là même que tu portes,
car à son tour il en avait fait cadeau à Abrîza. Un peu
avant d'accoucher, cette dernière fut prise de nostalgie
pour les siens et me chargea d'organiser sa fuite en
secret. Je pris langue avec un esclave noir du palais
nommé Ghaḍbân qui accepta de nous escorter. Il se
chargea donc de nous et nous fit sortir de la ville.
Parvenue aux confins de notre empire, dans un lieu
particulièrement désert, Abrîza ressentit les premières
douleurs. C'est alors que le nègre, dans un accès de
désir lubrique, s'approcha d'elle et lui demanda de
céder à son caprice. Horrifiée, elle poussa un hurlement et, d'émotion, accoucha de toi sur-le-champ. Au
même instant s'éleva au loin, venant de chez nous, un
nuage de poussière tellement épais qu'il barrait l'horizon. Au comble de la rage, le Noir, craignant de
surcroît pour sa vie, frappa Abrîza de son sabre la
tuant net, et s'enfuit sur sa monture. Cette poussière
était soulevée par ton grand-père Ḥardûb, le roi de
Césarée, et ses cavaliers. Quand il vit sa fille étendue
sans vie à même le sol, il en fut bien plus affecté qu'on
ne saurait le dire. Il me questionna sur les circonstances de sa mort et sur les raisons qui l'avaient incitée
à quitter, sans l'en avoir informé, son propre pays. Je
lui racontai l'histoire de bout en bout. Ce drame
explique pourquoi nous sommes depuis en état de
guerre avec le royaume de Bagdad. Nous transpor-
tâmes la dépouille mortelle jusqu'au palais royal et l'y
enterrâmes. Je me suis ensuite chargée de toi, t'ai

élevé, veillant à ce que tu gardes toujours autour du cou la gemme que ta mère ne quittait jamais. Lorsque tu grandis et atteignis l'âge d'homme, je ne voulus pas te mettre au courant de peur que ce ne fût la cause d'une recrudescence des hostilités. Au demeurant, il ne m'était pas permis de contrevenir à l'ordre que m'avait donné ton grand-père 'Umar an-Nu'mân de ne pas révéler l'identité de l'auteur de tes jours. Une fois arrivé au faîte du pouvoir, ce n'est qu'en cette circonstance particulière que j'ai cru devoir te rapporter les faits dans leur authenticité. Voici, souverain du temps, le secret que je devais te révéler et les preuves qui attestent la véracité de mon récit. Et maintenant, c'est à toi de juger des choses.

Lorsque Marjâna eut terminé de parler devant les prisonniers qui ne perdaient pas un mot de son discours, Nuzha poussa un grand cri et s'exclama :

— Le roi Rûmzân est donc mon frère consanguin, fils d'an-Nu'mân et d'Abrîza, petit-fils de Ḥardûb. De surplus, je reconnais formellement Marjâna.

Abasourdi et perplexe, Rûmzân reçut Nuzha en aparté. Dès qu'il la vit de près, il ressentit l'irrésistible appel du sang. Il l'interrogea et, comme ses réponses concordaient avec la version de sa nourrice, il ne douta pas qu'il était irakien et bel et bien fils de feu an-Nu'mân. Il la fit libérer de ses liens. Nuzha s'avança, baisa ses mains et se mit à pleurer. Ils tombèrent dans les bras l'un de l'autre, émus aux larmes par leurs fraternelles retrouvailles. Saisi de compassion pour le sultan Kân Mâ Kân, ce neveu sur le point d'être supplicié, il arracha le sabre des mains du bourreau au grand effroi des captifs qui crurent leur dernière heure arrivée. Il les fit détacher, les installa autour de lui au milieu des princes byzantins et des barons francs et demanda à Marjâna de renouveler devant tous ses révélations.

— Bien volontiers. Ce vieillard qui est là, le grand vizir Dandân, est le meilleur garant de la véracité de mes assertions. Il est au courant de tout.

Et c'est sans se faire prier qu'elle reprit son récit corroboré point par point par Nuzha, Dandân et d'autres musulmans encore. Lorsqu'elle en eut fini, elle vit scintiller au cou de Kân Mâ Kân une gemme, jumelle parfaite de celle de la défunte Abrîza. Dans un grand cri répercuté à tous les échos, elle s'écria :

— Regarde, mon fils. Cette pierre que porte le prisonnier est strictement pareille à celle que tu as héritée de ta mère. Point de doute possible désormais, c'est ton neveu !

Elle demanda à Kân Mâ Kân ainsi qu'à Nuzha de lui remettre leurs pendentifs respectifs et les tendit à Rûmzân. À l'évidence, il était l'oncle de Kân Mâ Kân et le fils d'an-Nu'mân. Il se leva et alla d'abord donner l'accolade à Dandân, puis embrassa son neveu. Bientôt des cris de joie annonciateurs de bonnes nouvelles s'élevèrent chez les chrétiens. Tambours et timbales donnaient la réplique aux fifres dans une liesse qui allait grandissant.

Dans le camp musulman où bivouaquaient gens d'Irak et de Syrie, les bruyantes manifestations d'allégresse qui éclataient chez les Byzantins et les Francs alertèrent le sultan Zabbâl Kân, chef du contingent de Damas. Il ordonna le branle-bas de combat en se demandant ce qui provoquait un pareil tumulte et une pareille joie chez l'ennemi. Les gens d'Irak, quant à eux, n'avaient pas attendu et s'étaient déjà mis sur le pied de guerre. Lorsque Rûmzân vit les soldats s'avancer au combat, il demanda les raisons de ce mouvement. Averti de ce qui se passait, il pria sa nièce, Quḍiya Fa-kân, d'aller informer les musulmans qu'un accord était intervenu et que l'on avait découvert les liens de parenté qui l'unissaient à leur chef.

Délivrée de l'affliction qui la rongeait, c'est d'un cœur léger qu'elle se rendit chez Zabbâl Kân, le salua et lui fit part des derniers développements de la situation. Elle lui apprit que Rûmzân était son oncle et celui de Kân Mâ Kân. Rassuré sur le sort des émirs et des dignitaires captifs qu'il pleurait déjà, le sultan de Damas alla au camp chrétien accompagné de ses principaux lieutenants ainsi que de la princesse qui les conduisit au pavillon de commandement de Rûmzân. Ce dernier délibérait avec son neveu et Dandân sur les mesures à prendre dans la nouvelle situation qui était la leur. Il fut décidé que Zabbâl Kân serait maintenu à la tête de la province syrienne et confirmé dans son titre à Damas et qu'eux-mêmes gagneraient ensemble Bagdad. Ordre fut donc donné à Zabbâl Kân de rejoindre sa capitale. Après l'avoir accompagné un moment et lui avoir fait leurs adieux, Rûmzân et Kân Mâ Kân revinrent au camp et firent sonner le boute-selle si bien que les deux armées s'ébranlèrent en même temps pour leurs destinations respectives.

— Nous n'aurons, se jurèrent les deux souverains, aucun répit et rien ne saurait apaiser notre colère avant d'avoir tiré vengeance de la vieille Shawâhî Dhât ad-Dawâhî, et lavé dans le sang l'affront qu'elle nous a infligé.

Rûmzân, escorté des membres de sa cour et des principaux dignitaires, prit la route de Bagdad en compagnie de son neveu ravi d'être à ses côtés. Auparavant, ils appelèrent les bénédictions divines sur la tête de Marjâna, artisan de leurs retrouvailles. Arrivés en Irak, ils furent accueillis par le grand chambellan Sâsân qui vint à leur rencontre et baisa en signe d'allégeance la main de Rûmzân qui lui fit remettre un vêtement d'honneur. Une fois installé au palais, Kân Mâ Kân dit à Rûmzân :

— Le pouvoir, ici, te revient de droit.

— À Dieu ne plaise que je te dispute un trône qui est le tien !

Dandân intervint alors et suggéra aux deux monarques de régner à tour de rôle, un jour chacun, dans une totale égalité. Sa proposition eut l'heur de plaire et fut adoptée.

Et l'aube chassant la nuit, Shahrâzâd dut interrompre son récit.

Lorsque ce fut la cent quarante-quatrième nuit, elle dit :

On raconte encore, Sire, ô roi bienheureux, que les deux souverains, étant convenus de se partager le pouvoir et de l'exercer un jour chacun, donnèrent le signal de longues festivités en signe de joyeux avènement. Force bêtes furent égorgées pour les banquets offerts à travers le pays. Kân Mâ Kân filait le parfait amour avec sa cousine Quḍiya Fa-kân à laquelle il consacrait la totalité de ses nuits. Les affaires du royaume suivaient leur cours normal. Un jour que les deux souverains étaient assis à deviser, le cœur serein, ils virent s'élever à l'horizon un nuage de poussière. Il s'agissait d'un commerçant qui déboulait au galop de sa monture. Il vociférait et implorait le secours.

— Monarques de ce temps, criait-il, comment est-ce possible ? Voilà maintenant que nous nous sentons en sûreté chez les Infidèles et que nous sommes pillés dans notre propre pays, réputé pourtant pour la justice et la sécurité qui y règnent.

— Que t'arrive-t-il ? lui demanda Rûmzân.

— Je suis négociant et ai quitté mon pays il y a longtemps déjà. Depuis vingt ans je parcours les chemins afin d'exercer mon activité. Je détiens une lettre qui m'avait été écrite de sa main par le roi Sharr Kân. Je lui avais en effet offert une esclave avant de me diriger vers Bagdad à la tête d'une caravane de cent

bêtes chargées de marchandises précieuses en provenance de l'Inde. Revenu après de longs voyages dans le
pays qui relève de votre juridiction et bénéficie de
votre protection, je fus assailli par une bande de
Bédouins et de Kurdes qui mirent à mort mes gens et
firent main basse sur mes biens.

Ainsi se lamenta et pleura le commerçant. Les deux
rois le prirent en compassion et lui promirent de se
mettre à la poursuite des auteurs du méfait. À la tête de
cent cavaliers dont chacun à lui seul en valait mille, et
précédés du commerçant qui leur servait de guide, ils
battirent les alentours la journée durant puis la nuit,
jusqu'au moment où ils débouchèrent au point de
l'aube sur une vallée riche en arbres et en eaux. La
bande était là, en ordre dispersé. Une partie du butin
avait déjà été partagée. Cernés, sommés de se rendre,
les pillards, au nombre de trois cents, un ramassis de
gens de sac et de corde, furent rapidement capturés,
dépouillés de ce qu'ils avaient rapiné, chargés de liens
et conduits à Bagdad. On présenta les prisonniers à
Rûmzân et à son neveu, assis côte à côte sur le lit
d'apparat. Ils les interrogèrent sur l'organisation de la
bande et sur leurs chefs.

— Ils sont trois, répondirent-ils, qui nous ont
recrutés un peu partout en différentes contrées.

Rûmzân les pria de les désigner du regard, ce qu'ils
firent. Ces chefs furent alors enchaînés tandis que tous
leurs hommes étaient libérés non sans avoir rendu
auparavant leurs prises au marchand. Celui-ci constata après inventaire la disparition du quart de ses
étoffes et autres marchandises. On lui promit de le
dédommager de cette perte. Il exhiba alors deux
lettres, l'une écrite de la main de Sharr Kân, l'autre de
celle de Nuzhat az-Zamân. C'était, en effet, le courtier
en esclaves qui, jadis, avait sauvé la jeune fille des
mains du Bédouin en la lui achetant. Il l'avait présen-

tée, vierge encore, à son demi-frère et s'était ainsi fait l'instrument involontaire de ce qui leur était arrivé.

Kân Mâ Kân avait entendu parler de cette histoire. Il alla trouver sa tante, lui rapporta les dires du marchand et lui montra la deuxième lettre dans laquelle elle reconnut sa propre écriture : il s'agissait bien de son bienfaiteur. Elle ordonna qu'on le traitât en hôte privilégié et le recommanda chaudement aux deux rois qui le couvrirent de richesses et mirent à son service esclaves et jeunes serviteurs. La princesse, de son côté, lui fit tenir cent mille dirhams, lui constitua un fonds de commerce de cinquante charges de marchandises et le combla de cadeaux. Elle le fit venir, se montra à lui visage découvert et le salua. Elle lui apprit qu'elle était la fille du roi an-Nu'mân et que les actuels souverains étaient l'un son frère et l'autre son neveu. Ravi, il la complimenta pour l'heureux dénouement qui lui avait permis de retrouver les siens, lui baisa les mains et la remercia de ses bontés.

— Par Dieu, s'exclama-t-il avant qu'elle ne le quitte et se retire dans la profondeur de ses appartements, je n'ai pas obligé une ingrate !

Trois jours durant, il resta au palais. Puis il prit congé et s'en alla vers la Syrie. Les deux monarques se firent ensuite amener les trois chefs de brigands et les questionnèrent sur leurs activités. L'un d'eux s'avança :

— Bédouin de mon état, dit-il, je me suis longtemps spécialisé dans l'enlèvement des jeunes garçons et des jeunes vierges. Je les vendais à des trafiquants. Depuis peu, tenté par le démon, je me suis mis en cheville avec mes deux compagnons ici présents pour lever une troupe de truands recrutés dans la populace, aux fins de couper les routes et de dépouiller les caravanes.

— Raconte-nous ce qui t'est arrivé de plus surprenant à l'époque où tu t'en prenais aux jeunes gens.

— Rois du siècle, il y a quelque vingt-deux ans, j'ai
eu l'occasion d'enlever une jeune fille à Jérusalem.
Elle était belle à ravir mais de condition servile,
revêtue de loques usées jusqu'à la trame, et la tête
recouverte d'une méchante guenille. Elle sortait d'un
caravansérail. Je parvins à la circonvenir par des
promesses, la hissai sur un dromadaire et la conduisis
à mon campement dans le désert avec l'intention d'en
faire la domestique des miens. Elle aurait fait paître
mes troupeaux et ramassé le crottin servant de combustible. Lorsqu'elle apprit à quel sort je la destinais,
elle pleura tant et tant que je dus la battre comme
plâtre. À notre arrivée à Damas, un négociant la vit et
fut ébloui par sa beauté au point d'en perdre tout bon
sens. Frappé, en outre, par l'élégance de sa conversation, il tint absolument à me l'acheter et alla jusqu'à
m'en offrir cent mille dinars. Je conclus l'affaire. Il est
vrai qu'elle les valait car, en plus de ses charmes, son
aisance à s'exprimer était éblouissante. J'ai appris par
la suite que son acquéreur, après l'avoir parée, l'avait
présentée au gouverneur de la ville qui la lui avait
payée le double du prix coûtant. Et, par ma vie,
c'était une somme bien modique pour ce morceau de
roi.

— Voilà une étonnante histoire, s'écrièrent les deux
souverains.

Nuzhat az-Zamân, qui était présente et avait
entendu, devint subitement livide. Elle cria à Rûmzân :

— C'est ce Bédouin, sans aucun doute possible, qui
m'a enlevée à Jérusalem !

Et de raconter les mauvais traitements, les coups, la
faim, les vexations et les humiliations sans nombre
qui avaient été son lot depuis que, seule et abandonnée, elle était tombée sous la coupe de ce tortionnaire.

— J'ai le droit légitime de le tuer de mes propres

mains, ajouta-t-elle en se saisissant d'un sabre dont elle s'apprêtait à le frapper.

— Rois du siècle, ne la laissez pas faire avant que je vous raconte d'autres de mes extraordinaires exploits.

— Tante, intervint Kân Mâ Kân, sursois à son exécution le temps d'une nouvelle histoire. Libre à toi ensuite d'agir à ta guise.

Nuzha accepta et les deux rois sommèrent le brigand de raconter autre chose.

— Si mon récit vous plaisait, m'absoudriez-vous ?

— Oui.

— Sachez qu'il n'y a pas longtemps, après une nuit d'insomnie interminable au point que je crus le matin ne pas devoir naître, je pris mon sabre en bandoulière, enfourchai ma monture et, la lance au poing, me mis en route dans le dessein de chasser et de courre le gibier. Je ne tardai pas à croiser en chemin un groupe de cavaliers qui décidèrent de m'accompagner après m'avoir interrogé sur mes intentions. Au bout d'un moment, nous aperçûmes une autruche vers laquelle nous poussâmes nos chevaux. Les ailes déployées, elle prit la fuite et nous la poursuivîmes sans désemparer jusqu'au début de l'après-midi pour nous retrouver dans un désert aride, dépourvu de végétation et d'eau. On n'y entendait que le sifflement des serpents, les cris lugubres des génies et les hurlements des goules. L'autruche, elle, avait disparu comme si elle s'était volatilisée dans les cieux ou enfoncée dans les entrailles de la terre. Nous fîmes volte-face afin de revenir sur nos pas. Mais la chaleur était telle qu'il eût été inutile, voire imprudent, de chevaucher plus avant. Nous restâmes sur place bientôt tenaillés par la soif. Nos chevaux ne pouvaient aller plus longtemps. Nous crûmes notre dernière heure arrivée. Nous avisâmes alors, dans le lointain, une prairie verdoyante où gambadaient des gazelles. Une tente y était dressée devant laquelle était entravé un cheval. Le fer d'une lance fiché à même le sol miroitait au soleil. Ragaillardis, nous reprîmes espoir et guidâmes nos montures, moi en tête, vers cette oasis où nous découvrîmes une source qui nous permit d'étancher notre soif et d'abreuver nos bêtes. Saisi d'une vive curiosité semblable à celle des héros d'avant l'islam, je me présentai à l'entrée de la tente où se tenait un jeune homme dont nul poil n'ombrait encore les joues. Il était beau comme un croissant de lune. À sa droite se tenait assise une jeune fille à la sveltesse d'une branche de saule. J'en tombai amoureux sur-le-champ.

— Ô frère des Arabes, le questionnai-je, après avoir salué, qui es-tu et qui est celle que je vois à tes côtés ?

Il me rendit le salut, baissa la tête et resta songeur un moment :

— Commence par te présenter et me dire qui sont ces cavaliers ?

— Je suis Ḥammâd, fils d'al-Fazâri, le guerrier fameux connu chez les Arabes pour valoir à lui seul cinq cents combattants. Parti chasser et courir le gibier, j'ai souffert de la soif et je suis ici, à ta porte, en quête d'une gorgée d'eau.

Le jeune homme pria sa belle compagne d'apporter de quoi boire ainsi qu'un peu de la nourriture disponible. La jeune fille se leva. Elle avait la démarche ondoyante et laissait ses robes traîner sur le sol derrière elle. Les anneaux d'or de ses chevilles faisaient un harmonieux cliquetis. Ses cheveux étaient si longs qu'ils caressaient ses pieds. Elle disparut un moment et revint, portant dans la main droite un récipient en argent plein d'eau fraîche et dans la gauche une écuelle contenant du lait, des dattes et quelques morceaux de gibier. Éperdu d'amour, je ne touchai à rien avant de lui avoir tourné ces vers :

Le henné sur sa paume tranche
   comme un noir corbeau sur la neige.
À l'éclat de son visage, le soleil s'assombrit,
   la lune tremble de perdre sa lumière.

Après avoir mangé et bu, je lui dis :

— Je t'ai raconté ce qu'il en était de moi, je voudrais que tu me racontes ce qu'il en est de toi.

— Cette jeune fille est ma sœur, se contenta-t-il de répondre.

— Donne-la-moi en mariage de ton plein gré, sinon je te tuerai et la prendrai de force.

Il baissa la tête un instant puis me fixa des yeux et me répondit :

— Apparemment, tu es bien ce que tu prétends, un guerrier fameux, un champion redoutable, un lion des solitudes désolées. Cependant, à m'attaquer en traître avec tes compagnons pour m'ôter la vie et t'emparer de ma sœur, tu commettrais une félonie et deviendrais un objet d'opprobre. Si, comme vous le prétendez, vous êtes des guerriers dignes de ce nom, dédaigneux des dangers de la bataille et avides d'en découdre à la loyale, accordez-moi le temps de revêtir ma tenue de guerre, de ceindre mon épée, de prendre ma lance et d'enfourcher mon destrier. Alors nous nous mesurerons. Si je suis vainqueur je vous tuerai jusqu'au dernier. Si je suis vaincu, ma sœur sera à vous.

— Ta proposition est équitable et je n'y vois pas d'objection.

De plus en plus fou de désir, je remontai à cheval, fis faire demi-tour à ma monture et rejoignis mes compagnons. Je leur décrivis la jeune fille et son frère qui ne le lui cédait en rien par la beauté et la grâce. Je leur parlai ensuite de son courage et de sa force d'âme, résolu qu'il était à nous affronter, fussions-nous mille. Je leur racontai enfin les richesses et les objets rares que j'avais entrevus à l'intérieur de la tente.

— Ce jeune homme, ajoutai-je, n'est pas n'importe qui et le fait de vivre isolé en ces lieux est la marque d'une exceptionnelle vaillance. Je suggère que nous le combattions à tour de rôle, avec, pour enjeu, la fille qui écherra à celui d'entre nous qui viendrait à le vaincre.

Mes compagnons, unanimes, s'équipèrent en guerre et enfourchèrent leur monture. Nous nous dirigeâmes vers le lieu où nous attendait le jeune homme, lui-même armé de pied en cap. Sa sœur était accrochée à son étrier. Elle pleurait au point d'en avoir trempé son voile de visage et poussait des cris de désespoir à l'idée du malheur qui allait fondre sur son frère :

Je me plains au Seigneur et de l'épreuve et du malheur,
   puisse le Maître du trône en leur âme semer la terreur !
Ils ont décidé de ta mort, ô mon frère,
   sans qu'il y ait de toi, sans raison au combat.
Ils savent les héros que tu es paladin,
   d'Orient en Occident, de loin le plus vaillant.
Tu voles au secours d'une sœur impuissante,
   et pour son frère aimé, elle supplie le Seigneur.
Ne laisse pas l'ennemi s'emparer de ma vie
   et me faire violence et me tenir captive !
Par Dieu, je ne saurais vivre en un pays
   si fertile soit-il, dont tu serais absent.
Et par amour de toi, je me ferai périr
   préférant à la vie, la poussière de la tombe.

À l'entendre ainsi se lamenter, il donna libre cours à ses pleurs. Il plaça son coursier face à elle et répondit :

Tiens-toi ici, ma sœur, regarde mes prodiges
   dans la mêlée quand j'assènerai mes coups.
Même si l'ennemi surgit comme un lion

intrépide et ardent et toujours indomptable,
Je lui servirai une botte féline
pour lui ficher ma lance jusques aux chevilles.
Si je ne combattais pour toi ma sœur, puisse
mon cadavre jeté servir aux charognards !
Je lutterai jusqu'à la mort pour ton honneur
et bien après nous les livres parleront de nos exploits.

— Écoute bien, lui dit-il, mon ultime recommandation : si je venais à périr, ne laisse personne mettre la
main sur toi.

— À Dieu ne plaise, promit-elle, en se frappant le
visage, que, te voyant étendu sans vie, je permette à
quiconque de me toucher.

À ce moment-là, le jeune homme tendit la main,
abaissa le voile qui dissimulait le visage de sa sœur et
déposa un baiser entre les deux yeux en guise d'adieu.
La jeune fille nous apparut alors aussi belle que le
soleil lorsqu'il brille à travers une trouée de nuages.
Son frère se tourna vers nous et nous interpella :

— Guerriers, êtes-vous des hôtes ou cherchez-vous à
vous battre ? Si vous êtes des hôtes, soyez les bienve-
nus, rien ne sera épargné pour vous bien accueillir. Si
vous n'avez d'autre but que cet astre resplendissant,
sortez des rangs chacun à votre tour et venez mesurer
vos coups aux miens sur le champ de bataille.

Un courageux cavalier d'entre nous s'avança :

— Quel est ton nom, s'enquit le jeune homme, et
celui de ton père ? J'ai juré de ne pas ôter la vie à qui se
nommerait comme moi ou comme mon père. Si cela se
trouvait, ma sœur serait à toi.

— Je me nomme Bilâl.

Il lui répondit par ces vers :

Tu mens quand tu prétends te prénommer Bilâl,
ce n'est là qu'imposture, impossible illusion !

Si tu as du bon sens, écoute mes paroles :
  je suis le pourfendeur des champions en lice,
Et mon sabre effilé comme un croissant de lune
  sait faire trembler aussi les montagnes.

Les deux hommes se ruèrent l'un contre l'autre. Le jeune frère frappa son adversaire en pleine poitrine. Sa lance le transperça de part en part au point que son fer ressortit par le dos. Un deuxième cavalier se présenta que le jeune chmapion apostropha en ces vers :

Ô chien malpropre et mou, voudrais-tu comparer
  ta vile marchandise à un objet de prix ?
Seul un lion racé et généreux
  sait faire fi de sa vie au fort de la mêlée.

Il chargea et, en un tournemain, le laissa baignant dans une mare de sang.
— Au suivant ! défia-t-il.
Un troisième cavalier s'élança en hurlant ces vers ·

J'arrive à toi, le cœur plein de flamme
  qui réclame à mes pairs l'honneur du combat.
Tu vainquis en ce jour des seigneurs arabes
  mais tu ne fuiras pas le destin qui t'attend.

Le jeune homme lui répondit :

Tu en as menti suppôt de Satan,
  et imposteur qui te vantes !
En ce jour te voici devant le briseur de lances
  et il n'est que choc ou carnage.

Il porta un coup de sa lance qui traversa le corps et réapparut entre les omoplates.

— Y en a-t-il un autre, cria-t-il, qui veuille encore m'affronter ?

— Moi, annonça un quatrième cavalier.

— Ton nom.

— Hilâl.

> *Tu as tort de vouloir plonger en l'océan,*
> *alors qu'en toute chose tu ne sais que mentir.*
> *Et moi, dont tu écoutes les vers,*
> *avant que tu comprennes, je faucherai ta vie !*

Ils se précipitèrent l'un sur l'autre et, dans la passe d'armes qui s'ensuivit, le coup du jeune héros fut plus rapide que celui de Hilâl qui s'abattit. Sans discontinuer, il fit mordre la poussière à quiconque de mes compagnons s'enhardissait à l'attaquer. J'acquis la certitude que je n'étais pas de taille à le braver mais que je ne pouvais m'enfuir sauf à devenir la risée des Arabes. J'en étais là de mes réflexions, quand il fondit sur moi et d'une poigne vigoureuse me jeta à bas de ma selle. À moitié assommé, je le vis brandir son sabre dans l'intention de me trancher le cou. Je m'agrippai à ses basques, mais il me souleva du sol avec autant d'aisance que si j'avais été un moineau. Sa sœur exultait au spectacle de ses faits d'armes. Elle vint à lui et l'embrassa entre les yeux. Il me confia à sa garde en lui recommandant de me bien traiter, car, précisa-t-il, j'étais dorénavant à leur merci et par conséquent sous leur sauvegarde. Elle me traîna derrière elle par les pans de ma cotte de mailles comme elle l'eût fait d'un chien en laisse et me fit entrer sous la tente. Son frère l'y avait précédée. Elle l'aida à se défaire de son armure et à passer un vêtement d'intérieur. Après l'avoir installé sur un siège en ivoire, elle lui dit :

— Que Dieu préserve ton honneur et te garde en vie comme un bouclier contre les coups du sort.

Il lui répondit par ces vers :

> *Ma sœur a dit lorsqu'elle vit mon visage*
>   *resplendir au combat et jeter ses rayons :*
> *« Par Dieu quel vaillant guerrier*
>   *capable de vaincre même des fauves ! »*
> *Je répondis : « Demande aux champions*
>   *comment je mis en fuite les héros de ce temps.*
> *Je suis connu pour ma fortune et pour ma gloire*
>   *et ma constance n'a point de limite.*
> *Pauvre Ḥammâd, tu viens affronter un lion*
>   *qui te montrera la mort et sa démarche vipérine »*

Lorsque j'entendis ces vers, je devins perplexe. Je
considérai la triste situation où je m'étais mis et n'en
menais pas large. Cependant, je ne pouvais détacher
mon regard de la sœur, celle qui, par sa beauté,
m'avait mis en posture si fâcheuse. Je donnai libre
cours à mes larmes :

> *Ami, cesse de me blâmer,*
>   *je n'entends plus tes reproches.*
> *Je suis épris d'une merveille à peine aperçue*
>   *que tout m'appelle à adorer.*
> *Mais son frère est là qui me guette*
>   *si redoutable et si puissant.*

À ce moment, la jeune fille présenta à son frère un
repas auquel il me convia. J'en fus bien aise et, rassuré
par cette invitation qui retardait le combat, je partageai sa nourriture. Sa sœur lui apporta ensuite du vin
auquel il fit largement honneur. Les vapeurs de l'alcool
lui montèrent à la tête et, les joues colorées, il me dit :

— Infortuné Ḥammâd ! Me connais-tu ou non ?

— Pas du tout, par ta vie.

— Je suis 'Abbâd, fils de Tamîm, fils lui-même de

Tha'laba. Dieu, par mon entremise, t'accorde vie sauve et longue existence.

Puis il me porta jusqu'à quatre santés auxquelles je répondis chaque fois en vidant ma coupe. Il me tint compagnie et me fit jurer de ne jamais trahir sa confiance. Je lui affirmai par mille cinq cents serments que non seulement je lui resterais fidèle mais qu'encore je le servirais en auxiliaire loyal. Il ordonna à sa sœur de me donner dix robes d'honneur en soie dont celle que je porte actuellement. Il m'offrit, en outre, une très belle chamelle chargée d'objets précieux et de provisions de route que sa sœur alla chercher. Enfin, il me fit cadeau de son propre alezan. Tout cela est encore en ma possession. Trois jours durant, je profitai de leur hospitalité, mangeant et buvant à satiété. Après cela, il me fit part de son désir de prendre un court repos.

— Frère Ḥammâd, ajouta-t-il, je te commets à ma protection. Si, par hasard, tu voyais arriver des chevaux au galop furieux, ne t'affole pas. Il s'agira seulement de quelques-uns de mes contribules des Banû Tha'laba désirant me défier au combat.

Plaçant son sabre sous sa nuque en guise d'oreiller, il s'endormit. C'est alors que, mû par je ne sais quelle sollicitation diabolique, je décidai de le tuer. J'allai prendre l'arme sous sa tête et lui en donnai un coup qui le décapita net. Sa sœur, qui avait entendu, bondit de la partie de la tente où elle se trouvait et se jeta sur le corps de son frère. Elle déchirait ses vêtements et se lamentait :

Annoncez à nos proches la lugubre nouvelle !
*   nul n'échappe au destin que le Suprême assigne.*
Te voici, frère, abattu, gisant sans vie,
*   le visage aussi beau que le disque lunaire.*
Jour fatal, infortune et funeste rencontre !
*   ta lance triomphante est aujourd'hui brisée.*

Désormais les pur-sang ne voudront plus de cavaliers
  et les femmes ne mettront plus au monde de mâles à ton
  image.
Ḥammâd aujourd'hui t'a assassiné
  qui trompa ta confiance et trahit son serment.
Il voudrait par ta mort atteindre son désir !
  perfide est Satan dans tout ce qu'il ordonne !

— Maudits soient tes deux grand-pères et ceux qui
t'ont engendré ! hurla-t-elle. Pourquoi l'as-tu supprimé
et trahi, lui qui ne songeait qu'à te renvoyer chez les
tiens, comblé de présents et bien pourvu en provisions
de route ? Il envisageait même de me marier à toi au
début du mois prochain !

Elle se saisit alors d'un sabre, en ficha la garde au sol
puis se jeta sur la pointe et tomba morte, percée de
part en part. Peiné de l'avoir définitivement perdue, en
proie à de tardifs autant qu'inutiles regrets, je versai
quelques larmes et m'empressai de rafler ce qu'il y
avait de plus léger et de plus précieux sous la tente. Je
filai en toute hâte sans me soucier davantage de mes
compagnons, ni prendre le temps d'ensevelir la jeune
fille et les cavaliers tués au combat, tellement j'avais
peur.

— N'est-ce pas là, conclut-il, une histoire plus extraordinaire encore que celle de la fille que j'ai enlevée à
Jérusalem ?

Lorsqu'elle eut entendu ces mots, l'univers s'obscurcit aux yeux de Nuzhat az-Zamân

Et l'aube chassant la nuit, Shahrâzâd dut interrompre son récit.

Lorsque ce fut la cent quarante-cinquième nuit, elle
dit :

On raconte encore, Sire, ô roi bienheureux, que
l'univers s'obscurcit aux yeux de Nuzhat az-Zamân

Elle bondit, s'empara d'un sabre et en frappa le Bédouin à la base du cou avec une violence telle qu'elle lui fit sauter la tête des épaules.

— Pourquoi cette précipitation ? lui demanda-t-on.

— Loué soit le Seigneur qui m'a permis de vivre assez longtemps afin de me venger moi-même de ce scélérat.

Après quoi, elle ordonna aux esclaves de traîner le cadavre par les pieds et de le jeter aux chiens.

Deux prisonniers devaient encore faire le récit de leurs méfaits. L'un d'eux était un esclave du plus beau noir qui déclara s'appeler Ghaḍbân. Il leur raconta ce qui lui était arrivé avec la princesse Abrîza, fille du roi Ḥardûb, le maître de Césarée, et comment il lui avait ôté la vie avant de s'enfuir. À peine en avait-il terminé que Rûmzân le décapita d'un seul coup du tranchant de son sabre en disant :

— Grâces soient rendues à Dieu qui m'a accordé la possibilité de venger ma mère de ce nègre dont ma nourrice Marjâna m'avait rapporté le criminel forfait.

Le dernier des prisonniers enfin n'était autre que le chamelier dont les habitants de Jérusalem avaient loué les services contre argent comptant pour transporter le prince Ḍaw' al-Makân, malade, à l'hospice de Damas, et qui s'était contenté de le jeter sur un tas de combustible attenant à un établissement de bains publics. Pressé de questions et mis en demeure de dire la vérité, il reconnut qu'il avait été dûment payé afin de conduire le jeune homme à Damas, mais qu'il l'avait abandonné sur un tas de fumier. Aussitôt le sultan Kân Mâ Kân lui trancha le col. Il loua à son tour le Seigneur de lui avoir donné l'occasion de punir comme il convenait ce malhonnête personnage qui s'était si mal conduit avec son père, lequel lui avait raconté cet épisode de son existence.

— Il ne nous reste plus maintenant, convinrent les

deux souverains, qu'à mettre la main sur la vieille
Shawâhî Dhât ad-Dawâhî. C'est la source de nos maux
et la cause des pertes cruelles qui nous ont endeuillés.

— Il nous faut absolument, dit Rûmzân à son neveu,
la faire venir ici.

Sur-le-champ, il rédigea à l'intention de la vieille
rouée, son arrière-grand-mère, une lettre dans laquelle
il l'informait qu'il était venu à bout du royaume uni de
Damas, Bagdad et Mossoul, avait défait les musulmans
et capturé leurs rois. « Il importe, ajoutait-il, que tu me
rejoignes en compagnie de la reine Ṣafiyya, fille de feu
Afrîdûn, l'ancien *Basileus*, et de tels et tels dignitaires
chrétiens de votre choix. Point n'est besoin de vous
faire escorter par la troupe. Le pays est sûr et nous
l'avons bien en main. »

À la réception de la missive de Rûmzân dont elle
reconnut l'écriture, Dhât ad-Dawâhî ne se tint plus de
joie et prépara son voyage. Sans tarder, elle se mit en
route avec Ṣafiyya, la mère des deux jumeaux, Nuzhat
az-Zamân et Ḍaw' al-Makân et quelques personnalités
de leur entourage. Lorsqu'il fut avisé par courrier de sa
prochaine arrivée à Bagdad, Rûmzân suggéra à ses
compagnons d'aller au-devant d'elle déguisés en
Francs.

— Nous endormirons ainsi sa méfiance et nous
mettrons à l'abri des ruses et des manigances dont elle
a le secret

Ainsi fut fait et avec tant de réalisme que Quḍiya Fa-
kân s'écria en les voyant accoutrés de la sorte :

— Par le Dieu que nous adorons, si je ne vous
connaissais pas si bien, je me serais laissé abuser !

Suivis de mille cavaliers, ils se portèrent à la
rencontre de Dhât ad-Dawâhî. Lorsque Rûmzân qui
chevauchait en tête arriva à sa hauteur, il mit pied à
terre. Elle-même le reconnut, descendit de cheval et lui

donna l'accolade. Mais il la serra si fort entre ses bras qu'il lui fit craquer les côtes et manqua la casser en deux au point qu'elle lui demanda :

— Mais qu'est cela mon enfant ?

Aussitôt, Kân Mâ Kân et Dandân sautèrent à bas de leurs montures afin de prêter main-forte au roi. En même temps, les cavaliers d'escorte fondaient sur les membres de la suite, firent prisonniers servantes et serviteurs qu'ils poussèrent devant eux vers Badgad.

Rûmzân ordonna que la ville fût pavoisée durant trois jours. Shawâhî, celle que l'on surnommait Dhât ad-Dawâhî, Mère Calamité, coiffée du bonnet rouge d'infâmie couvert de crottin d'âne, fut conduite vers la porte principale de la ville, précédée d'un héraut qui proclamait :

— Périssent ceux qui osent porter la main sur les rois et les fils de rois !

Et c'est contre cette porte qu'elle fut mise en croix sous les yeux des siens qui, à ce spectacle, abjurèrent tous leur foi et embrassèrent l'islam.

Les protagonistes survivants de cette étonnante épopée ordonnèrent aux scribes de la coucher par écrit et d'en rédiger une chronique destinée à l'édification des générations futures. Ils passèrent le reste de leurs jours à mener la plus agréable et la plus paisible des existences jusqu'à ce que vînt les emporter celle qui met un terme à toute joie et disperse toute assemblée.

Telle est, conclut Shahrâzâd, parvenue jusqu'à nous, la geste aux multiples rebondissements du roi 'Umar an-Nu'mân, de ses fils Sharr Kân et Ḍaw' al-Makân, de son petit-fils Kân Mâ Kân, de sa petite-fille Nuzhat az-Zamân, de son arrière-petite-fille Quḍiya Fa-kân.

— J'aimerais maintenant, dit le roi Shâhriyâr, entendre une histoire d'oiseaux.

— Bien volontiers.

Sa sœur lui fit remarquer qu'elle n'avait jamais encore vu le roi d'aussi bonne humeur que cette nuit-là et que c'était un signe de bon augure. Shâhriyâr s'était endormi.

Et l'aube chassant la nuit, Shahrâzâd dut interrompre son récit.

MANUSCRITS, ÉDITIONS, TRADUCTIONS ET BIBLIOGRAPHIE SE RAPPORTANT AUX CONTES DU PREMIER VOLUME FOLIO

LES MANUSCRITS :

— Ms Galland, n° 3609-3611, Bibliothèque nationale, Paris ;
— Ms Benoît de Maillet, n° 3612, Bibliothèque nationale, Paris ;
— Ms Montague, n° 550-556, Bibliothèque Bodleian, Oxford ;
— Ms Tübingen, n° 32, Bibliothèque de l'Université de Tübingen ;
— Ms Rylands, n° 646, Bibliothèque John Rylands, Manchester

LES ÉDITIONS :

— L'édition de William Henry Macnaghten, 4 vol., 1839-1842, Calcutta ;
— Les éditions dites du Caire, à partir du texte publié à Bûlâq, 2 vol., 1835 ;
— L'édition de Maximilien Habicht (vol. 1-8), achevée par H. Fleischer, Breslau, 12 vol., 1824-1843 ;
— L'édition de Muhsin Mahdi, 2 vol., Leyde, 1984.

LES TRADUCTIONS FRANÇAISES :

— Antoine Galland, édition princeps : 1704-1717. Édition de référence : Garnier-Flammarion, 3 vol., 1965 ;
— Joseph-Charles Mardrus, édition princeps : 1899-1904. Édition de référence : Robert Laffont, coll. Bouquins, 2 vol., 1980 ;
— René Khawam, Phébus, 4 vol., 1986.

ORIENTATION BIBLIOGRAPHIQUE :

Aboul-Hussein (Hiam) et Pellat (Charles), *Chéherazade, personnage littéraire*, Alger, 1981

Bencheikh (Jamel Eddine), « Mille et Une Nuits (Les) » dans *Encyclopædia Universalis*, 1985, t. XII, p. 269 et suivantes.

Bencheikh (Jamel Eddine), *Les Mille et Une Nuits ou la parole prisonnière*, Gallimard, 1988.

Bencheikh (Jamel Eddine), Bremond (Claude) et Miquel (André) : « Dossier d'un conte des Mille et Une Nuits » dans *Critique*, nº 394, mars 1980, p. 247-277.

Chauvin (Victor), *Bibliographie des ouvrages arabes ou relatifs aux Arabes publiés dans l'Europe chrétienne de 1810 à 1835*, Liège, 1900. *Les Mille et Une Nuits* occupent les tomes IV, V, VI, VII.

Les Avatars d'un conte, *Communications*, nº 39, 1984.

Elisseeff (Nikita), *Thèmes et motifs des Mille et Une Nuits*, Beyrouth, 1949.

Gerhardt (Mia), *The art of story telling. A literary study of the thousand and one Nights*, Leyde, Brill, 1963

Littmann (E.), « Alf Layla wa layla », dans *Encyclopédie de l'islam*, nouv. éd., t. I, 1960, p. 369-375 (avec compléments bibliographiques).

May (Georges), *Les Mille et Une Nuits d'Antoine Galland ou le chef-d'œuvre invisible*, P.U.F., 1986.

Miquel (André), *Sept contes des Mille et Une Nuits ou Il n'y a pas de contes innocents*, Sinbad, 1981.

Miquel (André), *Un conte des Mille et Une Nuits, 'Ajîb et Gharîb traduction et perspectives d'analyse*, Flammarion, 1977.

Miquel (André), Bremond (Claude), Bencheikh (Jamel Eddine), *Mille et Un Contes de la nuit*, Gallimard, 1991

SHÂHRIYÂR ET SHÂH ZAMÂN

Manuscrits : Ms Galland, vol. 1, fol. 1b-9b ; Ms B. de Maillet, fol. 1b-4a ; Ms Montague, vol. 1, fol. 3b-7b. **Éditions :** Macnaghten, vol. 1, p. 1-10 ; Bûlâq, vol. 1, p. 2-5 ; Habicht, vol. 1, p. 1-32 ; Mahdi, vol. 1, p. 56-72. **Traductions :** Galland, vol. 1 p. 23-44 ; Mardrus, vol. 1, p. 6-13 ; Khawam, vol 1, p. 33-75. **Bibliographie :** Bencheikh (J.E.), *La Parole prisonnière* .., chap. I, p. 21-42 ; Chauvin (V.) : *Bibliographie...*, tome IV, nº 111, p. 188 ; Gerhardt (M.), « La technique du récit à cadre dans Les Mille et Une Nuits », trad. de l'anglais, dans *Arabica*, 1961, t. VIII (p. 137-157) ; Layla, « Les Nuits parlent aux hommes de leur destin », dans *Corps écrit*, nº 31, P.U.F., 1989 ; Przyluski (J.), « Le

prologue-cadre des Mille et Une Nuits et le thème du Svayamvara »,
dans *Journal asiatique*, 1924, p. 101-137.

LE MARCHAND ET LE DÉMON

Manuscrits : Ms Galland, vol. 1, fol. 9b-15b ; Ms B. de Maillet, fol. 4a-
7b ; Ms Montague, vol. 1, fol. 7b-25a. **Éditions :** Macnaghten, vol. 1,
p. 11-20 ; Bûlâq, vol. 1, p. 5-10 ; Habicht, vol. 1, p. 32-69 ; Mahdi, vol.
1, p. 72-86. **Traductions :** Galland, vol. 1, p. 45-63 ; Mardrus, vol. 1,
p. 14-21 ; Khawam, vol. 1, p. 77-110. **Bibliographie :** Chauvin (V.),
Bibliographie..., tome VI, n° 194, p. 22.

LE PÊCHEUR ET LE DÉMON

Manuscrits : Ms Galland, vol. 1, fol. 15b-34a ; Ms B. de Maillet, fol. 7b-
19a ; Ms Montague, vol. 1, fol. 25a-57b. **Éditions :** Macnaghten, vol.
1, p. 20-55 ; Bûlâq, vol. 1, p. 10-24 ; Habicht, vol. 1, p. 69-146 ; Mahdi,
vol. 1, p. 86-126. **Traductions :** Galland, vol. 1, p. 64-112 ; Mardrus,
vol. 1, p. 21-43 ; Khawam, vol. 1, p. 111-195. **Bibliographie :** Chauvin
(V.), *Bibliographie...*, tome VI, n° 195, p. 23.

LES DEUX VIZIRS ET ANÎS

Manuscrits : Ms Galland, vol. 3, fol. 28b-49a ; Ms B. de Maillet, fol. 76a-
89a ; Ms Montague, vol. 1, fol. 179b-202a. **Éditions :** Macnaghten,
vol. 1, p. 278-320 ; Bûlâq, vol. 1, p. 106-125 ; Habicht, vol. 3, p. 67
165 ; Mahdi, vol. 1, p. 434-480. **Traductions :** Galland, vol. 2, p. 259-
309 ; Mardrus, vol. 1, p. 223-263 ; Khawam, vol. 3, p. 17-104.
Bibliographie : Chauvin (V.) : *Bibliographie...*, tome V, n° 58, p. 120 ;
Kazimirski (B.), *Enis el djelis ou histoire de la belle Persane*, texte,
traduction et notes, Paris, 1847 et 1867.

AYYÛB, GHÂNIM ET FITNA

Manuscrits : Ms Tübingen, fol. 120a-138a ; Ms Rylands, nuits 414-434.
Éditions : Macnaghten, vol. 1, p. 320-350 ; Bûlâq, vol. 1, p. 125-139 ;
Habicht, vol. 4, p. 365, vol. 5, p. 34. **Traductions :** Galland, vol. 2,
p. 377-421 ; Mardrus, vol. 1, p. 263-292 ; Khawam, vol. 4, p. 277-393.
Bibliographie : Chauvin (V.), *Bibliographie...*, tome VI, n° 188, p. 14.

AN-NU'MÂN

Manuscrits : Ms Tübingen, fol. 2b-210a ; Ms n° 4679, Bibliothèque nationale, Paris ; Ms Rylands, fol. 57a-263b ; Ms B. de Maillet, parties 7-13. **Éditions :** Macnaghten, vol. 1, p. 350-716 ; Bûlâq, vol. 1, p. 139-301. **Traduction :** Mardrus, vol. 1, p. 292-492. **Bibliographie :** Chauvin (V.) : *Bibliographie...*, tome VI, n° 277, p. 112 ; Goossens (R.), « Autour de Digenis Akritas : la Geste d'Omar dans Les Mille et Une Nuits », dans *Byzantion*, 7, 1932, t. VII, p. 303-316 ; Goossens (R.), « Éléments iraniens et folkloriques dans le conte d'Omar al-No'mân » dans *Byzantion*, 9, 1934, p. 420-428 ; Grégoire (H.) et Goossens (R.), « Byzantinisches Epos und arabischen Ritterroman », dans *Z.D.M.G.*, 88, 1934, p. 213-232 ; Grégoire (H.), « Échanges épiques arabo-grecs : Sharkân-Charzanis », dans *Byzantion*, 7, 1932, p. 371-382 ; Paret (Rudi) *Der Ritter-Roman von 'Umar an-Nu'man und seine Stellung zur Sammlung von 1001 Nacht*, Tübingen, 1927

Rappelons qu'on trouvera à la fin du second volume une carte ainsi qu'un glossaire des personnages historiques, des toponymes et de certains termes arabes.

COLLECTION FOLIO

Impression Bussière Camedan Imprimeries
à Saint-Amand (Cher),
le 2 février 2001.
Dépôt légal : février 2001.
1ᵉʳ dépôt légal dans la collection : avril 1991.
Numéro d'imprimeur : 010655/1.

ISBN 2-07-038399-7./Imprimé en France.